素琴无弦

魏润身　著

图书在版编目(CIP)数据

素琴无弦/魏润身著. —北京：首都师范大学出版社，2014.12
ISBN 978-7-5656-2201-4

Ⅰ. ①素… Ⅱ. ①魏… Ⅲ. ①中篇小说－小说集－中国－当代②短篇小说－小说集－中国－当代 Ⅳ. ①I247.7

中国版本图书馆 CIP 数据核字(2014)第 296640 号

素琴无弦
魏润身◎著

责任编辑 赵自然
发　　行 首都师范大学出版社发行
地　　址 北京西三环北路 105 号
邮　　编 100048
电　　话 68418523(总编室)68982468(发行部)
网　　址 www.cnupn.com.cn
印　　刷 湘潭市风帆印务有限公司
发　　行 全国新华书店
版　　次 2015 年 1 月第 1 版
印　　次 2015 年 1 月第 1 次印刷
开　　本 710mm×1000mm　1/16
印　　张 25.5
字　　数 480 千
定　　价 62.80 元

自　　序

文学到底是什么？恐怕就跟“美”一样，很难给出一个最最恰切的答案。但是总有一种感觉——真正的文学不是“作”出来的，而是流出来的。陈子昂的《登幽州台歌》，“前不见古人，后不见来者，念天地之悠悠，独怆然而涕下”是“作”不出来的。他之泣诉绝非在为柴米发愁，更非因利禄苦恼，而是作为宇宙人，为天宇发悲，为亘古、为荒老、为永恒、为无穷、为无限而喟叹。它是陈子昂内在的根本性的永远无法被常人破解的带有哲学深味的——“孤独”的外化，堪为绝唱当之无愧。沈从文的《边城》，是在乡思乡愁乡恋、亲情爱情友情的困扰惆怅中流泻出来的；钱钟书的《围城》是在人类永恒的被动与“无奈”中无奈出来的；鲁迅一生激愤苦闷，所以才彷徨出了《彷徨》，呐喊出了《呐喊》。故此，一切真正的文学作品，都是内在孤独的外化与叹喟。

不要以为如此一说，文学立马变得高不可攀，神圣岸然。文学之所以能够成为文学，文学之所以能受到人类的热爱、咀嚼与吟咏，关键是有它的自在真趣。北魏郦道元《水经注 · 江水二》曰：“绝𪩘多生柽柏，悬泉瀑布，飞漱其间，清荣峻茂，良多趣味。”宋代叶适也说：“怪伟伏平易之中，趣味在言语之外。”其实这也正是文学生生不息的真谛。

古往今来，人类在不断探索着人生的意义，生命的价值。在这个问题上，我始终找不着北。至于小说，我倒是极为认同英国小说家、戏剧家毛姆的观点：“阅读是一种愉悦，是生活所能供给的最大快乐之一。如果这里推荐给你的书不能引起你的兴趣，感觉愉悦，那你们就没有必要去读它。”也就是说，如果非要赋予小说意义，那么它的意义就在于能不能给予读者趣味与愉悦。

我为什么写小说？因为日子很无聊，不得不找些乐了解解闷儿，寻来觅去终于从阅读和写作之中找出点儿乐子来，所以在教书之余搂草打兔子——码了一点儿字。

我没有追求过什么意义不意义，也从来没有正襟危坐读过书，更不可能对着电脑读得下去什么鸿篇巨制。我是躺在床上卧读《聊斋志异》，才发现蒲松龄“操笔如在深山，居处如同野壑，松风在耳，林影弥窗”的创作幻觉与变态；才明白了一点儿小说应该怎么写；才吓得我晚上都不敢上厕所。但是过瘾，刺激，享受，那是精神的饕餮，真正的美味。

佳肴是坐着品出的美食，妙趣是被窝里读出的陶醉。人就是应该拿出些闲时，卧读些闲书，陶冶些闲情，玩味些闲趣，这样才能舒缓些生活的无聊与疲累 。

我拣选了一些小说，结成《素琴无弦》与《自残》两部闲书，被纳入“当代京味小说文库”。我是北京人，说的是北京话，写的是北京的事。但是到底什么才是原装的北京话，当代北京话又有什么样的发展与变化，只能由专家学者旁征博引探幽发微了。

有意思就有意义，没意思就没意义，阁下如果不似本人一般无聊又无意义，不屑一顾是理所当然的。

魏润身

2014 年 12 月

目　　录

素琴无弦

1

自打帝制一结，做过同治、光绪、宣统三朝户部侍郎的英运便举家迁到香山脚下的正白旗村，一所祖上遗下的小园，坐落在缓坡之上的放泉斋。英老先生只有一女苑雨，平日父女抚琴吟诗并在宅门悬一木匾：本馆教授七弦雅乐。一些富家子弟入园求教附庸风雅，大多心不入境难得要领。英运时时感喟：我华夏古乐气数尽矣。

民国四年春上，英运的身子日感不济，放泉斋传出这样的消息：有真得七弦要领者，入赘放泉斋。

漫说是正白旗村，整个香山东麓都传遍了。当时，八旗王爷、民国新贵多少人在静宜园星罗棋布购置了别墅，谁不动心？白捡一位天生佳丽不说，放泉斋内有唐琴。英运的几把唐琴值海了，比宅院比古玩要珍贵得多。

应试者谁也没能入赘。英运将授馆用的历代古琴摆在十几张琴桌上，任你吟揉弹拨，常常一曲未终便将来人打发——大多律吕不通，全为滥竽充数。

眼看父亲一天天打蔫，苑雨自然愈加惶急。一天正午，一位二十多岁身材高挑的男人来到放泉斋。苑雨一见心先怦怦直跳，这男子衣着俭朴，举手投足却脱尽俗气。他落落大方地给英运行礼，恭敬虔诚地说自己家住和平门，久慕英运大名，今日是来放泉斋专为讨教学琴的。

苑雨心一倏忽，讨教学琴？还以为他来应试入赘呢。

英运上下打量他半天，问其是否通晓律吕，那人答曰略知一二，也曾抚弹过古琴，只因所识甚浅，才寻觅到此向英老先生讨教。

英运撑撑身子坐直，让苑雨摆上一张古琴，请他弹上一曲。自称商正的他先向英运深鞠一躬，然后一撩长袍坐在琴凳上。苑雨先自紧张，这举止不俗的商正虽然不是来应试，可万一他要弹得好——今天父亲待他跟任何人的神态都不同呢。

商正在苑雨摆放的那张元琴前坐定，左手抚住琴弦，右手分开五指轻轻扣在光滑的琴肩上，含胸侧颈双目浅合，一前一后的两脚轻轻踮起，竟如半悬在空中的卧鱼，凝望良久，他右手拇指在第一根弦上一拨，一声闷闷的琴音低沉悠长，悠长依然粘合着他的凝望。苑雨紧张得脸色苍白，父亲都没这般样子弹琴，他师承的是哪一派琴家？

余音久久方逝，商正的拇指向第二根弦上反挑，声音比刚才脆了一些。又是一脉悠长，起起伏伏夹带着回响。苑雨看他那张清秀的脸，微蹙的眉头渐渐松弛，蓦地一绷双手一扬猛往下沉——不是急风暴雨剑戟钩沉而是宁静雅曼的清音——又惊又喜，坠指的一瞬可把人吓死啦。

琴声荒老而不悲怆，轻柔却不缠绵。清新、恬淡、静穆、悠远，苑雨冉冉徜徉至空门。香烟袅袅，融融祥和。她轻飘飘地叩拜焚香，竟被几瓣翠绿托举起来，松爽温馨物我两忘，沐浴佛国，父亲抚琴都没使她这般入境过。

一曲终了，商正收拨凝指，余音久久方歇。

他站起来，转过身子又拱双手，英运让他在自己面前坐下："《千礼佛国》你深悟其妙，梵音几胜红尘声啊。"说着，他一指满墙张挂的古琴："你识得我大唐古琴吗？"

苑雨一怔，父亲从没让人辨识过古琴呐。

"英先生，容学生细看，我倒是有幸见识过唐琴。"弹罢一曲的商正更加放开，抬起头来辨识古琴。

英运点头，任凭这年轻人举目浏览。商正左右逡巡许久，指着左侧第三、第四两张琴说："它们应是唐琴，还似雷氏所制，高手弹抚定能生出醉人的雷音。"

英运长出了一口气。祖上传下只有这两张唐琴，此人不但身怀吟揉之艺，竟然还能鉴赏辨识，这样的人才哪找去？他的目光闪亮，一瞬又黯淡了。这满壁古琴，只有那两张唐琴髹漆剥落断纹纵横，年代最远当然容易被人辨为唐琴——且慢。

"你是看着它旧？"

商正摇头："其实除了清琴和一些明琴，哪张宋琴、元琴都逾五百年沧桑之久，漆纹断裂不亚于这两张唐琴。"他指指几张漆光莹润的伯牙、仲尼、元锦、子规说："只是它们修补过，漆光焕然罢了。"

英运僵了脖子，信手一抚八仙桌上的大圆漆盒："这漆胎也过了五百年，哪有纵横斑驳之隙裂？"

商正过去将盒盖小心捧起，又轻轻放在桌子上："用物用器轻拿轻放，历经千年而安闲，可是这琴却常常被弦铮铮震击啊。"

"指间弦颤才有多大劲头儿？"

"英先生弹琴奏至激昂处，十指翻飞难道不觉竟能排山倒海摧枯拉朽吗？"

英运目光彩莹四溢，他让苑雨将那两张唐琴从墙上摘下放至琴桌，商正侧着身子细看，绾起袖子又要弹抚，英运却咳嗽一声将他止住："不必了，老朽我只有一女，欲招赘纳婿，你可知道？"

苑雨一听两颊绯红，羞急地把头低下。一眼就相中这气度不俗的年轻先生，想不到一曲佛乐父亲真要择他为婿，不用再弹唐琴，难道今日就要定下她的终身？

想不到商正愣愣地看了半天英运，又瞥瞥桃红满腮的苑雨，喃喃道："学生仰慕英先生大名求教学琴，实在不知府上正要——"他也低头，欠身退了半步。

“你抚古琴已臻绝境,不知我从琴艺纳婿的事情?”英运喘吁,疑疑惑惑地看着商正。

“学生实是不知。艺海无涯,只想程门立雪,乞盼先生赐教点拨。”

“不,你的琴艺早已在我之上,我这小女的终身就……托付给你,往后,你便是放泉斋的……主人。”

“英先生,您不知道——”

商正正欲吞吞吐吐,不料英运呵呵一笑,满嘴哈喇子流下来。苑雨羞赧慌乱尚无觉察,英运身子软软地一歪,向前一滑,哐地栽倒在地上了。

“英先生!”

“阿玛呀……”

……

英老爷子仙逝了。从栽倒的刹那到入殓封棺满脸漾着笑容。香山东麓马上消息传遍,抚琴高手商正入赘放泉斋,连人带琴一块儿赚受,好福气。

不过,不少人纳闷儿,商正是汉人怎么入旗门?苑雨却全不在乎,什么旗不旗的,现在不早入了民国!

料理完英老爷子的丧事,商正在苑雨面前搓着双手说:“那天英先生没听我说完那句话便溘然长逝了,唉。”他喟叹出浓浓的愁绪与纠结。

苑雨扬起修长的淡眉问:“你要跟他说什么?”好像是,父亲是在商正支吾的瞬间栽倒的。

“我要说的是……”他微把眉头蹙起来,“我早已订婚,不日即将迎娶新人过门了。”

什么?苑雨强撑着木在原地,哪里想得到她的命好苦哟!

2

商正倾其家产退婚,还是成了放泉斋的主人,为了苑雨和古琴。

由于把和平门内的一所宅院也赔了出去,商正只得把十三岁的妹妹也带到放泉斋。妹妹商月韶颜稚齿总爱笑,一笑就旋起两个深酒窝。

前两年父母相继亡故,商月便由哥哥照顾学画读书,可是她那心性从没安定过。不喜好闺女家的游戏,专爱跟小子们撞拐冲宝逮着玩。这次移居放泉斋,她跑出满世界的新奇与快乐。苑雨教她刺绣、弹琴她坐不住,却学开了上树抓鸟打弹弓。正白旗村的人们纳闷儿,商正斯文倜傥,可他妹妹怎么这般疯?

村里的小子们也爱跟她玩,俊俏。三天两头,她跟几个半大小子们在半山坡上用弹弓打老西子、花山鹊、啄木鸟,逮着活的就抱回放泉斋养起来,然后再给它们捉虫子。

一天,她跟几个小子们从鬼见愁北边爬上一座峰顶,放眼一望这香山两侧敢情都是山,重重叠叠绵延不绝。崇山峻岭在云雾之中时隐时现,有时云动有时霞飞,连逶迤的山岭也在蜿蜒呢。

“真好看真好玩。咱们到那座山上看看去。”她要攀到蜿蜒起伏去。

同来的小子们拦住了她。南三旗的人谁不知道，这香山在大清国的时候建了七十二景，叫静宜园。一出静宜园那就成了野山，野山不单有狼，土匪也闹得厉害。

“哪有土匪哪有土匪，咱们到那座山上捧云彩。”一座座山峰烟云缭绕，她想到缭绕之中回旋去。

小子们拗不过她，只得壮着胆子陪她下谷，时近正午才登上对面那座烟云缭绕的峰峦。商月惊喜，云从脚下生，她捧她抓都是空的，不禁又张大嘴巴吞吸它，吞吸这洇爽好痛快。

她和小子们吞了半天云彩嗓子反而干起来，渴，一个上午没水喝。“看，你们看！”一个小子拨开云雾发现对面时隐时现有一条小亮线，山泉，一道山泉就在不远。只要沿两坡下去就会发现山涧，找到水潭还愁嗓子冒烟？

摸出一片密密的枫树林，已然听到溪水淙淙。可他们不约而同惊呆了，就在山涧之西的一块平地上，齐刷刷地站着一溜人——不，是匪啊！

小子们一眼就认出站在队外的匪首，大包，明抢豪夺他是远近闻名的。

“你们看着，攮子要打着转儿地出去，别他妈直上直下生甩，不然它片不出快劲儿。”

商月看见远远的两株松树间立着一只大公羊，它四腿被插进地穴里，肚皮和地面紧贴着。

“看着，打转儿。”——嗖，只见大包右手一扬，攮子似一个耀眼的光轮向羊头倏忽而去，噌，一只粗大的羊角哐啷一声掉在地上了。

“好厉害！”

“神啦包爷！”

土匪们摇晃鼓噪倚里歪斜。

“别动。”大包趔趄到公羊处，拣起攮子和羊角，又趔趄回一身豪气与生猛。

商月竟然忘了怕，真神奇，公羊横着身子，攮子竟然绕过左角先片下右角，比变戏法的还神奇。

“再看，这才削前面那只羊犄角。”大包扬手又是一拽，光环飞去左边那只羊犄角也片下来。

土匪们又跳跃又喊叫。

商月只是叹奇，小子们却吓得迈不开步。平日只知大包粗野，想不到他的功夫这般精绝。

不能再多滞留，趁着乱劲还是得跑。不知是谁做个手势，他们刚一扭脸耳后嘭地一枪，商月薅住的紫荆棵子应声折断。她激灵着抖手回头，只见大包龇着黄包牙向她招手呢——“妞子下来，下来。”谁也不敢再动，人人吓得不知所措。大包一手叉腰一手举枪就叫商月：“就要你，下来。”

商月愣愣怔怔往下蹭,不知多半天才下到谷底,土匪们早拥在大包身后了。

“嫩,嫩呐!”

大包向前趔趄一步,刚要捏起商月的下巴,商月哇地一声哭起来。

大包的胳膊僵悬住:“哟嗬,嗓门儿可真够尖的啊。”

“嫩呗!”土匪们叽嘎。

“杂种闭嘴!”大包甩回句骂,声音又柔下来,“哪村的?”

“呜呜呜……正白旗……”

“叫什么?”

“商月……呜呜呜……”

“哪家的?”

“放泉斋,呜呜呜……”

“就是那家弹琴的?”

“呜呜呜……”商月抽搭出连绵不断的惊惧与委屈。

“走,我送你回放泉斋,我正想见识见识弹曲的是哪位高人呢。”

好几年了没由头,大包一直想进放泉斋。

大包常出山到各个村子去转悠。他熟悉了放泉斋内飞出的琴声。半个月前他带人下来一回,四仰八叉躺在放泉斋院后的山坡上,肉酥骨酥心酥,比玩女人还酣快。足足酥了个把钟头,直到琴声止住他还不起。土匪们撺掇他进院看个究竟,他犹豫再三没敢造次。俗难近雅,他自惭形秽哟。

眼下见商月抽抽搭搭还是个雏儿,更听说这丫头来自放泉斋,天赐良机,送回她去不就胆子壮多了。

商月想不到,拔不动腿的小子们也出乎意料。一伙土匪一帮孩子,说说笑笑翻山越岭来到放泉斋。

商正、苑雨正急着,商月被簇拥着回来了。

互相通报了姓名,大包不自在地搓手:“这位妹子迷了路,我和弟兄们把她送回来了。”

商正赶忙称谢,对身边的苑雨说:“赶紧准备饭菜,刘先生辛苦了。”

“别别别,”大包双手又往衣襟上抹,转向跟来的土匪们说,“要不你们先回去,我跟商先生聊会子。”

商正拦住,大包一扬手,人们还是全出去了。他又嘿嘿冲商正一笑:“全都上不了台面儿。”

商正朗朗一笑:“刘先生这般仗义与人为善,带出的人马错不了。”

“糟践我糟践我,您再夸我可要出溜到桌子底下去了。”

商正与大包无拘无束地聊天,喝酒,直到日近西山。看看天色晚了商正要留客人住下,大包满嘴酒气坚辞。商正约他再来,他说专爱听琴,再来,一定。

看着大包趔趄入暮色,商正的心哪还放得下来。早就听苑雨念叨过大包,最稳妥的办法是小心谨慎相安无事。今天商月把人招到家里来，长了难免生出麻烦来。

进屋他和苑雨一块儿问商月，到底怎么回事，怎么把土匪招了来。

商月却把嘴巴嘟起来：“人家玩去迷了路，大包这人挺好的。”

商正一愣，商月就是孩子气，其实她也不小了！

“大包棒极了，飞刀，打枪，练杂耍的也没那功夫。”

她细细地给哥嫂讲大包讲山羊，商正苑雨都听呆了。

3

胥宣来到放泉斋，一眼就被那满壁古琴惊住了。他跟商正是发小儿，现在是琉璃厂尔雅堂的少东家。前一阵忙着到江南去看货，直到今天才来放泉斋。

满目的宋琴、元琴、明琴、清琴，他比商正更懂。双眼溜溜地转了半天，最后把目光落到两张唐琴上。

不用别人上手，他格外小心地取下那两张琴，并排放在两张琴桌上。在琉璃厂随父亲耳濡目染，今日是他第四次见唐琴，还是大唐雷氏所制的唐琴！

别看髹漆斑驳，在胥宣眼中，它们斑驳得灼灼且熠熠。

左面这张琴通长不足四尺，肩宽六寸尾宽半尺。伏羲式，桐木斫，紫栗壳色漆，曾用朱漆修补过。漆胎为鹿角灰，可见粗丝黄葛布底，断纹呈小蛇腹状。

胥宣让商正帮着，二人把琴侧竖，只见琴背龙池上刻篆文“九霄环佩”四字，下方有“包含”大印一方，池旁右刻“超迹苍霄，逍遥太极，庭坚”行书十字，左刻“泠然希太古，诗梦斋珍藏”及印一方。琴足上方刻“霭霭春风细，琅琅环佩音。垂帘新燕语，沧海老龙吟。苏轼记”。凤池上方刻“三唐琴榭”“楚圆藏琴”印两方。

胥宣看得心动，低头再看琴腹，模模糊糊似有腹款又似无款。把琴放平，他轻轻拨弄几下琴弦，音色温劲纯粹完美。实在一张好琴，况有苏东坡、黄庭坚题跋，更增加了它的价值。

他转身，再看另一张琴。

这张唐琴的形制稍小些，为神农式，桐木斫。漆为栗、黑相间，边沿也用朱漆修补过。腹内纳音微微隆起，琴背龙池上方刻草书“大圣遗音”四字，池下方有“包含”印一，两侧隶书铭之“巨壑迎秋，寒江印月，万籁悠悠，孤桐飒裂”十六字。腹内似有朱漆，但是否款识仍不清楚。

胥宣用指试音，松脆响亮饶有古韵。伏羲神农形制不同，九霄环佩自有妙响，大圣遗音别具清音。

不待他品评，商正在九霄环佩前坐下，他要弹一曲《浪淘沙》，欢迎胥宣的光临。

琴音铮铮缓起，苑雨、商月也坐下来，她们也还没听商正用九霄环佩弹过《浪淘沙》呢。

又不似琴音，是大江东去的水声。由缓至疾由远而近，一个浪头扑过来，乍裂渐缓的水音刚出，第二个浪头又迎上。峆峒之声震人心肺，那水势退得急了些，第三浪第四浪再追涛，如万花飞泻卷雪千堆。商正的双手吟揉绰注越弹越活，不可思议乐曲是如何被他捏塑而出的。

琴曲由激越化作舒缓。天地，造化，众生；无穷，亘古，永恒。商正用吐絮的指法演绎着大浪淘沙的恢宏。连商月都大睁了一双眼，统统是画面，乐曲能嗅到触到看到，置身大浪淘沙，她也在浏览千古风流，风流千古。

胥宣当然更能感悟，可他跟苑雨、商月不同，能入境又能化境，脚下应和着拍节，他早从大浪淘沙的幻境之中走了出来。

妙不可言的琴音。既清雅沉细，又虚鸣响亮；有温劲雄浑，也有高亢激越。精实透脆纯粹完美——奇，古，透，润，静，圆，均，清，芳，用琴音九道来衡量，九霄环佩九德兼备。商正把它的瑰丽淋漓尽致地演奏出，这才是地地道道的“古琴味”。

曲终收指，胥宣第一个走过去：“大哥琴艺冠盖京华，我第一次听到这般精绝的佳音妙曲。”他抚琴首，轻得不能再轻。

“宣弟，作为北平古玩鉴赏的新锐，你曲子没听多少，阁下着意的只是这琴与琴音。”商正掏出手绢，擦擦脑门上的汗茸。

“看你说的，那不是淹没了大哥的绝代琴技?”胥宣朗笑，内心暗忖：商正真精。

商正问他还听不听大圣遗音，他把茶水送上摆手，一曲下来商正已然好累，应当让他歇歇。

“也难怪，其实你已试过琴音。”

“大哥这话说的，我是怕你累，”胥宣说着又抚琴头，“历尽沧桑一千多年，这琴兼具九德之妙有蹊跷。”出于职业习惯，他始终没离对古琴的识别鉴赏上。

“那你讲讲它蹊跷在什么地方。”商正也懂琴的辨识，可是论起文物的鉴赏又比胥宣差远了。

“九德兼备之琴，即便是大唐雷氏所做，也是极为罕见。”

商正点头，九霄环佩大圣遗音都九德兼备，他亲手试过多次最清楚。

“大凡唐琴或苍古或清脆，或宏大或沉细，二者兼具者少，这张唐琴看来因沦落流徙而变音，变音才使其音质音色具备了九德。”

商正惊疑，当年刚制成时这琴发不出苍古之音？是斗转星移反使它苍古的？唐琴，古乐；鉴赏，吟揉。他与胥宣虽然都在谈“声”论“音”，可一个侧重在乐，一个专注在琴。

“大唐雷氏制琴，一般都用什么材质?”

商正瞥瞥琴桌：“绝不仅限于桐，松杉也是上等材质。”他读过《琴记》，上面记叙了雷威制琴：“不必皆桐，遇大风雪，独往峨嵋酣饮，着蓑笠入深林中，听其声连延悠扬者伐之，斫以为琴，妙过于桐。”这九霄环佩不正是以桐木为面杉木为底吗。

“大哥你看，”胥宣一指琴首上的一双紫檀木护轸，“不着髹漆它是什么材料?”

商正一怔，紫檀护轸，他还真把这对护轸忽略了。

“大清康熙年间，有个著书《五知斋琴谱》的广陵人徐祺，经他手所修的古琴，都有这一对紫檀护轸为标志。”

商正展展双眉想说什么，可胥宣的辨析一针见血。要不桐木斫上怎么会有紫檀？他一双火眼金睛好厉害。

胥宣又跟他说，这琴大拆大卸过，本为紫栗壳色漆，那边边沿沿朱漆修补的痕迹清晰可见。当年若不经徐祺之手，如今这斑驳残破都不得见。

商正连连点头，他愣怔一会儿，凄凄惶惶把九霄环佩抱进里间，出来又取大圣遗音，没把它们复挂至墙上。

胥宣先还没纳过闷儿，待商正再出来后他微嗔：“大哥你可真是的，我说它修补过绝不是糟践琴不好，而是它更珍贵。那双护轸是名人经手的标识，不亚于苏、黄题跋，无异于珍贵书画的款识。”

“我知道我明白，宣弟你别怪，啊？”商正软在椅子上，脸色微微泛白。

苑雨问他怎么了，他说没事，不过有些头晕。苑雨胥宣搀他进入隔间，两张琴竟然放在床上。他不让动，跨在床边躺下了。

胥宣没留下吃饭，下午赶回去还要参加一个鉴赏联谊会。路上他还琢磨那两张琴，就是没有见到腹款，不过基本上已可认定唐琴。商正真是交了好运，一千多年前的唐琴绝对是奇珍。

——就是商正，本来好好的，后来突然怎么了？

自打胥宣走后，商正对两把唐琴更轻拿轻放了。不必再关注它们的真伪，既然九德兼备，有腹款没腹款又有什么关系？他重的是乐，乐怎可成为“琴役”呢，当然，他也绝不做琴奴。

每天，他和苑雨抚琴之余，便教商月画画。商月也渐渐增长了兴趣。芭蕉、兰花她画得最好，展阔，舒放，她无拘无束地皴擦点染，那画也慢慢自成风格。商正跟她玩笑：“嫁不出去也饿不着，再练练你这画也能卖钱啦！”

她红了脸：“哥哥怎这么没大没小啊。”

自从在放泉斋住下，一家人融融乐乐。商正以琴会友，方圆十几里好口碑。岂料文生突然寻到放泉斋，把素日的和乐全打破了。

4

商正变卖房宅退了父母定下的娃娃亲，虽然女方文静丢了面子，但她家得了两千大洋事情也便了结了。当时文静之兄文生撮走六百，白拣，先花它个痛快。烟馆、窑子挥霍殆尽，回家再要老爷子不给。从自家开的油漆作坊踅出来，打听到商正住地他便找了来。第一次登门竟把商正吓了一跳，本来就无赖的他穿了一身花子服，手里捧个瓦盆充乞丐。商正让吃请喝好生招待，临走还送十块大洋回去花。想不到三天之后他又来了，吃喝过后伸手向商正要一百大洋花。苑雨早就不踏实，文生这不要赖吗？

商正有苦难言，谁知文静的哥哥这样子。

文生开口要一百，商月禁不住抢到前面去："我哥该你的是怎么着？"

"你这丫头片子挡什么横儿，"文生把两只烂袖口绾起来，"你们商家嫌贫爱富，我妹妹老在家里了！"

"呸，不是两千大洋全清了？"商月气得两个胸脯都鼓起来。

"两千就结了？我妹子再也没人要，苦命的妹妹你老住喽……"他撩嗓门儿，"你为商家守一辈子活寡哟……"

不管商月再说什么，他就势坐在地上，在放泉斋内打起滚来。

左近的人们都知道了，商正退亲之后才入赘，敢情还有这么一段故事哪。

漫说商正、苑雨没辙，商月也咬住辫子掉眼泪。穿着难以蔽体的衣服满院滚，遇到这样的痞子怎么着？

只能对付给钱，可文生三天两头吃出甜头，胃口日增把正白旗村都闹出一派沸扬来，放泉斋灰溜溜地好颓废。

胥宣来放泉斋也赶上过文生撒泼。他真想抄起扁担把他揳出去，又不敢，这种无赖惹不得。

这两次文生来，再不空着手，拎着惊心动魄与折磨。

正值盛夏。他先在村外稻田里抓上十几只青蛙，把它们装进一只布口袋，拎到放泉斋门口便大声喊："商先生，您吃田鸡不，我这儿一大兜子呢。"

院内没人理，他也不进去，坐在门口剥青蛙，引来大人孩子围观他。

他先从口袋中抓出一只青蛙，按在地上用刀片在蛙颈轻轻一划，再用长指甲一抠一掐一挑一捋，嗤嗤几声整个蛙皮蜕下来。粉白晶莹剔透，沁出累累血筋，瞪大眼睛的青蛙不死，虽然疼得浑身哆嗦，但却挣扎着一跳一跃。

人人看着揪心，裸着一身粉白的青蛙撕扯着人的心悸与煎熬。

文生有滋有味，蜕掉一只扔到院里一只，然后抻着脖子大声嚷："还不快开膛，连皮都给你们剥好了。"

商正、苑雨、商月都懵住了。白嫩嫩的蛙身上冒着血筋，它们疼得跳跃翻滚呢。闭住眼睛也抹不去，谁受得了这残忍这刺激，这创痛？

商正匆匆赔钱赔笑将文生打发走，怎么想得出，文生怎么这般乖戾呢。

第二次正好让胥宣赶上了。他隔窗痛楚地闭眼，咬了半天牙还是忍住了，要想治本的法子，真要冲出去，就该宰了他。

待商正用钱把文生哄走，胥宣用折扇打脑袋："下次带把攮子来，死我也要豁了他！"

咦，满脸怨怒的商月眼睛一亮："大包有攮子，他还有把盒子枪呢。"

"对，不能一直这么窝囊着，大哥，把大包请来对付他！"

"不过，可别闹出人命哎！"

大包这一个多月只来了一次，来也没碰上文生。商正也不提，毕竟是家丑，再说大包也是个土匪啊。这次,商月找人陪着摸到西山,把文生的事一五一十兜出来,大包闭目思忖半晌,把眼一睁大声说:“成,这事全交我办了。”三天之后大包果然带人下山。胥宣这几天也在放泉斋陪伴商正。他跟大包说:“刘先生,有劳大驾不过是吓唬吓唬那无赖,千万别闹出人命来。”

大包呵呵一笑:“诸位放心,我哪能给放泉斋惹事呢。”

商正、苑雨还是不放心,后悔把大包叫了来,全是商月撺掇的。大包看出他俩的心思,轻轻一托商正胳膊说:“商先生快舒开您那眉头子,我姓刘的能害你,毁好人?”

正白旗这两天也热闹了。放泉斋把大包请了来,等着准有乐子瞧。

第四天大清早,两脚泥污的文生果然拎着一袋青蛙又来了。他刚在放泉斋门口坐下,大人孩子都围过来。大包也混在村民里,拿条板凳离文生不远坐下了。

跟前两回一样,文生先冲放泉斋内喊了两嗓子:“我妹子老在家里了,吃你的田鸡呗商先生!”然后他伸出两只泥手一抓,一只碧绿的青蛙被按在青石台阶上。

大包的眼睛睁大了。

文生越弄越熟练,他割得抠得掐得撕得麻利快捷,嗤嗤几下就把一团粉白晶莹抛进放泉斋。

粉白呜咽着哇哇,颤栗着跳跃,身上不断渗出血丝来。

人们刚把目光收回,第二只蜕掉绿衣的粉白又从文生手中甩出去。

“喂,你停下,”大包扬手叫住文生,“你知道这青蛙是干吗的?”

文生根本不看大包:“干吗的,问你呢!”下手又是一撕,又一团粉白甩出来。

“住手!”大包早把眼珠子憋红了,“捆,给我捆了。”

话音没落,早有几个土匪从身后掐住文生的脖子,将他的褂子撕掉,反扣双手绑在树上了。

泼了多少天的文生好栽面子,他粗脖涨筋地大吼:“敢挤兑老子,你们等着,明天我把外二分局的巡警带了来!”

大包不慌不忙,让人在自己面前堆起树枝点上火,商正、胥宣赶紧从院内跑出来:“刘先生,这可万万使不得。”

大包香香地点上锅烟:“快回去快回去,我不会干出傻事来。”文生一见火堆再也沉不住气:“商先生救救我,他们要下毒手欸……”

大包猛吸了几口烟,才又坐下问文生:“别嚎了听我说,这青蛙吃什么?”

“吃虫子……”

“虫子吃什么?”

“吃庄稼……”

“那这青蛙是好性命儿还是坏性命儿?”

“好性命好性命儿,青蛙吃虫子是好性命儿!”

“那你活着剥皮它疼不疼?”

“疼，疼啊……”

“知道它疼你还畜类?”

“我是畜类我是畜类，大爷只当我畜类。”

“那好，我就拾掇拾掇你这畜类！”

大包转身说声“架锅”，有人已把一只小炒勺搁在火上了。大包摸兜抓出一把鳔胶扔在炒勺内，两名土匪上来兑上点儿水，不大工夫那臭胶味儿就蹿出来。

商正、胥宣的心还提拎着，大包要怎么拾掇他，千万别闹出人命来。

大包根本不看商正，一把拣起文生脚下的那件破褂子，嗤嗤几把扯成条，回来眼见鳔胶咕嘟咕嘟熬开了，伸手把锅端下来，又将锅底在一盆凉水内浸了浸，哐地一声墩在地上了。

干吗？全场悄无声息，连文生都眨巴着眼睛顾不上嚷。

大包把一条布平平展展铺在地上，用根木棍蘸胶抹至布条，匀了之后拎起它，一步一步向文生一侧走过来。文生这才大声嚷：“救命吔，救命啊……”大包不言语，上去平平展展贴在他的肚皮上，还用双手捺了捺：“嚎什么，又不疼。”

是不疼，胶又不烫贴上块布一点儿也不疼。文生叫唤两声便不再嚷，只是怕，他往自己身上粘布干什么?

接下来，大包如法炮制又在文生两肋胸口粘了六条布，然后冲文生笑笑，坐到凳上抽烟。

看热闹的醒过闷儿来，头上是火辣辣的太阳，大包这是以其人之道还治其人之身哪。

文生巴巴着双眼似乎明白过来，眨巴半天他忽又大嚎：“饶命，救命啊！”

没人理，他黄兮兮的刀条脸在毒太阳下淌满沟壑，一会儿一嚎马上便哑了：“喝口水，我渴，我渴……”

大包让人接瓢凉水端到他嘴边，他饮驴般咕咚一痛快，精气神又来了：“饶命啊，救命……”

大包把烟锅在鞋上磕了磕，起身走到他面前，伸手摸摸几块胶布，早晒得棒硬棒硬。文生开始杀猪般叫：“大爷饶命，慢点儿揭哟，慢一点儿……”

大包冲他一挤眼，用长长的指甲一抠布角噌地往下一扽，胶布粘着一块皮扯下来。疼得文生嗷嗷地叫。众人也吓一跳，齐刷刷的一条皮，粉白的嫩肉露出来。

“疼不疼?”大包连布带皮杵到他的脸前头。

文生疼得流眼泪：“疼嗷疼嗷大爷饶命别揭喽……”

“这是让你长记性，你也尝尝揭皮这滋味。”噌，胶布又带下一条皮。“哎哟，哎哟哎哟……”粉白，血筋，纵横交织着。一共揭了七块皮，大包揭一回问一次，文生后来疼得只能哆嗦再也说不出话来了。

松开绑，大包让文生跪在自己面前说：“这回算是便宜你，只要你再敢闹一回事，我把你那鸟上的皮都揭下来。”

文生爬起来踉跄几步栽倒了，起来再跑跌跌撞撞出了村。商正、胥宣松爽下心，只揭文生几块皮，不伤筋不动骨就吓掉他的魂，大包的手段真高明。

文生真的被镇住了，他再也没来过正白旗村。

清晨，放泉斋内柔逸出悦耳的琴声。

商正、苑雨一块儿抚琴，他用九霄环佩，她使大圣遗音。

他绝不再想考证什么真赝，既然是纯粹的雷音，管它是不是唐琴。

九霄环佩、大圣遗音的岳山虽高，但琴弦至琴面都很近。七根弦用起来，没有琴弦拍面的毛病。手按在弦上十分省力，不“抗指”，吟揉绰注时的余韵比其他琴都悠长。

商正渐渐找到这样的感觉：指下若无琴，他欣喜。

一天，他把所有古琴都取下放在琴桌上，琴面朝下架起来，连苑雨都奇怪，商正再也不让胥宣验看腹款，今天他自己却要干什么？

商正带着苑雨一张张地看琴底看龙池看凤沼，细细比照了好一阵子说：“九霄环佩和大圣遗音它们的‘琴底悉洼，微如仰瓦’。”她点头，是像两片木头做的大瓦。

“可它们池沼之唇关闭不直达，所以才声有匮而音不散。”

苑雨当然看得清楚，可是别的古琴也有的“底如仰瓦，池沼如唇”，哪朝哪代不能仿制唐琴？制赝高手比谁不精。“你再看看里边。”苑雨摇头笑笑，不让人家胥宣验腹款，这回他自己先憋不住了。

“看纳音，我让你看的是纳音，”他指着琴面板之背，“纳音高中间洼，多像一片韭菜叶。”

苑雨没他这么仔细，也怪了，今天商正怎么反从琴的构造上钻开牛角尖？

“只有雷霄、雷威制的琴能如此，一般唐琴也做不成这样的纳音。”

苑雨再看看其余古琴，纳音做成韭菜叶状的只有一张。

“真正明了雷琴奥秘的人毕竟不多，所以再仿也仿不出绝好的雷琴。”

“所以你就更得意，是不？”

两人笑，会意且惬意。

天作之合。自从苑雨和商正结成一家，她的琴技也日臻娴熟。商正教她的《梅花三弄》，是一首典雅高洁的古琴曲，她潜心研习反复弹练，那琴曲变得雅而不矜，丽而不俗，静动相谐，光明澄澈。

商正告诉她，陶冶物情体会光景，弹琴与作诗绘画如出一辙，贵在自得。为这，她也跟他学开了绘画，以画入乐以乐入画互为融汇才相得益彰呢。

商正的写意山水飘逸轻灵，松柏径石溪流，寥寥几笔神韵自得。随意皴擦几笔，就能卖上几块大洋。胥宣多次跟他说，凭他的功夫仿仿任伯年、吴昌硕，以假乱真钱赚多了。

商正说不然。他的兴致、长处都在琴上，丹青水墨不过游戏，能聊补生计便足矣。再说琴画都为陶冶物情，一味模仿岂不成了匠人？

一年来放泉斋也变了样子。英运养的八哥、画眉还有商月抓回的喜鹊、啄木鸟都让商正给放了，盆里的花缸里的鱼也全送给了街坊。连苑雨也随他一心扎到琴乐里，哪有心思养鸟养花喂金鱼？放泉斋杂草侵径简直成了一片荒园子。

商正还沾沾自得，不出院门满目野趣，这才显出造化之真味。胥宣每次来都要唠叨几句：大哥你们勤快勤快，花盆鸟笼都空着，杂草枝蔓下不去脚，这哪叫居家过日子？

苑雨挂不住，每每下手都被商正拦住：花居盆内终乏生机，鸟入笼中便减天趣，不必。

胥宣唠叨几次，商正在客厅抄录白居易的两句诗当了条幅："意随无事适，风逐自然清。"为的是堵胥宣的嘴。

胥宣每次来放泉斋，当然主要为赏琴。每次都有新发现，九霄环佩大圣遗音迥异常琴之独特，连项、腰两处都做了圆的处理，不类人为，圆滑转承纯任天然。

惟一的遗憾是他每次都想验腹款，商正就是不让琴翻个儿。他那话，一千多年的东西，经不住翻来覆去折腾了。

为这胥宣心里也别扭。至于嘛，他们是彼此无猜的发小儿啊！不过想想商正嗜琴如命怨气也就消多了，就是这么个人，迷死在琴上醉死在曲中，天生的。

大包来的时候也多了。他倒喜欢这满院荒芜，不拘束。每回他不是拎野鸡就是提野兔，商正让他别客气，他龇着包牙梗脖子："还有什么客气的，我是到这儿听曲的。"

他爱听古曲，眼睛愣愣地映出悲喜，比胥宣听得还专注。

最初，商正弹一些轻曼悠扬的曲子他只是觉得身上松爽；那肃穆祥和的礼佛乐曲又使他澹泊宁静。虽然根本不懂那指法的揉绰，可是曲乐入耳心不躁了胸舒阔了，他体味到了听琴赏乐的难言妙处。

一天，他清早便扛着只麂子来到放泉斋。商正赶紧让苑雨烧水沏茶。他舀瓢凉水喝了个干净，一脸满足一脸酣畅："商先生，弹支古曲乏全解了，一会儿我还要赶回去。"

商正当即搬出九霄环佩放至琴桌，坐好静息，他的眉宇间现出一缕愁绪来……

轻绰慢注，时揉时批，乐声清丽杂糅散泛相错，如泉溪涓流，如黄鹂鸣柳，如明月沉璧，如云霞徐度。大包脑袋微晃，熨帖，今日听琴格外熨帖，不但悦耳且马上流入至心境。

两个舒缓过后，商正指下的绰、注多起来，稍稍快了节奏——越来越快越来越急，随着他的紧勾急揉连批带拂，乐曲变得苍苍凉凉凄凄切切。这时商正下指更重，曲调磊磊落落大响繁兴。

大包眨眼，商正没给他弹过这么急急火火的曲子，躁得慌，闹心。他坐也不是站也不是。

突然，商正双眉紧锁，指下发出狂风肆虐沙石狂舞天崩地陷墙倾宇摧之声。大包不禁缩紧脖子，他听到风雨交加人马杂沓旌旗作响剑戟相搏金鼓齐鸣铿铿锵锵铮铮锃锃，惊心动魄。他抱抱脑袋往后缩，吓人哟！

渐渐地，铿锵铮锃曼衍，乐曲哀婉凄凉，凄凉得寒心彻骨。风声化隐，隐隐中夹缠着胡马的嘶叫，猿猴的哀鸣，好瘆人！嘶叫哀鸣间，还有胡人的琴号，声声啼泣阵阵呜咽。他偷视商正指间，琴弦自上而下一绰，揪他的心；自下而上一注，裂他的肺，他夹住胸口捂起双耳："商先生，别弹喽……"

琴音久久不散，那是一声长长的呜咽。

商正也久久闭目，喘吁，半天才把双眼睁开。

大包游移着把双手收回来："商先生，这曲子叫——"

"《胡马嘶风》。"

大包的筋肉放松了，是听到了胡马嘶鸣，是听到了忽忽风声，至少听出门道，他把烟袋锅子又掏出来。

"你可知道汉时有个叫蔡琰的女人，就是那个文姬的故事？"

他摇头，什么"文鸡""武鸡"的，只知道野鸡与山鸡。

商正给他讲了蔡文姬远嫁匈奴，后来又舍夫别子回归汉魏的故事，并说《胡马嘶风》就是他自己根据文姬归汉的故事谱写下的一首琴曲。

大包连连称妙，却又觉得不如每次那曲子听着松爽，蔡文姬不都作古两千多年了，还替她操心干什么。

商正看出他的心思："刘先生，你看放泉斋内荒草扶疏不觉别扭？"

唉，怎么又转到什么荒草上？

"哦……野味儿野劲儿，这才随便自在呢。"

"帘栊文敞，看青山绿水吞云吐雾，识乾坤之自在；竹树扶疏任乳燕送迎时序，知物我两忘，你说是不？"

"是是是，还是绿水青山地道。"他只听明白"绿水青山"跟"吞云吐雾"，怪呀，商正知他胸无点墨为人粗鲁，今天怎么跟他卖弄起斯文？

商正起身，邀他到后院走一走。他明白了，似有什么话不愿让苑雨、商月听到，便随商正出了放泉斋。

二人沿着院墙走到园后的一片枫树林，商正停下脚步看着他的眼睛说："刘先生，香山慈幼院内失踪了一个嬷嬷。"

"哦……"他用手把嘴挡住了。

"这事与你没关系？"

"哦……"

"别干傻事，民国巡察会缉拿你，欺侮那孤身女人干什么？"

"欺侮？"他一拧脖子涨红了脸，"我就要弄洋娘们儿，日洋娘们儿才解气呢！"

嗯？商正也一惊，大包这是怎么个理儿？

商正不知道，大包的爷爷、父亲都是义和团。可是，棍棒刀矛敌不过瓦德西的洋枪洋炮，拳民惨败，爷爷和父亲的脑袋被割下挂在前门楼子上，一溜齐刷刷二百个。他姐姐也被洋人糟蹋了，能不恨？咬牙切齿恨洋人。

香山办了慈幼院，全是女修士，哪找这般机会去，送上门来的洋女人。

探明了消息，四五个嬷嬷经常搭帮结伙到樱桃沟中去遛弯，采野花蹚溪水，引得卧佛寺的和尚都看她们。

先抓一个嬷嬷来，报仇解恨开洋荤。

十天前的一个黄昏，他带人早早埋伏在樱桃沟。待那几位修女刚到溪边脱下鞋，他们突然蹿出来，把个身材高挑眼珠灰蓝的嬷嬷掳了走，这些天一直在弄这个洋嬷嬷。

今天造访放泉斋，也是顺便听听风声的，想不到商正一针见血捅破了，他是怎么知道的？

其实，从卧佛寺到碧云寺，大小村落都传遍了。香山慈幼院是法国人开办的，光绪年间就有了，专门收养孤儿，凡是里边出来的孤儿都说那些嬷嬷们好极了。

可是，香山的人们对八国联军的记忆太深了，谁都避讳谈到牧师和嬷嬷，慈幼院是一个神秘的陌生与遥远。

一个嬷嬷被劫走，人们马上联想到大包，杀人越货非他莫属。西苑警察局也下来人，可是人人缄口，本来就一无所知嘛。

商正自然也听说了。

心中闷闷。

至于自己，既不信释祖也不信上帝，看着鼎盛的香火他常感喟，自渡渡他便去行善，心诚与否不在烧香拜佛上。性天澄澈饥餐渴饮，无非是康济身心，多少人心地龌龊却谈禅演偈，岂非在播弄精魂？

洋人那教堂弥撒他也不信，可眼前慈幼院的修女们任劳任怨做了多少利幼救孤的好事，人们该有目共睹哇。

他读过一些关于利玛窦、马可·波罗和郎世宁的书。这些人背井离乡远涉重洋来到中国干什么？跟英法联军、八国联军绝对不一样，他们是科学家、探险家、艺术家，为信仰而呻吟，呻吟着去信仰，为博爱沟通而献身，他们绝对是好人。

这些嬷嬷们到中国扶贫济困收孤救孤更是好人。她们多少年来如一日，终身不嫁漂泊异国为什么？

都传大包劫走了嬷嬷，他提拎着心，千万不能害好人！

“刘先生，洋人有好的，国人也有坏的，洋人国人都是人。”

“洋人都坏洋人杀了我爷爷我爸爸糟蹋了我姐姐！”大包忿忿，一口气将庚子年家人遭难的事都说出来。

商正叹了口气：“可那救死扶伤的修女招你了？”

“她们是洋人，洋人弄死我姐姐，今天我就要弄洋人。”

“她们无辜她们没罪，她们很高尚她们很善良，你要这么说话就不讲道理了！”

“那你要我怎么着？”

“你不咆哮着，不让我再弹《胡马嘶风》了？”

原来如此！

山风劲吹。

大包一溜小跑进山，乘夜色把那嬷嬷押回慈幼院又放了。谁料两天之后慈幼院内抬出一具黑棺材，受辱嬷嬷无脸见人含冤自杀了。

商正又给大包弹了一支古曲，激昂悲愤如泣如诉，铮铮处震得他直哆嗦，曲终他只蔫蔫地说了一句话，只此一回，以后再也不弄洋女人。

西苑警察局也没深究，三天两头换总统，顾不上什么修女跟土匪了。

5

商月撂下画笔就想上野山。

静宜园内的眼镜湖、珠帘洞、碧云寺去腻了看够了，还是野山有意思。野山里边能打猎，大包教她打火铳，她都能打到野兔山鸡了。

商正、苑雨拦了一阵，后来对大包再不隔心，也便任妹妹喜欢。自己崇尚野趣干嘛不让妹妹也活得自然？尤其是商月近来爱画鹰，何不一块儿看看大包放鹰去，天机源于会心与熟悉。

一天，大包、胥宣前后脚来到放泉斋，商正兴冲冲地对胥宣说：“小月这就跟刘先生去放鹰，咱们也凑凑热闹去。”

胥宣巴不得。商月的鹰越画越有味儿，他正想见识这“得鹰之趣”呢。

大包高兴，想不到商正、胥宣也有雅性。又加上一个苑雨，她也要看看到底怎么放鹰。

五人一同出了放泉斋。

没进山，大包把他们往下带，乱坟岗子里才好放鹰。

一路往前走，商正、胥宣看着那只猎鹰问大包，这鹰是怎么逮的怎么驯的，逮着只鹰就能驯服捕猎吗？

大包打开了话匣子。

逮鹰比熬鹰驯鹰难得多，一两句话说不清。至于好鹰赖鹰他能不能驯，也有好多门道呢，比如他肘弯上这只土鹘吧，它脊背青黑尾尖雪白肚腹浅黄，它抓猎物最机灵。

“凡是这种毛色的土鹘就都能成为好猎鹰吗？”商正纳闷儿，照此拣选那能不能驯并不复杂嘛。

大包站停，一张膀子让大家细看土鹘，然后细致讲述，这只土鹘头顶稍大眼毛修长，鼻子上的通风骨宽宏，这样的鹰有野性也通人性，驯养一阵就能成为猎鹰。反之，如果头小睫秃，迎风骨窄的就难改野性，常常撒手它就飞进深山再也不归。

一路说鹰看鹰，没多大工夫他们就来到一片开阔林边的坟岗子。大包好风光，他俨然以匪首的架势压低声音发号施令，间距三丈一字排开，站成一条线一齐向前蹚。他还要求人人的嘴也得动，“咧呼”“咧呼”地轰。商正等人新奇好笑，他们来看放鹰，想不到先让大包派上用场。大包说，这乱坟岗子就有兔子，你们一字排开向前推进，马上就能见到放鹰。

乱坟岗中是有兔子。

野兔都在夜间觅食，白天专到清静坟岗，在草丛中间刨个小坑，头前堆土，遮住它的两只耳朵，没有动静一般不动，候到天黑再开始活动。眼下众人一字排开，大包举鹰居中，然后他一挥手，五个人“咧呼”“咧呼”地蹚开了。好紧张，走了半天都没有，眼看就要到头了，苑雨“呀”地眼前一晃，一只黄色的兔子蹿出来。大包定睛一看忙送胳膊，鹰飞了，人们愣在原地，哪见过这种场面啊。

因为兔子已然跑远了，土鹘扇动翅膀拔高，一个俯冲扑下去，缩颈展足大黄兔子被猎鹰拎起来。

“抓住喽抓住啦！”

商月拍手刚往前跑，谁料那只兔子身体一抖肘胯一拧，前腿一抡刚巧抽在猎鹰的脑袋上。倏忽，野兔在耀眼的阳光下划出一道弧线，从两丈多高的空中又蹿入草丛。

——糟了！

大包却抢前几步伸平手：“别动，且得折腾一会儿呢。”

果然，兔子并不直接跑远，而是往草丛稠密的地方钻；猎鹰也不直接俯冲，只稍稍腾空左右盘旋。兔子还是从草丛之中蹿出来，身体一兜往回跑，竟然只离大包他们几丈远。它从这个坟包绕到那个坟包，有时急转几圈还能后退，让鹰一下飞到它的前面去。商正几人都顾不上叹嗔，在与天敌的周旋中，兔子原来还能退，而且退得这样快！

猎鹰上下翻飞，兔子东逃西窜。转瞬，兔子直线向东，眼见鹰又俯冲，兔子却急停，绕过一个小坟包又回来了。好险，商正不禁为兔子叫好，求生使之绝技频仍。

猎鹰又腾空了，张开翅膀展开“一”字，几个回合之后它反安详了。兔子突然向北疾跑，猎鹰猛地俯冲下去，用右爪一挑对方后胯，大黄兔子竟然腾起二尺多高，浮在草丛翻腾了六七个吊毛，阳光下飞散出一片兔毛，如轻扬的飞絮，雾一般散开了。

雾间，猎鹰陡地向下一沉，摔懵了的兔子来不及跑，腮帮子已被踩住了。野兔的两条后腿还在乱蹬，猎鹰抖抖翅膀向下一收，竟然牢牢将它乱蹬的后腿别住了。

兔子吱吱地叫，大包、商月先追过去：“快来，这回抓住啦。”

商正三人也追过去，大包告诉众人，其实这只兔子比土鹘还大，即便被鹰抓住也极易挣脱，而土鹘用翅膀别住兔子的后腿这是一绝，行话叫插旗，旗子一插再大的猎物也难跑掉了。

大包伸手一绰兔子耳朵把它拎起来，好长好大，商月接过来：“哎哟好沉哟！”

苑雨也掂了，功劳有她一半，是她蹚出的兔子呢。

大包又让众人再蹚那块园子地，把兔子轰向竖着风帐的菜畦。这次快得多，临近菜畦大包自己蹚出一只白色的兔子来，他扬臂送飞，土鹘立刻腾空了，就在兔子头顶，想不到鹰刚一俯冲，兔子拐入风帐中，土鹘也一头扎进去。

人们着急了，看不见风帐中的鹰与兔。大包嘿嘿一笑说抓住了，听那里边折腾呢。

商月拎着大黄兔子往前追：“可别啄死那只小白兔！”

身着红夹袄的商月跑在最前面，她如一朵红云一般向前冲，眨眼工夫已到风帐，刚一侧身往里拐，她“啊”地踉跄几步栽进垄沟。

怎么回事，大包与众人飞步抢上，只见歪在垄沟的商月脸色煞白，左脚粘着一块木板。天，她踩在钉子上！

鞋袜上都已渗出血，怎么扎成这样子！

大包愣怔一下扑上去，随着商月尖厉地一叫，他把木板、鞋底分开了，然后小心地脱鞋袜，都粘住了。他让商月仰起腿，双手捧着商月的脚大口地吸吮，瞪圆双眼大声吼：“拿汗巾，手绢呢！”

人们惶急地折手折脚，胥宣把帽子摘下兜住商月的脚。大包满嘴是血掐紧商月的脚脖子，用苑雨的手绢紧紧把伤口勒住了。商正见手绢上又洇出血，这才急得大声说：“快，上医院！”

大包抱起商月就往路上跑，几个人急急火火跟上来，南边刚好过来一辆马车，商正急急地冲过去：“老乡，等一等！停一下！”

……

马车将他们送到西苑医院。消毒敷药，两名大夫总算把商月的血止住了。商月这才呜呜地哭，十几年来头一回，哪受过这般惊吓，也从没这样疼过呢。

整整躺了半个月。

大包三天两头来。嘿嘿嘿地坐在她面前，嘴拙了，连句“还疼不”都叨咕得很笨拙。

胥宣也从城里赶来好几次，他买来蜜饯果脯喂她吃，还带来“八怪画谱”待她好了让她练。

商正、苑雨突然觉得该给商月操办婚嫁了。胥宣越来越喜欢商月，不必舍近求远，胥宣知根知底最合适。

心照不宣，商正一提及，胥宣说他也正要启齿呢。

有父从父，无父从兄，商月嫁给了胥宣，在她脚伤痊愈之后的两个月。

只是商月有时怅惘，野惯了，怎么还常恋念野花野草和野山？

6

大包还来放泉斋，听琴。

商正给他弹《梅花三弄》《静月沉璧》《飞瀑流泉》《丹凤点头》，他都再不爱听，来了就点《胡马嘶风》，听完一曲坐坐便走，话语也比先前少得多。

商正劝他，都快三十的人了，趁着官府不追究，走出深山谋个营生，娶妻荫子成家立业，一辈子这么着算什么？

他摇摇头，能干什么会干什么，再说谁看得上他这个土匪？

商月有时回到放泉斋，见到大包还要他带上自己放鹰去，大包只是淡淡一笑，托辞有事马上走开。她好惆怅。还是如滴如笑的野山，那无尽的惊险神秘畅快怎么淡多了，就赖大包！胥宣把她引领到另一个世界。尔雅堂在琉璃厂是数一数二的古玩铺。满店的珠宝钻翠、石雕玉雕、瓷盎晶章、碑帖字画，光是珠宝她就认不过来。什么水晶、玛瑙、琥珀、翡翠、宝石、青金石、绿松石、羊脂玉，五色斑驳光灿夺目。胥宣教她辨识，她常稀里糊涂；可是一天到晚地看，用手去摸用心去品，耳濡目染也真长了不少见识。

胥宣疼爱她，还喜欢她的画。其实，她画画就是解闷儿，玩。而胥宣对古玩字画的鉴赏出类拔萃，给她点评扬州八怪、郭熙、罗两峰、李方膺的画风及妙处，比较这些名家的异同，还对照她的画找毛病。真奏效，她的画艺提高了，有了韵味出了意境。当她见到自己的画第一次被标价卖出之后，控制不住地雀跃。跟哥哥一样，甭管几块大洋，她长了挣钱的本事。

再回放泉斋，她珠光宝气了。祖母绿耳坠，芙蓉石蜻蜓簪，双手的钻戒一只是黑色一只是蓝的。连苑雨都惊叹，她都没见过黑钻与蓝钻。

商月告诉他们，她的画也标五块大洋卖出两张了，赶上了哥哥。

商正和胥宣玩笑，怪不得把商月打扮得这么漂亮。商月不服气："全是我挣的，我这腕子一抖给他们家赚钱呐。"

苑雨上前挽住她："没出阁的时候你不用心画，胳膊肘从不拐向娘家。"

"有哥哥呢还用我，他也从没想过让我画画是为卖钱呀。"

每次回放泉斋，商正夫妇还是为他们抚琴。商正还萌生出当年老泰山英运的念头，开一琴馆教授琴乐。每每抚琴院外必有一些人驻足赏听，何不让雅好者来学学，兴乐立德是好事情。

胥宣觉得多余。凭着商正的造诣，每张画都能卖上几块大洋，一天画上三张就能赚多少，开琴馆一年能挣几张画钱？

商正固执己见，皴擦点染不过游戏之笔，他好的是乐，他的所求胥宣不明白。

万也想不到，商正刚要悬挂琴馆匾牌的那天，清晨起床忽觉头重脚轻，勉强吃过早饭哇地一声全吐了。苑雨问他怎么不好，他说有点儿恶心躺躺就好，苑雨扶他躺下摸摸他的头，好烫。赶紧请来一位大夫切脉处方，早晚两剂汤药服下，谁想烧得更厉害。

第二天大包来到放泉斋，苑雨托他进城赶紧把胥宣叫了来。胥宣赶到已近正午，见商正牙关紧闭嘴唇发青，当即叫了一辆马车火速进城，把商正送到美国人开的协和医院。美国医生化验诊断，商正得了急性脑膜炎，体温已高达40℃，抢救。

人人焦虑，什么叫脑膜炎？怎么得的这种病，花多少钱都不怕，只要保住命。

还怕什么后遗症。大夫说后遗症就是疾病导致的体能智能损害，也就是保住生命之后的麻烦，人可能会瘸会痴会呆，商正可别呆了啊！

万幸，半个月后商正好起来，精精神神一切都清爽一切都明白。真高兴，胥宣在同和居设宴祝贺，大包也从香山赶了来。席间，商月又跟哥哥撒开了娇："你傻乎乎地睡了半个月，哪知人家都急死啦！"笑着埋怨出两眼润湿来。

商正笑呵呵地拉起她的手："我哪睡着了，你在我床边抹眼泪，稀溜稀溜我全听见了。"

"你又坏你又坏！"商月抓住哥哥的手使劲掐，眼泪扑嗒扑嗒掉下来，多少夜做噩梦，哥哥昏迷不醒，她急死了。

商正赶紧哄她为她擦眼泪。可不是，迷迷糊糊什么都不知道了，大伙跟着操了多少心受了多少累。胥宣举起酒杯把话岔开，美国大夫说得急性脑膜炎的生还希望微乎其微，可商正好了，没有落下一点儿毛病，大难不死必有后福，干，干杯！

回到放泉斋，没过两天商正又琢磨开了琴馆的事。苑雨劝他缓缓，毕竟身子还虚，几天前还烧得人事不省，大夫不是嘱咐要观察歇息调养吗。商正想想也是，虽然好了可眼前有时还发花，索性再等等，早一天晚一天确实没什么。

大包听说他眼睛发花，给他带来野羊肝，听人说野羊肝清心明目，商正这是还有火。商正又抚琴，大包挑那《飞瀑流泉》什么的，惟有绿水青山最明目，商正弹着这曲子，眼前自会亮飒些。

大包还陪商正到园后的漫坡去散步，翻过了道缓坡，视野一下开阔。十月的香山层林尽染，漫山像是着了火。可是，商正放眼片刻赶紧收回目光，头晕，这红叶怎么一会儿泛蓝一会儿发紫一会儿又全变成了黑的？

回到家里的第二天，他睁开双眼一片灰蒙蒙，摩摩挲挲去抚苑雨的手："我怎么……什么都看不清楚了？"

苑雨一个激灵坐起来："怎么了？你看我的手，数指头。"

眼前更加黑洞洞。美国大夫说这便是后遗症，高热烧坏了视神经。

谁不着急，商正怎么能失明，他是放泉斋的主人哟！

整整半月没言语，入冬商正才让苑雨把九霄环佩摆到琴桌上。被搀扶到琴后坐下，他抖抖地摩挲着琴头琴尾和岳山，许久许久才下指，一曲优美婉转的《丹凤点头》飞出放泉斋，街坊四邻蜂拥到院门口：一点儿不差，比原来弹得还好听！不碍事，商先生眼睛坏了不碍弹琴！一曲收拨，他多少天来第一次露出笑脸："我还能弹！"他伸手捂脸，"当初我还怕……我还怕……"

苑雨酸酸地，就想着弹曲，光能弹曲不成啾！

谁来了他都告诉人家还能弹琴，说着就真的抚上一曲，人人哦哦地惶惑，他光痴在琴上怎么就没再想别的？苑雨落泪，怎么办？她也爱乐好琴，可是商正怎么不想想失明以后的日子怎么办？偷偷地，她去碧云寺、卧佛寺焚香，祈望释祖保佑，让商正康复如初吧！她不再弹琴，哪里还弹得下琴。

7

因为人们爱听，商正常常在院内抚琴，琴乐播送得远一些，既然不能再开琴馆，那就让乡亲们聆听琴曲，陶冶物情呗。

苑雨蔫蔫的。日子一天天拮据，也不能老靠胥宣商月的接济。

她恨自己没早学画，要是有商月那本事，自己不也能有进饷？不愿受人施舍过日子，把家中的古玩字画珠翠首饰一件件变卖，坐吃山空。旗门多少王爷都败落得一贫如洗，自家这点东西哪经折腾？

胥宣、商月也为他们心急。眼见放泉斋的生气一天不如一天，前两日苑雨还托胥宣卖了两张宋琴，只出不进的日子哪能过得安生？给钱他们又不要，只好常送洋米洋面来。谁想那天苑雨送出他俩竟哭了："过不下去我们自会开口要，老这样不是寒碜我们吗？"

一句话反让胥宣二人干干的。怎么办，商月愁得睡不着觉。其实，凭她卖画就能赡养哥哥和嫂子，只是他们不干。不干怎么办？妹妹妹夫不能看着呀。

春节过后从放泉斋回来，胥宣见商月愁得吃不下饭。晚上躺下对她说："其实你尽瞎着急，你哥嫂的家底儿一辈子吃不完。"

"你瞎说！"她摇他胳膊，"典卖了三年，我还不知哥嫂有什么！"

他抽出胳膊，反把她的手扣住："那两把唐琴就值老了钱。"

唐琴，她眨眼，唐琴绝不能卖，从来没有想过卖唐琴："那可是哥哥的命根子。"

"衣不蔽体食不果腹山穷水尽连命要是都难保，还谈什么根子不根子？"

"有我呢，我养哥嫂一辈子。"

"你哥你嫂人家不干呐！"

她噎住了，是麻烦，哥嫂不要接济，确实送一回东西争执一回。可是，自从胥宣见过唐琴之后，哥哥就再也不让他验看腹款，那是哥哥的命，他看得比命还珍贵。

胥宣再也不言语，他知道商月心中折开了饼。

她最终还是憋不住，琢磨半天对他说："真要是卖，两把唐琴值多少钱？"

"验明腹款，重新油饰，两张唐琴能值十万袁大头。"

十万！商月惊得捂嘴。

当然哥嫂吃喝不尽。好半天，她又把一个指头咬住了。古玩古玩，尔雅堂的什么东西不是因为古色古香才值钱，两把唐琴若被修补油饰过，还算什么古物呢。

"既然值钱干嘛还非修补油饰它？"

胥宣把她的两手都握住:古玩古物既要有文物价值又要有观赏价值才值钱。商、周的泥陶还有那秦砖汉瓦有年头,人们干嘛不摆在条案、架几上当摆设?不好看。大唐吴道子的画值钱,至今传世的真迹托裱过多少次,不然早糟没了烂飞了。就拿那并不久远的明、清家具来说,通体没有一个钉子,全是鳔胶粘的,日精月华就要断裂,怎么办?修补粘接。不然几百年的家具怎么可能华彩焕然?说着,他下床抱起一只花梨木绣墩,指着凳面下一溜镂空雕花说:"这是乾隆年间的家具,看见这只松鼠叼葡萄了没有?我小时候掉只茶碗磕掉了,后来找人重雕一块又补上,不然豁着一块多寒碜,扔到街上都没人拣。"

商月抱到自己怀中仔细看,上下两圈一共12只松鼠叼葡萄,现在胥宣指给他,她都辨不出哪只是补上的。天衣无缝,要是缺了一只松鼠,可不成了豁牙子,要多难看有多难看。

胥宣又给她讲了钱币、翡翠、汉玉的上锈、点翠、血沁,那是把料器、岫玉往旧里做真里弄,制赝;而真品欲让它放出熠熠光华,将其牢固、装修又是绝对必要的。一反一正相辅相成,古玩行的钱就是这么赚来的。

商月嗯嗯,却又赶紧拨浪脑袋,胥宣说得有理,可是谁让赶上商正了呢!

胥宣又对她说,看看你家那宋琴、明琴、清琴,漆光灼然全是因为修补过。她承认,连商正也说那些琴修补过。可是九霄环佩、大圣遗音又不同,一是哥哥绝对不卖,再者谁会出十万大洋买那么破的两张琴?

她把疑虑掏给胥宣,他侧过身来揪她耳垂:"你呀,说值十万是我留下,我给你哥开出十万的银票押在放泉斋。"

她惊得嗓子眼儿热热地,胥宣有那么多钱,他对两把唐琴那般看重那般喜欢!

当胥宣告诉她现在只要把琴油饰加固,十万银票可以押给商正,一旦他实在无力保有再把琴交与胥宣的时候,她完全释然了。有什么不好,商正这辈子既能弹琴又可高枕无忧地过日子,银票放在银行立即能够生利息,哥嫂这辈子还有什么愁?

当夜还是辗转反侧没睡好,哥哥不会答应——难在这儿。

只能先跟嫂子说。

想不到苑雨一听竟然急得流出眼泪,不行不成不可能,商正死也不会答应的。不能跟他说,绝对不能让他知道这件事。

商月掰开揉碎——

修补之后的琴还是哥哥的,这琴他可以弹抚一辈子,只是防备万一,哥哥双目失明万一有个闪失,胥宣的银票押在手,月月可以生息吃利,这样他们不就有底有靠了?

苑雨糊涂了。

三年来细软卖了一多半,每天心中都惴惴。也是的,再卖两年怎么办?家徒四壁是不就得卖宅院?如果按商月所言倒也是个办法,可闹不明白的是干嘛非要修补油漆。她害怕,商正对琴熟悉得不能再熟悉。

商月在放泉斋住下来。偷偷地，她细细察看九霄环佩、大圣遗音。

正像胥宣说的，九霄环佩之首有一对紫檀木护轸，这正是康熙年间广陵徐祺重修的标志。琴是需要修，几百年前已经修过一次。再看琴的边边沿沿确是都用朱漆补过，鹿角灰的漆胎四处可见，甚至漆胎下的粗丝黄葛布底都露出来。太破旧了是不好看，胥宣说得有道理，既是珍品干嘛不让它放出卓然异彩呢。

终于把苑雨说通。

苑雨始终忐忐忑忑——

“腹款要不是大唐款识呢？”

“没关系，不管是不是胥宣都要，有他兜着怕什么。”

“会不会把琴修坏了？”

“修琴就把银票押在放泉斋，坏了胥宣认倒霉。”

“你哥要是发现了呢？”

“那他又能怎么样，吃着利息琴不离身，哥哥不会那么死硬。”

“可是他……”

“嫂子你别他、他了，我和胥宣为你和哥哥把心都掏空了。”

商月这话发自心底，虽然成了胥家人，但是向着哥嫂还是偏着胥宣，说不清，都是她的亲人。

一个多月后，商正要到协和进行三天的恢复治疗和检查，神经性阵发性头痛也是失明继发的后遗症。苑雨陪伴商正住在医院里，她比谁都不踏实。几个月来的谋划要实施，千万别把琴漆得光彩焕然了，商正“看”琴比谁都清楚！

胥宣更紧张，一切都匆匆又紧张，他从没这般紧张过。

他请北平制琴名家把九霄环佩、大圣遗音拆卸开，憋了多少年，作为古玩巨擘一直憋着看看两张唐琴的腹款是真是赝写的到底是什么。

——真是两把难得的唐琴！

喜不自禁。

为大圣遗音、九霄环佩，也为自己的眼力、造诣。

剖开之后的九霄环佩腹款为“开元癸丑三年斫”，大圣遗音的腹款为“唐大历三年仲夏十二日，西蜀雷威于杂花亭合”。由于年代久远，墨笔写的款识实难辨认，细细用“布眼”放大，胥宣心中的一块石头才算落地。绝无作伪的痕迹，两张皆为唐琴，妙的是一张为官款一张为私款，一张为宫琴一张为野斫！

原来，唐代制琴只写制作年代的琴为“官款”器，“官款”器都是为宫廷制造的，为宫廷所用宫廷所藏，九霄环佩即为一张宫琴。而既写制作年代还记作者姓氏、制作地点的琴为“私家款”，这种款识的琴体裁不同内容也多，是为当时好乐者所做，制作者是为了卖钱的。胥宣不放心的就是腹款，无人作伪更无改变形制的蛛丝马迹，两张唐琴至宝无疑。

破釜沉舟，孤注一掷。

此举胥宣没有告诉商月，万一腹款不是大唐，他早已做好准备补腹款。他知道，不剖琴腹补不上腹款，今天就是要孤注一掷。

重新粘合补漆，他让制琴家将所有剥落的漆胎油饰，裸露的断碴、葛布被遮住了。精心兑制的漆色与九霄环佩的紫栗色、大圣遗音的黑栗色浑然一体，断纹依旧古色古香，只是边沿的破损都弥合了。

连商月都大吃一惊，并没焕然一新，犹如女人不经意的几许淡妆，两张唐琴平添了令人意想不到的风采与神韵。

胥宣告诉她，怎么可能重漆一遍，九霄环佩要没有小蛇腹般的髹漆断纹，大圣遗音若通体现不出小牛毛漆裂，那就绝不是唐琴，连外行也会一眼看出是赝品。

商月高兴，真又长了见识。

苑雨也抽空跑到尔雅堂来看了看，总算放下了心。边边沿沿的鹿角灰和底布隐起圆滑也消失了，不见漆胎破损，两张唐琴确实增色许多。商正如果能看见，也会为它古色古香的卓然而高兴。

大夫要求商正多住几天院，大伙儿反而盼着他赶紧回来用手摸一摸。剥落的髹漆完好如初，新旧漆光浑然一色，朴实无华风姿独特，令那些宋元明清诸琴更加相形见绌！

8

大包哪知内中蹊跷。商正从医院回来那天，他早早来到放泉斋候着。待到商正从洋车上下来，他迎上去歪着脑袋打量："气色还挺好，听说住院我又吓一跳。"往院里走着他还告诉商正，别看分手才几天，让他更想《胡马嘶风》。

商正高兴。连大包都迷上古琴，会有多少人在自己弹抚的乐曲声中陶冶了物情，体会了光景，瞎了也没白活一辈子。

进屋大伙儿刚喝了碗茶，商正早又坐不下去。今天众人又聚在一起，不弹大包要的《胡马嘶风》，要抚一曲《八面临风》，柔曼轻捷澄澈空灵，又欢快又喜庆。

实则，九霄环佩、大圣遗音早已安放在两张琴桌上。谁不知道，商正回来的第一要事便是抚琴。

苑雨把他搀到九霄环佩前坐下时，不由得又"毛"了起来，谁知商正的反应，关键是今日的反应。

商正僵僵地坐下，匀匀地呼吸，眼睛动动"看看"那琴，脖子微微侧歪着。苑雨心跳更急，他是在闻，他的神态和往日抚琴之前大不同！

不约而同悬心。胥宣突然明白了什么，漆味儿，商正嗅到新漆味儿？不过他倒没慌乱，商正了然一切能理解，会高兴——他坚信。

突然好静。

商正游移地抬手，极缓极缓的双臂好沉。刚刚触到琴桌，腾楞一下抽手，像被什么烫着。脸色微红了呼吸加重了嘴唇绷紧了，犹豫着迟疑着倏忽他把双手抚在琴面上，捋着琴沿轻轻摸，手指越滑越快变成胡捋了："鹿角灰……葛布底……斑驳的髹漆哪去了，哪去了？"

苑雨立在一边不知所措，商正那双灰蒙蒙的眼睛怎么都红了！

突然，商正双手又悬起来，双眼紧紧"盯"住琴弦，几次下指又几次收住，脸色由红又变白了。不知双手上下几次，他撑住琴桌又站起来，俯身悬肘"盯死"那琴，十指猛地扬起向下一沉：

崩铮铮……

琴音宏大且尖利。

"琴……"琴音没住，他又上下一划，随之是一声凄厉地长唤，"琴呐……"双手撑住琴桌，肩与脖子都泄了。

"商正，商正！"苑雨赶紧扶他，紧紧架住他的胳膊。

"大哥！"

"商先生！"

胥宣和大包也赶紧围上来，商正的脸色都青了。

商月吓得挪不动腿，琴音是有些不对，可当时胥宣试了并不是这样啊。

"大圣遗音，那一张琴，那一张琴呢……"商正又把脑袋支起来，他哆嗦着双手，要往右边移步。

苑雨不敢阻拦，搀他走向另一张琴桌。临近，他叉开十指又捋琴沿，摩挲半圈甩手在琴弦上一扫——

嗡……

"它也毁啦它也毁喽……"他软在了桌旁的琴凳上。

胥宣上前俯下身："大哥，琴是我拆的我辨的，它们是唐琴无误，我把十万大洋的银票押给嫂子了。"

"唐琴无误？呵呵呵呵……"商正大笑，"谁要你去辨识真伪了？"

"这两张琴还是大哥的，大哥照样能一天到晚弹它们。"

"九德已知，大唐雷音就毁喽！"商正的眼睛变得晶莹，晶莹出两行泪花来。

胥宣心中蓦地一沉，修复之后他试了琴音，但确实没有像第一次见到九霄环佩那天从奇、古、透、润、静、圆、均、清、芳这九德之上细验审。

大包一直愣怔着，现在才影影绰绰明白了些什么。琴修光了怎么声音会变，刚才商正划了两下听着是不对劲儿，可那没弹成曲，他不懂琴音到底坏在何处。蹊跷的是修琴商正不知道、干嘛瞒着他修琴？

老半天，商正抱着大圣遗音站起来，一步一步向左面那张琴桌蹭过去，苑雨搀他的双手直打颤，他要干什么，千万别磕碰。

商正的眼睛"看"得清清楚楚，挨近九霄环佩，他将两琴比肩而置，声音由重而轻了："我爱雷氏造琴，皆缘'抚之若指下无弦'，名为拨曲，实则练心。只有深谙九德之妙，才知雷威雷霄二人的良苦用心。"

"大哥,不要毁了它!"胥宣惊恐地扑上去,展开双臂护住二琴。商正的目光不对,他会一撩桌子让琴粉碎。

"你闪开,不要怕,把银票拿回去,琴也送给你和商月了。"

"大哥!"

"哥哥……"

"我好的是乐,你重的是琴,素琴无弦而常调,短笛无腔而自适,陶潜常抚无弦之琴,我愧疚难抵他那境界……"

"大哥……"胥宣的脸烧烧的,他是一心关注在琴上。

"拿去吧,你们都去吧!"商正颓然歪在桌沿,大包一把将他抱住了。

三天之后的清晨,苑雨起身发现床上没有了商正,她大惊:他去了哪儿?

正白旗村的人也帮着找——了然无痕,商正再也不见了。

在寻找商正的日子里,一天大包将商月骗至野山深处,突然将她按倒,骑在她的身上边喘边骂:"我弄,我弄,你比洋人还可恶!"兽性大发,商月惊愕如梦,大包原来不是人。

半年之后,苑雨被胥宣、商月从正白旗村接走。放泉斋荒芜了。

种种传说却从放泉斋的荒芜中传出来:

——胥宣偷梁换柱,剖开重漆的根本不是九霄环佩和大圣遗音,他从一开始就作了假。

——文生一直要报复商正,他买通修琴技师用了他家油漆作坊内兑了狗血的朱漆,才把两张唐琴给毁了。

——大包才赚呢,弄完商月之后他找胥宣去拼命,胥宣害怕,分他一把大圣遗音,要不大包也杳无踪迹了?

……

尔雅堂于民国二十二年被火,胥家伤亡离乱下落不明。

七七事变日本人占了放泉斋,可是夜深人静常闻鬼魂哭泣他们又被吓出来。1949年,放泉斋成了派出所,二十四岁的沈所长说,本来就是迷信再也不准迷信谁也不兴迷信,一声断喝也斩截了商正的故事与传说。

至今,故宫博物院共藏有四张唐琴:九霄环佩、大圣遗音、玉玲珑、飞泉琴。九霄环佩、大圣遗音是否为当年放泉斋内的两张唐琴不得而知。若是,它们如何变成馆藏——一个谜,尚待于史于琴有志的诸公考证。如能得其究竟,定会又有一段故事见白于世,该更精彩纷呈。

埋葬沧桑

1

岁月是无尽的沧桑，沧桑陶染着沧桑，沧桑把沧桑埋葬。

随着华元小区的开发兴建，拥挤嘈杂的南横街冷清了。望着日渐增多的断壁残垣，人们又依恋起小胡同大杂院。祖祖辈辈恩恩怨怨悲欢离合，蓬勃着这方民居的凄婉哀凉，欢愉苦涩。一切都悠远得不能再悠远，一切又活生生变幻在眼前。顶针胡同临街墙壁上，到处峥嵘着大白涂写的“拆”，隆隆的推土机催生着惊喜期盼焦灼也叹喟着惶惶无奈与失落。故旧倏忽要斩截，好多事情还没梳理清楚呢。

年逾古稀的葛先却很俏然。挠挠攘攘干什么，旧的不去，新的不来，世道怎么变你就跟着怎么走，不就一个危改拆迁吗，谁没钱找我来，不就暂时分开两年吗，小区建成咱们都回来。

葛先就是跟人不一样。

云和殿大院的住户谁也跟他比不得。南苑海子边上一幢花园别墅是他的，他这样的南城有几个。老有后福，得天独厚。

不过，前年高桥成一到云和殿第一次拜访葛先的时候，他意外得手足无措，不知日本人所为何来，托捧着意外他懵了——

那天，一辆豪华丰田在云和殿门口停下，街道办事处的两位姑娘陪着一位满头银发面色红润身材矮胖的日本人步入院门径直来到葛先家。葛先惊异，干什么？

高桥成一愣愣地看了半天葛先，目光下移盯住他的左手腕，语音颤颤地问：“先生，我看一看你的胳膊可以吗？”

葛先懵着，又影影绰绰出什么。袖子过去老爱绾，后来这毛病打住了。日本人要看胳膊干什么，伤疤早无“亮色”实在不愿碰触它。还没等他抬胳膊，日本人上前捧起他的左手，轻轻把袖子向上一撸，一道凸起的亮疤使对方“啊”地一声定住。半天，他颤动着指头在疤上轻抚，带的声音更加断续：“葛先生，您真的是……葛先生，是……葛先生？”

“唔……”他也极力寻找，记忆与视觉努力叠和，“对，我就是……葛先。”

深深地一躬，日本老人的眼圈润湿了，嘴唇微颤着：“葛先生，高桥我……来迟了。”

果然是当年南苑驯狗队队长高桥成一，恍惚至过去，又倏忽到眼前：“杀人不眨眼的高桥,你……竟然还活着!”这个不共戴天的仇人,五十多年之后又来干什么?

“葛先生,我从五年之前病愈之后三次来到中国寻找您,今天总算找到啦!”

“找我?”葛先挥挥手,还是让高桥坐下了,不然街道党委的两位姑娘也不好坐。

高桥欠身坐下的动作好迟缓:“葛先生,您左臂上的刀疤是日本国野蛮侵华的铁证,多少年来,睁眼闭眼我面前全是血,全是血。”半个世纪前高桥的汉语就很好,今日的表达仍很到位。

“这……当然,当然是铁证。”葛先缩手,当年的荣耀早已不在,甚至每每一触倒别扭,时过境迁了。

“葛先生,那一天您真了不起,您抛出几把土迷了我们的眼睛,还扔出一个手雷炸死我们的两名士兵。”

“真的?”两位陪同的姑娘惊奇地望着葛先,还有传奇在这里?

“好像是……”

“葛先生,怎么会好像?明明是您做的事情嘛!”高桥惊异,脸色微红站了起来。

“你要干什么?”葛先也站起来,“是我杀的是我炸的,你找上门来要干什么?”

“葛先生,您还是当年的葛先,您杀得好炸得好,我三次来贵国寻找您的下落,就是前来谢罪的。”高桥前额上渗出细密的汗茸,又向葛先鞠了一躬,深深地。

葛先又一愣。

高桥控制不住感慨的涌动,他后退一步又坐下,转而对两位姑娘说:“二位小姐一直生活在北京?”

两人不约而同点点头。

“你们可知道北京那张自忠路、赵登禹路、佟麟阁路的出处与来历?”

胖一些的摇摇头,瘦姑娘沉吟半晌说听说过张自忠,是一位国民党的抗日将领,别的嘛,出语就支支唔唔了。

日本人的目光涩涩地:“我这个战争的罪人记得他们,熟悉他们的府邸和以其命名的街道方位,我钦敬!可是今天,不少中国的年轻人,却忘记了自己民族的骄傲与英魂!”

两位姑娘好窘迫,葛先却居高临下大度起来:“人民是伟大的无辜的,你们日本下层军人也是受害者,罪魁祸首是发动侵华战争的法西斯头子东条英机。”

“所以,越老我才越疚愧,杨靖宇,张自忠,葛先生,你们是英雄,有血性,你们的人生光照日月,你们是顶天立地的中国人!”

谁也想不到,当年南苑驯狗队队长高桥成一给办事处的两位年轻干部讲起了抗日斗争史,讲葛先怎么大义凛然舍生取义英勇不屈,讲今日中国赴日打工者如何乘地铁逃票被抓还四处拣拾废电器。两位姑娘听傻了。这般生动的现身说法对比教育如雷灌耳没有听说过。想不到葛先是孤胆英雄,更想不到日本人怀念抗日英雄,还称颂杀日本兵杀得好。难以置信眼前发生的是真的。

七七事变之后,日本人在北平成立了两支驯狗队,一支在长辛店,另一支就在南苑的三海子。当时的高桥成一任南苑驯狗队长,专门训练狼狗输送到华北先遣队和北平宪兵队。1945 年春天,高桥带领两名日本兵到海子村抓丁翻建狗圈,刚巧碰上葛先跟几个村民在海子边上挖沙子。葛先曾被抓到驯狗队养过一年狗,高桥认识他。高桥当时对他说:"葛先,你们几个人先到我那里做几天工,手中的事情暂时停一停。"

葛先一听好憋气。去年他被抓到驯狗队,人不如狗还不如死了呢。那些大狼狗一天到晚吐着长舌头扑咬八路军游击队的俘虏不说,有时连喂狗的也不放过。最难忍受的是日本人拿中国人也当狗。驯狗二科科长西园让他吃喂狗的生驴肝生马肺,他吃了;让他把刚捡出的狗屎舔干净,他舔过。吓得闻不出臭辨不出味儿,晚上躺下却恶心得五脏六腑都要呕出来。他还是人吗?日本人不是人中国人更是畜类。今天,自家后山墙倒了正等着翻修,高桥又让他去驯狗队,鬼门关,想想那里心中就打颤。

他向高桥哀求,他家的后房山被冬天的一场大雪压坍了,要急修,眼下实在没工夫。

高桥也不多废话,让他把左手伸出来,再把袖子捋上去。他抖抖落落伸手,哆哆嗦嗦捋袖子,以为高桥又要解下皮带抽手板罚懒惰,谁料对方从背后拔出匕首,一刀把他的手臂刺穿了。

没怎么疼,只是呼呼冒血。他双腿一软趴在沙滩上,谁知那血不似在冒好像在滋,他信手抓把沙子糊到伤处,清楚地听到高桥不紧不慢问他说:"怎么样,赶快站起来,跟我到驯狗队去包扎。"

真的觉不出疼,眼前是六只锃亮的皮靴,不知怎么想的不知怎么就连抓六七把沙子哗哗全扔到日本人的脸上去。

沙雾弥漫。

"八嘎——"

"你好大胆……"

日本人从没受过海子人这般猛烈的突袭,而且三个人的眼睛全被迷住。葛先疯狂地扑上去,拽下高桥的一只手雷喊声"快跑",几个挖沙子的跟他一块儿往后撤。葛先却回身立足,模仿日本人投手雷在海子炸鱼的动作,把导火线一拉一掷,轰隆一声三个日本人全倒下了。

葛先几人一直向南跑。跑到保定隐姓埋名当了不到半年的雇工,日本人投降了。他回到海子名声大噪——抗日英雄。不过高桥却只负了点儿轻伤,"八一五"之后便被遣送回国了。

高桥三次到中国来觅旧,南苑早已面目全非了。当年波光潋滟的海子干涸为垃圾场,半个世纪之前的一切无影无踪了。这回几经周折终于打听到葛先还在,他激动不已老泪纵横。健在的英雄,葛先是了不起的中国人,那勇敢的一掷能不刻骨铭心吗?虽然自己没死,但他永远钦敬敢于为生而一搏的中国人——葛先身上激扬着奋起与国魂。

不过，后来的事情令葛先反而难以回肠荡气了。哪里想得到，高桥奔波几日带他到南苑、亦庄开发区转了个够，花二十多万美金为其购置一座花园别墅，作为对残害葛先的补偿。面对着这二百多万人民币的房产馈赠，葛先讪讪得手足无措，这都哪跟哪，梦，梦都做不出这般的千真万确来。

2

1945 年秋上，国民党在海子乡重建支部，葛先这位抗日英雄被推举为书记兼镇长。没当几天葛先就不干了，海子人把国民党叫刮民党，倒行逆施不亚于日本人。一看这架势，葛先还是辞官务农了。可是老娘却骂他傻，书记镇长开的是官饷旱涝保收，一辈子扛锄种地有什么奔头，连个媳妇都娶不上。二十来岁的他春秋正盛，也是的，当初人们再骂刮民党也有贱兮兮的女人在屁服后头“葛书记”“镇长啊”地跟着。如今辞官再无女人上赶着。半亩河坡地一头瘸腿驴，面朝黄土背朝天的日子是过不去。

遗憾的是来不及后悔，他刚一卸任，镇长的肥缺就让徐老四接过去。徐老四祖上吃皇粮，为大清国皇上饲养南苑特产四不像，家有百顷地，七七事变之后徐家就投靠了日本人。现如今徐老四又当了书记兼镇长，不倒翁，多少海子人都是他家的牛马与雇工。葛先漫说是再当镇长，就是在乡公所找口饭吃都没了。徐老四说他是无赖是痞子，狗急跳墙才炸死两个日本人，有吃狗屎的英雄吗。

葛先恨透了徐老四。

——祸害他。

徐老四院门前有一眼甜水井，是同治年间慈禧钦命为他祖上单打的。那井水冬暖夏凉甘饴爽口，算命的说南苑海子即由六眼秘泉溢成，不然上流无源怎会生出几片海子来？不然天子缘何把这儿当皇苑？而这六秘之中有一眼为“蜜”，八百年前花仙成精滴泪成蜜，徐老四院门前的这眼井正好通了蜜泉。蜜泉井水香甜清醇连日本人都喜欢，半个世纪之后高桥与葛先旧地重游购置别墅，还为这眼甜水井早已干涸而感叹。当时徐老四并不独，谁到甜水井边打水都不拦，怕下毒，结怨太深扔下二斤砒霜就完了。葛先恨徐老四自然首先想到甜水并——没投砒霜，趁一天夜幕深沉顺下一车粪稀去。臭气熏天。清晨，徐老四脸色乌青跪在井台烧了三炷香，命人淘井，半月之后才把污臭全淘净。可他并没深究肇事者，只在水井又能启用的时候当着几个扛活的说：“不得好死，做这般缺德绝后之事者，天打雷劈遭报应。”

徐老四知道是葛先干的这件事，葛先也知道徐老四怎么骂来着。徐老四不公开报复葛先，毕竟他炸死过日本人；葛先只在下边骚扰，毕竟徐老四有势力。

来年六月之初，麦穗正往鼓里饱胀，再有几天就要开镰了。海子西边六十亩麦穗一夜之间全都削平了，光秃秃只剩下一片麦杆。好损，不单徐老四咬牙切齿，连扛活的们也瞅着心疼,多少血汗糟践了。损在节骨跟上,怎不叫人堵心呢。

徐老四号啕几声没有半天工夫就释然了。待余下的麦子开镰后,炖了三天肉烙了三天饼,让扛活的吃个够喝个够,完事还让每人扛回家一口袋麦子去。

徐老四把兴高采烈不以为然掷还给葛先——微笑着骂人。

徐老四其时还不到三十岁,竟有四房姨太太。就想传宗接代,可是始终没有耕耘出一儿一女来。1947 年上徐老四从城里陕西巷买回一名青楼女子舒小曼做五房,海子人都惊呆了:没见过这么漂亮的。

舒小曼年方十六身材窈窕韶颜稚齿玉骨冰肌弹指欲破没人不羡慕,跟这样的女人睡一宿死都知足,那才真叫没白活一辈子。

可是徐老四和舒小曼恩爱半年什么动静都没有,老四那新鲜劲儿又淡下来。照样不能续香火,能不让人扫兴吗。自从小曼来到徐府,下人因为羡慕嫉妒便放松了门户,任凭葛先等光棍夜潜徐宅贴窗听房。海子农户从无精神生活一直有此陋习,窃听男女房中动静实在是大乐子,颇能解饥解渴的。

葛先越听心中越躁,见徐老四冷淡下小曼便动了心思:对,乘虚而入。他果然在一个月黑风急的夜晚,带把明晃晃的牛刀潜入徐宅。刚巧那夜老四又去三姨太房中重温旧爱,他溜入小曼房中顺利得手,直到天快破晓才酥软着身子溜出来。

那舒小曼本是南池子一个败落旗人之女,天性温良,后入青楼被徐老四从陕西巷买来,本想从一而终一生有靠,岂料男人有病待她日渐冷淡。愁苦之中被葛先强暴更是惊悸万分——又绝对不能告诉丈夫。惊恐万状间反觉葛先倒是个真男人。她与葛先私会月余,惊喜地发现自己双乳变紧想吃酸的。徐老四得知大喜过望,一天到晚偎在身边抚摩她的肚皮。儿子,朝思暮想的儿子这回可有盼啦。

葛先麻烦了。徐老四寸步不离舒小曼,他还怎么去欢娱?正在心急如焚的时候,解放军工作队来到南苑。原来,国民党武装在北平近郊陆续被瓦解了,共产党一到,人心所向,海子人分田分地闹开了土改。只有傅作义的 12 战区官兵还困守着北京城。工作队正准备拘捕徐老四,老奸巨滑的他只带了一个小曼和金条细软逃跑了。不过,徐老四出逃并没影响海子人对他那大老婆二老婆三老婆四老婆的斗争。土改轰轰烈烈,葛先母子分了二亩地一头驴,在国民党军队还盘踞城内的时候,海子人的新生活已然开始了。

新生活之于葛先,决不仅止于此。工作队听说他是炸死两名日本士兵的英雄,又跟大恶霸徐老四做过不屈不挠的斗争,当即培养他入党,参加革命,跟着取道丰台良乡房山到了西山。进入华北革命大学学习参军,在北京和平解放之后,随百万雄师宜将剩勇追穷寇不可沽名学霸王浩浩荡荡过大江,接着又衣锦还乡——没回海子,以革命干部的身份当了前门区工会组织科科长,从此献身火热的共产主义的远大理想与轰轰烈烈的社会主义建设。

这时,葛母亡故葛先的终身大事也解决了。过大江的时候他结识了一位湖南衡阳的革命伴侣小苏,在火热的斗争中同仇敌忾意气风发携手并肩,同回北京自然马上结为连理。开始二人感情甚笃甜甜蜜蜜，谁料个头本来就矮的小苏眼见着肚皮往外凸，不到八个月医院说孩子已然够了月份。葛先这才回过味儿来，原来小苏不是闺女：可是细想过大江的那几个月小苏哪有机会干那事？革命剿匪都忙不过来。再咂摸毛病就出来了，小苏老爱跟男兵逗，自己到衡阳她才参加革命半个月。毕竟不知底，要不怎么差月份？

小苏矢口否认有任何事。八个月是小产，孩子绝对是葛先的。两人为这件事闹到区政府，区委秘书长批评他俩都没把革命利益放在第一位，孩子谁的也不是，是党的人民的国家的，要他们都在自己身上找问题。

问题始终没弄清，只是葛先看见儿子建设就别扭，血脉不对。为此，他对小苏的感情就淡下来，没意思。

其实小苏也着实冤枉。参加革命前她是衡阳南郊的一个童养媳，未及圆房十三岁的小男人突然病殁，小小年纪的她成了寡妇。大军南下前她去村外拾柴，一名国民党逃兵将她拽入草丛强暴了。她无脸回家投奔了解放军，刚做半月卫生员便结识了葛先。迅雷不及掩耳南下，风驰电掣般返京，谁知建设是谁的？国民党强暴之事当然得瞒下，怎能说清楚，过错不在她。

只不过，这件事情对葛先一生影响极大，不然革命一辈子不会至今还住在云和殿。跟他一块儿进城的有人干到部级甚或将军，房子早弄了几十套，汽车也不知换了有多少。可他呢？

3

葛先进城就住在云和殿第一重院内的三间北房里。门道住的老马出来进去跟谁都打招呼，还称他为葛科长。葛先不待见他，一个修鞋的上这儿套什么近乎。想不到那天一位穿中山装的干部来到云和殿，竟是专为拜访老马的。老马一嗓子“齐区长”先把葛先吓一跳，老马认识区长？他隔着窗子往外望，还真是，是东单区那副区长，好像开会碰见过。愣在屋里没敢出门，北京城一个区长顶外地一个地委书记，那是地师级司局级，这么大的首长吓得慌。

那天老马把齐区长迎进屋，齐区长平易近人和蔼可亲竟然尊敬地称老马为“老马同志”“老马师傅”——葛先趁到院中接水的机会听见了。齐区长走后，他赶紧跑到老马屋里问究竟，一个修鞋的怎么会认识这么大的首长呢。

老马一见今天葛先上赶着，反倒卖开了关子：“老相识老朋友，齐区长跟我铁着呢。”

葛先见老马挺胸叠肚竟然有些轩昂，羡慕间又加了钦敬：“嘻嘻……老马同志，看来你也有过革命的经历，我早就知道你不是一普普通通修鞋的。”

“葛科长是哪年参加革命的？”老马解放前就爱吃猪头肉，不到三十肚子就起来了。

“1948 年 1 月，华北革大毕的业。”

“我(一九)四七年跟齐区长就认识,人家是清华大学的地下党,当初没有我,他还成不了区长呢。”

哦,葛先鼻尖上沁出汗。多大的口气,万也想不到老马不但知道齐区长的经历,还敢放出这么大的狂话。不像是吹,刚才齐区长的热情就是明证。

“老马同志,我们党一贯坚持革命传统教育,既然你对革命做过这么大贡献,一定得让我受受教育。”

老马见他这般诚恳,况且齐区长亲自登门也确实荣耀,便跟葛先谈起他与齐区长的那段交往。葛先半张着嘴听得神往,怪不得齐区长对老马那般亲切呢——

1947 年冬,我共产党人大批潜入北平,为彻底埋葬蒋家王朝不惜一切。以刘仁同志为首的地下城市工作部积极活动,打入敌人内部,宣传革命形势启发群众觉悟。齐区长就是清华大学的一名地下党。他不光在校内宣传革命而且在北京内外散发传单深入工农。那天晚上老马吃完饭刚在床上一歪,推门进来一个穿长衫的人跟他急急拱手:“大哥,快救救我!”

老马和老马媳妇都吓一跳,这是什么人,怎么蹿到人家屋里来?张口求救谁知你是什么人?

“你……”

“有警察……”

“你是小偷?”这时街上已然响起咕咚咕咚的跑动声。

“不,我是学生,抗日的……。”齐区长不敢露共产党,更不敢轻易说他反对国民党,谁知对方怎么回事。

哪还容得细盘查,老马见此人眉清目秀不像坏人,一撩炕帘说声“快”,齐区长哧溜一声钻到铺底下。

几乎同时,云和殿内已经进来警察了。老马急中生智绰起痰桶一转身,警察也一脚将房门踹开了:“窝藏共产党,快把人交出来!”

老马正出恭,臊味儿夹着滔声:“干嘛呀,人正撒尿呢。”

臊热扑面。犹豫半天只进来一个警察,他先向老马媳妇“呸”一声,转手一巴掌响在老马脖子上:“瞧你小子这点子德行!”

老马身子一晃痰桶掉在地上了。一地腥臊。警察掩鼻,下不去脚。另一名警察只好照着窗户几枪托,哗哗玻璃都碎了。万幸的是前院后院挨家搜,临走再也没进老马家。

北风呼啸。虽然用被子先把窗户堵上了,可地上一湿屋里成了冰窖。待齐区长哆哆嗦嗦从铺底下爬出来,老马早恼开了。不沾亲不带故何苦?满屋腥臊要结冰,过后房东还得要你赔玻璃,正想吼几嗓子那人跪在尿里了:“大哥,谢谢……您救……我……的命……”

“快起来起来快起来,你那身上都是尿!”又骂不出,真可怜。

“大哥……”齐区长从大褂内摸出一支钢笔,“大哥,派克笔,谢谢……您救我的命。”满手是尿，连笔都弄湿了。

“什么派克不派克，我没用。”老马顿生恻隐，救人一命胜造七级浮屠，大字不识要笔干什么。

“大哥收下，这是我的一点儿心意。”

“我没用我不要，还不起来多臊哇。”老马上去拽他胳膊。

“大哥，不臊不臊……”齐区长不是软骨头，生死攸关还顾得上什么臊与臭，他站起来，执意要送那支笔。

“我没用我没用，锥破鞋的要笔干什么，你要不快走，警察再回来我可不救你。”

齐区长这才又一怔，匆匆把双手在大襟上来回蹭干，深情地向两位恩人望望，出门潜入夜色。

今天葛先问起此事，老马得意洋洋地把这段辉煌钩沉出来，但他却略去齐区长跪拜送笔的情节，只是将那段精彩改为齐区长临别紧紧握住他的手说：“谢谢您，老马同志，您为革命做出了贡献，党永远不会忘记您，您是我党的好同志。”

葛先听完老马的舍生取义，也情不自禁地握住他的手：“老马同志，您使齐区长免受国民党反动派的围剿与迫害，这是救护共产党人的崇高行为，你为我党做出的贡献非同寻常，决不亚于我一手雷炸死六个日本鬼子。”他绾起袖子，让老马看高桥给他留下的伤疤。虽然毙敌数目扩大了三倍，可是心中仍然醋妒，不如老马那一救——救在了裉节上。

“哪里哪里，你是抗日英雄，三八式的老干部，我不过是个修鞋的。”老马黯然，自惭形秽。

“可别这么说，彼此彼此，你为革命做出了不可磨灭的贡献，齐区长不会忘记你，党和人民不会忘记你！”

打那之后，葛先跟老马的关系大变，葛先不让老马再叫他葛科长，他也亲切地称老马为老马同志。

葛先看得挺准。齐区长知恩不忘，没过多少日子，老马就当了前门区综合修理合作社主任，同时入党就任支部书记。

云和殿内，老马比葛先口碑好。几十户人家眼见锥破鞋的当官入党，可是工人阶级本色劳动人民的淳朴没丢掉。修鞋的修车的修锁的修伞的修笔的修表的工人来找他，照样大大咧咧称兄道弟——喝，他常跟最底层的工人阶级喝一昏天黑地。

一晃过了三四年，老马把葛先也介绍给了齐区长。一提前门区的书记区长工会主席齐区长全熟悉，要不老马怎么凭空就当了官？越走越近。认识了齐区长，葛先在单位里也牛气：“东单区齐区长老上我们家，人家是刘仁同志的部下，十二级！”人们信，因为最近风闻葛先要被提为前门区工会副主席，像他这样的抗日干部当个科长是亏了些，何况人家连东单区区长都认识。

一天，齐区长又来云和殿，葛先把齐区长从老马屋请到自家来。说齐区长要是不见外，今天就赏脸在他家吃顿饭。小苏也拽住齐区长不放，两人口音一样，原来齐区长也是湖南人，乡音乡情顿时缩短了距离。齐区长说那也好，就把撂在老马家的两瓶老白干一斤花生米八个松花蛋拿过来，叫老马两口子也到葛先屋聚一回。

葛先小苏那高兴，这么大的首长到自己家里推杯换盏，抬面儿。葛先又买回两瓶通州老窖四个猪口条，让小苏赶紧和面烙饼摊鸡蛋。

老马平时就能喝，今天人多酒多菜多就有些搂不住。几杯老白干下肚便把袖子绾起来："齐区长，划两拳？"

齐区长摆摆手，笑出一脸祥和："这种东西我不会，连喝酒都是深入工农才学的，咱们还是聊天，聊黑暗的旧社会，聊蒸蒸日上的新中国多带劲。"

葛先马上接过来："对对对，今天当着齐区长的面儿我多句嘴，老马你别往心里去，哪有首长划拳的？"

"谈不上首长不首长，"齐区长又把葛先给截住，"问题不在形式上，关键在内容，比如那哥儿俩好哇六六六哇都不大好，不知对方什么阶级什么成分就哥儿俩好，那不就出毛病了，哈哈……"

"哦，哈哈……"老马先一愣，马上也哈哈起来。也是的，没咂摸这"哥儿俩好哇"还得看对象还得先想想他是什么阶级的，原先就知道好玩儿图一痛快过瘾图一乐儿，考虑问题是简单了。

谁也没有不自在。齐区长和颜悦色平易近人，吃着喝着聊着就进行了革命教育，让人不拘束还服气。

小巧玲珑的小苏见着齐区长格外亲热。她年轻，普通话比齐区长说得好。她一边忙着烙饼，抽空又去油盐店抱回一坛绍兴黄酒。她跟大伙说，湖南人最爱喝黄酒，你们北方人不知道，黄酒柔和、暖肚，齐区长准爱喝黄酒。

齐区长说是的是的是的，不过革命这么多年早已入乡随俗，什么二锅头哇老白干呀也蛮好，喝起来浑身长劲，我们需要的正是革命的豪情和斗志。

老白干通州老窖一坛绍兴黄酒轮番喝。因为高兴都忽略了酒这东西不能掺着喝。不过葛先在齐区长面前很清醒，老是抿一点儿；齐区长历练稳重也不喝大口。惟有老马哐当哐当一劲儿干，不然还不至于刚才就要和齐区长划几拳。此时听齐区长三句离不了旧社会，老马舔舔厚嘴唇抚住了齐区长的手腕子："我说齐区长……老齐呀，当年那件事你还记得不？"

葛先抿住一小口酒没往下咽，好家伙，老马怎么管齐区长叫开了老齐，人家是地师级司局级！

齐区长却一点儿不在意，把另一只手搭在老马抚他的那只厚手上："不用猜就知你要说什么，我能忘了吗？"

"蒋介石那白色恐怖血雨腥风你们城工部的人一天到晚把脑袋别在裤腰上，全是出生入死枪林弹雨啊。"当了书记兼主任，老马眼界开阔多了知道了不少革命的东西也会天南地北捅词儿了。

"可不是，用一句革命先辈的话说就是，砍头只做风吹帽，要革命就会有牺牲嘛。”

“对了老齐,那天国民党因为什么事情追捕你?”老马只是语速慢了点儿,既然齐区长要回忆黑暗的旧社会那就回忆呗,还从没问过齐区长那天为什么一头扎到他屋里。

“贴传单,我们在米市胡同贴传单,被几个特务发现了。”

“就您一个人?”葛先轻轻问。

“两个,警察一追,我让那个同志赶紧先跑,我向西进了顶针胡同,为的是把敌人都吸引到我这边。”

“齐区长,我先敬您一杯,”葛先一脸严肃,他恭恭敬敬起身,为齐区长满上一杯黄酒,然后自己也满上一杯,“您抿一小口,我把这杯全干了。”齐区长也好动情,端起酒杯跟葛先碰了一下:“我们都喝半杯,饭桌上也要讲平等嘛。”

“别介别介,我跟你们干白的。”老马不甘寂寞抢上一碰,扬脖一杯白干灌下去。

“齐区长,什么叫高风亮节?”葛先挑起一个大拇指,“来了这么多趟,掩护同志的事情您只字不提。”

“谈不到谈不到,应该的应该的,那位同志党龄比我短,我不掩护他还能自己先跑掉?”

“就是嘛,”别看老马语速慢了,但是不愿葛先老抢话,“那天老齐刚进屋没多大工夫警察就跟进来,是不是老齐?”

齐区长点头,抚住老马的肩膀。

葛先嫉妒,真想让齐区长把另一只手搭在自己的肩膀上。

“老齐呀,”老马眼皮慢慢地眨,“那天我那泡尿来得快不快?”

齐区长点头,大智大勇。

老马媳妇老实巴交始终一言不发,一听撒尿憋不住了:“你呀,老说那糙话,快吃吧。”

“糙话?”老马心里极明白,“老齐你说,我那泡尿及时不及时,重要不重要?”

“尿得好尿得巧,敌人再狡猾也没有人民群众机智果断有创造力。”

葛先没听过这细节,抻着脖子更加兴致勃勃了。

“老齐呀,那天……你可是真懵了,吓得脸上没一点儿血色儿。”

“哦……是吗?”齐区长刚要夹菜,又把筷子放下来。

“怎么不四(是),你忘了?”老马咬字不清了,“你从铺底下钻出来干——吗来着?”

“哦……记不得了记不得了。”齐区长开始不自然。

“刚……才,你还说刻骨铭心不会忘,现寨(在)又说记不得了,”老马用油手抓抓齐区长的袖子,“你呀你,哈哈哈……”

“老马你喝多了,吃菜吃菜吃菜。”葛先知道老马醉了,话说得有些出格,而齐区长是不愿掰扯那些细节的。

“谁——喝多了？我什么四(时)候，喝多过？”他又转向齐区长，“老齐我瞎说了吗？那天你……跪在地下给我捉(作)揖，有没有？你说。”

老马媳妇在下边踢他一脚，他竟“哎哟”一声瞪她说：“有你什么四(事)，踢我干什么？”

齐区长苦笑着拍老马：“老马同志，葛先同志说得对，你是喝得多了些。”

“什么老齐，你……也说我喝多了，我说一句醉话了？”他那话更粘了，“你跪在尿里不嫌臊，四(是)不四(是)？”

齐区长点上支烟，深深地吸了几口：“老马同志，我看你是真有些糊涂了，实在撑不住，就先回屋躺躺去。”

“对，老马醉了回屋先去躺一会儿。”葛先替齐区长尴尬，哪能这么信口开河呢。

“老葛，你也起哄是不，我没醉，”他又转向齐区长，“那天你非送我一支派……克笔，四(是)不？”

“哎呀，老马同志，作为领导我可不喜欢人撒酒疯的样子。”齐区长努力控制着自己。

“什么？我撒酒疯，你那笔都沾了尿，还非送给我，不四(是)？”

“老马同志，你简直——哎呀，”齐区长扑哧一声又笑了，“醉言醉语，真是说天书，哈哈哈…… ”

“什么天书，还说我醉，你不承认？”

“老马同志，没有你这么胡说八道的，快上外边过过风去。”葛先再也坐不住，生把老马拽到外边去。

老马出门就吐了，可是嘴里还哼叽：“我没醉……”

人人添堵，齐区长说晚上值班还要回区委，连口烙饼也没吃就走了。

老马回屋倒头就睡，第二天早上才醒来。葛先过来和老马媳妇一块儿埋怨他，哪有那么糟践区长的？

老马这才明白过来反而埋怨他俩为何不及时提醒他。葛先说谁堵得上你的嘴，咱俩要不是平级我早就踹你两脚了。

第二天上班老马又给齐区长打电话说前天酒后失言胡说八道请齐区长多多原谅不要在意，齐区长说小意思没关系无所谓谁都醉过大可不必以后再聚。老马回家跟媳妇说完又跑到老葛屋说全没事了全没事了齐区长宽容大肚。大家这才一块石头落了地。

日后，葛、马两家走动更勤。节假日葛先老马还一块儿喝，平级对平级醉不醉没关系，反正都是革命同志他们之间想怎么说怎么说想怎么聊怎么聊全都没关系。

后来葛先倒是单独找过齐区长几趟，拐弯抹角提到自己的抗日功绩和前门区有意提拔他为工会副主席的信息，齐区长每一次都说好好好我一定跟前门区了解了解情况极力促成，可是一拖年余总没消息。葛先沉不住气跟小苏念叨，小苏说还不是怨你，非说咱建设不是你的骨血，我在区妇联你在区工会这生活问题最臭人，毛病准是出在这儿，全是你自己闹哄的。

为这，俩人又闹腾开了过去的事。儿子建设自然站在妈一边娇娇地偎在小苏怀里说爸爸不喜欢我，我也不喜欢你也不属于你。

这时建设已上小学一年级，此话出口让葛先一惊：真是的，建设既然不属于自己怎么自己没再要一属于自己的？

疏忽了疏忽了，光想当工会副主席，总不满意建设的月份可不疏忽了跟小苏的床第之事，再也不能这样继续下去了，他得有自己的啊。

每每又打不起兴致，他可不是徐老四。

4

老马成了右派。可他还蒙在鼓里呢。

不知因为什么得罪了本来跟他挺好的工人阶级。突如其来的反右斗争谁都不明白。修理工中找不出几个识字的，人人拥护社会主义痛恨资本家谁也对共产党的英明领导提不出半句意见来，只是老马在那儿瞎忙和一再让人大鸣大放，大伙先是什么意见都提不出来，想不到突然之间一天清晨工人阶级把斗争矛头全部转向了老马一个人：

——马书记说解放前三天两头得吃猪头肉，真正的工人谁吃得起，要不怎么就你有将军肚！

——马书记说咱干修理的全是下九流，这不糟践工人阶级吗！

——马书记张口闭口就是人生难得几回醉，工人阶级要的是艰苦朴素能一天到晚醉生梦死吗？

——马书记自打当官就脱离群众，这几年你钉过一回鞋扛过一回拐子吗？

老马开始还引火烧身说有意见尽管提，他不但要严于律己有则改之无则加勉，不管提出的问题是不是自己的，他都会虚心接受，而且全部要汇报给上级。岂料问题越提越严重意见越提越离谱，代表党的他再也沉不住气：“全是他妈造谣，扯臊，你们什么他妈的无产阶级，统统无赖，地痞，青皮！”

麻烦了，骂工人阶级是无赖是地痞。其实这修理工人大多是“流氓无产者”的理论，是开会老听上边念叨的。区委书记讲过几次，对这些人要扫盲办夜校，抓紧思想教育，他们和真正的产业工人本来就不是一回事。

老马一骂街立刻站到运动和人民的对立面。经过一番批斗他成了综合修理合作社唯一的右派。开除出党撤消一切职务，倒是没有让他上农村，还如早先扛着拐子钉破鞋。

这迅雷不及掩耳老马受不了，没招谁没惹谁。后院韩老师虽然也当了右派，可人资本家出身又是中学老师，都是有文化有知识的人才攻击社会主义攻击党，哪有他这扫盲班出来当了右派的？

葛先明白怎么回事，他和小苏都挺同情老马，可是身为区工会组织科长哪能再跟右派分子有联系，趁着一天夜深溜入老马屋里说：“老马呀，自个儿好好劳动，抓紧改造，千万少说话多磕头，其实你早先就不是当干部的料。认头呗。”

“老葛，我要反党还冒死救什么齐区长?”

“党能冤枉你？看来你还是没认识。”

“我就是想不通，本来我就没错误。”

“你还大声嚷，想不通就是顽固坚持右派立场，连我都觉你太顽固。”

老马瞅着葛先那严肃样儿，鼻子一酸哇哇哇哭起来。三十多岁的汉子号啕大哭，葛先吓得哧溜跑出来。深更半夜让人知道去了右派屋，麻烦。

葛先在自己单位也积极参加了反右斗争。大鸣大放时他不说一句话，待两个新来的大学生对领导提开会应当尽量言简意赅的意见之后，便积极参与了群众对这两名右派分子攻击党的斗争。葛先的表现很突出，因为有华北革大的一段经历，嘴上的理论也一套一套的。

前门区委的一位领导看到葛先立场坚定旗帜鲜明，就把他调到区委任反右宣传核心小组副组长。这时，连区工会主席老汪都对他另眼相看，赶紧把搁置几年的任命其为工会副主席的建议呈报到区里。老汪想，要是葛先留在区里，肯定会超过自己的，自己可不能被动。

当时斗争形势严峻，区委顾不上任命干部，一切要等运动告一段落之后再统筹。但是葛先没闹情绪，全力以赴投入紧张的运动，吃在区委睡在区委干在区委，常常通宵达旦不休息。

那时候为配合反右斗争还涌现出许多群众自编自演的歌曲快板和相声。每天晚上，那些热情高涨的文艺爱好者都在区委礼堂排节目。葛先也常过来欣赏审查把方向，许多来自基层的文艺骨干跟他熟悉了。

久而久之，一位标准件厂的姑娘引起了他的注意。那叫小范的女孩子乌黑的头发白净的皮肤，尤其是扭起秧歌轻盈似絮窈窕如水。葛先倏忽出一个人，简直一个舒小曼，她是不是舒小曼的妹妹？一天趁小范排节目休息的当口，他凑到小范身边学着齐区长等首长的腔调态度和蔼地对她说：“小范同志，你们这些小鬼热情高涨地投入到反右斗争的洪流之中很了不起，也很辛苦哇。”

“首长，好玩儿，不累，葛首长才废寝忘食辛苦呢。”

“不要叫首长嘛，就叫我老葛好了，你怎么知道我姓葛?”

“您不是区工会的葛科长吗，我们下边都知道，现在您调到区委来，当然更是首长啦。”小范原来就是标准件厂的文艺积极分子，跟工青妇文体卫都有联系，曾经见过葛先，她心目中的葛先在区工会时就是首长。可不是吗，北京的一个科长就是外地的一个县长，县团级。

“那我们还是老相识喽，千万别再叫我首长，我也是普通一兵嘛，你今年多大了?”北京的大干部南方的多，葛先刻意四声不分，音容笑貌确实挺像一个首长的。

“十九岁。”小范扭扭挺拔的腰身，脸上飘出桃红。

“你是回民?”舒小曼是满人,但他不好直问,便策略。

“我是汉族,您干嘛问人是不是回民?”

“样子好嘛,回民一般皮肤白白的眼睛凹凹的头发黑黑的鼻梁高高的,你长的就是这样子。”

“瞧您说的,我哪配首长这么夸奖啊。”小范咬住一个手指头。

从那天起葛先对文艺形式的反右宣传给予格外关注。每晚都到小礼堂来指导小范他们排节目。有时年轻人兴之所至,也跳苏联老大哥传进来的华尔兹、布鲁斯这些交际舞。

虽然一个姓范一个姓舒,可葛先仍觉这俩人有关系。小范令那悠悠岁月再现,他竟食不甘味坐卧不安了。

因了小范还有小曼,他就不认真审查反右节目,每晚走个形式便跟年轻人跳开了华尔兹布鲁斯。苏联老大哥就一边革命一边布鲁斯,连毛主席刘主席都在中南海里这么着,当然没人看不惯自然也就越跳越热烈。可是区里有的头头怎么学也学不会自然就不满了。交际舞可以跳可是反右斗争还抓不抓?尤为不满的是区委宣传部的尤部长,本来文艺这块由他抓,葛先一来把他挤到一边去,还老在漂亮姑娘身上打主意,这叫什么事?尤部长到下边了解情况,果然许多青年都对葛先不满意。原因很简单,因为小范出众标致男人都想跟她跳舞,可是葛先一人老把着,别人谁也近不了身上不了手。尤部长向上汇报,区委领导找葛先谈话,批评他宣传反右工作不利让他回区工会仍当组织科长去。

晕头转向回到区工会,想不到消息早就传回来。说他犯了错误生活作风有问题已经滑到右派边缘了。正惶惶着小范还老到区工会来找他,原来他已然把小范牵连了。他一走区委练节目的那些人反过来又议论小范,说她是美女蛇,糖衣炮弹腐蚀拉拢革命干部。小范退出宣传队回厂之后更麻烦,厂里说她已经跟区委好几个大头都睡了觉早就不是姑娘了。好冤,清白无辜的她哪里受得了这般轰炸?

三天两头,她下班就来找葛先到了他的办公室就眼泪汪汪地说既然别人都说我跟您做出那种事,干脆您就娶了我,要不我这一辈子都不清白了。

“小范,我孩子都上小学啦。”

葛先百感交加恨的是飞短流长无事生非败坏了自己,也连累了人家小范,窝的是到手的工会副主席这回也飞了。唯一的安慰是小范对自己还真有感情,自己还挺有魅力的,要不小曼小范这般漂亮女人全都倾心于他呢。

“那您跳舞时干嘛老说人好看,喜欢我,不那大干部都兴离婚吗?”

离婚?孩子那么大了还离婚?他跟小范说自己只是个一般的革命干部,革命干部要有责任感不能喜新厌旧,况且他和爱人的关系非常好,他们是革命伴侣。真要离婚得是比自己大得多的大干部,人家大干部离婚都是革命的需要,是党的需要,是工作的需要,自己哪能跟人家相提并论,根本没有可比性,要离的都得至少是十二级以上的高干呐!

“什么革命伴侣,您一直家庭不和,我们下边都知道。”

“下边都知道,你们怎么知道的?”

“是区工会传到基层的,说您那叫建设的儿子——”小范脸一红,不好再往月份上说。

人言可畏!

葛先凄凄惶惶悲悲切切看着小范又真疼爱。真想破罐破摔,既然人都这么坏,索性不要革命不要小苏不要建设跟小范哪怕乐呵几天都值得。又不敢,毕竟受党这么多年教育又从农村来到城市不容易,一失足成千古恨——那就什么都完了。

“人心叵测,这都是坏人对我的中伤和诬蔑,小范同志,不要被一时的困难所吓倒,我们党经历了那么多血雨腥风,反而越来越强大了嘛。”

“我知道我知道,敢情您是男的是领导,站着说话不腰疼,人家呢。”

从第一次说过话起,葛先就把格外的温情关爱捧与她,事已至此她撒娇也没办法——他招的。

三天两头这么着,单位的人就更指指戳戳了。妇联跟工会只隔一道墙,小苏不久就知道了。回家跟他闹,他好痛苦。家不和外人欺,不能内外交困啊,小苏你干嘛还火上加油呢。

小苏坚持一条,不许他再跟小范来往,永远不见那个女人。她说已经通过妇联了解到,小范在标准件厂就不是正派人。

小范却不屈不挠找葛先,流言蜚语众口烁金,她还怎么活下去?

左右为难。葛先既不愿身败名裂又不忍心伤害小范的感情,抻着,抻着也像一场苦恋。这辈子还没恋爱过,不知恋爱的滋味这般苦。

一天去市里开会,回到办公室刚放下材料准备回家,小范又推门进来了。

“你怎么……”

“你去市里开会干嘛又回来?”小范不再称他“首长”跟“您”了,她跟他的关系就是“你”。

他无言,顿又百感交集的。

“咱俩的事情到底怎么着?”

“你看你,其实我也很……”

“你也很什么?”

“也很……”

“说呀怎么啦?”

埋下头作痛苦状,其实他也真痛苦。

隆冬夜幕早早垂落,可是月儿也早圆上天际,葛先没开灯,半明半暗着才氛围。

“其实我也好矛盾,很痛苦……”葛先向窗外望了望,外边老有窃听的,所以那蜚短流长更加蜚短流长了。

“你不痛苦,你要真痛苦就不会不理解我的痛苦了。”

“我怎么才理解你的痛苦呢。”

“那你怎么就不敢堂堂正正说上一句爱我呢。”

半天他才抬起头，当年和小曼欢爱那勇气哪去了？终于他逡巡左右拉起她的手：“可是，可是……”

小范就势一移身，突然窗外亮光一闪咔咔两声，没容反应咚咚跑去的脚步震响在他俩的胸膛里。

天，刚巧贴近的刹那被人摄下。葛先愣了好久才推开小范，跑到楼外绕到窗下，什么也没有。只是二楼老汪屋的灯亮着。肃立良久，他拖着沉重蹭进老汪屋：“汪主席，我错了……”

“能认识错误就好，知道你错在什么地方吗？”老汪公务缠身根本没抬头，看都没看他。

“我不该……跟小范靠在一起。”

“你们靠着来？”老汪还在写。

“刚靠上。”

“靠靠有什么，每天食堂打饭人挨人人靠人，那就犯了错误？”

“不……我们是面对……”其实他连手都没有上。

“面对面当然就是另外一种情况了。”

“可是……”

“好了好了我实在不好意思听你谈细节，人证物证俱在，你回去写个材料交代。”

回家连车都骑不动了。人证物证俱在，汪主席把“瞬间”捏在手心，再怎么解释也没用。小苏得悉大哭大闹。当初他还嫌她不是闺女，这回清楚了到底谁的作风品质有问题。气炸肺，他怎么是这么块东西呢。

男人女人面对面贴在一起干什么，交代材料写了几十份。专案组一路痛打，葛先交代了除发生关系之外的一切丑恶。区工会上报区委区政府，他被党内记过免去科长职务。逼供信将他一撸到底了。

为这不白之冤他找了几次齐区长，齐区长对他那态度早变了：难道是党把你冤枉了？我看你对组织很有情绪嘛！生活错误如果演变为政治错误，矛盾的性质也就变化了。

齐区长的严厉冷峻令他越想越后怕。面前只有一条路，那就将功补过立功赎罪呗。作为一般科员的他，在大炼钢铁三面红旗三年自然灾害时期，一不怕苦二不怕死脱胎换骨致使党组织对他治病救人，总算没把他跟小范在镁光灯下的照片公诸于众，矛盾的性质始终还算内部的，他还战战兢兢有些感谢汪主席。

5

云和殿后院还住着一个唱戏的金奎。金奎跟他妈过，娘儿俩占着把角的西厢房。金奎在《杨门女将》中演金兀术，后来在《芦荡火种》中成了十八位伤病员中的一棵松。从金奎口中，葛先老马韩老师不但知道了杨秋玲王晶华冯志孝俞大陆，还得悉了“江青同志”关心改革京剧的许多新鲜。尽管葛先老马韩老师身上的包袱都很重，但他们绝对忠于伟大领袖毛主席，自然也对“江青同志”格外钦敬。金奎打小进戏校学的是文武老生，只因倒仓没倒好，唱上差点儿，但身上的功夫相当地道。从《芦荡火种》改到《沙家浜》时他才二十出头，出来进去一身国防绿，漫说在云和殿打眼走在大街上谁不羡慕？因为人家是板儿团的。那时文艺团体纷纷歇菜，只有八个样板团春风得意。板儿团的每次演出还有五毛钱饭补，天天演出每月多挣十五块钱那在全中国绝对得天独厚拔头份。

云和殿后院有一块空土地，金奎常在后院拧旋子打飞脚折跟头。只要他一练，全院的街坊都爱到后院看热闹。演戏跟教书一个理，不怕人多就怕没观众。金奎常常练透一身汗后由一棵松变成郭建光，豁亮出一嗓子“要学那——泰山顶上一青松”，云和殿众街坊便群起应和“挺然屹立傲苍穹”，每每到“枝如铁，干如铜，蓬勃旺盛倔强峥嵘”的时候，竟然声震寰宇气势磅礴，恨不能把一街筒子的人都招来——景观独特。

当初葛先老马得意的时候，他们也没看不起金奎。后来这二人倒霉金奎也没把他们当阶级敌人看待。其一是文艺界右派成堆，其二是搞文艺的不大看重作风问题。再加金奎不势利，所以照样跟葛先老马亲亲热热，有时还聚到一块儿喝两盅。跟他们聊云手起霸毯子功，当然也常卖卖“江青同志”。

别看老马和老马媳妇都五大三粗，他们那独生女玉琴却出落得亭亭玉立。玉琴弯眉大眼唇线清晰，一口皓齿晶莹出无尽的青春与活力。文革之初不再上课，她也上后院看金奎折跟头打把式，天长日久她也好上了京剧。金奎又什么都能唱几口，玉琴就跟他学李铁梅小常宝阿庆嫂那段子。每天上午，后院西屋不是传出“打不尽豺狼我不下山岗”就是“休孟浪莫慌张”，人们虽然觉得玉琴嗓子还成，就是老扎在金奎屋里不大像话。尽管玉琴管金奎叫叔，可年龄差不了十来岁，凑到一块儿难不让人想到别处去。

老马喜欢京剧喜欢金奎，他还时不时地哼两句。见玉琴跟金奎挺亲近，还真想让玉琴也学了京剧。不过他也明白，玉琴都上高中已过学戏年龄，说不上什么心气，反正愿意让他俩搭勾着。

老马媳妇不那么想，一来人家金奎是板儿团的看不上咱这小门小户，二来玉琴比金奎小得多，不能闹出笑话来。两口子为这还闹别扭，玉琴站在爸一边。她说跟金奎学戏怎么了，她是学生，从来没想到别处去当妈的瞎琢磨什么，怎么那么封建？革命样板戏最激发人的斗志，再说也把人金奎叔看扁了——这都哪跟哪呀。

小苏见老马两口子老为玉琴金奎的事情吵，常常过来劝，有时也跟金奎念叨说：“金奎，二十好几的人了，怎么还不张罗个对象，你们板儿团的也别眼太高。”

“嫂子，跟您交底，我也不好找，出身资本家，团里那些女的都找工人阶级军代表,我这一棵松是困难户。”

“有成分论不唯成分,重在政治表现,你等着,我上妇联帮你找。”小苏跟老马媳妇一条心,别让玉琴跟金奎老腻着,给金奎张罗个对象,大伙心里都踏实。

没容小苏为金奎寻摸着,葛先老马都因红卫兵对“横扫一切牛鬼蛇神”比揪斗走资派的兴趣大,而被双双归为黑五类关入牛棚,一个右派一个坏分子都被强大的无产阶级专了政。

建设跟玉琴在一个学校,一个初三一个高一,全是红卫兵。尽管他俩都属于可以教育好的子女,但他们明辨是非狠斗私字全都义无反顾地投身于运动。建设在学校控诉他爸是流氓坏分子,因为界线划得清受到军训解放军的表扬鼓励,被树为反戈一击的典型;玉琴由于她妈阻拦自己跟金奎学戏赌气住在学校吃在学校,参加毛泽东思想宣传队唱忠字歌跳忠字舞演李铁梅名声大噪,别看爸是右派她却成了冲锋陷阵的风云人物。

麻烦的是建设跟玉琴不是一个组织的。建设在缚苍龙战斗队,玉琴隶属红总司,两派针锋相对各执己见还互相揭根子。建设说玉琴她爸是一类右派反动之极;玉琴说建设他爸是坏分子,还说建设根本不是他爸亲生的,区委区政府区工会都知道这件事。建设影影绰绰知道过去爸妈就为自己的月份老呛呛,回家就问她妈到底这是怎么回事。小苏不可能跟儿子说明真相,只得跟他说你爸特冤枉,他是抗日英雄,老干部,作风正派立场坚定,革命群众不明真相,你也别老对你爸反戈一击了。黑暗即将过去曙光即在前头。

建设半信半疑之际,伟大领袖发出了上山下乡的伟大号召。建设和玉琴一块儿被欢送到内蒙乌梁素海去锻炼。两人既是校友又是邻居,远在异乡捐弃前嫌再也不互相攻击了。只不过兵团内部也分派别,建设玉琴共同参加了追穷寇战斗队,相依为命呗。本来从小一起长大没有根本利害冲突再说都是可以教育好的子女,同舟共济才对,原来怎么那么糊涂呢。

一天晚上他俩外出巡逻,突然对立面“霜晨月”吹起了紧急集合号,并挑动不明真相的贫下中牧向“追穷寇”驻地包抄过来。最恐怖的是响起了枪声,双方发生了战斗。

建设玉琴急忙回去报告,总部已经得到消息。“追穷寇”没有武器没有准备只得慌乱撤退。茫茫草原漆黑一片全跑散了,可是建设玉琴始终没有分开。他俩一前一后跑到一座不高的小山上,发现半山腰有个山洞,里面还铺着草垫子。这一带尽是小山包,山包上有不少狼洞,牧民打跑狼后又将其作为暂避风雨的栖息地——天然逆旅,来内蒙后他俩对这逆旅很熟悉。为了安全他们赶紧进了洞,回望远方星星点点的火光还在跃动。伴着枪声,建设竟把玉琴的手拉住了:“玉琴姐……我害怕。”

除了在学校打派仗那阵子,玉琴一直把建设当成小弟弟。在这生死关头她觉得自己更应该冷静,便也紧紧抓住他的手说:“别害怕,要革命就会有牺牲,眼前形势严峻,不要慌乱保存实力,胜利是属于我们的。"

建设16岁,还未脱尽少年稚气。只是到兵团后老看配牛配马配骆驼,一下子顿开迷雾明白了两性的殊异生命的奥秘。倏忽,在广阔天宇间他长大了。此刻,他看着眼前的玉琴比《红灯记》中那李铁梅还要美,心中顿时生出探索生命的颤栗。颤栗着他的另一只手也参加了紧握:"玉琴姐,在阶级斗争的刀光剑影中你显得格外……美丽。"

"我美丽?"玉琴把手抽回来,"黑灯瞎火你怎么看得见?"

"我一直就觉你特别美。"

"你一直?"玉琴觉他这话更是不着边际,"那你干嘛在学校骂我最丑,还说我爸是右派分子?"

"我恨你老跟金奎在一块儿唱戏。"

"那你干嘛现在又跟我在一个战斗队?"

"因为你特美,因为你离开金奎叔不再跟他学戏了。"

玉琴万万没想到小小的建设这么复杂,她瞪大眼睛问他说:"那你现在的立场观点到底是追穷寇还是霜晨月?"

"永远跟你一个样,今天你在追穷寇我就跟你在追穷寇,明天你反戈一击我也随你去霜晨月。"

天,建设不但复杂还意想不到地狡猾。原来他心中没有装着半点儿革命,两面派投机分子变色龙小爬虫,运动当中出现了不少这样的人物,可建设小小年纪怎么居然也是这个样子呢?

"葛建设同志,你的私心太重了,我们之间只是阶级关系同志关系,在严峻的阶级斗争中我不希望你再谈到什么我的美不美!"

"别那么假正经,全是瞎掰,你也是个口头革命派,"建设突然像个小大人,"什么我都不信了,早就号召大联合两派就是不联合,咱们干嘛跟着两派头头瞎折腾。"

突然,洞外隐约发出响动,两人赶紧伏在洞口又望又听。伸手不见五指,片刻那声音又消失了。

玉琴这才有些害怕,心中涌起不少狼的传说。果不其然,她发现十几米外有两点绿光闪烁,狼,贫下中牧告诉他们狼的眼睛夜间是绿色。她颤颤地拽住建设的胳膊,轻轻指向绿光说:"你看……"

建设也发现那是只狼,就坐在不远的洞口正前方。他大喊一声"滚开",那狼竟然不滚。他在洞中摸索,任何可供打击的东西都没有。玉琴又拽住他的衣服不松手,他攥攥她的胳膊镇定她:"不要怕,有我呢。"

言毕,他脱下一只大头鞋蹿出洞外,冲到绿眼睛面前奋力一劈,眼睛各奔东西了,原来是两团荧火虫!

虚惊过后如释重负,两人议论开了"狼眼睛"。萤火虫怎么会成两团绿光悬浮不动?也许连萤火虫都不是,是他俩同时产生的幻觉。后来玉琴说不是萤火虫就是草原上的磷光，物质第一意识第二，存在决定意识，唯物主义者不该相信什么幻觉，幻觉迷信与科学是针锋相对的。建设临危不惧处乱不惊的大智大勇也令玉琴稍稍改变了对他早熟复杂玩世不恭的印象。她表扬他敢于胜利敢于牺牲，他又把手激动地握到她的手上："全是为你敢于胜利敢于牺牲，要不我才不会豁出命去打豺狼，你白唱李铁梅了，其实你是假革命。"

玉琴刚要生气，建设蜷着身子觉得脚疼，用手一摸粘粘的，玉琴忙问怎么了，他向后一闪说不要紧。

玉琴上来一摸他的脚，接着"啊"地一声叫起来："这是流了多少血！"说着她扯下围巾为他包脚，急得眼泪掉下来，"建设，你疼不？我冤枉了你，其实你心地善良斗志旺盛，我要向你学习向你致敬。"

"玉琴姐，你说的可是真心话？"

"向毛主席保证。"

"那就让我亲你一口吧。"他又拽住她的胳膊。

"不，"玉琴身子微微一颤，终于把胳膊毅然抽回来，"建设……你的大节是好的，但在小节上也万万不能放松，我们之间的关系只能是战友，是同志。"

事后多少年，玉琴都为自己太木讷——追悔当时如果让建设亲上一口——后来的人生轨迹就决不会是今天这个样子了。

愚昧，她老痛心疾首，不是木讷而是愚昧。

6

其实齐区长、汪主席这拨人，才是运动中最早被揪出的。当权派最早受冲击，当权派都是走资本主义道路的当权派。

当时齐区长刚由东单区调到前门宣武合二而一的宣武区，正区长的位子没坐热便被造反派揪出来。运动之初以刘仁同志为首的城工部的同志都受到刘少奇路线的牵连，所以凡是搞地工的大多"烂掉了""是叛徒"。齐区长的问题尤为严重，因为右派分子马宗元救过他的命，1947 年他就和右派分子亲密无间了。

每次批斗会，齐区长都被革命群众质问得哑口无言：

——齐国荣，（一九）四七年你为什么就给右派分子马宗元下跪？右派分子为什么不救别人单救你？

——解放之后你为什么专跟马宗元称兄道弟，吃吃喝喝！

——你的黑手有多长，身在东单区串通前门区的走资派提拔马宗元这个右派入党当书记，居心何在？

苦酒是他自己酿下的。疏通提拔老马之后又将其打成右派，所为何来没法说，如果老马不是右派这些问题就全都子虚乌有了。

老齐挨的打最多，他顽固坚持反动立场就是不交代——怎么交代？

后来葛先老马这些牛鬼蛇神也被横扫进牛棚。一开始批判老马的时候他还纠缠(一九)五七年当右派太冤枉,一通喷气式加臭打之后,他歪在地上好几天没起来。葛先偷偷劝他说,运动正在势头上,黑五类是死老虎哪有翻案的?只有顺水推舟要不皮肉受苦闹不好你就轰轰烈烈进去啦!

老马明白了,还是命要紧。在挨斗时他承认自已是逃亡地主,对党有刻骨仇恨,钻入党内妄图复辟是蓄谋已久的。造反派看他态度转变,便让他也批判老齐,因为老齐这个走资派“还在走”。老马不是成心,既然自己是一个不折不扣的反动派,想想老齐当时对自己那么好,也就觉得老齐确实是一个走资派:

——齐国荣,云和殿那么大,国民党追你你为什么单往我这逃亡地主右派分子屋里跑?你捧出派克钢笔送给我,为什么不送到劳动人民无产阶级手中去?当时你浑身是尿为什么还说我这反革命的尿不臊?

——你干嘛托前门区的走资派把我拉入党,还让我这右派分子当主任当书记?

句句是要害。面对这些重磅炸弹老齐更是没法答。答不出只能挨死打。齐区长熬不过,跑上区委二楼纵身一跃,自绝于人民——没死成,只把一条腿摔断了。

老齐残疾了,因其行走不便可怜兮兮的,对他的斗争也就松懈了。

后来他们这批人都被集中到郊区,凡是挑哇蹭的活儿葛先都拉齐区长一把。老齐感激不已愧疚有加。想当年葛先出事自己冷眼旁观,对老马的报复也是因为虚荣加狭隘。自己是个老党员怎么没像毛主席他老人家教导的那样光明磊落襟怀坦白呢。那天他趁没人,凑近葛先说:“葛先同志,你对同志像春天一般温暖,毫不利己专门利人,使我这个自绝于人民自绝于党的人惭愧得不能再惭愧,当初你求我帮忙我漠然处之,太自私自利个人主义了。”

“齐区长这是怎么说,”只要没别人,葛先还是叫他齐区长,“您一直政务党务缠身,另外您也有您的难处。”

“不不不,我太胆小怕事,事不关己高高挂起了。”

“哪能那么说。当时不在一个区,您也爱莫能助。”

“毛病还在我这里,对老马,我也是太狭隘,泄私愤,把一个好好的同志给坑了。”老齐还真触及了灵魂。是缺德,人老马几句醉话何必通过关系将恩人置于死地?恩将仇报,死过一回的人容易忏悔,他对老马太损,如今罪有应得该瘸一条腿。

“齐区长,事情已经过去了,谁没犯过错误,再说老马爱撒酒疯他也有责任。”

葛先原来是恨过一阵齐区长落井下石太无情无义,只不过运动的实践告诉他得饶人处且饶人。自己经历多少事情了,尤其在革命的大风大浪中要把握分寸讲究策略,政策和策略是党的生命,一定要把生命策略好。

和齐区长谈话之后他又过来劝老马,捐弃前嫌以和为贵。老齐那一瘸一拐的样子也够可怜的。

没想到葛先一阵苦口婆心后,老马扑哧一声笑出来:“老葛呀,你当我真傻,装的!”他把肚子一拍,“他害我我就害他,我给他这王八蛋一通胡煽,就是让他有口难言。”

“你可真够歹毒的，多少人见你义愤填膺都当真了。”

“连咬他几口的心都有，怎能不会是真的？老齐坏透了，他说声错了就完啦，我这右派帽子谁给摘？老齐有种怎么不脑袋朝下跳楼呢，他那一身软骨头绝对是叛徒是内奸，我早把他看透了。”

葛先对老马也抛撒真诚，他跟老马说，难说老齐不会东山再起，到时候谁不用着谁？咱黑五类现在保护他们，他们一旦官复原职也得保护咱黑五类。

老马啐声“呸”，漫说老齐官复原职，就是他一步登天当了国家主席我也照样不尿他。势不两立，没有他的陷害我怎么成得了黑五类！

在对待老齐的问题上葛先和老马意见不一，不过话已点到，老马不虑长那就不是自己不讲情义了。

其实，在牛棚这几年葛先受的罪要少得多。因其听话——他还被造反派委以负责考勤的工作。葛先自己也吹风：坏分子是生活作风问题在政治上不反动矛盾性质是人民内部的。正在牛棚得意着，一件意想不到的事情发生了——

当时态度好的问题轻的牛鬼蛇神每个礼拜可以回家一次，周六回去周日晚上八点以前再赶回来。

一个周六葛先回家刚到院门，只见通往后院的夹道过去一个人，好熟悉的背影！他一打愣又疑惑自己眼花了，身不由己正想追到后院看，小苏推门把他迎住了：“你回来了？”

“哦……”他竟然僵僵地戳住。

小苏让他快进屋，他才咿呀上台阶，进屋两眼还直着，小苏急急地：“怎么——挨斗了？”

“没有啊。”

“不舒服？”

“我挺好。”

“那你刚才愣在门口干什么？”小苏话又酸起来。

他刚要解释，小苏接着往外酸：“看一眼背影你就又被勾了魂儿。”

“我不明白。”

“我问你看见什么了？”

——看来真是小范？

小范后院找谁去？这些年再也没见小范了，小范怎么突然出现在云和殿？

小苏下边那话更让他激冷，金奎跟小范好上了，小范天天去后院，现在正搞得热火呢。

还有这样的巧事？小范跟金奎，这世界简直太小了。

葛先哪知道，这些日子可把小苏气死了——

前两年，小苏好心好意刚要给金奎介绍对象，运动铺天盖地而来把什么事情都搅了。这一搁置不要紧，前些天金奎带回院里一女的，她隔窗一看——这不当年那小范？他们俩怎么搞上了！

原来，小范自那件事后调到工艺品厂去工作。摧枯拉朽间各单位都兴唱样板戏。金奎有一同学春海也在那个厂，正好被邀去教唱样板戏，小范好文艺自然跟金奎就熟了。

换了环境小范心情一好又参加了宣传队。只是二十七八了不想再恋爱，没意思，有葛先一回就够了。

金奎来厂教戏一眼就相中了小范。杏子眼鹅蛋脸，身腰挺括比刘长瑜的扮相还招眼。因为有小范，金奎为工艺品厂的服务更加完全彻底了。不请自来，仿佛一天不见小范他这棵青松就难在戏台上傲起苍穹来。

金奎的同学看出金奎有意小范，告诉他小范什么都好就是比他大几岁。金奎一听说没关系女大三抱金砖，他们河北人跟山西人不一样，他妈是徐水的就比他爸大三岁，父母一辈子感情好着呢。

在春海的撮合下，小范跟金奎在陶然亭有了第一次约会。小范的心怦怦，从没跟任何男人约会过，其实跟葛先当年也只是到区工会去找他。不叫碰上金奎她真不想接触男人了。

"你不嫌厂里尽传我的流言蜚语吗？"

"既是流言蜚语，那还谈什么嫌不嫌。"

"我是一名二级工，你是堂堂板儿团的，我觉得……"

"我觉得工人阶级最可爱，工人阶级领导一切，我早就想接受你的领导了。"金奎在文艺界混了多年，真的假的一开玩笑距离顿时拉近了。

小范咯咯笑，她也确实不讨厌金奎。金奎虽然是一个"伤病员"，可浑身上下透着精神。本来她就好文艺，这回算是遇上了专业的。

"你多大了？"

"二十六。"金奎成心往大里说。

"可我都二十八了啊。"

"只要你不嫌我小，你二十八、八十二我都不在乎。"

"快别瞎说了——"

一拍即合，当晚金奎就牵住了小范的手指头。

轰轰烈烈中谁也没有他俩幸福，躲进小楼成一统。金奎妈早为儿子急得不行，只要小范一来就到外面串门去，既然全国山河一片红形势大好那就借着大好形势让金奎和那俊闺女也在屋里爱一天翻地覆吧。

小范来尽是晚上，大杂院人多小苏根本没理会。有一天小苏傍晚出去打酱油，小范刚巧进院，两人撞一满怀，互相认出却匆匆擦肩过去了。小范当晚问出前院住的确是葛家，就把当年跟葛先的事情说出来。金奎虽然吃惊可见小范诚实坦白，反而更加爱她了。他说没关系，小范当时还小，受蒙蔽，而且把小范搂得更紧，不管怎么回事他都海枯石烂不变心。

小苏不干了。瞅见小范就有气。真恨金奎跟小范勾搭在一起，有这么不检点的吗，未婚同居。小范晚上常来，第二天早上才走，女人下贱没想到金奎也这么低级趣味！

尤其受不了的是金奎小范后来大摇大摆进出云和殿还跟她打招呼。这不成心气她吗。窝着口气本想全撒在葛先身上，没想到他强化学习两个多月没回来。直到今天进门，还是一脸的旧情难忘。更撮火，活该，谁让你拈花惹草呢，就得让人在眼皮底下恶心你。

葛先得知详情，也如大葱蘸酱舀出一个肉蛆来。面对着小苏的呜咽，他说这不是坏事而是好事——最好的证明，他葛先蒙冤受屈是冤枉的，小范水性扬花才真是一个坏女人。他掰着指头给小苏算，小范多大了金奎多大了正经女人能找比自己小的男人吗，道德败坏的是她范雨燕。

小苏还是不依，直到躺下还翻老账说他喜新厌旧不爱她。他堵心窝气却百般温存跟她夫妻了一晚上。第二天双腿都软软的，多少年极少床笫怎么突然床笫起来了？好无奈。

自打那之后他每个星期回来都安抚床笫小苏，以此表明他作风正派恩爱的就是她一个。小苏这才平衡些，结婚二十多年葛先从没这么激情澎湃过。

谁想一个多月之后她吐起来。惊恐地盼到礼拜六，葛先进门她就哭："谁让你老瞎折腾，这叫什么事情呕……"她用手一劲儿戳肚子。

什么？葛先大喜过望，没拉窗帘就把她那肚子抚住了："我摸摸，这才真是我的呢。"

"啊！"一句话小苏气炸肺，闹半天他还怀疑建设不是他亲生的！她骂他臭流氓坏分子不要脸今天一不做二不休我跟你拼——哗啦啦，她双手一掀八仙桌，东西全都滑落到地上，"你这个黑五类，我上单位揭发你。"

云和殿街坊四邻过来劝，天那，毛主席挥手指方向的瓷像摔碎了，无论谁是谁非也不能摔着毛主席他老人家啊。

7

小苏虽然没被专政却在妇联三番五次做检查。其一是站在反动立场对伟大领袖发泄仇恨，其二是不与黑五类划清界线反而在史无前例中与坏分子敌我不分百般恩爱，以至于又怀上了一个狗崽子。

脸没地儿搁。第二件事比仇恨伟大领袖还厉害。眼见肚子一天大似一天，她真想从北海大桥跳下去。老马媳妇只拿一件事情开解她，咱们女人不为自己也得为孩子，你要想不开建设回来找谁去！葛先本来就不待见那孩子，再说肚里这小性命没招谁没惹谁你就忍心不让他走到世上来？

想想也是，再怎么也得为孩子，俩孩子。可是越往后想越麻烦，建设跟这没出世的孩子差二十多岁，让建设看到像什么？人人都在抓革命促生产，做妈的四十多了怎么这么没出息。

想不到春节建设回来反而让她释然了。没容她启齿，他就端详着她的肚子说："妈，我一直盼您再给我生弟弟生妹妹，这回总算盼成了。"

建设的理解支持给了小苏一个意外的惊喜。为了两个孩子，她得活下去，不能寻短见。再说也怨不得葛先，关键是不合时宜，要是早几年这天经地义之事也不可能被人指斥为丑恶。这么想着又情不自禁哼起"不怕皮鞭打不怕监牢押"，母性使妊娠中的女人最坚强最伟大。

葛先把自己闹得很臭。影响不好波及面大。专政小组重新规定，星期六回家的任务，主要是学习毛主席著作，不准大吃大喝寻欢作乐。

后来实行三结合，专案组查实老齐不是叛徒而是革命干部，老齐解放了，还结合到革委会做副主任。回顾牛棚这些年，最使老齐受感动的是葛先——困厄之中帮过他。他找葛先谈话，示意他抓紧斗私批修争取早日站出来。葛先大喜过望——没白给老齐卖力气。待到女儿小梅出世的时候，他走出牛棚也当革委会委员了。葛先最感迫切的一件事就是让造反派交出黑材料。已成过街老鼠的造反派拱手把黑材料交出来，葛先翻遍就是没有那幅对自己威胁最大的照片。几次逼供，造反派都说没有，他恍悟，肯定被老汪转移了。

老汪的问题是假党员。农民出身说不清也记不住入党介绍人是谁还有什么时候入党的。葛先不认为他是混入党内的，不过让人抓住辫子皆因穷棒子泥腿子文化不高授人以柄。此时他把老汪找了来，问他和小范当年那张照片在哪呢。

"老葛同志，我实在记不清楚了。"

怎么可能记不清，可又不敢发火，老汪马上要解放，谁知他解放出来干什么。还得像巴结老齐一般策略老汪："老汪同志，你怎能不知照片哪去了？"

"你已进了革委会，还纠缠十几年前的东西干什么？"

"那我当时的错误是大是小，是严重还是一般的？"

"很一般很一般的问题，谈不上错误的错误。"

葛先那气，谈不上错误凭什么将他一撸到底？不过，照片没到手还得耐下性子来："那你把照片还我成不成？"

"我哪有照片？"

"老汪，那天谁把照片交你的？"

"根本没人交给我。"

"谁照的？"

"谁也没照哇。"

"姓汪的，你也太不老实了！"再也按捺不住，"走，三头对案找人去。"

老汪摊开双手："老葛同志你别急，真的没有根本没有哇！"

"你胡说！"

"真的没有照，照相机根本没胶卷，是通信员小刘跟你开玩笑。"

——还有这样的事？天旋地转。半天他才撑住桌子站稳："不可能，你还在骗我。"

"真的没照，要不你把小刘叫来我们给你立字据，我以党性做保证。"

"那你干嘛一直拿照片的事情吓唬我，要挟我？"

"那是……因为你太……狡……不，因为你太聪明，而且……"

"什么？"他失态以致失控，抡圆胳膊拼尽全力甩出一巴掌——啪，自个儿的指头都麻了。

老汪捂脸没言语，半天头疼得被人送到医院，耳膜破裂出了血，这一巴掌太重了。

8

老汪左耳失聪，聋着一只耳朵进了革委会，还做了常委。

葛先又犯错误。他违反了毛主席要文斗不要武斗的最高指示，殴打致残没有任何问题的革委会常委——性质恶劣问题严重。

齐区长对他也爱莫能助。老葛你为什么不讲政策，群众影响极坏，只能清理出革委会。

葛先不甘心又找齐区长，齐区长只是盯他一句话：这都什么年月了，为什么还对革命干部实行武斗？

好窝囊，他咬牙切齿骂老齐骂老汪，当然只是在心里。又好惭愧，当年敢于攘沙土抢手雷轰隆一声炸死几个日本人，如今面对老汪老齐这等卑鄙下流丑恶无耻的坏蛋怎么反而软了酥了就活生生让他们捏咕死？

老马在牛棚胡吃闷睡无波澜，养得反而更胖了。葛先跟他骂老汪骂老齐，老马一句话将他挡住：谁让你爱搭勾他们，我早把这帮王八蛋看透了。

在牛棚一趴又是好几年，主席总理相继逝世，"四人帮"倒台葛先老马才算盼来出头之日。葛先流下眼泪，老马眼圈也红了。一天俩人又凑在一块儿喝酒，葛先感慨万千："老马，你毁在老齐手里，我毁在老汪身上，应当把这两块料千刀万剐才好呢。"

"他们不都有了报应？"老马反比老葛平和。

"活该，那我也他妈不解气。"

原来，粉碎"四人帮"之后，老齐还紧抓阶级斗争不放，跟着上边犯了"两个凡是"的错误，已被撤消了职务；老汪多年高血压，前些日子跟人生气也得了偏瘫。罪有应得，这二人心术不正本质就坏，一下台再也没人理他们。

"甭提他们了，帽子摘了我一辈子念佛，官儿我此生不再想，人心险恶。"老马依然去修鞋，无官一身轻钱又不少挣。

"你有手艺我不成啊，我还在下边当一万金油干部有什么出路。"

按理说葛先至少应该官复原职，可是中国的古朴民风伦理道德又使他成为受害者。思想解放之后人们对地富反右恭敬有加，仿佛是个右派就是反骨就是英雄；地主资本家也成了贵族血统的资本，单单对黑五类中的坏分子另眼看待——道德败坏。葛先难以走出寂寞好冷落。

也有误会。改革开放干部四化，他岁数大了确实又没有什么文化，话又说回来难怪葛先想不通，不少比他大的没文化的照样官往大里做，全是关系他看透了。

倒是建设使他活泛多了："爸，您五十多了争一工会主席不才处级，只要有大钱您不比当个区委书记差。"

"哦……"

"只要舍得下脸，拣破烂儿都能发大财。"

"我可是三八式的老干部。"

"那才得利用这条件呐，倒钢材倒木材，发了财谁都得另眼看待您。"

也是的，何必一棵树上吊死，工会联系的都是企业，倒腾活了比什么都厉害。

从此，葛先倒开了三材，再无当官心思。他还悟出一条真理，凡在机关工作只要不想往上爬干的越少越有人缘，越积极越成竞争对手越为众矢之的。彻底放松了好自在，端着铁饭碗捞外快没人搭理你。重新定位他叹服建设，年纪轻轻把什么都看得好透，超前意识——建设还说不对，那叫先锋，前卫。

建设在乌梁素海要亲玉琴一口的时候就前卫了。玉琴拒绝他的前卫他只消沉了四五天就过去了。一星期后他调到阿拉善旗育种站，他向两个人道了再见，一个是玉琴，再一个就是他自己。因为动身之前一个战友对他说，国外时兴"减半加七"，那才符合最佳配偶年龄，亦即30岁的男人应当找15加7也就是22岁的女人为配偶，40岁的找27岁的女人最合适。有这公式就更释然，干嘛非爱比他还大的玉琴，来日方长。外国连婚配都有公式，中国哪能永远荒芜知识呢。

那年回家他搜集高中课本，返团后边放牧边学习夜以继日。功夫不负有心人，1977年恢复高考他考入了北京经济学院企管系。上着学他便做开了调查，民以食为天，开饭馆比什么都来钱，可是关键得有黄金铺面。刚巧同班女生孙小芳家住珠市口临街房，不过小芳一米七二跟他一般高，出身资本家背包袱背怕了反而特别左。他反复思忖决定还得寻求突破，孙小芳其人其家都很合适。

临毕业前他们全班上了趟北海，大家兴致勃勃刚刚登上五龙亭，突然湖中一条船翻了，落水一对男女咕咚咕咚要沉底。人们正惊诧，建设早把褂子一脱凉鞋一甩跃入水中。落水者奄奄一息眼看再也难浮起，建设赶到一手一个两把头发薅住了，奋力拖救，好一番周折这一男一女终于被他拖到岸边来。众人七手八脚把落水者拽上来，两人早已灌够了水。建设让他二人抠舌根，他们还呕出好多污水来。

全校轰动，建设确实很男人。分配前小芳收到建设一封信：

小芳：

你好！即将分手了，岂止是依依惜别，我竟觉肝肠寸断。世界上只有你是独一无二的。心理惯性使你比安琪尔维纳斯还要美。我从没奢望得到你的爱，因为你是一朵奇葩，我是一抔黄土。但是我恳求你回答我一句话，告诉我你知道了，知道我一直深深爱着你——够了，这足以使我幸福亢奋一辈子。

相信我，我会永远做一个毫不利己专门利人的人，为伟大崇高永远地鞠躬尽瘁。

葛建设

1981 年夏

沉甸甸的刚柔相济，让小芳心颤颤地放不下。八十年代的青年人讲究价值，五龙亭畔就亲见了体现在建设身上的价值。哪好忍心说一句“知道了”就完事？心弦被铿锵了。

这次是她约的他，就在学校墙外的田间小路上。

“你怎么从没跟我露过这个意思呢？”

“我不敢，正像弗洛伊德爱情心理学中的阐释，爱的崇拜会使人丧失勇气又无奈，以至于恐惧还有那——”他把进一步的“性无能”打住，不能继续再阐释。

“我觉得好突然，一点儿也没察觉你心中的我，那么地独一无二。”

“一切爱情都在心里。”

“那你怎么不早向人家表白呀。”确实，好多丘比特接二连三往她身上射箭呢。

“一切语言都是重复。”他喜欢朦胧诗，学以致用恰倒好处。

“你对友谊怎么看？”

“真诚的十分理智的革命友谊是人生道路上的无价之宝，你能否对自己的朋友信守不渝，永远做一个无愧于他的人，这是对你的灵魂，心地，性格，以至道德的最好考验。”他背诵了一段马克思的论友谊。

“你怎么理解爱情呢？”

“真正的爱情是奉献是牺牲，相爱的男女要扎根于土地，伟岸在云里。”他还引述《致橡树》，兴之所至出燃烧的火炬和沉重的叹息。

小芳眼前一亮，这个男人才是无与伦比的丘比特，幸福陶醉半年之后俩人结婚了。洞房花烛夜小芳问他说：“今天参加婚礼的一男一女怎么像在北海落水的？”

“不就大庆跟小文吗，都是我在兵团的战友，哥们儿。”

“五龙亭你们在演戏？”

“就为放箭射中你。”

小芳哭笑不得为时已晚。接下来的柔情蜜意加憧憬规划又令她逸兴遄飞。建设中肯地向她指出，越是你们这些出身不好的人思想越左，为了生存没办法形成了宁左勿右的心理恐慌与定式，实际这是形左实右，现如今改革开放全党全民最紧迫的问题就是把经济搞上去,再也不要被什么成分阶级所束缚。

小芳在一个中心两个基本点的理论启发下,也给他爸做开了工作:门脸房开饭馆,一年十万十年就成百万富翁了。孙老爷子一开始还战战兢兢,看着左右有私房的资本家小业主一个个又成了百足之虫,一闭眼一跺脚也放开了,干,政策放开建设能干那就让他干,多少大资本家都成领导了,怕什么。

9

玉琴追求执着从上兵团那天起就进入了误区。她不仅拒绝了建设在狼洞中亲她一口的要求,还回绝了许多战友的殷勤与关爱。她正一心一意献身革命的时候,战友们纷纷办病退,要不就争当工农兵学员上大学。兵团战友越来越少只剩玉琴和一些没有门路的还留着。当时的营教导员把她报为全团"扎根草原永不掉队"的标兵,刘教导员几次对她说:"你是兵团的一面旗帜,旗帜一倒全团都要垮掉,你还是一粒火种,即便只剩你一个,这暂时困难星星之火肯定能够再燎原。"

刘教导员长得厚嘴唇大包牙,为人憨厚又朴实。玉琴没有动摇过:上山下乡一辈子,革命到底不回头。这期间,老马媳妇早跟街道说好给女儿办困退,独生女,完全符合回城政策。可是无论怎么动员玉琴就是不回来,就是要扎根草原一辈子。

建设兵团终于完成历史使命寿终正寝了。玉琴不回北京户口可以转为牧民只能在当地生活一辈子。她哭了,兵团是独立的她一切都适应,如今跟牧民一起喝羊奶吃羊肉不习惯。孤苦伶仃一个女人怎么待得下去呢?已成光杆司令的刘教导员对她说:"你要不嫌俺土,就跟俺上包头做俺的家属。"

她吓一跳,刘教导员胡子拉碴早已谢顶,她以为他四十多了怎么还没家属?她问老刘多大了,对方把军人证件拿出来,三十一,真的比她大不了几岁。她叹口气,走投无路破釜沉舟,老刘转业她也去了包头。谁料二人世界跟军事化战天斗地在一起的生活完全不是一回事——她竟由别扭恶心以致无法忍受。老刘的大包牙不但稀,上下两排七扭八歪默契不到一块儿去,吃菜吃肉都塞牙,他用火柴剔,剔出的牙秽不吐出来反而抹在嘴里细品味。每次她都又急又气:"你不嫌恶心!"

"恶心什么?嘴里的东西要脏那肚里的屎尿还容得?"

"你太没卫生习惯了!"

不管怎么急老刘不跟她顶,只是嘻皮嘻皮傻笑:"可不就是习惯了呗。"

怀上孩子之后她老吐,索性不跟他一桌吃饭。生下孩子她又把孩子搁在两人中间拉开距离,何其痛切的感受:原来思想道德阶级觉悟生活作风憨厚朴实与男女相爱夫妻生活是截然不同的两回事。晚了,已为人妻已为人母怎么当初就没注意到老刘那么不文明那么不卫生那么多坏毛病那么招人讨厌那么与自己格格不入呢。

一天晚上,老刘越过孩子对她突然袭击,推搡之中她的胳膊肘一下碰到丰丰的脑门上,儿子哇地一声哭了。她拉灯一看丰丰眉骨上竟然肿起一个大紫包。天,她疯狂地把枕头奶瓶扫炕笤帚一古脑往他身上砍，他光着身子还嘻皮："别打喽，咱俩不是夫妻嘛。"

丰丰头上的血泡半个月后还有青痕，她心疼得一天到晚亲吻他。再往下一点儿就把眼睛碰坏了，多悬，全是老刘他欲火中烧欧！

多少次她带着儿子回北京，能在父母面前说什么？只有扑簌簌落泪，谁要自己非在内蒙草原上树旗帜，苦酒是自己酿成的。

老刘常到云和殿来找她。老刘对老马和老马媳妇比亲爹亲妈还要亲，里里外外跑前跑后能吃苦。老马挺满意：实在，能干，这样的女婿可以了。

老马媳妇看不上老刘，瞅人建设那一茬人全成了新派儿，老刘整个一贫下中农。可是老马不这么看，现在兴的是勤劳致富，别学那些油头粉面的。不成让女婿也跟他学钉鞋，哪天不弄它七十八十的，没急。女儿女婿丰丰全回来，他全包了挣的钱足够。

玉琴还真带着孩子迁回北京。根据政策老刘的户口也跟回来。老刘咀嚼残渣余孽的毛病还没改，玉琴忍无可忍找到街道调解委员会。

"你提出离婚的理由是什么？"

"他没文化。"

"没文化不能学？多少上山下乡回来的人念了大学，你不也才高中二年吗？"

"我们两人没感情。"

"没感情为什么要结婚，感情是可以培养的嘛。"

"他不讲卫生。"

"那算什么大毛病，你逼着他推头洗澡不就干净了。"

天呐，中国人只重视婚姻的成败不重视婚姻的质量，她与老刘的事情又能跟谁讲得清！不是多少人说过吗，婚姻是鞋子，舒服不舒服只有脚趾头知道，她的脚趾头能跟谁去说，有谁理解同情她这脚趾头？

一天，她带丰丰去买菜，建设从后面叫住她："玉琴姐。"

"哦，建设……"

一晃多少年，她回来了建设早就回来了。有时能碰上可又没话说。说什么，建设又有文化又经商，他们早已不在一个层面上。

"玉琴姐，走，今天请你和丰丰上南来顺。"

"哦，不……"

"那怕什么，走，丰丰，舅舅抱着你。"说着，他抱起丰丰就走。

不好再拒绝，她心咚咚地随他们来到南来顺。建设找一单间让她母子坐下了。多少年的风风雨雨颠沛流离起伏沧桑三言两语哪能说得尽。喝了几杯干红建设把她的一只手拉起来："玉琴姐，狼洞里虽然没能吻到你，可你却把我锻炼成一个男人了。"

她想抽回手又舍不得，建设翩翩风度是颇有作为的真男人，当初自己怎么那么傻那么左？

“那天晚上你为什么拒绝我？”

“我……”还如当年那般羞涩，“我比你大，你不管我叫姐吗？”

“贝多芬说过一句话，为了更美一些，便没有不可打破的法则。”建设虽然始终前卫，可对玉琴那感情是真挚的。16岁的冲动，怎能全然忘记呢。

玉琴只是苦笑，当时兴的是毛泽东，要早知道贝多芬就好了。

“你怎么不跟老刘离？”他松开玉琴的手，只是重温真挚，绝无半点猥琐。

“你怎么知道的？”建设很少回云和殿，她和老刘上街道调解离婚却从未在院内吵闹过。建设怎么知道的？

“眼睛，你的眼睛始终在诉说着你的不幸。”

她的手情不自禁地微抖，突然慌乱起来了。

“妈妈我撒尿。”丰丰把她拽起来，她就势带丰丰上了厕所。

回来她的眼睛闪闪的，建设嗅到了湿润。

他深深地吸一口烟：“你真美，一点儿不减当年呢。”

“快别瞎说了，本来就不美，现在更人老珠黄了。”她放下长长的睫毛，遮蔽内心的慌乱。她是那种经得住岁月蚀打的女人，年近四十还风韵犹存。在建设眼中当年的她像拜伦《海盗》中的葛奈尔干起革命热烈癫狂；今天忧伤病怨又似曼杜拉，戚戚哀哀更有魅力。

“你该自己解放你自己。”

“他忠厚老实连我爸都向着他，更别提街道上的调解委员会。”

“但他素质差，你的价值取向就是一个老实吗？那是窝囊，他缺乏家庭教养社会教养文化教养，差在全方位的素质上，跟他离。”

“离了我和丰丰怎么办？”

“再送你罗曼·罗兰一句话：转过脸去，世界大得很。”

她贪婪地认读着建设和他的罗曼·罗兰、贝多芬，许久许久自己也轻松了，是啊，应该重新开始，她还年轻还健美，为什么不去寻找快乐享受幸福呢。

想不到回家和老刘彻底摊牌，她的锐气两句话就消下一多半。刘教导员喃喃地指着房梁说上吊，不离婚他什么条件都答应。她愣怔半天冒出一句连她自己都想不到的话：“不离我要上外边乱搞呢？”

“随便，你爱跟谁搞跟谁搞，只要我俩不离婚。”

“我要搬到我妈那屋，永远不跟你一起吃饭一起睡觉呢？”

“没关系，只要我俩不离婚。”

她把脸捂住。自己解放自己是多么不容易，她面对的刘教导员太淳朴太憨厚，他憨厚老实得没皮没脸没有骨头，如同一坨泥，你能拿他怎样呢。

日后建设又为她出主意，上吊是刘教导员的自由随他便，你离你的婚索性把脸转过去。为了不使老刘上吊她没离，可是她转过脸去迈进了世界的斑驳，干嘛不享受阳光季节生命呢。

10

这两年金奎微下来。京剧不行了。上边老嚷嚷振兴,无奈年轻人变了嗜好——好通俗,通俗歌曲通俗影视通俗小说,京剧这国粹这阳春白雪你掐着他们的脖子也不爱听。说什么哼哼叽叽节奏太慢动作迟缓形式单调内容乏味不奔放不舒展不解气不热闹不刺激——不识货,那霹雳蹦迪踢踏恰恰扭腰摆屁股的街舞是什么玩意儿什么东西!

眨眼,五十出去的金奎两只大眼袋鼓起来。改革开放百废俱兴,怎么京剧反而养在罐里了?连毛刘周朱都好京剧,现在年轻一法儿的全反了。

不景气钱就紧。现如今胆子大的做生意,没本事的卖煎饼,再不济老马钉鞋都抽希尔顿。他这样的反而回到旧社会。

压力来自两方面。一是儿子上中学三天两头得交钱,再也不是一学期两块五那年代了。二是心理不平衡,跑一场龙套10块钱,跟那歌星大腕的怎么比?真是应了那句话,人比人得死,货比货得扔,分配太不公平了。

最刺激人的还不在这儿。俗话说看戏的是傻子演戏的是疯子,可台底下没傻子你再疯也疯不起来呀。多少回站定在台上一睁眼,下边空空荡荡全是椅子背,哪还有情绪?先是心虚继而无奈,最后索性两眼一闭不睁开。那天演《定军山》才上了四十个座,傻子还没疯子多。他一闭眼出岔了,都开打了还戳在原地没把眼皮抬起来。几声倒好如梦方醒,麻烦了,四十个傻子中的三分之二有了意见:还振兴京剧呐,京剧演员不敬业,站在台上睡着了,声誉是你们自己败坏的。

亏了不再兴政治事件,要不就惹了大漏子。那天晚上白跑龙套10块钱没给,回去团长还一劲儿批评:再有情绪你也不能这样啊。

他二话没说掉头就走。再也不跑这10块钱一场的龙套——又犯一个大错误。两个月后团里要到日本去访问,凡是调皮捣蛋的都不考虑。金奎当然算一个。原来,这些年剧团早名存实亡了。自从把工资拨到银行发,有人二年不露面有人八个月不上班,当年那十八棵松只剩两棵还点卯来,金奎就是其中的一棵。这回出国反而把他剔出来,合理吗,不成。可是,胳膊不可能拧过大腿,索性他也三天打鱼两天晒网了。

京剧不景气他在小范眼里也废物了:

当年你就是一棵松,五十多了还跑龙套,没本事你就别闹脾气呀,谁让你在台上闭眼的谁让你充大爷不演的谁让你顶撞领导的谁让你一天到晚一脑门子官司的!

世风变小范也变了。他好委屈。爱一棵松喜欢样板戏的是她,骂一棵松跑龙套的也是她。过去他是她的荣耀她的骄傲,现在倒好,她管他叫“203”——《智取威虎山》里那少剑波,他月月从银行取回的工资整整406块,正好是203的二倍可不变成俩203了吗。

有口难言,也是的,406能养家糊口吗。

小范也早下岗了,一月200多块当然成天叨唠这日子。风光不再,这日子随着京剧的江河日下——江河日下了,你有什么辙。

小范就剩一叨唠,金奎烦了还找葛先老马来聊天。老马多次跟他说,不兴唱京剧了咱们改行啊,玉琴女婿不是也修了鞋,我们爷儿俩一月六七千,什么日子?关键你得从思想上端正认识,只要能赚钱就无高低贵贱之分,想通了你一月也能赚好几千。

金奎认识难端正。再怎么着自己干的也是文艺界,丢人现眼呐。当年板儿团的钉开了臭鞋,打死也不能干这个。

为这小范跟他闹了多少回,人得舍得下脸来会变通,刘教导员没本事学开修鞋一月能挣三千多,你金奎要枪弄棒不比他利索?还是放不下臭架子,其实戏子还不如鞋匠呢分类全是下九流。

他好惶惶。难道他非得扛起拐子去修鞋?梨园行死定走投无路了?师兄师弟再下作也没人干这个。

烦。那天溜达到珠市口找同事,没想到碰见建设了。建设把他拉进自己的菲菲酒家来。

菲菲酒家新颖典雅让人一看就舒服。坐下来他开口问建设:“你这经理也干活?”

建设伸出双手让他看,煤黑油污渗进他那皴裂的手背和掌心。他告诉金奎,最初粮油煤菜全凭他蹬一三轮自己拉,后来他又学掂勺,如今煎炒烹炸全会了。当经理先要当伙计,慢慢体验感受才能把握全局呢。

“这哪像当经理的两只手。”

“不瞒您说,我还是华达有限公司的董事长,就在中关村。”

金奎一愣,没听说,建设折腾得还真火。

建设自己都没想到,菲菲酒家从一开张就以卫生高档迎来一拨拨回头客。当时北京刚兴生猛海鲜四季火锅龙虎斗,建设立即着手经营。漫说是大款大腕,就连港台欧美的都知道了菲菲酒家饭菜一流服务一流卫生一流,在菲菲吃饭味道可口放心不过。

财源滚滚,第一年菲菲净赚80万。年年递增。几年前建设小芳的存款就达到七位数。一个常来吃饭的日本人看上了他,决定投资70亿日元与他一同经营房地产。什么感觉,他抡圆了。

“建设你可真能干。”金奎这才知道,建设已成了一个资本家。

“只要沉得下去舍得下脸,其实人人都有机会。”建设听爸爸念叨小范老跟金奎呛呛,说他太好面子拉不下脸。

“你爸有关系能搞活,你马大爷会修鞋也是手艺,我这武把子能干吗,也不能上大街使枪弄棒耍猴去呀。”

“小翻儿前扑虎跳您还能折不?”小时老看他练功,这行话建设也熟悉。

“我都什么岁数了,能折我也不敢逞能啊。”

“铁门槛儿旋子呢?”这是脑袋不冲下的玩意,建设还问。

他摆手,更不练了,迈不好铁门槛磕下俩门牙来那不更加老态龙钟了。

“飞脚呢,扫堂腿?”

金奎皱眉:“那还凑合。”这是真的,再怎么着也能打个飞脚。

“那不结了,玩悬的不成至少您腿脚利索还有力气是不是?”

金奎握拳:“力气再没有就得了,就是使不出来闹心嘞。”

建设往外边一指:“您看是个人就摆摊,是个摊就赚钱,再不济推一煎饼车一天也能赚它三四十。”

他叹气,抓抓花白的鬓角,那不成侯宝林的相声《改行》啦,侯喜瑞卖西瓜,刘宝全卖麻花,他是堂堂新中国的京剧演员,卖煎饼不让人笑出大牙来!

“金奎叔,我知道您怵什么,死要面子活受罪,过去谁穷谁革命,现在谁富谁光荣,只要能致富,不偷不抢不坑蒙拐骗什么干不得?”

“煎饼我也不会摊呐。”

建设见他还是一个怵,扑哧一声笑起来:“那擦玻璃擦桌子您会吗?”

他苦笑:“这你可是糟贱我。”

“齐了,这回您的钱来了。”

金奎使劲挑眼皮,建设要介绍他当男保姆,给人收拾屋子去?

“您加入擦车大军的行列有多好,上各大立交桥底下看看去,京城兴起擦车族。”

“可我……”他知道,可这擦车不跟解放前那擦皮鞋的差不多?

“只要您把双脚放在平地上,保您一天赚它百二八十的。”

外面进来俩老外,金奎赶紧站起来,建设拦他说不要紧,索性开瓶洋酒喝一顿。他连连摆手走出门,得识趣,聊天哪能耽误买卖呢。

当晚回家折腾一夜。小范问他怎么了,他说建设让他去擦车,小范眨了半天眼睛突然叫起来:“好哇,这可是个新兴的好营生!”

金奎也真活动了,索性拉下脸来试试去。

天大亮,小范陪他一块儿带着水桶脸盆抹布来到立交桥底下。虽然有几个擦车的,愿意擦的车也不少。没几分钟揽下一买卖,二人上去紧忙活。二十分钟擦好一辆桑塔纳,十块钱一张的票子到手了。

一发而不可收。十块钱的龙套连来带去化妆卸妆至少也得五个钟头,跟这二十分钟怎么比?还嫌什么寒碜呢。

小范见他触电一般上了瘾,索性跟他一块儿干。晚上回家一数钱,一百四,效益是铁饭碗的几十倍,早擦几年早发了!

金奎出去给儿子买俩酱肘子,上高中的小涛吃得那香,可是小涛突然想起什么:“就是别让我们同学知道了,千万!”

金奎给儿子做开了工作:“改革开放大趋势,自食其力自谋生路怕什么?”

小涛磨叽半天也通了,说好好好成成成只要能多赚钱你们爱干什么干什么。

小范心中又酸酸的。金奎老成什么样,这些年来有多难,日后再不叨唠他,真的不叨唠一定不叨唠。

11

葛先对金奎的举措也赞不绝口:早下海早发了,识时务者为俊杰,当初自己还为没能官复原职懊恼不已现在想想有什么。从前谁能忆苦哭穷谁露脸,如今谁最有钱谁最有势谁最光荣。建设就是大资本家兼地主,建设马上就要上大企业家大资本家大词典,谁不羡慕他光荣?

葛先自己其实也已成了资本家。八十年代倒钢材九十年代玩股票,谁不另眼看待他。这些年再也不提建设的月份了。不管跟谁他张口闭口全是建设,连他自己的称谓都变了,自报家门建设他爸——就是我。

但是,自打有了小梅,他心中暖起永远的氤氲。小梅不白,但细眉大眼两个酒窝深深的。谁知怎么长的,小时又圆又胖像个小馒头,肉墩墩地稀罕人;长大眉骨越来越凸眼睛越长越抠鼻梁越长越直像个混血儿。人们都说她像贝·布托,光彩照人一准有出息。

小梅上初二的时候一个高个男生给她写条,她回家做功课打开铅笔盒发现之后交给爸爸,葛先很气愤,让她明天交老师,小小年纪哪有这么道德败坏的?不过他心里挺乐,小梅要不可爱怎么可能上初二就有人追她呢。

小苏接过条子给撕了:“只当没有这回事,”她俯身嘱咐小梅说,“也别告诉老师啊。”

晚上小梅睡下,葛先和小苏发生了摩擦:“有头回就有二回,你这不姑息养奸吗?”

“孩子还小不懂事,你不就吃档案的亏照片的亏,一张纸条可不能让人背一辈子黑锅呀。”

“哪有初中孩子写条的,生活作风不严肃,得让小梅跟这种行为作斗争。”

“你不也不严肃过?咱可不能做事太绝了。”

葛先噎住,哪壶不开提哪壶。你小苏至今还认为我生活作风有问题,嘁!可又不敢大声吵,不能让小梅知道了。

息事宁人,换位想想也是得冷处理,这事过去就过去吧。

后来小梅上职高,学的是美容美发,懂得化妆之后再打扮,小梅更加出类拔萃了。

又有了一笔资本,建设那天的话葛先记住了:女人的美丽就是价值,美丽可以值几十万几百万几千万甚至无价。摩纳哥王妃戴安娜王妃日本德仁天皇爱上的那位雅子小姐统统无价。之所以无价全是因为美,小梅你可别让男的一追就晕头转向啊。

也有遗憾,当初就让小梅上高中考大学,建设也劝她说有文凭才抬身价,美容美发是伺候人,小梅你是不能干一辈子那个玩意儿的。可是小梅很固执,她说美容美发绝不是剃头的,那是新潮是艺术。从发型设计时装设计中走出多少大师来,别老再认为那是服务行业。

因为溺爱娇惯,只得依她上了职高。小梅一门心思扎到这门艺术里越学越来起劲。她推出的瀑布爆炸流星霞飞发型四获全国职高学生作品金银奖,葛先虽然也高兴,心中总觉硌硌硬硬疙疙瘩瘩的。歌星影星获奖那才真风光,美容美发再摘金夺银也上不到高档次,当然这话不能跟小梅说。

这两年葛先又玩开了鸟,每天拎一鸟笼子上陶然亭遛弯去,可是老爷子们坐下专爱聊儿女聊下岗,这个说她闺女在美国那个说他儿子是博士,葛先自然显摆建设张扬董事长电子公司房地产什么的,不愿提小梅,再吹哄得奖也是美发的,美发的就是推头的推头的就是按摩的——不少人还立刻想到三陪去。不提气还挺晦气,小梅怎么非认上这玩意?

丝丝拉拉老遗憾,真别扭。

平时,他愿意跟小梅一块儿上大街。女儿是他的荣耀与骄傲。因为从小就娇,至今小梅还爱挎着他的胳膊走。每每父女并肩他又神圣又神气,多少男女老少都注目,君临一切,挎着自己的是一位娇得不能再娇美得不能再美的白雪公主,比什么都写意,只要小梅在家吃完饭他准招呼女儿遛弯去。

每回她都乐意去。愿意挎着爸爸散步,不是什么恋父情结。众目睽睽之下悠闲自得跟爸爸聊天,可以假装对一切都不垂顾,那才更身价倍增更闲庭信步呢。

小苏更爱小梅,跟建设差了20岁,而且是在那般忍辱负重下出生的,怎么能不疼?可是见到小梅跟她爸那么好,竟然有些吃醋。原来不爱动如今遛弯她也出来。就是小梅不爱跟她挎胳膊,总是挎着她爸爸。一天实在憋不住,她半开玩笑对她说:“瞧跟你爸亲的,天天把妈撇在脑袋后。”

小梅扑哧一声笑起来:“妈,您怎么还吃我的醋,瞅瞅您那个儿,成,那我搂着您。”她松开爸爸,把胳膊搭在妈妈肩上。

小苏身上立刻涌起一股暖流,赶紧把小梅的腰揽住。可是,这么走了不到五分钟,小苏肩头好沉重,膀子扛得酸酸的,腰也疼,她的步幅小女儿的步幅大,每走两步就得往前够。不舒服,坚持到家竟如卸下千斤重担来,又不能说,是她“醋”来的。

晚上躺下葛先侧过身来对她说:“今儿个你算得意了。”

她把后背杵给他:“得意个屁,给我捏捏膀子。”

“膀子怎么疼起来?”葛先上手捏。小苏自从六十以后就跟吃了发酵粉一样发起来,浑身上下摸不着骨头。

“谁知道。”

“我知道。”

“你知道什么？”

“你一米四六小梅一米六八，差一头，仄歪着身子摽在一块儿能不累？”

“明天我再不出去了，让你们俩可着性儿地风光去。”她也恨自己越老越矮了。

葛先嘴上说何必，心里凉丝丝那叫美。自找，谁叫你小苏爱吃醋，这回自讨苦吃吧。

小苏也没太生气，一会儿就被捏进呼噜里。葛先反倒难入睡。过去小苏不打呼噜，一发福呼噜也来了。白天偎在沙发上都打，嘴唇还一吹一吹的。习惯了他晚上并不怕，可是今天一给小苏按摩再听着呼噜——轰隆轰隆触觉听觉搅做一处，震手又震心，难把眼睛合上了。

自从照片事件发生就很少回忆小范和小曼。政治斗争太残酷。后来小范跟金奎结婚，他反而赌气。跟小苏增进床笫之爱把白雪公主生下来。光阴荏苒，这些年斗争运动改革开放他的全部神经终于亢奋到钱上，别的什么都淡了。

今天在小苏小梅身后一看，这不合拍的高低一扭曲，他吓一跳。当年小巧玲珑的小苏还不显矮，今天跟小梅扭曲在一起她太矮了太粗了，似一个营养过剩的女顽童。眼下又似大皮缸，大风箱，听听这呼噜有多响。

想起小曼，眼前又现出小范。小曼小范都苗条，苗条才妩媚才标致，自己这辈子怎么偏偏娶了一个不妩媚不标致外加一个不苗条？

小曼早已无影无踪，小范却是每天都见。小范是俗气了婆婆妈妈了，可是还苗条，快六十的人没发福就显得年轻，而且那眉眼还如当年清清秀秀。要说俗气谁不俗气，小苏还是妇联干部呢，如今不更唠唠叨叨一事儿妈——原来就够事儿妈的。

12

第二天葛先没上陶然亭，直奔天宁寺桥底下看金奎两口子擦车去。

擦车族迅速膨胀，金奎刚来时桥下只有七八个擦车的，如今增至二十多。不紧抓挠一天又难挣一百多。金奎两口子还行，被人推为元老，从上周起谁要再上这里挤地儿不成，金奎代表大伙说满员了，别的地界儿揽活儿去。

葛先远远望着金奎两口子。小范精神抖擞意气风发再现当年飒爽英姿；金奎挺胸立腰擦起车来就是不一样带着股子云手起霸的范儿，一干活儿一精神大眼袋也小多了。

葛先本想上去跟他们聊天，当然更主要的是再接触接触小范，可看人家那么忙还是打住，愣了半天又从天宁寺溜达回来了。

晚上遛完弯儿，葛先迈着方步来到后院金奎屋。

“葛爷您来真难得。”小范跟葛先早捐弃前嫌了。时间是中和剂，她心里明白，葛先当年发自内心喜欢她。

“早想跟你们聊聊，你们现在是忙人。”他没了干部架子，举手投足出款爷派头，所以街坊们改了称呼叫他葛爷。

金奎喝得红头胀脸，趿拉着鞋赶紧沏茶：“葛爷，还是那句话，早听您的早发了。”前几年他急得血压都高了，如今一擦车什么病都没了。那天在立交桥下还打了两个飞脚，擦车族们全傻了：金先生原来还是一武把子！

擦车的全没工作，唯有金奎是国家剧团的。得空他还弄一句“听对岸响数枪声震芦荡”，声音老棒又厚重，连过往行人都拍巴掌。挣着钱玩儿票，专业的扮业余的正经演员充票友有些事一调个儿既能生财又有人叫好，他自己不但高兴还觉着好笑，世界真奇妙本末一倒置怎么一切反而顺起来？——他自己都不明白。

“早晨我看你们俩人擦车来。”

“真的？”小范一脸惊喜，“那怎么没跟我们打招呼？”

“不好叨扰哇。”

“瞧您说的，准是嫌我们——”

“你别瞎扯，葛爷不一直撺掇咱们舍下脸去挣钱吗。”金奎掏出万宝路。

葛先扬手，摸出一盒熊猫：“这个柔和，上边那公仆们都抽这个。”

小范也在一边坐下来：“今天您上天宁寺干什么去？”

“瞅瞅你们呗。”

“瞅我们？”小范金奎不约而同。

“一天下来累不累？”

“不累，”金奎深深吸口葛先的熊猫，“抽口烟乏劲就全解了。”

“不累我见你们满头大汗的？”

“我打小练功也专爱出汗，出身透汗脚下飘，要多熨帖有多熨帖。”

“是熨帖，”小范把话接过来，“每天跟一臭猪似的躺下就睡着。”

“你们俩都多大岁数了？”

“我都快六十了。他比我小点儿。”小范不知葛先干嘛又问起岁数来。

“也都年近花甲了，见好就收你们早该改戏了。”

金奎小范都一愣，干得正火葛先怎么又让他们改戏，往哪改改什么？

“得当资本家，既然在桥底下站住了脚，那就不能再大汗淋漓的，应当光动嘴皮子。”

光动嘴皮子？俩人还是蒙在鼓里，小范哦了半天说：“您再说得具体点儿。”

葛先把烟掐灭说：“你们呐，还是木。”

早上，他远远瞄了一会儿就全摸底了。金奎威信挺高当了老大，那就别干活啦，占山为王画地为牢——把着桥底下吃擦车份儿，哪能跑跑颠颠白为别人服务？解放前就有丐帮，金奎应该当帮主，致富也得上台阶。

“你不已然成了老大，你管接活别人全是擦车的。”

“那……”小范还是不明白。

“那什么,有多少人是后来的,他们是雇工。”

金奎也还转不过磨,自己小有威信也霸道不得啊。

“你们都没琢磨过,擦车的哪有几个北京的,胡撸外地人还不容易?”

“可是,那不就成剥削了?”小范金奎干得正欢,这样已经相当知足了。

“合理剥削,管理组织操心受累这就是劳动与付出就算剥削也合理。”

“平常管管闲事还成,真要组织我可没有那能力!”金奎怵,也不全是外地的,有人比他们擦车早得多,凭什么别人听你的。

“我早为你们想好了,谁也不能凭空管人家,明天你们听我的。”

第二天中午,金奎小范和那些擦车的刚闲下来吃饭,葛先远远走过来:“哎哟许先生,您在桥底下干吗呢?”

“葛书记,是您呀,”金奎赶紧站起来,“情绪不好不爱唱,在这擦车弄俩钱儿花。”

“什么,您上这地方弄钱来?”葛先提高嗓门,就是要把人都招过来。

“瞎玩儿呗。”

“那不埋汰吗,您是《红灯记》里那王巡长,兼着《沙家浜》B角郭建光,怎么玩开这个了?”

“不跟您说过吗,团里不出国的戏我不上,主要是活动活动身子。”

“不成不成,大武生跑这活动身子来,这不糟践自己吗。”

“葛书记,您别嚷嚷了。”

他俩一唱一和把擦车族全招过来。

“唱念做打,《挑滑车》《连环套》《长板坡》您全成。”

“您过奖了,《伐子都》什么的我不唱,那是摔打武生干的活。”

“不成,在国内您老不演,把我们全给想苦了,今天在这逮着您,无论如何得反串两句黑头我听听。”

“哎哟葛书记——”

“我问您赏脸不?”

“葛书记都说到这份上,你就唱上两口吧,”小范恰到好处插话,“大伙儿还不知道,这位是前任区委葛书记,现在离休正当顾问呢。”

众人不由向后闪身,好家伙,区委书记来啦!

“葛书记,那我就献丑了。”

金奎含胸端肩,拉出一个云手,双目四下一扫,气出丹田一嗓子《铡美案》撞出来——

包龙图打坐在开封府哇——

真够味儿,底气足鼻音重,反串黑头不亚于方荣翔李长春的正宗裘派。一句导板溅起一片喝彩声,第三句刚完葛先就给拦下了:“足矣足矣您别费嗓子了,现在商品经济不买票也别白听。”

金奎说没关系。葛先摆手:“够了,扫堂腿,旋子,飞脚,您一样就来一个,还是那话,要想过瘾买票去。”

“成。”金奎答应一声运口气,猫腰撑地三个扫堂腿抡起身,就劲儿展开双臂像只燕子,又高又飘拧出一串旋子没容叫好,旋子又变成飞脚,啪啪啪啪,甩出一溜脆响。

“好!”葛先朗声扔出一个“好”。

“好!”

“地道!”

叫好声四起。真是大武生真是裘派味儿,平日金奎只露了一丢丢儿,真人不露相,今天才亮出真功夫。

葛先摸摸风纪扣:“许先生您歇歇。”

“不累,一个玩儿。”确实,擦车擦得金奎脚底下又飘了。

“我知道,一辈子您的嗜好就是一玩儿,擦车也是玩儿,怎么着,以后谁妨碍您玩儿给我秘书打电话,您是艺术家,既然家住宣武区,我们区委保护您。”

“谢谢葛书记。”

正说话间,后边开来一辆宝马,稳稳停在路边,司机推门下车,过来冲葛先说:“葛书记,您该回去休息了。明天还得去北欧四国呢。”

众人又一愣,宝马,出国,这当书记的就是牛逼!

葛先瞥了眼司机对众人说:“大伙儿别有负担,我也是名普通一兵,公仆嘛。只不过不管怎么搞活,也得加强法制,人人可得遵纪守法啊!”他转视金奎,“许先生既然愿意在这儿玩儿,那就得受累把擦车的都组织起来,谁不守法找我去。”

“组织起来?”金奎摸后脑勺。

“啊,哪能这么一盘散沙着,您挑头把大伙组织起来多好哇。”

“哦……对,听您的。”

“回见,只要有事就给我秘书打电话,个体协会早都成立了,你们哪能再散兵游勇啊。”他看看表,上车,“我先走,回去还有一摞文件呢。”

汽车一开走,擦车族们羡慕金奎,就是不一样,大武生大书记,这都什么档次的。

金奎就势一挥手:“诸位听葛书记说了吧,从今往后要组织起来,谁不遵纪守法葛书记不答应。”

没人异议。也是的,桥底下越来越乱不断有人要往里边挤,组织起来图一踏实没害处。金奎顺理成章成了组织者,当天就“资本家”起来了。

晚上两口子回家,见宝马停在院门口,知道建设还没走,便直奔葛先屋里去说戏,那叫乐。建设托住金奎胳膊说:“金奎叔,画龙点睛的是我。”

13

说归说,其实玉琴并没到外边去胡来。她一直没找工作,爸和老刘一月能挣六七千,全家日子没问题。三天两头,她上歌厅卡拉 OK,要不就上酒吧喝上两杯人头马。孩子的事她也不大管,姥姥比她细致得多。却无聊,这样的日子难打发。

丰丰早就上了学。父母单位一栏没法写爸爸钉鞋妈妈没工作——开家长会老师那目光都是意味深长的。丰丰虎头虎脑极可爱就是有点儿坐不住。一天老师问谁的家长能给找辆汽车春游去,丰丰跟几个同学比着赛地举手嚷嚷我爸是司机我爸会开车。老师见丰丰呼喊得最英勇当即布置任务让他回家去跟家长说,支持一辆大轿车。丰丰到家跟老刘说:"爸,你开车带我们全班去石花洞,我跟老师报名你被老师选中了。"

"你报什么名,你爸又不是开车的!"玉琴一听就急了,丰丰怎么张口就来呢。

"爸爸说他当兵开过汽车,爸爸说他是司机开车棒着呢。"

"我那是说着玩,再说咱家也没车,我也没有驾驶执照哇。"老刘尴尬。

"你说你会开车嘛,你说你从不骗人嘛……"丰丰急哭了,爸爸一领他出去就说他也会开汽车,怎么又不承认了?

"谁让你跟孩子撒谎的?从没开过汽车你吹那个干什么!"

"本来嘛,"老刘的脸都憋红了,"本来我在兵团时就开过车。"

"我还不知道,那是手扶拖拉机。"

老刘很少撒谎,开汽车的事是他跟丰丰说了瞎话——又算不得说谎,拖拉机跟汽车差多少?这么说皆因好面子,司机不是人人羡慕吗,他在孩子心目中不能只是一个钉鞋的。

第二天丰丰上学挨了老师一顿斥儿——就是要治治你,这么小的孩子好撒谎,你爸钉鞋谁让你编出司机的!

他还带回老师口信,请家长,明天早上必须去学校,附加条件是姥姥姥爷不接见,因为每次家长会都是老马媳妇去,老师很生气,又不是没有父母,爸爸妈妈怎么这么不负责任呢!

老刘不见人,玉琴只能硬着头皮去。

那位年纪比她小得多的女老师并没大发雷霆,反而语气柔和地对她说:"刘丰他爸开过汽车?"

她摇摇头。

"那就是跟孩子吹过牛。"

"也许是。"

"您早知道?"

她点点头。

"尤其是改革开放之前,其实现在也一样,司机在一些人的心目中是个美差,所以孩子潜移默化也受到影响。”

“也不尽然，现在会开车的越来越多了。”

“哦，刘丰其实很有特点，活泼聪明热情，只要以后你们在他面前说话注意就是了。”

“在他面前我们什么也不说。”

“为什么？”

“没有话。”

老师皱起纹得过黑的眉毛：“那就是夫妻感情不和睦，这个问题对孩子影响很不好。”她滔滔不绝论证夫妻不和导致家庭破裂给孩子带来的恶劣影响，引得办公室的老师都往玉琴身上送目光。

滔滔不绝十分钟，对方刚要举出第三例破裂家庭对孩子的直接影响间接影响时，玉琴摇摇头打断了她：“方老师，我们家庭关系极好，您还有别的事情吗？”

方老师惊奇得半天没说话，还没这么胆大的家长呢。她脸微微一红又白了：“那孩子为什么撒谎，这是谁的影响？”

“您不是说了，司机是美差，孩子也有虚荣心。”她语音平静，眼里却噙着泪花。

“你知道刘丰吹牛撒谎造成的后果有多不好吗？那天他嚷嚷得最欢，本来有的家长是司机也有管车的，可谁也没他嗓门大，所以我才选中了他，整个活动都让他给耽误了。”

“你们不就为拉关系找便宜春游吗？”

“我们全是为孩子，也让学生省钱呐。”

她把提包轻轻一拉，从里边捻出 10 张一百元的票子来：“既然已经造成这么严重的后果，那这责任我承担。”她转身出门，根本不再顾及老师的反应。

办公室的人都没想到，方老师半天才大声喊：“我们不要这施舍，那位家长你站住。”

她没站，泪水顺着鼻翼流。刚出楼道又后悔了，怎么这般失控呢，只顾自己，对丰丰却又太残酷。

接下来的继续当然不平静。

丰丰拿回钱来哭哭啼啼跟她吵跟老刘吵，她跟老刘吵骂老刘，爸又过来数落她，妈自然站在她一边说爸不该挤兑她，本来就是老刘的不对，谁让他吹牛撒谎呢！别看他缩缩卿卿其实蔫有准儿蔫人出豹子……

最令人气愤的是爸——说她喜新厌旧有外心。

她委屈，什么叫喜新厌旧，从没“新”过，再说她从没越轨啊。

这次没带丰丰，她又跟建设在饭桌前坐下，今天是在大三元。日子多快变化多大啊，南来顺大三元，一晃又是几年了。

她主动，她约他。

“我怎么办怎么办？”既像说与建设，也似问询自己。

“你看过左拉的《劳动》吗?”

她摇头,好像听人说过,左拉是法国自然主义作家,写过《妇女乐园》什么的。

建设给她背了《劳动》中的两句话:

凡献身于一种事业的人,都会从那里找到一个向导,一个支柱,一个仿佛能规定他胸内心跳的调节器。人生有了一个目的,健康就立刻确定了,平衡就会从人生唯一可能的快乐——好好完成一种工作的快乐中——产生出来。

其实建设有时回云和殿,偶尔碰见也跟她说过,你得找个工作干,不然越待越麻烦。

刚回来时办事处给她安排过几次工作,小学教师火柴盒厂环卫局她都没去,原因是多方面的,最主要的是不情愿不甘心,另外对突然躁动起来的都市生活不适应,就这样不适应不甘心不情愿——苦恼着吵闹着压抑着一晃竟然四十了,四十多了还找什么工作呢。

“要不你到我们华达去干点儿事。”

“干什么?”

“介绍产品卖货啊。”

“那我就平衡了不再空虚了?”

“其实谁都空虚,不是左拉说了,不断地劳动才是支柱。”

“那你没有这么多工作可干也会空虚吗?”

“就是干着我也空虚。”

“那你掰扯什么左拉,劳动,你和我不一样,你有和谐的家庭,不像我,没爱情。”

“我有相对美满的婚姻是真的,但婚姻不等于爱情。”

她谅异地看着他。婚姻不等于爱情的理论早已古老,但她惊异建设把它具体到自己的生活中:“你真这么认为也确实这么感受的?”

建设点点头。

“那你还喜欢我吗?”她轻轻把手伸过去。

“当然了。”

“为什么?”

“因为我们没有走到一处,如果真的结了婚,可能早就分手了。”

“为什么?”

“无法互相补充,你我嘛——”

“既然你还喜欢我,那就握住我的手。”伸过去的手微颤。

“玉琴姐,”他只是用指尖撑住她的手,“我有好几个小秘,傍肩儿,她们都年轻,漂亮,真的。”

她蓦地抽回手,突然发现建设那张嵌上皱纹的脸陌生且冷酷,难琢磨。

“好多观念你都跟不上,后来我也就不再劝你跟老刘分手了。”

还提什么老刘不老刘,她懊悔又把建设约出来。南来顺他主动牵起她的手,今天自己伸过手去他却告白有了傍肩儿，这不是戏弄自己的感情吗？她苦笑着摇头，起身，付款，根本不顾建设劝阻，青白着脸从大三元跑出来。

对面便是筒子河，神武门，多少年没来故宫了，她买了张门票走进去。依然如故的黄瓦红墙，楼台殿阁，游人却变了：脚着耐克喝着乐百氏吃着汉堡包。徜徉其间好孤单好寂寞。一切都是扭曲的，蹒跚于扭曲好踉跄，她竟步履维艰了。

从故宫出来突然悟到禅。其实她根本不懂禅不信佛，可她千真万确禅悟了。

第二天她到华达去打工，后来真发现建设是有两个小秘又年轻又漂亮。但她绝不会告诉任何人，因为建设信任她爱过她——这就足够了。

禅悟了便稍稍解脱些，但烦恼还是常有的，因为禅界有六境，她可能刚抵一禅界，大彻大悟还早呢。

14

兴建华元小区的工程日渐紧迫，云和殿真要拆迁人们才不约而同惶惑起来。多少年埋头修鞋的老马嚷嚷开了：

这叫什么事，有权有势的分多少套房，该咱们住楼了要你往四环五环外头搬，上通州上昌平上大兴，给多少钱都不去，我才不能再上当受骗呢。

北京的市政建设日新月异，尤其是危房改造小区建设发展很快。拆迁走的都给一笔钱，郊区买房便宜，要回来的你就再加钱。

不平衡。后院当过右派的韩老师一家子都矛盾，搬远了上班不方便，要想回来又没钱。老马的不平衡更有深层次，平白无故当上右派，不倒霉早住楼房了。跟他同级的干部早就福利分房了三居四居跟五居。轮到他了得自己买，就是逼你别回来，那他和女婿的营生不就全砸了！金奎两口子也着急，刚当上资本家眼下要搬黄村去，一来一去路上就得三四个钟头那还怎么管理这帮擦车的？

怎么办？隆隆的推土机响得人躁，什么都踩不到点子上，倒霉事全让他们摊上了。

葛先比他们更感慨，思绪万千。在机关工作的多少人给儿子孙子的房子都捞到手，有人弄了十几套单元，可他跟小苏从进城至今还住在云和殿，公平吗合理吗，前一阵还为房子气得哆嗦呢。

他去领工资，听说单位又分房，他找到当头儿的提困难。人家说建设的户口不在云和殿，他一家三口三间大北房远远超过北京每人平均的那平米数，不够条件。那叫气，谁不知这条件都是嘴皮子碰出来的，要想给你你就是住着二百平米也够条件；不想给你任何一个借口都能把你关在门外头，他索性不多废话换角度：“我和老伴都快七十了，离休干部住平房不方便。”

几个头头儿竟然说，老干部都住平房，正因为您离休了是非同一般的老干部——非同一般的老干部才住平房呢。

“那是国家领导人，人家住的是什么平房，中南海里也是平房，你们怎么不提了?”

最可气的是有人还跟着敲锣边儿:“葛老,您不存着几百万,买套房子算什么,您儿子还经营房地产,单位分房您也看不上眼啊。”

“你混蛋,看不上眼我养猫养狗当猪圈!”

这话吼出更甭分房了,太伤众,葛先自己也气得呼哧呼哧的。

一宿没睡。清早起来一切又都排解开。想起一句不知是谁说的名言:愤怒是拿对方的错误惩罚自己。干嘛不想开了?干嘛用对方的错误惩罚自己呢。

这两年老齐一直在他屁股后头颠颠儿的,一口一个“老葛同志”,虽然葛先恨他,但是该利用的时候也得利用,这便是韬晦谋略了。

为了让老齐跟自己一块儿给金奎抬面儿,他叫上老齐上天宁寺桥底下视察了几回。宣武区市民有认识老齐的,还真管他叫齐区长,而齐区长尾随在后对他必恭必敬,他这区委书记的身份便更确定无疑了。老齐也跟他念叨房子的事,按说他跟着上边犯了“两个凡是”的错误,本意是忠于伟大领袖毛主席,谁想一撸到底还是旧三居。没辙,人一下台什么戏都没了。想想一区长都如此他葛先的怨怒也便平息了。

这次拆迁葛先最不急。上哪去都成,不怕远,建设有宝马,哪天再给小梅买辆本田,现代化交通工具缩短了时空与距离。

退一步说他根本没急,暂时搬到三海子别墅去,过个一二年的再回来,索性在海子长住一阵子,回归故里还更乐呵呢。

乐呵着还常上广安门。那里的老年舞池风雨无阻,每天老头老太太们都跳得忘情,投入。

多少年过去,他跟小范在区委礼堂的飞转流旋常在心头缭绕。那是一种什么感觉?缭绕着却再捕捉不到却又强烈缭绕,老了老了怎么又想起了小范?人真怪,生活奇怪欲望奇怪生命也奇怪,其实整个世界都怪怪的,自己是不是也很怪?

是很怪。要没小范能为金奎那么上心吗?多少年没上心了怎么现在格外关心起金奎一家来?竟然扯不断理还乱。也许老拿小苏的身材和呼噜跟小范做比较,其实不知小范打不打呼噜——不可能打呼噜,她苗条。这些天跟小梅遛完弯儿他便到广安门桥底下坐一坐。有人跳得不错,有人折手折脚。终于有一天,他在三步乐声刚起的当口走到一位四十多岁的女人面前请人家。对方有礼貌地跟他搭肩,他好紧张,移动半天才踩上点儿。跳得真僵,一曲终了还不自如。想不到那个女人笑盈盈地对他说:“老师傅这么大岁数,舞跳得可真棒!”

“瞧您说的,全忘了,多亏是您带着我。”他都出汗了。

会跳的男人少女人多,没想到他立时成了俏货。会跳不会跳的都找他,前后换了十来个。散场之际几个女人还约他:您要天天来,舞场的整体水平就提高了。

他高兴。到家之后才觉出乏。小苏说他返老还童还说他老风流老来俏人老心不老。自从成为“民族英雄”有了别墅,他的地位提高了,小苏只是半逗半嗔开玩笑，平时跟他呛呛也少多了。他只呵呵笑，跟她说都多大岁数了什么老来俏，说不定什么时候就上了八宝山年逾古稀全弹了。

连着四五天，他懒懒地不想再跳了，没意思。揽腰搭手全没感觉。木木地旋转呆呆地滑步，瞎转悠半天怎么不投入再也找不着一点儿感觉呢。

两天之后他又来到天宁寺，远远挥手叫小范。小范赶紧跑过来："这么晚了您还出来这么远？"

"我想……"他望望远处的金奎，"你还跳舞吗？"

跳舞？小范好陌生，那是几十年前的事情了。

"广安门桥底下那个舞池大，老年人都在那里跳舞呢。"

"您想跳？"

"我都去了好几回，你还想跳不？"

小范抿嘴笑笑说："早没那份心气了，不过您要想跳我当然愿意去陪您。"

"成，明天晚上八点半，咱们上广安门桥底下跳跳去。"

第二天晚上金奎陪小范一块儿来到广安门，葛先稍感不安马上就释然了。跳舞光明正大金奎也可以跟小苏小范都跳跳嘛。

金奎不会跳，他看着。

葛先和小范跳起来。开始稍稍有些不自然，可小范大方地笑陶醉地跳，两人配合默契满场流旋。葛先也立刻角色到潇洒流畅上。

一曲终了两人走到金奎前，金奎挑起大拇哥："葛爷，地道，比我们武把子脚底下还飘呢。"

"绝对不可比，是个人踩上拍子就能跳，你学一晚上就全会了。"

"您快饶了我，我这辈子就当观众了。"他还真不知葛先有这两下子，可是自己不想学，翻滚扑跌了一辈子，有闲工夫还歇会儿呢。

"他呀，老八板儿，别看还是搞文艺的，咱们跳。"小范第一回就上了瘾，不累，感觉相当好。

他俩一跳不要紧，别人都黯然失色了。确实跳得好，反右斗争热火朝天出来的。

11 点了仨人才回来。葛先进屋小梅也刚从同学家玩回来。她对葛先说："爸，跳舞比遛弯儿运动量大，以后您该一天不落，哪天我也陪您去。"

"明天你就去。"那是另外一种风光，小梅要是跟他跳舞那他更成国王了。

躺下之后小苏的腔调不对了："你跟小范跳的舞？"

"怎么啦？"他长气，"金奎也在一边呢。"

"甭管谁在那儿，前事不忘后事之师。"其实她想说狗改不了吃屎记吃不记打，又想这话抡出来太刺激。

"这话什么意思？你还把我当黑五类？"

"你别急，我是说让人看见毕竟影响不好嘛。"

“日本人都把我跟张自忠杨靖宇相提并论,我有什么亏心事影响不好?”

隔间壁板砰砰响:“不睡觉还干吗呢!”小梅一嗓子把他们吼住了。

俩人再也没言语。

小苏没再打呼噜,噪音阙如,葛先反而再也难入睡。

硌硬,小苏这醋坛子太硌硬。

第二天晚上葛先还在硌硬着,小范推门进来了:“走哇葛爷,跳舞去。”

他刚一“哦啊”小范立刻明白了,她上去一挽小苏的胳膊:“走,苏姐咱们一起去。”

小苏摆手,小梅从里屋出来了,跟小范一块儿把小苏架到外面去。其实小苏在妇联也学过跳舞,可是不喜欢没兴趣,看着葛先跟小梅挎着胳膊都别扭,更别提跟小苏搭手揽腰眉目传情了。也是的,世风大变,都什么岁数了,那些老爷们老娘们儿兴开了跳舞,怎么还一浪高过一浪越跳越轰轰烈烈呢。

没办法被架了去,越看心里越发堵。想不到回家小梅却跟她爸说:“您跟范姨搭档得真帅,我就陪您这一回,以后您天天跟范姨跳上俩钟头,保证能活到一百岁。”

小苏有苦难言,小梅你怎么天真出这傻话,他们俩人有前科!

葛先脆脆地答应:“好闺女,听你的。”

15

小梅真干上美容才后悔。去年毕业被分到王子饭店干美发,条件倒挺好,可是出入王子的都是外商歌星跟大款,一切都让人躁,灯红酒绿眼花缭乱的。

日子一长空空落落。不少人喜欢她自然想居高临下骚扰她。跟徜徉在街上接受艳羡不同,得从服务的角度去接触去摩挲,美容美发不短兵相接不成,还得轻拢慢拈出温柔——温柔一出手骚扰就来了。难道男人都不明白,她的温柔不是信息是工作!

不光大款,连官员都嬉皮笑脸,老外更是肆无忌惮。不管什么场合洋人真敢上手,受刺激。一天到晚提心吊胆。早知如此悔不当初,她跟哥哥嫂子诉委屈。建设问她一月工资挣多少,她说一千八,建设说你先再干干实在不行也跟玉琴一样上华达。

嫂子这些年被建设熏出来,再也不是那个循规蹈矩的小芳了。有时竟比建设还前卫。她问小梅说:“对美容美发你到底还喜欢不喜欢?”

“当然喜欢啦。”她小得多,在哥嫂面前娇惯了。

“感情投入不投入?”

“成天提心吊胆的,横眉冷对还有人登鼻子上脸呢。”

“不注入感情就出不来艺术,这不当初是你跟爸说的?”

“是呀,要不我觉得自己现在不过是个剃头的。”有时被骚扰得火冒三丈,她真想用刮脸刀把那些不三不四动手动脚的脖子划一下。

“依我说既干就要干好了，半途而废多可惜。”一晃小芳也过了四十，可是不显老，见识却比在五龙亭看建设入水救人时历练深透了多少倍。

“你不知道流氓大款官员还有些老外坏极了。”

“我知道，西方女子都会防身术，教你几招包你高枕无忧，传开了谁也不敢欺侮你。”

小梅惊异地看着嫂子，她会防身术？看小芳瘦高瘦高一米七的个头哪像会有功夫的，她什么时候学的呢。

建设皱眉头。小梅太小恐怕不合适，小芳却把小梅领到后面去。小梅脸儿也烧烧的，谁知女子防身是什么？

学进去还挺好玩，艺多不压身，逼急了还真没准儿用它一家伙。

两个星期后，一个波兰倒爷住进王子饭店，他一眼就把小梅贼上了，三天两头找她刮脸吹风。那天他进门又来点小梅，她不情愿地给他戴围巾。饭店有规定，不得拒绝涉外服务。

波兰倒爷被引到水池边洗头，然后回到座位上刮脸。洋人用胳膊肘轻轻碰小梅，她往后退离他远一点。他用半生不熟的汉语让她近一些，小梅不，真想给他腮帮子上刺一小口子。

刮完脸给他吹风，对方在镜子中冲她做鬼脸。她不看他，匆匆吹完风请他站起来，洋人掏出10美元做小费，她不要，对方上前把她的手抓住：“不要客气。”她刚要嚷，那家伙猫腰在她手背嘬了一口出去了。

“臭流氓，不要脸！”泪花委屈到脸上。

可是，师哥师姐竟然无所谓。胖姐那话最可气：“小梅你真傻，亲口手背10美元，让他亲十口你不又挣回半月工资来。”

“你乐意你让他亲去呀。”挂着泪花的脸好僵硬。

“他不亲呐，别说手背了，只要给钱亲哪都成，我要开放就开一全方位。”

“那是你！”小梅憋着一肚子气，下午活儿都没干好。

六点下班第一个出门。进了电梯她懵住了：里边站着一个人，就是那个波兰倒爷！自投罗网门已关上了。对方二话不说上来就抱，一双大手紧紧把她肩膀卡住，再也没退路，她向前一出手，正中洋人下三路——啊……

波兰倒爷身子一蜷蹲下了。谁知怎么攥得那么紧抓得那么准，对方脸色竟然煞白了。她惊惶失措继而哭起来，转过身子猛敲电梯门。不知多久电梯才在四楼停下来，门刚一开她便蹿出去，要上来的人马上明白了，蹿出的女士防反成功了。

波兰倒爷三天走路一瘸一拐的，他还告到饭店保卫处，保卫处的人把小梅找来细盘查，也请医生检查了波兰倒爷的下三路。事态缓和。保卫处一位女干部找来小梅说：“自我保护是应该的，可是要有分寸，这次你下手也太重了。”

“当时人家全懵了。”好冤枉，在那万分危急的时刻还顾得上什么分寸不分寸。

女干部也挺不好意思的:“人家说性功能和生殖系统发生障碍你还要承担责任呢。”

“我不怕。”

“你别急,国情不一样习惯也不同,有些事情你还得忍耐宽容和理解。”

那天,女干部向她讲了许多涉外服务的矛盾复杂和中西文化的差异,她长了不少见识,听着也挺有道理。唉,还得怨自己,谁让自己走到这文化冲突的短兵相接里,早先要不干这行呢。

这件事她本来不想告诉嫂子,但这出色的防反是小芳亲手传授的,不汇报还真对不起师傅呢。周末又到珠市口,把来龙去脉如实告诉嫂子,小芳听完上去将她搂住:“好样的,就该这么对付性骚扰,还该告他寻求法律保护呢。”

她笑笑,还是别再张扬了,这事于女孩子终究不太好。不过,一种需要保护的渴求倏忽生出——不是法律而是强有力的臂膀,如果身边有个白马王子做保镖,再遇性骚扰心中有底,做起防反可能就恰到好处了。

真有一位白马王子进入视野。楚天,一个风度翩翩的英语博士与她相识了,是美容学校一个老师介绍的。

三天两头,她都在陶然亭或大观园跟楚天约会。他把许多英语笑话讲给她。他告诉她一听就笑的是滑稽,听后令人咀嚼片刻才觉好笑的是幽默,幽默是艺术是睿智,滑稽可笑的是直白肤浅的低层次。

她听得津津有味,有道理。

楚天不光把幽默阐释得深刻透彻,他本身就幽默就有趣。英语博士非同一般就是有魅力。

那天他俩上广安门外的一家冷饮店,楚天要了两杯咖啡,不料只有浅浅的小半杯。小梅刚想冲服务员嘟囔,楚天拦下她向那服务小姐说:“我有一个办法能叫你们每天的盈利高出三倍。”

“哦?”小姐见他诚恳,高兴地笑问,“那您说。”

“只要把杯子倒满了。”小姐恍然大悟,连连道歉重新冲来浓浓的两大杯,嘴里还直道对不起。

楚天接着又幽默:“马上就要关门了,明天再开始施行才划算,今天我们提前沾光了。”

小梅捂着嘴得意,好玩儿,跟楚天在一起老有乐儿。博士绝不是书呆子。

他俩认识一个多月之后才被爸爸知道,在交朋友的问题上葛先绝不惯小梅——这关一定要把严了。

“听说你交了个男朋友,是吗?”

“交着玩,谈不上朋友不朋友。”

“带到家里玩玩来,爸看看。”

“关系还很一般,干吗急着带家来。”

“不一般了我们再看就晚了。”

“您说的都是什么呀,还想包办呐。”

“我不点头谁也甭想把你拐了走。”他捏捏她胳膊,不像每回轻轻的。

小梅很明白,这件事上爸爸是一丝不苟的。

三天之后她把楚天带到云和殿。小苏一见满心喜欢,一米八的个头,白白净净的小伙子挺帅气。葛先却没正眼看,坐在沙发上不抬眼皮。小苏沏上茶葛先出门上厕所,回来之后才开口:

“多大啦?”

“三十二。”

“什么单位的?”

“我在北大读博士。”

“家住哪?”

“白广路。”

葛先眼皮动了动,当年白广路是宣武区最好的地界:“住的什么房?”

“楼房。”楚天进门就被葛先拘束住,一点儿幽默都没了。

“几居室?”

“哦……暂时是三居,马上我爸又能分到一居室。”

“你爸什么单位的?”

“他早离休了。”

“离休之前的单位呢?”

“宣武区——”

越说靠得越近,葛先把眼皮抬起来:“我问他单位。”

“就在区政府。”

“干什么?”

“是干部。”

“具体干的是什么,叫楚什么?”

“爸,”小梅把话接过来,“他姓齐,叫齐楚天。”

姓齐?葛先把腰直起来:“你爸叫什么?”

“我爸叫……齐国荣,他说跟您认识,前两年还跟您一块儿在天宁寺遛弯呢。”

葛先小苏都愣了,齐国荣,小梅怎么跟老齐的儿子搞上了!好半天,葛先撑圆的小眼睛又眯起来:“你爸知道你跟我们家小梅搞对象?”

“他……不知道。”楚天的机灵劲儿全没了。

“那他怎么跟你说认识我?还说我们一块遛弯呢。”

“爸,”小梅再也绷不住,“您这是……审贼呢!”

“齐楚天,现在回去告诉你爸爸,就说我葛先请他来,你们父子一块儿光临才有意思呢。”

“爸,您这是干吗呀!”小梅脸都急红了。

楚天巴不得溜出去,还从没丢过这么大面子呢。

其实,老齐知道最小的儿子跟葛先的闺女搞上了。开始他也有些发怵,后来一想葛先是名副其实的百万富翁,他家大儿子又搞房地产,万一攀上这门亲事楚天这辈子也成了大户——闯去呗,只要他们俩人好,爱情的狂涛汹涌澎湃谁也管不住。所以后来他还鼓励儿子抓紧些再抓紧些,只是叮嘱少提家长。当然,他与葛先的“旧好”一句没提,只能视情况的发展再渗透。

楚天也觉出他爸跟小梅家好像有什么过节,但他相信自己的能力,堂堂英语博士,幽默潇洒,小梅对他日渐迷恋,她家又能怎样呢。想不到今天在葛先面前他没了一点儿灵气,小梅送他出来还跟他说你别怕我爸,就那人,我跟我爸斗争去。他“嗳嗳”着脸色还是没有变过来。

小梅回来进门就闹:“爸,您还是离休干部呐,哪有那么说话的,一点儿不讲文明礼貌。”

“你不知道,他爸反对改革开放,犯了两个凡是的错误,是反革命。”

“什么两个凡是四个凡是,我又没跟他爸搞对象。”

“小梅,他爸品质极坏,陷害过你爸,要多反动有多反动。”小苏也坚决反对,哪能跟老齐家联姻呢。

“怎么陷害您了,你们之间的事情跟我们下一代没关系。”

“我不跟你废话,让马大爷过来教育你。”葛先气哼哼出门把老马和老马媳妇都搬过来。

听完来龙去脉,老马呼呼直喘:“小梅,我就告诉你一句话,齐国荣害人不眨眼,他恩将仇报恶贯满盈死有余辜是一个胆小鬼叛徒内奸大坏蛋!”

窝窝囊囊的老马媳妇这回也不甘落后:“梅呀,你马大爷怎么当的右派,他为什么一辈子缝臭鞋,全是齐国荣给害的。”

小梅这才觉得问题严重,怎么连马大爷马大妈都对楚天他爸咬牙切齿呢。

“国民党抓他,他钻到我们屋,给你马大爷往尿里跪,还磕头求饶送钢笔,全院的人都认识他,不信让他来趟云和殿,他那点儿德行现大了。”破天荒,老马媳妇滔滔不绝,说着说着一推门,把金奎两口子也招进来。

不用葛先插嘴,一通慷慨激昂义愤填膺千夫所指的缺席审判把齐国荣判了极刑。

小梅变换着一个又一个愣怔,难以从狂轰滥炸中挣脱。

三天后她又把楚天约到护城河,半嗔半怨对他说:“你爸的情况怎么不早跟人家说。”

“我爸怎么啦?”

“你爸当过区长怎么才住三居室?”

“这你倒是问着了,没有我爸这么清廉的。”

“司局级干部都是五居室,按你这逻辑人家就全贪污腐败喽。”

“我没这么说，我爸离得早，没容分房就离休了。”

“不是离休是下台了，他顽固坚持两个凡是。”

“小梅……”

“你爸恩将仇报是叛徒，陷害我爸陷害马大爷，你爸是怕死鬼反革命。”

“你！———”

“你爸往尿里跪滚一身尿还说不臊不臊呢。”

楚天再也忍不住。前天回家就跟父亲述说云和殿始末，老齐迫不得已也给儿子进行“史”的教育以防不测，现在小梅翻脸他也突然把膀子一拧：“少废话，你爸是流氓老马是右派，当初全是黑五类！”

“呸，不要脸，你顽固坚持你爸的极左路线，反对党的改革开放，还要搞阶级斗争是怎么着？”

“龙生龙凤生凤，不要脸的有一个！”楚天上车，头也不回与她拜拜了。

那叫气，还没有人当面骂过她，真想抡起折叠伞朝他砍过去，简直把人气疯了。

16

小梅常给玉琴做头发。

玉琴是挺可惜的。年近五十风韵犹存，刘教导员跟她就是不般配。她听哥哥说过，玉琴姐自从在华达上班心胸开阔了许多，歌厅酒吧常常去。

过去从没跟玉琴谈过个人的事。玉琴比建设还大呢。这次玉琴姐跟她谈起齐国荣，才觉她们之间的距离并不大。

“玉琴姐，我交朋友最主要的原因是急需一个——”她想说一个“保镖”的，舌头一软又拐了弯，“是为了寻求保护。”不能刺激玉琴姐，她最不满老刘的就是窝囊不是一个顶天立地的真男人。

“是个女人都愿做只金丝雀，身边有个骑士才安全。”玉琴也很现代了。

“找骑士就免不了冒险，不过冒险也挺刺激的，你猜我想找个什么样的男朋友？”

“为了更美一些，便没有不可打破的法则。”这是建设说给她的贝多芬箴言，她喜欢便又斟到小梅的杯子里。

博大精深，小梅敬佩：“你说得具体点儿啊。”

“只要钟情于玫瑰，就勇敢地吐露真诚，”近来她读了一些汪国真的通俗诗，颇使谈吐上档次，“永远别凑合，凑合绝对凑合不出爱情来。”

尽管那天没把“具体”说清楚，可是她们日后越谈越投机。一天玉琴对她说前两天认识了一个台湾人，他想找个大陆女孩子交朋友。

小梅问多大了，台湾不台湾倒无所谓，只是岁数不能差太多。

玉琴说具体年龄不好问，不过看着挺年轻。

三天之后玉琴带她上了兆龙，住在 12 层的彭先生早已等候在大厅。绝对不老，脸色黑红是个结结实实的小伙子。

彭先生也一惊，呈现在他面前的是一道绝佳的风景。互相通报姓名之后聊天，彭先生不像小梅想象的那样软软的酸酸的嗲嗲的先僧（生）先僧（生）的港台舌头。普通话说得蛮好，只是工夫不大就起身告辞了。

玉琴莫名其妙，从最初见到小梅的眼神来分析，彭先生简直惊呆了，可是怎么一会儿就走了？

小梅更失落，怎么他也不问自己多大了，职业爱好是什么，还是他根本无意找大陆女人交朋友？好后悔，当初她就不该来。从兆龙回到云和殿，玉琴比小梅还别扭。第二天她又赶到兆龙来，问姓彭的到底怎么没说几句话就走了，怎么不替女方想想呢。

“马女士你误会了，我觉得我好丑，跟她实在不般配。”

“你觉得？”

“对，她那眼睛令人迷醉，像印度香一样弥散氤氲，再多坐一分钟我就会晕倒。”

“晕倒？”

“对，我太自惭形秽了。”

“你可也真够不懂礼貌的，”玉琴这才踏实了，“那你还想见她不？”

“只要她不嫌弃我。”

玉琴回来如实述说，小梅这才踏实了。挺逗的，这位彭先生还挺逗。

玉琴再要她去她琢磨好几天才决定：“我跟你一样，只是跟他一般认识就成了，不想再受那刺激。”

“可以呀，咱们一块儿玩去嘛。”

真跟彭先生接触起来，小梅好奇怪。别看他腼腆，心中却满是知识和典故。

年纪轻轻的彭先生是做珠宝生意的。小梅玉琴在他那五色斑驳里见到了珍珠翡翠玛瑙还有青金石绿松石芙蓉石孔雀石，而且知道了克拉是钻石的体积单位，真正的珠宝都沉甸甸是石质都有纹有绺，反之那光艳夺目的是料器，除了金刚石猫眼石，其他过于晶莹剔透的珠宝其实就不是珠宝而是玻璃料器一类的赝品了。

吸引小梅的，绝非那些珠宝，而是珠宝蕴涵的文化与趣味。

一枚翠绿色的印章上，顶部雕刻着一匹前腿遐扑后蹄翻扬的高头骏马，马背上坐着一只峨冠博带的小猴子，小猴子志得意满喜气洋洋，脚上的靴子都挑起来。彭先生让他俩看小猴帽子上还有一朵花，小梅见到了，花儿纤纤细细开得好舒展。彭先生拿出一只放大镜遮在上面，小梅惊喜地叫起来，上面还落着一只可爱的小蜜蜂呢。

彭先生问他们上面雕的是什么。小梅笑着说：“不都看见了，骏马、猴子、小蜜蜂。”

“把这三种动物雕在一起做什么？”

小梅玉琴不知道，好玩儿呗。

“猴子为什么戴官帽?”

不知道,人是猴变的反过来猴子也在学人呗。

彭先生又让他们说出四个字连在一起的吉祥话,把猴、马、蜂的谐音都用上。

比猜谜语难多了,这能连成一句什么话?

“马上封侯。”

“马上封侯?”

“是呀,谁要有这么一枚图章会多吉利,象征马上就要封侯晋爵能不高兴吗。”

万万想不到,寓意谐音真奇妙。

从未领略过的天地与乐趣,都是彭先生带来的。

17

隆隆的推土机声对金奎震动最大。刚站稳脚跟就要离开这块宝地,憋气。老马那鞋摊摆哪都成,他成吗,这座立交桥才是他的根据地。葛先给他出主意,暂时在六里桥租间房,绝不放弃根据地。另外一定得回来,差多少钱他垫上,多会儿还都没关系。金奎小范由衷感激,没有葛先和建设,这些年不定还要着多少急。

建设绝对两肋插刀,他说实在不成他开宝马每天接送他们,这块肥肉绝不能让别人叼了去。云和殿历尽沧桑,可邻里之间的感情错综繁衍得枝曼又蓬勃。葛先跟建设小梅讲过多少回,你金奎叔当年在板儿团时不势力,现在微了咱可不能不顾他。更有一重要原因是那隆隆的推土机声赶落人,云和殿即将成为废墟,这一切结束得太突兀,咔嚓一声散伙人们受不得。

好事多磨。金奎小范感激着再接再厉着,没想到一天来了个三十多岁的大胡子,手下带着四个人,到了桥下就揽活儿,根本不跟金奎打招呼。

金奎发现大步流星走过去,扬手叫住大胡子,质问他们是哪儿的。

大胡子虎着两个黑眼珠子说:“我还问你呢。”

“我是这片负责的,擦车的已然满员了。”

“你负责?干活吃饭用不着地头蛇。”

“你怎么血口喷人,我们这些人有组织。”金奎一挥手,三四十个擦车族都跑过来,团团围住大胡子和他手下几个人。

“嘿,老东西你想干什么?”想不到大胡子把上衣一脱,从腰里抽出把刮刀来,高高一抛又接在手中,“爷爷我什么没见过,少拿人多吓唬我!”噌噌噌,他手下那几个人也分别抽出刮刀——金奎的部下全往后缩,谁也没见过这阵势。

“响晴白日你们想行凶,啊?”金奎心直跳,别人害怕可自己这当头的也不能太栽面儿。

“是你招来四五十人要打架,”大胡子把双手一搭,“我奉陪。”

“你们把凶器放下,不然,我就报警了。”

“报警,哈哈哈……”大胡子胡子直颤,“警察全是我孙子。”

金奎这才意识到，今天遇到亡命徒。他冲大伙一挥手："咱们干活去，甭理他们。"

众人呼啦散开，金奎也没去打110，还得把他们稳住了。

井水不犯河水，大胡子带人在桥下揽了一天活，金奎眼睁睁闷坐，没脾气。

晚上回来跟葛先一说，葛先咂摸半天还挺麻烦，准是有前科的亡命徒，真豁命你还真难对付。可是这口子不能开，开一口子金奎的阵地就溃于蚁穴了。他寻思半天给建设挂一电话，建设让金奎细说，金奎详述，建设听后说明天你们照常去，大胡子要来来他的。葛先又接过电话说可不能打架，千万别闹出人命来。建设让他放心，葛先还是不放心，第二天跟金奎小范一块儿上了天宁寺。果然大胡子又来了，抢位截活儿，金奎的部下眼睁睁看着不敢惹。

葛先远远地在一边盯着。也就8点多钟，呜哇呜哇开来一辆警车，在立交桥底下停住了。门一开下来仨警察，腰里别着警棍直奔大胡子。大胡子早有提防挥手带人扭头便跑，警察只追了几步就停下来，然后一块儿走到金奎面前说："有人以后再欺行霸市，您就拨打110，我们几分钟就赶过来。"

金奎连声称谢，那仨警察又冲大胡子逃跑的方向看了几眼，突然电话又响，立刻转身上车开走了。

跟上回建设冒充司机接"葛书记"一样，今天他又找公安的同学开来辆警车，根本没交上火也不想接上火就把大胡子吓跑了。

连着三天葛先还是跟了来。不那么简单，得提防报复，越狱的都是亡命徒，不是一吓唬就能把他们全镇住。

还真踏实了几天，擦车族知道金奎跟区委书记公安局长都钩着，坏事变好事更加抱团了。谁料第4天晚上金奎小范骑车回家的时候，北线阁路西嗖地飞出一块半头砖，小范"啊"地一声身子一晃，车把三拐两晃连人带车哐地一声摔倒了。

金奎赶紧下车扑到近前，只见小范额头流血，砖头砍破了一个大口子。

"小范，小范……"金奎顿时慌了手脚，一扒上衣裹上她的头，"快来人呐，救命，救命救命……"

一辆夏利刚好开过来，车内一个女人急急地喊："停车，快停下！"

跳下车的竟然是小梅，虽然看不清路边的人，但是听声音好熟悉，跑过去一看果然是金奎！她惊惶失措地一猫腰："金奎叔，怎么啦？"

"快，快！"

哪容说，金奎万也想不到来了小梅，他们俩赶紧把小范抬上了那辆夏利车："快，上宣武，宣武医院！"

司机懒懒的，本来他拉着车上这一男一女上大观园，怎么又舍己救人起来了？再说车上弄的血渍污啦的也埋汰啊！

"快开车！快！"大声喊的是彭先生，今晚他接小梅一起吃过饭，又一同去大观园看演出，没想到遇见小梅的熟人，亏了这么巧，不然就耽误啦。

真的很危险,失血过多,颅骨凹陷性骨折,紧急输血后得在头部打上一个孔,把凹陷的部位支起来。刚巧小范血型是AB——什么样的血型都接受,小梅建设玉琴每人都赶来献了血,手术总算顺利而且很成功。

三天之后小范完全清醒过来了。

小范养伤期间,建设跟金奎探讨起一个金奎从没想过的问题,挺新鲜。

"金奎叔,现在北京有搬家公司,礼仪公司,家政公司,您其实要办一擦车公司就名正言顺了。"

多少天来,建设一直在想这事。第一次当司机第二次搬警察都是为了金奎保住这块根据地,但是爸和金奎叔都没有税务意识。在商品大潮中钱要抓税也不能落,光明正大地说是责任是义务是富了不忘国家,狭隘地讲这是寻求最安全可靠的自我保护。他把心里的想法说给金奎。

谁也没找他收税呀,金奎确实还懵着,擦车还收的哪门子税?

"主动上税创先例,擦车族没有上税的,您第一个主动上,这不一下就把自己给树起来了吗?"

金奎纳闷,那多亏。

"上税之后国家机器就保护您,咱再干着就名正言顺心里踏实啦。"

他有顾虑,那别人要不答应呢!

建设告诉他做得正大伙儿会认同,你们白占国家的地界儿捞钱,立交桥下要是当了停车场,国家不是白赚钱?"

金奎点头,他信建设的,这一代人比他明白得多机灵得多活泛得多。

建设还说擦车把地界也祸害脏了,咱得把立交桥下的卫生也抓起来,什么都不能白使,该尽义务也得尽义务。

没想到,这他全然没想到。

建设跟他说了好些,跟国家机器紧密合作什么事情都好办,不然三天两头有问题出岔子,他建设可以再找警察开辆警车来,可是治标不治本,关键是他金奎自己得顶天立地把这一摊子事情挑起来。

金奎点头,是这么回事。

建设告诉他,要想顺顺当当发家致富,一要密切联系群众,二要坚决服从党的领导,这两条什么时候也不能忘。国家机器一旦成为靠山,再甩开膀子大干,抡圆了之后你再来一百个大胡子咱也不怕他。

金奎心里亮飒了,可不是,这次砍小范的准还是大胡子那帮人,自己不硬气躲得过明枪你防不了暗箭,等小范的病好了,他可得居高临下地好好谋划谋划再谋划。

18

许是跳舞又使葛先梦绕魂牵,小范受伤他要多心疼有多心疼。因为做了颅骨凿孔术，小范的头发被剃掉，出院了还戴着一个护士帽。像个清秀的尼姑顶着毗卢，病态的小范更有韵致，要不葛先一劲儿心疼呢。

无心溜鸟无心倒钢材，葛先把一切都撂下了。

也没什么避讳的，他常拎着桂圆荔枝到后院来，愿意陪着小范坐。小范也急，大夫要她至少再卧床一个月，金奎一个人在天宁寺她哪放得下心，万一大胡子又出阴招怎么办？

今天葛先又来真让人不好意思。多快，想想当年在区委抓反右宣传时的葛先，高条条的身材还真有点儿干部的派，如今穿上了西服系上了领带，但那油晃晃的背头三截头的皮鞋，还有满面红光下的一脸褶子攒和在一处怎么端详怎么不搭调，发了福的葛先没了干练清癯挺括倒像一个农民企业家，别扭，老了，谁搪得住岁月啊……

能不老嘛，一晃 30 多年，人生有几个 30 年，想想往事好惆怅好伤感。跟葛先跳舞，有时也荡漾心潮的涟漪。但那只是瞬间，一切都得信命。正因为跟了金奎她才在文革风浪中过得安稳又风采，正因为跟了金奎才到云和殿又遇葛先他们受益多多活起来。里钩外连阴错阳差，缘分，生活就是这样安排的。

葛先今天带的是苹果，小范要下地被他拦下了。她两颊泛出虚弱的微红说："葛爷您真是，有好多水果呢，真让人不好意思。"确实，老马，韩老师家家送吃的，屋子里的水果都堆满了。

葛先摆摆手，把塑料袋放在茶几上，拿出一个又大又红的苹果递给她："这种苹果你保证没吃过。"

小范笑，连见都没见过。袋里一共就 4 个，紫红色，一般大，红得发紫像是美国布朗的颜色。怎么还有这么大的苹果，掂在手里好沉呐。

葛先怕她腕子酸，又把苹果接回来，用水洗洗掏出一把水果刀，精心地削——青绿青绿，果肉竟是绿色的。

小范把身子坐直了："我自己来，您还动手侍候我。"

"你歇着，活动活动手指头还健身呢。"葛先边削边念叨，泰国人的养生秘诀就是活动手指，五指分为老身、老伴、老友、老本与老小，活动五指分别可以健脑强胃益心助肝壮肾，《参考消息》上登了，他这是学人家泰国人养生呢。

不一会儿苹果削好了。他拿过一只碗又削成一片片，端到小范面前说："你尝尝。"

小范拈起一片让他先吃。

"我不吃。"

小范说您不吃我也不吃。

他只好把那片苹果接过来，可没吃，看着小范不言语。

小范又拿起一片说了声"您吃呀"，才轻轻地咬了一口——蜜甜蜜甜，但是一点儿也不腻，满口都是清香味。

“真爽口,这是什么苹果啊?”她像个孩子,惊喜地看看苹果又看葛先。

“长野一号。”

“长野一号?”她刚要再咬一口又把手放下来,问他什么叫长野一号。

“日本的,”葛先又把手里的苹果放回她碗里,“我不爱吃我嫌甜。”接着他又补充说是日本北海道那边的。

北海道的长野?小范哪里知道日本的长野短野啊:“那得多贵啊!”

“对,就是日本奈良那边的,”其实葛先也不知道长野到底在日本的哪儿,“其实贵也不算贵,是论个儿卖。”

论个儿卖?她还没听说水果论个儿的。

“180 块一个。”

180 块?小范眼睛瞪圆了。

“对,西单王府井全是这价儿。”

小范把咬了一口的苹果又放进碗里,180 块一个的苹果真让人咽不下去,葛爷待她太好啦。

“别愣着,吃呀。”葛先没撒谎,长野一号是货真价实的。

小范鼻子酸酸的。多少往事恍若昨日。葛先是爱过她,至今对她也比对小苏好。那次过后葛先也是推卸过责任,可是自己跟金奎好后不是也说了葛先好多坏话吗?那时葛先是黑五类,人在困境中,自己怎么就不能宽宏大量一些呢。

好惭愧,葛先对她越好她越受不住。180 块钱一个的长野一号,葛先连手里的一小块又都放回到她碗里,待她像是待孩子,怎么才能回报葛先呢。

终于控制不住,眼泪扑簌簌流出来,她赶紧掏手绢,葛先就势一抬手,托住了她的胳膊肘:“其实,多少年来,我一直还,一直还……”

“不,葛爷……”空了两拍她才反应过来,突然把胳膊收回来,“您别说了,我知道,全知道……”

“你知道什么?”

“知道您喜欢我。”

“不是喜欢是爱你。”

“葛爷,不,千万别……”她吓得脸上没了血色,这可是在她家不是舞池里。

葛先好尴尬,僵在那里扑通扑通的。

其实,自打又和小范下了老年舞池他就想说出点什么,鬼使神差,谁知怎么回事,这二年在小苏越打越嘹亮的呼噜声中,她对小范的旧情又被唤醒了。可是没法说,连孙子都有了,自己年近 70 多了还谈什么爱不爱?更重要的是局着伦理隔着金奎该有这种念想能干这种事情吗?一切都成过往,完啦,只能把渴望变为体贴与关心。其实也满足了,心里荡漾着对小范的旧情与向往,有时觉着自己又年轻了,很温馨。直到昨天都如此。可是谁想今天面对面地与小范一坐,越看越念旧嘴上都没有了把门的。

还是小范恢复得快:"葛爷,您的好儿我一辈子也忘不了,"她反过来抚了抚葛先的手,"您生气啦?"

"没有哇……"

"您想想,日子怎么可能倒回去?"

他抬起头,是啊。

"其实,把一切装在心里,就像湖水围在堤中,一平如镜怎么看怎么美。"小范突然来了诗意。

他听着,小范从来不会说这样的话,不但有诗意还有哲理。

"一旦太满了溢出来,或是堤坡不牢被冲开;那就一败涂地不可收拾了。"

当然,开了口子的水就成了洪水,洪水就跟猛兽连在了一块儿。

"人活着就得自己去找平儿,平了就塌实;不平就永远有麻烦。这几年您一家人帮我们在财路上跟别人去找平儿,日子好了我们就添了快乐少了麻烦。这两档子事其实是一个理儿,感情上也得自己去找平儿,人老了哪经得起栽跟头?"

丝丝入扣,小范有板有眼说得全在理。

"我们早都过了景儿,一切都明白又得永远让它找着平儿,这不就是报上说的那个把握生活把握幸福把握生命把握自己?"

他想不到小范说得实实在在,一点儿不带刺儿,柔柔的每句话都能入到他心里。

"您信我吗?"

"信,我信。"他知道信就是信任就是真诚,小范这么问首先就是信任他而且很真诚。

"您对我的好儿我一辈子装在心里头,"她的脸红了,"您是我的大恩人,您是我跟金奎的大恩人!"

葛先心中亮飒起来,还有什么尴尬的,暖意融融好熨帖。

19

说不上因为什么,小梅把认识彭先生的事情告诉了爸爸。葛先问了些彭先生的情况之后问小梅打算怎么办,小梅说得轻轻巧巧:"交着玩,跟他一块儿挺长见识的。"

"台湾现在是一小龙,当然长见识,人家见过大世面。"葛先指的深层次。

"那都不重要,时间太短,再说他也太大。"

"慢慢了解当然必要,但是年龄大小倒无所谓。孙中山比宋庆龄大 35 岁,谁说过国父国母不般配?"

"他不是孙中山,我也不是宋庆龄。"小梅嘴上这么说,其实一直提拎着心,怕爸一杠子给她楔回去。没想到他这么开放。

没想到的是妈,小苏这回坚决阻拦,彭先生四十六七,小梅才二十多岁,这不成父女啦？再说那台湾人还有一儿子都十六了，不成，怎么寻思怎么别扭。

小苏堵心，如花似玉的小梅什么样的找不着，干吗非找一二婚的？台湾就高人一等啦，嘁。

为这小苏还跟葛先闹起了别扭。小苏说葛先眼皮子浅，台湾人有什么优越的，做珠宝生意的也不新鲜！就这一宝贝闺女你就舍得让她远走高飞嫁到台湾去？再说那姓彭的到底是真台湾人还是假台湾人咱们两眼一摸黑全不知底呀！

葛先不这么想。台湾本来就是咱们的地界儿，人家那里的条件就是好生活水平就是高，要不港商台商都到大陆来投资还减免税收呢，台湾人喜欢大陆姑娘，长得美。小梅跟彭先生是两厢情愿的，那台湾最有名的艺人凌峰不就找了一个山东女人？只要小梅幸福，她即便嫁到天涯海角又有什么关系？现在那波音空客的不一会儿工夫就到啦。

溯本探源又还得问玉琴。小苏找到玉琴头上问她那彭先生是台湾什么地方的、他家里都有什么人、你是怎么跟他认识的、他为什么非要找一大陆人？

玉琴告诉他彭先生是台北人，人家里有一个老妈一个儿子，至于为什么非找大陆的，那是人家乐意，自愿嫁到台湾去的大陆女人不也多了去了吗。

“那你干吗非把小梅介绍给一台湾人？”

玉琴本来就有些后悔，现在让小苏这连珠炮般的逼供信一下子就点着了：“苏婶你也太没见过世面了，你要追究刑事责任是怎么着？”

“玉琴你比她大二十多岁，她年纪轻不懂事但是你得稳重啊，不然就把小梅给害了啊。”

“我害她，谁害她啦？”玉琴像被火烫了一样动了一下膀子，怔怔地瞪圆了眼睛，嘴半张着好半天波浪出胸脯的起伏，“谁害她啦？你说，你说呀……”突然，她双手捂脸呜呜呜地大哭起来。

跟老刘结婚多少年，没有一天不别扭。争争吵吵她想哭都哭不出来，任你嬉笑怒骂老刘就是不吱声。常常想痛痛快快哭一顿你都使不上劲。压抑了多少年，憋闷了多少年，小苏这话对她刺激太大了，她突然抓住了一次机会找到一回突破口她要把心中的一切都哭出来，不光因为小苏，更因为自己的憾恨坎坷与不幸。

哭声出人意料地嘹亮不仅把云和殿的人都吓了一跳，连街上的人都往院里瞅，这是怎么啦怎么哭得这么惊天动地的啊？

小苏哪想到有这么一出儿，她吓得愣在原地手足无措，等到老马媳妇进来问怎么回事她才软软地歪在椅子上也哭起来，又害怕又委屈：问问你玉琴了解了解情况怎么啦，也不至于这么号啕痛哭跟火车拉笛似的啊。

……

适得其反，小苏惹一大漏子，好几个人一致坚定地成了她的对立面。

小梅跟彭先生更加热乎起来，出于钦敬猎奇与崇拜。彭先生精于鉴赏精于艺术，在她面前玄幻着一座五色斑斓的桂殿兰宫，长知识有趣味，她觉得生活充实了丰富了。可是妈说她看上了人家的金钱财富买卖与珠宝，太冤枉！彭先生几次要送她七克拉的钻戒都被她拒绝了，凭什么要人家那么贵重的东西？妈还说她学美容美发跟珠宝首饰不搭界，这又大错特错了。她跟彭先生接触越多才越觉得自己浅薄。自己只知道肤色、脸型与发式的搭配要和谐，可是彭先生告诉她，耳环、戒指、项链、手镯的质地、款式、色泽、形状又要与肤色、眼色、发色、气色、发式、脸型、手型、身高、胖瘦、颈项、着装综合搭配。比如女子指如葱根细腻修长，就适合戴祖母绿、蓝宝石、黑钻石戒指增强反差，手指越修长戒面就得越大；反之，女子的手指如果偏于短粗就要佩戴珍珠、猫眼一类的小巧戒指，戒托也要纤细使指型在视觉上变长，否则就笨重臃肿了。

这里的学问多有意思多丰富！珠宝首饰与美容美发着装打扮相辅相成，妈说不搭界那是没文化！

彭先生的文化是挺让小梅叹为观止的。

那天在聊着戒指与手型的搭配时，她突发奇想心中纳闷儿，耳环、手镯、项链这些名称都合情合理，“思义”便能“顾名”，可是戒指却不同，“戒”字不吉利，要叫指环多好听。

她拈起一个芙蓉石戒面的粉红戒指问他说，自己一直不明白，它们为什么叫戒指。

“问得好，”彭先生指着那枚戒指说，“史书中戒指也有戒约、手记、代指的异名，但它最准确的名字叫戒指，所以就被叫开了。”

是呀，她就是纳闷为什么叫它为戒指。

彭先生告诉她，戒指在中国是宫廷后妃用以避忌的一种标记，当有了身孕而不能接近皇帝时，使用金指环套在左手指，以禁戒帝王的临幸；平时则用银指环套在右手指，所以它就被叫成了“戒指”。后来戒指传到民间“禁戒”作用消失了，它变成了佩戴的饰物，约定俗成“戒指”的名字也就被叫开了。

想不到，戒指复杂出那么多历史与文化。

“那外国的戒指也是这个意思吗？”她马上跳跃到外国，老外更爱戴戒指。

“古罗马、希腊、埃及戒指的历史比中国又早多了，那是君权的象征，尤其是埃及的法老们更爱戴戒指。”

这一切她怎么跟妈掰扯怎么跟她讲得清。妈不止冤枉玉琴冤枉她，而且对彭先生也太不公平了。妈一点儿也不了解她不了解彭先生！

逆反心理在小梅身上作用出奇异的催化，她反倒认真了。嫁不嫁给彭先生的事，爸的话最有说服力，孙中山比宋庆龄大35岁，自己跟彭先生怎么就不成？

她要在美容美发上闯出一条新路，跟首饰着装形成一条龙——系列艺术，联手彭先生那才如鱼得水呢。

当然也得跟哥哥说。

建设的意见当然还是为了更美一些便没有不可打破的法则，爱情是应该超越一切时间空间界限的。但是他要小梅不宜太急，毕竟隔着一条海峡，不能政审不能外调，有些情况还是得通过接触再了解。小梅觉得有道理，把哥哥的意思转告给彭先生。想不到彭先生挺痛快地说："我的家人也希望见到你，妈妈一直想到北京来，我接她来你们接触接触相互熟悉，你就既能了解也好适应了。"

小梅真高兴："那你可快去快回啊！"

"为什么？"

"你说呢。"

20

这天，葛先早早地就起来了，成心让院里人听见："今儿个小梅她男朋友来，台湾的。"

不是过去那小人乍富的炫耀，而是发自真心让大伙儿分享快乐。可不是嘛，小梅是他的掌上明珠，今天乘龙快婿大驾光临得让老街坊一块儿高兴。

小范过去帮着收拾屋子，老马媳妇忙和着洒水扫院子。这台湾女婿还真算来着了，再过半个月云和殿必须腾空，不来就见不着这么老的院子了。小梅请假没上班，今天不止彭先生来，他把他妈也接来了。昨天她去北京饭店的贵宾楼看过那位慈眉善目的老太太，她今天要跟彭先生一块儿来，她说就是想看看北京的老院子。

小苏也不再反对，建设给她做通了工作。海阔凭鱼跃天高任鸟飞，当年他15岁就上了乌拉特前旗，要没那番闯荡摔打今天他建设能成这个样？小苏想想也是，有亲属他俩这辈子才能去宝岛开开眼踏踏实实住一阵子呢，干吗什么事总往坏处想。

想开了也就释然了。她跟葛先商量好，在云和殿见过面然后两家去丰泽园吃满汉全席。我们大陆不比台湾差，虽然不做珠宝生意，但是共产党的离休干部也趁汽车趁别墅社会主义不让资本主义，大陆的美好前景也是光芒万丈的。

10点刚过，一辆深蓝色的帕萨特在云和殿门口停下了。彭先生和小梅一左一右把老夫人搀下车，款款步入云和殿。身材适中面色清秀的彭先生给全院的人印象都好，哪里像快五十的人，也就一三十六七的小伙子。尤其是葛先一块石头落了地，他其实也怕小梅嫁一老头子。

彭先生的妈妈也少相，皮肤白皙头发乌黑，戴着副茶镜别有气质与风度。老太太真不显老，漫说跟小苏老马媳妇比，那模样比小范还年轻。

夹道欢迎。待彭先生母子进屋落座，葛先生捧上刚刚沏好的普洱对彭母说："老夫人您这是第一次来北京？辛苦啦。"

"离开北京四十多年啦，想不到北京变化这么大。"

"那您祖上也是大陆人？"

"我娘家吃皇粮，是上三旗里的镶黄旗，"她掏出手绢点点茶色镜片后的眼睛，"先夫祖上吃皇庄，唉，要不我一直想回来。"

葛先眨了眨眼，北京旗人，先夫祖上吃过皇庄，简直越说越近了："贵府原在哪一城？"

"娘家在东城，夫家在南苑，三海子。这次我还要到海子看看去，天子御苑，皇家猎场，一辈子也忘不了的地方……"

"彭夫人，那您本人的……"葛先说不出"芳讳"之类，又不好问姓什么，一下子结巴了。

一屋的人都挺新鲜，葛先跟彭夫人越谈越近乎，没容别人插话就深入到老北京的故旧里。

彭夫人也不由自主地推推眼镜看看葛先，好半天才吁出口气释然——她是从小梅叫葛梅，而葛梅他爸似乎对海子对旗人特别感兴趣才倏忽出一丝联想与联系——想到了哪儿，她从没见过这老头子。

"我叫舒小曼，民国二十七年跟着先夫南下之后去了台湾。"

"彭公子他……"

"我就生过这一个孩子，其实他就是徐家人。"

"他多大了？"

"四十五，不到四十六，"彭夫人淡淡一笑，"生不逢时，不过还好还好啊……"

"不，不……"谁也想不到，葛先突然眼睛直了，"你知道我是谁，葛……我是葛先，我是葛先啊……"

人们惊呆了——

彭夫人愣住了，他怎么能够是葛先，他难道真的是葛先？

没容彭夫人站起身，葛先身子一软出溜在地上，脑袋还磕在椅子上。

建设上来抱住他："爸，你醒醒，怎么啦？"

全乱了，葛先嘴里还流出长长的涎水，两眼紧闭牙关咬得死死的。

……

21

葛先没有说出一句话就走了，谁也反应不过来。

彭先生和他母亲与小梅匆匆忙忙告别了。什么没多说，一切倏忽得像葛先谢世一样快。

小苏似乎悟出了什么，可是怎么可能呢？无法置信，生活会这么阴错阳差吗？

小梅多少天都懵着，怎么回事？为什么？妈妈不知道，建设也说别问了。爸爸埋葬了一个传说，作为故事很精彩，作为生活它好残酷。

"不，我要知道，我要知道！"突然失去了爸爸失去了爱情，她几近崩溃，生活怎么能这样突然地割裂斩截呢。

"不，你不会知道不可能知道也没必要知道。"建设好像知道其实他也不知道，因为传说已被爸爸埋葬，只不过他自己朦胧出一个模模糊糊影影绰绰隐隐约约来。

一个多月后，云和殿搬空的那一天，正是安放葛先骨灰的五七。人们向葛先的遗像鞠躬，也向云和殿做最后的诀别。说不出什么心境，人人酸酸的。建设代全家向四邻致谢，代父亲相约拆改完后大家都回来。人们涩涩地点头，也告慰葛先安息，都回来是葛先的夙愿，大伙儿一定都回来。生活中多少麻烦多少事，平头百姓才最互相照应互相接济呢。

只是人们又迷惘，再回来的南横街什么样，他们又将继续出一种什么样的日子呢？不知道，他们谁也不知道。

怎么可能知道呢？你的未来、我的未来、他的未来，有谁可能知道自己他人的未来呢？

铲　案

1

孙用刚进家门，电话铃就响起来。他抓起电话"喂"了一声，听筒内传来方局长的声音："小孙啊，我是老方。""您好！方局长，我正要找您汇报一个大案子呢，您先说找我什么事。""没关系，你先说。""您知道银帝大厦吧，今天我们去查它那栋写字楼，承租者把房子都转租出去了，两个月的非法收入超过八十万，再加上罚款，总共得罚没一百万。"

"是吗？"

"可不是嘛，银帝那老板真敢干。"

今天早上，孙用带着四名企监人员检查写字楼，一进银帝就觉不对劲儿。承租这座写字楼的不就一电脑公司吗，怎么又蹦出这么多公司集团来？华尔机电公司、安祥五金公司、敬业图书公司、易发化工公司、清晰眼镜公司、欣欣厨具公司、银箭玻璃公司、楚楚电器集团、哈维丝绸集团。还有什么宏达审计、入梦灯具，上下六层林林总总的企业标牌不下四十个。按照承租契约和营业执照上的规定，银帝的肖老板租赁下这座写字楼只能经营电脑设备。对附近设施进行物业管理，转租房屋是绝对非法的。以两间办公室月租金一万元计算，两个月来银帝的非法收入已经超过八十万。面对着孙用和企监组组长老吴的质询，肖老板一直笑眯眯地解释："对对对，我们有物业管理呀，您问物业管理包括什么？包括绿化、卫生、供电、供水、供暖、维修、治安、电梯、存车，该服务的我们全提供。噢，为什么出租？银帝电脑哪用得了一栋写字楼？买卖不好做只能先租出去点儿房，要不也还不起房产公司的房钱呀。"

老吴指着这栋楼一年 120 万租金的契约给他算了一笔账，不算经营电脑和物业管理的收入，银帝的转租收入一年就净赚 1000 万，明目张胆地非法经营，全然无视工商行政管理的法约规定。

肖老板仍然嘻皮嘻皮地对付："哎哟可没您这么算账的，各公司开开停停停停转转，有的不付房租，有的开张十天就溜了，我上哪找人去，开公司的大多是骗子。"

孙用瞅着他笑笑："肖老板不也正开着？"

"孙所长，我肖某人干事业可绝不为赚钱，电脑设备全部优惠，物业管理也是一流的……”

孙用让肖老板滔滔不绝说够了，然后叫老吴对照承租条例，郑重通知对方银帝转租写字楼非法，罚没款总计100万。

一口气，孙用把银帝的案子汇报给方局长。违章通知已经发出，限其十天之内交清罚没款项，立即停止非法转租。来龙去脉汇报清，他兴冲冲地问方局长：“您说这个案子大不大？”

“不错不错，我打电话也是为了这件事。”

“哦，那太好了。”孙用捧住话筒，前边六件案子五件都被别的头儿们给搅了，唯有方局长秉公执法敢作敢为，那件“阿迪达斯、耐克”的案子之所以办得脆，就是方局长坚持原则一搁到底的。孙用的印象太深了。

“小孙啊，银帝的肖老板是有些滑头，可是这件事情也有它的特殊性。”

孙用眨眼，方局长的口气今天怎么也变了？

听筒里啪地一响，打火机着了：“那个肖老板开个小小的电脑公司用租一栋写字楼？不转租他上哪儿赚钱去？他们这号人，精得不能再精了。”

孙用心里堵，房屋承租人不得转租，这是明文规定的。方局长比谁不明白，他怎么也为非法牟取暴利的人讲开了情？

“我跟你说，转租房屋的情况区里有，市里有，再往上边更厉害，姓肖的又咬出三四十栋写字楼，其实不用他揭根子，咱们自己比谁不清楚？”

“我怎么一点儿不知道？”

“要不你是秀才呢，这些年你在合同科里一扎，写论文要笔杆儿，下边的情况你哪摸门儿，局里决定让你下来，就是叫你实践实践，了解了解第一线的困难与复杂。”

越听越糊涂。

自从六年前来到工商局，他一直在合同科研究契约的制定、执行、监督与完善，对具体的企业监督、市场管理确实很生疏。可是，如今既然下到所里来，督查管理就得按照规定办。不管是区里市里还是更上头，谁违反工商法规都要按法规办。按照方局长的意思就是说，银帝的转租没多大事，因为转租的不只他一个，这叫什么逻辑？

“咱们怕他揭，那就听之任之，眼睁睁地看着银帝赚黑钱，一年就是一千万？”

方局长笑着安慰他：“别急别急，咱们工商法规有的地方本来就界定不清，才让姓肖的钻了空子。”他抬出物业管理来，银帝本来经营电脑，而他们又领了物业管理的执照，不就奔着转租去的吗，当初就不该再给银帝办物业管理执照。

“这是两回事，肖老板可以为小区和别的写字楼搞物业管理，他搞物业与经营电脑不矛盾。”孙用莫名其妙，物业管理绝对没有出租房屋的内容与项目，这有什么法规界定不清的毛病？

“银帝那么大的写字楼也需要物业管理嘛，不然公司怎么办下去？”

方局长怎么说开了外行话？银帝的一切服务之于肖老板，只属于内部管理。为别人提供服务才叫物业管理，方局长这不是在装糊涂！下班回来的亚芳早在一边听了半天，在背后使劲杵了他两下，他才咽口唾沫把声音又低下来："怎么办您说吧。"

"银帝和四十多家公司签定了租赁合同，我们限期取缔，四十家公司集团的矛盾又会转嫁到我们工商来，再说姓肖的要把上边转租写字楼的情况都兜出来，波及面太大我们就更难收拾了。"

亚芳在下边又踢了孙用一脚，他努着嘴把第一句明白话顺过去："成，我知道了。"

撂下电话他纳闷儿。本该罚没一百万，方局长一个电话就吹了。检查违章严肃处理坚决行动不是局里布置的？怎么每抓一个案子说情的反而是上头？今天的方局长，太令他失望意外了。

下到所里的第四天，局里秘书就打过一个电话来，剑桥商厦一个出租柜台内，正在销售假冒阿迪达斯运动衣和耐克鞋。他带人赶到现场去稽查。一次就查获假阿迪达斯运动衣两千件，假耐克鞋八百双。中午回所方局长的电话就打过来：查封得好，让假冒伪劣产品无处藏身，把贩假的非法所得全部缴获上来，再罚它一个倾家荡产！假"阿、耐"的贩子不但东西都被没收了，还一次罚了他十三万。

如坐春风。

有方局长这样的领导做劲，他冲锋陷阵当然痛快。

可是，接下来的五起案子全让另外几个当头儿的给搅了——

赤岛超范围经营，不但擅自出租柜台还随意增设营业网点，光是没办照的销售点就有六七个。这种做法扰乱了商品的正常流通，还给市场经济带来极大的混乱。比"阿、耐"的影响要坏得多。可是尹副局长一个电话打过来，赤岛是咱们区里的一大财源，它是区政府自己办的商业大厦，罚赤岛就是罚自己，连他们这些工商局长都是区里任命的，下边怎能扇起上边的嘴巴？罚赤岛，甭考虑。

"甭考虑"给赤岛事件划了句号。

伊兰美容中心的经营地点与注册地点不相符。它的注册地点在印章胡同内，实际经营却在离火车站不远的繁华大街上。不但要重罚，还应立即吊销营业执照查封它。孙用已然让人发出执照暂扣单，于副局长闻讯下到所里来，说让伊兰重新注册变更经营地点就是了，这家买卖不可能动，一位太子跟美国人联手办的美容院，单说他能挤到首屈一指的街面上这一点——我不通气你也罚不动他。

孙用懵懵的。每一家公司企业的内容上边都如数家珍，那给开个单子哪个能管哪个不能碰——事情不就简单了。

接下来的几个案子也都没办成。案子刚一出，所里家里电话不断，局里区里市里还有更上头全方位关爱，结果一切都不了了之。这期间他多次向方局长汇报，如果头儿们都像方局长，还有什么办不下去的案子？可是，方局长对别人插手的案子也不好办,局里是集体领导,尹局长于局长刘局长打过招呼的案子他不好再插手;对于再上边的干预也罢招呼也罢关爱也罢,方局长更是有难处。业务上区工商局与市工商局属一个系统,可行政财务人事组织党务又统统归区里领导。能不服从上级党委政府机关的指示?每回,方局长都对孙用说:“小孙啊,你的正义感责任心都很难得,可是在错综复杂的环境和情况下我们又要学会灵活,注意策略。你不知我这日子多难过,没人比我这区工商的一把手再难喽!”

孙用想一想,也是的。可是这次却难理解方局长,他也跟着帮倒忙,那这工作还怎么做?

亚芳把饭菜做好摆在桌子上,才把他手中的烟拽下来:“烟雾缭绕老跟忧国忧民相依相伴,你别老苦难深重的成不成!”

孙用拿起筷子又放下,哪还有胃口:“在合同科消消停停呆着多好,你说我下来干嘛?”

他摆头,真没劲。

亚芳用筷子点着书柜,下来几个月买书方便多了多少倍,当初喜欢不也是看着?这才叫实惠。

在商学院念书的时候,他就迷上了哲学。罗素、培根、卢梭、伏尔泰、尼采、萨特、黑格尔、叔本华,见到他们的书就想买就爱读,亏了后来分配到区工商局里的合同科,市场、经济、法规、契约都和社会、人生、哲学有联系。他操起笔来还真有了用武之地。《违约心理探源》《无序运行与人的素质》《契约的理想化完善》等一系列论文在市局获奖,而且一部《公平竞争与权益保护》的专著大纲已然初步拟成。挺有干头,从工商契约到经济理论,遨游其间有待探讨的东西真是太多了,还有趣。谁想到突然让他下到所里来,工资是翻上几倍去,是有富裕钱买书了,可是手忙脚乱再没静下一天心。这是干吗呢,每一件案子都掣肘,挣钱再多也没劲。

“买了书我也没空看,反而让人更堵心。”

亚芳不想跟他在情趣、事业、读书、追求上多啰嗦,呆!在区委干了这些年,她一扫书生气两眼雪亮雪亮的:“你那牢骚我早听够了,端起碗来吃饭,吃。”

他没端碗,只夹了一筷子西红柿。

“你在局里这么多年,就不知当头儿的一天到晚多忙活?”她气孙用呆,自己什么都看清了,权力之于一些人,无时无刻不在抓紧用。他傻兮兮地还念什么哲学,你首先应该写出几篇《权力与利益》《权力使用与快感》这样的文章来,那才叫你读那尼采、叔本华的没就着饭吃了呢。

他知道局长副局长们都很忙,可是不关心不过问。下来他倒感慨颇多体会太深了。区局总共管辖着多少工商所,光是“关爱”这层出不穷的案子就得多忙活?

“这回我算知道了,方局长也是这号的。”今天的事情的确让他好泄气。

“你才知道哇,哪个头儿不揽案子,其实不外三大类。”

孙用端起碗,亚芳是比他强,还给他们分了类。

亚芳告诉他，第一种，事主跟工商局的头头脑脑有关系，或在人情上，或在经济上，不然执法的干吗为挨罚的说情呢；第二种，事主跟局头的上司还有那上司的上司有关系，为上司的至爱亲朋解消一次麻烦，所得比入账万二八千还实惠；第三种，是太子们开的公司办的企业，谁也顶不住，方局长说他的日子不好过是真的，可他那上司的上司的上司在小太子大公子那儿落了好儿，后边的东西老百姓就掂兑不出那分量到底有多重多大了。

亚芳这么一掰扯，孙用的火气反而又被勾起来："照你这么说个个有来头事事有背景，那一切违法经营就都合理合法了！"

"你们局不是集体领导吗，领导的意见都一致，你就该听领导的。"

他推碗，点烟，是听了领导的，可是这叫怎么活着呢，嘁！

2

第二天都六点了，所长助理小杨推出车去又回来了。他神秘兮兮地告诉孙用，汉家女大酒楼那洋酒广告都做到楼顶上，要多气派有多气派。

孙用也正要回家，站起身来问他说："登记了？"

"当然没有哇。"

孙用刚要说声看看去，咽口唾沫又犹豫了。汉家女能不能动？稽查一桩搅和一件自己不成小丑了？愣愣地盯着小杨子的娃娃脸："你是什么时候知道的？"

"早晨路过我就看见了。"

"那怎么现在才告诉我？"

"您这会儿看着才灯火辉煌呢。"

走，小杨子激他，他的火气又来了，不是又来——多少日子就没下去过。

其实，在局合同科干了六七年，他平平和和一直好脾气。下来几个月脾气就变了——憋屈，人一憋屈就长气。每一次下去检查小杨子比企监组长老吴还积极，而且不少违法经营的情况都是他发现上报的。最近，位于双立交商业区的户外违章广告一个接着一个：俄森特贸易商行未经批准就擅自设立户外标牌，并打出"买摩托罗拉汉字机送数字机"的字样，违反了户外广告不得宣传经销产品名称的规定。学明胡同把口的"英语广告装饰部"的户外广告手续分别是去年4月和10月办理的，早已超过使用期，在没有续办手续的情况下，他们又增加了"国内外广告代理、电脑制图、咨询信息"的违章条目。而双立桥西北侧的点点国际精品有限公司，未经审批私自设立了20平方米的"日本富士快速冲印"的户外广告。这一段下来检查，小杨子不但提供信息还事事抢在前头，让三十出头的孙用觉得自己都老了。小杨子真有股年轻人昂扬向上的青春活力。每一回查处的大案被上边疏通掉，孙用都能感悟到这位年轻人的失落怨怒与义愤。不容易，现如今讲求真理主持正义的人越来越少了。

眼下小杨子这么一激，孙用索性让他开车两人直奔汉家女。远远地，酒楼顶上一组红绿霓虹灯大广告像几千粒璀璨宝石横空闪烁在夜幕里。随着一只银色鸥鸟的起落，红色的人头马、绿色的XO、蓝色的拿破仑明暗着如梦如幻的商标与酒具。孙用的耳唇热乎乎，太不像话了，未经申请制作这么宏大的洋酒广告，这不是挑衅吗！

车子停在汉家女大门口，孙用下来和小杨子先在楼下仰头、平视、找位，然后贴近楼体对准广告，一个窗户一个窗户地从这边数到那边，长有三十米，高也有三米多，近百平方米的户外洋酒广告擅自亮起来——不是一般的违章，简直在亵渎三令五申的广告法。

孙用心里义愤着，可步子却变得滞重了。这汉家女是谁办的？小杨子却比他冲得多："走，提拎他们经理去。"

进到里面才知道，这汉家女不但经营着中西餐，还办着歌厅、舞厅、台球、按摩和保龄球、录像厅，实则是座设施完备的娱乐城。小杨子让人找经理，一位姓马的值班经理慢慢悠悠走来，他称总经理去了美国，有什么事情跟他说。

小杨子乜乜马经理："我们就这么站着说？"

马经理示意他们坐，自己先坐在沙发上。

孙用的火气又拱上来，他砣地一声坐下，摘掉帽子把风纪扣也扽开了。

"你们总经理出国多少日子了？"小杨子掏烟，给孙用，两人一块儿点上。

"不知道。"对方也掏烟，红塔山，还用舌头湿湿过滤嘴。

"什么时候回来？"

"那我更不清楚了。"

"你们总经理让安霓虹灯广告的？"

"别人恐怕没这权力。"

"他知不知道违反广告法？"

"那得亲自问他去。"

"既然你能代表他，那你知不知道这么做是违法？"

"我确实不是太明白。"

孙用再也坐不住："那你现在就学学广告法。"

小杨子也气得直哆嗦，从文件夹中扽出一本薄薄的广告法规来，递到马经理跟前说："每一个注册企业经营者，都要认真学习广告法。"

马经理微微点头，把那薄薄的小册子拈起来，刷地一翻一捻又合上，轻轻按在大腿上："既然学习我就得静下心来啊，成，待会儿我学一晚上。"

小杨子一按沙发扶手又站起来："把你们营业执照拿出来。"

马经理冲身后一扬手，一位小姐把执照捧过来。

小杨子接下，看了两眼递给孙用，这是一张复印件。

"原件呢？"孙用声音虽然不大，可直咽唾沫强忍着要蹿出来的火苗子。检查了多少饭店公司写字楼，不管什么背景不管谁的后台，最起码当事者真的假的客客气气满脸堆笑，今天这小子有恃无恐肆无忌惮这不挑衅示威吗！

“在总经理手里呢。”

“工商法有规定，你不知道营业执照不准复印吗？”

“不知道。”

“你不知道！”小杨子嘭地一巴掌拍在茶几上，烟灰缸子都跳起来。

“不知道，您别生气啊！”马经理视而不见，调皮地看着他们俩。

“那好，先没收你的复印照。”孙用把烟捺死在烟灰缸。

马经理无所谓，双手一摊耸耸肩，搬出老外的架势。

小杨子打开工作日记：“你们这洋酒广告制作费用共多少？”

“也就二三十万呗。”

“这可是你说的，以制作费用翻番计，汉家女应交非法广告罚款六十万，”孙用又指着窗外闪烁的彩光说，“从明天起先停霓虹灯，半月之内交齐罚款同时把广告装置全拆掉！”

对方两臂交叉捏捏下巴，若无其事地看看他俩，什么也不答。

从汉家女出来上车，小杨子刚刚发动又停下，应当让他们今晚就把霓虹灯关了，干吗还等明天关？

孙用摇摇头，既然说了明天就明天。早想好了，这回要是再有人拦，那就把方局长请了来，让他感受感受姓马的这恶劣，要么依法办事，要么自己这个所长索性交差。

小杨子把车开回所，孙用骑车回家已然九点四十了。进门就问有没有电话，亚芳告诉他没有，他这才松出口气觉出肚子在叫唤。吃着饭的工夫他把汉家女的事情跟亚芳述说一遍，亚芳把眼一眯说，那你就等着，今天晚上甭想再消停。他早想好了怎么办，吃饱喝足就手儿歪在电话机旁的沙发上，等着。亚芳也挨他坐下，告诉他刚才她到萌萌的寄宿小学看了趟儿子，他嗯嗯哦哦似听非听，心思全在电话上。亚芳见他什么也没听进去，起身把电视打开了，跟他一块儿等，需要杵的时候还得杵，需要踹两下的时候还得踹，他这号不入时的整个儿一呆子。

孙用竟然歪着了，没电话。

又忙活了一整天，仍然没有任何方面提及汉家女。

晚上倒是小杨子又打电话来，他下班路过汉家女，洋酒广告还亮着。

孙用喘了半天粗气告诉他，明天早上把姓马的叫到所里来。

亚芳都有些沉不住气，没有背景的汉家女也这么硬，现在的老板经理财大气粗要翻天，攥住手腕子就重罚他。

第二天孙用提前二十分钟就到了所，想不到小杨子已经在等他。姓马的不来，说有什么事等他们总经理从美国回来再交涉。

再也压不住火，还有这么无视工商的？那就请公安的联合执法来！

企监组组长老吴支支吾吾，小杨子却抑制不住愤怒与亢奋，对，强制执行——

汉家女这不造反吗。

孙用几次联系,公安局的没来方局长却亲自下到所里来。孙用纳着闷儿高兴,详细汇报了汉家女的违章情况,再三强调了姓马的那表情神态口气和他这几天对工商人员的戏谑与嘲弄,说话间还把那张复印执照拿出来,情况就是如此,方局长你看应该怎么办。

方局长捻着复印执照,耐心地听完孙用的慷慨激昂把两个拇指顶在一起说:“我都知道,情节是够恶劣的。”

“您早知道了?”

方局长点点头。

孙用奇怪,方局长怎么知道的?最起码不是从疏通渠道得悉的,不然相关的电话早打过来。不过眼下容不得深琢磨,既然局长早已把这恶劣知道得一清二楚,那事情就容易解决了。他告诉方局长,已然和公安局联系了,汉家女的情况只能联合强制去执行。方局长扬手,不行。

“为什么?”

“我只能告诉你不行。”

“我不明白。”

“我也不清楚。”

这叫什么事!

他受不了方局长那平淡温和的样子,突然忿忿焦灼了:“您既然不清楚,怎么能告诉我不行!”

“真的不行,我千真万确不清楚。”

“那您可以了解清楚,说出个一二三来也让我们明白明白。”

“小孙呐,我能蒙你吗,我说不清楚,就是我应该不清楚。”

什么叫应该不清楚?方局长哪里像个党员,这怎能是领导说出的话!下边不清楚才是真的呢,他的脸憋红了:“方局长,您要这么答复我,这个所长我就难当了。”

“我找人跟汉家女联系,补办广告手续,有些事理解的得执行,不理解的也得执行,比如有些企业、酒店我们不知是谁办的,那就索性别问也甭去管他了。”方局长走过来,抚在他的肩膀上,还使劲捏了捏。

孙用没感觉,汉家女如此蛮横就完了?方局长还负责帮助补办手续,不可思议,不管是谁也得循规蹈矩呀!

方局长走了,用他的不清楚给孙用撂下一串不明白。怎么能明白,这回彻底晕头转向了。

他想哭,想骂,上上下下沆瀣一气这不要他吗。

再也坐不下去,今天下午统一行动查市场,他和市场管理的又出来了。三辆车开到蓝角市场上,一些违章占道的商贩推车挑担慌忙逃窜如鸟兽散。铺开摊子卖百货的没有三轮车跑得快,也都闻风丧胆敛包袱。一个卖烤白薯的推着汽油桶做的炉子没跑稳,咕咚歪倒白薯炉火洒了一地。孙用过去让他赶紧敛,脚下一滑哐地坐在地上了,墩得他心疼,原来踩在一块白薯上。左右管理人员将他架起来,眼前晃晃地冒金星,两只耳朵也直嗡嗡。他强撑着向左走,快些甩脱窘迫与尴尬。眼前是花花绿绿的一个摊位,他信手一指把窘迫甩到眼前去:"查。"

那是一座小小的烟亭子。

市场管理组组长老车眼睛顿时立起来:"卖烟的呢,查照。"

一个四十多岁的刀条脸从窗口后面绕出来:"哎哟各位,您瞧这不挂着呢。"

"摘下来摘下来,"老车指指孙用,"这是我们孙所长。"

瘦子向孙用鞠躬,嗳嗳地摘下执照,颠着小步递给老车:"您不查过多少回了?"

"少废话,"老车把执照递到孙用手里,"所长看看,跑了的都没照,有照的也违法。"

孙用一直咬着牙,尾巴骨还生疼,看看执照上那瘦子的名字叫张启,刀条脸瞅着就别扭。他的眼睛移至经营项目一栏中,不由抬头看看穿成一串的洋烟盒:"这是怎么回事?"执照上经营范围明明写着国产烟,怎么摆的全是进口烟,当然违法违规了。

张启笑出一脸乱纹:"搭着卖呗。"

"罚二百。"老车拿出票来就要撕。

"别介呀,您三天两头罚二百,我们这买卖还怎么做?"

"光罚就行了? 把照先扣下。"孙用见不得张启这赖赖兮兮的样子,再说老车处理起这件事来也过于简单了。

张启脸上的乱纹腻住了:"孙所长,您别开口就扣照哇,那我这日子还怎么过?"他向左边一指,"您亲自查查这十几家烟摊,看看哪张执照上批着允许卖洋烟。"

"我查的是你!"他拿过一盒希尔顿,"你这烟是哪进的?"

张启又往左边指:"他们哪进的,我就哪进的。"

"我问的是你!"他拿起　盒万宝路,同时翻转两个烟盒,"国家进口标志呢,你这全是走私烟。"

"哪个摊上的洋烟不是走私的?"张启不敢争辩,但是憋不住嘟囔。

"你再狡辩,我就查你抓你了!"怒不可遏,张启怎么就不会把嘴闭上呢。

"反正别人跟我全一样。"

"告诉你,别人我不管,今天管的就是你!"孙用身后已经围上一圈人,屁股不疼了,太阳穴突突地。老车把罚款单往兜里一掖,上去揪住张启的脖领子:"今天你小子疯了? 还他妈一劲儿挣蹦什么!"哐哐,使劲冲他凸起的锁骨搡了几下。

本来,老车还想跟每回一样,罚他二百就完了。谁想张启今天嘟嘟囔囔没个完,越拱所长的火越大,只能搡他几下镇住他。岂料老车手太重,杵到张启喉结上,他双手捂住脖子翻了几次白眼，好容易缓上口气便吼起来：“你们打人，我跟你们拼了！”他一挥胳膊抡过来，老车一闪刚好打在孙用左腮上。

孙用不疼。愣愣的。

张启却像烫了手，他怎么打了工商所长一个大嘴巴？

左右管理人员刚要抓张启，孙用却喊了一声拦住大家：“别动手，没收他的走私烟，吊销营业执照。

老车和几个人刚要去敛烟，张启后退几步把烟亭门护住了：“你们敢，我不活了！”

谁也没见过这场面，个体户敢跟工商管理人员要拼命，上百人围上来，喊喊喳喳议论着。

看着眼都绿了的张启，孙用想一脚把他连人带烟亭子都踹倒。平白无故挨他一巴掌，还如此嚣张要拼命，这不正是那类不法刁民吗。但是，动不得手，工商人员的职能只应是管理和教育。他拽拽自己的衣襟对张启说：“先不说你打人违法，你要妨碍执行公务，我可叫公安局的来拘留你。”

“拘留我？弄死我你们也甭想把烟抢了去！”张启反张两臂，两只眼睛直直的。

“孙所长，我这就去打电话。”刚从后边挤上来的小杨子立刻明白发生了什么事，嚷嚷了一声又钻出去。

张启意识到马上面临的是什么，竟然号啕大哭起来：“我×你们妈，你们工商、城管的全是土匪，你们一天到晚打砸抢！”

“你少诬蔑国家工作人员！”孙用叉住十指害怕自己不理智。

“你们天天罚款天天乱收管理费，良心全让狗吃啦……”

“你胡说！”

“老百姓一见你们就闻风丧胆，抱头鼠窜，你们还光荣呢。比国民党还国民党！呜呜呜，呜呜呜……”张启大哭，像个孩子。

围观的人都呆住了，最外层也有起哄的，孙用转脸冲左右喊：“你们干什么！”

人们静下来，张启吼的声更大：“老百姓做个小买卖多不容易，可是你们专拣软的捏，把老百姓的屎都捏出来！”

“你这样的还软呐，看你骂的多热闹！”孙用扶扶大壳帽，光天化日之下，执法人员怎能受到这等诬蔑与谩骂。

“上梁不正下梁歪，今天你一来，下边这帮土匪更疯了，抄抄抄，你们一个个全他妈抄肥啦！”

“你等着！”孙用使劲咽唾沫，怎么公安的还不来，一分一秒都好难耐。

警笛声响，市场突然悄寂了。

人群散开。

张启眨了几下眼睛，突然用双手撕胸：“你们来吧，见着屄人压不住火，你们比畜类还畜类！”

孙用哼出一声“撒泼”，联合执法队已然冲到张启面前。张启被架走了，老车带人把烟亭的所有卷烟装车，回手又将玻璃捣碎，还把一张封条粘在门上。人们远远地观望。警车呼啸着把人们的目光拉得傻呆呆。精疲力尽。到家孙用的腮帮子才有些疼。明天再给公安局写材料，妨碍公务，殴打执法人员，今天好疲惫，连句话都懒得说。

3

孙用没想到，第二天上班以老车为首的市管组对昨天的事情很不满，小题大做，因为张启一个人，搅得整个市场的罚没款管理费少收上来好几万，白干，昨天市场大检查兴师动众全白干。一肚子火气又蹿上来。白干？你们执法管理为什么？钱，钱，钱！恶性循环世风日下要不让张启那通骂，孙用的火窝大了。张启昨天指名道姓先臭他，本来他就为这种提成别扭呢。

下来几个月，上边的干扰已然使他够撮火，下边的矛盾争执同样搅得他心里烦。工商所大致分为两个部门，一组为企业监督，专门监督管理国资、独资、合资企业的经营状况；一组为市场管理，它的职能是管理集贸市场和大街小巷的个体商贩。每个月，局里只发基本工资，结构工资和奖金全由所里去创收——罚没款管理费上缴百分之七十，余下那百分之三十就是奖金和结构。这样一来企业监督的效益自然差得多，国营企业纷纷倒闭一分钱也“监督”不出来，而那独资合资的要么有背景，要么凭着出手大方早把路子全都踩平了。所以企监这块即便罚些小企业，也是耗子的尾巴没脓水。因此老吴带的一拨人成天发牢骚，该罚的大户罚不动，眼瞅着满大街贩夫走卒做小买卖的，罚不胜罚当然市场管理的有干头。老吴那话说，老车带着一帮人天天连轴转都欢着呢。百分之三十的抽头如同上了弦，瘾头精神头大了去，全疯了。能不疯？名正言顺地穿着官衣儿大把提成划拉钱，傻子才缩着不爱干。

孙用也早已有察觉，市场管理的人都坐不住，一天不出去就闲得慌。有一天他在厕所蹲坑没两分钟，市管组小邢、小胡也进来了。这俩人没理会坑档内有人正蹲着，小邢那水门一滋牢骚就来了：“这几天也不他妈穷开什么会，每天不下去抄几把，兜里这钱哪够花？”小胡咔地啐出一口粘痰来：“撺掇老车学学徐虎、李素丽，连查几回夜市不就全找回来了！”孙用听着那叫气，执法人员就是这素质？没过几天老车真带人连着查夜市，孙用憋足劲要把这事的底兜兜——执法人员怎能打着精神文明的旗号搜刮群众钱财呢！出乎意外的是那几天的罚没款市管组坚决不提成，老车多次在所内宣布，这几个晚上尽管累稀了但绝对是义务的，全心全意为人民服务，在改革开放的今天既有沉渣浮泛——那就要从我做起。底下小杨子跟他汇报说，老车早放出风来了，企监的不是咬缠他们遍地开花战斗力无限吗，这回就是要堵他们的嘴。孙用苦笑，打着精神文明的旗号搞谋略，实则是为变本加厉的提成创造方便。批评不得揭露不得。你能打击人家学习李素丽、徐虎的行动吗？可是表扬起来又真窝心,老车他们一天到晚风风火火冲锋陷阵为什么——有谁不清楚?

现在的问题是老车这帮人还不平衡呢。

老车这帮市管的说,老吴他们企监的分成是少,可那独资、合资的厂长经理们轮着班地设饭局,一礼拜少说也得两三次,他们吃了人家喝了人家,歌厅舞厅随便玩,桑拿按摩享受着,可不罚不上款项来,腰杆子不硬是自找的。我们市场管理的多辛苦,风里来雨里去,每天劳多大神受多大累生多少气费多少话就说那唾沫星子得喷出多少去?再说治理无照摊贩你当是件容易事?围追堵截冲突起来卖菜的卖鸡蛋的全都敢跟你抄秤砣,打伤工商人员城管人员的事情还少吗?每天全是凭体力。联合行动他们往卡车上抬三轮,扔西瓜,有时事主硬是不服你还得把那羊肉串的烤箱扔上车,他们挣的是血汗钱,出生入死啊。用老车那话说就是,个体商贩跟咱打的是游击战:敌进我退,敌驻我扰,他不让咱消停一会儿,你说咱市管的能够消停一天吗。老车每天带人不遗余力去抄罚,上缴罚没款管理费在多少工商所中老上三甲排行榜,为国家多创收,为改革开放做出的贡献是小还是大?

——老车的贡献大,他是连续四年的先进个人。市场管理小组也是先进集体,局里年年表扬。老车和老车这个集体是全局闻名的。

孙用也耳闻了多少次,老车多次放风儿说,谁也别想捏咕他,闹急了撕破脸皮谁都敢捅,局里当头儿的不费吹灰之力一年几十万的收入贪着——相安无事,客客气气你明白我明白咱们就这么"宾"着吧。

你说怎么办?老车没有公开贪污受贿没白天没黑夜地领着帮人抓市管,为国家上缴利润为集体创造效益他个人的腰包也满了——名正言顺却不合情合理,看着一百个别扭却让你说不出来,让人憋气不憋气?

一个月拿回三千来,亚芳好得意。实则她哪知道孙用是拿的最少的。下到所里他没想到工资结构得这么高,可企监、市管两组都不知足还互相咬缠呢。他声明自己按企监的最低奖金、结构拿,自己本来就既不是企监的也不是市管的。大伙儿都挺奇怪,哪任所长不是多多益善?孙用自己也挺惊讶,掂着这三千块钱已经够沉的了,怎么人人四五千、五六千地拿着还牢骚满腹咒爹骂娘?

今天来到所里,老车为了张启的事不依不饶,他再也忍不住,中国人这都怎么了?就是得压压邪气,国家机器国家机器,这般素质的零件凑成机器运转得好才怪呢。

"老车,照你这么说,张启违法经营动手打人我们罚他二百就完了?"

"动不动就扣照,扣执照只能说说是吓唬。"

"吓唬完了呢?"

"罚款。"

"罚款之后呢?"

"吓唬。"

“对，不认真管理不进行教育所以我们那奖金、结构工资就变成五千、六千了。”

“嘿，我这工资可是你发的，多劳多得按劳取酬这是社会主义的分配原则，我没偷没抢正大光明任劳任怨你不鼓励还打击？”

“没有百分之三十的提成你有这么高的觉悟和干劲吗？”

“什么？这是上边的政策，你耿耿于怀原来是对政策规定不满呐！”

“你少胡扯！”

“你才胡扯呢！”

旁人再也坐不住。

“孙所长！”

“老车你也冷静些……”

老吴、小杨子赶紧劝，哪能这么吵下去，孙用心里明白可是方法简单，直不愣登揭老底，话又楔不到点子上——政策就是那么规定的，本来就是多劳多得——老车捞得再多也是名正言顺的“劳动”所得呀！

老车闹着要到局里去说理，孙用说爱去不去我这所长还早就不想干了呢。最后还是小杨子把孙用拽出来，他说有重要情况汇报让孙用跟他上外边遛遛去。虽然才十点半，他窝着口气随小杨子出来了。爱怎么着怎么着，老车把这事闹腾到局里才好呢，真的不想干，怎么觉得灵魂都疲惫了？

拐出八道弯，他俩在一家小面馆坐下来。小杨子要了两瓶啤酒，一盘猪耳朵一碟花生米摆在桌子上，然后把两个酒杯斟满了酒。

“孙所长，现在是上班时间，您不干着这所长也没大意思吗，所以咱们谁也甭怕，踏踏实实的。”

孙用端起酒杯喝了一大口，就是想撂挑子不干了，他不怕。

“说句公道话，老车人家今天百分之百占着理。”

嗯，孙用攥着酒杯。

“您做过市场调查吗，咱们全市有几家烟摊执照上写着能经营外国烟？凡是摊上的洋烟大多是走私的。”

他运气，张启昨天就是这么噎他的。

“正是因为市场乱，所以那有路子会钻营的成了暴发户。不管多少人赔多少人赚，反正我们干工商的是活了。”小杨子有滋有味地抿酒。几口下去娃娃脸就粉扑扑的了。

孙用不言声儿，小杨子不是机灵吗，那你就多说点儿。

“您想想，罚而不禁才禁而不止，甭说自由市场了，就那走街串巷卖菜的卖鱼的卖米的卖水果的卖鸡蛋的卖豆腐的卖年糕的，一天到晚屡罚屡有，可不是如老车说的‘吓唬’，‘吓唬’就是诈，诈出钱来过两天他再卖来才好呢，那不又诈出钱来了？”

可不是！根本没想真禁止。

一天到晚罚没，翻来覆去罚没工商的钱就是这么敛来的。

孙用点头,示意小杨子接着说。

上边年年有指标,大街小巷要全冷冷清清的,我们上缴那金额找谁去?咱们那奖金结构哪找去?”

孙用抿酒,小杨子看得好明白。

“老车是素质不好,可是他既钻市场混乱的空子,又有政策上的空子让他钻——人家哪错了?市管组挣的再多人家背后有政策。”

孙用摇头,他一天到晚就是为这理不清不明白长气!

“真正苦的是老百姓,为什么个体户越来越多,多少国营企业都倒闭了,多少农民工进了城,老百姓没辙能不走街串巷寻生计?靠着抄他们工商的城管的一个个都肥了,他们那点儿本钱可是全部家当呦!”小杨子动情了,两只眼睛忧忧郁郁的。

孙用使劲嚼着花生米。他所在的那栋楼,大部分是B18厂的,工人都月月领二百块钱回了家。有人卖开了袜子百货,有人倒开了手纸洋火,辛苦一个月能挣多少钱?三天两头还得防着市容税务工商交通城管的。怪不得有人老斜愣他,当初在局里看不明白,下来之后全明白了。

“老车一月绝不仅止五六千。”小杨子又把眼睛抬起来。

“哦?”

“少罚款不开票,穿上官衣儿证件一亮走到哪儿罚到哪儿,谁知道?”

孙用使劲嚼煮得不太烂的猪耳朵,老车就有些煮不烂。

“可是他要跟局里那些大头儿比起来。老车也挺寒酸的。”小杨子从沉重之中走出来,一口酒一口菜,要抖落的多着呢。

孙用扬眉,什么意思?

“咱们那局长副局长们早跟街道党委勾好了,碧水街那好摊位,都让他们借七大姑八大姨的名义给占了,转手一出租,一年就白赚几十万。”

“真的?”

“老车全都门儿清。要不局头儿全都惧他三分?哪个摊位是方局长他小舅子丈人的,哪个摊位是尹局长他妹夫姐姐的,哪个摊位是于局长他小姨子公公的,老车如数家珍全在手里捏着他们呢。”

孙用自己倒酒,嗓子眼热热的。碧水街是城里有名的服装市场,老外成帮搭伙涌到那里买东西。转租一个摊位一年就是几十万,这是人所共知的。那里的个体户成百万成千万地发,天时地利人家赶上了。可是局里的头头却抢先占了最好的摊位,自己在上边这么多年,怎么一点儿不知道?

小杨子明白他在纳着什么闷儿:“您呐,只缘身在此山中。我们一直在下头,碧水的哪个摊位是谁的,没有一号不清楚。”

怪不得,怪不得方局长的儿子开着切诺基,尹局长那女儿也置下什么别墅,只不过在局里的时候无心听,一年到头全迷在契约合同里。想想当初自己是木,不少事情是欠琢磨。

“老车要跟他们比,您说算不算勤劳致富的?”小杨子让人端上面,突噜突噜吃起来。

“不像话,要是真这样,上边就太不像话了!”他把筷子插在面碗里。多少年来自己勤勤恳恳对领导毕恭毕敬,可道貌岸然的背后竟这样,怎能让人服气呢。

“其实,这于他们还不算什么。”

“还不算什么?”

“厉害的您最清楚了。”

“我清楚?”

“啊,铲案子啊。”

“铲案子?”

“企监的大案要案不全让上边给铲了,下边人谁看得不亮飒。查禁不下大案的唯一原因皆因每个头儿手里都抡着一把大铲子,来一个铲一个,连根儿铲,您蒙在鼓里在下边晕头转向,风风火火不是找着坐蜡呢!”

真形象,疏通,说情,硬性指令,不管什么方式反正最终是把案子给铲了。除了“阿、耐”一案之外,他都感受得好痛切。

“每铲一个百十来万的案子,您说个人得落多少?”

孙用闭眼,好处是当然的,可从来没有像小杨子这样细想过。

“有些案子一翻腾就捯到他们自己头上来,能不铲?有些纯属为上司献殷勤卖力气,他们抡一铲子日后升迁的机会不又铺垫了?”

孙用惊叹,小杨子看得透,想得远。

“升官发财都是有形的,几个头儿的闺女出国的出国留学的留学,这不都是权力换来的?无形的东西更实在。”

这他也都耳闻过。

“老车要跟他们比,算不算廉洁的?就算他一月闹一万,怎么跟那些头儿们比?”

孙用眼前涌起一团雾:“既然你明白得不能再明白,干吗一天到晚跑前跑后撺掇我去查案子?”小杨子掰扯得这么透,他蓦地蹦出一个最让他晕的问号来。

“孙所长,我说出来您可别生气啊,”他掏出手绢抹抹嘴,“就为让您彻底明白,有一个强烈的感性认识,以后哇,对什么事都睁一只眼闭一只眼,凭良心过得去只要别太黑,平平稳稳闹一难得糊涂就得了。”

孙用简直不相信,小杨子让自己彻底明白之后再装糊涂,做人怎么能这样?

“汉家女下边一部门经理都不睐咱们,为什么?方局长倒想跟人家献殷勤呢,够不着,他不清楚是千真万确的。”

怪不得联合执法公安的不下来,恰在那时候方局长来了呢。正如小杨子所说,汉家女是那类根本不必托人的事主了。

小杨子劝孙用多吃点面,孙用慢慢悠悠地吃,一根一根地挑,吃完出了点儿汗身上顿觉松快了。也是的,还跟老车致什么气,人家可不是勤劳致富吗?没气了,人人不平衡是可以理解的,具体到张启这件事,老车与他自己也无所谓对错是非了。

红头涨脸回到所里还挺痛快,该企监的去企监,该市管的去市管,本来活得就够累,还你争我斗掐什么。不都为了工作吗,干去干去干去干去该怎么干就怎么干去吧。

他自己,趴在办公桌上睡着了。大伙儿也没计较他,所长醉了,他也真够不容易。

4

晚上回家没想到来了人,没容亚芳介绍,一个蓬头垢面的女人双腿一屈给他跪下了。

亚芳赶紧拉她,一面告诉孙用,这是张启的爱人。

“哦?哦哦哦,快起来。”他抢上一步跟亚芳一起去搀他。

女人软着双腿不起来,他俩架起她的上身,她的双腿却在地上滑。

孙用松开手:“你起来,这成什么样子,有什么事情你站起来说嘛!”

“大嫂你起来,啊?”亚芳也松手,对方委在地上哪里拽得起来她。

女人两手掩住脸,泪水从指缝里出来,洇到袖子上。她不起来。

“有话好好说,您快起来吧。”他俩都没这经历,怎能老让她跪着?

“孙所长到我家去一趟,您答应了……我就起。”女人抽搭出一句话。

他看了看亚芳:“你先起来,有什么事情不能谈清楚?”

女人摇头,重复了一遍那句话。

亚芳猫下腰:“成,我们去,您快赶紧起来啊!”

女人站起来,双手还捂在眼睛上。

三人下楼,亚芳边走边问:“你家几口人,孩子多大了,你在什么单位工作,怎么找到这儿来的。”她咬住嘴唇,只说她家住在风车胡同,别的什么都不答。

孙用打了一辆车,十来分钟就到了。并排四栋简易楼前坑坑洼洼下水道的污水溢到路面上,扑鼻的气味腐蚀着夜幕和星月。女人把他俩带到3号楼,上到二楼拉开左手第一个门,一个歪斜在地上的孩子爬起来,蹒跚着双腿向前扑。日光灯下,孙用亚芳看见孩子的双眼离得远远地,咿咿呀呀是弱智。女人迎住孩子让他坐下,又让他俩往里走。北侧床上一位七八十的老人仰躺着,他也只会“哦哦哦”,涎水把枕头都洇湿了。

没容孙用开口问,楼内的邻居听见动静都来了——

你们是哪儿的,抓了张启他们三个靠谁去?

化工厂倒闭了,我们全楼都被发回来,那点补贴怎能过日子!

老的半身不遂,小的是个残疾,你们这不把人逼到绝路上!

张启怎么了,全市哪个摊上卖的不是走私烟,比他坏的多着呢。

人们吵吵嚷嚷却又不敢近前,都是骂几句又缩回去。

孙用把帽子摘下来,沉沉地转过身子:“我来就是了解情况的,我们一定如实反映,理解家属困难,尽快妥善解决。”

没有官腔官气。人们虽然又嚷嚷了几句“霸道”“黑暗”,终归因为怕,不大工夫就散去了。

亚芳在床边坐下,掏出卫生纸擦着老人垂下的涎水,心里不禁酸酸的。救灾,捐献,扶贫,这样的活动搞了多少次,每一次新闻、传媒的宣传声势都轰轰烈烈。实则,本市就有多少工人失了业,多少家庭等待救济,我们给身边这为数可观的一批人——关心扶助了多少呢?就如这四栋筒子楼,城里有多少这样的角落与地区!

孙用从女人口中了解到,她和张启都是化工系统的,都在三年之前就下了岗。两人不到五百块钱的生活补贴养活不了四口人。老人半身不遂没钱吃药情况越来越不好,十一岁的孩子先天残疾失语也长不高。今后的日子怎么过?张启得挣钱她得照顾孩子和老人。烟摊营业执照是去年领下的,至今也没把借来的本钱全还上。罚没商品吊扣执照抓走张启,这一家人靠谁去?没了路,她给孙用下跪实在因为没路了。

全都听清看清了。

孙用亚芳翻遍口袋凑出三百二十块钱交给她,并且向她讲明张启违法经营走私烟肯定是错误的,至于怎么办,你先不要着急再等等。

女人接钱,用牙咬住手指头。

两人从张启家走出来,夜好黑。

没钱打车只好走回去。

谁也没有话,心中满满的。

孙用把大壳帽又摘下,箍着太热太紧了。走了半天他才摇摇头:“都怪我,干嘛偏抓张启呢。”

亚芳长长叹出一口气,不是张启也会是李启或王启。看看那四栋简易楼,多少下岗职工不都挣扎在贫困线上,鼻子竟然酸酸的,刚才那女人进门时,她还怨恼怎么肇事家属还找到家里来,是谁告诉她地址的。

“铲案,铲案,上边几十万上百万的大案子,全让当头的给铲了!”

亚芳能领会,孙用马上感慨到上头。

孙用刚要接着说铲案,两道灯光逼近,一辆切诺基在他俩身边停下来:“孙所长,可把你们好找!”跳下车的是小杨子。

又出了什么事,孙用把帽子又戴上。

“公安局、尹局长都急着给您打电话,找不到您电话都打到我们家。”他让他们先上车。坐到车上小杨子告诉他,公安局等了一天,张启的材料还没到,催着孙用赶紧写。好几家报纸也知道了,他们要为工商干部打不还手依法办事的事迹发报道。咱们局对这件事更重视，尹局长、于局长都打电话要孙用好好写，张启是不法经营的典型，孙用大义凛然一身正气，全局还要通报表扬他。

孙用的嗓子眼好堵，汉家女闪烁的霓虹灯晃得他头疼，他忿忿地自言自语也像在问小杨子："我写？"

"啊，可不是您写，要不我四处找您呢。"

"苦的是老百姓，这话不是你说的？"

"是我说的啊。明白归明白，较真钻牛角尖您可就又犯了傻。对了，方局长已被停职检查了，正局长由老尹代，这您也不知道吧？"

"为什么？"

"您知那'阿、耐'怎么回事？原来方局长和公安局一副局长出资联合倒卖假阿、耐，没想到又冒出一家广东来的假阿、耐，把两位局长的生意给戗了，这不找死吗，所以方局长那次那么正义，那么坚决，最近公安局一整纪，把老方也给连带出来了。"

天呐，唯一的一次记忆！支撑动力信心勇气的美好竟然这般戏弄他——太阳穴嘭嘭的。

想炸。

5

十点，孙用二人上楼不到十分钟，电话铃又响起来。

是尹局长，他再次嘱咐孙用明天不上班也要把张启的材料写出来。公安局和报纸都急着要。孙用一直静静地听，等到尹局长把话说完了，他才郑重其事地告诉对方："我这就写。"

挂上电话，在写字台前坐下，铺开稿纸，他拿起笔来写下又重又大的两个字。亚芳远远地望着他，虽然看不清，但她知道那两个字是什么，她也愿意让他顺势写下去，人得有点儿良心呐。

蕴和殿纪事

蕴和殿在前门外的杨梅竹斜街，三重大院三个跨院，总共住着30来户人家。父亲告诉我，这里是当年的严嵩府，要多气派有多气派，不然怎么叫它蕴和殿？只是岁月的风霜使它破败了，像座颓残的古庙，影壁歪斜了，砖墁的院子坑坑洼洼，家家的墙皮都剥落得斑斑驳驳。父亲说，日渐增多的住户使蕴和殿变得越来越穷气了。

我出生在蕴和殿，长大在蕴和殿，对蕴和殿的记忆既清楚又模糊，既亲切又陌生，既深刻又迷惘，时时被这矛盾的记忆所鼓噪，便想把这记忆的龃龉写下来，因为蕴和殿内的许多——常常入梦、入梦、入梦……

诸大爷

诸大爷其实复姓诸葛，我们孩子哪懂什么单姓复姓，统统叫他诸大爷。诸大爷油晃晃的脸上长着许多粗粗的毛孔，他喝完酒就串皮，所以那张脸像个红桔子，也像一个粉桔子。

诸大爷不到外面去上班，就在院里晒蓝图。他的晒图板有两个克朗棋盘那么大，像个又大又厚的镜框，一面镶着玻璃，一面是软垫和夹板。晒图板支在一个有四只铁轱辘的架子上，翻转开合上下移动极方便。

看诸大爷晒蓝图很好玩。他隆隆地把晒图架一推到当院，孩子们就会凑过去。只见他把晒图板撩起来，将一张薄薄的半透明图纸放在玻璃板上，图纸上有许多圆圈、三角、方块、错综勾连地交织在一起。然后，诸大爷会从一个黑布袋中迅速地抽出一张厚厚的有些怕光的黄纸盖在那张图纸上，按平之后赶紧撩下绿绒背垫一压，随着诸大爷把手腕一扣一抖，一道亮光闪过——玻璃下的图纸翻转到上面，这就开始晒图了。

老看，我们知道这可是个技术。每次晒图都要看阳光的强弱，气候的冷暖，时间的早晚来掌握控制。晒的时间长了，那厚纸在药水里一泡就全变黑，短了那些三角、圆圈又全显不出来。诸大爷掌握时间的方法是，用右手食指压在黄色的厚纸上，看好整张黄纸都晒白了，就把手指轻轻一抬，待那被压住的食指印再慢慢地变白，这张图就晒得恰到好处了。有时三分钟，有时五分钟，长短要依光线的强弱来决定。

看诸大爷晒蓝图,那是一种娱乐。他解黑袋系黑袋抽厚纸的动作全在一眨眼的工夫完成,那麻利迅捷看得人眼花缭乱。可他用食指压图的时候泰然自若,抬指的刹那又轻巧洒脱,尤其是晒好一张双手一悠,随着一道闪光晃过,图板唰地旋了一圈,将至腹前被诸大爷伸出的双手稳稳一托——真帅!细看他的右膝,还习惯性地往起一踮,成为手下的第二道防线呢。

诸大爷住前院东夹道,和我家的房子紧挨着,所以我去他家玩的时候多。诸大爷家里总有一股呛人的药水味儿,那我也爱去,因为诸大妈好极了。

我奇怪,诸大爷矮矮的个子,深深的眼窝,脸上的毛孔那么粗,可诸大妈怎么那么好看呢。诸大妈比诸大爷年轻得多,不是小脚,白净的脸上两个眼睛水汪汪,不管笑没笑,脸上总旋着两个甜甜的深酒窝。每次我到她家去,她准把我搂到怀里,搓着我的小手说:"看看咱五子十指纤纤,身白如玉,男有女相,必有贵样。"

我白,谁都说我肉皮儿细,可诸大妈夸我的话合辙押韵,我最爱听。开始,我只觉得美滋滋,后来上了小学,我就更爱到诸大妈屋里转,被她亲亲地搂在怀里,心里觉得舒坦,闻到她的发香肤香陶陶的。

阴雨天诸大爷就叹气,喝酒。看着他吃他喝,我不馋,除了辣辣的一杯酒,就是一碟腌咸菜。他家和我们家吃的差不多,只是诸大妈不蒸窝窝头,老爱做黄澄澄的贴饼子。诸大爷喝酒爱出声儿,咬上口大蒜吃上口咸菜,就要"啧——哈——"地咂上口酒,每喝一口都要"啧、哈"一声,说不上惬意还是叹气。

诸大爷只有一个儿子,叫金泰。金泰比我大,上四五年级的时候脑后还留个小辫,他长得既不像诸大爷又不像诸大妈,两个贼溜溜的大眼睛轱辘辘转,一扬眉毛脑门儿上就会堆起几道清楚的抬头纹。我们都跟他闹,常常追着他喊:小老头,玩火球,烫了屁股抹香油。金泰不急不骂,只是不屑一顾地顺下眼皮:躲离躲离,一边玩去。

不管比他大的还是比他小的孩子招他讨厌,他都是这句"躲离"。我暗暗佩服这句"躲离"。躲离就是走开滚蛋的意思,可从金泰嘴里出来还文绉绉的呢。

金泰很瘦,诸大爷每个礼拜给他买两个猪腰子,一条猪尾巴,为的是给他补肾,因为金泰从小就爱画"地图"。

三天两头,诸大妈把被金泰画了"地图"的被褥搭出来晾,她常眼泪汪汪地自言自语:精湿精湿受多大罪,全怨我怀他的时候吃错了药……

诸大爷不像诸大妈,晾尿褥子有时碍他晒图,常向臊眉耷眼的金泰骂几句:没出息,就不知道惊醒些!……

不过,诸大爷骂归骂,其实他更稀罕金泰,给他花八块钱买了一盘克朗棋。每当在院中支上棋盘时,我们都眼巴巴地求金泰:"让㖿玩吗?有㖿没有?"

这时,金泰便拿着克朗棋杆颐指气使地点:"贵生、立岩……"加上他只能四个人。没被点到的只能听他那句话:躲离躲离躲离。

玩不上我们也不“躲离”。爱看金泰打克朗棋。他把一只眼睛闭住，另一只眼睛显得更大，细细的脖子一缩，脑后的小辫也藏进领窝里。他用棋杆打出的“老子儿”如出弦之箭，在光滑的玻璃棋盘上撞击出各种花样，常能一下打进兜内两个子。什么本兜、回力、扎帮、四回、八挂，这些名词都是从金泰口中蹦出的。

每每这时候，诸大爷就笑不叽儿地嘬牙花：“啾啾啾，瞧把他能格儿的，嘁！”话虽酸酸地出口，但心怀溢出的是满足，惬意。连我们都觉得出他陶陶的神态极得意。

突然之间，诸大妈病了。先是脸色黄黄地不出屋，后来竟然下不了地，最后常常呻吟、叫喊，尤其是半夜叫喊的声音凄凄厉厉，我被惊醒了好几次。诸大妈一定很疼很疼，要不怎么那样叫喊呢？

母亲常到西夹道去看诸大妈，父亲也买回一瓶开胃的温脯让母亲端过去，但诸大妈什么也吃不下，病得很重，一天比一天重。自从她不再下地不再出屋，母亲就一再叮嘱我千万不要再烦吵诸大妈，要让她安安静静地歇息。

我听话，不去打扰诸大妈，连从她窗下走过都轻手轻脚的。可是，我真想看看诸大妈，诸大妈到底得了什么病，她干嘛总是疼得喊叫呢？谁也不告诉我，不过我隐隐地知道了，诸大妈长了什么毒瘤，那瘤子长在哪儿，怎么不像爸爸给我挤疖子那样，把它挤净呢？

从诸大妈生病到她离开人世，前后也就三四个月。那么好看的诸大妈，怎么就活活地疼死了？事后母亲跟姐姐讲，诸大妈的下身都烂了，流黑血，屋里的气味好难闻。母亲的那句话我记得最清楚：亏了诸大妈高烧糊涂了，早点咽气真是她的造化哟。

我奇怪，早死怎么叫有造化？

金泰呜呜地哭，诸大爷木木地眼睛变直了。出殡那天，全院不少人都哭了。我也哭，我再也不能扎到她怀里去闻那股香味啦……

半个多月之后，诸大爷才又推出架子晒蓝图。他的脸明显地瘦下一圈，粗粗的汗毛孔更深更大了。不用离近便能看得清清楚楚。诸大爷很少抬眼皮，铺图纸、压食指、翻玻璃、接图架的动作陡然之间笨拙了迟缓了。我们远远地看，他的背佝偻了许多，个子显得更矮了。

诸大爷还喝酒，只是不再“啧——哈”了，脸不仅是粉是红，常常憋得紫紫的。谁知，这沉闷没有持续多久，他家又出意外了。

街上突然热闹起来，超英赶美，大炼钢铁。我真高兴，家家砸锅卖铁，全院的人全街筒子的人都要在一个大食堂里吃饭，我再也不天天吃窝头啃咸菜，听说人民公社的食堂里全是好吃的。

铁锅、斧子、钳子、剪子、家家把铁东西都陆陆续续交出来。诸大爷也皱着眉头交了两把煤铲。想不到，居委会周主任早盯上了他的晒图架，图架的四个轱辘是铁的，中间的横轴——铁梁，也粗粗的亮亮的。

"老诸葛，没有你这么落后的，这根铁轴比五十把剪子还要重，干嘛你不交出来？"周主任在全院质问他。

"我还指望这玩意儿营生呐！"诸大妈去世后，诸大爷的眉头没再舒展过。

"一切服从三面红旗，大炼钢铁最重要！"

"这横梁是钢的，早用生铁炼好啦。"诸大爷辩解。

"甭废话，是钢是铁都得交，你反对大跃进是怎么着？"

"你废话！好好的物件我凭什么把它给毁喽！"诸大爷眉毛压得极低，他的暴怒很吓人，我在一边看着有些怕。

"成……你等着！"周主任被噎得胀红了脸，转身撇着两只白薯脚往外跑。

人们谁也难插话，交了那么重的铁梁是贡献大，可诸大爷的晒图架是他的饭碗，拆了还怎么晒图哇。

没过多大工夫，周主任把民警小丁领了来。小丁从西夹道把诸大爷叫出来："是你骂她废话吗？"他指指白胖的周主任。

"那不叫骂人，她先说我废话的。"真怪，诸大爷连民警都不怕。

"你再说！"周主任气得眼泪汪汪的。

小丁扬扬手："把你的晒图架子推出来。"

诸大爷呆立了半天，终于进夹道，从房檐下把晒图架隆隆地推出来。

小丁端详了半天，惊疑地问他："这么好的原料，你竟然拒绝把它交出来？"

"你也觉着该把好端端的东西给毁了？"诸大爷不服气。

"太新鲜了，1070 万吨钢，你没想过要为实现它尽力量？"说着，小丁把一只手轻轻抚到图架上。

诸大爷脑门儿上的青筋绽出来，双手紧紧把住晒图架："我想过，可是别毁它，不能把它毁了啊！"

"老诸葛，据我们掌握的材料，你可参加过一贯道。"冷不丢，小丁冒出这么一句话。

诸大爷一愣，还是把住图架不松手："当初我……不懂，好多的人都入过哇……"

"反动！"小丁猛地一拽晒图架，诸大爷手一滑，身子嘭地向后仰倒了。

像弹簧，他瘦小的身子以超常的敏捷反弹起来，扑过去抓住小丁的胳膊："好好的东西不能毁，你们凭什么要毁它？"

"你！……"小丁惊异地看着他，极陌生。

"胡闹，胡闹！不成，不成！"诸大爷脸上的毛孔全乍起来，他咆哮，像疯了。

"好，来人。"小丁冲后面一挥手，早上来居委会的七八个人围住诸大爷一掐，撅着他的胳膊架出蕴和殿的大门。

晒图架在当院被劈断，那亮亮的铁梁被卸走。金泰吓得呜呜地哭。那天，大跃进的热烈气氛突然杂糅进一丝紧张。

……

半个月后，诸大爷被放回来。小丁和周主任宣布：老诸葛反对三面红旗，交给群众监督管制。诸大爷虽然低下了头，可目光依然阴冷阴冷。

直到拆了那些土高炉，人们才觉献锅献铁是赔了。才觉当初不该把诸大爷的晒图架给砸了。可是诸大爷也有错儿，他怎么能说小丁瞎胡闹，人家是警察啊！

母亲父亲替他惋惜，诸大妈刚死，不叫心烦，他哪至于说出那般糊涂话？晚了，再说什么都晚了。

诸大爷被群众监督了，金泰没那么狂气了。我们不再怕他那句"躲离"。连贵生、立岩也不再追在他屁股后头打克朗棋。他开始逃学、抽烟、偷家里的钱，野了一阵他一下子长得好高，诸大爷矮他半头，再也打不动他了。他反而开口闭口骂他爸"你反对三面红旗""你是反动的一贯道"。诸大爷气得用掸子抽他，他端起洗脸盆一泼，诸大爷像被刚从河里捞出来……

母亲把金泰叫到家中悄悄地劝，他轱辘着两只眼珠子扑嗒扑嗒落泪花："全是因为他，连老师都挤兑我，他对我坏，我娘待我才好呐……"他们是天津杨村人，兴叫娘。

三天两头的对打对骂，诸大爷在金泰面前低声下气了。虽然他又买了一架破旧的图架晒蓝图，可那轴梁弯弯的锈锈的，一转板框吱吱扭扭的声音扎耳朵。晒完图他还喝酒，醉了就笑，金泰骂他他更笑。

自然灾害的第一年，初中毕业的金泰没有考上技校，他跟他爸撒气，嘭地一声用书包把图板的大玻璃砸碎了。诸大爷趔趄着扑到图板上，碎玻璃把他的两手、前胸都扎破了。我第一次听到诸大爷哭出声："他娘，你干嘛走在我前头，你怎么撇下我就走喽……"

人们不好深劝，因为诸大爷是"群众监督"。

金泰骂了一通气呼呼地走了，第二天诸大爷不见了。人们不放心，这父子俩没有一块儿走，可是怎么全不见了？

第三天早上金泰回家来，大伙一问才知他上同学家住了几天。他不知他爸也走了。金泰慌了，匆匆忙忙上了杨村老家。没有，他爸根本没回老家。

派出所也四处查找，最后判断他可能畏罪自杀，可又不见其尸身的丝毫下落，只好说他畏罪潜逃，至于潜逃到哪里，情随境迁人们也不再关心了。

金泰后来当了翻砂工，后来又随厂子搬到了大兴。从此再未会面，谁也不再知道他的消息了。

反正诸大爷没再回过蕴和殿，也许他死了，也许还活着，至今我还常常梦见他，当初他出走到了哪里？即便是寻死，又是怎么死的呢？

因为不知道，所以才想他。

小翠

小翠比我大两岁，尖尖的下颏，眼睫毛密密的长长的。她爱用舌尖舔下嘴唇，嘴唇总是鲜亮鲜亮的。

小翠不上学，她是从乡下到表叔家帮助做活的。丁占全是她的表叔，在后面跨院当纸店掌柜。

40 多岁的丁占全很帅气，高高的鼻梁上架一副金丝边眼镜。他的两个女儿金凤、玉凤都上中学，女人瘫了多少年，家里缺个做饭的。他把小翠从乡下接了来，别看她瘦小，却有一身干巴劲儿。

小翠常到前院来接水，蕴和殿只有一个水管子。她一人能挑连金泰、成民都挑不动的两桶水，扁担在她细瘦的肩上吱吱嘎嘎，她的身子不歪，脖子抗得凛凛的。母亲说，看看人家小翠，从小在土坷垃里摔打出来，十来岁的女孩子顶个大男人。她确实令人惊异，多重的煤碴箱都能一口气抱到街上，从不打歇也不气喘吁吁的。

小翠的性子却绵绵的。兴许不在爸妈身边吧，我没见她哭过，也没见她撅过嘴。闲了她也出来玩，不管你说玩什么，她都脆脆地答应：“行啊，好咧！”

如果要是跳房子，她的右脚轻抬着，脚掌微微向后撇向外撇，轻巧、稳健、优美，常能从第一间跳到第六间，那“排”在她脚下服服贴贴极少出格子。如果要是玩“求人”，她会用手搭个喇叭筒提醒自己那排人：“唱响些，能鼓劲儿。”

我爱和她一排，总愿让他领着我的手一起朗朗地唱：

我们要求一个人呀我们要求一个人呀，
你们要求什么人呀你们要求什么人呀，
我们要求小百岁呀我们要求小百岁呀，
什么人来跟他去呀什么人来跟他去呀，
……

接下来，两排之中约好的人站出来，在“河界”两边交手拉。劲儿小的被拉过来就“归顺”，然后两排互唱互求再交手。

小翠是大将，她不先出战，人家也不先求她。等到她这排只剩两三个人的时候，她才一个一个把对方全都俘虏。

小翠脸皮不白，她使劲同对方大将交手的时候，长长的眼睫毛垂下来，双腮泛出玫瑰紫。如果金泰、成民一些大孩子也起哄要跟小翠拽一拽，她的脸会憋得更红，连脑门儿都会变粉，沁出一层霜似的汗茸，人便益发鲜活生动了。

不管玩得多带劲儿，只要一听丁家喊，她绝不像我们这些孩子那样磨闹半天，准脆脆地答一声“嗳，来唠”，赶紧跑回西跨院。

我不喜欢她家的金凤、玉凤，她俩都像她们的妈，吊眉吊眼一副厉害相。金凤常常大声喊:“小翠,给我买俩皮筋儿去。”玉凤也常支小翠:“哎,给我带回一块橡皮来。”

丁家很阔,每天早上要小翠到胡同口买烧饼果子鸡蛋盒。小翠买回来一进院,香气会弥散满世界。呆一会儿,金凤玉凤就会背着书包咬着鸡蛋盒出来上学。鸡蛋盒是把鸡蛋倒入一团面里炸熟的,方方的胖胖的焦黄焦黄,记得是一角四分钱一个,我只吃过一次。因为生病才有此机会,竟然没有留下味道的记忆。因为馋,我偷偷问过小翠:“鸡蛋盒好吃吗?”

她点点头。

“你每天也吃一个?”

她摇摇头。

“那你吃什么?”

“烧饼果子还不够香啊。”她甜甜地说,很满足。

“那你干嘛不吃鸡蛋盒?”

“我……不爱,鸡蛋腥,我在乡下……尽吃了。”

其实,她表叔对她还是挺好的,丁占全愿意让小翠吃鸡蛋盒,只是金凤她妈不乐意。她老被用车推出来晒太阳,两只吊眼盯着男人,盯着小翠的一举一动。小翠刚来的时候,丁占全带她进出院子总是领着她的手,只是一进西跨院便松开。后来小翠一天天长大,丁占全不再领着她,她也不愿再被领。

西跨院只住着他们一家。当初,院中堆的全是乱七八糟的纸箱子,小翠来后把院子拾掇得井井有条。西墙根和南北窗檐下三块地,她用碎砖砌边,变成三个小巧秀气的花池子;花池里边没种花,北面丝瓜南面香瓜西边扁豆全是菜。她登着梯子拉上几十道线,春天藤蔓爬上去,端午就织成绿绿的三片网,翠嫩的三扇围屏使西跨院生机盎然的。不久,绿围屏上开花了,黄的、白的、藕荷色;仲夏、初秋,一条条丝瓜垂下来,一串串黄瓜饱满了,一嘟噜一嘟噜的扁豆总吃总也摘不完。

我奇怪,小翠怎么会种菜?她告诉我,五岁就跟爹妈下地了,大庄稼地里割麦、插秧、掰棒的活儿她都干过呢。

有时趁金凤妈睡了,我就溜到西跨院找小翠,看她干活很好玩。

丁家常吃烙饼,小翠烙饼真快。每次,她和的面像一滩泥,可她抓出盆来不粘乎,擀薄放盐放油再重擀,让人看得眼花缭乱的,最拿手的是她能轻巧地把软泥般的饼搭在面杖上,嗖地甩入镬中,用手一拧那饼在镬内唰唰转。

丁占全一次对老孟说:“咱小翠烙那饼,比曲园的清油饼还酥,一提拎就散!”我发现,丁占全对待小翠,与别人不同,丁婶、金凤、玉凤看小翠的目光总是冷冷的。

小翠也想上学,可她一天到晚的事情太多。她曾偷偷地问我:“你们考试的卷子是花的还是素白的?”

我嗤嗤地笑,既不是花的也不素白,那上边有题有黑字啊。

“绢子不都是这样子?”见我笑,她迟疑地掏出一块花手绢。

“卷子是纸，纸上有字，不是手绢，‘卷’字和‘绢’字是两个字，两回事。”那时我上三年级，拿出纸笔给他写出这两个字。

她茫然地羞红了脸，可是又接着问下去：“讲台有多高，到你胸脯吗？”

我得意地告诉她，可高了，都到老师的胸脯了。

“考第一就得一步跨上去，那你考得了第一吗？”

“跨讲台干什么，谁也蹿不上讲台呀！”

“争第一不是这样子？”她迷惘神秘地望着我。

“考试第一是看卷子，成绩最好分数最高的才是第一！”我甚至怀疑小翠成心，她怎么会不知什么是卷子怎么才叫考第一呢？我见她惊愕羞赧地垂下头，才相信她不会装，她对城市、学校一无所知。

小翠不再拉着男孩子的手玩“求人”的时候，也就不再问我“霜降”“谷雨”这些字怎么写了。我茫茫然有些失落，上了六年级的我，不理会按小翠的年龄合算，她已该是初中二年级的学生了。

成民、金泰、先义这帮人注意起菊惠那圆滚滚的屁股的时候，抽条蹿高了的小翠也进入了他们的视野。我听成民他们议论过小翠——

“瞅那黑翠子，出出进进不抬眼皮了，变得比刘巧儿还好看。”

“小豆包儿努出来啦，不信你瞅那胸脯子，早就不是平板啦！”

“唉，小瘦鸡子柴禾妞儿，还是一只嫩雏呐。”金泰不以为然，他觉得小翠太瘦了。

就在那一年，管片的民警小马注意上了小翠，因为她是长年的临时户口。丁占全想把小翠的户口迁到北京，他家纸店早已公私合营，小翠帮了他家几年忙，应该在北京有个工作——丁占全这么跟街坊四邻说。

丁婶那时病得更厉害了，她不再数落小翠，只是不断地要拉要尿要吃要喝，更是离不开小翠。

金凤、玉凤都上了大学，小翠也想在北京有个工作，老家的爹妈更愿意她在北京落下个户口。

小马先是轰，到周主任家了解情况，向后院住户进行调查，因为丁占全是个资本家，他使用小翠不付工资，对待亲侄女都体现了他的剥削性儿。人们心里也一下子亮飒了，可不是吗，小翠给他家当了多少年的保姆啦！

小翠自己却不这么认为，她说家里没吃没喝，爸妈愿意让她上表叔家过好日子，再说表叔待她忒好，在丁家有吃有喝有穿，比在老家好多了。

小马轰小翠走本是对付老丁的，想不到小翠自己也想把户口变成正式的，留在北京。小马三天两头去西跨院给小翠做工作，讲道理。先是周主任陪着，后来他自己单独去，当然都是在丁占全外出上班的时候。

丁家的西跨院共有南房北房各六间，丁婶瘫在北屋，小马就常在南屋给小翠做工作。

不知是小马说服了小翠，还是小翠让小马信服，反正小马脸上露出了笑容，小翠脸上的愁云也散开了。

丁占全的腰板也稍稍直了些，原来他跑了好多趟派出所，终于有一天进院子就喊："小翠，户口落上了，你能在城里找事啦。"与其是说给小翠听，不如说是让蕴和殿的人都知道。

小马还去西跨院，帮着小翠找工作。

一天早上七点多，西跨院传出金凤妈的呻吟声："小翠啊，来人……我尿……来……"

好半天，她还在喊："小翠……尿……"

大约呼喊了十分钟，菊惠探出身来往跨院看，听听觉得似乎不对，蹑手蹑脚进了跨院，看看北屋丁婶一人歪在床上，她欠着身子上了南屋台阶，敲门里边不应，扒着玻璃往里一看，突然尖叫着从西跨院跑出来："快……来人呐！出事啦……"

那天，我刚巧背上书包要上学，听见尖叫便和院里人一块儿跑出来，奔到西跨院南屋一看——天！……

丁占全躺在地上，小翠也斜在他身边。她的脸上有过泪痕，可表情显得又安详又平静。丁占全的脸上却呈痛苦状，凸起的眉头紧锁着。老孟上前摸了摸这两人的头，冰凉的。

派出所、公安局的全来了。他们反复勘察了现场，最后把老丁、小翠的尸体抬走了。

自杀，他杀——死谜。蕴和殿内多少天都猜测着这件事，大人们猜测出几十种上百种可能来。半个月后，上边传下案情真相，我听到了大人讲，那晚丁占全糟践了小翠，然后毒死小翠自己也服毒了。

——为什么，不知道。

隐隐约约我懂得了"糟践"是怎么回事，可小翠为什么老实地任人"糟践"，丁占全那么喜欢小翠，干嘛反而把她又给"糟践"了？而那个警察小马呢？他怎么也突然消失了？怎么他再也没有来过蕴和殿？

这件事情突兀得蹊跷，几十年来我一见"突兀"一见"蹊跷"，便会想起后西跨院和小翠。

——突兀蹊跷的小翠！

老孟

无冬历夏，老孟的步子从来都是四平八稳的。尤其是夏天，两只木拖板儿在院里"叭啦""叭啦"地一响，谁都知道没别人，是老孟。

老孟是个慢性子，慢慢儿走道儿，慢慢儿接水，慢慢儿吃饭，慢慢儿搧扇子，就连上茅房蹲坑都拿着张报纸慢慢地看，不耗走几个人不起来。

老孟不抽烟不喝酒，唯一的嗜好就是咬文嚼字对对子，二姨夫看不上他：谁有工夫琢磨那玩意儿？老孟整个儿一旧社会！

上一二年级的时候，我确实不喜欢老孟念叨的那玩意儿，什么“歌辞益新后有来者，山水相乐前无古人”，什么“冰冷酒：一点水，二点水，三点水；丁香花：百字头，千字头，万字头”——听不懂。哪有跳房子弹球有意思？

直到我上四年级的那个暑假，老孟在房檐下捏到一只大蜻蜓，我才被他诱骗到门口坐下来。

“五子，要它得先猜个闷儿，猜着才能给你。”

“成。”我急得直啃手指头，他手中的“老子儿”又大又绿，我自己从来没有逮到过。

“看着啊。”他从屋里拿出纸笔，在门口的矮桌上工工整整写出两行字：

雾锁山头山锁雾，
天连水尾水连天。

几个字我倒是认得，可它怎么是“闷儿”？

“这副对子有奥妙，你看出什么来没有？”他得意地慢慢搧扇子。

“打什么呀？”平常，他破闷儿总爱让人打一字呀打一诗的，这回到底打的什么？

“什么也不打，看字，琢磨，琢磨琢磨就能琢磨出绕绕儿来。”

不知道，我哪琢磨得出这里的绕绕儿！

“我不会，不知道，把那只蜻蜓给我吧！”我的眼睛盯着他放在纱窗上的大蜻蜓。

他慢慢地转身，进屋，把那只蜻蜓捏出来：“多念念，念几遍。”

“人家念了半天啦！”

“来回念倒着念。”

倒着念？对子怎能从后往前念！我看看他，他冲我点点头，我疑惑地从后往前念：“雾锁山头山锁雾，天连水尾水连天。”怎么啦，倒着念怎么啦？

他迎住我愣愣的目光：“来回念，来来回回念几遍。”

“雾锁山头山锁雾，天连水尾水连天。雾锁山头山锁雾，天连水尾水连天，雾——哦！”我惊异地叫了一声，这副对子真叫绝，竟然正念倒念全一样！

老孟满意地点点头，告诉我这叫“回文联”。

“再出一个再出一个！”发现的喜悦使我顾不得大蜻蜓了，回文联！这样的对联好玩！简直太有意思了。

他又写下一副，还对我说这是清朝宗室溥行所作：

水映丹林寒落日，
天连碧岫远生云。

我倒过来读：

日落寒林丹映水，
云生远岫碧连天。

经老孟一讲，岫为山，远岫与碧岫别有意境，两幅画面异曲同工，却又各尽其妙呢。

有意思，万也想不到普普通通的一副对联藏着这种机关，这些于我不可思议！

“再出一个再出一个！”这次是我缠着他不放了。

他慢慢清了清嗓子，又给我写出一副更绝的：

清波碧柳春归燕，
细雨红窗晚落花。

我倒过来读不顺，不押韵，他让我把两句颠倒，从最后一个“花”字读起，就成了：

花落晚窗红雨细，
燕归春柳碧波清。

三副回文联三个样，我眼花缭乱，兴奋不已。

从那天起，老孟成了我最最佩服的孟大爷。

他的学问比语文老师地理老师历史老师加到一块儿的学问还要大，满腹经纶呢！

打那我也才知道，孟大爷为什么两个眼角、两侧嘴叉总是笑眯眯地往上翘，走道总是一摇三晃的。他心里有乐儿，他摇头晃脑地总是有乐儿。

因为拢住了我这个听众，孟大爷逮着空子就给我讲“借声”“借词”“双关”“顶针”，说他苦苦研究几十年，还是没能对出“或入园中拉出老袁还我国”这副“绝对”。

孟大爷告诉我，窃国大盗袁世凯下台之后，北京城出了这样一条“绝对”。“或”就是有人，“园”指的是中南海，“或”把“园”中的“袁”（袁世凯）拉出来换上“或”，人民就成了“国”的主人了。

“或”入“袁”出，“园”字换“国”，这“绝对”的上联经孟大爷一讲真是绝得不能再绝了，用他的话说这是天下第一“绝对”，至今没人对出下联，他已经苦心琢磨了半辈子。

每每讲到这“绝对”，孟大爷的两颧就会微红，嘴角就会泛出两团白沫，我也替他着急，真怕有人先他把下联对出。孟大爷只有一个女儿，叫菊惠。他们住在中院东北角的一间小屋里。屋子又黑又小，现在回忆起来，大约也就六七平方米，当初是严嵩府的一间耳房吧。那屋炕上炕下都是书。夏天，他常把好多发霉、虫蛀的书搬出来散开晒太阳，真像是收拾废品卖破烂儿。

孟大爷很邋遢。头发被枕头压得七支八叉的，可他偏爱留分头，不像爸爸、二姨夫、诸大爷把头剃得光光溜溜的。听说他在一家文具店上班，每天不慌不忙地走，晚上闲闲散散地回来，到家便慢条斯理地蒸窝头。他蒸的窝头向来是歪歪扭扭的，尖儿不正，四面是一道一道的大棱子。菊惠小的时候，她常在院里嚷："我不吃这没眼儿的死疙瘩！"

可能孟大爷蒸着窝头还在琢磨那条"绝对"，多少次窝头底下忘了捅进一个大拇指——没扎眼儿，揭锅之后成了死面坨。

老钱是个天津人，最爱跟孟大爷开玩笑：

"这两天窝头扎眼儿了吗？"

"扎了扎了。"

"扎正了没有，伙计？"

"正了正了。"

"你可悠着点儿，找不到败火的地界儿，别一下扎得太猛喽！"

"不会不会。"

"你呀你呀，整个儿一呆——子！"老钱说完准呵呵呵地笑起来。

后来大些的孩子告诉我，这是老钱拿老孟开涮呐。"窝头扎眼儿"不是好话。我纳闷儿，既然金泰、成民都懂，孟大爷怎么听不出来呢？成民告诉我，老孟什么都听不出，缺根神经是呆子。

菊惠大些的时候，放学回来知道收拾屋子做饭了。可她爸的袜子东一只西一只，照样把屋里祸害得盆朝天碗朝地。菊惠一说他，他便摇头晃脑地说："身为形役身为形役，人活着断断不可身为形役。"接下来他解释，菊惠不听，院里人谁也没闹懂什么叫"身为形役"。

就是我迷上对子的那一年，查卫生兴开了挂红旗插白旗。院里的卫生负责人是西昌媳妇，那女人又高又壮，大包牙使嘴唇拢不住缝，连粉红的牙床都露出来。每次查卫生到了老孟家，西昌媳妇数落他尿盆不倒、玻璃不擦、被子不叠、房顶不扫。老孟无所谓，可菊惠也跟他闹，他只得跟菊惠一块儿收拾一块儿打扫。麻烦的是两三天后又乱了套，屋里屋外又乱成乌七八糟。

因为连着插了三次白旗，西昌媳妇那天连周主任也请出来，在院里召集了一个群众会，点着老孟的鼻子问："老孟，你知道俺们搞的这叫爱国卫生运动吗？"

老孟慢条斯理地"嘻嘻"，他说知道。

"爱果（国）的人就爱卫生，爱卫生的人他也爱果（国），这个道理你不懂？"

老孟点头连说"懂"。

“你反对搞卫生，就是反对中华人民共和果（国）！”不知西昌媳妇是哪的人，反正成民、金泰他们说她是村儿里的，很怯。

“嘻嘻……这你可就瞎说了，解放前那资本家讲卫生，可……”

“你刚（敢）骂人？”西昌媳妇上前一步抓住老孟的脖领子，“你刚（敢）血口喷人！你是国民当（党），你是反革命！”

“你胡说！”老孟也被揪急了，他上手扯下她的腕子，重重地往下一甩，“你最不爱国，你才最不讲卫生呐！”

“我怎么不讲卫生啦？”西昌媳妇的脸红得像鸡冠。

“你唇不包齿，你不刷牙，你一嘴的黄牙板呲在外头！”

轰……全院的人都乐了。西昌媳妇是不刷牙，她那包牙上牙床上，常常粘着饽饽渣子绿菜叶。

西昌媳妇脸上哪还挂得住，她猛地大吼一声：“你这个反革命，我跟你拼啦！”顺势猫腰一撞，一头顶在老孟的肚子上，老孟“哎哟”一声，跌坐在身后的石头台阶上。

人们这才发现麻烦了。周主任赶紧去拉西昌媳妇，人们又赶紧把老孟扶起来。老孟手捂后腰“哎哟”着，在一旁始终不敢上前的菊惠冲上来，搀着她爸掉眼泪，刚才这下磕得够呛！

孟大爷的腰硌肿了，好几天没能去上班，可他没再跟西昌媳妇去纠缠。人们都明白，西昌工作在前门区武装部，跟这样的人家少捣乱。

不过这一架西昌媳妇才赔呐——唇不包齿，黄牙板，连大人都在背后这么糟践她。有时孩子们在背后冷不丢远远地“包——”一声，她躲躲闪闪忙抿嘴，可上下嘴唇无论如何不合缝。

更赔的是孟大爷。经医院检查他硌了后腰伤了骨，打那之后总想撒尿，可是尿一点儿又常常尿不干净。

我奇怪，摔个跟头跟撒尿有什么关系？我摔过多少跟头哇，可撒尿一直滋得远着呐。

就因为落下这么个病根，孟大爷又摔了一次厉害的。

毛主席号召除四害，大人放假，我们停课，全北京城的人都登高上房摇旗呐喊打麻雀！

真好玩，锣鼓喧天万竿摇动，我和贵生、立岩、成民跟着大人上了房，把蕴和殿的六十多间房顶踩了个遍！狂呼狂喊猛敲猛打乱挥乱摇，天上的麻雀真的一只只惊恐万状东飞西窜终于纷纷坠地摔死了。

儿时，再没有什么游戏比那次打麻雀更好玩了。站在房顶上看世界，世界的形状全变了。院中的人变得那么小，劝业场的四层楼也变低了。站在高处看前门，好像能几跳几跳直接蹿到前门楼子上边去——好近，蕴和殿原来和前门挨得那样近！

前院中院后院跨院夹道，我们如同翻跃重山峻岭，我们像李向阳像游击战真惊险真好玩真快乐！

老孟却怵死了。他手里举着一把鸡毛掸，上翘的嘴角第一次绷下来，抖抖落落地上到房上没一会儿，又匆匆沿着梯子爬下来，因为尿频，他忍不住，嘴里还嘟嘟哝哝："好好的老家贼，愣把它折腾得吐了血，栽死，再说这房顶都踩漏啦……"

他上上下下地埋怨，沉着黄黄的四方脸。我顾不上孟大爷，在房上玩还玩不过来呐。

谁知第三天中午，我从后院房上玩够了下来吃饭，才听人们说老孟刚才从梯子上摔下来，摔破了头，又墩了后腰。送到医院一检查，肾损伤，尿的全是血尿。

后来的三年困难时期，好多大人都得了浮肿，老孟肿得最厉害，因为他的肾还有毛病。他常尿湿裤子，尿湿他就叹喟："没意思没意思，怎么落下这么个病！"晚上他也尿床，菊惠给他缝了好几个小棉垫，往外一晾老钱就又拿他开心："金泰有了徒弟，老孟你返老还童啦。"

后来，孟大爷肚子上接了一根皮管子，出出进进腰间挂一只尿瓶子。我不敢再去找他了，一想到他小肚子上挖了个洞，有尿要从那洞里流出来，身上就起鸡皮疙瘩。

文化大革命开始后，人们才知道老孟曾经干过国民党，当文书，是 1948 年底随傅作义部队一起起义过来的。但造反派并不放过他。

蕴和殿内的批斗少不了老孟，每次挨斗他都紧紧护住腰间那只尿瓶子。最可恨的是西昌媳妇，她常呲着包牙质问老孟："哪年入的国民党，你有多少血债几条人命？"

为了护住那根皮管和尿瓶，老孟的"人命"不断增加，红卫兵一抽他，他能说出有二三十条人命来。

人们替他担心，这样信口雌黄，会带来麻烦的！

——真的出了麻烦。

1966 年 10 月 4 号下午，蕴和殿又开批斗会。老孟、老黄等人都被押进圈子里。不知周主任和西昌媳妇招来了哪里的红卫兵，他们一人攥着一把紫荆条，上来口中喊着："革命不是请客吃饭……"手中的荆条就朝圈里的人嗖嗖地抽。"嗖嗖"的声音刺耳恐怖。老黄和街上另外一些被斗对象都紧抱脑袋，缩脖子，唯有老孟双手捂肚子、护瓶子。

那天的事情我的印象太深了。只见西昌媳妇向为首的高个红卫兵嘀咕了几句，那人就走到老孟跟前，举鞭抽了老孟几下："说，你到底有多少人命！"

"我没有哇……"

嗖、嗖、嗖！

"我说有……20……不……是 30……还有……50……"老孟被抽得满脸青紫，眼睛成了一条缝儿，高高的鼻子也变平了。

"你瞎说，你不老实！"一听他有那么多人命红卫兵们丢下各自鞭笞的对象，统统围到老孟这边来。

“血债要用血来还！”

“打倒国民党反动派！”

趁着批斗的热乎劲儿，周主任和西昌媳妇带着喊起口号来。

这时，一个虎虎实实的红卫兵发觉老孟和其他批斗对象畏惧革命的姿势不同，他怎么双手紧捂着腰呐！

“别抽呐！”那位矮壮的红卫兵一声吼，大伙儿忽然静下来。他伸手一拽老孟的胳膊：“你藏藏拽拽干什么！”

——嘭，手一松，瓶摔得粉碎。满地的尿流，一世界的臊气。

老孟愣愣地怔了半天，慢悠悠地伸手一抓，哐当一声栽倒在尿泊中，身下压满碎瓶渣。

最使我心悸的是通尿瓶的那根细皮管也被拽下来，管的一头还有血丝——天呐！

老孟其实还可以抢救，但当时医院全讲革命不重人道了，特别对黑五类，更不敢也不愿去救治。

老孟没几天就死了。

送去火化的那一天，母亲和几个街坊帮助菊惠给老孟穿的装裹。母亲回来说，老孟肚子上那个洞化脓了全烂了，泛出的气味呛死人。医院干嘛见死不救不给他再安管子？黑五类也是性命啊！

孟大爷的对子至今我全记得清清楚楚的，还时不时地为他遗憾，要是他活着，“或入园中拉出老袁还我国”一定能对出来；要是他活着，这条上联就不会成为“绝对”了，——绝对！

先义

先义的父亲和大眼早就住在蕴和殿，先义是从乡下找他爸来的。

先义不跟他爸他们住一屋，大眼不是他的妈。

陈西伯不承认先义是他的亲儿子，先义跟他闹，揭根子，陈西伯在白洋淀给日本人当翻译的时候，把先义娘捺进一堆麦秸垛。所以，先义说自己是儿子，陈西伯是爸爸。陈西伯有短儿，怕闹，把本来的一大间房子隔成两间，一间让先义住下了。

先义得过骨结核，右脚一撇一撇，虽然背不驼，但腰却长长地探出向前折。人们都很同情他，大小伙子了，这个样，一辈子他可怎么办？

陈西伯嘴上不认，可月月给先义生活费，养着他。先义娘在北京给人当保姆，有时晚上也来看儿子。先义的痛苦在腿上在腰上在心上，他的身体其实挺壮。他爸给钱，他娘恨不能把挣来的每一分钱都要花在他身上。

先义吃得很多，很狼虎。

我常常看他和一块面揪片儿，面片儿揪得又厚又大，下到锅里捞出三大碗，看他吃面片儿我总馋,可着蕴和殿算一算,连丁占全家也不能天天吃白面。有时,先义也撕给我一块烙饼吃,他不在乎,常跟我们一帮小的说:“陈西伯敢不养我吗,他怕我上法院,我一告他就全完啦,喊!”

先义不能上学也不工作,他在家里练字、看书、摆棋谱。那时候,漫说是蕴和殿、整街筒子下棋的没有人比先义强。他先是让马让炮让车,后来跟人下盲棋。每每背对棋盘或是躺在一只折椅上,看着晚报信口说:“炮六平二,车四退五,卒一进一……”

一帮人下不过他一个。人们不禁对其刮目,别看他打小长在乡下,脑瓜子灵得厉害,是块材料有出息!

先义是有出息。看书练字使笔头子有了功夫,竟然在《儿童文学》上发表了一篇《我的故乡》,全院的人们为之一震,蕴和殿出了秀才啦!

记得那是我上初一了,先义把我叫进屋,告诉我他已经是一家报纸的通讯员了,正在组织批判《北国江南》《早春二月》:“你先看看这些报。”他打开几张大报纸,上面确实登了批判文章。

太遥远,这些东西于我既遥远又深奥,恐怕蕴和殿中没有几个人明白它。

“问题的要害在资产阶级的人性论和阶级斗争熄灭论,”先义认真地对我说,“你懂这两论的核心吗?”

不但不明白,我还惊讶先义怎么如此高深,竟然研究开了这么深奥的理论。

“你愿意写文章批判吗?”

我摇头,那个年龄那个时代我确实还未生出发表欲。

“那让你二哥写一篇怎么样?”

“成,我二哥是六中的,棒着呐。”

二哥正准备考大学,他说太忙了,没有工夫写。我还发现二哥不如先义,他不通人性论之类的名词和涵义。

先义把蕴和殿内识文断字的都问到了,人们不懂,没法写。他这个通讯员不甘心,最后问到菊惠。

菊惠鼻梁鼓鼓的眼睛亮亮的,脑后一条大辫子一直垂到屁股沟。不知从什么时候起,成民、先义、金泰他们不跟老孟开涮了,把目光集中到菊惠的屁股上。我听过他们的议论:滚圆滚圆,瓷瓷实实,一上一下。

至于别的,我一来他们常常就把话收住了。

先义开始教菊惠批判《北国江南》,有一天我听见菊惠问先义:

“秦怡那么好看,她的思想怎么会那么坏?”

“她的问题在其次,关键的问题在导演。”

“导演干嘛非要把电影拍坏呢?”

“反不倒三面红旗阶级敌人还不死心,复辟呗,走资本主义呗……”

可是看菊惠那神态,也是似懂非懂的。

后来报上真登了菊惠的一篇“豆腐块”。先义偷偷告诉成民、金泰，菊惠写了十几遍都意思不通，这篇文章是他代写的。

陈西伯不但照样给先义生活费，而且再也不敢对先义绷脸了，先义来到蕴和殿四五年，竟然成了一个谁也没料到的人物，二哥说他真聪明，要不残疾应该上大学。

菊惠发表文章一个月后，突然再也不上先义屋去了。往常，她出入院子本该走东夹道，可现在偏走西夹道，不再经过先义的屋，头也总是低低的。

我寻思，她准是跟先义闹了别扭。

一天上茅房，我和成民正在蹲坑，先义折咧折咧地探进来。成民嘟着厚嘴唇问他：“到底怎么回事，你倒跟我们说说啊。”

这些天先义的情绪是不大好，脸上灰灰地像是没有睡好觉。他懒懒地挑眉毛：“说什么，冤枉人，菊惠那丫头心眼儿太小了。”

“瞧你含含糊糊的，到底怎么回事你说个来龙去脉呀！”

“说说嘿先义，别老在心里憋着啊！”金泰这时也从外面进来了，并排和先义站在尿池边，掏出雀儿就滋，“别肉肉叽叽的，说说到底怎么回事？”

金泰这么一“滋”，把先义憋在心里的话真给“滋”出来：“怎么回事，菊惠那天非说我在屋里跟她耍流氓，我耍得了吗？”他搓搓自己的软雀儿，“瞧瞧你们那鸡巴，能硬棒棒地往外滋尿，我成吗？软不塌拉地滴哒。”

金泰“扑哧”一笑，看着先义细弱无力的尿线，呲出两颗虎牙：“那玩意儿跟滋尿有什么关系？”

啊哈哈……

哦呵呵……

金泰提着裤子笑，成民蹲在坑上笑，我朦朦胧胧知道他们说得坏极了，自己的脸上也烧烧的，心直跳。

不管是误会还是什么，反正菊惠再也不走东夹道。

先义烦了些日子就过去了。我佩服先义的本事，他又发表好几篇文章。他是我心目中的作家啊！金泰和成民都常跟我们小的说，别看先义人五人六的，其实这小子坏着呐！

浩劫来得遽然，蕴和殿内突然变得阴森森。批斗老孟老黄他们，许多人心里也不踏实，谁知这运动往哪发展，谁知发展到哪儿自己就进去啦？

先义是地区东方红兵团的笔杆子，有文化没工作，街道上哪找这样的人才去？他戴个红袖章折着腰忙活，浑身净是墨点子。不过他不主张打人，坚持伟大领袖的教导，要文斗不要武斗。

先义的出身问题得到彻底的澄清，日伪汉奸翻译官陈西伯对其在白洋淀安新七里村的一个麦秸垛里把贫农女儿何桂香强奸之后生下先义，供认不讳。

街道上把被单位隔离起来的陈伯西押回蕴和殿批斗四次。先义把他当保姆的娘叫来共同控诉。可能是先批了两年《北国江南》吧，先义的批判绝对属于高水平，把陈西伯批得哑口无言窘态百出一败涂地。最后，连陈西伯后娶的老婆大眼都反戈一击了，她说自己也是被陈西伯强奸之后迫不得已与他结为夫妻的。

摧枯拉朽的运动以迅雷不及掩耳的速度变化着。后来，先义的经历着实令我大吃一惊，那是我去宁夏插队的一年之后，偷跑回家母亲说给我听的：

“你准想不到，先义把他娘亲自押送回了安新。”

“还有这样的事？他娘不是贫农出身，又做佣人吗？”

“是他老家的人来揪他娘回原籍，说她是地主薛福的小老婆。”

“这不可能！”我从未听先义说过他娘的事。

“你还不信，生下先义她没了路，薛福逮着机会收她做了三房。”

“那不也是没办法？”

“可薛家后来死绝了，她赌受了人家60多亩地，解放后她偷跑出来当开了老妈子……”

谁想到先义娘的遭遇这般曲折！

母亲告诉我，遣返他娘的时候先义也去了，听说他在安新县革委会门口还贴了一张坚决与他娘划清界限脱离母子关系的大字报，很得县里革委会头头尝识。

静思许久我倒是相信了，先义娘看来是个地主婆。陈西伯一月给先义八块钱生活费，他娘当保姆一月能挣几块钱，可先义天天是大米白面，没蹊跷他花钱怎能那么不在意？

先义自己也麻烦了，爹是日本翻译，娘是地主老婆，于是他成了不折不扣的狗崽子。那时他已在一家街道小厂当了临时工，每天忙忙碌碌地来去，折着的腰更加一探一探的。

后来他学会了骑车，出出进进和正常人一样灵活。我插队的几年里，只偶尔和他见了几面，匆匆地说不上什么，就知道他在那家区属机械厂转了正，跑业务。

后来我们先后搬出蕴和殿，想不到我家和先义都搬到离和平门不远的两条胡同里。1980年我第一次去他的新居，他兴致勃勃地告诉我这二年连着往老家跑了十几趟，解决了他娘的成分问题，他娘根本不是地主，被薛福抢去三天就跑了出来。现在县里开了证明，他娘的成分是贫农，过去的结论彻底被推翻了。

我奇怪，眼下成分、出身的问题已经不那么重要，连所有地主的帽子不是都摘了，干嘛还花那么大力气跑这事？

他看出我的疑惑，苦笑两声告诉我，为出身这些年受了大罪，这东西不定什么时候就派得上用场。

我问他，他的出身到底随他爸还是随他妈，陈西伯不是历史反革命吗？

先义又对我说，他爸那顶帽子也摘了，当年他爸一边给日本人当翻译，一边给共产党游击队雁翎队的黑老蔡他们传消息，都调查清楚了，有证明。功过五五开。为此他爸所在的构件厂重新做了结论，不是汉奸，也不是反革命。

我问他爸、他娘、还有大眼的情况，他黯然地说都不在了，运动当中这三人都惨死了。

我怕触动他的伤感,赶忙叉开话题。

“既然事情都过去了,形势也安定了,你怎么不重新写作,发挥你的专长?”我一直佩服他的文学功力,这趟来也是想请他“仙人指路”,我也想在文学这条小路上拥挤一家伙。

他嗤嗤一笑:“唉,那玩意儿没意思,太不实际,我已尝够了它的苦头。”

“先义哥……”我替他可惜,凭他的文思、才气,他该大有作为。再说他的身体更适宜室内工作。

“我现在专心跑业务,对了,水泥、钢材、塑料颗粒、焦渣、煤气罐你有没有路子?给我提供,我给你好处费。”

我愕然,不知谈什么好。

打那之后我常见先义,他买了一辆黄色铃木,只要听见门口嘟嘟的声音,准是先义来了。他像小时候分我烙饼吃一样待我,绝对仗义、真诚;问我买不买廉价木材,如果我买了摩托他可以全包油票;说要用他们厂的“面包”车招呼他一声就到;孩子上幼儿园入托他都有门路……他没吹,这些事他真能办到。

1987 年春天,历史博物馆门前的一次巧遇真让我瞠目——

我骑着车,先义刚巧和一位白发苍苍的日本老人要上一辆锃光乌亮的尼桑车,他一扬脑袋发现了我:“五子,下来看看这是谁!”

我下车,见那老人鹤发童颜很富态。

“这是当年日本国派驻华北先遣军的园田勇一将军,我爸就是给他当翻译!”

“不不不……那段历史是肮脏的。”园田学会了中国话,他先真诚地向我颔首微笑。

“哦……”太突然,这一切我都反应不过来。

“好不容易园田先生才查到我爸,又几经辗转才找到我!”先义很激动,额头上泛起一层汗茸。

只是寒暄了几句,我局促地向他们致意,送他们上车。

心里很别扭,却又说不出。

这几年又没见先义了,听人说他搬到亚运村一带的高级住宅,住上了三居室,而且已经有了对象,还是个不到三十岁的大姑娘……

先义没找我,绝不是摒弃少年时代的老朋友,而是因为忙,他确实太忙太忙了。

二奶奶

二奶奶又年轻又漂亮,只因为她的男人是极老极老的李二爷,所以蕴和殿上上下下都叫她二奶奶。

二奶奶是苏州人,高高挑挑的身材,鼓鼓的鼻梁微陷的双眼白皙的肉皮乌黑的头发,几岁上我就知道她最美。

二奶奶住在中院夹道的跨院里。因为那条夹道是死的，她家闹中取静成了独门独院。我们却专爱上那条夹道去，弹球、踢球、拽包，没人干扰。闹中取静的地界儿便又最最不得安宁。弹球倒无碍，一踢球就麻烦了。二奶奶的木板院门总被小皮球碰得“哐啷”“哐啷”乱响，如果响得实在厉害，二奶奶便吱扭一声把门拉开，微微蹙起两条又长又淡的眉毛说：“慢一点子好哕，二爷心里乱乱地闹哩！”

她每说一次，我们便安静一会儿。可再踢再争再抢早又忘了她家的院门。球挤在门处大伙扎着堆地踢球踢门，薄薄的门板更加“空隆”“空隆”地雷响。二奶奶只好立在院里急喊：“不要这样调皮的哩，把人好吵死啦……”

二奶奶家有一条白狮子狗，出出进进跟着二奶奶。每当白狮子狗路过前院的渗沟时，它都要将一条后腿搭在渗沟池沿上，哗哗哗地撒上一泡尿，二奶奶常娇嗔地怨：“非到人多的地方尿，好不羞羞的哕。”

连父亲母亲都没见过李二爷。诸大爷说，解放前李二爷就瘫了，不能出屋不能下地，全由二奶奶出出进进侍候着。很少有人知道二奶奶家中什么样，就连查卫生的周主任西昌媳妇也只能在二奶奶院中转一转，二爷有病不能见光，她家的窗帘总是捂得严严的。

周主任他们也不愿进二爷的屋，瘫在床上多少年，当然屋里有气味。西昌媳妇也在院里念叨过，那屋里尘土有多厚，下不去镢（脚），别看二奶奶穿得那么利索，家里泥人瓦片坛坛罐罐满地满世界！

可是父亲告诉我，二爷原来是有钱的旗主儿，听人说还做过古玩生意，他家的砖头瓦片都值钱，那砖叫秦砖，那瓦是汉瓦，二爷家里要没“货”，多少年来治病，吃饭靠什么？

有一个“打鼓儿”的常来二奶奶的跨院。老孟最懂行，“打鼓儿”的分为两种，第一种人左手食指拇指夹的小鼓儿银元大，右手一条藤皮小棍儿打出的声音“梆梆梆”地好脆响。打鼓儿的身穿干干净净的大褂，左臂下夹着一个小包，右肩上搭着一个包袱皮，这类人专收金银首饰、珠宝玉器、古玩字画什么的。第二种人打的小鼓儿有茶杯口大，敲出的鼓声“叭叭叭”地很闷，他们穿着就不那么干净了，肩上挑个担子前后两只大竹筐，“叭叭叭”地连敲几声之后，必会一伸脖子嚷一嗓子：“破烂——换烟火——”

二奶奶家常来的那个“打鼓儿”的手夹的小鼓儿银元大。

那人十天半月来一次，他直溜溜的身材，挑起的大褂比老孟的中山装还神气，很帅。他的眉眼嘴鼻都很分明，只是脸上有几颗浅浅的麻子。每次他从蕴和殿的倒下台阶下来，迳直穿过前院、中院，拐进二奶奶的夹道里，向来他都不敲门，“梆梆梆”地打几下小鼓儿，二奶奶准会开开门。我们常在门外看，这个“打鼓儿”的麻子能进二爷屋，悄无声息地半天才出来。有时他那包袱内有东西，有时却是两手空空的。谁也听不见讨价还价，如何买卖。

蕴和殿的人都管那个“打鼓儿”的叫麻子。

不公平，麻子不难看，好帅。

麻子常常来，二爷、二奶奶的日子不艰难。二奶奶常买些玉兰片、豆豉、茭白、笋尖这些旁人吃不惯也吃不起的东西，不过量不多，每次都是一点点。有时她跟诸大妈说起做菜，常常蹙起眉梢像个小孩子——

萝卜蒸着吃多难闻的味道？

熬一大锅白菜怎样吃掉？

早饭你们都不喜欢吃一些小菜？

干干的油饼噎死人的……

不过她爱吃诸大妈做的贴饼子，每每用晶莹的牙齿咬上一口黄疙疤，她会抿着小嘴点头：好香哟……

诸大妈说二奶奶不错，二爷二奶差了四十多岁，二爷瘫在床上天天尿血，不叫二奶奶请医喂药洗涮侍候，二爷兴许十年之前就见了阎王。

不过，有关二爷二奶奶的事蕴和殿的人就知道这么一点点。听说二爷是正黄旗，听说二爷是偏瘫是肾炎有喘病，听说二奶奶十四岁从苏州来到北京就做了二爷的二奶奶，听说二奶奶能生孩子只是因为二爷岁数太大了，听说的这些有不少还是人们瞎猜的。

二爷终于死了，诸大妈帮助穿的装裹。脚肿得穿不上鞋；满脸光亮光亮，额头上的皱纹松松地展开，条条纹纹地像勾画着两种深浅分明的颜色；手上的老斑有扣子大。说他病死了，其实也算是老死了，太老了。

诸大妈告诉母亲，二爷家阴森森，满房子陶俑泥马真吓人……

二奶奶的眼睛肿了许多天，她那修长的眼睛使童年的我第一次从中发现了凄惶、孤寂、哀怨。我们再到夹道踢球时，不管把她的院门碰得多响，她再没开门埋怨过。如果我们几天没去夹道玩，她反会眯起修长的大眼很不安：怎么不来玩球哩？

我爱听她说话，她把"玩儿"说成"玩"她把"本儿"说成"本"，她嘴里出来的词像她的人一样干净、雅致。

麻子还常来。我们偷偷地扒着门缝往里看，二奶奶不像从前那么自在了。她跟麻子在院中小声说话，然后自己到屋里去，拿出要卖给麻子的东西来，没有什么讨价还价，二奶奶和麻子都觉得买卖双方很公平。钱货交接完毕，麻子转身要走的时候，二奶奶常请他在院中坐一坐。院子里有一棵大槐树，密密的树冠下有两只相隔五六尺的石鼓凳，麻子在一只石鼓上坐下来，身子侧到另一面。没有什么话，麻子常常摆弄大褂上的扣绊，二奶奶便抱起总也长不大的狮子狗，胡捋。

就这么默默地坐一会儿，他们都觉得好窘迫，麻子夹起包来匆匆走出院门去。

人们开始注意上麻子。

麻子还常来，二奶奶仍然不让他进屋，麻子坐得困窘又舍不得离开，便帮二奶奶整花池、擦石鼓、搭竹帘、刷烟筒。每次都急急慌慌、干些事情便出门，没有当初那么帅，神色有些鬼鬼祟祟的。

二奶奶不常买玉兰片、茭白、笋尖了，她买来许多生姜埋进花盆，常腌姜芽做小菜。她的房檐下有一只敛口坛，我们能见她从坛中挟小菜。

人们说她不懂行麻子坑她使她没了钱；

人们说她不再吃笋尖是怕坐吃山空将来更麻烦；

人们说她与麻子有私，心甘情愿艰难度日把好东西都白送给麻子了；

人们说她极懂眼，好画好砚都留着，二爷活着的时候就没卖过一件好东西；

人们说她将来准会嫁给麻子；

人们说她还要回苏州，节衣缩食是为返回故地再改嫁。

一件意想不到的事情发生了——

一天深夜，麻子溜进蕴和殿，轻轻敲开二奶奶的院门，二奶奶被麻子欺侮了。后来麻子还悄悄来，但一个月后二奶奶把麻子给告了。

我们听见二奶奶在院里哭："二爷……我对不起你哩……没有比我再坏的女人喏……天公不会饶我哟……"

她就这样坐在大槐树的石鼓上啜泣，看着二奶奶乌黑的头发散乱了，我的心酸酸的，真想替二奶奶把麻子打一顿。

逮不着打麻子的机会，派出所把麻子给抓了，既是因为二奶奶，也因为查出麻子曾经为国民党办过事。

麻子真的不见了，"打鼓儿"的换了一个大胖子，可他不知蕴和殿内有一个好卖主，二奶奶也从没找他卖过东西。

两个月后二奶奶不哭了，她无言地在石鼓上坐，两只眼睛呆呆地看着那只空空的石鼓，人变得愣愣瞌瞌的。

一天，她拿着米袋去买米，刚走到蕴和殿的大门口，胖子刚巧走来敲皮鼓，梆梆梆，她惊悸地一抬头，莫名其妙地看了胖子半天，挑起两条淡细的长眉痴痴地问："怎么？麻子怎么不来收货哩？"

"麻子？麻子早捕了，不是有人告了他，一查他正好还干过国民党。"胖子幸灾乐祸地吸吸鼻子，信手又是三声，梆梆梆。

"他捕了？谁告了他？他心眼软软的，是个好人哟……"她颀长的腰身突然一泄，一屁股歪在蕴和殿的倒下台阶上，"是谁害了他，他一点都不奸滑欧……"

那天是诸大妈把二奶奶搀回房去的。诸大妈安慰她："既然麻子能对你干出那样无礼的事，你何必回头来心疼他！"

"当初只是觉着对不起二爷，可又真不该把麻子……"二奶奶直着眼，轻轻地晃脑袋。

"不告麻子那不就便宜了他！"

"没想到会抓他，麻子待我真好的哕……"

从打那一天，二奶奶的眼神便不对了。她一头乌发披散着，出出进进唠唠叨叨的。最令人不解的是，那么好看的二奶奶竟然背起一个竹筐，用铁丝做了一把"搂子”,整天游荡在胡同里拣烂纸。

我心疼。母亲说,二奶奶受了刺激,她的神经出了毛病。

雪白的狮子狗也变灰了,它灰不溜秋跟着二奶奶出出进进,哩哩啦啦专往人家窗下撒尿,终于有一天被蕴和殿斜对门的小顺子一砖头砍瘸了。

二奶奶连玉米面都买不起了。拣烂纸怎么能吃饱肚子?诸大妈和院里人常截下她劝:“二爷留下那么多好东西,卖点儿就够你花一阵,干嘛自己作践自己呢!”

二奶奶直愣愣地笑:“那是二爷的东西,卖光我对得起二爷吗?”

人们若说她太“死心眼”,她会压低长长的细眉质问你:“你也想对不起二爷吗?是不是的哩!”

劝不动,她那眼神太直太愣了。

可是有时听到“梆梆梆”的打鼓儿声,她不管当着多少人都会唠叨起麻子:“就是麻子心眼好,就是麻子不骗人,麻子一点儿也不坏,干嘛把麻子抓了呢……”

不光拣烂纸,她还拣煤核、铜线、铁丝。二奶奶由披头散发变得蓬头垢面了。有时她还嗲声嗲气地跟着人说起苏州话,手中那“娄子”指指戳戳的。有人说她装疯装穷,有人说她真疯装穷,我相信她是真疯了。不管真疯假疯,她这样一种“穷法”“穷相”渐渐让人讨厌了。

兴许是净跟垃圾打交道的缘故吧,二奶奶身上有了股味儿,馊臭腥臊,还有一股哈喇味儿。一年两年三年,她白皙的脸早变得灰白灰黄,眼泡鼓起来,眉毛淡得没有了。

我上小学三年级的那一年冬天,二奶奶一个星期没露面,院门关得死死的。人们敲不开,报告民警硬是把门撞开了。进屋发现二奶奶已经死了好几天,满脸青紫青紫的。

法医鉴定是中了煤气。二奶奶屋的烟囱漏了许多洞,早该补上或是换新的。

人们没有大惊小怪,疯疯癫癫的二奶奶早已不是那个颀长秀美的二奶奶,她老这么蓬头垢面没吃没喝地活着还不如死了呢。

二奶奶身后没有人,她的那个小院被派出所用封条封住了。风风雨雨好几年,一直到轰轰烈烈的文化大革命。

先义他们的战斗队缺少作战指挥部,会同有关方面把二奶奶的小院启封了。进屋一看,这些年房顶长满草,屋子漏了谁也不知道。字画、泥陶、砖啦、瓦啦的都泡了,有的成了稀泥,有的成了烂纸。负责人调来一辆卡车,将瓷器、青铜器都拽上车,烂泥烂纸撮了垃圾。

成民他爸说,撮烂的字画有“八大”的“恺之”的,拉去冶炼的青铜器是战国的。

二奶奶院中那棵老槐树死了。人们拍拍树身才发现,几年没人管它生了虫,主干被蛀得空空的。

我出生在蕴和殿,长大在蕴和殿,对蕴和殿的记忆既清楚又模糊,既亲切又陌生,既深刻又迷惘,时时被这龃龉着的记忆所鼓噪,便想把这记忆的龃龉写下来,因为蕴和殿内的许多——常常入梦,入梦,入梦……

幽 古 陶

1

方少云祖上发家，还是叨了老佛爷的光——老佛爷爱斗蛐蛐。

蟋蟀生野中，好吟于土石砖瓦之下，斗则矜鸣，其生如织，故幽州谓之促织也。《诗经·尔雅》上说的促织即蟋蟀即蛐蛐，促织乃别名蟋蟀乃学名蛐蛐乃俗名是也。

宋代史书上做过考证，以蟋蟀为戏始于大唐天宝年间，及至宋、明两朝，官宦豪族无不以角斗蟋蟀取乐，致使“贵游至旷厥事，豪右以销其资，士荒其业”。到了大清国上，内廷中蟋蟀的角斗更变成一种赌博的方式。同治之前，大内斗蟋蟀规定二十四罐为一桌，有时多到六十桌一块儿斗。角斗双方的主家不得用金钱计输赢，以八件、月饼、花糕、果品多少斤为代价。自从西太后用治海军的银子为自己重修了颐和园，老佛爷改了令儿——赌银子。每年重阳赏菊之际，那拉氏必登排云殿，在殿内设下上百桌蛐蛐赌，一百两银子起赌，有时赌上半天，王爷、贝勒、贝子、太监们就要输上一两千。不过，能陪着老佛爷下赌，谁不觉着脸上有光，堤外损失堤内补嘛。

老佛爷如此爱斗蛐蛐，自然那色青、背宽、腿长、善斗的蛐蛐涨价儿，自然调养蛐蛐的把式和蛐蛐罐儿水涨船高。唐三彩有名，宋朝的五大名瓷厉害，明朝的景泰蓝和大清的珐琅彩、青花更是华光熠熠，但它们都不透气儿，养不得蛐蛐——告急，大内蛐蛐罐儿告急，亲王府郡王府贝勒府贝子府镇国公府辅国公府蛐蛐罐告急，整个京城上下都缺蛐蛐罐儿。

缺好的，不要那泥捏的爰裂的七扭八歪的破罐子，要那失传的古燕澄浆泥。

方少云的爷爷和出了澄浆泥，做出了享誉京华的蛐蛐罐儿。

道光年间，方少云他爷爷不过是个挑挑打鼓儿的，整天走街串巷卖泥捏的兔爷兔奶奶。后来，他苦心钻研反复摸索终于和出古燕澄浆泥，烧出了灰中透白白中透亮、手感莹润光滑细腻、透气性强明暗适度的蛐蛐罐儿。被大内钦定御用之后，摇拨浪鼓的方老爷子名噪一时，“泥陶方”的家业创下了。

待到方少云的父亲方士其秉承父业，他又大大拓宽了泥陶的路子。中国人不好抽大烟吗，陶制掐银丝烟具、泥性烟具、白砂烟具、紫砂烟具风靡了京城。庆亲王奕劻最赏识方士其烧造的大烟枪，说它有“滤毒、养阴、润肺、平肝”之功效。举城上下不但争购“泥陶方”的烟具抽大烟，还把这些带有凸雕、凹刻、镂空的陶器作为艺术品来收藏。方家能不发嘛，多少没落旗主儿都瞧着眼红呐。

方少云幼时的条件自然好得多。书念了不少，进过京师画馆，对泥陶制品的研究便更上了一层楼。仿他家印记、款识“幽古陶”的赝品尽管不少，但那色气、造型、密度、刻工，明眼人一识便破，差的不是一点儿半点儿。独树一帜，直到民国三十年上，“幽古陶”仍然独领风骚，向为京华一绝。

方少云成为豪富，那是因为他一改泥陶制品的传统套路，变生活实用品为艺术珍藏品。他捏制、焙烧出的仿商周土锈象尊、仿东晋野马奔驰铜塑、仿东汉木质三足鼎，其返朴归真之状之色之气韵，令人扑朔迷离叹为观止。当时，琉璃厂的屏古斋、四知堂、文灿阁都争购他的制品——以假乱真，外形酷似青铜、鎏金、硬木、石雕的盂盌俑马，把不少自命为中国通的大鼻子全蒙了。

家大业大，方少云在校场口内置了一所大宅子，连跨院带套院共八个，居家、作坊、窑址、书房全有了。院门楣一副乌木匾上书“不涸斋”，两侧挂着一对厚重的包铜楹联：泥香陶香书香流碧，溯古汲古觅古传宗。这是方少云亲笔手书的。书画同源，他画得好塑得好写得好，横批楹联蕴藉着他的拳拳矢志。触类旁通，由于还谙熟了古玩玉器行的硬片、软片，索性又在琉璃厂开了一家古玩店。多少古玩店的老板都对他不得不服，手艺、买卖、鉴赏，方少云兼容一身了。

日本人从卢沟桥进了北平，没怎么碍着方少云。他拆了两个跨院，辟出一大片园子，栽树种花植草，添了提笼架鸟斗蛐蛐甩海竿的毛病。“不涸斋”的园子四季听得着鸟儿叫，夏秋满是蛐蛐鸣吟。每次他到易县去拉料，回来的车上不是老西子、黄鹂、画眉、就是整帽盒子的蛐蛐儿。街坊四邻都纳闷儿，他祖上是靠捏蛐蛐罐儿发的家，怎么现如今方少云自个儿斗开了蛐蛐儿？玩物丧志，要照这么下去，“幽古陶”就败在他手里喽！

2

日本人对他确实挺客气。

也许沾了北平是首善之都、是文物古迹集大成大荟萃之赫赫名城的缘故，所以，除了铁狮子胡同、东珠市口的日本刑侦队、宪兵队出出进进挺吓人之外，街面上没毁什么东西。比如故宫吧，日本人对那里的一切垂涎欲滴，可他们进去却仅只是看看，没碰一下里面的东西。绝没像在避暑山庄那般赤裸裸，不但把整个离宫的珍玩洗劫一空，还把装卸自如制作奇巧的珠源寺铜殿——宗镜阁满拆满卸运走了。在北平，日本人有一个东亚文化事业委员会，他们想干什么，都由这个委员会温文尔雅彬彬有礼地进行。

委员会的干事桥川石雄，一个温和敦厚的日本文物鉴赏家，就对方少云挺客气。三天两头，他到“不涸斋”买泥陶、斗蛐蛐。听方少云讲，幽州数易县的蛐蛐儿最有名；清西陵的风水好，那儿出的蛐蛐儿也地道。那时，平西门头沟、房山、易县都有日本人，方少云接长不短到平西去拉料，桥川也跟他上西陵附近逮蛐蛐儿。有桥川先生跟着，料车在那一带来去无阻；随着方少云拉料，桥川也长了不少关乎蛐蛐儿的见识。

一次，桥川在光绪陵寝之西的乱坟岗子间，逮了一只刚刚蜕皮长不到一厘米的小蛐蛐儿。他摇摇头刚要扔，方少云远远看见伸手将他挡住了。

“好蛐蛐儿，它是上品好蛐蛐儿！”

桥川纳闷儿。这刚蜕皮的小东西连须子都没长出来，细细嫩嫩弱不禁风，放入斗罐儿肯定会让大蛐蛐儿一口把它的脖子咬断不可，它好在哪儿？

方少云接过罩子扣在手心，让桥川顺着阳光仔细看，只见那只蟋蟀色白如纸。雪翅银翼，中腰处微微泛着些玫瑰紫，头圆圆的略显浅纹，后半段身子渐次宽厚，奇的是颈项处凸凸凹凹棱起几道沟坎，像起伏的琴弦在震颤，因其通体雪白，全身细微的筋脉纹络都看得清清楚楚，稚嫩、秀巧、悦目。

桥川先生只见其弱小，一点儿没觉出它有什么异处，看了半天还是摇头。

方少云告诉他，《促织经》上有考证，这是只可遇不可求的好蛐蛐儿。看其身形、体色、翅纹、腰颈、腿弓、须势，将来必能出落成一只骁勇善战的藤萝紫。

“您怎么知道？”

方少云捋根细草伸进罩内轻一探尾，那小东西上身一俯后腿一颤，乍乍嫩翅虽然还叫不出声，却龇出两片红亮的小牙来。

“看见了没有，白足红牙紫腰线，长成就是上品之一的藤萝紫。”

桥川发愣，仍然有些不相信。

“蟋蟀六色，色色能出佼佼者，但唯其色正才能出王出将出良才，您看它纯白似雪腰线清晰，如玉无微瑕，色不浑沌这是上、中、下三品的经纬，根本呐。”他将蛐蛐装入纸卷，告诉桥川它会天天有变，不信回去日日观察，到时他就明白了。

桥川又抠开纸筒看了几眼，那色正修身的小蛐蛐儿果然透着勇武藏着灵气。回去后他以蟹黄、虾脑、栗肉喂养，半月后那小东西便成了一只修身细颈红头紫身的大将军。他把这只藤萝紫带到“不涸斋”来斗，三战三胜，咬败了方少云最最得意的银翅蟹壳青。

桥川叹服，方先生那双眼能赏鉴一切看穿一切，真乃世间少有的火眼金睛。

常常，桥川到“不涸斋”的园子来。

方少云有一个怪癖，爱把逮来的蛐蛐儿放生在园子里，需要的时候再逮着玩。桥川每到园子里，心中既欣喜又害怕。欣喜的是园内绿荫匝地花草繁生，虫吟鸟鸣颇多野趣，发怵的是到处有指头粗尺多长的大蚯蚓。方先生还爱把园子浇得湿湿的，一坨坨的蚯蚓屎似小山，又粗又长的蚯蚓常如细蛇般从小山左近钻出来。桥川为此很纳闷儿，哪来的这么多蚯蚓，方先生钓鱼才用几条哇。再说，鱼钩上的蚯蚓才多细，根本用不着这么粗这么长的蚯蚓啊。方少云告诉他，这蚯蚓是自生繁衍的，又能松土又畅地气，没它们这园子里的花草树木还长不了这么热闹呐。

方少云和桥川走得这样近,街坊四邻都知道了,琉璃厂一条街也传遍了。不摸底细的说方少云当了汉奸,知内情的最明戏:方少云为人好聪明!“幽古陶”用的“乾子土”产在门头沟军庄、房山县硫里、大灰厂,再远的一处产地就是易县。这种土呈灰白色,实则是一种年久风化的石头末,经碾碎淘洗滤净之后,再加入其他多种原料合成才能制得澄浆泥。这种合成料细腻柔韧,泥性力强粘度适中,成型后不皱不裂不粉,焙烧时不变形不收缩表里光洁硬度极高。“幽古陶”之所以享誉京华,头功要记在对“乾子土”的筛选上。自然,城四郊都有日本兵驻守,没有桥川方少云哪能顺顺当当拉到料!

不过,更精明的人又难与此见苟同:方少云提笼架鸟斗开了蛐蛐儿,一年能烧几窑“幽古陶”?如此跟桥川热热乎乎地摽着,这里还有别的绕绕儿,蹊跷!

3

方少云有两个老婆。

大老婆秋芸矮矮的胖胖的是个赤红脸。春夏秋三季,单裤、夹裤总是把她那两瓣肥肥的屁股勒得紧紧的箍得绷绷的。方少云老吼她:把裤裆放松点儿,鼓鼓囊囊的让人看着不雅,寒碜!秋芸瘦不下去,她为男人极少与她同房长气,长气又不敢言语,咽进肚里反像吹气,越吹胖脸越平,越气屁股越大。其实,当大闺女小媳妇的时候她不这样,就是生下小雯之后没把肚子勒下去。后来又冒出个抚筝,把男人的魂给勾了去,她反倒越憋气身子越重了。抚筝刚刚二十一,比她整整小十岁。那丫头其实比她黑,但身腰、眉眼个个地界儿都分分明明的。方少云说她像朵黑牡丹,还大言不惭地称之为黑翠子。其实抚筝对她挺敬重,长气是因为男人天天夜里偎着黑翠子。

近来桥川来得勤,抚筝闪着两道密密的长睫毛吹了几次枕头风:“桥川没怀好心思,看他两只金鱼眼,恨不能把人看到肚里去。”方少云不经意地笑,把她更紧地揽到怀里:“男人都爱盯女人,桥川先生是男人。”“男人全都坏,没有一个好东西。”“我坏吗?哪里坏?”方少云只是尽情地跟她打趣,花样翻新地跟她“游戏”,并没把她的话听到心里。抚筝却老担心,桥川那双眼永远在搜寻,不光是对她,对女人。别看小雯才比她小七岁,还是秋芸的亲生女。可她喜欢小雯,把她当成自己的小妹妹。她是为小雯这样的孩子担心呐,怕桥川也用那种灼人的目光看小雯。

小雯上女中,嗓子脆脆的似银铃。她跟抚筝叫“二妈’,当初“二妈”是不涸斋的女佣人。因为二妈从小就跟她一块儿跳皮筋、拽包、跳房子,玩“我们要求一个人”,所以她并不讨厌爸爸天天搂着二妈睡。二妈本来就讨人喜欢嘛,连她那些同学都没有一个说二妈不好的。

二妈确实既温和又活泼。当佣人的时候,常跟她和街坊的孩子们手拉手地玩“求人”。“求人”分两拨,看看哪一拨的力气大。一队人横排牵手前进两步后退两步,嘴里高高兴兴地唱:“我们要求一个人呀我们要求一个人呀。”对方那排也迎面牵手前进和后退,轻轻松松地唱:“你们要求什么人呀你们要求什么人呀。”第一排再唱:“我们要求徐小妹呀我们要求徐小妹呀。”接下来“要求”的一方派人和被邀的徐小妹伸开单臂交手拔,看谁把谁拔过“河”。抚筝瘦瘦伶伶很有劲,常把一般大小的孩子一个一个拔过来。后来抚筝成了二妈,她一点儿也没觉出她有什么变化,只不过换了睡觉的地方。尽管母亲常骂二妈,可她却恨不起来,二妈照样跟她亲亲热热还是老样子。她俩最爱“胳肢”玩,一“胳肢”就笑得上气不接下气呢。

她也讨厌桥川,觉得爸爸不该跟他谈花鸟,不该跟他斗蛐蛐儿,更不该把“幽古陶”制品卖给他。北平四城的日本人个个荷枪实弹戒备森严,唯有桥川满脸堆笑慈眉善目,想得出他安的什么心。

她和二妈商量过,管他桥川弯腰鞠躬又寒暄又脱帽,不理他,她们谁也不主动答理他。南京的日本人多歹毒多残忍,惨绝人寰的大屠杀,多少女人被禽兽般的日本人糟践了,她恨还恨不过来呢。北平的日本人就这么老实这么好?嘁!

一天傍晚,微风柔柔地拂面,朦胧的月色把园子罩上一层浅淡的薄纱。她和二妈一同来看园内东南角新栽的晚香玉。看着园内花影弄姿树影婆娑,她情不自禁地吟起“重重叠叠上瑶台,几度呼童扫不开”,谁料这首绝句刚出口,一个人影“哧溜”一下蹿进园子,闪身藏在凉棚下的一只缸后边。

“二妈……”她紧紧拽住二妈的手,两只修长的眼睛瞠圆了。天,明明园里有人他怎么还往缸后钻?

“谁?”抚筝用膀子护住她,厉声冲那棚下藏人处喝问。

清风半夜鸣蝉。蝉鸣虫叫使得其他院子的人根本不知这里发生的一切。

水缸后没动静。她俩欠着脚尖往前移步,小雯的嘴唇直哆嗦,一颗心要从她稚嫩的胸脯内跳出来。

还是抚筝胆子大些,她信手绰起脚下的一把铁锹,又让小雯捡起一根短短的小扁担,她们手里得有家伙,有家伙才能抓“肖里”(贼)。

“什么人,你出来!再不出来我们可要喊人了!”抚筝的声音低了沉了重了。

一步一步逼近,她俩离凉棚不到十米的时候,水缸后颤颤地冒出一绺头发来:“夫人……小姐……太太!”他那声音更是颤颤的,“救……命!日本人……”

话音未落,远远街上传来咔咔咔的靴子声。瞬间,她俩明白了什么,刚要转身跑回院里,又慌慌地跑到缸前。抚筝一把掀开缸盖,让那失魂落魄的男人跳进去:“快,快!”

那人笨拙地迈腿,嗤啦一声还撕了大褂。待他连滚带爬地跳进缸内,抚筝赶紧把盖子盖上了。

院门口,一阵叽哩哇啦的日本人的说话声。大皮靴哐哐哐地散开,又咔咔咔地聚拢,空空空地疾跑,又唰唰唰地回来。几次反复之后,最终竟有节奏地消失了,园子里又听见了蝉鸣虫吟的声音。

抚筝、小雯自始至终像在梦境。藏好那人她俩竟愣愣地钉在原地没有跑,忘了跑，呆住了，失去了知觉恍如幻梦。直到园子固有的静谧恢复了，她俩还傻愣着半天没动窝。好久之后小雯恍恍惚惚叫了声“二妈”，抚筝才浑身一激灵。天呐，亏了日本人没进来，要是看见她俩一左一右戳在水缸边，那不一下就全完了吗！真是吓呆了吓傻了。

抚筝听外面确实没了一点儿动静，才让那人从水缸里边钻出来。这时细看那人，她俩都又一惊，他好秀气好年轻！朦胧的月光下，那人乱蓬蓬的头发好黑，眉宇间透着股女性的秀美，连连打拱的双手修长光润，男人难得长出双这样的手来！

她们惊诧地看着他一个劲作揖，又双腿一屈跪下了。

“别……快起来，啊？”连抚筝都觉得脸儿烧烧的。

“谢谢太太……小姐……救我一命……啦！”他的嘴角抽搐着。

“你……”小雯要上手拉他起，又突然把手缩回来，“快起，快起来呀。”她的心还突突的，比刚才日本人来时跳得还要快。

那人颤巍巍地站起来，嘴里还在呐呐着：“我怎么办，我怎么办……”

“怎么回事？日本人干嘛追你？你叫什么名字？”小雯迫不及待地问。

“我叫齐松，是……后海艺专的……”那人战战兢兢地说，双手还在微颤着。

他叫齐松，是北平艺专学绘画的学生。两个星期前到天宁寺前写生，被日本人抓到六里桥修工事，做劳工。今天下午他偷偷跑回广安门，谁想在街上碰见一支日本巡逻队，心一慌他先躲，当然人家“贼”上了他，后来他索性撒腿跑，日本人就在后边追上来，一直把他晕头转向追进不涸斋的园子里。更麻烦的是，一个月前他收到家乡亲戚的来信，日本人的飞机轰炸隆化，他的双亲及妹妹都被炸死，即便是再回艺专也支撑不了一个月的生计了。怎么办？他感谢两位恩人救他一命，可眼下他更走投无路了。

抚筝这回可犯了愁，不能愣把齐松轰出去，可她怎么敢自作主张把一个陌生男人留在不涸斋？这事只能赶紧报知方先生。谁知他会怎么办？他跟桥川多近乎！

小雯思忖半天变得好冲，她挺挺微微隆起的前胸，眨眨修长的大眼，歪着脑袋说：“二妈甭怵，我跟爸爸去说！”

4

实出抚筝和小雯的预料，方先生仔细打听了齐松的身世经历之后，问他愿不愿意在不涸斋留下来，齐松受宠若惊感激涕零，他正走投无路呐。

当夜抚筝问方先生，怎么一眼便看中了文文弱弱的齐松。方少云对她讲，一是齐松学过绘画；二是看中了他那双手，修长光润，那是一双巧塑泥陶的好手，“幽古陶”靠的不是大老粗，需要的正是齐松这样的人。

齐松没有辜负方先生的一片好心，一天到晚扎在作坊里。

制陶筛土最累人。“乾子土”先要上五百斤的大磨碾，碾碎用九道疏密不等的筛子筛，筛细之后上小箩，箩出细土装入薄绢袋子过水冲，篦出的泥水沉淀后，淘出细泥加入黄丹和成面，在大青石板上反反复复地摔、墩、锤、拍，然后放入大缸里面用铁杵揣。直到这料泥软硬适中，粘着力大弹力张力俱佳的时候，才算完成了第一道工序。

烈日下窑炉边，齐松不断地铲、筛、杵、摔，一双手的血刚剐翻茧，另一层血泡又冒出来。还真行，方少云心里宽慰，他一眼相中齐松，留对了。

一双修长的大眼总怜怜的，是小雯。父亲那天答应把齐松留下来，她兴奋得一宿没有睡。日后看见光着脊梁的齐松在烈日下把后背晒粉了晒红了又斑斑驳驳蜕掉一层皮，好心疼，嗓子眼儿里老是揪揪的。

三天两头，她隔着院子往作坊里看，齐松怎么不抬头不歇会儿，傻干下去身子就会累坏的。一天她正抻着脖子瞅齐松。母亲轻唤一声把她吓坏了："小雯，谁知你这阵在看什么，下午还得上课呐！"

"哦……"她满脸绯红答不上，"我没有……妈您在院里嚷什么！"好难堪，她觉得作坊里那些干活儿的都听见了。

"妈是怕你迟到，马上就到两点啦。"母亲的话语不重，向来宠她疼她的。

"您甭管！"她急恼恼地进屋，抄起书包就走，出了院门才有些后悔，不该在院里和母亲那么急赤白脸的。

十四岁的她还失眠了。本来，她和母亲住里外屋，早先不管母亲的鼾多响，她睡着之后绝不受其干扰的。近来她听不得这鼾声，鼾声使他烦躁使她厌恶使她太阳穴上的筋脉砰砰地跳。借口晚上复习功课，她一人搬到西厢房的独间了。

终于找到了凑近齐松的借口，她突然喜欢上了画画儿。

常常，她晚上叫出齐松在月下画画儿，让齐松教她写生、素描、涂鸦。抚筝常常提醒她："别到园子去，别到屋里去，不然你爸就要发话了。"她很注意，就在廊下和院中，石桌旁跟齐松学画画儿，不到园子去不到屋里去。

方少云一开始就发现了。待见齐松是一回事，小雯跟他接近是另一回事。男女该是授受不亲的。夜里他和抚筝谈起来，抚筝劝他别多想，门第相去太远，何况小雯才多大。方少云扣住她的两个妈妈反问她："才多大，你跟我欢欢势势干起活儿来才多大？""呸，那不全是你愣把人家撩拨的！"她拧他的脖子，撒娇。

也是的，六年前抚筝才十五，方先生就把她睡在了身子下。

抚筝祖上是上三旗中的镶黄旗，从爷爷志显那辈家道开始中落了，她的父亲为躲债一把火烧了地安门的三间房子上了吊，母亲气死之后撇下了她与哥哥抚远兄妹俩。抚远为方先生赶车拉运"乾子土"，把她也带到方家宅子当了下人。抚筝瘦瘦的黑黑的，主人先头没有注意她。女大十八变，方先生晚上不爱到秋芸屋里睡，才突然发现抚筝长高了长大了。最先引起他注意的是她的那双脚，舒展周正秀气，不缠足的满族女人的脚多好！他讨厌汉族女人那一双小脚，小巧得像锥子，臃肿得像发面饺。至于秋芸的那双脚，歪歪扭扭孤拐支着，肥肥胖胖简直像两个大白粍子坠在腿底下。

从脚，他注意起了抚筝的脸庞、身子。她飒利干净，从不涂脂抹粉，所到之处却能散出她的发香体香。眉毛黑黑的直直的细细的，鼻梁高高的窄窄的挺挺的，腰板纤纤的婷婷的韧韧的，鲜鲜活活的一座雕像，轮廓清楚线条分明的一个女人。最令他神驰的是，她胸前的妈妈小小的凸凸的绷绷的，乳峰间可辨的深凹要把人攫进去陷下去。天，漫说是见，一想起秋芸那两只大妈妈就恶心，肥肥的松松的软软的，南豆腐一般嘟噜着，简直嘟噜到肚脐眼，恶心，想起便让人恶心。

从注意起抚筝到他梦绕魂牵，前后不过一个多月，方少云突然发呆了。

才三十二，他像老爷子一样天天要抚筝给他捶腿。每天晚上，抚筝坐在他身边，两只小拳头砰砰嘭嘭地捶他的腿，敲他的背，他麻酥酥地闭眼，慢慢悠悠地吸气，不只嗅到她的气味，渺渺地还想把她的身子吸到自己的肺腑里。

秋芸看着越来越气。她不敢在男人面前吵闹，背地里拣着难听的话骂抚筝："不要脸的狐媚子，早晚你会遭报应，臊货贱货下贱胚！"抚筝不争辩，低着细细的眉，顺着秀秀的眼，自己没做什么亏心事，她应该尽心尽意地服侍方先生。

日久天长，抚远悄悄跟妹妹说："傻妹子，瞧见方先生那眼神了没有？你该走运了，哥哥我也该享福啦！"抚筝知道他说的是什么，脸儿烧烧地骂："没有你这样的哥哥，不害臊！"抚远就是不害臊："你十五啦，旗门儿十四就出阁，你还跟哥哥我假装正经干什么？""哥——！快闭上你的嘴！""哥哥我还要教你呐，男人就怕女人撒娇，你撒撒娇，方先生一下就把你搂到怀里啦！""你出去你出去你出去！"她堵住耳朵气得眼泪汪汪的。

"嫁汉嫁汉，穿衣吃饭嘛……"抚远往外走，并不停住口。从小他就赖，打弹子输了就哭就骂就打滚，赌钱不赢就掴桌子。近来他发现方先生眼神不对，惊喜地发现他是迷上妹妹了。天赐良机，方先生也该有个二房了，哪有老守着一个老婆睡觉的！

抚筝一天比一天紧张了。当初她只觉得方先生对自己越来越好，别的什么也没想到。眼下秋芸骂、哥哥贫，她羞羞地真害怕。方先生是不对劲儿，柔柔的目光灼得她耳根发烧心直跳。谁知他要干什么，自己要是让人家白占了身子，那她——天呐！……

走神，打愣，她恍恍惚惚不利索。每天晚上侍候方先生喝茶，捧茶的双手竟然颤颤的。一天晚上下大雨，她从自己房里走到正屋，沏上碗铁观音轻轻地说："老爷，茶沏好了。"

内间的声音也颤颤的："端进来。"

每晚八点喝晚茶，可那晚的大雨使夜幕黑多了。她心儿惶惶地不敢往里走，方先生的内间幽幽的深深的静静的。

"茶，快些把茶端进来。"

她答应着，抖抖地一迈门槛"哧溜"一声滑倒了，啪！茶泼了碗碎了，她猛一按地站起来，又轻轻把右手掐住了……

方先生两步从太师椅上奔过来:“抚筝,手,血……”他捧起她的手,用洋皱褂子袖口一捂,那只牙黄色的袖口立刻洇红了。

“老爷……”

“别动!”他轻轻地蘸,紧紧地压,又用舌尖把她手心上的鲜血吮干净,紧紧用舌头抵住出血处。

“老爷……”

“别怕,还疼吗?”好久好久他才抬起舌尖,怜爱地看着她,轻轻地用另一只袖口再压压伤口,然后双手捧住她的手,缓缓地向后退,一步、二步、三步。

“老爷!……”她早已觉不出疼,身不由已地跟着移步。

突然。他一下把她揽在怀里,用硬硬的胡子扎她的脖子:“抚筝,抚筝……”

她轻轻地挣扎:“老爷,老爷……”

那一宿雨没停,她没能回到自己的房子里。

惶恐仅只这一夜。第二天上午,方先生便告诉秋芸他要纳妾。谁也不通知,什么仪式也不举行。当晚他让抚筝搬到自己房里的时候,他送她八支翠簪子两副金耳环红蓝宝石戒指共四对。方先生爱她,尽管差了十几岁,她觉得方先生没毁她,她的命也算可以了。

如今,小雯只比她当年的时候小一岁,可不是什么都懂了!方先生不放心倒也是。小雯近来是够六神无主的。她真的喜欢上了齐松?可是——可是小雯毕竟是个大家闺秀,齐松不过是个伙计呀!

5

桥川和方先生玩蛐蛐儿赏花鸟之隙,总爱到作坊去转转,打听陶器如何配料,和泥、捏制、入窑、焙烧。方少云任他随便问随便瞧,毫无保留地向他和盘作介绍。比如桥川问那“乾子土”中的黄丹是什么,方少云告诉他黄丹即中药中的铅丹,是由墨铅、火硝、硫磺、食盐、白矾合成的铅化物,目的是为了加强料泥的硬度密度粘合度。

桥川已能分辨出澄浆泥的诸般色品了:嫩如鹅黄的是鳝鱼黄,如碧如翠的是绿豆沙,如肝如栗的是玫瑰紫,赤如宝珠鲜艳夺目的便是朱砂红,那鳝鱼黄虽为上品,但与朱砂红相比便又略逊一筹了。

他奇怪,用料相同而澄浆泥怎能生出这么多不同的颜色来。每每问到此处,方少云只是淡淡一笑,告诉他这是窑变。窑变,桥川始终闹不清什么是窑变。

桥川还爱用丰厚粉白的手掰开一块块澄江泥搓一搓闻一闻捻一捻,仔细看看里面有没有纸浆、棉花、细麻等一些拉牵物;每次都没能发现这类东西,浑然如豆沙,无嗅无味无一线纤维,他发现的只是“乾子土”和方先生告诉他的那些东西。

他不甘心,既然澄浆泥的颜色皆因窑变所致,索性还该闹清什么是窑变。一天,他站在窑台边叉着五指问方少云:“方先生,谈了多少次窑变,到底是怎么回事,其实我还没清楚。”

方少云憨憨地一笑，把他从窑台请下来：“那好，我们到屋里细切磋。”

二人出了作坊来到前边正房，方少云从大躺箱内取出二只一尺见方的紫檀匣，放到桌上轻轻把盖子打开了。

嗯，桥川不禁吸了一口长气，好东西，那里面放着五只颜色各异形状一样的双耳瓶。个个釉面光洁华光熠熠，他一眼便看出那是宋朝名窑瓷器。

“先生深谙中国文物，今天敝人冒昧献丑，您可不要见笑啊。”方少云回过身来请桥川落座，命人重新沏茶。

“方先生在琉璃厂那家铺子中就已精品充栋，不想府上藏着更好的东西。”桥川搓手，他只在紫禁城看过这些东西。

“过誉过誉，不过是敝帚自珍，谈不上什么精品，先生慧眼识真，早已断出它们是何窑所烧的了吧？”

桥川马上自信地站起身来，伸出一个短短的指头，在并排的五个瓷瓶上轻轻一划，五只小瓶发出五种不同的声音，等那声音逐渐微弱及至完全逝去，他意味深长地看着方先生的两只眼睛：“依声辨类，方先生把宋朝五大名窑的瓷器排得好妙！”

方少云颔首，他确是按宋朝钧、汝、官、哥、定五大名窑排列的这五只花瓶，桥川先生实在是个造诣高深的文物鉴赏家，据声便能辨出五窑瓷器，琉璃厂、廊房头条有几个这样的高手！

“自然，这生出窑变的，当属钧瓷了。”他把这只盒子盖上，又将第二只匣子打开。

桥川两只鼓胀的眼睛定住了，愣愣地盯着呈现在眼前的八只径长三寸的小盘子。它们在匣内分作两排平躺着，紫、红两色鲜艳灿烂闪闪烁烁。全是珍品，这八只钧瓷小盘少说也值五万光洋！

他忘了方先生的话题，痴迷在这钧瓷小盘的光华与价值里。

“窑变，钧瓷最能体现窑变。”

“哦……是是是，本人聆听方先生教诲。”他确实精通中国瓷器的辨析，可就是不明白窑变，要探究的正是这窑变啊。

方少云一扶他的胳膊，二人都站在这八只小盘一米远近的地方：“您看清楚了吗？这些盘子都是什么图案什么颜色。”

他微微侧头：“尽管深浅不一，大致都是红、紫两色，至于什么图案嘛，方先生，钧瓷不会有什么图案的。”他奇怪，这又不是青花和粉彩，方少云怎么开口问图案？

方少云款款退步，面向桥川说：“您看，五光十色相映生辉才使钧瓷弥足珍贵。之所以如此，是瓷入钧窑时，要经过九十九道工序，色随窑变而变，釉面必会形成斑斑斓斓的颜色。看那三只紫盘，即可分为玫瑰紫、茄皮紫、葡萄紫；那五只红盘，更可辨为海棠红、鸡血红、朱砂红、胭脂红、石榴红，紫不板而红不滞，绝不是先生一语而蔽之的两种颜色。”

桥川使劲眨眼，随着对方的手指，确定见到八种颜色是卓然分明的，而不是简单的红、紫两色。

“因点火、温度、焙烧、燃料、窑焖一系列工序的不同变化，才烧出这八只盘子的不同颜色和图案。”

桥川纳闷儿，八种颜色他倒是看清了，可这钧瓷之上绝无花鸟山水人物，谈何图案不图案呢。他引颈细看，实在看不出什么。

方少云见状，索性把这八只小盘从匣内取出，一字排开在桌子上：“先生请看这三紫，构图为千里云海、孔雀开屏、春蚕吐絮；那五红成景为芳草初醒、山岚雾障、江流月涌、飞瀑流泉、万壑奇峰——浑然天成，这都是窑变所致啊！”

桥川情不自禁地解开两个衣扣，看看方少云，又贴近那“三紫”和“五红”，重重地吁了两口气，自己对中国文化、文物研究多年，可算得上深谙文物真伪熟辨金石品质，可与面前这位“幽古陶”的传人相比，实在是小巫见了大巫。中国钧瓷东亚文化事务委员会搜集多件，自己怎么从来没有悟出什么“色如玫瑰浅紫，景若瀑布流泉呢”！

“桥川先生，中国陶、瓷同宗同源。窑变大同小异，您谙熟硬片鉴赏，知晓钧瓷——泥陶便触类旁通了。”

“嗯……是这样，我明白了一些，明白了许多许多。”

那天他离开方府心中郁郁。明白了什么？更让方少云刬划糊涂了。方少云讲释的是钧瓷。钧瓷的窑变在釉面上，而泥陶是无釉的，通体为一种颜色的陶器能构成什么图案？真要出景那不成了废品，那不就变成“花”的！方少云在他面前故弄玄虚，是在拿他开涮呢。事已至此他不好点破也难再问，谁叫自己说“明白了一些明白了许多”呢。

桥川走后，方少云得意地向抚筝炫耀。别看自己是泥陶世家，在文物辨析上也炉火纯青造诣非凡呢。当时抚筝也在隔间听了半天，她确实为方先生的精深激越，石砚、泥陶、软片、硬片；钟鼎、金石、珠翠、篆章，方先生一通百通，真是满腹经纶呐。

一件事倒是越来越清楚，桥川不只是来买泥陶玩蛐蛐儿，他盯着的是“幽古陶”的配料与焙烧。晚上，抚筝细细地探询方先生的话口，方少云闭眼不答。她磨他，他半天才说了句“春秋笔法”。“什么是春秋笔法？”她搓着他粗硬的胡茬又问。他又半天不言语，突然把她胸前的兜肚撩起来，翻身，压到她的身子上：“你不懂，你甭问，春秋笔法就是周而复始绕圈子。”

一宿他也没说，只管和她“游戏”。

6

齐松蔫蔫乎乎很踏实。揣泥和泥摔打出来之后，他一门儿心思钻开了泥塑。一天到晚，他囚在泥里滚在泥里，连吃饭都离不开那些泥，弄得浑身上下都是泥疙疤。

他那双手似与刻泥的竹刀有缘，竹刀握在他手中似画笔。拿过一块和好的料泥，他信手勾勒参差点划，房舍、山川、花鸟、鱼虫便浮出来。方先生时常手把手地点拨，让他不断地细摸泥性。当初齐松在艺专时搞过竹刻、石雕，借鉴自然方便，可竹石不同于泥，塑泥必须以柔致刚，刻塑杂揉浑然交融才能制陶器。

齐松细细地听，他模仿着原有的模子练手，不少带凸雕的蛐蛐罐做出来。

极少进作坊的小雯也常来了。小时过家家时都没玩过泥，现在她在齐松身边捏开了小锅、小勺、小铲。一天，她捏了歪歪扭扭的一间小房子，笑吟吟地蹲到齐松的脚旁边。齐松冲她笑笑，拿起它放在左掌心，用大小不同的竹刀剔瓦刻棱掏门窗。没有多大工夫，一间能射进阳光的真房子塑好了。"人呐，房子里头得有人呐!"小雯不但爱看他画画儿，爱看他的泥塑，更爱看他那双手，修长灵巧的一双手，爱看他那手指动作着。齐松又捏起蚕豆大的两点泥，像捏面人一样在手上搓搓，用指头三掐两弄，两个小人捏成了。他灵巧地用竹刀托着，顺着门洞送到宽宽敞敞的屋子里。"应该是一男一女才妙呀!"小雯咯咯地笑，齐松却脸一红把那个泥房子攥在手心里，"你！……"她急得喘粗气，这么好的东西让他一把就毁了！"你随便捏着玩行，可我……"齐松指的是她爸，她爸要知道了就会出麻烦。素常，方先生那双眼睛好厉害。"没事儿，我爸喜欢你，说你的那双手，不，二妈说你那双手出贵呐!"说着，她的脸腾地变红了。"小雯，过两天我捏个东西送给你，保证比这强百倍。""什么东西快跟我说。""别急，两天之后，保证在两天之后送给你。"

第三天中午放学，小雯吃罢饭便跑过来。齐松没等她要，便打开窑台边一只圆帽盒："这个你才用得着，"他指着里面的一方澄泥砚，"你要不喜欢，就不入窑烧。"

真神奇，小雯一下看呆了。是砚盒先把小雯惊呆的！豆绿色的砚盒半尺见方，四个立面是十二只小松鼠，松鼠间枝蔓着一串一串的葡萄架，小松鼠或卧或立，或跃或扑，先把这方砚盒烘出一团生气。再看盒盖平面，八朵牡丹花盛开，一对孔雀在牡丹下展翅欲飞，轻盈飘逸栩栩如生。最为奇妙的是孔雀的羽毛根根纤细如芒如丝，竹刀刻出的浮雕藏锋清晰，隐起圆滑，哪像泥塑泥刻，简直如牙雕刻石！

"真好看，你是不是偷偷刻了好多天?"她两只修长的眼睛亮亮的。

"先别问，真正的泥砚你还没见呢!"他努努嘴，要她把砚盖翻起来。

她伸手，唯恐碰坏砚盖上的花纹，轻轻把盖子捧起来——

又是一惊！她的手微微地颤了一下，父亲收藏了多少方石砚，大明的、大清的、端石、歙石、紫雁石、松花石，哪方砚台也没这方澄泥砚好看呐！

齐松塑刻的这方砚台，通体镂空，砚面上高悬一轮明月为门，月门半扇紧闭半扇微开。门侧桐荫垂蔓，参差披拂，叶络摇缀。右边一位婀娜少女玉手持花，异常神秘地向门内偷窥。另半扇微开的门内，芭蕉丛生落英遍地，湖石抱立波光粼粼，好一幅如梦如幻的月宫幻景图！神秘幽远清静空灵得恨不能让人一头扎进去。

"齐松，真让人入境，我想两眼一闭跳进去!"她小心翼翼地捧起它，和那持花的少女紧紧把脸贴住了。

齐松愉悦地点头,兴奋地对她说:“真叫木,好东西还让你捂着呐!”

她怔怔地眨眼,猛地把砚台底翻上来,真是的,这里还藏着东西呐。只见砚背左下方仿制了一方印钤,右侧是笔走龙蛇轻灵飘逸的一首五言绝句诗——

剩水残山境,桐檐蕉轴庭。
女郎相顾问,匠士运心灵。

她痴痴地看了半天又细细看那篆章:“这是你作的诗?”

“你呀你!那不是乾隆的御吟吗,皇上才能夸‘匠士运心灵’,要是匠人启己写的,岂不是老王卖瓜了吗!”

“那你从哪得来的诗,砚台的构图不是你设计的?”

“画谱上有这样的一幅‘铁花’,诗是弘历皇帝阅后题跋的。”

“巧夺天工,我给爸爸看看去!”

小雯再也抑制不住,她放好砚台盖上盖子,紧紧捧住站起来。要让父亲知道齐松的造诣多么高深,他的泥塑砚台在“泥陶方”别具一格,连父亲也做不出这么精细的东西来。

“小雯,还没入窑呐。”齐松也站起来,见到小雯这么急,他反倒有些不好意思。

“爸,爸!”小雯没管他,一路叫着从作坊出来,径直把砚台捧到父亲的正房,“您看,齐松塑的砚台,桐荫仕女澄泥砚!”

那方砚台呈现在方少云面前了。他眨眨眼睛一瞥,双手将它捧起,托在学心打开砚盖看看砚底,然后把它轻轻放在条几上。

“爸,棒不棒?”小雯迫不及待,她觉得爸爸看得太草率。

方少云点头,示意她把齐松叫过来。

齐松过来了,方少云又点头,让他和小雯一块儿站在条几边上来。

“看来,我的眼力没有错,你心灵手巧是块好材料。”

“方先生……”齐松的心直跳,这话让他的心里热热的。

“有人把捏泥人、捏面人的视为九流之末,实则他们懂什么!泥塑、面塑是国宝哇,要不然,要不然——”下面的话他也顿住了,只有里屋的抚筝马上想到了桥川。

“爸,齐松的泥塑比故宫的象牙雕刻还精细!”小雯发自内心地喜欢,真高兴,爸爸也夸齐松了。

“误就误在这里。”方少云话锋一转,两个人同时愣住了。

“泥塑重在‘塑’字,刻刀在泥上游刃张弛,比在任何石、玉、牙、漆、竹、铜、瓷上要容易千百倍。”

当然是这么回事,小雯眯起了两只眼睛,齐松把下唇咬住了。

“水墨画分为工笔和写意,工笔常常惜墨如金,写意往往用墨如泼,泥塑正如写意,要的是朴拙凝重,纤巧细腻可绝不能在泥上下功夫,塑、刻理悖,那这泥陶就不只是幼稚可笑，而且俗不可耐了。”

“方先生，徒弟我……”齐松的脸微红了，方先生针砭他的语言好厉害。

“苍劲古拙返朴归真，才是泥塑艺术的至高境界，在泥上精雕细琢，再精细你摆弄的也是泥，无论如何也不比刻石雕玉刻瓷见功夫，我不是让你熟谙泥性吗?”

“方先生，我知道了。”他慌乱地埋头，恨不能上去把那块泥砚摔碎。

方少云见他满脸涨红，想说什么又咽下了。他拿出一册《制砚神机》，翻开第七页，只见那上面有制澄浆泥砚一则：

> 入黄丹和溲如面，作一模如造茶者，以物击之，令至坚，以竹刀刻作砚之状，大小随意，微荫干，然后以利刀刻削如法，曝过，间空垛于地，厚以稻糠，并黄牛粪搅之，而烧一伏时，然后入墨蜡贮米醋而蒸之五七度，含津溢墨，亦足亚于石者。

真令人无地自容，制砚原来另有一套方法，才能含津溢墨，齐松以为澄浆泥焙烧之后坚硬如石，只要做成砚台形状用墨一研便可真当石砚，这不是班门弄斧吗。他尴尬地擦汗，不敢把头抬起来，吭吭哧哧地说：“方先生，徒弟实在不揣冒昧，以后再不独出心裁了。”

“大可不必这么自卑，”方少云爽朗地笑笑，“‘幽古陶’之所以几代不衰，就在于代代出新，你不曾听说过清代学者赵翼的这句话：‘江山代有才人出，各领风骚数百年’嘛?”

他点头，听说过。“在‘塑’字上翻新，才能使‘幽古陶’历经百代而不衰!”

连小雯都感到震惊，父亲过去只要她好好念书，很少跟她谈论泥陶，今天听爸爸一讲，这肺腑之言句句都是真知灼见，长了知识长了见识。原来父亲如此精深如此渊博，当初自己还真没理会呢。

兴之所致，方少云还给齐松抄了两联诗言，一联是清末翰林潘临皋的“歌辞益新后有来者，山水相乐前无古人”，一联是扬州八怪之一郑板桥的“删繁就简三秋树，立异标新二月花”。齐松回去反反复复琢磨着这几句话，心里真佩服方先生的才情与造诣。原来泥塑不单是心灵手巧懂些绘画就成了，这里的学问博大精深啵!

齐松制做澄泥砚的事让抚远知道了。

自从抚筝做了小雯的二妈，抚远便在不涸斋内涨了价儿。虽然人手不够他还得赶车，还得到房山、易县去拉乾子土，但他平日在作坊内的脾气可大了。自己越来越好吃懒做，却常吆三喝四地催别人干活。碍着抚筝的面子，方先生对他睁一只眼闭一只眼，每月还给他两块大洋买酒喝。

自从齐松来到作坊，抚远总在他面前拿架子。收拾院子、擦洗模具、打扫窑坑，是活他都支使齐松干。尤其他见齐松塑出的一件件泥陶栩栩如生，他心里越寻思越别扭，自己怎么就不走这根神经呢，当初妹妹多次让他安下心来学手艺，他从来听不进半句去。他五尺多的汉子凭力气，这辈子搓泥玩，他才做不来这种娘儿们叽叽的事情呢。

后来见方先生看重倚重的就是泥塑，况这东西又能赚大钱，他心痒了。可是十个指头僵僵的，学不会，他实在不是块干细活的材料。这一阵，他不由自主地恨齐松，恨他做的泥陶，连他那双手都恨起来。

昨天，他眼见小雯把砚台高高兴兴抱到方先生的房子里，又见齐松满脸羞惭地从那屋里出来了，今天一早便凑到齐松身边恶心他："没学爬就要走，锛的儿木折跟头，花屁股要砸啦。"齐松气得喘粗气，可又不敢得罪他，连方先生不都得让他三分吗。

可是，小雯却容不得这样，抚远越来越放肆，不涸斋里简直容不下他了。要不叫他是二妈的哥哥，她早让爸爸把他轰走了。这回听齐松告诉她抚远说这话，她忿忿地把抚远叫过来："远叔，"自从抚筝做了二妈，她称他为叔叔，"你少欺侮齐松，油嘴滑舌好吃懒做，你会什么？连个泥耗子你也不会捏！""哟哟哟……姑娘，我跟齐松开句玩笑碍你什么事啦？啊哈哈……"今天，正赶上抚远喝多了，往日他可不敢这么说。"你！……"她气得说不上话，"我告诉二妈去！""二妈？六妈九妈也管不了我，她敢说我我先扇她两个耳刮子！"正好方先生去了琉璃厂，抚远半醉半醒在院里"泼"。

小雯真去找二妈，泪花在眼圈里边汪汪着，抚筝掏出绢子来给她擦眼睛，捧起她的长辫子说："晚上我告诉你爸爸，他再撒酒疯就吊起来打，打一顿他就老实了。"

抚筝没做二房的时候，抚远闹事便挨打。这几年方先生只是瞪他训他，再也没让下人打过他。抚筝真生气，哥哥酗酒闹事三天两头出麻烦，常常让她跟着丢脸。真想让他离开不涸斋。可是，离开这儿他又能上哪，他毕竟又是自己的亲哥哥哟！

不过，这次她倒是决心告上哥哥一状。太不像话了，他最近老上后院去，跟秋芸反比自己亲近了，奇怪，抚远的行踪反常，这话不能告诉小雯，她真摸不透哥哥怀着什么心思呢。

7

抚远无赖，他做的事情谁也干不出来。

前几年，不涸斋养了条泼墨梨花狗，因其老把公狗招到院里来，方先生早就不想再留它。麻烦的是方先生扔了它三次，最远的一次把它扔到天津静海县，这条母狗一个礼拜之后还是自己回来了。加上小雯喜欢它，后来方少云索性没有再扔它。

谁想，因为这只母狗不会生育，一年到头也不用"趴窝"，所以隔三差五它还是把公狗招到院里来。两只发情的狗一交媾，你拽着我我拖着你好半天在院子里撕扯不开。每到这时，方少云准大喝一声把这两只狗轰到街上去。漫说是孩子，大人看着也不好意思啊。每到这时，人们便发现抚远变得疯狂，他会不顾一切地追到街上，扯着嗓门儿嚷嚷：

连裆狗狗连裆,你撕我扭下不来;
连裆狗狗连裆,衙门进去出不来;
连裆狗狗连裆,多壮的公狗没能耐;
……

抚远这么一喊,半街筒子的人都会被招出来。那时抚筝已经做了二房,方先生常常跺脚击掌:“他要不是你哥哥。我早让人把他的舌头割下来!”

抚筝羞得恨不能扒开地缝钻进去,真把她的脸丢尽喽!

方少云忍无可忍,一天在院里冲下人们大声说:“以后再来野狗,你们拿砖头把它给我拍死,活该!”

就在方少云这话说完不到半个月,梨花又把一只大黑狗勾进院里来。两只狗几跳几蹦之后,屁股一下粘到了一块儿,方少云在窗内看见正要出来,只见抚远大喊着从作坊院跑出来:“别用砖头砍,别用砖头砍!”他眼见几个下人正在慌手忙脚地拣砖头,自己早拿着一把斧子红着眼睛奔出来。

他要干什么?正推门要来灌壶的抚筝一蹙眉,撂下水壶冲他喊:“抚远哥,你干——吗?”

谁料抚远谁也不睬,箭一般冲那一对连裆狗冲过去,随着阳光下划出的一道亮亮的弧线,手起斧落“噌”地一劈,两只狗狂吠着分开了。那条大黑公狗血流如注,疯狂地在院中蹿跳呜吠,陡地一软瘫在地上了。满院是血,血把它黑色的皮毛洇成紫色,那狗不能再叫,像哭一样地哼吟,不消一会儿便咽了气。梨花肚里还装着公狗的阳物,它瘸瘸搭搭地在院里一蹦一跳,公狗死后它也远远地倒下了。

人人惊得不知所措。满院的狗血泛着腥臊。抚远龇着两颗虎牙在院里嚷嚷:“要治就得搜根,看哪只野狗敢再欺侮梨花!”他志得意满地在院里遛,满脸是满足酣畅的神色。

梨花的尾巴也受了伤,三天不吃不喝也死了,谁也不知黑狗的阳物是否还在它的肚子里。

方少云当时都反应不过来,他只让人把满院狗血收拾净,一句也没说抚远。说什么?这等歹毒的手段说他什么都扯淡,他一时想不出什么话来痛斥他。

不过,抚远毕竟有一怕,那就是方先生那双眼。方先生眼不大,细细的不很开,开的部位只能看见黑眼珠,所以抚远看不见他的眼白,也就看不准他眼球的转动。正因为方先生的眼睛藏得太深,深深地藏在眉骨下,他才觉得那凛凛寒光引而不发,瞪他一眼又让他不寒而栗。

抚筝常常想,抚远是她的哥哥吗?亲哥哥怎么会这样呢?

近来,抚远常到后院去,秋芸搬到最后面的院子里。秋芸越来越气,方少云好像已经把她遗忘了,现在连吃饭都不在一起,他还是她哪门子男人呢。够不着抚筝就拿抚远出气。这兄妹俩把方家搅乱了,没有一个好东西。

“抚远。臭旗人没家教,瞅你站没站像坐不像坐的那德行!”

“还有脸在方家呆着呢,你们家里穷疯了撞丧撞到不涸斋!”

“把前院的西番莲移进来,把这两棵烂紫荆给我刨了去!”

秋芸逮不着抚筝出气,成心使唤抚远。她又不敢高声骂,整天把他提拎来数落着玩。

抚远从小逮着只蜻蜓就把它的脑袋拧下来,抓只麻雀就爱拿钉子把它的眼睛捅破了,他常跟人讲,用烧红的火棍去捅猫屁股,“哧溜”一声那才痛快呐。虐待狂,虐待使他满足、刺激、酣快;他又愿意受虐,从小招猫逗狗,让男人女人骂一顿踹两脚他嬉皮嬉皮更舒坦。

在不涸斋,他慢慢成了秋芸的出气筒,他不但不觉得憋气,反而颠颠地又痒痒又痛快。不管秋芸怎么骂,他都“是哩”“是哩”地跑前跑后,龇着两个尖尖的虎牙讪脸。女人的骂像一把“老头乐”,挠着他干活带劲,有时秋芸不叫他不骂他他还闷得慌呢。

近来秋芸更寂寞,小雯放了学就去找齐松,她更没有了个说话的。使唤抚远,骂他踢他搡他能使她排遣寂寞。成了习惯,每次她踢他两脚,他还叽叽咯咯地笑,做着鬼脸说“不疼不疼真痒痒”。不是不疼吗,索性她使劲,常把她自己的手脚打疼了踢疼了。

莫名奇妙,使唤打骂抚远由秋芸的习惯变成了一种强烈的需要。心里的火气一天不向抚远宣泄就憋得慌。打他就是打抚筝,骂他也就像骂方少云,不然这气撒在哪儿?

一天,她又把他叫到后院栽菊花。抚远一盆一盆地运,一棵一棵地挖,不大工夫就把窗前两个大花池子栽满了。干热了,他脱光膀子在池子上砌花砖。黑红的膀子油亮亮,两块脯子肉紧绷绷,一绺胸毛从肚脐眼儿下延续上来,在胸前打个旋儿绽开着,黑黑的极茂盛。天,秋芸头一次一愣,她忘记了抚筝、抚远和丈夫,面前蹲着的是个汉子是个男人,虎彪彪的一身疙瘩肉,蓦地脸上一热,她在窗内使劲眨眼又使劲睁大,想把他胸前黑乎乎的东西看清楚。味道,冥冥中她还嗅到了什么,不禁用舌尖舔舔自己的下唇。

真想过去在他那光溜厚实的脊背上掐上几把拧上几把,可是一种莫名的羞涩与异样的感觉使她没出门,使她几欲要迈的腿收住了。

抚远向来是半醉半醒的。今天秋芸没过来,他借着擦汗往屋里瞧。几次,秋芸见他抬头便闪开,他心里也一阵一阵往起悬,不对呀,秋芸怎么不出来骂他打他踹他了,不打不踹他抓心挠肠难受哇。

素常,他就爱看秋芸的身子。两个大肥妈妈一颠一颤,手腕像藕节,脚腕像两个白白嫩嫩的白萝卜。浑身上下是一坨白生生的肉,那白生生的肉总是一颠一颤的。正像方先生所说,紧绷绷的裤子把秋芸的下身勾勒得太清楚太分明,抚远爱看她撇着两只白薯脚走过来,爱看她扭着胖身子来回走,那样他仿佛把一切凸凹与沟壑都看得清清楚楚了。

那天，秋芸没出来没骂他没掐他。

那天，抚远很难受很无聊不痒痒。

三天之后他主动到后院请活干，他说屋里的君子兰该浇了。秋芸惶惶地让他回作坊，说君子兰不干不用他浇了。

“不是栽菊花之前大奶奶就说君子兰该浇了吗？”他缩着脖子龇着虎牙，瞄着她白生生的脖弯子。

“我说的？”她不由自主地后退，“那天我怎么说的？君子兰不干呐。”

拉开距离才容易看清她的沟壑，他更爱正面看她的身子：“大奶奶，这两天您怎么啦，怎么说话颠三倒四的。”他猥琐地垂眼，嘻嘻嘻地真想让秋芸过来推搡他。

“我怎么颠三倒四啦？”她转身急急往卧室去，白生生的脖弯子变红了。

“大奶奶，您这是——您怎么把我一人撂下啦，到底还浇花不浇啦？”

“你……我……先不，”她的声音颤颤的，突然用手把胖脸捂住了。

刹那间他明白了什么，瞥瞥空空荡荡的院子悄寂无人。方先生上了琉璃厂，小雯上学抚筝也难得上后边来。他的心突然狂跳了，浑身的血在周身涌动，耳畔都仿佛听到了自己的心跳和血流声，千钧一发之际他用手把脑门儿掐住了，突然甩手冲进屋，张开两臂把秋芸肥肥的身子抱住了：“大奶奶，您骂呀您打呀，不打不骂我难受！”饱满充实，他的双臂像铁钳，钳住满怀白生生的肉。

秋芸气喘吁吁地挣扎，她抓他的胳膊扯他的头发咬他的脯子，只是没有出声喊，也没把他黝黑结实的脯子肉咬下一块来。

打那儿，抚远到后院去得更勤了，只是秋芸不再骂他打他踹他了。

谁也没理会这变化，只有抚筝觉察了。

抚远手头宽裕了，不再三天两头低声下气嬉皮笑脸找她要钱花。

抚远口气变大了，有时竟然对她说：“方先生有什么新鲜的，你是他的小婆儿，我就是他的大舅子！”

抚筝越来越觉着不对劲儿，可这事让人不敢想，也实在不可思议啊！

她跃跃欲试要洞悉这个秘密，又怕这秘密给不涸斋掀起万顷狂涛。忐忑，惴惴，她一天比一天不安心，一天比一天不踏实。不可能从抚远嘴里得到什么，他跟秋芸比跟自己这个当妹妹的近多啦。

8

齐松老躲着桥川，他害怕日本人。

桥川实则很和蔼，他身后从来没有过一个日本兵。每次到作坊里转，桥川常蹲在他身边看他和泥、入模、捏罐、焙烧。其实他根本不知日本兵曾到院门追过齐松。

小雯还是那么讨厌桥川，见了他总是躲得远远的。一天，桥川送来两张高丽杂技票，说是请方先生和夫人去散散心。小雯知道后心动了，报上介绍过多少回高丽跟头，那是在秋千上翻在踏板上跃，比中国的戏法手技惊险得多。真想去一饱眼福，要不是票是桥川的——真倒霉真讨厌。

“爸要不去让我去！”毕竟是孩子，憋不住也顾不得票是谁的了。

方少云不做声，他心里烦，琉璃厂的铺子丢了两方鸡血石印章，至今也没查出下落。

“爸，你带我去看杂技，我要学学人家怎样荡秋千。”她磨，真想去。

“我没工夫陪你去，你愿跟谁去跟谁去。”他并没在意票是桥川送来的。

“真的？”她只想到齐松。

方少云一摆手，他的心境坏透了。

小雯大喜过望，她跟二妈打个招呼，真跟齐松一块儿上了西单。西单有个峨嵋酒家，峨嵋酒家南边就是一片杂要场。她俩进到场子一看，比报上介绍的还要惊险。秋千与横梁荡平了，秋千在铁梁上绕起了大圈圈！跷跷板上的跟头更是悬，空中翻腾多少周，六个人肩踩肩地摞起来。自始至终，她和齐松的心揪得紧紧的。惊险刺激出来的感受与情绪，像人吃了大蒜呵着嘴冒汗，难受、舒坦、解气。

从杂要场出来，天上的云低低的，她真想在这幽幽的天幕下跟齐松一块儿到西单商场转一转，又不敢，二妈嘱咐他们早回来。她买了两串夹着豆沙馅的糖葫芦，和齐松慢慢地吃，肩并肩地过马路。刚在有轨电车站停下，南边便道上一阵乱，一队伪警冲过来。他们穿着黑制服，气势汹汹在抓谁。就在他俩一惊一顿的工夫里，两个伪警蹿过来，上手把齐松抓住了：“你是哪来的，在这里站着干什么？”

齐松抖抖地说不出话，小雯闪在电车站牌下不敢动。跟着后边又上来几个人，推推搡搡把齐松和另外几人带走了。小雯这时才着急，可她还是不敢动，吓傻了吓呆了，就像在家里救齐松一个样。不知过了多半天地的腿才能打弯弯，软软地往宣武门外跑，跌跌撞撞惊惶失措，都忘了回家应该坐电车。

进门她才“哇”地一声哭出来：“爸，齐松让人抓走啦！……”

齐松被抓到日伪警察局、留置场（拘留所）。警察局在户部街，坐北朝南，是大清户部殿堂衙门旧址。那里面都是游廊抱厦，留置场在东北角，由一所东跨院和南、北两个跨院组成。正院北房六间较为高大，每三间为一组，一明两暗，中间开屋门，两个暗间用三寸见方的棱木做成的木栅隔开，靠外首留着木栅门，形成东西两座木笼，木笼油成羊肝色，阴森凄惨疹人。每个笼里砌有一铺条山炕，木炕帮高出三寸多，那是枕头。每个笼里关二三十人，夜间三四个人给一条棉被，一只尿桶，笼门紧紧被锁住。

中间的房子就不同了，有一铺后檐炕，拘押案情较轻的人。这两组的四个木笼从西向东编为四个监号，东房三间是“优待号”，一通连儿，没隔断。后檐炕上有席，每个犯人有一条被子，一个枕头。

天天可以听到跨院里的上刑拷打声，哀号惨叫声。齐松吓得夜不能寐，不定什么时候自己也要被带过去，他早已耳闻过，站钉笼、辣椒水、老虎凳。

他被关在“优待号”。和他紧挨铺盖的是一位北平地下民先队员老丁。老丁安慰他别怕，伪警察局主要关押拷打那些走私烟土、偷窃抢劫、拐卖人口的刑事犯。对他们这些政治犯是优待的。齐松好冤枉，他什么犯都不是，平白无故地入了监。

老丁听他介绍自己的经历和被抓经过，分析说抓他可能有背景，是日本人和警察局勾好的。告诉他只要不被送到沙滩红楼日本宪兵队，在这里不会受刑也不会有生命危险的。

齐松还是战战兢兢，度日如年，真怕自己被送到沙滩红楼去。难道是桥川和伪警们勾好的，抓他来这里干什么？

老丁给他讲道理：一个无辜的艺专学生第一次被抓去修工事，如今又被抓进留置场，不抗日就要当亡国奴，树欲静而风不止。血气方刚的青年要有一腔热血，为民族而生为国家去死才不枉活一世。他给他讲了鲁迅先生的一句话：真的猛士敢于正视淋漓的鲜血，敢于直面惨淡的人生。

"什么叫民先队？"听老丁介绍自己是民先队员，齐松问他是怎么回事。

"全称叫中华民族解放先锋队，参加的都是青年，是中国共产党领导的。"

他吓了一跳，中国共产党就是民间说的"共党"吗？

老丁告诉他，中国共产党是中国人民的大救星，它正在领导全国人民打日本，求解放。

"在北平怎么跟日本打，中国人手里没刀没枪啊？"

"燕京大学有'三一'读书会，《细流》《绿洲》《苏州夜话》都是进步刊物，我们可以发传单、讲演、演话剧，这都是发起民众组织群众的好办法，这就是斗争的武器啊！"老丁还介绍了北平城工部，告诉他辅仁大学、艺文中学、幼稚师范、汇文中学都有他们的人。

"要是不在北平呢？"他影影绰绰听到过一些战事，辨不清是谁打的。

"那就到延安、山西、河北的敌后农村去，现在平西、平北、冀东、冀中的抗日游击队正缺人呐。"

齐松胆战心惊地问，战战兢兢地听，反正这个笼子里就关了他们两个人。他如听天书，大开眼界，这些事情当初他一点儿也不知道。只是听，根本没想自己也投入，他关心的是不是会受刑、枪毙，是会不会把自己送到日本宪兵队的红楼去。

根本没怎么审他，一个星期之后他被放出来。户部大殿临着天安门，从留置场出来他望着天安门上边的天格外蓝，这是第二次虎口脱险了，大难不死必有后福啊。这一个星期小雯还哪里上得下学，天天哭哭啼啼让爸爸去求桥川救齐松。方少云找了桥川，桥川几经斡旋齐松才被放出来。

"伪警察局为什么抓你？"小雯最关心的是这件事。

"说我那天妨碍了公务。"

她睁圆修长的大眼蹙眉，这不是强词夺理吗，那天她在现场啊。

"他们说我沿街挡路，才使一个烟土贩子逃跑了。"

"瞎说，我们不是站在马路牙子上边吗。"

“有背景，老丁跟我说有背景。”他极秘密地跟她说了老丁，说了“三一”社，说了《细流》和民先队。

小雯也没听说过，听了之后也害怕。没反对日本人还总挨抓，要跟他们对着干更有杀头的危险呐。

他俩都觉得蹊跷，杂技票是桥川请方先生去的，桥川并不知道小雯和齐松上了西单。要是方少云去是否就该抓他了？伪警抓他干什么？他跟日本人挺好哇。

方少云和抚筝也解不开扣，如果是桥川设下的圈套，那干嘛不把齐松抓到沙滩的红房子？警察局吓吓齐松要干什么，不是马上又把他放出来！怪，真怪。

事后桥川对伪警察局大为不满真的不满，倒把方府上上下下全闹糊涂了，谁知这是怎么回事呢。不过人人更加小心翼翼了，大街上实在不安全，少出门，外边玄呐。

9

秋芸不再指桑骂槐，抚筝也觉得寂寞，寂寞得让她不寒而栗呢。

到后院去，她要看看抚远和秋芸在干什么，这种钢丝踩不好要粉身碎骨的。

一天见抚远又上了后院，她下决心要弄个水落石出。二十分钟之后，她惴惴地出屋，绕过夹道往后院走。如临大敌，她的心先要跳出来。秋芸的院子静悄悄，各个房门都紧闭着，走到西厢房前看正屋，明间空空荡荡，暗间似乎有声音。心撞得更猛，在台阶下卯了半天劲才走上去，轻轻地敲着明间的门：“大奶奶，秋芸姐！”

暗间腾楞一下出了响动，她紧张地埋头，好半天才见抚远慌慌地来开门，他手里拿着把锤子，对襟衣服的扣子却错了位。看看他下边，一只鞋还趿拉着。还用说吗，她心里全明白了，忧心如焚正是为这事。

“哎哟，是妹妹呀！你今天……”抚远也慌，他想不到妹妹来。

“我找大奶奶，”她的脸先发烧，“你在这里干嘛呢？”

“这不，”他把手里的锤子一举，“大奶奶的床腿坏了，让我修。”

“抚筝啊，你是来找我的？”秋芸这才从里面扭出来，她故作镇静地掸袖子，平素的鸡冠脸煞白，头上的一根簪子倒下了。

“大奶奶，我来跟您借绦子，这两天，小雯磨着让我给她缝块新门帘。”她稍稍稳定下来，上上下下看秋芸。

“有，有，小雯她想上一出是一出，你也甭老由着她，抚筝你要什么样子的？”秋芸第一次这么谦和，胖脸的每一部分组合都像生扭着，她不自在地回身，来来去去找不着针线盒。

她太失态了，失态使抚筝更加确信这一切都是千真万确的。

苦恼的是抚筝，秋芸她发昏了，她怎能干出这种事情呢，她是不涸斋的大奶奶呀。

没办法，她顾不得什么害羞寒碜了，只能拉下脸来劝哥哥。抚远也太利令智昏了，跟谁也不能跟大奶奶——干这种事情啊。

抚远却矢口否认，没有这样的事。父子有亲君臣有义长幼有序夫妇有别朋友有信，人伦五常他全懂，何况他是奴才方少云是主子？这样的事情不可能，是抚筝成心恶心他。

怎么办？抚远从小就大睁着双眼不认账，压根儿就是一个铁嘴钢牙的东西，抚筝怎能不为他天天担心呢。亏了方先生常去琉璃厂，亏了方先生晚上只顾了和她做“游戏”，一旦这事败露了，不涸斋会怎样呢……

噩梦天天伴着她。

事情终于败露了。

一天，抚远在外边多喝了二两老窖，醉熏熏地又摸到后院。他进了秋芸的房子便上手，嘴里还喃喃着“吃妈妈”，秋芸半推半诿斥挞他：“去去去，臭酒嗝把人熏死啦！”自从那天让抚筝撞见，秋芸有些害怕了。可是抚远是个臭皮囊，她陷进去就被粘住了。

“这会儿嫌我臭了，早先干嘛去啦？”他摘歪着膀子乜她，秋芸的五官都是双影的，“来，让我嘬口妈妈。”

突然，房门“砰”地一声，方先生从外面闯进来。秋芸吓得浑身似被抽去筋骨，一下歪在床上，抚远酒劲还没醒过来，他脖梗子一挺大声问：“谁来啦，怎么连门都不敲一下？”

刚才，方少云过来取鞋垫，还在门口站了会儿，隔着玻璃把一切都看清了，他冷厉地盯着他俩，不知过了多半天，才把目光集中到抚远一个人的脸上。

“连我你都不认识了，嗯？”他摘下礼帽，甩在身边的半月桌上，“睁眼看看我是谁！”

这时抚远面前的一切双影才清清楚楚叠起来：天呐，完啦，方先生不是出门坐上洋车去了琉璃厂！

扑通，他跪下了。

扑通，从床上出溜下来的秋芸也在他身后跪下了。

看着跪在地上的这俩人，方少云抬手把脑门儿掐住了，万也想不到，抚远这是骑在他脖子上拉屎啊！

蓦地，他猛地抽腿一踢，抚远“哎哟”一声歪倒了。血从他的嘴里流出来，他却爬着搂住了方少云的腿：“方先生，奴才该死，奴才该死，我以后再也不敢了……”

“闭住嘴，不准出声！”他紧张地冲外瞟了一眼，伸手薅住对方的头发，“你要再敢，我把你的两眼剜出来！”

“任杀任剐，奴才我再也不敢啦……”抚远轻声哀告，腆着下巴像狗。

“跟任何人不得声张，滚，你滚！”方少云从牙缝挤出这话，嗓音都憋得喑哑了。

抚远从嘴里吐出一颗牙，那是被刚才一脚踢掉的，他爬到门口才站起身，“哧溜”一下跑到外面，脚下一滑险些又从台阶上边栽下去。

当晚，方少云缩在后院秋芸屋，他不许她哭不许她叫，把秋芸所有见不得人的地方都拧紫了掐破了。

第二天第三天，秋芸疼得下不了炕，抚筝过来问她怎么了，她咬住嘴唇什么也不说，只是扑簌簌地掉眼泪。还有什么可说的，谁叫她是女人呢，咎由自取有苦难言无地自容啵！

隔三差五，方少云都要到秋芸房里睡，秋芸双腿变得一瘸一拐的。天长日久，她的脸由红变白，由白变黄了，眼泡胀大了，泪囊凸起来。虽然没有瘦，但那是臃肿的肥胖了，没有了什么弹性，完全是一副龙钟老态。

小雯隐隐约约知道了什么，可是又不知到底是怎么回事，她真有些纳闷儿，妈妈缄了口，怎么还变得痴痴呆呆了？一次她问二妈，妈妈为什么变成这样子，二妈眼圈一红竟哭了，还是什么也没告诉她。

抚筝能跟小雯说什么，她是女人，知道女人最难最难哟。晚上她常劝方先生，人孰无过，秋芸也够不容易的。可不是嘛，自从自己做了二房，秋芸不就守开了寡，一晃多少年过去了。她天天是怎么过来的！其实更坏的是抚远，别看他是自己的亲哥哥，就拿劈死连裆狗的事情看，心黑手毒谁有他过，他才该杀该剐呐。

实在看不下秋芸如此受折磨，一天晚上，她酸酸地给方少云跪下了。干脆打发了抚远，该罚该治的是他！方少云久久不语，冷冷地叹气，他要的是面子，这样一来上上下下就全知道了。

“那就别再折磨大奶奶，可不是她，她心里本来就别扭啊……”近来她老掉泪，只有女人才理解女人。

“不，我要罚她一辈子！”

她身上打冷战，多少年来，即便是对下人，方少云的话都没有这么冷厉过，他把秋芸恨透了。怎么办？说什么都没用了。

抚远再也不敢到后院去，见着方先生就低头，耗子见猫般躲得远远的。每月的两块大洋也免了，酒瘾上来转腰子，只好腆着脸又去找抚筝。抚筝恨得他牙根痒，可又耐不住他讪皮讪脸狗一般磨。还是人吗，她的哥哥不是人，是条没皮没脸没血没肉的狗哇。

尽管能跟抚筝要，抚远的钱还不够。自从和秋芸有过那种事，没了女人他受不了，尤其是秋芸那样了解他脾性的，他就愿意有人打有人骂有人掐。后院他是绝不敢再去，可他心中窝着一团火，没地界儿败火他要炸！

一天方先生不在家，桥川正好又来到不涸斋。他在作坊内外转了半天，瞥瞥歪在料堆边的他，说：“你出来，我有几句话对你说。”

抚远纳闷儿，桥川找他干什么？他赶紧起来随桥川到了库房僻静处，只见桥川乜着他的豁牙说：“我知道你最近心情不愉快，是吧？”

他半张着嘴无话，桥川怎么知道的，他怎么知道自己不愉快？

“你和那个女人的事情我知道。”桥川说得轻轻巧巧，仿佛一切都装在他的肚子里。

“我……”

“其实就是那么回事，不管是中国人日本人。男女都有七情六欲的，”桥川呵呵轻笑，“贵国归纳出的‘七情六欲’真周密。”

抚远不由得退了半步，桥川要干嘛，是不是跟方少云勾好了整治他？

“你糊涂，宣泄的对象找错了。”

他眨眼，“宣泄”和“对象”这两个词不懂，从没听人谈到过。

“你是男人，我知道你喜欢女人。”桥川冲他意味深长地淡笑。

“不不不……我不喜欢！”桥川这不明明在诈他在套他！

“你说的不是真心话。”说着，桥川从上衣兜里拿出一张照片来。

——嗯！他怯怯地移动目光，看见照片的刹那他傻了。照片上的女人乌黑的发髻高盘着，明眸皓齿脉脉含情，那双水灵灵的眼睛看着他，似把万般妩媚托给他。真没见过这么漂亮的女人，从那脖子和衣领看，好像是个东洋的。

“喜欢吗，嗯？”

“我……”

“让她白白陪伴你。”桥川示意不要钱。

“这个……”太突然，又奇怪，他不知道桥川这是为什么。

又似一场梦，那几天他昼夜不分，是在梦中度过的。

五天之后，他随桥川出来了。不远，他们穿过宣武门外大街，走进棉花胡同一个长满马樱树的小院落。桥川对这里极熟悉，他上北房台阶，拉开一道房门，又侧着推开第二层门，然后让抚远跟他一道脱鞋，进入这日本式的房子里。

抚远迷迷瞪瞪，也按桥川的样子盘腿坐定，里面的隔板一推，照片上那个楚楚动人的女人出来了。发髻，和服，轻柔的步态，白皙的肌肤，一看就是个真正的日本女人。待那女人柔柔地说了几句颇似吴音的日本话之后，桥川向她介绍抚远，然后抬起屁股便告辞了。

在这面若中秋之月，色如春晓之花的女人面前，抚远并没有驰魂荡魄。他痴痴呆呆、傻傻愣愣地看着这位东洋美女，天生的痞性火气魄力及至男人的本能都生出阻滞，面前的不是有血有肉如花似玉的女人，是神圣得令他自卑畏葸龌龊不安的仙女和偶像。

直到那女人百般撩拨浪态频频良久，他才从自卑畏葸中慢慢找回自己的野性与粗俗。不过，第一次和这如画的日本女人做那事，他木木地没有酣畅与快意，可能叫做心理障碍吧。他竟然没有找到应该属于他的感觉在哪里，是什么。完事之后他从那满是马樱树的小院里走出来，头胀胀的，脚下绵绵的软软的坠坠的，竟然半天辨不出南北来。

白和这么漂亮的女人睡觉，桥川他到底要干什么？他薅着头发问自己，懵懵懂懂地向东走向南拐，直到上了大街才一愣，怎么绕到菜市口来啦——唉！

10

天气凉了蛐蛐儿不再开牙的时候，方先生用蒲草、藤条给蛐蛐罐儿做套，把那些乌麻头、蟹壳青、大将军、藤萝紫供养到寿终正寝，有时也把它们放入园中，因为蛐蛐儿的洞穴修得好，它们是可以过冬的。

按说北平人玩蛐蛐儿的主儿还兼爱养蝈蝈、油葫芦、金钟儿、咂嘴儿，会养的还爱用葫芦，能让这些虫们活到冬至、上元节。为的是冬天也能听个响儿，让人于斗室方寸间感受到，夏秋郊野之生趣。方先生不，他一不用葫芦养，说虫生于土绝不能离了泥性，二他不待见那些光叫不咬的蝈蝈、油葫芦。至于为什么，他素不与人详说，只说那些虫们没德性，是不能与蟋蟀相提并论的。

不涸斋的园子里也养了一些鸟，还不少。看着玩儿的有芙蓉、鹦鹉、碧玉、珍珠，五彩缤纷悦人眼目；听声儿的有画眉、百灵、字字红，千鸣百转悦耳动听；再有就是几只会闹玩意儿的梧桐、燕雀、老西子。园子里也常能逮着金钟儿、油葫芦，方先生逮一只喂一只鸟，对蛐蛐儿可绝不是这样子。即便是那缺须的短腿的，他也或养或放，绝不许人糟践它。

老西子、黄雀、杜鹃爱吃荤，方先生却不许人们用蚯蚓喂它们。谁都知道他除了爱蛐蛐儿还爱怪吓人的大蚯蚓，至于为什么，他只是泛泛地说，不爱跟人细刮划。所以不单桥川觉得奇怪，不涸斋内的人也都觉得是个谜。

深秋的一天，已是蛐蛐儿不再爱开牙的时候了，张一元茶庄的张老板携来一只三点星，方先生一看就唏嘘不断。小半寸长的三点星头上生着三块凸起，被红须红头一衬，像三颗银灿灿的小星星，这是一种称王的蛐蛐儿。这种蛐蛐儿奇在每片红牙叶上也嵌着三颗星，方先生只从蟋蟀谱中看到过，真的自己从来没有逮着一只，今天见了果然不俗，实在是只好蛐蛐儿。别看已入深秋，张老板这只三点星还“油”得厉害，刚把盖子揭开来，它就前冲后转，那架势跃跃欲试要厮杀。

原来，野生的好蛐蛐儿一经蓄养，它就认识养罐与斗盆。主人若把它从养罐中经“过笼”引到斗盆里，它便立即嘟嘟地叫，挑衅般招引同类来相搏。这只三点星更神奇，刚打养罐的盖子它就不安分，真是只非同一般的好蛐蛐儿。

看了半天，方先生两只细细的眼睛眯起来，情不自禁地搓手，咽口唾沫对张老板说：“这成王的蛐蛐儿您也舍得拿来斗？”

张老板不甚懂行，他搓搓光下巴呵呵地笑着说：“聚参和毛老板送给我的，他说是只好蛐蛐儿，好蛐蛐儿可不得看它斗，我知道方先生是大玩儿主儿，这不就找您斗来了？”

张老板确实不懂。原来这蛐蛐儿有生口熟口之分。熟口蛐蛐儿是主人不谙习性，三天两头让它和别的蛐蛐儿斗，老斗老掐必然牙关松懈，夹钳起来力气大减。一些牙关受损的上品蛐蛐儿有时不爱开口，外行主人便恼怒地为之“打瓜”，也就是将这只蛐蛐儿放在左手心，右手在左手臂拍打，一拍一颠掌心，蛐蛐儿自然一上一下在手中挨摔打。它被折腾得晕头转向之后，一入斗罐儿便又与敌手疯狂地撕咬一阵，殊不知牙关、体力在此时尤为受损，常在这时元气一伤再伤。所以蛐蛐儿不能老斗，上品与上品还值得一搏，不能养只蛐蛐儿到处“寻衅”，那样斗成熟口，即便品相再高，精元之气耗尽，牙关松动不紧，就是跟下品好蛐蛐儿相较，也如强弩之末，常常力不从心。

生口蛐蛐儿则不然，有些蛐蛐儿虽为中品、下品，但主人会调养善保护，因其体力充沛牙关紧坚，有时竟能把上品的熟口蛐蛐儿咬得连滚带翻，落荒而逃。

张老板不摸蛐蛐的门道，拿着这么好的三点星找上门来邀斗，方先生还真替他可惜。只图一时悦目，这就把好蛐蛐儿给毁了。

不过，方先生不能扫张老板的兴致，人家不过是寻乐儿，才不管什么生口熟口呢。他走到檐下一溜蛐蛐罐前，将那乌麻头、金项背、银琴翅、藤萝紫、蟹壳青逐一审视一遍，回过身来对张老板说：“个头儿都与您那三点星差不离儿，只是品相都不及它，用它们跟三点星斗，可真腌臜了您这只蛐蛐儿。”

“什么品相个头儿的，方先生，咱爷们儿不过是看个乐儿，您随便拿出一只来，赶紧让它们掐会儿啊。”

那天，桥川也在座。他跟方少云玩了好几年蛐蛐儿，谈不上成了把式，也能算半个行家了。他摘下金丝边的眼镜哈哈气，掏出手绢轻轻擦，挑着两条又黑又短的眉毛说：“方先生怎么忘了，园子里不还放着只一线翠，要是能把它招回来，我看不妨与三点星一试嘛。”

“也好也好，”其实方少云也想到了，“就按您说的，咱们招它去。”

三人一同来到园子里，将那只三点星呆的罐子放在南边一棵桑树下。三点星因为进了斗罐儿。果然在里面嘟嘟嘟地叫个不停。方少云让桥川和张老板闪开，自己蹲在罐前一尺的地方屏住呼吸一动不动。

好紧张，张老板哪有过这样的经历，他和桥川远远地蹲在树那边，压得大肚皮好胀，没有多大工夫便喘开了粗气。真紧张，如临大敌，还真有点儿惊心动魄呢。

嘟嘟，嘟嘟，嘟嘟嘟嘟嘟——，三点星叫了大约七八分钟，桥川的腿也有些蹲麻了，只见南边草丛中微微有些响动，没容他和张老板看清，一只修身长腿的蛐蛐儿果然“噌”地一声，从草丛中划道弧线蹦出来，不偏不倚跃到三点星的斗罐盖子上。

桥川这才看清楚，对，正是那只一线翠！只见一线翠振翅在盖子上叫两声，沿着盖沿扫须、闻嗅，用前爪抓挠，恨不能立刻就钻到罐儿里去。这时，方少云悄悄伸手，用小巧的铁丝罩子一扣，那只一线翠纵身一跳，主动挂在罩壁上面了。

张老板这才一按双膝“嘿”地一声站起来。新鲜，虫儿啦鸟儿的都是公母相招，怎么这三点星一叫唤，这二尾的公蛐蛐儿反被招来了？他笨重地跨过几步看一线翠，又是让他一怔愣——没见过，绿眼睛黄须子，从天灵盖到双尾叉有一条清晰翠绿的中分线，在乌缎般的身翼映衬下，它像一只身材颀长的小蝈蝈。张老板不禁拍着两只大手片子叫绝：“真让我张某开眼，没见过，要让我一人碰见我还真不知道逮它,多像一只小驴驹子啊!”

“方先生,这只蛐蛐儿怎么一听叫唤,自己就从洞里出来了?”他觉得真奇,没等旁人开口,又接着问是怎么回事。

方少云一边把一线翠装入另一只养罐儿,一边告诉张老板,说这一线翠也和三点星一样,是蟋蟀中上品的上品。它们生性专与品相相当的蛐蛐儿斗。当初之所以敢放在园子里,是因为知道这类蛐蛐能招;只要用好蛐蛐儿一招,这一线翠之类的骁勇者便会闻声而来,与鸣吟的蛐蛐儿寻衅寻斗。

新鲜,漫说是见,这辈子都没听说过,张老板咂嘴称赞。

三人一同回到中院正房坐下,方少云让下人沏上铁观音与两位客人一块儿刚品了一口,张老板便等不及了,嚷嚷着赶紧让这两只蛐蛐儿斗。方先生把一只过笼取过来,跟张老板说:“张老板,开盖之后您千万把嗓门儿放低点儿,要不这好蛐蛐儿爱‘炸盆儿’!”

张老板连连点头。方少云这才打开斗罐儿和养罐儿,将一线翠用过笼引入斗罐儿里。

六只眼睛不动了,谁都不再出声,屋里瞬时静极了。

斗罐儿里的两只蛐蛐儿互相都有察觉了。大敌当前它们反而显得悠闲了。在这直径十二公分,壁高十五公分的斗罐中,两只蛐蛐儿捋须探爪,好半天才轻轻向前移步,有时还自在地停下来,怡然地甩脚顺顺自己的尾巴。

毕竟,斗罐的体积太小了,它俩在一点儿一点儿地凑近。突然,两对长须搭住了,一线翠岿然不动,三点星向后顿身、颤腿。一线翠极轻地摆须前移,嘟嘟嘟,顿身的三点星开始以声震慑。都如满弦之箭,几乎是同时,两只蛐蛐儿猛地钳牙绞杀在一起了。

一线翠来势奇凶,几撕几咬便钳住了三点星的一只牙,它狠命地掀狠命地扯,急欲先把对方的一片利齿切断。而三点星韧力极强,虽被咬住牙关却借惯性甩,借力使力用劲翻。一线翠向左扯,它就劲儿左翻跟对方一快儿打一个滚儿;一线翠向右拧,它顺势一甩将对方甩到罐壁上。厮打一阵之后,一线翠终于撒了嘴。它俩猛冲猛撞猛撕再咬,一线翠脚下一滑身子忽然低了一下,三点星乘隙用两片利齿横着一划,一线翠的两条长须折断了。不料从盆底反弓发力的一线翠弹起一扑,咬住了对方的一条腿。三点星身子一歪抬腿一踢,它俩远远地分开了。

嘟嘟嘟——一线翠抵着身子在叫。

嘟嘟嘟——三点星颤着双腿鸣吟。

难分伯仲。两只虫谁也不服谁。

张老板两只眼都看直了,小时候他玩过几天蛐蛐儿,可没见过这么咬的啊!两只大手片子湿淋淋地竟然冒了汗:“真过瘾,太给劲了!”

桥川在一旁情不自禁地颔首,他知道,这是两只品相极佳的蛐蛐儿恶斗的序幕,好戏还在后头呢。

方少云微微地皱起了眉头,他爱看高品相的蛐蛐儿厮斗,养蛐蛐儿可不就是为了斗!可是一线翠的须子断了,三点星也被咬伤了前腿,他的心一揪一揪的。

瞬间,两只蛐蛐儿吟叫着往前搜寻,它们一前一后顺时针沿着罐壁走。一线翠步子稍快,刚用断下一截的须子触到三点星的尾巴,三点星回身又和它交上了口。双方刚才都受了伤,间歇后的搏杀似带着复仇的火气。伤腿的三点星扬身又要切须,一线翠顺势往上一顶,两只蛐蛐儿竟然都用两条后腿撑着身子立起来。直立式的撕咬,是蟋蟀斗杀中最激烈最危险的动作,稍不留意便会让对方把咽喉咬断!只见一线翠在相持中奋力一顶,三点星身子一仰被它高高抛起,甩了一个三百六十度落在自己的身后。由于用力过大,它俩都仰躺在罐底,两片白色的肚皮一齐朝上,刹那又一齐翻转过来,急旋着相互寻找。这次,三点星先发制人,斜刺着咬住了一线翠的脖子,方少云的心腾地悬起,双手死死地将桌沿抠住了。正在这千钧一发之时,那一线翠似京剧武生在戏中来的"抢背",它带着三点星在罐内向后连着打了八个滚,三点星终于撒了嘴——毕竟它伤了一只前腿,经不往一线翠的连续翻旋了,但是它并未吃亏,刚才紧紧咬了对方一阵脖子,也使对方的颈项膨松了,好惊心!它俩断须伤腿残颈,却都不断突击不断寻找不断翻甩不断鸣叫,竟如两只上了弦的钟表。

方少云真想把它俩分开,一线翠的须子全秃了,脖子也肿起来;三点星的伤腿不能着地,身子已经微倾了。这么好的蛐蛐儿若还接着咬,肯定会两败俱伤的。

张老板咧着大嘴吸气,桥川撇撇嘴伸出一个短短的大拇哥,真精彩,从没见过任何蟋蟀这么咬!这简直是毙命之斗,紧张得让人喘不过气来。

方少云轻轻闭了闭眼,张张嘴唇又闭住了。不能分开,这不是成心扫桥川与张老板的兴!这是看个乐儿,要是下了赌主人再停斗,那不连人品都失了?心疼归心疼,还得让它们斗。

可是,他酸酸的心里好委屈,绝不是怕一线翠输,是连他都没见过这样的蛐蛐儿这般的斗,直怪可惜了儿的啊!

一次短暂的吟鸣之后,秃了须子的一线翠反而更没了后顾之忧,再也不用引须试探,寻位闻嗅,而是凶猛地左冲右突,逮着对方的任何部位都撕咬。三点星因已断了一条前腿,颠狂中施出了最厉害的杀手锏,用头上三颗硬硬的凸起,猛磕一线翠的两片钳牙。随着一线翠的扑、翻、冲、撞、跃、蹿、腾、踢,不管攻势来自哪方,三点星都是先用凸起迎牙猛撞,然后再开口掰杀。

两只蛐蛐儿没有了开始时的僵持,没有了一张一弛一招一式的攻防,而是快如闪电的翻滚腾旋,在那状如笔筒的斗罐中抱成一次次圆球,划出一道道弧线。又一阵急促地上下咬旋之后,一线翠与三点星同时咬住对方的前腿一甩,各自一只前腿被撕下来。歇息,它俩竟不约而同地急喘着大嚼,吞咽着对方的残肢。

"厉害厉害,中国的蟋蟀太神奇了,我们日本国可没有如此英勇善斗的东西!"很少感慨的桥川这回由衷地赞叹起来,他松松领带,又把外面的上衣脱下来。

“妙,妙,妙得厉害!”张老板看得也累。他捧捧肚子喘粗气,不知称赞什么好。

二人落了话音,重又把目光聚向斗罐儿,屋子里又很快静下来。方先生匀匀地吁出口气,真不愿他俩出大声,仿佛声音会干扰这两只小生命宝贵而短暂的间歇、喘息。他真的感到它俩在喘,看见一线翠颈上撕裂的肉茬翻着,看见三点星断腿处渗出了体液,粘稠稠似在滚淌的体液。

不知间歇了多半天,三点星又捋捋须子踹了踹尾,因为断腿后前体倾斜了,两片钳牙低低地就要触到罐底。尽管举步维艰,它还是收着下颌缓缓地向前移步,还是要用头上的三块凸起做最后的厮杀与冲顶。

一线翠的脖颈有些歪,从头顶至身尾的绿线似乎已被对方撕咬得扭曲了。但它也没有服输,吞嚼完三点星的一条前腿又像长了些力气,它弓弓后腿坐坐身子,也慢慢地向前移步,准备着做出最后的搏击。

可是,刚才那番闪电般的厮杀毕竟过于激烈了,它们同时变得迟缓了板滞了,余下的战斗不是凭力气拼体魄,靠的是宁死不屈坚韧不拔的毅力与意志了。

终于,两只蛐蛐儿又撕咬在一起,一线翠的脖子歪斜着,三点星的身子低俯着,节奏明显慢多了,不管谁把谁奋力一掷甩开后,都不像最初时那样迅疾地寻找了,而是停一停,顿一顿,笨拙地转身移步,相持半天才对口。

方少云再也看不下去了,只有他理解这两只蛐蛐儿都已力不从心,平生第一次,他不愿见到同在斗罐的两只蛐蛐儿——一决雌雄——它们的品相太好喽!不由得,他轻一捋袖想把一线翠取出来,桥川上来托住了他的胳膊:“还是让它们分个胜负,方先生向不如此,今天怎么有一些——啊哈哈……心疼了,嗯?”

“方先生,别介,怕输啊?分不出输赢斗的哪门子蛐蛐儿,我今天干嘛来,就是到府上献丑,让三点星一比高低的!”张老板也上来拦住他,伸手端起茶碗咂了口茶,把茶碗信手放在斗罐旁,“乐子,这才是乐子呐。”

“实在是难得的上品,分不出伯仲,真不愿让它们两败俱伤啊。”方少云无可奈何地摇头,只得又把袖子放下来。

“方先生,娱乐便是娱乐,我看你还真有些菩萨心肠……”没容桥川这句话说完,两只蛐蛐儿又同时嘟嘟嘟地一阵鸣叫,突然急剧地滚咬作一团。像刚才一样,白肚皮紫身子绿线线银星点,上下翻飞左扑右掀,围看的三人不禁一怔,重残的蛐蛐儿怎么突然来了精神?只见扭做一团的两只蛐蛐儿在罐内连滚了十几个周遭之后,一线翠一口咬住了三点星的一条后腿,退步俯身甩头,噌!竟把三点星从十五公分高的斗罐中抛出,随着一道弧线——扑!不偏不倚,三点星落在一只茶碗中,它先倏忽沉底蹬了几蹬,漂上来时又伸伸脖子,顷刻之间便翻了肚皮。

太突然了,来不及反应,这一切发生在不足两秒钟的时间里。

“哎哟,还是这三点星废物,让人家甩出来淹死啦!哈哈哈……”张老板悻悻地大笑,又无所谓地端起茶碗,哗地一声连三点星带茶——顺手倒在痰盂里。

“真是很巧,巧得很呐!”桥川如释重负地出了一口气。

“关门掩屌，真是他妈的巧极啦！”张老板又呵呵两声解嘲。

谁也没有注意到方先生的变化，他黑黄的脸微微泛红了，一把抄起张老板的那只空碗，也斜着两只眼睛盯着他：“张先生，你是堂堂张一元的大掌柜，可办出来的事情没教养！”

张老板怔怔地看着他，方少云赢了，怎么倒跟他汆起来？

桥川抻着脖子摘眼镜，新鲜，方少云没当人发过脾气呀。

“方先生，你这是说谁呐？”好半天，张老板才一捋袖子反客为主坐下了，“对，张一元是全北平全中国无人不知的茶叶店，本掌柜光临不涸斋是看得起你姓方的，平白无故你翻的哪门子脸！”

“你用过盖碗喝茶吗？既然你是茶庄世家茶道传人，你懂不懂品茗喝茶的规矩？”方少云砰砰地拍着手中的茶碗。

“我张某人孤陋寡闻，出穷闾入陋巷，不登大雅之堂不懂得什么品茗不品茗，今儿个我就是来开眼讨教的。”他轻轻地一撩长袍，在方少云面前翘起二郎腿。

“茶叶你扑扑乱吐，喝完茶你凭什么不盖碗盖？”方少云咄咄逼人。

桥川这才明白方少云为什么急。原来他嗔着张老板喝茶没有随手盖盖子，致使三点星刚巧掉在里边烫死了。确实，用盖碗喝茶是有讲究，要用盖子轻撇浮在上面的茶叶，哪有不撇茶叶喝到嘴里再吐的！再者放茶碗马上盖盖儿也是规矩，不然喝茶用盖碗干什么。刚才张老板哪还顾得撇茶叶盖碗盖，正因为如此，三点星死于非命了。

张老板当然接受不了，你方少云再爱蛐蛐，那三点星是我张某人的，碍得着你横眉立目的发火训人吗！他听对方问他为什么不盖碗盖，不屑一顾地说：“本人乐意，盖不盖看我的兴致，我张某人一辈子由性儿。”

“你烫死了三点星！”

“对，上你这儿来就是图乐儿，烫死它是为了找乐儿。”财大气粗的张老板和前门外同仁堂、内联升、瑞蚨祥这类大买卖的掌柜平起平坐，上不涸斋来就是赏方少云脸，还是看得起他呐。既然已经撕破了脸，他索性也不再顾什么。

“你，你，你……”方少云二目圆睁，扬起手中那只碗，嘭地一声在地上摔个粉碎，“姓张的，你出去，你出去！”

“方先生，这是何必，这是何必！”桥川都有些不知所措。

“方先生，您这是……”一直在隔壁的抚筝跑进来，“张先生，您坐，坐呀！”

张老板早一按桌沿站起来：“方少云你等着，大爷我今天赏你一次脸！”他抄起桌上带来的那只养罐儿，迈出门槛一挥手——啪！响响地碎在台阶上，“我走，八抬大轿抬我也不再来！”

“你走，快出去！”方少云气急败坏，倚在门框上喘气，“这是不涸斋，该不着你摔——！”

桥川看着他摇头，奇怪，方少云今天这是怎么啦？蟋蟀再至重，也得顾及人情和面子，方少云不是这种好冲动的人呐，怪！

11

小雯上了高中。她一天不见齐松就别扭。方先生睁一只眼闭一只眼，是抚筝把他说动的，“幽古陶”将来指着谁，要是齐松真的入了赘，他就是方家的传人。

其实，抚筝何尝不想给方先生生个儿子。第一年还真怀上一胎，谁想老爷子天天晚上手脚不拾闲，流了那胎再也挂不上。她急得出来进去转磨，方先生仍然一天晚上都不歇。听人说这事勤了反而种不上，可她哪劝得住老爷子！一躺下便死磨活缠什么都忘了。

一晃儿十来年，她的心也凉下来。

头年，她含着泪劝方先生再续个三房，他不干，说有后无后全属天意，只为人欲抚筝一人便够了。她心里说不上什么滋味，“幽古陶”名扬京华已三代，在他这辈断下香火，对不起方家的列祖列宗啊。

眼见方先生不想再续，又见小雯天天跟齐松裹在一起，她倒觉得她俩真是般配的一对。枕头边上，她三天两头吹风：齐松这样人是人活儿是活儿的年轻人，打着灯笼也难找呢。

方少云三天两头去作坊点拨齐松，见他日新月异，于泥陶泥塑既有钻劲又有灵犀，心眼自然也就活动了。将来齐松不亚于自己，此人天资聪颖极有悟性，即便自己真有个儿子，若没长成齐松这手这心，不照样也是白搭吗。

一天，他又来到作坊，看齐松给烧好的泥陶做工艺处理。他静静地站在齐松背后看了半天，齐松竟然没发觉。

“幽古陶”的器皿，制胎焙烧后要在窑内焖火，时间长短浸水久暂各不相同。因为方少云搞的是仿古泥陶，所以光润无比的象尊、菩萨、镬鼎出窑后须分门别类地处理加工，才能使其变得古朴浑拙，锈迹斑斑。自然，铜锈要泛着青绿，土锈要透着灰黄，这其间要打磨、涂料、上色，甚至成心在光滑的泥陶上刻疤，才能返朴归真以假乱真。齐松干了二三年，在方先生的指点下已颇得要领了。

今天，他正给一尊战国陶俑上“土锈”，根本没注意身后站着方先生。待他细心地给陶俑着粉上黄之后，端详片刻放入锦匣，伸手从木箱内拿出另一只陶俑——“这是什么？”方先生蓦地俯身，齐松激灵一下将那只二寸多高的小泥人揣到了怀里：“啊……方先生，这，这是——”他神色慌张地站起来。

“那是什么？我看看。”

“不，它是……”

“方先生，桥川先生来了。”恰在这时，外院门房喊了一声。

方先先微微侧身，轻轻地对齐松说：“桥川先生走后你到我房里去，拿着你藏起的，啵！”他冷冷地努嘴，不容置疑。

说完他转身出了作坊院，齐松心里可凉了半截，怎么那么木，方先生在背后站了半天，自己怎么一点儿也不察觉啊！他迅疾地将怀里的泥塑取出来，瞻前颠后匆匆藏到空窑左边拐角里，怎么办，这回出了大麻烦！

中午小雯放学了，他闷在作坊院门等着她。见她刚一进门，便急挥手把她叫过来。小雯不等他开口，先急急地问他："怎么样？没裂吧。"

他耸耸两道英气的眉毛冲她摆手："你爸，方先生看见啦！"

"哎呀，我先看看裂没裂。"小雯没太关心爸爸知道不知道，她催着他赶紧拿出那只神秘的泥陶，待齐松悄悄从窑内取出递到她手里，她兴奋地轻轻跺脚："真棒！对了，还得给这家伙点个仁丹胡啊！"

那陶俑塑的是个日本兵。脑门尖尖的两腮鼓鼓的，眼睛是三角的，两颧和鼻子成一个倒三角，肥肥的马裤和一双皮靴又成一个倒三角。简练的几个三角形把一个活生生的日本兵捏出来。最绝的是这家伙双手横举一把大盖枪，刺刀上挑着一面太阳旗，沮丧的神态哀怜的表情像乞怜的木偶和小丑。泥塑夸张滑稽，把大日本国皇军的皇威淋漓尽致地"抖"出来。

"刚才你爸说，这件东西必须拿到他那儿去。"齐松心里一直在扑腾。

"你怎么让他看见了？"小雯这时才注意到齐松为这事提拎着心。

他把刚才的情况原原本本地诉说了一遍，小雯用指头戳戳他的脑门——怪他钻到泥堆里，便把什么都忘了，这事还真麻烦了，爸爸向来不交恶日本人。

"一会儿怎么办，我一个人真……"他害怕，这件事没法交代呀。

"瞧你怵的，一会儿我跟你去还不成。"她只能横下条心跟他一起挨呲儿，反正事已至此了。

午饭后，待那只"日本兵"端放到方少云面前的时候，他垂下眼皮没有再看，一把将它攥在手心中，然后双眼一扫窗外，转而犀利地盯着齐松："不涸斋门口的对联写的什么？"

他低头轻轻嗫嚅："写的是……我一直铭刻在心。"漫说是他，院里的人谁都背得滚瓜烂熟，北平城熟悉"幽古陶"的谁不知道这两句。

"你背。"

"泥香陶香书香流碧，溯古汲古觅古传宗。"

"那你干嘛要独出心裁？"

"爸，"小雯娇娇地接茬儿，"那'删繁就简三秋树，立异标新二月花'，和'歌辞益新后有来者，山水相乐前无古人'不也是您亲手书写送给齐松的？"

"不准你多嘴！"方少云的两道眉毛立起来，"我指的是塑艺上的立异，胎体上的出新！"

"方先生，国难当头，我……心里……"齐松铆足力气仍没把话说完整。

"齐松，你还打算在不涸斋待不待？不爱当我的徒弟，滚，你立刻给我滚出去！"他怒不可遏地站起身，两个指头抠入"日本兵"举枪的小孔洞，抬腿猛往膝上一磕，"日本兵"两只细细的胳膊撅折了，"以后再有一次，别怪我方少云翻脸无情！

你听见了没有——?”说得太动情,声音颤颤地变成吼。

“方先生,师傅!……”

“爸,您这是……”小雯更觉意外,她没想到爸爸会如此。

方少云忿忿地甩袖,转身,喘着粗气踱到里屋去了。

齐松和小雯惊悸沮丧地退出来,真吓人,刚才的场面真吓人呐。

怎不令人心中郁郁!方先生脾气越来越大了,对秋芸、抚远、张老板,还有今天对他,师傅还没跟他急赤白脸过一回呢。唯有对桥川毕恭毕敬——见到日本人就孬了。外边的人早有议论,这不成了汉奸啦?这个泥俑是他和小雯共同商量制作的,他们要拿到“三一”社;人家北大、燕京、汇文都在印传单演话剧,他们也要拿出一件抗日的真“东西”啊!

自从在伪留置场受了老丁的启发,齐松真的去了两次“三一”社读书会。令他惊异的是那里是另一番天地,人人有一腔热血,个个关心的是国家、民族、抗日的前途与命运。什么教授、学生、市民、工人,没有高低贵贱长幼尊卑,只要你忧国忧民,在那里就是同志是兄弟,就能手拉手心连心,就能在那里传阅《萍踪寄语》《大众哲学》《中国的西北角》《铁流》和《毁灭》。

大开眼界,市井平民想象不到那里的激情那里的愤慨那里的热烈,一次在燕京大学的讲演会上,他听到一首歌唱的竟是“大刀向鬼子们的头上砍去”!天!

回来他把这一切都告诉了小雯。每去一次都令他夜不能寐,人家那是怎么活着呐。

真想跑到解放区去,读书会的许多人已经通过秘密交通线到了大后方的根据地。可他舍不得泥塑放不下小雯,想起隆化父母的惨死也令他常常心悸。再等一等,等到小雯高中毕业鼓动她一块儿去,两人结伴奔赴延安,那斗争那岁月才浪漫呐。

去“三一”社的事情是绝密的,当然不能让方少云知道一点点。每次回来他都把所见所闻讲给小雯,小雯先是害怕,随着年龄的增长胆子也稍稍大了些。别看日本人在北平城内没怎么大动,可听同学于芳说,她姥姥家住在长辛店,日本人把长辛店铁工厂改了名,叫什么华北交通株式会社长辛店铁路工厂,在厂北门的儿至二十二号大院里建了一支加藤狼狗队,队长加藤谷正驯养狼狗两千只,为了在华北战区用。而驯狗要用活人做靶子,于芳的二舅就被抓去让狼狗把心掏出来。

长辛店才多远,日本人太毒了,他们就是为了镇慑北平城才在不远的近郊组建了驯狗队。平日里,小雯最崇拜的人物是中国铁路建设的奠基人詹天佑。一天,她和三个同学去了八达岭。瞻仰完詹天佑的塑像,她们你争我跃地爬长城。刚刚登上北侧的第一个烽火台,一把刺刀、一条狼狗的舌头从烽火台内伸出来。她刚一哆嗦,突然又发现了——一双眼!瞭望孔内还有贪婪凶残的两只眼!

天,她蓦地把身边的同学扯住了,险些从高高的台阶上跌下来。

狼狗、刺刀、眼睛……那次之后她再也不敢出城了。

她爱听齐松给她讲“三一”社，又常常担心他会把什么祸事招回来。那次到西单看杂技，齐松不就平白无故被伪警察局抓走了！但愿一切都平安，爸爸似乎也默认了她与齐松的亲近。将来，她憧憬着将来，她已经一天天地长大了啊。

齐松要塑个举旗投降的日本兵，开始她害怕她反对，后来她激越她兴奋。街上有人敢撒传单敢贴标语，他们也是青年，也该有一丢丢儿的表示啊。因为长城烽火台上见到的那双眼是三角的，就让齐松把这个“小日本”的各个部位都塑成三角形。这个泥塑尽管发挥不了任何作用，齐松也没决定把它拿到什么地方去，但凝聚了他俩的希望和信念，他们多么希望中国人能自由，多么盼望着日本人快投降啊！

谁想，父亲还是那么惧怕日本人，信手把这只泥塑给毁了。她郁郁地和齐松谈起这件事，齐松看来比她想得开：“我在‘三一’社读到过一篇文章，叫《中国社会各阶级的分析》，那里头详详细细地讲了，不能用同一个标准要求各个阶级的各种人，我们要耐住性子慢慢来，许多事情，像阶级、感情、立场什么的，都是根据一个人的阶级地位决定的。”

她如听天书。什么“阶级”什么“分析”，齐松懂得越来越多了。那天他还说了一句“艾思奇”，简直让她懵住了，那是人还是地方，中国人怎么叫个外国人的名字呢？今天的“阶级”“立场”“分析”也使她陌生，她和爸爸和齐松和妈妈和二妈，都在一个阶级上边吗？如果不在，他们怎么都在不涸斋里住着呢？

不明白，许多问题她不明白。

12

只要方少云不在家，抚远便颐指气使，便喝三吆四，都能跟日本女人睡觉，他还有什么可怕的！桥川给他撑着呐。

秋芸也知道了这件事。她不想也不敢再与抚远有往来，只是心中无名的恨。听听抚远在门房说的那些话，他是畜类不是人——

“日本娘儿们跟中国娘儿们就是不一样。人家那肉皮儿，人家那身腰，趴在身上就是两股劲儿！”

这话能不让人恨？她恨抚远比恨抚筝还要甚还要甚！

一天，方少云上了琉璃厂，抚远的胆子又乍起来，他起来先喝了好一阵，才摇摇晃晃地去筛“乾子土”。正在这时候，外边来了送煤的。几个伙计正出窑，秋芸只好叫抚远帮着运。他一听见就急了，抻着脖子不动窝：“干嘛单支我，这又不是我该干的活儿。”

“不该你干该谁干？”秋芸早就对他憋了一肚子火。

“哟，大奶奶，我不是干这活儿的料，您知道。”他慢吞吞龇豁牙，眯醉眼。

“你是什么料？”

“干活儿呗。”

“干什么活儿，那你干嘛不快去！”

“我干的不是这类活儿，干的那活儿又绵软又硬梆，有谁比大奶奶更清楚！”

天，秋芸这才悟出抚远说的是什么。她浑身颤颤地立了半天，“嗷”地叫了一声，呜咽着捂脸跑回后院去。这时，抚筝刚巧从菜市口买药进院，愣怔了片刻跑到作坊门口大声说：“你要造反是怎么着？大奶奶让你干什么你就得干，去！还不赶快运煤去！”

“哟哟哟，我说妹妹，你别胳膊肘往外撇呀？我可是你亲哥哥，你怎么编排起哥哥我来了？”他粘着舌头装疯，根本不把抚筝的话当成一回事。

“你！……一会儿方先生回来打折你的腿！”

“他敢打我，我借给他仨胆子！”

“你！……”抚筝由气到怕了，大庭广众之下他那么放肆，这不明明在招灾！

“别跟我一口一个‘你’，少用方少云吓唬我，我等着，我等着他把大舅子的腿打折了。”抚远这话也太吓人了，人们都在院里听愣了。

齐松再也看不下去，他停下手中的活儿，冲几个出窑的一挥手：“走，咱们把煤卸进来。”

抚远还在骂骂咧咧，抚筝却没敢再言语。这口气不憋也得憋回去，抚远撒起泼来是六亲不认的。没办法，她预感到有什么凶兆，噙着眼泪回屋了。

怎么办？不是没有手足之情，抚远确实不该在不涸斋再待下去。酗酒闹事撒泼寻衅先不提，麻烦的是他勾上了桥川和一个日本女人。近来他出出进进不离作坊，为的是探明泥陶料浆的配制秘方！这无异于摘方先生的心，这是方先生的命根子！

这一阵抚远一再跟她纠缠，说如果妹妹能帮助得到秘方，桥川答应给他兄妹五万光洋。她听了浑身直哆嗦，桥川之所以跟方先生周旋好几年，尽管方先生自己讳莫如深，桥川自己却再也憋不住，他为的就是秘方，要的就是秘方啊！这些天，她看出方先生心里不平静，也是的，他一直在与桥川虚与周旋，弄得桥川再也耐不住性子了。那天他还对她说：“桥川技穷，连春秋笔法都丢啦！”她不便多问，难就难在这里又掺和上了个抚远，怎么跟方先生说，抚远这挨千刀没良心的是自己的哥哥啊。

唯一的办法是把抚远打发走，她曾与他商量过：“哥，你该成家了，我再出钱给你开个小买卖，珠市口有间铺面房正空着。”“成不成亲你甭管，要我走得有条件。”她没法满足他。为了桥川的五万光洋，抚远唯一要的就是秘方。“作坊里你转了多少年，怎么配料你全看见了，本来制陶就没什么更秘的方子嘛。”“少废话甭蒙我，你不是要把我赶走吗，我如今在不涸斋里待定了！”“你就心甘情愿为日本人做事？”“方少云跟日本人更好，整个南城都知道！”

——赶不走，祸事不定哪天就出在他身上。

刚才他在院里骂，抚筝回屋反复思忖决定该把这一切告诉方先生，既然哥哥对她不讲骨肉情义，她也不能为他去死啊。

中午，方少云从琉璃厂回来，她索性把抚远缠要秘方的事全抖搂了，要不得，抚远是个可杀不可留的东西啊！想不到方先生慢悠悠磕出一撮鼻烟，左右往两个鼻孔一抹，深深地吸了口气说：“不念他是你的亲哥哥了？”

她点点头，没有什么惦记的，她跟了方家，顾的是“幽古陶”的兴衰啊！

“桥川不让他走，我拗不过日本人。”他淡淡地说，用手把烟壶细口紧紧掐住了。

抚筝心中更乱了，这事越来越复杂，越来越麻烦，全是抚远闹的啊！

他不让她再提此事，说只能任抚远去反，主弱奴强奴欺主，古往今来全是这样的。世道，他只低低地感叹了几声“世道”。

抚远闹完这场也有些怕，尽管有桥川在后边撑着吊着，但方先生那双不大的眼睛开得太小，讳莫如深，这些年他之所以投闹出圈，皆因主人那目光太凛冽太冷厉。

事后几天，他惴惴地候着方少云的教训，不想悄无声息，主人连看也没看他。另一件事倒很奇，听说方先生在西厢房内整东西，抚筝也跟着出出进进的，很神秘。他留了心，他们这是干吗呢。

四天之后，四个大躺箱被人抬到东跨院的正房里。那是方少云的书房，桥川常到那里看藏书，下人们谁也不进去。抬箱子唯独没叫他，他远远地贼着，觉出里面不轻，齐松几人憋得满脸通红的。抬完书房加了两道锁，窗户插销也加固重钉了。

他把这情况报告了桥川，桥川反问他正院西厢房里放的是什么。他说只剩下两只旧躺箱，别的就是靠墙的一只条几了。桥川三天之后才告诉他，倒要到西厢房中摸摸底，方少云比谁都机灵，前几天抬箱加锁是做样子呢。

几年来，桥川双管齐下用功夫：一是找秘谱，二是在配料操作中探虚实。无奈他自己毕竟不能太直露，可买通的抚远又实在是个笨家伙。他偷出的料土还是“乾子土”和铅硝，可桥川在文化事务委员会依法配制，仍然造不出“幽古陶”。方少云定会藏秘谱，不然这回又抬箱倒屋藏什么？不过桥川知道方少云非同一般，干出的事情有“绕绕”。

半个月后，一个雾气迷蒙的冬夜降临了。没有风，不涸斋内好寂静，后院秋芸房里的灯熄了，前院方少云的房子也没了亮。抚远从作坊院厢房闪出来，探头探脑四下看，蹑手蹑脚来到正院西厢房。桥川为他配的万能钥匙真灵验，一碰那长长的铜锁就开了。

一切都进行得好顺利，正如桥川所料，《方陶秘谱》就藏在条几旁的躺箱里，抚远用一只日本手电很快便将它发现了，取出之后藏进怀里，他神不知鬼不觉地溜出来。

桥川得到“秘谱”格外惊喜，打开一看却气上心头。尽管方少云成心改变字体模仿先人书写，但那蛛丝马迹处处于笔锋字形上露出来。他又用指甲把书皮上粘着的《方陶秘谱》揭下来，底下竟标着“信稿簿”！再看内容更不对，还是什么铅硝、“乾子土”，这些玩意儿谁不知道啊！

桥川顿悟，他中计上当了，这是方少云布下的一个圈套在向他发威呐。

还真是。

方少云知道桥川必定指使抚远会到这里来偷，整东西抬箱子都是设钓饵、障眼法。一个星期之后，他把抚远叫过来，将西厢房门打开，指着地上一个一个泥脚印问他说："钥匙我拿着，你是怎么进来的，嗯？"

抚远舌头打不过弯："没……有，进……"他低头一看全傻了。

方少云在西厢房门槛后铺了一层软胶泥，进门的必然把脚印粘下来。那天抚远紧张得没理会，现在才琢磨出那天从一进门的时候起，脚底下怎么就变沉了？

"没有怎么落下了你的脚印？"方少云声不大，用细细的眼光乜着他。

"这……"

"进屋来，踩到你自己的脚印上。"

"那天晚上你偷了我的什么去？"声音还不高，却很重。

"我……我，没来过，什么也没偷你的！"突然，他像一只被逼得走投无路的狗，索性把膀子一横，在主人面前挺起了脯子。

"哥哥，抚远！……"一直在正房窗内看着的抚筝再也不能不动，她疾步冲出，"你简直无法无天欺人太甚了！"

方少云竟然没动气，他看看抚远，缓缓地点头，反而一手抚到他的肩膀上："你真的没上这屋里来过？"

"我没有！"

"那好，你去吧，干活儿去。"

抚远半抻着膀子倒懵了，本来他横下条心准备豁，方少云能把他怎么着，这是桥川让他干的啊。没想到对方又软了。他愣怔了半天，缩缩叽叽地退步，看看方少云和抚筝，尴尬地转身，简直不知道迈出什么样的步态往回走。

一步，二步，三步……

就在这时候，方少云抄起门边的半块砖，"嗖"地一声朝着他的踝子骨砍过去——咔！

"哎哟！……"抚远单脚抱腿先是跳，几个趔趄"扑"地一声栽倒了。

"捆起来，给我打！"

……

抚远的踝子骨被砍折了，还挨了好几顿暴打，方少云亲自上了手，把一根扁担都打劈了。

人们只知道抚远到西厢房偷了东西，到底怎么回事，方先生、抚筝都不说。

伤好之后，抚远成了残疾，走路有点儿一瘸一瘸的。方先生这一"砖头"真灭了他一半气焰，他很少在院里撒泼了。

不涸斋稍稍安定了些。

13

像没发生任何事，桥川先生还常来，方先生跟他依然亲亲热热的。

民国三十二年正月十五，桥川早早来到不涸斋，邀方先生到白塔寺庙会逛逛去。方少云长“嗯”一声点点头，随他出门上了车。

天气真好。初七下了场雪，连着刮了几天风，时下早放晴了，高远的蓝天像用水洗过，光滑澄澈得像块蓝水晶。无风的冬日，人们感到有种阳春暖意。白塔寺在西城，又是有名的大庙，正月十五是最最热闹的大庙会。早早的，骑驴的坐车的走着的，人们在西四一拐弯，就觉出今天的气氛了。

桥川与方少云赶到庙会，白塔寺周围已经熙熙攘攘了。是热闹，全是老北平的玩意儿，耍中幡的、练气功的、变戏法的、拉洋片的，叫卖声吆喝声锣鼓声四处嘈杂。穿过白塔寺北街，充耳的又是哗哗响的风车，嗡嗡嗡的空竹，间或还响起一阵阵噼噼啪啪的鞭炮声。桥川对什么都感兴趣，他买了一个细长的蜈蚣风筝举在头上，还问方少云吃不吃艾窝窝。方少云说不吃，他自己买了两个边嚼边逛，说中国跟日本的吃的有不少花样相似，但饮食文化却比日本大大地高出一筹。方少云“嗯、嗯”地听，他确实不知道什么饮食文化。

挤过熙熙攘攘的人群，两人来到白塔寺南街。西街清静多了，这里摊子上摆的，大多是珠翠石砚、玉器古玩。卖主有当铺掌柜和走街串巷的打鼓小贩，也有鬼市上倒买倒卖的职业骗子。档次虽然较低，有时也常能冒出几件好东西。

桥川肩负着“发展”中日文化交流的责任，不但对古玩店云集的琉璃厂、鼓楼、廊房头条了如指掌，对青山居、德胜门外的鬼市、各类庙会也极摸底，多少年了，他干的就是这份工作。

转到最东边的摊子前，只见一个满脸麻子的人在地上铺了块布，上边摆着许多盘碗瓶盂，开光、粉彩、青花、豆红，五色杂陈的瓷器琳琅满目。桥川拿起一只满是开裂瓷纹的哥瓷莲花碗，用手指弹弹又贴近耳边听了听，瞧瞧方少云又问那人多少钱。麻子伸出三个手指头，告诉他大洋三百，如果真心要，他们好商量。

桥川诡谲地笑着问：“三百元，这是什么瓷？”他又轻轻弹弹碗。

“宋代哥瓷，蒙您我今儿磕在这儿！”麻子一脸正经不含糊。

“哥瓷，三个铜板也不值！”桥川又把那只裂纹碗翻过来，“声音颜色都不对，宋代哥瓷要是这个样，那我们——”他陡地把话顿住，猫腰把碗又放在地上了。

卖主早就看出买主不是中国人，根本不再分辩，随手指着一地的瓷器说：“不信算我没说，那您重新选。”

桥川递给方少云一支烟：“方先生，它绝对是赝品，没错吧？”

方少云不觉诧异，明眼人一看那就不是哥瓷，何况桥川那功力那造诣，他是不是闲得无聊，成心跟卖主耍着玩呢。听桥川问到他头上，他捏着下巴答说：“当然，桥川先生的眼力没错。”

看着面前的两人都是行家，麻子有些别扭了。他摊上摆的虽然斑斑驳驳，但确实没有一件真东西。数得着的也就是几件光绪年间的青花笔洗，工艺虽精，但年头太近，根本没有什么收藏价值。

眼见这二人刚要走，他反而又有些不甘心。一掀身边的纸盒子，捧出两只黄澄澄的竹枝盖罐来。这对小罐高不足三寸，直径也就四寸有余，通体凹凸有致的竹节排成三层，两排在罐体上，一排在盖面上，竹节处有黑褐色的瓷釉为界，给人以淡雅、别致的感觉。

“好东西好东西，这是我们日本国的黄釉瓷器。”桥川见了格外亲切。

“这回是真玩意儿了吧！胎体釉面没挑儿，听听声，比地上的哪件瓷器都脆声。”卖主见桥川称赞，赶紧捧了过来。

方少云淡淡地瞄了一眼，把目光远远地投向西北方向的摊子。

桥川把那对罐子接过来，问麻子要卖多少钱，对方答十块，他放下罐子就掏钱：“方先生不喜欢，我买下来送给你。东洋瓷器，这是我们的东洋瓷器。”

方少云伸手把他拦住了：“桥川先生，瓷器虽好，可我素不喜竹。我们中国古人称‘怒气画竹，喜气画兰’，我脾气不好怕看竹，所以寒舍的那些中堂、条幅上，哪有一幅画竹子？”

桥川怔怔地听他说，还真没理会方少云的这一怪癖，听他如此说明，也就不再勉强。但在卖主面前已经掏出了钱，索性决定自己留下。

方少云轻轻又挡住桥川的腕子，问卖主这对罐子多少钱，麻子越看方少云越别扭，答话的腔调有些变：“先生，刚才您在跟前没听见？十块洋钱，十块‘大头’啊。”

“十块？十块大洋我能买来一百对这样的破瓷罐！”

“嘿——！我说先生，人家这位先生要买，又没让您掏钱，您何苦砸我的买卖！”麻子急了，哪有买主像他这么说话的！

“没有你这么手黑的，这位先生是碍着面子才要买，这种烂瓷罐只能拿回家去打酱、搁盐、放酱豆腐！”

“你！……”卖主气得手直颤。

桥川一惊，他被这突如其来的“醉翁之意”闹得进退维谷，方少云在他面前可从来没有这般锋芒过。他讪笑着劝方少云制怒，婉言向卖主致歉，托着方少云的胳膊转身：“方先生，北边摊子多，我们到那边去转转。”

方少云没有再争，随着桥川头也不回地离开了那个瓷器摊。麻子肚里窝火却不敢发作，毕竟另一个是日本人。中国人躲还躲不过来呢，吹，认倒霉，白费了会子精气神。

这二人款步转到西北角，那里是一溜卖画的，中堂、条幅、手卷、扇面，尽管没有唐寅八大山人的手迹，间或也能见到一两幅罗两峰、李方膺的东西露出来。浏览其间，谈不上斑驳耀目，却也古色古香。来去看了几个摊，方少云的目光落到一幅横轴上，他请桥川一起看，那是一幅《秋虫图》。

——几处茂密的杂草乱石之间，卧着十二只体形、神态各异的蟋蟀：有的捋须探足，有的躬身收尾，有的振翅鸣吟，有的引颈含胸，有的蹲爪欲跃，有的凌空展腾。最有意思的是画面上方的两对蟋蟀正在厮斗，翻滚扑跌之态表现得栩栩如生。

整幅画面无英英艳艳的色彩点染，而以蟋蟀们逼真的情态令人感到野趣横生。通幅墨色虽不悦目，但含蓄深远中别有意境，使观者如亲临郊野。生出许多遐想来。落款处的印钤是程瑶笙——融中西画技为一体的清末民初画家。

桥川见方少云在这幅横轴前伫立不动，又见这幅画上的蟋蟀画得确是传神，知道他看中了，便指着杂草丛中的乱石说："不但蟋蟀画得好，嶙峋怪石也平添情趣。"

"憾处在这一块石头上，"方少云咂咂嘴，指着那块乱草丛中的太湖石，"太湖石本为庭院饰物，画得如此光润平展，反倒有些失真。"

"那它便不是太湖石。"桥川也懂，太湖石因丑而成为中国园林布局中不可或缺的点缀。

"瘦、漏、透、皴都画得不到，丑得不够，桥川先生不觉它是败笔？"

"佳作均在似与不似之间，我看不能如此求全责备。"

卖画的一见面前这两位买主都是行家，况且其中还有一个日本人，所以只在一旁静观，这种买卖不是"拉"成的。

方少云端详一阵，侧过脸来问桥川："这些蟋蟀着实画得招人喜爱，您要吗？"

桥川知道在中国近代画家中，程瑶笙可与吴昌硕、吴湖帆这些丹青高手比肩，是清末民初参用西画的一位大家，但他的画技有日本透视风格，作品不属中国正宗国粹，便推让请方少云把它买下。

方少云抬眉问卖主："这幅横轴多少钱？"

"大洋三十。"卖主不敢要谎，说出的价钱实打实。

方少云并不还价，再细查墨色、画纸、落款、印钤，出钱把这卷横轴买下了。

桥川看看怀表，请方少云往东遛，转过一圈一圈的艺人摊，两人来到南街上。刚刚迈入南街没几步，远处街口微微响起一片喧哗，两人抬眼望去，迎面来了一队日本兵，街面上常能见到的巡逻队。

方少云因为夹着横卷，退步依在桥川身后走。左右行人见一队目不斜视的日本巡逻队咔咔咔地过来了，也纷纷闪在路两边。不少人纳闷儿，巡逻队上庙会，这种情形还真是不多呢。

没过一两分钟，巡逻队走近了，南街太窄摊子又多，人们匆忙躲闪间不免有些慌慌的。谁料，巡逻队的第一个日本人走到桥川面前，脚下被什么突然一绊，身子一歪撞在方少云的肩膀上。方少云赶紧向后闪，撞他的日本兵踉跄几下险些跌倒——哗啦啦，一个卖扑扑腾儿的摊子被碰斜了，两只扑扑腾儿"扑扑"在地上炸响了，好悬！趔趄几下的日本兵险些栽在玻璃碴子上！

满脸涨红的日本兵站稳身，扭过来冲方少云就是两个大嘴巴——啪，啪，脆响得使人们惊懵了吓呆了。

“先生，你凭什么……”方少云捂脸，另一只手紧紧抓住那横轴。

“你挡路的，心的坏了！”对方又一把抓住他的脖领子。

桥川赶紧架住了抓领子的一只大手，叽哩哇啦地吼了几句，那日本兵把手松开了。谁料，后面一个戴袖标的巡逻队长挤上来，粗脖涨脸地与桥川争辩，一个劲儿拍着腰间的“盒子”，非要方少云给那个日本兵赔礼鞠躬。

四下里摆摊的、逛庙会的都散得远远的。谁敢近前凑这份热闹！方少云的脸一阵红一阵白，他见桥川无可奈何地摇头、叹气，只得惶惶地冲打他的那个家伙鞠了三个躬。

为首的队长捋起袖子又冲着他的脑门指指戳戳一阵，才傲然地转身，挥手整队带着那帮人走开了。

“我抗议！你们不讲道理，我要到宪兵总部告你们！”看着巡逻队走开，桥川忿忿地挥手，又转过来拍拍方少云，“方先生，你受惊了，他们这些人的行径我要上告，今天让你吃苦，我深表歉意，也很痛心。”

方少云木木地愣了片刻，这才从嘴里吐出一口唾沫，红红的，他的牙床出血了。

“方先生，你看，”桥川赶紧掏出手绢，“哪里有医院，我陪您去看大夫！”

方少云惶惶地向四下环顾，只见远远闪开的人们又怯怯地向这里聚拢。他赶紧一拉礼帽，抬腿就向前走：“我没事，趁着这会儿走的不多，我们紧走几步去雇车！”

“好，好，我们回去，回去。”桥川答应着赶上来。

众目睽睽之下，方少云仓惶地逃遁，平生第一次这般仓惶地——逃遁。

……

回来的第三天早晨，桥川又到不涸斋，带着那个行凶的日本兵。方少云右腮下印着一道浅浅的血紫，慌慌地把他们让进屋，嘴里不迭声地说着“屈尊大驾”“纯属误会”“小事一桩”，还赶紧招呼人上来沏茶。打人的日本兵笔杆条直地站着，跨步走到方少云对面，“唰”地鞠了一个深躬，不及对方拦阻，他又毕恭毕敬地连鞠两躬，挺身退后一步，脑袋一抠低下了头，嘴里叽哩哇啦地说了几句话。

“方先生，他叫中本祝其，他说今天到方府谢罪，听任您的惩处责罚。”桥川在一旁将那人的话翻译给方少云。

“不不不……那天也有我的不慎，这位先生，其实……您请坐，请坐！”方少云像那天庙会上的样子，怯怯地狼狈。

桥川根本没让中本祝其落座，挥手令他先回去。方少云不好拦，只得颠颠地往外送。桥川拽住他说不必送，他还是把中本送出了院门。在门口，中本又向他深鞠一躬，转身跨上一辆摩托，一拧油门开走了。

眼见摩托车远去，他缓缓地从院门往回走，心里更觉不踏实。庙会的事情真蹊跷，这个中本怎么偏偏在桥川前边绊了一下，一歪歪在他身上？可是要说是桥川事先预谋的，那他们先去看瓷器、买字画，后来怎么碰得那么巧？回来之后他把心中的疑虑说与抚筝，抚筝偎在他怀里一宿没睡。她觉得不蹊跷，抚远的踝子骨被他砍断了，桥川不能在方先生面前示弱啊！他这是借刀杀人，就是要给他方少云以颜色！

今天中本来，他更觉抚筝说得对，桥川处心积虑这么多年，至今一无所获怎么可能善罢甘休呢。

回到屋内坐下，桥川还滔滔不绝地嗔骂着中本，方少云不愿再听，拧开鼻烟壶盖说："桥川先生，此事就让它过去吧，还是来细赏赏那幅《秋虫图》怎么样？"

"哦，当然，好，好。"桥川没想到，他简直把买画的事情全忘了。

"三曹之一的曹孟德称，'何以解忧，唯有杜康'，我之良友，则是蟋蟀，它能使人物我两忘呢。"他说着进入里间，把那幅《秋虫图》拿出来。

《秋虫图》在西墙的一张琴桌上展开，两边压住镇尺，方少云没管桥川，注目凝神在那里不动了。

桥川立在一边，也觉在室内观赏的效果更好，那天他心中有事，更深的意境确实没有品出多少来呢。

程瑶笙实是位了不起的丹青高手。他既擅工笔亦专写意，又因参用了西洋技法融入了透视，所以他笔下的山水花草全在似与不似之间，粗犷之中可见纤细，写实里面反现空灵。此时再看，只见这十二只蟋蟀在乱石草丛中各呈异态，钩画了了的翅纹、芒芒足刺和颈项上的纤纤细绒清晰地映入人的视野，一旦观者真切地"入境"，清晰会渐渐逝去，十二只蟋蟀缈缈地化为朦胧，朦胧得只剩下十二个墨点，但它们反更生气盎然，仿佛纷纷要从画面中蹿出来……

桥川禁不住轻轻地吁气，他轻轻地俯身，又缓缓地后移，仿佛头一次见到这幅画。这《秋虫图》妙在虚虚实实飘忽若定之间，融工笔、写意，集中西画艺于一体，自创出一种立异标新卓尔不群的格调来，太妙了，怪不得方少云一眼就把它盯上了！

"方先生，我叹服您的眼力，这卷横轴尺幅有尽而蕴藉无穷，实在是件难得的艺术精品。"绝不是奉承，完全出于诚心。

"皆因来之不易，我整整端详了它两天！"方少云也情不自禁，好似不是说与桥川，而是感慨地自叹。

桥川一愣，方少云赏画解忧，怎么又扯到"来之不易"上去！

"这幅画我视如家珍，桥川先生若愿题跋，本人将备感荣幸。"

桥川又是一愣，根本没有这种准备，刻下能题跋出什么，而方少云又是什么意思呢？他局促地搓手："本人不才，岂敢在'家珍'上参差涂抹！不敢，不敢放肆。"

"我倒想写上几笔，寄我多年心曲。"方少云冷峻地把目光撩起来。

"那好，我正可瞻仰方先生墨宝，一睹您生花的章句！"桥川更是纳闷儿，方少云在他面前到底要干什么，这是过去没有过的事。

方少云让人备好笔砚，冲桥川微一点头，提笔悬肘，在卷尾留白处信手疾书，桥川刹那之间惊呆了——

斑驳六色 坦荡八德
德色煌煌 百代讴歌
遇敌善斗 其性勇也
寒则归宇 其务识也
败不矜鸣 其辱知也
身残不归 其情切也
食不择类 其习随也
穴织双孔 其心智也
雄雌终老 其身洁也
鸣不失时 其德信也
观斗忘忧 聆吟怡性
益友良师 真君子也

笔走龙蛇，铁划银钩，方少云一气呵成，将这题记片刻题写在轴尾处。如怀素狂草般的字迹潇洒飘逸，飞转流旋，其间竟然一笔未断。桥川半张着嘴在一侧痴痴地看，粉白的脸憋得渐渐有些泛红了。

“促织德行，看来……方先生早已谙熟于心，否则，这圆通于笔——”顾不得感叹对方的书法、才情，他的思维迅捷地敛聚到蟋蟀的德行上，移注到方少云的行止上——怪不得，怪不得与他周旋了这么几年，自己还是两手空空的啊！

“唉，年近不惑，枉活半生啊！”放下笔的方少云腿下微微一软，用手紧紧抠住琴桌的光面，比什么都累，这些字刹那间把他的心力掏空了。

“方先生的题写颇有味道，本人实想再受些教诲。”桥川冷静下来了，既然方少云亮出心曲，他还兜得什么圈子呢。

方少云累极了，他拖着沉沉的步子走到北墙八仙桌旁坐下，茫然地望望窗外，摇摇脑袋用手掐住了太阳穴。

“方先生不舒服？”桥川并没气，他看出他的脸色是不对。

“先生！”抚筝从里间赶出来，用手抚抚他的头，脑门儿上竟沁出一层绒湿，“先生，您这是怎么了？”她的声音都颤了，自从在白塔寺挨了打，这几天他都心神不定的，从前他向来处乱不惊，从来没有犯过呆发过愣啊。

“没事，我累了。”倏忽间他又精神了，“桥川先生，非常抱歉，刻下贱体小有违和，您自坐品茗，我暂歇失陪了。”

“请便，请歇息。”桥川茫然地欠身，看着抚筝扶起方少云，一步步走入内间，自己好半天立着，不知该坐下还是该出去。

第一次，他在不涸斋感到尴尬。

第一次，他觉得自己有些进退维谷了。

第一次，他心中生出另外一种情愫，那是不可告人的。

14

恨死了那个“东洋魔女”，要不叫她，哪能惹出这么大的娄子哟——

有个女同学悄悄告诉小雯，大观楼演的《东洋魔女》别提多那个了，东洋魔女那个极了，那里的男人更那个，要是不去开开眼，才真叫那个白活了呢。

她试探着去问齐松，外边正上演的《东洋魔女》他听说了没有。

齐松点点头，那天他去琉璃厂送货，在路上听人念叨来。

“我也不知道好不好，嗬班的好些同学都看了，他们都说——”她不好意思地低头，怎么好说“那个”呢。

“那不是……”他也把话说了一半，临出口的“日本”又缩住了。

“电影又不是能吃能用的东西，听说演的也是抑恶扬善、除暴安良，不然能让在街面上放?”她听他讲过抵制日货的事，但电影什么货也不是呀。

“谁都别让知道，尤其是我师傅，你爸。”这不同那年看杂技去西单，偷偷出去方先生是绝不允许的。

他俩真的一块儿去了大观楼，那天齐松被分派到大栅栏同仁堂买药，小雯偷着旷课了。

大观楼内空空荡荡没有多少人，他俩刚在靠后的一排椅子上坐下，电灯一灭《东洋魔女》开始了。剧情他俩谁也没看清，眼前出现的是打斗、凶杀、调情、虐待——惊心动魄的半裸镜头。起初小雯很尴尬，她不安地揉眼、吁气、咬唇，也觉出齐松的腿在椅座上轻轻地颤。后来，她轻轻把脖子上的三角巾抻下来，热，她全身上下烧烧的。几次变换坐态，她觉得右腿一紧，那是齐松的一只手！她滑下手去抓住他，那只修长的手滑腻腻地连手背都湿了！不是柔情的相抚，黑暗中的两只手刚刚触到一起，便紧紧地扭扣在一起，伴着剧烈的心跳，银幕上演的什么他们再也没看到。

直到电影终了，他俩才惶惶地把手扯开，在惊悸中突然扯开的。

从电影院出来，他俩都羞羞地无话。没有坐车，穿过煤市街、杨梅竹斜街、琉璃厂，经和平门来到宣武门大街上。临近校场口，齐松才吃力地从牙缝中挤出一句话：“晚上……我找你去！”说完，他急匆匆先进了胡同口。

她慌乱地答应，不知齐松找她干什么。真可惜，刚才一路上多好的机会，许多在院里说着不便的话尽可倒个痛快，他们竟一句都没说！真是的，为什么在路上全没了话？

晚上，吃过饭她早早地回到自己的屋里来，打开“国文”背唐诗，一行也没看进去。齐松找她干什么？要是传单或是“三一”社，他不会说的那么吭哧啊。何况，晚上齐松从来没有找过她,爸爸看见那是绝不答应的。

那只德国马蹄表在书桌上滴滴答答地响,她眼睁睁地盯着它,从七点到八点,从八点到九点半,齐松不会找她了。可是,心儿怦怦地跳了一晚,躺下也难平静啊!真想到作坊院内去找他,真想再握住他的那只手。太晚了,不能去,母亲、二妈三天两头嘱咐她,尤其是爸爸,严厉的目光常常警醒她。

突然,房门一动被拉开了,她一个激灵站起来,哎呀,是母亲——

“小雯,你冷不?再用这床被子压脚头。”母亲直愣愣地推门,直愣愣地进屋,直愣愣地把被子杵给她。

她吓了一跳,真多事!亏了齐松没来,简直婆婆妈妈像个老太婆——妈是老了,而且老得那样快!她接过被子,心头又泛出一重酸楚、感激与怜爱。三十多岁的妈妈,臃肿苍白,迟缓的步态更显出她过早地龙钟老态了。妈妈真不幸,连那个蒸不熟煮不烂的抚远都敢欺侮她,她这辈子是怎么活的哟!

可是,她又恨不起爸爸和二妈,爸爸就是喜欢二妈,不过二妈也确实招人喜欢,不是连自己也喜欢二妈吗!妈妈遭冷淡怨谁?怨命,是妈妈的命不好,她眼巴巴地爱莫能助哟。

“妈,您甭老惦记我,我不冷。”灯光下妈妈的泪囊凸得分明,她不禁上去把妈妈扶到床头坐下了:“您歇会儿。”

秋芸确实痴多了,在小雯面前都常常吞吞吐吐的,跟女儿面前坐不住,更谈不出什么细言,幽怨间夹缠着一种谦卑,本能使她总想贴近女儿,可潜在的意识又时时令她局促,语无伦次地逃遁。刚刚坐下,她又一扶床沿站起来:“我不坐了,大冷的天道快睡吧,不冷也压上,得了寒腿受一辈子罪。”

多长时间了?妈妈说话时的目光常常避开她的眼睛,小雯真伤心,尽管她从小就不喜欢妈妈的鸡冠脸,可妈妈看她的目光像月光,她再也感受不到那种柔情了。同情妈妈,她也为失去这重温柔而时时惆怅呢。

妈妈去了,她好久好久才躺下,脑子里边乱乱的:如果没有二妈没有抚远,妈妈的命运会这样吗?爸爸近来有了什么事,怎么常常烦躁不安呢?倏忽她的脑际又被齐松充满了,今晚他怎么没来,到底他要找自己干什么?

十八岁上,她头一次失眠了。

第二天中午放学回家,才知齐松和几个伙计到易县去拉“乾子土”。至少要两三天见不到齐松了。不由得更恨抚远,他要不偷爸爸的东西何致于成了残疾,这回他倒轻松了,再也用不着赶车拉料了。不叫他是二妈的哥哥,她早撺掇爸爸把他赶出不涸斋,瞅他那一瘸一拐的赖样——活该!

天天上课都是云山雾罩的。手心上总微散着齐松扭扣过的温热,令她陶然、遐想、痴迷、激越。她不停地问着自己,这是怎么了,只和齐松短暂地握了握手,怎么竟惶惶难以终日,怎么竟梦绕魂牵了不成!

她又为自己开脱,全是齐松扰的,他说要找她有事!

第四天的下午,“乾子土”终于运回来。她反而不好意思到作坊院里去找他。她要等,齐松找来好好埋怨埋怨他!晚饭后,她迫不及待地回到西屋,怏怏等,今晚他一定会来的。

正月的夜墨似的黑,淡云涂抹在没有月光的天幕上,点点星光都隐去了它的光耀。呼啸的风把门帘、窗帘刮得隐隐颤动,每次颤动都使她一惊,是不是他来了!?

终于,外面确实响起了极轻极轻的敲门声,她惶惶地起身,撩起门帘开门——是他,真是齐松来找她!

谁也没说话,他们紧紧地抱住了。不知过了多久,不知谁扣的门,不知谁灭的灯,两颗剧烈跳动的心贴在了一起,彼此听得见那强烈的心音……

小雯想吃酸杏的时候,抚筝已经觉察出什么。一天,她趁方先生去了琉璃厂,把小雯叫到自己屋里来:“小雯,近来你减了饭量,什么地方不舒服?”

“没有啊。”二妈问得突然,她的脸腾地绯红了。这些天她是战战兢兢的,觉出身上不对劲,再说“那个”怎么没来呢?

“什么事,也瞒不得二妈!”抚筝把她稚嫩的脸颊捧住了。当年,她就这么捧她“拔萝卜”。多快呀,现在小雯已经比她还高了。

“二妈,我不明白你说的……”她避开二妈的眼睛,不安地轻轻握住她的胳膊。

“你闯下大祸啦!”

“二妈,我不懂,我不知道啊……”她的心狂跳,撞得胸腹都胀疼。

“跟二妈说清楚,说清楚才能打主意。”抚筝的鼻子也酸了,她想起了方先生跟她,当时她的魂儿,都吓掉啦。

“二妈……”泪珠扑簌簌地掉下来。

把前后的一切说完她才怕。一共才三次,谁想马上就有了反应。怎么办?爸爸知道就麻烦啦,不,谁知道了也不成啊!

“你当初怎么想来着?”

她摇摇头,不知道。

“赶快跟他结婚?”

不知道,爸爸若知道如此,还谈得上什么结婚。那三次和齐松在一起的时候,谁都没顾得说别的,灵肉游离了,彼此疯狂得都不再是人,不再是本来的自己了。

“二妈,快点儿告诉我怎么办,告诉我该怎么办呐……”

“你别急,我想想,小雯你怎么,唉……”她突然一阵晕眩,昏昏然觉得大厦将倾了。

晚上,她问方先生,“不涸”的出处在哪儿,当初干嘛单叫这么个“不涸斋”。方少云告诉她,《淮南子·主术训》上说:不涸泽而渔,不焚林而猎。“不涸”才能源远流长啊。

她“哦、哦”地点头,心中更觉沉重。“不涸”“不和”,这音“谐”得不吉利,“不涸斋”的名字就叫错了!

15

汽笛的一声长鸣,东去的列车启动了。小雯从窗口探出身,急急地向妈妈和二妈挥手:“妈,二妈……”泪花模糊了她的视野,“爸——爸爸呀……”

迷茫、怅惘、失落、凄凉,无论如何想不到,自己和齐松会这个样子离开家。突然地步入社会,匆匆地走向人间,黑夜怎么如此幽暗,世界怎么这般陌生,哦,结束了,童年的诗,少年的梦,今天的美好也粉碎了……

爸爸没来车站,可她情不自禁呼喊着他,爸,爸爸,还不如让爸爸闹个天翻地覆,那样他们倒痛快,反不会让她愧疚煎心,胸中绞痛哝!

……

二妈和爸爸还是把她和齐松的事都说了。当然得说,多悬一天多受一天的折磨。她和齐松战战兢兢地做了最坏的准备,再大的狂涛他们也得承受,来吧,快一点儿——爸爸!

出乎预料,爸爸整整六天没下床,桥川造访都告病回绝了。她吓坏了,急得要看爸爸。二妈告诉她,爸爸没病,吩咐了不让任何人打扰他。爸爸要干吗?爸爸你快骂快打快闹吧,她实在受不了这未卜的煎熬喽……

第七天早晨,爸爸起床了,把她和齐松叫到正屋。齐松进门便给爸爸跪下了。她恐惧得眼睛都不再会眨,像一根木棍直直地戳在那儿。愣愣地,她见到一张灰黄的脸浮着颓唐——令人心悸的颓唐!天,爸爸愤怒过冷漠过忧愁过凄怆过,但他从来没有颓唐过!朦胧中,爸爸的眼皮变松了,细长的眼睑镶着一圈紫晕,双眉间刻出两道竖纹。不知沉默了多久,爸爸突然一捂脸,指缝间涌出一片泪水,脑袋一下子耷拉了。

“爸,爸爸……”她上去扑倒在他的膝头前,“爸,爸爸……”

爸爸吸吸鼻子抚住了她的头,滚烫的泪珠落在她的脑勺上、脖子上:“小雯,你飞吧,你大啦,也怪我,我糊涂了。”

“爸!……”泪水浸湿了爸爸的膝头,她能说出什么呢。

“齐松,我本来,我当初——本来……”他哆哆嗦嗦地拿出一张汇票,“别欺侮小雯,她还小,她还小哇……”

把那张一千元的汇票留给齐松,他缓缓地起身,一步一步踱到里屋,直到今晚爸爸都没再见他们俩。

疙疙瘩瘩,污污涂涂,爸爸憋了一肚子话,没倒出来他别扭,也让她丝丝缕缕揪心煎心哟。放心不下爸爸,竟然甚于了妈妈、二妈,爸爸从来没有颓唐过颓唐过!

轰隆轰隆的列车颠簸着,她的心由一揪一揪变为一坠一坠。爸爸的话嗡嗡嗡地困扰她:“齐松,我本来,我当初……”——本来爸爸要招门纳婿,——当初爸爸会玉成亲事,如今这一切,全都化为飞沫了。

本来当初，当初本来，爸爸欲言又止的话到底是什么意思呢？

她恨自己，本来事情不该这么草草，这么茫茫，这么匆匆。

二妈转告说，爸爸的意思是让他俩自谋生路，女大不由爷。她该走出条自己的路，这样既免了许多闲言碎语，不涸斋内外也好圆场。就说辞了齐松，小雯到天津女师上学去了。她当然茫茫，虽说有个二舅在天津，可她这就算和齐松结婚了？能一直住在二舅家？孩子到底要不要？万箭攒心，活着还有什么意思呢。

并没显怀，可她觉得身子沉沉的，当初的疯狂早已无影无踪，新婚、蜜月——她麻木得绝不是疯狂得——不是了自己，本来就不是蜜月新婚，是狼狈得出逃啾！

不知什么时候到的天津，不知为什么根本没有去投奔二舅，不知怎么就跟齐松在西郊租了个小院住下来，不知哪天齐松把她的右手扣在手心说："小雯，你笑笑，咱们大有可为，干，咱俩能轰轰烈烈干起来！"

她木然地点头，干吧，他做什么她都会跟着他一块儿干，跟他一同离家出走，不已经是在干了吗！还要干什么就干吧。

"你爸给我们一千大洋的汇票干什么？就是干，让我们做本钱。"

她点头，兴许是这样，不是让他们自谋出路的吗。

"就在院外垒一座泥窑，办个小作坊，开个'幽古陶'天津分店，那我们——齐啦！"齐松早有这个打算，直到相准这片地方，他的劲头才铆得更足了。

她修长的大眼这才闪了闪，哦，原来是干这个，干呗，他们得活着，活着就得干。

拖着身子真干起来，她的情绪倒稍稍好了一些，和泥、拉砖、买筛、制模，整整忙活了半个月，亏了齐松学了一身好手艺，爸爸给的一千大洋就是让他们做本创业的，他们会干好的，干好了他们会衣锦还乡，快快地见妈妈，爸爸和二妈……

从津西到平西，齐松拉了一趟"乾子土"整整用去一个月。伴着惶恐、凄清、冷寂，她意识到人生的漫长、苦涩。想念家人，想念儿时的一切。她给爸爸写去一封信，把他们着手做出的一切都说了。爸爸很快便回了信，让二妈给未来的小宝贝做了一个老虎帽，帽子里包着一抔土。爸爸在信中对她说，这土是不涸斋内园中的，好好看看它，保存它，并问她爸爸为什么要辟园子、养蛐蛐、养蚯蚓——爸爸的半生好难哟！

捧着那抔土，她的眼泪扑簌簌地落下来。那不只是爸爸的蛐蛐儿园子鸟园子，也是她儿时的诗少年的梦，也是她的乐园呐……

这抔土，伴她在料峭春寒中捱过了长夜，帮她在孤苦冷寂中驱走了凄清，可是端详着这抔土，她不知爸爸更深的意蕴是什么，只能等齐松回来问他了。

齐松回来了，一趟"乾子土"累得他瘦了一圈。他看看那抔寄来的土，漫不经心地说："一半蚯蚓屎，让你'用心一也，上食埃土，下饮黄泉'呢！"

"那是爸爸对我们俩的希望，要我们锲而不舍、镂刻金石呢！"她珍藏起那抔土，这是爸爸的一片心啊。

尽管齐松已在泥里滚了那么多年，可挑门立户自己干，激动之余毕竟有些紧张。“乾子土”上了五百斤的大磨碾,碾碎用九道筛子筛,筛过之后上小箩,箩后装入绢袋过水冲,淘出细泥兑黄丹,下面的工序是摔、墩、捶、杵,一切都和不涸斋内做的一个样。

齐松先捏塑了八套蛐蛐儿罐,每套由高低大小不同的九个斗罐,养罐、过笼配套而成。先试窑,只要过了这一关,捏塑他已烂熟于心圆通于手了。

入窑三天,他和小雯的心都怦怦的,成败在此,出窑见好那就大功告成了。

灭火之后连小雯都拖着身子挤到远远的窑口看,近不得身,暂时什么也看不见,窑不凉下来谁也上不到近前。好容易等到人能进去,齐松捧出两只罐子心一沉。裂的,那么有张力有弹力的料土怎么全裂了!

所有的蛐蛐罐儿全出窑了,没有一个不裂的!小雯、齐松都怔住了,怎么回事,毛病到底在哪儿呐?

第二窑、第三窑、第四窑,齐松又干了十八天,六窑裂泥陶,他的心凉了,毛了。

“哎,是不是黄丹——”小雯觉得天津药店的黄丹和北平的不一样,她从别的方面已给齐松提过各种各样的问题了。

“不!”齐松那女人般秀气的脸变得冷冰冰,“全不是全不是,你爸爸留了一手,他没把配料秘方传授给你、传授给我,‘幽古陶’不可能在我手中烧出来!”他恍然大悟,每次兑料方少云都要亲自过手,谁知他在那里放了什么!忽略了,当初自己只迷在捏塑中,竟把如此重要的“关节”疏忽了。

“那我们怎么办,我给爸爸写信问问他。”

“你我辱没了他的家风,他可能告诉我们吗!”他把目光投到好远好远。

“那怎么办,那怎么办?”瞬间,她的心比身子还重,刚刚憧憬着的一点儿光明倏忽之间黯淡了。

“日本人就要完蛋了,上解放区,我早就要到解放区革命去!”

“革命?!”她知道“三一”社,知道那些标语、讲演和传单,但毕竟离她太远,齐松也从没下过“投身”的决心呐!

“对,献身革命才是真正的觉悟,才是追求理想追求光明!”

“还回到北平去找‘三一’社?”她惶惑,怎样才叫革命呢?

“不,到解放区,拿起刀枪打日本!”

“可我——”她不安地两手抚住了自己的小腹,三个多月,都已经三个多月啦。

“为了革命,我们该先放弃他,为了革命,该丢下的就得丢下!”

她愕然了,面前的齐松,自己的丈夫,早先他不是这样子的啊!

16

小雯与齐松的出走似一针强心剂,抚远那跛腿又觉着有劲了。他恨方少云恨齐松恨小雯,连自己的妹妹一块儿恨。这下可真趁了恨,罪有应得,方少云的千金私奔了。

看着方少云在屋内踱步，他当做消愁解恨的乐子咀嚼，与仇人沉重的步态和出拍节，一点儿一点儿地咀嚼，品味……

他看出来了，给方少云雪上加霜的是后院传出的声音。“小雯，雯呐……小雯……”——秋芸半痴半疯了。白天她喊小雯还不太刺耳，晚上她凄凄婉婉地突然叫那么几嗓子，嘶哑、凄厉、瘆人，那揪心拽肺的声音突然间打破夜的静谧，悠长地从不涸斋播散出去，好久好久才能消尽回声——多少人被这瘆人的“凄厉”惊了梦！

闹鬼了，不涸斋内有鬼啦！

抚远发现，秋芸的一声惨叫一声呼唤，方少云的心便会一阵痉挛一阵抽搐……点点滴滴地刺划，点点滴滴地淌血，方少云元气顿伤了。

自打齐松一走，作坊院内的窑火也熄了，方少云除了在屋内踱步就是去琉璃厂，“幽古陶”自然也便打了歇儿，好，散了摊子才好呐。

抚远趁恨，只是心理失衡的一个小小补偿，快乐也是暂时的。多少天来他又生出另一重恨——桥川把他抛弃了。有桥川这么干事的吗！是他让他去西厢房偷的秘方，失算的责任在桥川，自己还付出了终生残疾的代价，可是，到头来桥川把他一脚踢开，不但不再给他钱，那个日本女人也将他拒之门外了。那次他到棉花胡同去，那女人指指他的脚，又捂鼻子又皱眉，借着让他倒脏水的机会将门一插，告诉他不要再来了。

翻脸无情，桥川和日本女人全不是好东西！

那天桥川来，他刚巧在门口撞见他。他上前一步咬耳朵：“桥川先生，齐松和小雯……”想不到桥川淡淡地一笑，身子一闪躲开了：“谢谢你，我知道。”他抬头迈步进院，根本没有再看他。

他恨，他恨日本人薄情寡义，恨日本人翻脸无情。

也就是在小雯出走后的两个多月，眼见方少云收拾行装出了远门，他喝下半瓶白干壮胆，飘飘悠悠地摸到棉花胡同。不能就此了结，当初那个日本女人怎么勾引他来着！

北平春天的风奇大。伴着风声，他偷偷地溜进院门，院里还似以往那么静寂。走到正房的双层门窗前，他轻轻地敲门，不一会儿里面那道门拉开了，日本女人一探头，“哗”地一声又赶紧拉严了。他砰砰地再敲，里面再也没有动静。随着捶门频率的加快，喝下去的白干似在腹中被引燃，烧他的心灼他的血，他忽地一晃膀子把夹袄脱下来。破釜沉舟，死了也不能这么窝囊！

他先返身插上院门，绰起院中的一个花盆冲进正房，猛地向窗户砸去，哗啦，连一个田字窗棱都戳断了。伸进手去拉开第一层门，他压低嗓门问里边：“你开不开？”里面的声音窸窸窣窣，门却没有被拉开。根本没问第二声，他跳下台阶又绰起一个花盆返回来，顷刻第二层门被他伸进手去拉开了。

天，那个女人原来早就打算逃走呢，炕桌前放着一溜花包袱。见他凶神恶煞地闯进来，她先是惊恐地退步、蜷缩，临近内间的隔断，她突然抓起梳妆台上的一个花插,猛地向他砍过来——嗖!从他耳边擦过,磕在桌角粉碎了。

他疯了,不顾一切地冲上去,薅住她的和服斜领一抡,她旋着身子摔倒了。她也疯狂了,不顾一切对压在身上的他——撕、咬、掐、抓,长长的指甲都劈了。抚远遇到的抗争是出乎预料的,虐待与受虐的本能都在这激烈的抗争中萎缩了。他骑在她身上腾不出手,只得也掐也撕也打。突然,她长长的一个指甲杵到他的眼睛上,刹那,酸疼得他连另一只眼睛也难睁。世界模糊了,他的心理也彻底倾斜了。凭着手的触摸,他掐住了她的脖子,再也不松开,狠狠地掐死命地掐,不知过了多久,那女人的双手倏然一松,从他腕上滑落了。

几乎是同时,他的双眼睁开了,眼前的一切令他腾楞一下爬起来,好吓人的样子,一双血红的眼睛凸出来,白如羊脂般的脸变成了绛紫色——满面怒容,恶狠狠地盯着他。

快逃,一分一秒都不能再耽搁!

惊惶失措地跑出棉花胡同,他才蓦然觉得无处藏身。逃出北平吗?出了城日本人才多才凶呐!可留下来事情绝对会败露,他怎能逃出桥川的手心呢。

恍恍惚惚,他跌跌撞撞还是进了校场口,探身欲进不涸斋,院子里面好清静,后院的秋芸又在唤小雯:"小雯,雯呐……小雯……"

他突然地怔住了,又突然地颤栗了、惊醒了,他突然从恍惚中被秋芸的呼唤惊醒了:自己马上就要被抓、受刑、枪毙;方少云外出远行;秋芸已经半痴半呆了——人生的机会于他——不,他要抓住,今天将是他的末日啾!

他像换了一个人,清醒、沉着、镇定。穿过几重院子,他径直来到秋芸的房子里。

"小雯,雯呐……小雯……"不是在哭,倒像是唱。

"大奶奶,您静静心,老这样身子就伤了。"他上去扶住她的肩。

秋芸就倚在窗前的条几上,她常常隔着窗户遥望南天,直愣着双眼呼喊。她看看面前的抚远,呵呵地笑了一声说:"甭管我,你出去,使唤你的时候再来……我会叫,嗯?"

"大奶奶,您上里边歇歇儿,我怕您……"他伸手架住她胳膊,搀着她往里屋走。

"你躲开,别碰我,我自己走……"她抽胳膊,一步一步往里扭,臃肿的身子重重的,每扭一步都很难。

"大奶奶,您别着急,哪天我到天津去,把您的小雯给找回来。"他又轻轻托住了她的肘弯,"急有什么用,明天我就给您找回来。"

"真的?"她喘吁吁地移步,侧身,沉沉地歪到床沿上。

"真的,大奶奶。"突然,他一拥把她按倒了,再也迟疑不得了,这是他生的尽头,是他最后的一次机会了!

"抚远,你干什么?畜牲!畜类!你放开我啾……"她突然一下明白了,挣扎、厮打,可反抗是那么无力,笨重的身子被压得死死的,连呼喊都使她喘,四肢重重地全不由她支配。

他扯下一块枕巾堵住了她的嘴，秋芸厮打一阵便一动不动了。意想不到的驯顺，他气喘吁吁地宣泄，压在身下的既是秋芸，也是那个砍他咬他撕他掐他的日本女人……还是那个他恨透了的方少云……

是爱是恨？——宣泄给爱，也宣泄给恨。

抚远身子空空地从后院走出来，瘸腿软软的几次要栽，他却几次又挺住了，畅快，死前酣畅淋漓地得到满足，谁能说这不是最惬意的畅快！刚刚走到作坊院前，迎出来的桥川和他撞了个满怀，他没怕，这是意料之中的。

“抚远，我正在找你呢。”

“桥川先生，我没跑，我不跑，这不正等着您呢吗。”

“那好，请你跟我一起走。”

他一点儿不怵地随他去，出院门上警车，见到六个刺刀出鞘的日本兵，不但没有缩脖子，还坦然地向他们笑了笑。

17

直到桥川神情紧张地闯进不涸斋，抚筝还没意识到他是来抓抚远的。她为方先生担心，近来他俩的关系明显地疏远了。小雯出事那些天，方先生称病几次未见桥川，她也觉得不定哪天桥川就会翻脸的，天天悬着心，桥川已经盯了多少年，冷淡他必定会有大麻烦！

想不到桥川进到作坊院找抚远，想不到抚远这时从后院悠哉悠哉地出来了——他什么时候上的后院，自己怎么一点儿也没发现呢？

奇怪的是抚远大摇大摆地跟着桥川上了警车，她在后面追出来全见了，这一切是怎么回事，桥川买通的不正是抚远吗？

警车开走她才一阵阵后怕。不管抚远多坏，可他毕竟是自己的亲哥哥，看那刺刀出鞘的日本人多凶，此番被抓他不可能活着回来——凶多吉少啊！

偏偏方少云这时不在，他风风火火地上了天津，几天了？他整整去了三天啦。这几个月是怎么过来的！窑火一熄，不涸斋死气沉沉了。当初她还没留意，以为方先生的心思全在泥陶上、买卖上，很少见他和小雯玩耍说笑。想不到他的心那么重，“病”了六天不只是没起，六天没吃饭，他只喝了六碗莲子汤！第一次她这么怕，第一次他根本不听她的劝，他的心碎了，却什么也不说，见小雯、齐松的那天不也就说了几句话。晚上为他洗脚，不只发现他瘦了，肉皮儿松松地打了蔫，从里到外，他遭了一场重重的霜打……

什么都不说，他只告诉她这是命，抗不得。

给小雯寄老虎帽和园子土的时候，他突然变得很狂躁。一天，他把长长的右手小指甲伸进口中，“嘎嘣”一声咬劈了，劈到甲根，他淡笑着用手掀，鲜血呼地一下冒出来，他竟不觉疼，点着头淡笑，然后用嘴吸吸，“啧”地一咍，轻轻把胸中的郁气呼出来。她惊恐得不知所措，十指连心，他怎么连疼都觉不出来了！

每每听到秋芸的呼唤，他的左腮常会一抽一抽，欲要举手投足干些什么，却又不由得紧紧掐住下巴，有几次掐出了深深的血痕，第二天的琉璃厂公务都不得不取消，怎么出门呐。

夜里他很少跟她“游戏”了，每当传来那划破夜空的瘆人呼嚎，他便紧紧地捂住被子，再也不把脑袋露出来，他害怕，突然变得一惊一乍了。

抚筝跟着惊悸跟着恐惶，空空荡荡的不涸斋简直要把人窒息，她胸闷，实在喘不过气来哟。

接到小雯的第二封信，方先生更加坐卧不安了，他要到天津去，他只有这么一个女儿一个女儿哟……

他去了，她度日如年，白天还敢劝劝秋芸，晚上听她呼喊就毛骨悚然！果不其然，就在今天出了事，桥川把抚远抓走了，自己一个女人哪里经过这种事，方先生怎么还不回来呢。

临近掌灯，灶上的人告诉她饭已做得。她心神不定地这才悟到，秋芸下午倒是没嚷嚷，往日不定什么时候她就会冒出一嗓子。吃饭吧，她到后院叫秋芸。心事重重地来到后院，她轻手轻脚地上了台阶:“大奶奶，大奶奶。”自从秋芸天天唤小雯，她常常怵到后院来，披头散发的秋芸是可怕，尤其是灯下的影子，晚上她真不敢一人见她呢。

屋里没人应，她的心在往上升。

“大奶奶，吃饭啦。”欠脚看里屋，暮色中什么也看不清。

“大奶奶，您睡觉呐?”她壮着胆子推开门，一步一步轻轻走，“大奶奶，您……”真瘆人:屋子里面怎么这样静?

一步一步，越走越近，她突然一下子怔住了，天，秋芸直挺挺地躺在床上，下半身全光着，怎么？她吓得眼皮突突地跳，移近两步再向前。秋芸的脖子重重地歪在枕头边，肥胖的颈窝上散落着两枚金戒指！吞金？她吞金啦！不知从哪儿冒出一股豁劲儿，她上前伸手，贴近秋芸的鼻子，呀，一点儿鼻息都没了！怎么回事，她颤巍巍地缩回手，秋芸是因小雯寻死的？她的下半身怎么会光着？今天——抚远他是从后院出来的！瞬间她的头绪理清了，瞬间她全明白了。不知从哪里生出非人的胆魄。不知从哪里涌来超人的力气，她上去绰起秋芸僵沉的双腿，单臂夹住，单手抓起一旁的棉裤套上一条腿，接着又兜住一条腿；两脚从裤筒掏出来，又把双腿放回床上去。接下来将秋芸侧着往里翻，一边的裤腰拽上来，紧跟着扒腰往外搂，另一侧的裤腰也提上来。不知怎么找到的裤带，不知怎么抽起她的身子穿过来，反正她给死沉死沉的秋芸系上了裤腰带。

直到迅捷地把这一切都做完，她才发现秋芸的脸色是灰的，嘴唇已变成黑紫色，尤其是她的那双眼，隐隐约约半睁着。天呐，死人，人死立刻就变鬼啦！

突然，莫名的恐惧攫住了她，此刻她才由惊转入怕，抽身迈步往外跑，“哐”地一声撞在内外间的隔断上，“来人呐……不好啦，大奶奶她……自尽啦！”

……

方少云是第二天早晨从天津回来的。听说秋芸寻了短见，他急急地奔到后院。站在秋芸的身边，久久地一句话也没说，只是把她的盖脸正了正，僵僵地返身退出来。

抚筝在一旁偷偷地又落泪，方先生不知道，秋芸不单是因为想小雯才死的啊！只有她一人知道内中的隐情，至死也不会告诉任何人，要彻底在心中把这肮脏罪恶埋葬掉。

到底这样做是为什么？为秋芸为抚远为方先生为自己，到底为什么她也不知道。

方少云用最好的楠木棺材入殓了秋芸，请来广济寺的僧人为她做了道场，七天之后安葬在西苑公墓了。当天晚上，方少云让抚筝陪他喝酒，一杯两杯三杯，他从来没这么喝过，抚筝也从没见他醉过。她忧心忡忡地拦：“别喝了，平日里，你哪有这个量！”

他呵呵地笑：“谁没这个量，我就是要让你见见，在喝上我也是条汉子！”

“不，你不能喝，你不能喝了！”从没见他这神态，她的心又缩紧了。

“你胡说，我能喝，我能喝……”他抓起桌上的酒壶，对着嘴就往里嘬，抚筝伸手过来抢，他噌地一下站起来，身子一歪倒在地下了。

“方先生，您……”抚筝上来就搀他，亏了酒壶没有摔碎扎到他。

“完了，完啦……”突然，他歪在地上呜呜地哭，“小雯，我的小雯不见了，我的雯雯在哪儿呐……”

“你不是，刚到天津找过她？”抚筝猛一惊，哦！这么些天乱糟糟，他一句顾不上提小雯，他的心思还在那儿，他一直惦记的是小雯！

“没有了，齐松把小雯拐跑啦，我的闺女不见啦……”

并没号啕大哭，他在低低地呜咽，抚筝没有力气把他拽起来。哭吧，他从来没有哭出过声，既哭就让他哭痛快。

可是，小雯他们到底上了哪儿，不是投奔到二舅家？不在天津又上什么地方去了呢？

端午节的前一天，桥川又来到不涸斋。他来辞行，东亚文化事务委员会的工作告一段落了。

到处传来日本人要投降的消息，方少云这一阵懵懵懂懂，对这传言更是二二乎乎，今日桥川的举动看来把这件事情证实了。方少云打起了精神，打电话给同丰堂立刻送来一桌席。

知道桥川爱吃辣的，方少云叫的菜全是川湘风味：柴把药芹、龙眼佛手、五丁桂鱼、象牙里脊，最寻常的麻辣锅巴送来了汤料，主人要在开宴时现“浇”。

这麻辣锅巴是先将炸好的糯米锅巴放在盘内，然后用香油葱花炝锅，倒入蘑菇汤、鸡鸭汤，滚沸的浓汁做好后，拿来浇在锅巴上。刻下，方少云眼见抚筝把汤料端出来，举杯对面前的桥川说："为先生饯行，小备家宴聊表心意了。"

"稍候片刻，"抚筝走到桌前，"桥川先生的第一口菜，应当先尝这个。"她稳稳地翻腕，沸汁浇在焦黄酥脆的锅巴上，盘内噼噼啪啪地爆响起来。

"麻辣锅巴您肯定吃过，不过它还有个别称，不知先生知道不知道。"方少云夹起一片放到桥川面前的小碟里，"请。"

"一片春雷，我已经料到，您会用惊雷为我送行的。"

"桥川先生——"他猜想对方可能知道，却不料其胸有成竹早有准备。

"别兜圈子了，今天辞行，我是向先生致意来的，由衷地表示钦敬，"他撩眉，"由衷。"

方少云看着对方的右眉跳了两跳，自己反倒松弛了。

"贵国儒家理言，放之则弥六合，卷之退藏于密，先生心体之大、本人实在佩服。"

"桥川先生，其实我还是最信'不可思议'，佛家说心不可思议，我常常感悟到自己确是不可思议。"不知为什么，他没与对方进行那旷日持久的周旋，第一次掏给他真心话。

"承认人的体大，承认了心的不可思议，这才是达到了佛的境界。"

"《起信论》上谈心，便是如此捉摸不定的：心真如者，从本以来，离言说相，离名字相，离心缘相，所以说心其大无外，其小无内，比弥六合、藏于密更要确切一些。"

"佛经确比儒理阐释得更加透彻。正因为先生体大，自然业用也大，您真没枉活一生啊！"桥川的感慨也似由衷。

"惭愧惭愧，真如用者，诸佛如来，除灭无明，见法本身，才有诸多业用，我胸怀妄心一颗，贪、嗔之念常生，只求下世不托生为畜类，就是我之大愿呐。"

"佛家素讲因果，这话说到哪里？"

"不涸斋败落如此，现世已有了报应。"方少云的两眉微蹙，把手中的筷子轻轻放下了。

"此话更谬，那是前世罪孽——"桥川的眼珠微微一动，下面的话顿住了。

"那先生您是受了如来差遣，特来折磨我今日的肉身？"方少云下陷的双腮绷紧了，"多少个春秋，我一日不得安宁！"

"所以，本人今天一来告别致意，二也是向先生赔礼的。"桥川埋头，轻轻把眼睛闭上了。

在一旁陪席的抚筝好紧张，这二人语藏机锋，她真怕什么话说"蹭"，闹个剑拔弩张如何收场，毕竟日本人还没投降呐。

"桥川先生，您还没动筷子呐，"她夹起一块五丁桂鱼，"来，您尝尝这个。"

"夫人，我们抓了令兄，也实在是迫不得已的。"桥川把目光转向她，意味深长地点头,轻轻抿了一口酒,“您肯定知道宪兵队为什么抓他,他杀死了一名日本女人。”

“那……”抚筝一直悬着心,抚远被抓杳无音信,这事怎么好主动问桥川,不过他杀了那个日本女人的事,宣武门外确实已经传遍了。她为抚远的事急,生死不知哟!

“当初先生若不玉成抚远,他再顽劣,也不至于——”方少云也咂了口酒,揶揄地看着桥川。

“杀人本该抵命,遗憾的是他跑了!”桥川把酒杯墩下,不无遗憾地看着方少云,又移过目光看看抚筝。

“我哥哥他……没有被杀?”抚筝的眼睛瞠圆了变亮了。

“他没被杀,杀人应该偿命,他应该偿命,应该偿命!”

“桥川先生,此地是方府,不涸斋!”方少云冷冷地看着他,半举的筷子捺在桌子上。

“方先生,我是激动了一些,可事情应该是这样。应该——”

“把他一脚踢开,杀人灭口? 呵呵呵……”多少天来方少云愣愣磕磕,今天他格外清楚了。

约此聚会还怎能继续下去,桥川起身,与主人寒暄告辞,方少云也没再留他。

这确是最后一面。没过多少日子,日本国在全世界宣布投降,桥川再也不见了,所有日本人被遣回本土,他该定在其中吧。

18

巨变沧桑。

19

小雯、齐松还正年轻,正满腔热忱地在革命的洪流中一往无前地忘我。

不涸斋早已面目全非,它当然不再属于方姓,被改造后的宅子热热闹闹搬进了四十九户人家,生机勃勃再也没有冷清过。

抚筝是在方少云被管制起来,第二年意外死亡的。她去倒脏土,身子一歪被一辆汽车刮倒轧到头上——不赖司机,怨她。

这一切,小雯都是听说的。

反右的前一年,小雯得到了爸爸在狱中病危的消息,在最后的时刻应该去看看他——毕竟是爱过她疼过她的爸爸!

齐松不同意,他俩分别在市里、区里工作,他们的一举一动一言一行代表的绝不是个人,怎么能跟日伪汉奸、被定为“历史反革命”的方少云再有半点儿牵扯呢?

小雯还是去了,一别十一年,这几天她常常被噩梦惊醒。

爸爸是被担架抬出来与她相见的。远远地望见她,他枯瘦的左手抬起来,又陡地泄下,“空”地砸在肋骨上,她再也不能自控,扑上去抓住爸爸的指尖:“爸! ……”

好半天,爸爸才又重把黯淡的目光投向她:"齐……松……呢?"

"他……忙,老出差,他……一直惦记爸爸!"多少年来,她自己忠诚,也要求别人襟怀坦白,不撒谎。此刻,她的脸好烧,心怦怦地跳。

"告诉……齐松,"他浑浊的玻璃体亮了一些,"古陶秘方……是兑的……蚯蚓……屎!"他大喘着。

——天!玩蛐蛐,养蚯蚓,老虎帽,园子土——原来都是为了保守秘方、掩人耳目啊……

"爸!……"滚烫的泪水顺着鼻翼嘴角流下来,流出的是无尽的苦涩……

方老爷子还在喘,浑浊的眼球也被两点泪花浸润了,亮亮的。他青白的脸色泛出微红,是回光返照,还是最后的欣慰?

风流侍卫与康熙(选载)

骑在阿玛为他新买来的小马上,纳兰性德倏忽觉得自己长高了。春天拉弓时还是原地不动地立射,现在他已经能在飞奔的小马背上搭箭了。驰射虽然很难,眼瞄不准手把不稳,前几天一紧张还从颠簸的马鞍上摔下来,好疼啵。可是阿玛却毫不放松对他的训练,女真人入关平天下,靠的全是马上功夫。

他没怵,本来心里就喜欢。

每天,净业湖还映不出一丝晨光的时候,他就身背弓箭骑着小马走出家门,沿着湖岸向西绕到后花园北的一座土城下搭弓引羽,习武练功。

阿玛不同来的时候便叫两名仆人随侍,纳兰性德不要他们惺惺惜惜一惊一乍总跟着。一个人好玩儿,每天一个人把阿玛教授的功夫用心演练,干嘛旁边老戳着叫好的,箭射偏了也叫好,难道失误也该喝彩吗?

残破的土城建于金代,名副其实的断壁残垣,起伏败落凸凹不平。每天他射的箭洞就有上百个,密密麻麻百孔千疮。休息时看着这道土城,上面仿佛镂空出许多湍流峻岭,每天还在变化着,多一孔箭洞就织幻出一幅新的图景,云蒸霞蔚花鸟虫鱼,比家中的花园还美。奇异的是看久了还能联类浮现出驿道烽火,阿玛告诉他西域有漫长的驿道与永不熄灭的烽火,那是多么雄伟壮观呐。

漫长的驿道,连绵的烽火,长大他能身临其境吗?常常幻想着,铁马金戈但愿不是梦。

今天,他来到土城前上了马,掏出大白重新标出一个比往常缩小了的圆靶心,径长不过半尺多,然后持弓上马自东向西,奔突着搭弦引羽——嗖,一箭正中靶心内,拨过马头往回返,又一支箭射出去,仍然中靶心,两支箭紧紧地贴住了。

好运气,他来来去去整五趟,十矢中的箭无虚发,今天一箭没射偏,成为一束深浅都是一样的。

翻身下马跑向土城,他双手握箭"嘿"的一声把它们拔下来。好不得意,真厉害,阿玛要亲眼看见多好哇。

厉害,真厉害,他情不自禁跳起来。

"哼!"

一声轻轻的嗤鼻声,不屑。

哎,他四下环视没有人,是不是耳朵听差了? 静静地逡巡好半天,恍然发现断墙上露出半个脑袋来:“谁?”

“厉害什么,孬箭。”一张团团脸露出来,脏兮兮,原来是个大孩子。

孬箭? 除了阿玛从来没人说他的箭术糟,这个脏孩子竟然敢说他的箭“孬”,新鲜。

“你下来!”

“干什么?”

“你射几箭我看看。”

那个趴在城头上的大孩子果然撑起身,抠着凸凹的墙壁下来! 一身粗布衣裤破了好几处,看那神态、脸型不像是女真族。

“不怕我把你的马骑跑了?”大孩子比他高一头,但那顽皮狡黠的眼神依然是孩子。大不了也就十几岁。

“我不怕,你射吧。”他不怕,南面花墙就是自己家,一声呼唤家奴就会四面包抄把他截住的。

大孩子扬胯上马,俯身把他那张小弓和箭壶要过来:“不用躲远,看我射箭。”

纳兰性德又气又怨,好大的口气,自己站在箭靶一侧还不用躲远,你要一箭射偏我的小命不就完了!

他几步走到花园后墙站直了:“别吹牛,你射几箭我看看。”

大孩子冲他眨眨眼,策马到东面突然拨过头,哒哒哒地冲过来。只见他手中的弓虽然拉开却往下压,直到与靶子快成一条直线时,才蓦地转身双肩一闪两臂一拧——嗖,箭从身后飞出正中靶心,瞄准只在刹那间。

小小的纳兰性德怔住了,阿玛也没这么射过箭。

大孩子的奔马又从西面冲过来,还是一个反转身。右手搭箭左手推弓,两面开弓射出了第二箭。依然正中靶心。张弦引羽仍在一瞬间。

眼花缭乱。

这个脏兮兮的孩子马上功夫非同一般,他的骑术箭术真厉害。

来去五趟也是十箭,都中靶心,可他射出十种姿势来,尤其是足插马镫金鸡独立的那一箭,离弦之前大孩子转了头,竟然没用眼睛看。

神奇的箭术,没多一个箭孔,十支箭原封不动嵌入纳兰性德刚刚穿出的孔洞中,岂止是正中靶心,这不是阿玛说过的“顶针”吗,只有精绝的箭术才能“顶针”,太不一般了。

纳兰性德上下打量已经跳下马来的这个大孩子,方方的脸庞牙很稀,胳膊瘦瘦的,手掌却又糙又短又厚实。摸不透,阿玛不说穷文富武吗,此人一身褴褛脏脏兮兮,怎么也练得一身好功夫?

不,女真人的马上功夫是独一无二的,面前的这个孩子比他大,自己才刚刚学会骑马,不公平,他还不到七岁呢。

“你会相扑吗?”他撇撇小嘴,不服气。

“格斗擒拿散打掼跤我都成,只是不能跟你比。”大孩子用手揉鼻子。

“为什么?”

“你太这个啦。”对方掐出一个小指头,“一丢丢哇。”

“你别狂,看掌!”

说话间,纳兰性德分开两只小手,直奔对方领窝掏来。阿玛教过他几趟拳脚扑交,这双手扼颈名为“一力降十会”,是直取咽喉的力招。想不到大孩子退后一步早已明了他的用意,灵巧地向左侧一闪腰,身随步转,竟然站在纳兰性德的后面,举右手伸出一个指头,轻轻照他后背一点,令他哐哐哐几步踉跄,险些栽到一个土坑里。

“你欺侮人!”

纳兰性德凭着柔韧与轻巧竟没摔倒,他抗住趔趄手一撑地,一个前滚翻又站起身,回头跨步又向对手奔来。想不到大孩子只是稳稳一蹲,举起厚实的手掌一挡,眼看要切到他的小腹上,纳兰性德手疾眼快双拳向下一砸,对方却借力使力单掌顺势一沉,然后翻腕向上一抖,忽悠悠,纳兰性德犹如从棕床上崩起,全身倏忽间腾空高悬,耳梢已擦到身边的树枝,刹那间身心都不由自己了。

瞬时他想到挨摔,要死,因为他被弹得老高!出于本能他“啊”地大叫一声,紧紧地闭住眼睛把脑袋抱住,万也想不到,只是一场虚惊,他悠悠地落下来,被两只胳膊接住了。

“小公子,别叫唤,我不会伤着你一块皮,嘻嘻嘻……”

他像从梦中醒过来,皱着眉头睁开眼,大孩子抱着他,一口黄牙稀稀的。

“你不要接我,咱俩还没比完呢!”他又急又恼,伸手抓住对方的耳朵,一跃身子从对方怀里滚出来。

“哎哟!……”大孩子被揪得猛一叫。想不到四下呼地蹿出一帮人,七手八脚将他捆上了!

——阿玛!

——家丁!

纳兰性德先是一惊,想不到阿玛带领众奴仆从后花园赶来了,来得正好,自己拧了野孩子的耳朵,不来人说不定要遭殃呢。

哎呀,刚才的一切阿玛他们都看见了,自己的样子真丢人啾!

阿玛俯下身来搂住他:“冬郎,你摔疼了?”

“没,没有哇……”又委屈又羞赧,这个野孩子是可恨。

阿玛蹲在地上抚住他的肩,回头瞥瞥大孩子轻轻招呼家丁说:“把他吊起来。”

大孩子早被踹了好几脚,歪在地上大声叫:“我真没打他,不信你们看,他一点儿肉皮没伤到。”

“给我打。”阿玛冷冷地站起来,走到被吊在树上的大孩子面前,用手中的折扇点着他的脑门说,“你知道他是谁吗?”他转身,轻轻地抚着纳兰性德的脑袋。

“我不知道,我哪知道哇……”

“你知道这宅院是哪家的?”他又指指身后的明珠府。

“不知道……”

“打,给我打。”

嗖、嗖、嗖……

“啊、啊、啊……”

藤鞭抽碎了大孩子的烂衣衫,每一鞭都使皮肉泛起一道血印、紫癜,尤其抽得没头没脑,大孩子的脸肿了,眼封了。

纳兰性德渐渐觉得鞭声叫声都刺耳,他不敢睁眼看,惩戒刁民是常有的事,可是这次太狠了,再说他不过是个大孩子,再说他抛起自己又接住,再说他真的没打他,再说他的武艺真真的很棒呀。

“阿玛……”他突然拽住阿玛的手,“别打了,太疼啦……”

阿玛收颌看看他,轻轻捋起他的辫子摇摇头,扬扬眉毛又压低了:“不,接着抽,使劲,再使劲!”

嗖、嗖、嗖……

鲜血淋淋,大孩子的嘴角、眼角、鼻孔都被抽破了,出血了。

纳兰性德再也受不住,突然“哇”地一声哭起来:“别打了,我怕哟……”

“把他抱回去。”阿玛并不再看他。

他被两个家丁抱起来往回走,可嘴里还在哭叫着:“别打了,别打了……”

回到府中他哭得手脚抽了筋,迷迷瞪瞪发了烧,耳畔嗡嗡着几天没清醒,仿佛老听得见那嗖嗖的藤鞭声。

第六天,他清晨起来全身刚觉松爽,正要出门继续练习骑射,阿玛带着一个人从外面走进来——

咦,这不是那个被吊打的大孩子?他没走?阿玛又把他带来干什么?

“冬郎,他叫刘旺,从今以后就是你的枪棒箭矢师傅。”

师傅?吊打半死怎么又成了自己的师傅?他看着阿玛那郑重的神色,再看看刘旺那肿胀未消的伤脸,奇怪,阿玛到底怎么想的,简直让人摸不着头脑。

“不必行拜师礼了,当着我的面,叫他一声刘师傅。”

他懵懂着再端详面前的刘师傅,阿玛给他换了一身干净的青布衣裤和矮靿靴,英武之中两只不大的眼睛依然顽皮狡黠像个大孩子。想想那天射箭、比武,他的功夫真好心地也善,明明抛起自己又接住了,平白无故挨那么一顿暴打,多冤枉,人家本来就没有什么错处哇。跟他学武艺当然好,还能在一块儿玩耍,小师傅比他大不了许多。

“师傅。”他脆脆地叫了一声,带着惊喜与愧疚。

“明大人,师徒不平辈,让他管我叫旺哥就成了。”刘旺怯怯地不敢抬头。

“不，还是叫师傅。”阿玛约法三章，让他两人教学共长疏于嬉戏，每隔半年他就要检验一次，谁也懈怠不得。

纳兰性德高高兴兴地答应了。打心眼里佩服刘旺的功夫，自己要是也有这样的身手，将来当名驰骋疆场的武士，一切外虏都会闻风丧胆屁滚尿流的。

只是一件事不明白，阿玛的变化太奇怪。那天眼见阿玛心疼地抚着自己的发辫和小手，抬眼又见他满脸峻青，一双大手在哆嗦，阿玛气疯了恨疯了，可是——

不明白。

当晚，他禁不住又到阿玛的书房去问他，到底为什么，阿玛的变化实在让他不明白，太大了。

阿玛双手一按膝头说：“汉人的文治武功不比我们差，只是汉人皇帝昏庸，本是他们的天下被我们打败了。”

从来没听过这种话，满族人不是高人一等，他们正黄旗更是满八旗中的人上人，阿玛怎么夸赞起汉人的文治武功？新鲜。

“那您为什么还要毒打他？”

“这就是韬略，毒打是打出他的驯服他的奴性，让他深知自己是奴才，然后再教你习武，为我所用。”

噢——，怪不得阿玛专门结交汉官，原来里面深藏着韬略，阿玛真聪明真机灵还真——还真有点儿那个呢。

2

想不到当起师傅的刘旺完全变了一个人。

每天早上，刘旺把两个重重的砂袋绑在纳兰性德的小腿上，强迫他不停地跑，不停地跳，直到精疲力竭之后，再让他双手撑地在土墙根下拿顶、拉肩、下腰。

这叫什么练法？男儿会使枪棒，骑射娴熟不就叫有了马上功夫？刘旺这种练法让他每天筋疼、肉疼，连骨头跟心都一块儿疼。小小的他，每天练完功后猫不下腰抬不起腿，从内心向外放散出的疼痛使他几次向阿玛哀求不练了，好担心，再窝腰再压腿他嫩嫩的骨头会撅断。

阿玛每次都摇头，不答应。

整整半年，他才从剧烈的酸痛中稍稍解脱。腰腿、双肩、肘腕的韧带都抻开了，松快，全身有了松快的感觉，一天不练反而难受，这样的变化连他自己都奇怪。

刘旺真的很厉害。

每日督他练功的时候，刘旺细眯的两眼熠熠闪光，冷厉得有些残酷。踢、踹、掐，种种歹毒的惩罚都尝尽了。奇怪的是他把泪水都咽进肚子里，没告挨罚的状，因为他佩服旺哥，每天都看得眼花缭乱，刘旺的功夫像传奇又如神话一般呢。

在三尺见方的平地上，刘旺能原地不动地折四十个小翻，腰软得像面条。

一个踺子一个后提，紧接一个“扔人儿”，他腾身上了土城，轻捷得像一只猴子。

一个蛮子从土城上翻下来,轻轻巧巧落地无声,他飘得又像一片羽毛和秋叶。

旺哥告诉他,只要吃得下苦,把全身的骨节拉开,把腰腿的筋腱练韧,跌打翻扑飞檐走壁只不过是甩头、拧腰、提气、立颈、带肩的事,手到擒来。

钦敬,羡慕,惊诧,向往——使他小小的躯体内生出一股抗力,你成我也成,你会我也要会。

刘旺手上的功夫更厉害。

他那短短的手指叉开,奋力一并竟能把土地捅出五个窟窿来。单指钻砖尤为一绝,不消片刻方砖便会在飞扬的粉末中穿出一个洞。

纳兰性德纳闷儿,他那短短的指头怎么像木钻?

你也成,旺哥告诉他。

比下腰压腿还疼吗?他渴望却害怕,嫩嫩的指甲会不会掀掉了?

两股劲儿,功到自然成。刘旺冷厉的目光中蕴积的全是劲儿。

真练还挺好玩儿的,并不疼。

土城下准备了一桶水,每天练完骑射之后,刘旺就让他叉开五指往水里戳。这还叫练功?手指戳入水中滑润润软溜溜,戳到七八百次指尖才稍稍有点儿麻胀,比拿顶下腰压腿舒服千百倍。

十天之后木桶内换了玉米面,他又戳。扑扑扑更好玩,面尘腾起来,手指手心干干爽爽像抚沙,痒痒得他满怀温馨更好玩。

——真的换了一桶细砂。

每戳一次稍稍有些费力,但指与砂碰撞磨擦并不疼,快速的戳插只令他的腕子有些酸。额头上淌下汗来也痛快,长劲了,浑身燥燥的。

直到一个月后戳插起粗砂、青豆,他才发现指尖、掌背都生出一层薄薄的膙子。真正觉出疼来是一天用青豆练完之后,中指、食指的甲床处撕脱开来渗出血筋儿。当时根本没在意,回府晨读抄写诗书,一握笔杆才觉出指尖疼。尤其是悬肘行书时指尖胀,控得疼。他用舌尖舔舔伤处摇摇头,没关系挺得住,比腰酸腿疼强多了。

戳完青豆他问刘旺,掌上的功夫还要练多久。刘旺抬手扑地又在土城上戳出五个洞,问他敢吗,成吗?要敢要成自然功夫在身了。

他不敢他不成,青豆在桶内毕竟有缝隙,能松动。

刘旺又给他换上一桶蚕豆大的鹅卵石,旺哥自己先扑扑扑地随意戳插,就像是戳面戳水,哗哗哗的石头一胀一缩的。

他也没怵,连能松动的鹅卵石都戳不进,怎能在墙上砖上杵窟窿?他叉开小手拼尽全力往下一戳——咦,瞬间麻了一下马上就适应了。接下来再戳更不怕,掌心十指攒足了力气怕什么。在石头中一戳一抽使得上劲儿,真高兴,大人都没他这两下子。

阿玛到土城来看过两次戳石头,每次都满意地点点头。

他自己也得意,阿玛都没有这样的掌上功夫呢。

刘旺告诉阿玛这叫铁砂掌，铁砂掌就是在铁砂中反复戳抽练成的。因为明府没有铁砂他就用了砂石和石头。

戳插鹅卵石要累得多。每天，刘旺让他戳插上千次，上千次的戳插使他的胳膊酸疼双腕肿胀指甲劈裂。他甚至觉得毯子功倒好学了。抻开筋后的毯子功轻轻飘飘好舒展，而指尖腕子的疼痛火火辣辣隐隐约约绵延不绝，疼得他握不住笔翻不开书，掌上功夫比毯子功、马上功夫难多喽！

一天，他随刘旺来到土墙下的木桶前，看着那些光滑圆润的石头真怵了，自己的小手都变了形，手指干嘛非跟石头碰？不练这招铁砂掌了，十八般武艺何必非要样样通。

刘旺呲着稀稀的门牙对他说："今天再练半天，你的掌上功夫就学成了。"

"你骗人。"天天被逼练掌，他知道旺哥哄骗他。旺哥知道他怵了。

"我从来不骗人，"刘旺的眼神好认真，"不信你把明珠大人请过来作证。"

请阿玛？刘旺在阿玛面前一向谨小慎微的，这话不是在骗人。

"再练一回我也能用指头钻砖了？"

刘旺郑重地点点头。

"真发怵，我怕疼。"

"三个月都过来了，再疼一次怕什么。"

"真的就这一次了？"

刘旺又一次点点头。

也可能刘旺会魔术，对，他不是会练轻功气功吗，肯定他给自己的指头发了功，再吹口气铁砂掌就练成了。干，千万次的戳插都过来了，这最后一次还怕什么！

他定睛看看桶内的石头，吸足一口气，绾起袖子叉开五指发力向下——啊！……巨痛使他眼冒金星双腿一软栽倒了。

岂料刘旺伸手把他那右手腕子拎起来，在他面前一抖说："睁开眼，看，你看看！"

他全身抽搐着睁不开眼，好容易大汗淋漓着撩起眼帘，天，五个手指缩短了一截，竟然戳进掌心，东一个西一个地歪倒着，完了，他的手怎么成了这样子！

刚要晕厥，刘旺又把他的人中一掐："睁开眼，你再看！"

他睁眼，腕子被旺哥掐着断了血脉，觉不出疼，突然之间麻木了。

刘旺抬手先捏住他的小指，猛地向外一托，喀吧，小指复原了；接着再拽无名指，喀吧，无名指也复了位；喀吧喀吧喀吧，五个缩短扭斜的指头片刻之间都被刘旺托出来。

"看看是什么，"刘旺回身一伸手，从桶内石头下抽出一只大铁砧，"它。"

纳兰性德一双眼睛瞪圆了，怪不得五个指头都被戳进了掌心，原来里面藏着这家伙！

"再戳，你的铁砂掌练成了。"

手指真的没了一点儿痛觉,可是,倏忽他的腕子耷拉了,身子也瘫软得像是一团泥,哪还有一点儿力气哟！正在这时,大总管安图从后花园小门出来了,他捧起纳兰性德肿胀黑紫的小手说:“好一个刘旺,你把公子的手戳成这样,你是毁他在害他!”

“大总管,成败就在今天,您不能管,您不要管!”平时对安图唯唯诺诺的刘旺突然冲大管家梗起了脖子。

“我偏要管。”

“您不能管。”

“你要再折腾公子我就报告明珠大人把你的手腕子砸折了!”

“我正要砸折腕子演示呢。”

——啪,随着话音,刘旺左手扣在铁砧上,右手抄起一块砖头抡圆冲左手一砸,天,指节和腕子的血肉模糊了,他把沾泥的血污在身上一蹭抬起左臂,亮给安图和纳兰性德:“你们看。”

真吓人,鲜血浸润的骨碴白白的。

没容安图与纳兰性德说出一句话,他起身冲向土墙又是一戳——扑,五个指头嵌进去,抽手出来留下五个深坑,血淋淋。

“冬郎,趁热打铁就在今天了,你快戳石头,你快戳!”

一切都令人难以置信,可一切都被纳兰性德活生生地看在眼中,麻木瘫软着的他不知自己为什么一个鲤鱼打挺跃起来,不知哪来的一股邪力叉开右手五个指头,奔向土墙猛地一戳——扑,成功了,一点儿也没觉出疼。

事后刘旺告诉他,精深的功夫与心气意念凝铸成的力量才有千钧重,千钧的力气怎能戳不破土墙?

掌练成了,可多少天他的手指肿得像胡萝卜,额娘每晚心疼地给他用热水敷,好狠心的明珠跟刘旺,干嘛把公子折磨成这样子!

3

阿玛疼他,额娘更疼他。

冬郎的名字就是额娘给他起的呢。

八年前,顺治十一年腊月十二日,刚巧是过了腊八之后的第四天,净业湖水封死了,宅邸内的珊瑚阁、绣佛斋、鸳鸯馆檐头的冰柱垂下来二尺多。女真人入关以来北京还从没这么冷,冷得不亚于奉天盛京,真是哈口气就能吹出冰碴儿呢。

多少丫环、嬷嬷围着额娘,从星恳达尔汉、席尔克明葛图、齐尔克尼、杵孔格、太杵、金台什、倪迓韩,到明珠整整八代,就指着福晋们为纳兰家族传下子嗣。额娘这位大福晋还真有福气,几经波折怀下身孕终于到了产期,明珠府内上上下下企盼着纳兰氏的小后人快快生下来。

子时三刻,朔风呼啸寒气瘆人,随着一声清脆的啼哭,一个秀气白皙的公子临盆了。那就是他，叶赫国纳兰氏的后裔——纳兰性德。

阿玛想管他叫“荣郎”，“木欣欣以向荣”“先义后利者荣”，荣郎会使明家根深叶茂，荣郎会使明家世代昌盛，耀祖荣宗。

额娘却执意要叫他冬郎，冬令而生其母何艰，但愿冬郎是个孝子，牢记生身之母的养育之恩，生儿育女好难瞰。

额娘后来告诉他，他应该早生一个月才对呢，多在额娘腹中待了一个月，把额娘的肚皮撑得好疼好疼瞰……

他喜欢额娘，额娘身上总泛着奶香。直到三岁了他还要吃奶，额娘那丰润的乳头吸吮在口中不仅香甜，他会欣欣地有一种安全感。

只不过，额娘与阿玛之间的龃龉越来越大了。阿玛越来越喜欢二福晋、三福晋，后来又有了一个四福晋。额娘的眉头越皱越紧。他常笑，也愿意看到额娘笑，可是额娘的笑容却很难浮出来。

不全是福晋吗？额娘作为大福晋，干吗讨厌别的福晋们？

二福晋、三福晋也很好，额娘干吗不让自己到那些福晋房里去？

额娘告诉他，那些福晋也想生孩子，她们生出了孩子你这大公子就不再是香饽饽。

为什么？他愿意身边有弟弟有妹妹，弟弟妹妹多了那才好玩儿呢。再说额娘也能再生弟弟和妹妹，额娘干吗不再生几个？

四岁上他摇着额娘的胳膊要她生，额娘只是默默地流泪。不知道，他哪知道阿玛很少到额娘房里来，额娘很难再生弟弟和妹妹。

唠唠叨叨，骂骂咧咧，额娘常常将他搂在怀中向二福晋三福晋四福晋发脾气。他害怕，虽然连阿玛在她面前都很少争执，但额娘臂膊的震颤急促的喘息让他的心怦怦跳，耳畔嗡嗡地心烦意乱不痛快。额娘把他搂得太紧了，他窒息；额娘的性子太暴了，他心乱。

从额娘的怀抱中挣脱出来，他又闻到了缕缕发香，甜甜的沁人心肺。

发香是松月姐姐的。

松月有一头乌黑秀美的长发。只要将两把头放下来，那长长的秀发垂过她的腰，像一篷黑绿色的屏风把她托起来衬起来。松月的眼睛深深的幽幽的怨怨的，从来都不朗声笑，长长的睫毛垂下来。遮住她的瞳仁藏起她的美丽，羞涩腼腆的松月姐姐真好看。

低眉顺眼，松月姐姐做一切事情都是悄无声息的。

从小，松月就为他洗手洗脚穿衣戴帽。浑沌初开的时候，他第一次记住松月是她一手握住他的小脚丫，一手点着脚心说：

虫虫虫虫，飞——

虫虫虫虫，飞——

他朗朗地笑咯咯地笑开心地笑。好痒痒，松月带给他的不是额娘般的爱抚，而是一种放情的快乐与温馨。这种温馨幻化为一种味儿,跟松月的发香胶和在一起,离开她片刻他就想吸嗅,那芳香好醉人,暖暖的柔柔的甜甜的……

自从跟旺哥练武以来,松月天天给他烫脚揉腿。尽管轻轻的洗烫揉搓反而会加剧筋肉的疼痛,但那疼痛是一种享受。真奇怪,额娘温热的怀抱使他气促,松月轻轻的揉搓倒使他酣畅,享受那伴着疼痛的酣畅。尽管好玩,却常要咬紧牙关呢。

四岁那年他意外地冻了脚,额娘骂嬷嬷给他做的毡靴底子垫薄了。真是的,冻了脚好痒,钻心地痒得他——大白天就想把靴子脱下来,解着气地挠一阵。

每晚松月都用温水给他烫脚,然后用修长的手指一个一个揉捏他的脚趾头。他"啾、啾"地叫,抽回来又把脚伸过去,疼得好痛快,那痛快那舒畅随着血脉的流淌在周身回旋,简直在腾云驾雾,飘飘欲仙。

之所以咬紧牙关学武艺,也与松月有关系。每天,松月的揉搓捶打好像把温馨贯通到他的血脉筋络里。灼痛使他咬牙,咬牙生出力气,力气化为刚毅,他一天天地挺过来,不但身轻如燕还学会了不少兵器呢。

除了额娘的怀抱,是松月那双纤纤的柔手把他领大的。春夏秋冬,她牵着他的小手在花园玩儿。宅邸的花园好大呐,假山、鱼池、花坛、曲径、游廊,还有几方密密的小树林。松月跟他藏猫猫儿,追哇跑啊藏呀,紧张有趣惊心动魄。每次喘嘘嘘地停下来,他都偎在松月的怀里闻她的发香。真好闻,自己的发辫阿玛的发辫额娘的发髻怎么都没有这种香味呢。

自从刘旺住进宅邸,他也想到叫旺哥跟他们一起玩儿,可是阿玛不允准。阿玛说他可以跟松月玩,也能跟刘旺玩儿,就是不准仨人一起玩儿。

——为什么?

七岁男女不同席,男女授受不亲呗。

那自己怎么就能跟松月在一起?不明白,问阿玛。

阿玛告诉他,他是主子,松月是丫环,刘旺是奴才,奴才丫环不能一起玩儿。

那天下午他又跟松月一起到假山下去摘蝴蝶花,两人坐在一块太湖石上分颜色,他抬头看看松月的眼睛说:

"你的眼毛好长啦。"

"别瞎说。"她点点他的圆脑门儿。

"本来就是嘛,唉,我八岁了你几岁了?"不知为什么他蓦地想起问这个。

"生你的那年我十岁,你说我今年十几了?"松月垂眼睑,眼睫毛遮出两片暗影来。

他后悔,松月的笑靥消失了。

"你怎么还不……"他一下子拽住了她的胳膊,"不,你不要出去,我不要你离开我!"突然之间想起来,比松月小的几个丫头都出了明府嫁了人,不,松月不能出去呀。

"冬郎……"

“松月姐姐,阿玛喜欢你,他不会让你出去的。”阿玛真的喜欢她,阿玛会永远把她留在明府的。

“不,你在瞎说!”

松月慌慌忙忙地把他抱起来,两人满把的蝴蝶花都洒落到池塘里,不约而同,不知为什么。

第二天早上他好高兴,松月帮他洗漱的时候,却发现她的眼睛红红的。唉,松月怎么了?平日她再难过,也很少落泪啊。

4

不知道,根本问不出怎么一回事情来。

早晨跟刘旺习武都不踏实了。回来晨读自然也坐不住,他急匆匆地又找到松月问:“怎么了怎么了?你的眼睛怎么像哭过?”

松月嫣然一笑,把他搂在怀里贴贴他的脑门儿告诉他,怎么也没怎么的,她高高兴兴跟平常一样啊。

他也犯疑,她的眼睛是不对劲儿,可是眼下却没有了哀伤和抑郁,那神情真的又挺高兴呢。

见鬼了眼花了,松月反而嗤嗤嗤地直笑他。

既然如此那就好,松月高兴他就高兴。

可是,松月姐姐是变了。从打那天起,她常常发愣,问她为什么她却支支吾吾脸爱红。到底怎么了?松月姐姐那天早上眼睛是红过,这些天来她是心事重重的。

伴着疑惑他心细了,心细得像个大孩子。

每天晚上,趁着额娘去花园西北绣佛斋拜佛打坐的时候,他偷偷溜出寝室去湘竹夹道的小屋外,听听松月会对小屋内的那尊小泥观音说什么,松月告诉过他,心中烦恼了就对观音说,说出来什么疙瘩就都解开了。

每天听到的都是轻轻的吁叹,什么也没说,那她叹气干什么?

听两耳朵就赶紧急急火火跑回来,不能暴露不能问,秘密,松月心中的秘密,好重好深。

半个月后的一天傍晚,额娘刚去绣佛斋,他出门向西穿过两道月亮门,悄悄向园子西边走过来。淡云遮月,秋风习习,他裹紧一件斗篷轻手轻脚摸向湘竹夹道。一切都是朦朦胧胧的,他刚进竹林便听到极轻的衣服窸窣声——什么人?他突然毛骨悚然了。

什么也看不清,却听见了极小极轻的话语声——

“老爷,你放奴婢出府吧,这样偷偷摸摸我害怕,我无脸做人啵。”

“松月,我娶你,我要你做五福晋,堂堂正正明媒正娶的。”

“不,宁肯做丫头,也不做福晋,哪位侧福晋享过福,哪位侧福晋舒服过?”

“你若给我生个少爷大福晋就不敢欺侮你,她再闹我就把她休到府外去。”

“不,老爷,四位福晋已经够乱了,您干嘛还要奴婢搅进去?”

“因为我喜欢你,世上我就喜欢你一个。”

“噢,不,不……”

天旋地转。

想不到阿玛跟松月在竹林里,阿玛要娶松月做五福晋,这是万万没有想到的。

又能想得通,阿玛一直就喜欢松月姐姐。

阿玛真的迷上了松月,不,松月姐姐是他的,他才最爱松月姐姐呢!不,松月做了五福晋就永远不会离开明珠府,那样就能天天见到松月姐姐闻到她的发香了。

“松月,你要害怕大福晋,我给你在前海买一所宅子住下来。”

“不,不……我一个人自在,堂堂正正,无牵无挂的。”

“抬起头,看着我,你不愿意在我身边,一辈子与我恩爱吗?”

“老爷别说了,我不知道,您不要再难为奴婢了哟……”

不知为什么,他缩回小脑袋退步,转身轻手轻脚溜回来。忐忑不安,他害怕,不知这是坏事情还是好事情。

没有做噩梦。眼睁睁地睡不着。松月做了五福晋就不再是奴才,就能永远住在明府内,就能满头珠翠更漂亮。可是呢,可是再多一位福晋额娘不就更生气,五个福晋进进出出你争我吵不就更乱了?

阿玛当初怎么娶的额娘呢,阿玛不喜欢额娘干嘛还娶她?

阿玛干嘛要那么多福晋,只有一个福晋不就相安无事了?

阿玛不是最喜欢四福晋,怎么又说最最喜欢松月呢?

不,阿玛一直就最最喜欢松月,只是松月不是福晋——阿玛现在不是想让她成为福晋吗?

小小的脑瓜装不下这么多纷乱的思绪,却有一种不祥的预感袭来,不管松月做不做福晋,他要失去松月!

第二天早上习武,他都无精打采了。练过几趟骑射,他突然拉住刘旺的胳膊说:“旺哥,你也喜欢松月姐姐吗?”

刘旺傻傻乎乎愣了半天,才吞吞吐吐地说:“啊,喜欢呐,松月长得多好看,人人见了都喜欢。”

“你想娶松月姐姐做女人吗?”突发奇想,如果旺哥跟松月婚配,他们就永远会留在明府,因为他俩都在府内干差事。

刘旺上上下下打量他,太邪了,冬郎怎么岔到那里去了?

纳兰性德打不起精神,竟把刘旺也感染了。他索性一拽纳兰性德的胳膊说:“走,咱们上土城上边转转去。”

纳兰性德正没心思,痛快地跟着刘旺上了土城。两人在一处凹洞内坐下,里面宽宽绰绰像一口大锅。他们相视了一眼,刘旺一抱脑袋在锅里躺下了:“你好像知道松月的秘密。”

“我不知道，我什么都没看见呐。”没想到刘旺又主动提起松月，其实他的心里全是松月跟阿玛。

“你不说我也知道。”

“你知道？知道什么？”

“你看见过的我也看见过。”

“我看见的？”他倚在旺哥身边好紧张，“昨天的事情你也看见了？”

“啊，我看见不是一回两回了。”

他的心怦怦跳，原来刘旺早知道！

再也憋不住，他抓着刘旺的肘弯说：“你连阿玛也看见了？”

“你阿玛？明大人？”刘旺松开枕着的双手侧起身。

“啊，我阿玛喜欢松月，你没听说他要娶她做五福晋？”

刘旺厚厚的嘴唇半张着，太新鲜了，怎么明珠大人也喜欢上了松月，他知道的秘密不是这个，他看见老安图欺侮松月哟！

那是半个月前去库房配钥匙，他才着实吓了一大跳。

那天下午刚刚走到库房外，就听里面传出一个女人低低的哀求声：

“大总管，冬郎还在书房等着我，您快放奴婢回去吧。”

“昨天晚上你为什么把门关得紧紧的，不开开！”

“不，您晚上不能进到奴婢屋里来，”女人在抽泣，“您找我到底干什么？”

“陪陪你，我想你。”

“绝不成，老爷知道就坏啦。”

“坏不了，你别动。”

“不……”

刘旺已然听出两人是谁了。平日里他早发现，只要安图一到松月就溜开，可安图两只鹰鹞般的眼睛总是一刻也不放过松月。万也想不到他晚上还非要进松月屋，万也想不到此刻大白天安图把松月堵在库房里。听到里面出现了扭拽声，刚想闯进去他却一顿身子把手扬起来：嘭、嘭、嘭——

“谁敲门？”

“安总管，我是刘旺，来配钥匙。”

里面立即鸦雀无声了。门一开，松月低头匆匆跑出来。她的脸色好苍白，一绺秀发也从鬓边散乱开。

既尴尬又扫兴的安图那叫恼恨，奔出门来冲他喊：“谁让你把钥匙弄坏的？不换不配你他妈的给我滚！”

炙手可热的安图比几位侧福晋还厉害，辱骂殴打下人是常事。刘旺只能忍气吞声转回来。挨骂已然听惯了，令人担心的是松月，这样下去很麻烦。

又无奈，他哪管得了大管家？

库房的事情又令他好一阵不安，松月的处境原来很危险。可是怎么办？自己一个孩子又能帮她什么呢?

本以为纳兰性德也撞上了安图欺侮松月,没想到他说老爷想要松月做五福晋,太好了,果真如此安图就再也不敢欺侮她。

"你怎么知道老爷也喜欢松月,还要娶她做福晋?"他的心怦怦的,这实在是件好事情。

"我看见了听见了,在湘竹林子里,"纳兰性德单膝跪在他的身旁接着问,"你不说也知道也看见了?"

"不,没,没有哇……"毕竟大几岁,他两只眼睛一转说,"我什么都没看见过,我是说呀,松月要当了五福晋,就不怕别人欺侮了。"

"有谁欺侮松月姐姐?"

"哦哦哦,谁也没欺侮,我是说女人柔弱容易受欺侮。"

"不,旺哥你撒谎。"

"真的没有,谁也没欺侮。"

"你撒谎!"

"没欺侮!"

"旺哥你告诉我嘛,"纳兰性德软下来。他知道,认真起来旺哥的脾气又犟极了,"我好告诉阿玛去,我好保护松月姐,我好为她报仇哇。"

"让明珠大人娶松月做五福晋,什么事情都没了。"

"唉,其实你知道你知道你知道!"哐当,纳兰性德无奈地躺在"锅"里了。

今天习武之后的晨读全白费了。纳兰性德看着《四书》上的任何一篇文字都模模糊糊的,谁老欺侮松月呢,他怎么没有发现过?

5

简直再也在心中装不下这件事,憋得慌。晨读之后他找到松月问她说:"你愿意做阿玛的五福晋吗?"

松月脸色一红又变得苍白:"闭上嘴,你这是说的什么啊!"

"我不嘛我不嘛,我就是要你做阿玛的五福晋……"

"你还说!"松月上手一挡,把他的脸蛋拧住了。

——好疼!他怔怔地咽口唾沫,眼泪差点儿流出来。漫说是松月,连阿玛、额娘也没这么拧过他,今天她怎么急成这样子,拧得他好疼好疼哟!

"哎哟咿……"好委屈。

"松月,你好厉害!"突然,额娘不知什么时候闯进来。

啪!

"大福晋……"

啪,又一个脆响响的嘴巴抽在松月的脸蛋上。

"哦……"

“跪下,主弱奴强奴欺主,平常我太善待了你,要不你怎能猖狂成这个样!”

松月跪下了。平日舍里氏不到书房来,谁料今天不期而至,谁料小冬郎突然喊出什么五福晋,谁料轻轻一掐手劲使得那么大,恰好被舍里氏撞到了,真是的,怎么倒霉的事情一件跟着一件呢。

“额娘,不怨松月姐姐,是我胡说八道来。”他赶紧扑到额娘怀抱里,深怕额娘再打她。

其实,刚才那句话舍里氏影影绰绰听到了一点儿,不然还不至于蹿起这么高的火气来。就势,她捧起纳兰性德的小脸蛋儿:“胡说八道来?那你刚才胡说什么来?”

“不,他没说,什么也没说!”松月惊恐地睁大两只眼。

“你闭嘴。”舍里氏一牵纳兰性德的手,转身拽他出了书房,“走,到额娘屋里玩会儿去。”

“大福晋,冬郎什么也没说……”松月手一撑地站起来,追在后边大声喊,“他真的什么也没说!”

舍里氏突然把头拧过来:“跪下,你给我到日头底下跪着去。”

松月跪在院中仍在喊:“他没说,他没说……”

纳兰性德被额娘拉着回不了头,但他心里全明白,松月怕他说,他也决定咬紧牙关什么也不说。

——怎么能不说?

额娘滚烫的泪花扑簌簌淌在他的脸颊上,脑门上,额娘是疼他,他是在乳香的氤氲中长大的。想想额娘也是挺苦,侧福晋们虽然总挨骂,可是她们老凑在一起说悄悄话。额娘呢,阿玛跟她不亲热,她孤零零没有一个说话的。今年额娘屋里还养了只绿八哥,见人就叹气,刚一逗它它就张口勾喙扬着脑袋说:命好苦,好闷呐;命好苦,好闷呐。

额娘真的最最疼爱他。有几次她跟阿玛吵过架,晚上把他搂在被窝里,亲着他的小手说:“额娘为你活,没你额娘一天也不想活下去。”

他相信。尽管不愿成天偎依着额娘了,可是额娘为他活是千真万确的。每天她去绣佛斋参禅打坐,就是为他祈福,想想自己越来越不爱听额娘唠叨了,总爱跟松月、刘旺在一起,还真的对不起额娘呢。

既然额娘为他而活,那他喜欢的额娘不就也喜欢,他高兴的事情额娘不也就会高兴吗?

“额娘,我喜欢松月,你也喜欢松月吗?”

舍里氏点点头:“也喜欢。”

“额娘,阿玛要娶她做五福晋,你也喜欢吗?”

“听谁说的这件事?”舍里氏的身子微微一颤,刚才在书房听说只是影影绰绰,此时再听冬郎重复太扎耳朵了。明珠要娶五福晋连孩子都知道了,可她还蒙在鼓里呢。

“你听阿玛他说了?”

“有人欺侮松月,她做五福晋下人就再也不敢欺侮她。”

“我问你听谁说的这件事。”

“我是……我是……”突然他支支吾吾了。不能把湘竹林的事情说出来,阿玛和松月说的是悄悄话,不然干嘛偷偷的。

“乖冬郎,玩儿去吧。”舍里氏把他松开了,两眼变得呆呆的,困乏地说她累了,撑不住身子想躺下。

他咚咚咚地跑去找松月,没想到额娘不再问他了。松月还在太阳底下跪着呢,他一把拽住松月说,“额娘让你起来呢,我什么也没跟额娘说。”

松月被太阳晒得软软的,她懵懵懂懂站起来,好像没听见他说什么。

连着好几天,什么事情也没有。额娘只是早上又加了一道参禅,松月也不再提起那天的事。也挺怪,那天额娘多气松月多急,竟然都不再提,糊糊涂涂地过去了。

纳兰性德不知道,一件万也想不到的事情一步一步地捱近了。

松月要出走,再在明府待下去,就要大火烧身的。

做为舍里氏的女佣人,她是大福晋带到明府的。父母双亡松月只有一个哥哥,她把自己的终身都托付给了叶赫纳兰氏一家子。明珠待她好,舍里氏对她也不错。尤其是离不开小冬郎,小冬郎跟她游戏玩耍使她忘却孤独与寂寞。直到二八妙龄之后她才有过一段短暂的苦闷与惆怅。舍里氏曾要把她配出去,她苦苦哀求不愿走,入关之后八旗人家没落了,净业湖畔投河的不都是汉人。明珠府内的日子平平静静的,女人一辈子图什么?额娘不就是被整日酗酒的阿玛折腾死的吗?童年记忆中哪有什么梦幻和美好,睁开眼睛看人间,不是穷就是吵。额娘在阿玛的折磨下多次说:“世上干嘛分出男人跟女人,女人为什么要嫁人?”

阿玛醉死了,额娘也死了,她知道,额娘早已心力交瘁了。

不想续蹈前辙,她讨厌男人恨男人。

万也想不到,不到三十岁的老爷的眼神突然变化了,她慌慌地躲闪,可是逃不开。明珠含情脉脉的眼神比咄咄逼人还厉害。

她突然坐立不安了。其实老爷没有对她说过一句下流话,更没碰过她一指头。直觉使她感到一双目光好灼人,那灼人的追逐好执着好热切。无声的悄悄的默默的,令她心神不定慌慌的。

不知道老爷要干什么。

她常常避开老爷,可又愿意远远地瞥见他,二十八岁的当朝大学士,高大儒雅仪表堂堂的,哪像安图那样子。

就在这时候,安图也一天天地贼上了她,她还是原来的那个松月,这是为什么为什么为什么?

那天安图借着接盘子的当口在她的乳峰上顺势一蹭,胸部的震颤带得她的心急急地跳。胸颤心也跳，这种感觉第一次体验到。

那天晚上在灯光下，她战战地低头，惊疑地默数着自己的脉搏，一、二 三……从来没有过，每一次心跳前胸都微微地一颤，那是乳峰，从没注意过胸前的两个乳房，怎么突然变得饱满坚实了？战战兢兢地抬起手，好结实，瘪塌塌的前胸怎么突然隆起两个老高老高的奶子呢？

好一阵羞涩。

好一阵惊悸。

明珠大人使她战栗而羞涩。

管家安图使她战栗又委屈。

往日的平静倏忽消失了。她不知逃遁着什么回避着什么还是畏惧着什么。怎么还有一种期待呢？期待着老爷？不，宁死也不能做他的五福晋。

那天晚上在竹林，老爷对她柔情脉脉的一席话倒令她进退两难了。不做五福晋终归要离开明珠府，做了侧福晋就要像二福晋、三福晋、四福晋那样活下去——都不情愿。自己为什么长大呢？老爷为什么看上她，全是长大带来的苦恼。

没想到纳兰性德冒冒失失问出那么一句话，跪在烈日下受罚，她还从没受过这么严厉的惩罚。全府的人都知道了，这两天还有人说她是狐媚子，始终在勾引老爷，好冤枉！

这期间老爷又来约过她。她不理，不能再这般不清不白了。她和主子也不能这么继续下去了，不想跟老爷说什么，说又有什么用处呢？

三天之内就出走，额娘临终跟她说，活不下去就出家，只有庵院是退路——离开冬郎吧，谁让他多嘴多舌呢，其实最最割舍不开的，还是小小的冬郎哟。

没容她料理，意想不到的事情突发了。

6

庭院深深。

明珠已然察觉到松月的变化。薄暮间，他把她叫到自己的书斋久久地看着她。没再躲躲闪闪，昨天他就跟舍里氏摊了牌，他要娶松月做五福晋，舍里氏再闹就先休掉她！

松月也不再怕大福晋，明天她就走，走开一切就清静了。

相对无言。

娶了四位福晋的明珠始终没碰过松月一指头。从十八岁娶了舍里氏，到后来纳妾二福晋、三福晋、四福晋，男女之欢给他带来过瞬间的快感，可都是那么浅浅淡淡一掠而过。怎么从没有陆游那“红酥手，黄藤酒，满城春色宫墙柳”的芳醇与陶醉？

舍里氏欺侮侧福晋，可侧福晋争宠攻讦同样让他烦。百读不厌朱庆余那首绝句“洞房昨夜停红烛，待晓堂前拜舅姑，妆罢低眉问夫婿，画眉深浅入时无”——多么羞羞答答,多么温情含蓄,他与四位福晋怎么从来没有过这样一回感受呢?

不爱,直到他突然发现松月一夜之间长大了,才意识到自己从来没被四位福晋情动过。情不动而欲出,可不那人欲是枯涩乏味的?

他惊疑为什么没有早早发现松月,又时时讪笑自己的谬误荒唐,当初她是个孩子,她是在不知不觉中突然丰满起来的。

这几天舍里氏一直哭闹,说她本来也喜欢松月,纳她为五福晋自己有了说话的,就是生气为什么瞒着她,身为大福晋不知丈夫要娶五福晋,她还算什么大福晋呢?

明珠知道这是舍里氏的借口,全府都嚷嚷遍了,舍里氏让松月在大毒日头下罚跪来,是因为勾引他明大人——就坡下驴,既然松月受了天大的冤枉,那就索性跟明府上下把事公开,他就是要让松月做五福晋。

松月也坦坦然然的。明珠跟安图就是不一样,她于战栗之中品尝到一缕爱抚与温馨,也算没枉来到世上。清清白白地超度红尘,她愿意与明大人无所顾忌地说上几句离别的话。

相视良久,反倒是她先开了口:

“老爷,我唯一放不下的就是冬郎,能让冬郎也来这里和我们一道坐坐吗?”

放不下?松月想要干什么?明珠的心倏忽悬起来:“叫冬郎……干什么?”既然要把一切说清楚,也就没有什么可瞒的,只是松月她——

“我来了!”纳兰性德刚巧从外面跑进来,正要找松月,松月答应给他做个蜻蜓风筝呢。

“冬郎……”松月一把揽过他,话音抖抖地变了声,“老爷,有冬郎在我才更踏实,我一辈子光明磊落哟。”

“你洁净无瑕,像朵出水的荷花,所以我才要纳你为五福晋。”

“老爷,奴婢哪里好,您为什么非要打破奴婢的安宁呢?”真是的,一个大学士一个大管家,使她的心境处境迅速地发生了变化。

“因为你的一双眼睛使我不安宁,我常常,梦到你的眼睛。”

纳兰性德惊奇地听着阿玛的话,阿玛完全忽略了他的存在,只是痴痴呆呆在跟松月姐姐说着话。他扬起头来看松月,她的脸色泛起淡淡的潮红,是好看,那修长的眼睛他也爱看,世上最最美丽的眼睛就是松月姐姐的。

“奴婢的眼睛有什么好,老爷只爱奴婢的眼睛吗?”

“眼睛流溢着你的柔媚,神韵;顾盼出你的娴淑,温良。双睛为心之灵犀,我就是喜欢你的眼睛。当着冬郎的面答应我,做我的五福晋吧,啊?”

纳兰性德的瞳孔放开了,从没见过阿玛这么动情过,阿玛的跟睛也很奇异,真情下的流莹再也没有威严审度居高临下的焰势,双眸中燃烧着另外一团火,热烈奔放而且执着。

“老爷,谢谢您对奴婢的垂爱,”松月抬起好看的大眼睛,定定地轻轻眨了眨,长长的睫毛挡住了盈眶的泪花,“有大人这般真情的话语暖心,奴婢三生有幸了。”

“松月姐姐……”纳兰性德觉得松月的双手在哆嗦,她哭了,她哭了。

“松月,什么都不要多想,答应做我的五福晋,啊?”除了皇上跟索额图,明珠向来不折腰,跟四位福晋也没说过这样的话,今天在松月面前他好卑微。自从对她生出一股真情,她就成了一枝娇弱的莲荷,只可远观不可亵玩,甚至是云中月雾中花,近在咫尺可松月怎么又那般缥缈遥远呢。

“松月姐姐,我也喜欢你,你做阿玛的五福晋吧,啊?”

“老爷,冬郎,”松月抬眼看看明珠,又伸手在纳兰性德的肩头摩挲着,“不成,那样我就再难踏实一天喽。”

随着话音,她一把捋下发髻抓住那长长的秀发,撩开衣襟掏出一把剪刀夹,扬手咯嚓一声响,几绺秀发已被剪断了。

“松月姐姐你别剪,你的头发好香……”纳兰性德吓得大哭。

“松月,松月……”明珠怔怔地看了半天,才过来把她的剪子夺下来,又把散在地上的头发捧起来,“你这是要干嘛!”

“入空门做僧尼,自渡渡他求清静。”

“不,你就是把头发剃光了,我也要娶你,谁也不准欺侮你!”

……

鸳鸯馆内的烛光,一夜未熄。

晨曦隐现出来,烛光才渐渐变黯淡。

舍里氏派人去四福晋院内把明珠请过来,两人静静地在西阁间内坐下了。

“老爷,你对松月表白的心迹我都听见了,披肝沥胆连我听了都动情。”

“我知道,窃听他人私语,这毛病你在娘胎里就生成了。”

“朝三暮四喜新厌旧,这也是从你们星恳达尔汉那一辈就传下来的好德行?”

“那也比你们乖张狭隘蝇营狗苟的舍里氏一脉人光明磊落上百倍!”

互相攻讦老祖宗,虽然明珠的口气淡淡的,但他一点儿没退让,舍里氏太飞扬跋扈了。

“你身为大学士干的事情都光明磊落吗?”

“从来没有一句背人的话从我口中说出去。”

“那好,能再重复一遍吗?你最喜欢松月的什么?”昨天她尾随纳兰性德先藏在影壁后,接着蹲在窗下把一切都听到了。

“我喜欢她的身子,喜欢她的心地,最喜欢她的双眸,澄澈如水顾盼流莹,多么醉人的一双眼睛啊!”明珠微微摇头,事已至此他要强调松月在自己心中的位置,他要让舍里氏无可奈何地接受既成的事实。

“那你就天天玩赏它,给你这双顾盼流莹澄澈如水的大眼睛!”舍里氏站起身,打开托盘中的一只盖碗,“它在这里呢。”

明珠先是一怔,游移地聚拢目光,天呐!打开的盖碗中用鲜血浸泡着一双眼睛——谁的?松月的眼睛?昨天夜里松月遭了毒刑?阿弥陀佛……他全身抖抖地刚要捧碗,身子一歪栽倒在地上了。

7

好狠毒的额娘!她太歹毒了!

纳兰性德想大声号啕,可是一声也哭不出来。不可能不相信,松月姐姐哪儿去了?即使被剜了双眼,瞎了也不可能失踪哇。

"额娘,你还我松月,还我松月姐姐哟……"

直到第三天他才相信一切是真的,他才哭出声,问松月哪去了,剜了双目的人没准得死,死了也得有个地方啊。

他撕扯额娘的衣裳:"你说出来,你说出松月姐姐去了哪儿!"

虎视眈眈。

"来人,把他领到湘竹夹道。"额娘这次没抱他,而是命两名奴婢把他领到松月住过的房子里。

进门之后鼻子更酸,多么熟悉的小屋哇,满屋还充溢着松月的发香,可是人已经不见了,再也不见了。

万也想不到,额娘上去呼地撩开松月的床褥,哗啦啦,几串朝珠、坠子散出来。她又一掀松月那红漆梳妆匣,两枚葱绿色的翠镯子和好多珍珠在里边。额娘伸手把镯子捧起来,猫腰捧到他面前:

"三千两银子买不下来的祖母绿,原来是被这贱女人藏起来!"

他呆呆地看,好半天才抬起眼:"你瞎说,松月从不偷东西!"

"你问问她们,这是她们发现的。"

"冬郎,是松月偷了藏起来,我们亲眼看见报告福晋的。"两名丫头异口同声,毫不含糊地对他说。

"冬郎,额娘能够骗你吗?"额娘眼圈也红了,"额娘骗过你一次吗?"

不,她们一起欺骗他。他不信,他要把这骗局告诉阿玛去!

阿玛真的两天没进宫里去,明珠府的大门后门旁门都关得死死的。好沉寂,平日生气盎然的明珠府突然鸦雀无声的。

连信远斋的门都关得死死的。阿玛急火攻心病倒了,太医院的御医都跑上门来为他诊治。今天从湘竹夹道跑回来,纳兰性德哭闹着捶开信远斋的大门,进去见到面色苍白的阿玛问:"阿玛,额娘说松月姐姐偷了镯子跟珠翠,这件事情是真的?"

"冬郎,是真的,是真的啊。"阿玛苍白的脸色泛着青。

他把眉头皱起来,阿玛怎么也这么说,阿玛不是最最喜欢松月吗?按说阿玛该跟额娘打架吵闹为松月伸冤才对啊。

"阿玛知道松月偷东西?"

阿玛竟然强做笑脸对他说:"阿玛要知道,怎么还会喜欢她?"

“那你什么时候知道的?”

“前两天,刚知道,阿玛不知道她是那么不知廉耻的一个坏女人。”

他糊涂了,阿玛那么向着松月,也说松月偷了东西,那么松月她——

脑袋嗡嗡地,事情变化得太快了。阿玛为什么也相信松月偷东西?视线模糊了,这到底是怎么一回事情哟……

“冬郎,你抬头看看这块匾,念一念。”阿玛无力地抬抬手,指着斋内的那块匾。

他没抬头,“承平”二字是老祖的手迹,阿玛讲过它的意思。

“承平承平,承平守成,取之于继,意在于安呐……”

没等他开口,阿玛又敛回目光,念出张华的两句《杂诗》:“‘晷度随天运,四时互相承。’冬郎,世间最最重要的,是承继我始祖星恳达尔汉的这个家,保住这个家哟!”

正在这时,阿玛最最信赖的两名领班管家阿勒什、布泰急匆匆从外面走进来:“明大人,一切都已经查实了。”

阿勒什刚说完这一句话,阿玛扬手打住他,然后把纳兰性德领到院中说:“冬郎,阿玛有要事,你先玩去吧。”

他不走,阿玛让下人把他抱出门,信远斋的大门吱扭一声关死了。

他真想把刘旺教给自己的功夫用出来,飞身跃墙听听他们说什么。阿玛最最信赖的两个下人肯定把松月遭难的一切打探清楚了,他也要知道,他要知道没了眼睛的松月哪儿去了!

又不能纵身翻墙跳进去,阿玛不允准的事情做不得,只能过后询问布泰,布泰常哄他斗蛐蛐儿,布泰不会蒙骗他。

万也想不到,第二天府内也不见了布泰和阿勒什,他问阿玛怎么回事,阿玛说他俩造谣生事已送交顺天府惩治了。

又是一个没想到,阿勒什跟布泰又哪儿去了?没见顺天府来抓人,他们不是最受阿玛宠信吗,怎么造谣生事了?

最惦念的当然还是松月姐。她怎么顷刻之间消失了?松月还有吗?如果活着她在哪里呢?

——谜,这谜熬得他好累。

松月真的偷了东西?没偷阿玛为什么咬得死死的?阿玛当初到底喜欢不喜欢松月,说的是真话还是假话呢?

最奇怪的是额娘跟阿玛之间——反倒相敬如宾了。一切都像没有发生过,梦,这一切才是梦,眼睁睁活生生,眼前的一切是场梦。

跟旺哥谈起松月来,刘旺只是惊惊疑疑地摇脑袋:或许是真的,兴许就是这样子,人生无常生死有命,不要再念叨不要再想啦。

如同道道目不暇接的闪电,又像一阵不及掩耳的惊雷,这不可思议的霹雳闪电之后,他才更加感到酸楚。即便松月真的偷了珠翠,那么好看的眼睛也不该挖出来。女真人凭着骁勇骠悍打进了关,可对同族女人干嘛那么残忍,再说松月多么善良啊。

静坐于书房隐隐还能嗅到松月的发香,幽幽的淡淡的,有时他会蓦地站起来,惊疑地四下看,什么也没有,松月再也不见了。好想她,他只能心中默默地喊:你上哪去了?请你快快回来吧——

立言堂内竟会撞出层层回响。只能独自凄苦地哀叫,九岁的他好累哟,习武不累读书不累,钟鸣鼎食之家的他独自端坐、彳亍的时候却累了。在花团锦簇的明府中,彳亍徜徉怎么把他累成这样子?

他累瘦了,只能把目光收回来。

不得不走进另一个世界,本来他就很喜欢,尤其是汉字。

满文曲曲弯弯像麻花像虫子,汉字或清丽如水或龙飞凤舞或铁划银钩,每一个汉字都深藏着难以形容的味道与奥妙。对松月想得疲惫了,他就迷离地走进这另一个世界里。

看看那个“哭”,上面是两只眼,一滴泪水淌下来,下面的“大”字像弯弯撇下的一张嘴,“哭”字的读音多哀痛,它比“苦”还“痛”,苦痛之极才会“哭”,令人心碎的一个“哭”,一见“哭”字他的鼻子就酸酸的。

“哀”字多么让人感伤,莫名其妙的一个“哀”,他像看到一个形体变化的过程,哀痛使人躬下了腰,“哀”得再难把腰直起来,直起来又硬撑着,“哀”字多么沉重啊……

从这些有形有色有声有趣的汉字中跳出来,面前又出现了松月的影子。舔舔淌下的泪水他又回到“泪”中。涟涟的“泪”水更是“哭”的继承,那“泪”滴答滴答地流淌,而那“流”字“淌”字又勾勒出一条小溪——真神奇,令他思接千载视通万里的汉字!

一头扎进诗书中,再也不想出来了。思念随着“思念”远播出缅怀。如果没有这些神奇的汉字,他怎么从对松月的痛悼思念中解脱出来?自从五岁起在家就读,前后几位师傅教他诗书,他都没有读出兴味。想不到自己突然从汉字中发现了它们的奇妙:象形、形声、会意,不,是一种神奇的联想与意境,它们是一个个鲜活的精灵,只要你过心过意地走近它凝视它发现它。

这里是另一个世界。

阿玛偏爱汉人文化让他读了几年的之乎者也,过去怎么没在意?今天从奇妙的汉字奥秘中走进去,联成句的那诗那词那韵味那意境太让人陶醉了——看看秦少游的两句诗:

自在飞花轻似梦,
无边丝雨细如愁。

无尽的意趣。看着满园的飞花，想想突然离去的松月，可不是，飞花有多么轻？轻如雾轻如霰轻如棉轻如絮……再轻它也有分量。而梦呢？世上有什么东西比梦轻？再想那“丝雨”又能细到什么程度，细如毛细如发细如绒细如丝？再细它们也有径——丝雨如愁，愁是多么朦胧细腻虚无缥缈摸不着看不见地无法比量，好一个“梦”字与“愁”字，多么奇妙的比拟却又难以超越的形容啊！

缠绵无尽意趣无穷。

他爱上了词爱上了诗。

诗言志。《诗大序》中说得好：“在心为志，发言为诗，情动于中而形于言……”

哀情思绪在小小的胸怀中涌动，去跟阿玛说？不，阿玛是琢磨不透的；诉与额娘听？额娘的搂抱再难温热他的心；说给旺哥去？旺哥憨直义气但却太疏于文墨了。只有自己说与自己听。说不利落便徜徉在佳言诗作里：

问君能有几多愁，恰似一江春水向东流。

这夸饰这铺语这甚言这倍写怎么就那般淋漓尽致？诗词能托物能言志能抒怀，只有流连于诗情词韵中才稍稍畅快些。

沉醉销魂，由字而词而诗，他痴痴地爱不释手了。

8

寒暑易节。

光阴冉冉地流泄，像清水，把往事冲刷得稀薄了，淡淡的。

一切又都变得朦胧了。几度花开几度花落。

纳兰性德长高了，十二岁的他跟十六岁的刘旺一般高。他笑旺哥开始横宽，再过两年他会超过师傅一头去。

没因为沉湎在诗词之中而松懈了马上功夫。反而一天都离不开枪棒，那更是一种消遣与宣泄。

花园后面的那道土城越来越低矮，城前的那条土路越来越狭窄，纵马飞驰的时候他想跃上城，腾空放缰的时候他欲蹿入院，转不开身，这里习武不痛快。

他真的长高长大了。

阿玛允准他同刘旺在侍从的陪伴下去北苑骑射。北苑，好开阔。蒿草、庄稼、蓝天、树木，到处是一览无余的朗阔。

骑在奔突的骏马上，他双腿蹬鞍站在马背上，搭弓射箭那是在天幕下圈点、画线，急速的飞矢变缓了，遥遥地划破天宇好远好远寻不见。多么舒展自如地挥洒，奔突挥洒得汗如雨下才痛快。

在农家场院跟刘旺比试枪棒更好玩。一劈一挑一扬一掀，都贯通了全身力气横扫无限。朗阔的空间使人恣肆汪洋地宣泄，劈在黄土地上的每一棒每一刀，都腾起一股烟雾,让人轻飘飘地腾踏于风尘滚滚的烟雾间……

荡涤,沐浴,洗礼,生命仿佛不再属于他,而与大地融为一体了。

每一串长长的翻滚扑跌,都是一段空白伴随的快乐。一口气拧三十个旋子,此时此刻还容得想什么?那时他变成了一只大雁,随心所欲地在碧空下翱翔,翱翔时还有什么苦恼,翱翔能不酣畅快乐吗。

出一身透汗宣泄一个痛快。练功习武成为不可或缺的需要,消遣,向往,嗜好,耽搁一天都抓心挠肠的。开始他还很奇怪,为什么?倏忽又想起《诗大序》,这不正是永歌之不足,舞之蹈之犹不足,他才驰之扑之滚之跌之吗?

一天,在刘旺与家人的簇拥下,他从北苑骑射归来,刚刚走到府宅西夹道,一只毛绒绒的东西"吧嗒"一声砸到他的脑袋上。不太疼却吓一跳——毽子,一只鸡毛毽子从东侧矮墙飞出来,刚巧落在他头上。

他一勒马,一名侍从早把地上的毽子捡起来:"大公子,你的脑门儿砸破了?"

他摸摸,毽子哪能砸破脑袋呢。低头一看那只毽,山鸡羽毛扎成的,好漂亮。他接过来没细看,一个小脑袋从矮矮的东墙探出来:"嘿,我的毽儿。"

"找的就是你,砸着大公子脑袋了!"捡毽儿的下人大声喊。

"没留神,我又不是成心呐。"

那声音娇娇的脆脆的,两个羊角辫比头高,直嘟嘟地从后面撅起来。

"你能一次踢几个?"纳兰性德跟松月、刘旺都踢过毽,看着这天真稚气的小姑娘,便歪起脑袋打问她。

"反正比你多,你能踢它半个时辰吗?"

不光纳兰性德噎住了,刘旺和所有人都一愣,踢毽子论时辰,这牛吹得也太邪忽了。

"我没试过,你出来比试比试。"他移马靠近矮墙,双手一伸一提,那羊角辫被他轻轻地抱出来。

一身红衣红裤,她小巧玲珑得像一个大娃娃,尤其是她那瓷白的脸,弹指欲破腻如羊脂,真好香,这个好吹的羊角辫。

那格格咯咯地笑,笑出一口皓洁的小牙来。纳兰性德让刘旺把她接过去,自己也翻身下了马。

他把毽子递给她:"你踢一个我看看。"

"你先踢。"她把小手背在身后,歪着脑袋冲他说。

"我先踢就我先踢。"他抛起毽子踢开了。

左脚右脚单足着地一气踢了一百多,正得意着一个闪失,那毽子向右前方飞过去,麻烦,他跨步追冲往前扑,后起一脚把毽子又勾到身后边,回头已然来不及,刚说声"坏"——咦,小格格伸腿把毽子稳稳地接在脚面上。

所有人都睁大了眼,这小格格哪里是踢毽子,那毽子好像有一条线,绕在她身前身后左右翻飞,真的不是在踢,是捞是挑是摘是掬是掏是捎是别是掂,粘在身上随意把玩，两脚的动作比双手还利索。

眼花缭乱。

令众人惊叹的是小格格触毽的部位大多是脚尖脚背脚心脚跟，极少使用足内侧足外侧。她用脚尖一甩一挠一抓，毽子在她面前活泼泼地跳跃。纳兰性德好脸红，刚才傻兮兮地还觉得自己挺棒，全是用脚内侧扑扑地憨踢，简直出尽了丑露尽了怯。

除了两只手，小格格的头、肩、背、腹、臂、胯、腿、膝全用上了。毽子炫目地颠跳，有时，她一个白鹤亮翅把它定定地稳在脚心上，紧接着脚腕一抖又是一个倒踢紫金冠，毽子飞旋一周又落到她的膝盖上。最奇异的是画圈，随着毽子的翻腾环绕她用腿脚肘臂胸腹划出大大小小的圈环，闪烁流旋轻盈灵巧。人与毽子浑然化为一体，如果把它们分为一个个静态的片断，每一个动作都是一幅画，妙极了……

不知踢了多长时间，直到纳兰性德发现小格格的脑门儿在灿灿的光照下闪出晶亮，他才愣怔一下喊声“停”，上前一步把那只毽子薅在手中了。

“你干吗？”她撅嘴，挑起淡淡的长眉瞪着他。

“你出汗了，你多累，我怕你老踢老踢累坏了。”

“好玩人才不累呢。”她笑了，咯咯咯。

“都出汗了你不累？”

“我阿玛说，小孩子不知累，你不也是一个小孩吗？”

咦，他没接触过这么大的女孩子，更没见过这般开朗稚气的小格格。真好玩，细长眉毛下的两只眼睛黑得泛蓝，瓷白的脸上那小小的嘴巴好鲜好鲜。

“你叫什么名字？”

“季节，季节好听吗？”

“好听，好听，”他用手掂掂那只毽，“你教我踢毽子好不好？”

“成啊，”她不由自主地又回回头，“额娘阿玛要是不让呢？”

“没关系，不让我跟他们说。”

“你去说？”

“啊。”

第二天下午，他真到季节家把她接到府里来。后花园的几棵大榕树下有一片空地，树荫下跟季节学毽子真好玩。季节从六岁就踢毽，叔叔教了她整四年，原来踢毽子也要下大功夫学，原来玩耍也不简单呢。

没想到第四天晚上阿玛把他叫到信远斋，打开《孔子家语》对他说：“男女七岁不同席，你怎能擅自把一位小格格领到府里玩？”

那些“授受不亲”“男女大防”的东西早就读过许多，好烦呐。游戏起来多快乐，季节天真稚气灵巧活泼焕发出生命的活力，谁想到什么男女，想到又何必“大防”，他跟松月跟季节在一起感受到更纯情的一种愉悦，男女大防要防自己的额娘吗？

“跟她踢踢毽子怎么了？”

“你大了，圣人早有断语，唯女子与小人难养也，近之则不逊，远之则怨呐。”阿玛长长地叹了一口气。

“世上的女人都是如此吗?”几年来他很想跟阿玛谈一些他始终想知道却又一直蒙在鼓里的事,可是阿玛常回避。既然今天谈起女人来,正好有了机会。

“当然如此,一个‘唯’字自然包容了所有女人。”

“皇太后佟佳氏也是坏女人?”他举出玄烨生母孝康章皇后,前两年她刚刚薨逝。

“皇太后例外,她是出类拔萃的。”阿玛没想到,儿子把康熙生母抬出来。

“额娘呢,额娘也很难养吗?”

“这个……”满腹经纶绣口纹心的阿玛很狼狈。

“阿玛怎么对待侧福晋,远也不行近也不行,怎么才能不远不近呢?”

“冬郎,你太出言不逊了。”

“松月姐姐是小人般的女子吗?”他只管自己说下去。

“你好大胆,好放肆!”阿玛一拍书桌站起来,刚刚蓄起的胡子颤动着。

“我不会做出非分之事,我爱跟季节玩,就要跟季节在一起。”

从来没有违拗过阿玛,更没顶撞过父母一句,几年来他郁郁闷闷寻觅到宣泄愁绪的渠道,一头扎进诗赋词章骑射箭矢里,竟然极少跟他们说上几句话——生分,松月的事情之后他觉得世界陌生了,连父母都变得好生分。

真的没想顶撞阿玛,积郁在心的话语他想说,今天总算找到机会了。

明珠使劲眨眨眼,虽然稚气未脱,可面前的冬郎不经意间长高长大了,尤其是双眉微吊下的两只眼睛,不单是聪颖与顽皮,还增添了刚毅与执拗,更有一丝令他不安的深沉呢。

季节的事情是安图汇报的。那个小格格是内务府包衣同正的女儿,虽然住在这一带的人家都是正黄旗,可包衣家的女儿跟小冬郎在一起游戏,门户又差得太远了。主子跟奴才,怎能老嬉戏在一起?男女、主仆——一切都不搭界,不相宜,最主要的是冬郎长大了。

刚才一番话更发现阿哥已有了心计长了见识,尤其是他还耿耿于怀着那件事,小小年纪怎么那般好记性?不,松月之事确实太惨烈太刻骨铭心了。

扼制不住他的思索,自己不也思索着蹒跚着才当上的大学士?又稍稍有些理亏,对冬郎还有过一些欺瞒的歉疚,随他去吧,小孩子们玩玩又能怎样呢。

他只说了些业精于勤荒于嬉,行成于思毁于随之类的话,嘱咐冬郎洁身自好,摆摆手让他出去了。

纳兰性德几年来第一次这么高兴,本以为要与阿玛继续一番各执一词的纷争,想不到阿玛回避了妥协了,这下可以放心大胆地跟季节在一起,不光是踢毽子,季节实在娇小可爱呢。

踢起毽子做起游戏季节好活泼,可是静下来她会托着小腮帮看云、观水,寂寂地不让人干扰她。兴许年岁小,她没想到门户高低主仆男女什么的,自然也从不对纳兰性德唯唯诺诺的。

连刘旺都有些不习惯,背地他提醒过小格格:“别过分,我是他的武备师傅都不像你这么随随便便的。”她却不以为然:“怎么啦,我是你们俩的师傅呢,你们不都跟我学踢毽。”

刘旺别扭了,纳兰性德竟然习惯了,季节干吗他干吗,她静下来他也不说话。

季节爱斜倚在山石上看云。

秋高气爽,天空的变化才最雄奇瑰丽呢。

蓝天如镜,淡云如纱。轻纱舒缓地流泻,天际流纱,空间旋转了,穹宇偏斜了,轻纱淡远了,轻纱羞涩了,轻纱羞涩得怎么变成一个小格格?

峰峦叠嶂簇锦峥嵘。白云织出的群山逶迤,绵亘,起伏,嶙峋,不咄咄逼人,只是飞渡着变幻着不同的山姿山形山势山色,雄奇而又切近的云山,山的柔情全在云中呢。

霞云由淡红变做橘红,又由橘红转为绛紫,而后是灿烂的金色。淡红橘红绛紫金色,披上晚妆的秋云斑驳热烈灿烂,像一簇簇的鲜花,又像一群活泼奔放的小格格。

乱云争渡更是一幅画。

天际中有时又嵌出虎豹、骆驼与绵羊,全是一幅幅动人的画。

静下来观云的季节像一尊小瓷像。长眉下的两只眼睛常常一眨不眨。迷惘,沉思,她像神往着走进了云朵里。

多么奇幻莫测的云!

纳兰性德敛回目光看着她,她竟与云融汇在一起了。

“云一緺,玉一梭,澹澹衫儿薄薄罗。”

她没动,还在静静地观云。

“云一緺,玉一梭,澹澹衫儿薄薄罗。”

“秋风多,雨相和,帘外芭蕉三两棵。”季节没侧身,喃喃地自语着。

“你也会吟诗?”他惊喜地看着她。

“吟咏别人的,谁还不会诌两句。”依然没侧身,还是像对自己说。

他静静地不再言语,看云看水的时候季节变成另一个,她既不是那种矫揉造作,也不是那种咋咋呼呼的格格。

那天从云中“走”出来,她伸了一个小小的懒腰,神秘地问他:“你向往云彩向往蓝天吗?”

他点头,他喜欢广袤的无限。

这时,柿林中飞出两只黄鹂,她眼睛追逐着鸟儿又问他:“你羡慕飞鸟吗?”

向往天就喜欢鸟,只有鸟儿才能展开双翼飞向蓝天。他点头,当然愿意做一只飞鸟,那才真正快乐自由呢。

“我也向往做飞鸟。可我又绝不愿意做鸟儿。”

他纳闷儿,这话就有些悖理了。到底喜欢不喜欢愿意不愿意?哪能把话来回说?

“只要一天还有鸟笼子,我就一天不愿意做小鸟儿。”

“为什么?”

“万一被人抓住关进鸟笼呢,那样哪还有快乐?”

实在没想到,只是稍稍一拐弯,季节的思想就好深好深啵,她才十岁,她还是个小格格。

真有趣,虽然季节读的诗书比他少得多,可她小小的脑瓜会思索。跟她在一起好有味儿。

初冬,暮色刚刚临近的时候,他常溜出后花园与季节一同坐在净业湖边看星星。这时的季节总是紧紧地依偎着他,闪烁的星光好远好冷,连月宫的蟾桂也寒气袭人呢。

他告诉她,寒自水中来,星月的感光是感觉。人冷才觉星月含霜呢。

“星星是什么?”

“是宝石,是天幕中镶嵌的亮石头。”

“月亮呢?”

“是玉盘,是穹宇中高悬的大玉盘。”

“它们为什么能悬住?”

“它们嘛……”他讷讷了,“轻啊,星星和月亮都轻极了。”

“宝石和玉盘该很重啊。”

“那是因为……”

“你也不知道,其实它们都是光,光是忽隐忽现的,要不怎么有时出来有时又没了?”

好尴尬,又愿意陶醉在这纯情的尴尬中。没有一点儿虚伪与欺诈,更没有谄媚依附吹捧跟奉承。

9

两广总督卢兴祖驾临明珠府。

明珠出人意料地把纳兰性德叫到堂前拜见卢大人。

卢兴祖惊喜地站起来,亲热地拉起他的手:“好阿哥,仪表堂堂的好哥儿。”

很奇怪,很突然。每次满汉官员来,阿玛都让他躲得远远的。这次两广总督到,怎么派人把他从书房叫过来,他长大了?不是还没长到弱冠之年?

卢大人温厚和蔼地端详他:“大公子年方几何了?”

“刚过舞勺之年,还颇浑沌无知。”明珠不无得意地假嗔。

卢兴祖眼前一亮:“未及束发,一看便学富五车神采飞扬呢。”

“犬子已近束发，按说早该身通六艺，就大学，履大节，可他一天到晚只知嬉戏，什么本事都没学成，卢大人再夸奖，他更得意忘形了。”明珠呵呵地瞥瞥儿子。

“明大人言之过甚，大公子贵有将相之气，轩昂俊逸，前程无可限量。”卢兴祖发自内心地赞叹，“冬郎将来想做什么？”

“我要做一名驰骋疆场的武士，当固山将军，当御林校尉保驾皇上。”

“好，我赠公子一把匕首，也算敬祈冬郎祥运通达心想事成吧。”说着，他令侍从打开一只剔红漆盒，亮出一把五色斑斓金光闪闪的匕首来。

连明珠都一愣，真少见！

那匕首半尺多长，金套金柄，闪闪烁烁。难得的是套，柄上嵌着五色斑斓的红宝石，蓝宝石、孔雀石、芙蓉石、绿松石、玛瑙石、水晶石、紫晶石，晶莹绚丽华贵无比。

纳兰性德好喜欢，他轻轻把刀套摘下来，寒光熠熠，匕首宽宽的刀锋好尖利。他拈起它来掂了掂，沉甸甸。然后一弓步一团臂，高兴地对卢兴祖说：“谢谢卢大人，侄儿一定用它好好练武艺。”

“你喜欢？”

“我喜欢。”

“它本为一双，将来我要为你配成一对。”

他不好意思地笑笑：“承蒙大人厚爱，侄儿我再谢大人了。”

“冬郎，那你就索性为卢大人演练几趟拳脚，借此机会请卢大人点拨赐教。”

纳兰性德答应声“是”，回身扬起右手猛一抖腕，寒光熠熠的匕首嗖地划出一道弧光，从门内飞出直奔院中的一杈榕树枝，稳稳地戳进那凹形的杈枝里。

“好功夫。”卢兴祖起身跨到院中，只见那匕首刺入右侧四枝团簇的一杈凹枝内，那是一个浅痕，圆圆的像一只眼睛。

明珠得意地站在一边，他最了解冬郎的文才武艺都早已不亚于自己，荣耀，这是他的荣耀。

这时，纳兰性德跨步出厅，双手一展纵身一提，身子轻捷地摽到树上，再向上一攀，抓住匕首用力一拔，随即轻巧地落在地上，把匕首又托到卢兴祖的面前来。

卢兴祖双目瞠圆，刀尖上原来还扎着一只蝉蜕，不偏不倚从正中劈开，精湛过人的抛掷功夫，这不单凭身心，光目力就得比常人强百倍！没见过，曾任兵部尚书的他叹为观止：“艺盖天下，技开先河，冬郎，你令老迈我大开眼界！”

“卢大人过誉，您还是要备细点拨。”连明珠都惊叹不已，冬郎的功夫不可思议。

“后生可畏无与伦比，令吾辈自叹弗如惭愧不及羞愧不及呀。”

皆大欢喜。那天纳兰性德，卢兴祖，明珠都很高兴。

第二天，纳兰性德把这柄嵌玉匕首拿给季节看，季节最喜欢剑柄上的一颗灰宝石，它灰白相间色泽迷幻，里面还动着一条小细线，闪闪烁烁很奇特。

“这灰蒙蒙的宝石叫什么？”她觉得好新鲜，这种石头能变色。

“猫眼石,你注意过猫的眼睛吗?”

她轻摇着两只羊角辫。

“不信你去注意看,太阳一照猫的眼睛就变细,光线越强瞳仁甚至会变成一条线;反之暗光之下瞳孔就变大,黑洞洞的屋子里就更圆更大了。”

她细想想是这样,她的家里就有猫,猫的眼睛是这样。

他来来去去让她看剑柄,随着角度的改变猫眼石中的一条黑线也在变,可不是,一会儿粗一会儿细,一会儿长一会儿短,而且颜色深浅也在变。

接着他又用手把剑柄捂起来,只留一条缝隙让她看,那条线短多了圆多了,更像一只猫眼睛。

“哎,人的眼睛也是这样吗?”她抬起头来看他的眼,“我记住了你的瞳仁有多大,现在你冲太阳睁大眼。”

他抬头,片刻眼睛就酸了。

“我看看,哟,你的瞳仁也小了!”

“我闭上眼睛背过身,待一会儿又会变得老大。”

果然,她发现他背过身去捂住眼睛待一会儿,瞳仁真的也圆了。她用手捧住了他的脸,看得仔仔细细清清楚楚的。

“哎,咱们到山洞去,看看猫眼石在山洞里的黑蕊到底有多大。”

他牵着她的小手走进了桃花坞旁的假山洞。过去,他跟松月、刘旺都到里面去玩过。刚一进洞季节就有些含糊了,好黑呀,她还从没钻过山洞呢。

“怕什么,现在还有亮,看猫眼,”他托起匕首,“看准它是什么形状的。”

她看那块小宝石,里面那条线是长圆的。

为了看变化,她又忘记害怕了,随他往里走,几步就伸手不见五指了。纳兰性德让她挨着自己在一块光滑的石头上坐下来。他对这里的一切都太熟了,闭住眼睛手不用扶也能从这个洞口穿到那个洞口去。

等她坐下好一会儿,他才又托出匕首让她看,慢慢地,五色斑斓的宝石珠翠闪闪烁烁开始现出幽暗的光彩来。

“看,猫眼石的黑线是圆的!”

她惊奇地叫起来,真奇异,如同鲜活的精灵,那瞳仁还在微微地膨胀,增大。

许久许久,他们注视着这只“猫眼”,像是有了灵犀,它也在一眨一眨地看着他俩。

漆黑的山洞不那么幽暗了。他俩默默地抬起头,不约而同地寻找着,看见了,终于看见了对方的眼睛,瞳孔都好大。瞳孔真好玩,鲜活剔透,尤其是在冥冥中。

不知为什么,他想贴近看看她。刚才她捧着他的脸蛋看眼睛,不公平,他也该捧起她的脸蛋看个清楚啊。

他抬起手:“我看不清,能捧起你的脸蛋儿看看吗。”

“当然成。”

他颤颤地抬手,不知为什么哆嗦,她却忽闪着眼睛催:“快捧啊。”

他抖抖地刚一触到她的下颏,她咯咯咯地把身子团起来,咯咯咯,咯咯咯,笑声撞得洞内嗡嗡的。

“怎么啦?”

“你别胳肢我脖子,痒死了痒死了,咯咯咯……”

“你过来你别躲。”他奇怪,自己紧张得心直跳,她怎么咯咯咯地还痒痒?

她咯咯咯地过来了,他的手还没上去,她又咯咯咯地痒起来。

“你再这样我就生气了。”

“谁让你老挠人家。”她又笑了一阵才挺过来,用小手把脖子捂上了。

他赶紧上手捧住她的脸,她却死死地把眼睛闭起来。

“干嘛呀,干嘛把眼睛闭起来?”

她又咯咯咯,好玩儿,不是闭上眼睛瞳仁会变得更大吗。

他轻轻摸着她的小脸蛋,她终于把眼睛睁开来,顽皮地冲他笑,眼睛一挤一挤闹着玩儿。

幽暗中的一双眼睛更澄澈,他看到了净业湖,看到了曹操笔下的浩渺大海,碧蓝无涯纯净剔透。真想一头扎进去,那是多么纯净的另一重天地另一番世界啊!

净业湖中溢出淡淡的幽香,是莲香?荷香?藕香?不,全不是,是出自季节肺腑的鼻息和口香,还有幽幽的肤香与汗香。他使劲吸贪婪地吸,不知不觉咽起了口水,香味能吃吗能嚼吗,他想咀嚼吞咽季节发出的香味呢。

“哎,你还没看清,我的瞳仁大了吗?”她眼睁睁地看着他。

“哦……是大了。”倏忽从芳馥之中跳出来,刚才险些被醉倒。

“你看完我的眼睛了吗?”

“看完了,看完了。”他不好意思地刚要把手拿下来,季节却把两臂从他肘间掏过去,将他的脸也捧住了:

“碰碰头,两人都活一百岁。”

说着,她往前一挥头,两人梆地撞在一起了:“哎哟吔……”

忘情地笑,她娇嗔着咯咯咯地笑起来。

牵着她的手出了山洞,他悻悻地好失落。季节怎么那样傻,捧起脸来都咯咯的,怎么一点儿也不紧张呢,自己的手都出汗了!

10

夏日净业湖。

接天莲叶无穷碧,映日荷花别样红。

放情无忌地玩儿,玩儿得好痛快。

季节比刘旺还会钓鱼。她知道,黑鱼、草鱼就在近岸的水草里,使短线用大钩;鲤鱼、鲫鱼离岸远,鱼钩要下得深一些;而泥鳅就在浅泥里,下水去捞去抠就能抓出来。

常常,他们甩出六七根鱼竿,远的近的深的浅的,每人负责两三竿。

纳兰性德掌握不好钓竿。明明鱼漂往下沉,赶紧抬手却没鱼,鱼饵反被叨走了;有时鱼漂刚一动,扬手一抡一条大鱼刚出水面又被甩掉了,真气人;更遗憾的是好不容易一条大鱼钓上来,摘钩一滑它又落到湖中去,怎么那么笨!

季节告诉他,漂沉漂动时间长短要看火候,钓鱼就在一瞬间。挑竿抽线全在巧劲儿,不然那么软的竿那么细的线怎能钓起三四斤重的大鱼来?

反弓,弹性,时机,心静,其实它有点儿像男人射箭。

季节还对他说,钓不着鱼不要紧,看水跟观云一样好玩儿。一平如镜,静影沉璧,波光粼粼,清澈见底都好看。风乍起,吹皱一池清水的时候心也荡起涟漪,这样的时候身心是多么欢愉啊。

他惊异地品评着季节,包衣家的女儿不追富贵喜欢自然,她不会吟咏风花雪月,却在自然中咀嚼出情趣,这跟她那朗朗的笑声多和谐,情趣、喜好、秉性、音容、笑态,一切源之于自然,多像一朵出水的小芙蓉,天成的体貌情性无与伦比的美好与自然。

世界上有什么比自然更美的?

其实他也爱看水。

千尺丝纶直下垂,一波才动万波随。
夜静水寒鱼不食,满船空载月明归。

水波牵动了万古思绪,水波使胸怀充满空灵的禅意。“一折青山一扇屏,一弯碧水一条琴,无声诗与有声画,须在桐庐江上寻。”干嘛非要寻到大鱼才高兴?

迎面扑来莲藕的香气,身边更有季节的芳馥。奇怪得很,自从在假山洞中嗅到了她的口香体香汗香,脑际中再也褪不净她的影子。伴着芳馥她执着地浮现在心中——竟然不分白昼与黑夜。

不是当年松月的那种发香,而是一种能咀嚼想吞咽要掬捧的东西,不光是气不单是味儿,是东西,是触手可及的香东西。

香香的她却浑然不知。只是活泼灵巧地踢毽子,朗朗地笑得眼睛亮亮的,再有呢,观云看水和钓鱼。她全神贯注地完全忽视了他的存在,有时让他好委屈——自己孤寂怅惘神驰她却浑然不觉,一点儿也不体谅呢。

今天,刘旺被安图派去收拾花圃,只有他跟季节一起坐在净业湖西岸甩出四根竿。真静啊,北岸坐落着阔绰的明珠府,高大的门楼红色的围墙都倒映在碧水中。水中的明珠府被莲花荷叶托起来,花团锦簇堂皇富丽。静静地看,他倏忽觉得自家是悬在空中的,距他好遥远。怎么回事?刚一彷徨季节把一根鱼竿抽起来——嘿,红鲤鱼,一条一尺多长的红鲤鱼钓上来。

她麻利地站在岸边抓住它，摘下放在一只小桶里："嘿，放在你们家的碧清池，这是一条大金鱼。"

"我不要，那么好看该养在你家鱼缸里。"他过来看，真没见过这么大的红金鱼。

"呣家哪有这么大的鱼缸啊，还是放在你家府中水池里。"

说得倒也是，她家没有这么大的鱼缸放金鱼。他又捧了些水放到小桶中，返身坐到一块石头上："我钓一条小龙井鱼送给你。"

她又咯咯地，说他那么大的鱼钩不可能钓到小金鱼。

他瞅瞅她，忽然想起早就想问的一件事："哎，是谁教你钓鱼的？"

"还是我叔叔，从前我家住在西三旗，西苑那边的湖沼小河鱼更多。"

怪不得，自己也在净业湖边住，一直纳闷儿不如她熟悉水熟悉鱼。

"快，快拽竿！"突然，季节看见他右手的那个鱼漂沉下去。

他慌乱地抬眼看，果然有一个鱼漂沉到水里去，双手握竿猛一扬，咦，圆圆的，一只翠绿色的甲鱼被钓上来，四个爪子还挠呢。

"王八，我钓到一只小王八！"

他兴奋地站起来，过去只有旺哥钓到一回又跑了，这是他们钓到的第二只。

鱼竿颤颤的，鱼线悠悠的，好半天他才一手把那只小甲鱼抓在手，刚刚摘下钩——

"哎哟，啊……"

龇牙咧嘴大声叫，翠绿色的小甲鱼一口把他的指头咬住了。"别乱甩别甩呀，把手放到水中去！"季节起身跑过来。

他疼得乱叫使劲甩。"哎呀，亲娘啊……"另一只手不敢动，眼睁睁地看着那只王八死死地吊在左手中指上。

季节赶来了，抓住他的腕子往前跑，两人一齐跌跌撞撞蹚到水里头，他吓得早就把眼闭起来，她却用力一抻他，把他那只手按到水里了。

咦，手指刹那轻松了，那只可恶的小甲鱼松开嘴，慌乱地挠着小爪潜入水中了。

她把他的伤手捧起来，深深的两排小牙印，血丝从泛白的牙印中渗出来，她张开嘴去吸，疼痛立时又减轻了些。

"还疼吗？"她心焦地挑起两道淡长眉，吐掉一口接着吸。

"不疼了……好多了……"他竟吓出眼泪来。吓比疼还厉害，刚才把他吓坏了。

她继续用舌尖轻轻舔："你是一个大傻瓜，甲鱼咬人你不知道哇！"

他撅嘴，好像听说过，可当时一高兴什么都忘了，哪想到它那么厉害呢。

她用指头把伤口又捏了捏："捏住脖子它才不会咬，你真傻。"

他哦哦地点头，脸红了。

没有血了她又把他的伤指捧在掌心搓，好像比他还大的样子说："哪有上下乱甩的，它一着水才会张开嘴。"

不疼了，他讪讪地笑，他哪知道这里的道道儿学问呐。

“真的不疼了?”

“真的不疼了。”他这才抹掉眼泪细看她。呀,她的眼角湿湿地也哭了,她急得眼睫上沾着泪花花,“你怎么也哭了?”

“谁哭了? 你哭了!”她扑哧一声又笑了,用手遮眼一低头,“就赖你,我的两腿都湿了。”

他这才低头往下看,真是的,两人都站在浅水里,鞋和袜子都湿了。

咯咯咯,两人笑着互相抓住了胳膊,这么半天站在水里头,全然不知道,刚才冲入水中什么都忘了。

牵着手儿走到岸边,他把鞋袜扒下来,甩在地上好痛快。两脚伸到浅浅的清水中,惊吓之后真舒坦。

“我也脱下来。”季节也学着他的样子做,把鞋袜一起脱下来,倚着一块石头坐下去,双脚伸到水里头。

他定定地呆住了,天,从没见过季节的腿和脚,每次捞泥鳅都是刘旺下水去,今天他突然发现了,发现了,天呐……

藕节般光润,羊脂般细腻,葱根般白皙,她的肌肤,双脚,多么鲜洁多么诱人!他痴呆呆地使劲看,两只眼睛都直了。

半天她才抬起头:“哎,干嘛呢,你还在那儿犯什么呆。”

“哦……”他耳根一热,却双手拄膝站起来:“我想……我想跟你坐在一块石头上,你愿意咱俩坐在一起吗?”

“那好啊,你来吧。”她笑盈盈地脸上旋出两个小酒窝儿。

直不愣登走过来,倚在她身边坐下了,假装抬头向湖心瞟几眼,又把视线一点儿一点儿往回收,终于回拢到膝下边。

水中,近看,季节的双脚更好看。

白皙光润的皮肤那么柔嫩,真怕小石头把她的脚心扎破了。怎么那皮肤像是透明的! 红色的血脉,紫色的细筋在水中清清楚楚现出来。不,比一切藕节、羊脂、葱白、玉石都美,它有弹性有活力,是大化塑出的稀罕与鲜活,是世间难寻的尤物——生命,第一次体味到生命,鲜活的至美与伟大,尤其是女人的季节的,造化熔铸出的生命多么神奇,多么令他神往……

“你干什么呢,怎么不看鱼漂啦?”她不经意地发现他怎么还不把脑袋抬起来。

“我……”他的心怦怦乱跳,“我……我……我在看你的脚,你的脚。”撒不得谎,慌慌着也没把头抬起来。

“人家的脚有什么好看的。”

她的脚趾抠起来,双脚又别在一起了,清水荡出重重叠叠的脚影。

“你的脚好看,你的脚真好看!”他不结巴了,他要告诉她,她的脚好看!

倏忽她把双脚斜到身子后:“你真坏你真坏,脚有什么好看不好看。”

双腮泛红了,她把身子完全扭过去,脑门儿贴在膝盖上,双手护住她的脚脖子。

“季节，我喜欢，我爱看！”

她没动，像一尊水中的雕塑与造型。

……

好久好久合不上眼，合上眼也是季节羞红的双腮，还有那鲜活的红血脉，紫筋络，多么美丽透明的一双玉足哇……

第一次见她扭捏，第一次见她脸红，扭捏害羞的季节更好看。后来，她匆忙穿袜穿鞋的神情慌慌的，回味记忆都是幸福与享受。

第二天，从北苑骑射归来他立即又要找季节，却被阿玛叫到信远斋。“这一阵不得再贪玩，有一件至关社稷的事情要你做。”

不得贪玩至关社稷？自己未及弱冠能干什么？是不是阿玛又在骗自己，阿玛多次骗过他，松月、阿勒什、布泰，这三人的秘密、下落阿玛始终瞒着他。

“阿玛，今天我还要到外面钓鱼呢。”今天必须见到季节，他想她，她的形影时刻在他脑际里。

“至关社稷，大清皇帝要你效力的机会是千载难逢的。”阿玛一脸肃穆一脸神秘。

皇上？他小小年纪既没中举又未及第，皇上怎能让他去效力？

“绝对不能告诉任何人，你过来。”

他痴痴地往前走，阿玛的神情真是非同一般呢？

——到底怎么了？心中毛毛的。破天荒，于他于阿玛都是第一次。

11

少年玄烨亲政年余，越来越觉得鳌拜气焰日炽不可一世。怎么办？鳌拜权倾朝野危及社稷，刚刚擢升为刑部尚书的明珠那天在乾清官内叉开五指一抓袍襟，玄烨皇帝点点头，这是唯一的选择，事不宜迟。

这口气窝了多少年。八岁那年开始登基，身为国君却做不了主，鳌拜越来越恣意横行，自己还算什么皇帝？不能咽下这口气，再这么忍气吞声他就要憋死。

顺治十八年，福临大行玄烨即位将年号也改成了康熙。因为他还小，先皇弥留之际留下遗嘱，任命他最宠信的索尼、苏克萨哈、遏必隆、鳌拜为辅政四大臣，辅佐幼年皇帝。当时，小小的玄烨亲耳在乾清宫内听到了四位辅政大臣跪在先皇的棺椁前信誓旦旦：

索尼、苏克萨哈、遏必隆、鳌拜誓以忠诚，共生死，辅佐政务，不偏私亲戚，不计怨仇，不求不义之富贵，不听兄弟子侄之私言，不接受贿赂，不结党营私，只以忠心报答皇上信赖之恩泽……

睁大眼睛的他觉得四位大臣都很好，他们对先皇对自己，人人怀着一片忠心。谁想到，没过几天鳌拜就把棺椁前的誓言忘得一干二净，越来越跋扈。本来，在四位辅政大臣中，鳌拜位列其末，但他不甘居人后，千方百计排挤他人。索尼是四朝元老,资历最深,名列辅臣之首,因其年近古稀体弱多病,既奈何不得鳌拜,又无心顾及朝政。遏必隆胆小怕事明哲保身,凡鳌拜所为,都不闻不问。其中只有苏克萨哈刚正耿直,敢于同鳌拜针锋相对。女真人入关时,八旗兵曾争相圈占土地,属于镶黄旗的鳌拜看中了正白旗的土地,居然提出互换旗地。负责办理调换旗地的大学士兼户部尚书苏纳海及直隶总督朱昌祚、巡抚王登联一致认为此举断不可行,社稷未安八旗兵勇哪能把已定格局的旗地再轻易调换?坚辞上疏停止调换。鳌拜大怒。倚仗"顾命"势焰立即下令将苏纳海、朱昌祚、王登联逮捕入狱,提交刑部议处,并执意要对其三人施以极刑。

属于正白旗的苏克萨哈一直跟鳌拜有芥蒂,他坚决反对调换旗地,几次上疏不同意将苏、朱、王三人判为斩刑。玄烨感到事情棘手,无法马上做出裁断,没有批示刑部将三人问斩。

岂料鳌拜几次筹划,竟然假托圣意,连夜将苏纳海、朱昌祚、王登联三人杀害。苏克萨哈怒不可遏,急禀玄烨鳌拜欺君罔上涂炭忠臣,可是玄烨毕竟没有亲政,又有父皇遗嘱,只能怒而不言,鳌拜是辅政大臣之一,四人都跟摄政王无异。

康熙六年七月,他亲政前的一个月,首席辅政大臣索尼病亡。遏必隆八面玲珑事事退缩,苏克萨哈感到孤掌难鸣,实在无法与鳌拜共事,便向玄烨提出辞去辅政大臣的职务,请皇上恩准他去守护先王陵寝以度余生。玄烨下旨挽留,不愿意让苏克萨哈退隐,毕竟自己羽翼未丰,哪里斗得过老奸巨滑的鳌拜。

苏克萨哈此举也意在逼迫鳌拜交权,皇上既已亲政,所有辅政大臣都该退下来。

鳌拜勃然大怒,因为更换旗地就已与苏克萨哈结怨深重,此时乘机大兴冤狱,与其党羽班尔善、阿思哈、噶褚哈、图必泰秘谋策划,给苏克萨哈定下二十四条罪状,拟将苏克萨哈及其长子、内大臣查克旦处以残忍的磔刑,另外六个儿子一个孙子和两个侄子,再加上族人前锋统领白尔赫图、侍卫额尔德等一律处斩。玄烨大惊,鳌拜要把苏克萨哈一家斩尽杀绝,可苏克萨哈是一位多么忠心耿耿的老臣。

他不能批准鳌拜一伙人恣意横行。万也想不到,鳌拜带领文武军机三品大员跪在乾清宫内振臂高呼:"苏克萨哈颠覆朝政扰乱常纲,死有余辜十恶不赦,怙恶不悛罪大恶极,皇上不除此害,我一头撞在殿柱上,让皇上亲睹奴才我为社稷为大清肝脑涂地!"

天天如此,鳌拜挥拳强辩声色俱厉,竟至跪殿七天,少年玄烨吓得心惊胆战。肝脑涂地,乾清宫内哪能肝脑涂地?

没办法,只能屈就鳌拜的暴行。只是将苏克萨哈的磔刑改为绞刑。真可惜,苏克萨哈是无辜的,多少年来功勋卓著劳苦功高哇。

除掉苏克萨哈这个眼中钉后,鳌拜更加肆无忌惮。班行章奏——大颜不惭自列首位,而遏必隆更是甘居其后,事事时时对其唯命是听。

康熙八年正月初一,这是玄烨亲政之后的第二个春节。天气真好,不太冷,又无风。

子正一刻(午夜零点一十五分),御前太监为他穿好衣服,红烛下,一片灿灿的明黄。黄袍褂、黄帷盖、黄窗帘、黄坐垫、黄茶具、黄被褥、黄肩舆,连地毯全换了簇新的明黄色。除旧迎新,无风的春节子夜好喜幸。

丑初二刻(凌晨一点三十分),他乘四人抬明黄亮轿出坤宁门到钦安殿参拜真武大帝,去澄瑞亭内的斗坛祭斗母,到玄穹宝殿行磕头礼,然后进景运门,回乾清宫西暖阁稍事休息。

丑正(两点钟),他乘十六人抬明黄画轿出乾清门,到奉先殿祭祀列祖,然后从原路回乾清宫,再至西廊庑的弘德殿,换乘四人抬明黄亮轿去养心殿天地香亭,焚化天地三界神画像和金元宝、银元宝。

寅初三刻(三点四十五分),从养心殿出吉祥门乘四人抬明黄亮轿到坤宁宫磕头后,步行到乾清宫东暖阁供前拈香,然后到东庑圣人前,北五所御药房药王前磕头,回到乾清宫喝奶茶,接着几盘热腾腾的煮饽饽端上来。

他饿了,又高兴,浓浓的奶茶还有那素馅饽饽好香啊。

寅正(四点),改乘明黄大礼轿出乾清门到长安左门外的"堂子"(女真人祭祀场所之一)去磕头,而后依原路回乾清宫,换乘四人抬亮轿出隆福门,至中正殿、建福宫、重华宫去拜佛。

卯正一刻(六点十五分),乘四人抬亮轿进隆福门,至乾清宫西暖阁稍事休息后,出乾清门到外西路的永康左门外降舆,启明星出来了,东方出现了熹微。

——都忘记了给列祖列宗神仙圣人磕了多少头,一点儿也不累,现在要到慈宁宫给先皇妃们请安,新的一年空气新鲜心情愉悦迈出的步子都轻快。兴致勃勃,他大踏步向慈宁宫门走过来。

万也想不到,早已跪拜在慈宁宫门前迎候他的王公、廷臣中闪出一点黄,他越走越近使劲眨眼睛,东方已经破晓,那点黄变成一块黄一片黄,奇怪呀,怎么王公廷臣的服饰之中出现了明黄色?

黑压压一片群臣中,一个人身穿黄袍,式样与天子一个样,质料也是光缎的。不同的只是那人的顶戴上打了一个红绒结,区别于皇冠上的那颗大东珠。天呐,到底谁是皇上,明黄色只有他天子一人所独专呐!

——那是鳌拜!真想大喝一声把他吼出来。这不暗示着他要篡位夺权吗!多少廷臣在下马碑前未下马、一时疏忽背北而坐都要受惩罚,这样的违制甚至使不少人被贬职,丢了官,而鳌拜呢,竟至不可一世地穿戴起明黄色,不单是欺君,连他自己都控制压抑包藏不住自己的祸心呐!

不能冲了一年的吉祥。他小小的手心攥出两把汗来,还是把性子捺住了。不成,黑压压的廷臣中有多少鳌拜的党羽,自己虽为天子可势单力薄啵!

而后的一切礼仪庆典活动他都昏昏沉沉地头疼。早膳之后,来到承光殿码头乘冰拖床去北海码头上的弘仁寺、阐福寺途中他吐了,明黄色的皇袍被吐得好污秽!

想不到殿前殿后鳌拜都安了耳目。他龙体违和了几天,早有人把他的嗔怨都报告给鳌拜。鳌拜针锋相对,六天不来朝拜。居于众臣之首的鳌拜不来班行章奏,他的党羽跟着不到,其他臣工谁还敢来?班行疏落奏章锐减,年幼的玄烨再也坐不住,竟然乘着大轿出宫,到太师府看望鳌拜。

这是鳌拜预料之中的。那天皇上入府后,鳌拜成心歪在床上做腰疼状,下不来。玄烨凑到床前问:"太师小恙几日可康复了!但愿没有什么大毛病。"

鳌拜这才撑起身来说:"皇上亲临宅邸探视奴才,受此龙恩奴才三天之内爬着也要上朝去。"

玄烨上下打量突然发现了一把短刀——就在床上枕头后!这是故意的!明明知道皇上来府要看他,还以短刀倚枕这不是又在向他示威吗?祖制早有规范,廷臣面见皇上,任何时候不得携带兵刃,鳌拜眼中哪里还有国君,这是成心成心啵!

心直跳,他瞥瞥窗外要起身,鳌拜信手把短刀掖在枕头下:"奴才失礼皇上别怕,谁知哪个下人把匕首放在席上让皇帝看见了。"

他赶紧强笑着坐下:"女真人以弓矢定天下,兵刃不离身,是我女真人的故俗,不必大惊小怪的,没关系。"

勉强敷衍几句,他匆匆返回宫中了。

时不我待刻不容缓,他密诏刑部尚书明珠来到乾清宫,明珠的手势使他的决心下定:翦除鳌拜!

索尼的长子索额图是玄烨的亲信,索额图做了一名御前大臣。他也参与了这项密谋,君臣商定一条计策,擒拿鳌拜要快刀斩乱麻,尤要智取鲁莽不得。索额图当时对明珠说:"明大人,纳兰公子武艺超群,这次擒拿鳌拜正是令郎精忠报国,效力皇上的好机会啊。"

明珠心中暗喜:可不是。

纳兰性德却万分意外,不知朝政这般芜杂,纷争这般激烈,但是听说能入宫中效力皇上,他跃跃欲试奇幻满心。皇上什么样?自己担得起这事关社稷成败攸关的天子之托吗?

又亢奋又激越,可算有了用武之地,到底怎么擒拿鳌拜呢,他手心痒痒再也坐不下去了。

12

纳兰性德到了东善扑营。

入关以来,大清设立善扑营。专门挑选八旗矫健子弟入营,演练摔跤、射箭、骑术技艺、善扑营由统领大臣管理,营分左右两翼,俗称东营与西营。东营设在护国寺,西营在大佛寺。女真人将摔跤手称为"布库",在善扑营内按技术优劣把布库定为一等、二等、三等。刚去的纳兰性德和十几个差不多大小的少年都因会些功夫直接被授予“搭什密(候补三等布库)”,终日演练摔跤技艺。

他来到东善扑营的第一天,先和搭什密们看训练有素的布库的表演。

只见一色的布库们都戗茬剃头,刮得头皮呈浅豆绿色,一直青到腮际。一根小交辫盘在脑后,身穿什锦白衲褡裢,腰束骆驼绒绳,内系抽口彩叠褶儿短水裙,裤外穿套裤,脚登高靿儿及膝的五道牙缝、四道脸儿的鹰鼻螳螂肚白千层底交靴,每位交手都威风凛凛,一身势不可夺的勇胜气概。

护国寺大殿前铺着一块大地毯、两对两对的交手们开始做开了精彩的表演。他们先探腰甩臂踩交步,然后搭手揪肩,贴、靠、挤、绊、扭、缠、拽、扫、背、抱、跪,使出各种招式摔起来。

相峙相拥相倚相绞,有时僵持不下有时翻跌连环,倏忽急风暴雨瞬间震响连天,真带劲,看得纳兰性德这帮小搭什密眼花缭乱。

跃跃欲试,擒拿格斗他早跟刘旺全学过。

可是真正相扑起来是另一码事,刘旺教他的不是这路功夫呢。

第三天他就要跟一个三等布库交交手。毕竟年龄还小,那位布库一个坡脚没上手,他结结实实坐在地上了。教他的布库师傅对他说,且得练,在这儿不单要学满族相扑,还要学习蒙族交技,哪有刚来就自以为是的!

照样得练基本功。

因为相扑是徒手技,所以首先得练腿和脚。布库们实衲的褡裢极坚硬,手上没功夫就先抓不牢,手脚腿劲脚劲最重要。

每天,他们这些搭什密要一顺儿摆成骑马蹲裆式,两手各持城砖或石锁,向前后左右上上下下推出千百次,一练就是一上午。

师傅告诉他们,手脚一起练,“下桩务必有根”,才会既能抓牢别人,自己又如钉子钉在地中,不被对方摔倒。

毕竟他跟刘旺学成一身好功夫,这些练习他并不感到太吃力,很快就成了搭什密中的佼佼者,一名脚下生根的好布库。

又耐不住性子了,这么长时间了还没见到皇帝,什么时候才能一显身手擒鳌拜?急得慌。

能摔倒两名二等布库的时候,东善扑营统领将他带到西善扑营。

第一次来到大佛寺,没想到阿玛也在这里呢。只见十几个跟他一般大小的孩子练得正欢,原来西善扑营也收了一帮少年搭什密。他不知统领把他带到这边干什么,是不是要让他上西善扑营再练一段时间呢。

过了一会儿那些搭什密们都停下来。一名跟他差不多高只是略瘦些的孩子走到他的面前来:“听说你是东边的佼佼者,你知道我是谁?”

他只微微摇摇头,这个孩子口气好大啊。

“我是西营问鼎折桂的搭什密。”

这时索额图侍卫大臣走上来告诉他,今天东、西善扑营搭什密之首一决雌雄,谁胜了谁晋升为二等布库。

好,他早巴不得,不怕,自己力拔千钧钉地如桩没有什么可怕的。

交起手来那瘦瘦的西营搭什密也不弱,干巴劲儿,上场架势就非同一般的。只见二人回旋着荡起跤步,同时摆动双腿猫腰放肩,眼睛都不眨一眨。

突然,对方一把抢上来,纳兰性德的褡裢内襟被揪住了,但他上手把对方的腕子锁住,发不出力,令其几次想向下掀都掀不动他。他也感觉到,东营所有少年搭什密谁也没有此人这么大牛劲儿,自己能戳破城砖的双手要使这位搭什密放开手也不容易。

虚虚实实,他几松几抓一转身,用膀子一硌对方腕子那手终于松开了。说时迟那时快,他又拧身一猫腰,一个闪进将对方脖子夹住了,然后扭颈提臀压肘,对手"啊"地一声从他腰上翻过去,接着向前踉跄几步,猛一回身又站住了——好厉害,一个背挎愣没摔倒对手,这位小搭什密脚下也生了根!

一片掌声,两位搭什密都是出类拔萃的好布库!

再荡步再甩臂,两人又扭在一起了。

这次对方的进攻迅雷不及掩耳,先是一个勾子,他架住身子轻轻一跳闪过去;对方拽他贴身又是一别,他抬脚移步顺势避开了;那少年旋身兜了一个圈,抡起腿来横处一扫,他后退一步轻一伸脚,对方想收腿却被他挡住,身子一歪坐在地上了。

好,反别子!

四处响起一片叫好声。

"好一个贼子,我打死你!"

扑扑扑一阵乱踢,明珠上前几脚把纳兰性德踹蒙了,怎么回事?阿玛在家都没这么打过他。

"皇上,您受惊了!"明珠转身去扶那个少年搭什密。

纳兰性德的头还嗡嗡着,少年玄烨?康熙皇帝?他看看那个被摔倒的搭什密,简直不敢相信自己的眼睛,皇上就长这个样?

在场的除了明珠与索额图,连善扑营统领都不知西营这少年班里夹着一个皇上,来了一个皇上!

玄烨挨过布库们的管,却没挨过搭什密的摔,他确实是西营的佼佼者。

是他密令索额图让东善扑营搭什密中的问鼎者,前来与之一较高低的。

是他想了解一下东善扑营的校练情况到底怎么样。

是他在掂量擒拿鳌拜的时机成熟还是不成熟。

可是哪里想得到,这位英俊勇武的小搭什密,把他的屁股蹾得好疼啾……

他的脸一阵红一阵白,挑挑眉毛想急,却又强做笑脸被明珠拽起来:"相扑之较贵智贵勇,算你赢了这一跤,没关系。"

纳兰性德脑门上的汗流下来:"皇上,小子不知您是皇上!"扑通他跪在地上了。

"布库场上无君无臣,我们再来一跤比试比试。"少年玄烨青春气盛,不服,刚才那腿扫空了是他自己别倒自己的。

“皇上……”明珠先在一旁跪下了。

“你不要管，纳兰氏，我们再比一跤。”玄烨早又把褡裢掖好了。

“皇上……”纳兰性德哪还敢摔，刚才阿玛踢他一阵屁股一直火辣辣。

“再摔倒我你才是一名好布库，我封你为一等布库。”自从住到善扑营，玄烨扳住自己不用“朕”，现在“我”“我”的说得好溜飕。

“真的?”他觉得皇上很普通极普通，同样的交辫、褡裢、套裤、交靴，他跟所有搭什密实在没区别。

“真的，开摔。”玄烨一声令下，两人又不约而同晃起跤步来。

玄烨也有一身好功夫，他虚晃一步猛一猫腰，迅疾地把纳兰性德的右腿抄起来。糟了，纳兰性德心中一惊，刚一犹豫果然现出大破绽，腿被抄起是跤法中的大谬误。

对，就势倒下，让皇上撺他把他摔倒了，那样皇上就拣回了面子。

不，既然较武场上君臣不分，那他何必装出屃样，要胜皇上，本来他的功夫就比皇上棒，还有那一等布库的诱惑，刚才玄烨说了，再摔赢他自己就要受封一等布库呢。

全场都在为皇上加油，连明珠都在为玄烨鼓掌，他更迫不及待，想让皇上一下摔倒冬郎!

玄烨稳稳抱住他的右腿，胜利在即一腿扫去，对方的左腿轻盈地一跳——咦，闪过了。玄烨眨眨眼睛，没想到。他吸一口气再从左面荡出一脚，又空了，纳兰性德单腿一跃还是没有倒下。

玄烨的呼吸急促了，他用左腋夹住对方的右脚，然后左一腿右一腿，右一腿左一腿，连珠炮般向对方的单腿荡过去，只见浅红色的地毯上三条腿在闪动，就是不倒，纳兰性德一次又一次全躲过了。

善扑营内的气氛越来越紧张，少年玄烨的眼珠子都急红了!

“嘿——!”突然，只听玄烨大喝一声，退步双手抓住对方的右脚，虚往下拽却奋力一撺——噌，纳兰性德被高高地抛起来!

这是索额图秘授给玄烨的一个“死招”——云里翻戳腔倒栽葱，即在扫、荡无效却又抱住对方的单脚时，要想取胜只能出“死手”，下压上撺，令对手腾空而起把脑袋戳进腔子里。

玄烨迫不得已用出了这招儿，与之相较的纳兰公子脚下真的生了根，再相持不下对方马上就要反守为攻了!

嗖嗖嗖，谁也没想到，纳兰性德就劲使劲双手抱膝，在空中旋了三周脚一点地又轻轻巧巧落在地毯上。

天，全场鸦雀无声，真绝了，可是谁也没敢给他叫好。

玄烨最惊。

他等着纳兰性德的脖子戳进腔子里,等着全场为他喝彩叫好,谁料对方如齐天大圣一般有神通,站桩有根腾起身子又飘得像飞絮像棉花,双脚着地轻轻巧巧,就是没有倒下去。

"啊——"他气得大吼一声扑过去。连荡步的程式都丢了,万也想不到对方就势抄起他的两臂一抬,轻轻一抡脚下一扫——一溜滚儿,他又摔在地上了。

明珠吓得不知所措:"皇上皇上……"

他晕晕地把眼睛眨了眨,一个鲤鱼打挺又站起来:"谁也别害怕,你叫纳兰什么?"一双目光又落到纳兰性德身上去。

"我叫纳兰性德。"纳兰性德没再怕,既然皇上说了竞技场上无君无臣,他有这样的功夫玄烨应该赏识与高兴。

"一等布库,我封你为一等布库。"

"谢谢皇上。"他双手一揖并没跪下。

"快跪下,快跪下!"明珠上前一耸将他按在地上了。

13

好紧张,擒拿鳌拜的一切准备都已就绪了。

康熙八年五月十二日,乾清宫前的方台上铺了一块狮子滚绣球的蓝地毯。二十名红褡裢、白套裤,青皂靴的少年在地毯上一对一对耍戏。玄烨一身便装坐在廊檐下赏看这活泼有趣的童子跤。童子跤轻松欢快,较真正的布库相扑还有意思。

身为一等布库的纳兰性德好紧张。他要带领这十九名精选出来的少年搭什密在乾清官前真摔真练,让逆臣鳌拜猝不及防,成败在此一举。万一擒拿不住,玄烨早已告诉了他——鳌拜反过手来就会夺走、倾覆天下的!

今天的平台上还站着两名刚尔搭(裁判),刚尔搭身着宝石蓝,他们还小些,是专管望风放哨的。纳兰性德一双眼睛不时看看刚尔搭,小布库们要一心一意全心全意耍戏相扑,谁也不许露出破绽来。而他这个头领要时时注意刚尔搭,好累,比平时练一日还累呢。

又不累,哪里觉出累?说累是因为鲜红的褡裢沉甸甸地变成深红色,汗如雨下早已湿透了,紧张的。

不光他一人,人人湿得透透的。

辰时,初夏的阳光灿灿的。站在乾清宫前的殿台上,放眼四望一片金黄。金黄色的玻璃瓦闪闪烁烁,它使得殿宇在金色的光芒中升起来。是陌生,是初试身手的神秘,还是身负重任的激动与紧张?不知道,他只觉得身体轻飘飘,随着殿台随着丹墀随着宫苑悠悠冉冉在金光灿烂中升腾升腾升腾。

辰时三刻,鳌拜的身影在乾清门外出现了,远远的矮矮的。

刚尔搭轻轻一嘘,来啦!

玄烨这时也从御座上下来,脱去便装换上一件褡裢,他也摔。

远远的，乾清门外的鳌拜也早把这一切都看在眼中了。

今天一大早，他从东华门来到内班房，小憩片刻才从内班房向乾清门走过来。

穿行在开阔的乾清门广场上，他好得意班行章奏他为首，今天玄烨又要单独召见他，越来越不一般了。皇上奈何他不得，六部十三衙门都有人，谁也甭想扳倒他。

登上乾清门台阶向里看，殿台之上好热闹，这叫什么事，玄烨把跤场设在这，他也跟着摔上了，乾清宫是御政之所，哪能如此亵渎此地，真是的！

上台阶，迈门槛，他悠悠地走在乾清官前的内广场。也不赖，玄烨还是个毛孩子，摔得好，摔得头晕脑胀神智迷乱就更不过问政事了。最好他摔到大摔到老，但愿他嬉戏玩耍一辈子。

不由得步子慢下来，好玩儿。

古来哪个皇上不是玩物丧志的？玄烨更是一个败家子。打弹子、拉老弦、扭羊角、扔飞镖，近来他越玩越疯了。耽于游戏就要溺于酒色，走着瞧，看他坐不安站不稳的一身浮躁相，没有他鳌拜大清社稷早完了……

登上乾清宫台阶，两侧太监喊一声“鳌拜到”，他一顿，看玄烨摔得那来劲儿，竟然没听见自己已到殿台了，嘁！

油然生出怨怒，太不像话了！

到底还有没有规矩？既然钦命单独召见，怎么他现在还玩呐，把自己上殿的事情给忘了？这叫什么事儿！

他正嗔怨着，刚尔搭手一挥，二十名小布库刷地一声站成两排，正对他闪出一条直通乾清宫门口的御道来。只见玄烨急急慌慌往回跑，嘴里急急地大声喊：“快更衣，朕忘啦。”

这还成，他得意地抿抿嘴，不然他可真要生气了。

挺胸叠肚往前走，两名小布库突然跃出横在他面前摔起了跤。嗯？他捻捻硬硬的胡子，两只眼睛立起来，怎么回事？放肆！

真想一脚踹过去，挡道，挡道。

“鳌拜进殿——”这喊声从乾清宫内传出来。

这是皇家祖制，不能迟到不能迟到，他蓦地有些着急了。

从左面绕，那两个小布库摔到左面；从右边绕，那两个小布库又摔到右边，真讨厌，上边传旨，他必须马上进殿。

正在这时，十对小布库围成一个圈，其中一名俊逸潇洒的小布库陡地松开对手，一个旋子旋到他的面前，飞起一脚正中他圆滚滚的肚子——嘭！他向后踉跄几步险些仰倒，顿时眼冒金花心口憋气，哎哟哟，这是怎么闹的！

蹬他一脚的是纳兰性德，好不容易盼来了这一时刻，他看准机会一脚踹去，谁料鳌拜体躯如此胖大，一下竟没蹬倒他。糟了，玄烨要求一下把他踹翻在地上呢。

没容鳌拜做出反应，他纵身一步抢过去，绕到他身后又是一腿，脚尖正点到鳌拜的后心上——啊！……

鳌拜像只麻袋倒在地上了。

二十名小布库一拥而上,七手八脚把他擒住了。鳌拜再说话已来不及,四颗牙齿被磕掉,满嘴鲜血粘粘糊糊了。

御林军从殿后冲上来,上去用绳索把他片刻之间捆缚住。

擒拿得干净利落,鳌拜满嘴鲜血两眼模糊根本没明白这是为什么。

圣旨一道道从乾清宫内传出来:

缉拿罪人阿思哈——

缉拿罪人遏必隆——

缉拿罪人图必泰——

缉拿罪人迈音达——

缉拿罪人穆里玛——

……

一网打尽。

朝廷上下,京城内外,万众欢腾。

经过夜以继日的审理,鳌拜一案终于审结,玄烨皇帝庄严宣告:

鳌拜以勋旧大臣受恩深重,皇考遗诏辅佐政务,理宜精白乃心,精忠图报,不意结党专权,紊乱国政,纷更成宪,罔上私行。朕已悉知,尚望其改行从善,克保功名,以全始终,乃近观其罪恶日多,命诸王大臣公同究审,俱已得实,以所犯重大,拟以正法。本当依拟处分,但念鳌拜在累朝效力年久,且皇考曾经倚任,朕不忍加诛,姑从宽革职籍没,仍行拘禁……宗室班尔善绞,阿思哈、噶褚哈、穆里玛、图必泰、纳莫、塞本得俱立斩。余多从轻处治……

昭雪苏克萨哈、苏纳海、朱昌祚、王登联的圣旨谕传之前,玄烨召见了二十名少年搭什密,每人赏银八十两,他单独牵起纳兰性德的手说:“用心读书精习武艺,弱冠及第,朕要让你上大内效力来,你愿意吗?”

“愿意,当然愿意效力皇上。”他好兴奋,皇上很赏识自己呢。

“到时候你陪朕一块儿拉老弦,打弹弓,滑冰床,逮知了,多好玩。”

“唉,谢谢皇上。”

不打不成交,自从那天把玄烨摔倒,玄烨真跟他成了好朋友。什么君臣彼此,那天玄烨还邀他一同去了南海流杯亭,打水仗撩水玩儿。后来小太监还拿来几把竹筒水枪,他们互相滋,两人都成了落汤鸡,两人都湿淋淋地笑起来……

“朕等着你,日后一定来。”

“皇上放心吧!”

跟玄烨分手走出神武门,他还真有些惆怅。看看阿玛和那些王公大臣们,包括康亲王杰书这位议政王大臣,怎么都那么战战兢兢缩缩叽叽的?和蔼可亲的皇上也是人,他跟自己一样也是个孩子,还很活泼天真呢。是君王也是朋友,他结识了一位康熙朋友,对,是朋友。

不过,这都是一瞬间。瞬间他想到的是季节,其实他时时刻刻想念的都是季节,几个月没见了,她在干什么?

突然他两腿一夹马肚,快,立即赶到季节家,他要马上见到她。

季节没在家,她到明珠府干活去了,没想到,没想到季节到自己家里做帮工!

他急急火火跑回府:“额娘,旺哥——,季节是在府里吗?”

府内张灯油饰一新。原来阿玛明珠即到三十五岁华诞,家里忙活了半个多月,这次要好好庆贺一番。漆画游廊拆拆洗洗,安图从附近找来几十个男女做帮工,季节也被招来了。

他急急火火往里跑,顾不得下人跟他打招呼。突然,就在花园一进门的井台边,他发现了渴望多日的眼睛,——季节,那不正是季节吗!

站住了,要喊却没喊出来。

她也瞬间发现了他,双腮倏然一红,竟然没像过去那样咯咯笑,而是羞羞地把眼帘垂下了。

多么渴望多么思念,怎么两人不约而同呆住了。双双变成了另外的人?

思念日久,乍然相见,神魂不定,不知所措,从来没有这般尴尬过。

他进入了另一个世界,幻境。

光洁的井台上,洒满嫣红的落花,花开花落,逝水流年。满地残红中的季节好惊喜好羞涩好脉脉含情地惊鸿一瞥,从来没有过的情态,眼神,终生再也难磨灭……

为什么不再咯咯咯?

对,离开她的前一天,他痴痴地看着她浸在水中的双脚时,她第一次双腮潮红了,那天就没再咯咯咯地笑起来。

为什么为什么?

自己因为喜欢而油然生出一腔爱,她也喜欢自己吗?心迹彼此知道吗?

半天她没抬头。

半天他没移步,始终定定的。

才几个月,小巧玲珑的季节怎么变得这般窈窕挺括了?她那淡淡的长眉深了些,衬出脸庞更加瓷白了。她一头秀发没有松月长,可是乌黑乌亮与瓷白的肤色反差实在太强烈,怪不得远远地就瞥见了她脸红,怪不得她一脸红就像遍地落红那般娇艳夺目呢。

终于,她竟羞涩地摇开了井台上的辘轳,要现在过去,她准会脆脆地叫起来:“嘿,来呀!”

他也终于粘着步子去帮她:“我来,我帮你。”

她竟拦着说不用,争执不过侧转了身。他摇起桶来帮她提,她只是闪在一边不自在。他又挑起桶来帮她担回房,她跟在后面没说一句话……

梦寐以求,竟然没说一句话。

再也睡不着,怎么回事好别扭,谁让她长高了脸红了,谁让自己变得笨嘴拙舌呢。

灯烛下,又是白天刹那相逢的回影。

季节为什么那般羞涩?自己为什么突然笨拙?这是什么这叫什么为什么他们变成这样子?他从心底喃喃道:

> 正是辘轳金井,满砌落花红冷。蓦地一相逢,心事眼波难定。谁省?谁省?从此簟纹灯影。

这小小的《如梦令》道出心中的遗憾,多么耐人寻味,令他心潮涌动。真想大声呼喊,季节可爱,我爱秀美无比的季节哟……

明天就去喊给她听,明天就要把一切明明白白告诉她!可是明天,明天怎么更是那个呢!

第二天到拆洗房去找她,房内十几个格格在叽叽喳喳地说笑干活。他不好意思无所顾忌叫她出来了,她也只是在窗内瞥他一眼又赶紧把头低下了,天呐,好难呀!

像做贼,他急急地转悠几遭又走回去,这时刘旺走过来拉他在游廊上坐下了:"冬郎,你怎么了,这次回来怎么心事重重的?"

确实,明珠吩咐今天开始一切照旧,照常习武按时晨读。可冬郎却懒懒地没起来,托词入宫太累他要歇两天。

听到刘旺问心事,他实在无法回答。想念季节却又变得别别扭扭,能让刘旺知道吗?

"哎,对了,到底怎么擒拿鳌拜的?你讲讲也让我听听热闹。"几个月来刘旺也好寂寞,要让他和冬郎一块儿入宫效力皇上多好,这些天他熬得手痒痒心也痒痒了。

想不到刘旺转了话题,他这才松了一口气:"你怎么早先不问我,皇上、鳌拜、紫禁城、善扑营,保你听一晕头转向的。"

"你说呀,快说呀。"

他绘声绘色地说,说着说着又生出一重怅惘,要是季节也在这里听着有多好,早就憋足劲讲给季节和刘旺一块儿听,光刘旺知道有什么意思。

只说了善扑营一段就打住,他说明天接着说。两人从廊凳上站起来,刚一侧身就听到了笑声,好熟悉,咯咯咯的是季节!

他一拽刘旺又在廊凳上坐下来。果然,季节和另一个格格抱着两摞衣服笑盈盈地上了游廊。蓦地笑声又止住了,两个格格已经发现他们坐在廊凳上。

"季节,"刘旺轻轻叫,指指身边的他,"你看是谁,冬郎!"

"哦……旺哥。"她看看刘旺赶紧把眼睛顺下去,两腮陡地又泛出一片红潮,慌乱地碰碰那格格,匆匆在他们身边过去了。

分明是她一上游廊就发现了自己,不然怎么立刻不笑了?分明是刘旺一提自己她又红了脸,不然干嘛羞羞地逃遁开?分明她不再是那个无忧无虑的季节了,不然她不会这样子。

自己怎么也变得这样慌,朝思暮想要见她,为什么刚一听见咯咯声就手足无措了?世间还有什么美丽美好胜过羞涩,季节真是美得更加动人心魄了。

像一朵雨后的芙蓉,秀发上的簪钗轻轻抖动,粉腮潮红娇羞无尽,昨晚憋足劲头不是要向她呼喊吗?怎么一句寻常的话语都说不出来了?

接下来好几天,他又几次在游廊上与她相见,不是旁边有人就是她羞羞地跑开,怎么回事怎么回事这是怎么一回事情啊。

神不守舍。

梦绕魂牵。

孤独残影,无可奈何。

拿起笔来遥望窗外,只能对自己说,也悄无声息地对她说,不说再也撑不住了:

减字木兰花

相逢不语,一朵芙蓉着秋雨。小晕红潮,斜溜钗心只凤翘。待将低唤,直为凝情恐人见。欲诉幽情,转过回廊叩玉钗。

浪淘沙

红影湿幽窗,瘦尽寒光,雨余花外却斜阳。谁见薄衫低髻子。还惹思量。莫道不凄凉,早近持觞,暗思何事断人肠。曾是向她春梦里,瞥见回廊。

明天早上一定把这两首小词送给季节,是写她的更是心的剖白,要让她知道自己的思慕。要让她明白自己的心迹,词虽工小,可是言为心声啊!

谁料天一明,他哪里再有赠词的勇气?身为贵胄之后怎么突然怯懦了?季节跟他彼此无猜,如今怎么突然被一种无形的障壁阻隔了?

好苦恼,怎样方能得解脱?

14

再过两天就是阿玛的华诞了,再也拖延不得,一旦寿日过后,季节羞羞答答哪里还会再到府里来,找她她更不好意思了。说清楚说清楚,要赶快。

午饭过后,他让刘旺把季节叫出来,说他有急事要见她。

季节从拆洗房出来了,羞羞的,低着头。

“季节,皇上要我再到大内演练踢毽子,一去又要四个月。”第一次编瞎话,脑门儿上都沁出汗茸来。

“你还去？四个月?”她急急地把眼睛抬起来。

“还要去,”他吁出一口气来从容了,“再教我练练哪吒闹海和金猴捞月,这两个动作我老是连接不起来。”

“哦。”她点头,哪还顾得什么害羞,冬郎怎么又要离开好长好长时间呢。

急匆匆向花园走,刘旺推托有事躲开了。一路上竟然都没话,他紧张,她心急。冬郎不是刚回来,要走怎么不早跟她说明白?

游廊的路突然长起来,好像走了好久才来到池榭旁的假山下。在那片如毡的草坪上停下来,他转身从衣袖内拿出一对猫眼,一只是蓝的,一只深褐色。

她惊奇地看着这对猫眼石,比剑柄上的石头大得多,像人的眼睛,蓝宝石中的瞳孔是黑的,棕宝石中的瞳孔是蓝色的。闪闪烁烁,剔透中还有极细的血脉网络,粉红色。定睛看,竟如看到生命的跃动与流程——心的窗口,人眼睛真眼睛活眼睛。

她不好意思地点点头:“真好看,栩栩如生呢。”

他握起她的手来把两块石头都扣过去:“你挑一个送给我,另一块石头你留下。”

她定定地看那石头再抬眼,冬郎的眼睛是深棕色,她该留下这一颗,这不是冬郎的眼睛吗？蓦地脸儿又一红,她把两块石头都托给他:“你挑嘛,你挑一个剩下一个再送我。”

心照不宣,他拈起那颗蓝色的,多像季节的眼睛,黑得泛蓝,黑得发娇啾。

“我们到山洞看看瞳孔的变化去。”

“你不要学踢毽子?”想想冬郎又要去,她郁郁地把眼睛垂下来。

“是要学踢毽,看完瞳孔我就告诉你什么时候进宫,我很久不踢许多花样都生了。”

她点点头,哪能不依冬郎呢。

他俩一前一后进了山洞,不知为什么,两颗心都咚咚的。

还是坐在那块光滑的石头上,他把那颗蓝色的猫眼石平托着,果然瞳孔早已放大了。大得与蓝色融为一体,时而光灿灿,时而幽幽的。好鲜活,真鲜活。

她也看着那“眼睛”,是像自己的,自己的眼睛就这般黑亮黑亮的。

静谧无声。

他低头,把那颗眼睛含在口中了,撩起眼帘,久久地深情地望着她。

她也默默地埋下头,把那颗棕色的“眼睛”也含在口中,抬起双眸迎住他。

不知过了多么久,他们就这样含着眼睛相望着,最后又轻轻把它吐出来。

“季节,我要你……做我的福晋!”突然,他上去抓住她的手,好烫,她的手湿湿的烫烫的,好灼人。

“冬郎,我也好想你,晚上常常睡不着……”她的声音微微颤栗着。

“做我的福晋，啊?”他突然把她抱住了，一下拥倒在青石上。

“不，冬郎……”她把他的脸颊捧起来，“让你阿玛托媒人，明大人看不上我们家。”

“阿玛会让人去，阿玛会让人去的!”他感受到她的心跳与体温，一个成熟的他出现了，需要她，强烈地迫不及待地需要她。

“冬郎，你千万，别……”她的声音突然哽咽了，“绝不成，不成啊!”

他抬起头来看她的脸，幽暗的洞中竟然一切看得清清楚楚的。她醉人的眼睑中汪着两眶晶莹的泪，她哭了，摊开双手不再推挡他。

“你别哭，别哭啊!”他惶惶地抱她坐起来，真的不能这样做，不能这样欺侮她。

她坐起来，贴上身去和他紧紧抱住了。滚烫的泪花一串串地落下来，她的脸颊脖颈都湿了。他轻轻舔，贪婪地抱住她吸吮眼睛和泪水，谁料她反而止不住，更加呜呜咽咽了。

直到又变得悄无声息，他们还死死地紧拥着依偎着。她扬起柔嫩的脖子任他亲，他几次又想把她拥倒还是止住了。身为明珠公子没有什么可怕的，可她的泪水令他战栗，怎能强迫她欺侮她，不为她设身处地着想呢。

从山洞中出来依然牵着她的手，玄烨跟他一般大，早已大婚两年了。他也成了男子汉，跟阿玛额娘说清楚，要娶季节做福晋，干嘛两人都战战兢兢的?

当天晚上他真的跟阿玛说要娶季节，阿玛没惊奇没生气，只说自己华诞之后再商议。他把这个消息赶紧告诉给季节，阿玛至少没反驳，这件事情就有门儿啦!

万也想不到，阿玛华诞之后的第三天，他兴冲冲到季节家中去找她，她的额娘笑盈盈地告诉他，季节被送去选秀女，没准已经选中了。

天! ……

突如其来，季节真被她阿玛送到大内了。

三年一次选秀女，这是顺治朝传下的祖制。选入宫中的秀女，或备内廷主位，或为皇子皇孙拴婚，再就指配给亲王郡王贝勒贝子，一生归宿飘泊再也由不得父母自己了。

季节之父同正不愿意把女儿送入宫中备选，他深知妃嫔宫女的凄苦冷寂。她的额娘却愿意让女儿碰碰运气，一旦入选即使不成后妃，也能嫁给王公贵胄身价百倍。

直到头一天晚上才知道，她哭闹哀求都无用，皇家敕命，违令要严惩不殆的。她要连夜告诉纳兰性德，阿玛死死拉住她，本来就没有高攀明府的奢望，皇命在即哪能再去会什么冬郎，任何闪失都出不得，明天人不送到那就祸从天降了。

季节哪里知道皇家祖制马上就要轮到她头上? 阿玛额娘怎么从没对他讲起过? 今天额娘才告诉她皇家宫院荣华无尽，可是她含了冬郎的“眼睛”，心儿早已属于冬郎喽……

半夜起来她想剪掉头发划破脸,这样自然就会落选的。不,这不把阿玛额娘牵连了,再说她向往着未来与冬郎,怎么能让冬郎见到自己毁容呢。

怎么办?她又怨起冬郎来。

要是早早地约她幽会在山洞,早早地向他阿玛提出来,如果明大人真遣媒人来提亲,情形肯定就不会这般了。

——还是怨自己。蓦然羞涩情窦初开自己为什么突然躲躲闪闪的?要是前些天不跑开,事情说不定就会早几天,早几天很可能就不是今天的结果、眼下的局面。

不,怨祖制怨皇上。皇上干嘛非从八旗民间选秀女,女儿家的心愿皇上知道吗?不知道,天子虽然是龙身,龙身也不至于从千家万户选妃嫔筛格格!

苦苦啜泣到天明。全无用,只能听天由命了。清晨被架上轿子里,几次想撩开轿帘喊几声,冬郎还不知道呢。马上要拐过明府高墙了,她真的用手撑起喇叭筒,告诉纳兰性德,她被强虏进宫了。

蓦地又噎住。喊有什么用,此时他跟刘旺正在北苑骑射呢,再过一个时辰也回不来,只能紧紧又把嘴唇咬住了,信命吧,也许命好能回来。可是,万一要被选上呢,选上就再难与冬郎相会喽……

摇摇晃晃,地转天旋,头晕眼花,忽然,她一头从轿内栽出来。

“不好啦,格格从轿上摔下来!”

只把眉骨摔出一道青,根本没有觉出疼。

一摔反而把心摔定了,重新上得轿来好清醒,不是去备选?那就选去呗,她不信命。

神武门前,车轿如云,人迹鲜至的景山前街早已挤得水泄不通了。依旗属按年龄,候选的秀女们全都被引入顺贞门。足有八百人。呼唤声饮泣声嘈杂混乱,她刚入皇门一颗心又悬起来。一朝入宫禁,十载两离分。这里阴森森的好凄切,红红的紫禁城好高好厚啾!

不知哪位格格挑的头,哭声渐渐大起来。感染传递,她的鼻子也酸了,真想呜呜呜地哭一顿,天呐,紫禁城的高墙让人好憋闷!

啪,一声清脆的鞭声似将天宇抽得颤动。一名光下巴的太监尖着嗓子喊起来:“皇上选美,万般荣幸,反以哭示,不识好歹,再相饮泣,立施鞭刑!”

号啕声止住了,可是格格们谁忍得住饮泣,好压抑,人人感到难耐的窒息。

难耐的煎熬。一排排一班班,烈日炎炎心焦口燥。

正午,居住在京城隶属正黄、镶黄旗的十四岁备选格格进入了顺贞门。季节终于捱到了。不知穿过多少长街横街格格们来到养心殿,给御座上的皇帝磕过头,一排十名候选秀女都被叫起来。

抬起头来往前看,御座上的那个人目光正在自己身上游移着,这才算看清,皇上就是这样子?

倏忽,她咚咚急跳的一颗心又缓下来。

好丑的皇上，龙颜天子，想象中的皇上至少应当像冬郎那样，吊眉凤目，鼻若悬胆，腰细膀乍，高大英武。好让人失望，面前的皇上高高的颧骨尖尖的下颏，两个眼角还往下耷拉着，肩膀往前探脖子往后缩，这么丑的人怎么能够当皇上？

一点儿也不害怕了，上上下下打量他。

更没怕皇上看自己，这样的皇上实在没有什么可怕的。

万也想不到，她与御座上的皇上正在四目相视时，左侧的一位格格不知为什么，也许是殿堂的阴森瘆人吓得她先是哆嗦，继而又嘤嘤地哭起来。

“不得涕泣！”上边的皇帝轻轻一唤，两名御前太监一左一右齐声高喊：

“不许涕哭，双唇紧闭！”

谁料那女子控制不住，两腿一软哐地歪在地上了。上边的皇上把手一挥，几名太监上来就踢，然后一拽把她搡到御座前。

玄烨一按龙椅站起来，没容下来却听候选秀女中发出一声喊：“不要再踢！”

众人惊异，格格们初次进宫来候选，怎么还有敢喝斥皇上的？

那是季节，她几步走到那个被踢的格格身边，猫下腰去搀扶她：“别哭了，快起来。”

“你是什么人？敢在养心殿内这般放肆！”玄烨惊愕地立在御座前。

“奴婢叫季节。”她淡淡地看着皇上。

“那女子滋扰遴选，君前失态你不愤懑，怎么反而怜惜体恤，与她沆瀣一气呢！”玄烨震惊，口气却软下来，刚才就直愣愣地注视着季节，这个女子令人销魂呐。

“皇上，”她坦坦然然一点儿不怕了，“我们这些柔弱女子，离别父母家室来到宫中，一旦入选，就将多年幽闭不见亲人，生离死别谁心不痛，若是哭都不许，那我们日后还能希图什么？”句句掷地有声，连六部公卿都没有一人敢这么说话，所有人都呆住了。

“你……好大的胆子！”玄烨惊得坐下了，“你不怕朕施鞭笞于你吗？”

出乎意料，想不到她接下来的话语更强硬：“奴婢死都不怕，还惧皇上的什么鞭刑。”冷冷地，她始终没有抬高声音。

“你住口！”两名太监又冲上来。

“不，且慢！……”玄烨反而大喊一声把他们止住。不可思议，这女子的目光好冷厉，可她那眼睛、修眉、鼻翼、双腮、唇线好秀美，摄人魂魄，一瞥惊鸿，她发起怒来都这么美，一旦柔顺起来多妩媚！

众格格战战兢兢不敢喘气，连那个倒地哭泣的女子也愣愣地看着季节，怎么回事？因为她出了大乱子。

玄烨故作宽容地抬起了手：“看来你有满腹委屈才打抱不平，你再说，朕在听。”

“大清入关才几年，社稷未稳天下不安，皇上不去励精图治，反而沉溺于女色，强掳我旗家民女幽闭宫中不见天日，天子一任寻欢作乐，我女儿格格吞咽终生苦水，淌落多少眼泪！”连她自己也不知道，慷慨激昂怎能说出这一席话，好严厉。

石破天惊。痛责皇上沉湎女色,朝廷上下有谁敢在大庭广众之下辱骂皇上?

“你,你……”玄烨再也压抑不住,“大胆刁女,你跪下,跪下!”

她不动。

两侧太监呼啦一下扑上来,一个老太监上去一推将她摔在地上,岂料那个太监后腰挨了一脚:“快滚开,不用你!”

玄烨比他们过来得还快。他蹲身要去搀季节,却又把手缩回来。好个色的格格,真奇特,孤傲不逊顾盼流莹,六宫粉黛没有一个这样的,这般天生丽质哪能打,他好心疼啾……

“你不愿选为秀女与朕相伴相依吗?”他恨不能跪下身去把她捧起来。倾倒,他第一次感受到倾国倾城的丽质会使天子之身的他倾倒。可不是,他飘飘地竟至有些站不住。

“不愿意,奴婢不愿在这阴森森的大内里!”她冷冷地抬头乜皇上。

“好。慢慢你就会喜欢会习惯,”玄烨意味深长地直起身,“把她先安置在建福宫,份例同贵妃一个样。”

“我不要！放我走,我要回去我要回家啊!”她这才发现噩运已然降临到她头上。全完了,玄烨怎么这般无赖呢。

不光两侧的太监、宫女们很惊异,后宫妃嫔朝廷上下都传遍了。这次的秀女中出了一个叫季节的,大骂皇上反而被优遇在建福宫越过答应、常在、嫔人、妃子去,太邪了——不可思议。

15

晴天霹雳。

纳兰性德听到季节入宫去候选,怔怔地半天喘不过气。不可能,她走了？就这么悄无声息的?

当天未归,第二天第三天也没回来。她的阿玛同正告诉他,皇上传谕已经把她留在宫中了——天！……

心空落了。在善扑营的日子里,因为紧张的训练精密的筹谋,虽然时常思念季节,却是断断续续的。顾不过来,重任在肩生死攸关,时光流逝得也好快。刚刚跟她剖白了心迹,刚刚跟阿玛说清楚,她却突然离开了。突兀得让人做不出反应,就这么倏然斩截分开了？不会的不应该不可能,但这一切又都活生生,眼下不是已然活生生地分开了?

怨阿玛还是怨额娘？阿玛答应华诞之后再议此事,是自己跟阿玛说晚了。

怨同正？同正悲痛欲绝泣不成声,户部已然造册,季节的阿玛岂敢违抗君命?

怨玄烨？不,同正说祖制是先皇顺治定下的,怨顺治又能怎么样？皇上是龙身就应该三宫六院挑选秀女的。

怨苍天？苍天是眼睁睁地看着,可苍天又能把皇家祖制如何呢。

好孤独，念天地之悠悠，独怆然而涕下。他满目凄然不知所措。阿玛额娘都没用，满怀愁绪也难向旺哥诉说。前无古人后无来者，他该向谁问一声怎么办，为什么？

竟然痴痴呆呆了。读不进书习不成武。思念心中的季节，眼前是她轻盈的步态，耳畔是她朗朗的笑声，呼吸之间充溢着她的体香口香，声影形味，周身全是季节留下的郁郁氤氲。梦绕魂牵神不守舍。瑟瑟地战栗，要爆炸要崩裂，他已经不是自己不是纳兰性德了。

高热不退。

隐隐约约，朦朦胧胧，头上垫起了一块冰枕头。

紫血、黄连、牛黄、犀角、涕泣、呜咽、萨满、鼓乐、太医、阿玛、额娘、婢女、和尚，一切都时隐时现亦幻亦真，一切又都纷乱嘈杂线断麻乱。有时这一切缥缥缈缈好遥远，有时却清清楚楚好真切，有时又静得出奇，仿佛谛听到天籁的声音，有时涛声雨声银瓶乍破，冻得他彻骨寒冷牙关紧闭打哆嗦。

燥热，更多的时候是燥热，心中燃着一盆炭火劈劈剥剥，他要绽裂开，周身的体液热血似被熬干了。

又一次熬煎之后他的舌头动了动，从枯涩的唇隙中挤出来："喝……喝……"

"醒来了，冬郎他醒了哟……"

好像是额娘，惊喜间竟然夹着涕泣。

"冬郎！"

是阿玛，他感觉到额头上抚住了一只大手。

眼睛睁开了。这才是实实在在的世界。视野中的一切不再重叠着，昏睡了多少天？这一觉好长好长。

竟然躺了半个多月。

没想到，做了那么疲惫的一场梦。

他饿了，多少天没有吃东西，当然饿。饿得他真想狼吞虎咽吃一阵，岂料没喝几口贡米粥就饱了。额娘呜咽着泪珠淌在他的脸颊上："把冬郎的肠子都……饿细喽……"

刘旺也劝他使劲吃拼命吃，他真的使劲吃拼命吃，只是腿还软软的。两天之后他下了地，光光的磨砖地像草坪，绵绵的。再也经不得晒，一晒就恶心。半个月后跟刘旺又到北苑去，骑在马背上竟然犯晕，更别提引羽射箭了。

刘旺将两位下人打发开，和他一块儿坐在一棵浓荫蔽日的古槐下。

"千万要打起精神来，再这样下去人就要废啦。"刘旺把他看得透透的。

他淡淡地笑，永远见不到季节了，废不废的又有什么呢。

"把身子养得壮壮的，武艺高强本领出众，将来你才能再见季节啊。"

他没动，见季节跟养身子练武艺有什么关系，当初他把鳌拜都擒住了，季节不照样入选秀女两情依依被分离了？

“我带你上紫禁城去找季节。”刘旺的眉毛黑了,胡子也变得好重。

“找季节?”他一挺身子单膝跪下了。

“找季节,只要你把身子养好了。”

“怎么去找,你快点说!”多少天来,他的眼中第一次放出光彩。

刘旺手一拄膝站起来,后退两步猛往前冲,一个踺子一个小翻,双臂一夹——噌,两脚高高倒挂在一杈粗粗的树枝上,然后悠身一荡,飞蹿到一丈多远的另一杈树枝上。

都在须臾间,他又轻轻巧巧落在地上了。

纳兰性德怔怔地看着,想不到旺哥有这么大气魄,自己怎么没想到,怎么没想到翻入紫禁城中去寻找季节呢?

那天回来他像变了一个人,使劲吃拼命吃从来没有这般狼吞虎咽过,身子赶紧壮起来,快!

真的矫健如初了。神采奕奕精神焕发,直到刘旺冲他满意地点点头,他才倏忽又惆怅起来。九千九百九十九间半的紫禁城,季节住在哪里呢,他上哪里去找季节?

前些时候擒鳌拜,多少游廊抱厦,多少曲巷长街,晕头转向,身在乾清门院内十来天,连后三宫御花园都不摸门儿,哪里通晓东西六宫在哪里?重重门禁道道关卡,他欷歔良久又觉得自己好荒唐,刘旺更荒唐,他哪知道大内那般扑朔迷离呢。

把心中的惆怅说与刘旺,想不到刘旺狡诈地龇着稀稀的门牙笑着说:“我不傻,当初就是哄你的,为的就是你快养身子好起来。”

什么?他的头轰轰一炸,旺哥原来在愚弄他。不,旺哥不该对他这样——砰,一头撞在身侧的树干上,一道洇洇的血流淌下来。刘旺吓了一大跳:

“冬郎,我是……开玩笑,开玩笑!”他抱住他,袖口马上被洇湿了。

……

伤口愈合了。刘旺将黑黑的胡茬子剃干净托住他的胳膊说:“你说怎么办,上刀山下火海我也陪你潜入大内找季节。”

将养休息的这几天,他倒是又细细思量过。是要看看季节吗?还是要救她出来远走高飞呢?跑不了,武艺再精也无法把季节背出紫禁城。墙太高,禁卫实在太严密。只能是去看一看,就是要去见一面,朝思暮想只要能见季节死都无悔无怨了。

怎么看季节?临事又实实地费思索。阿玛倒是熟悉紫禁城——怎么可能去问他!咦,蓦地想到季节的阿玛,同正包衣不朝思暮想也在为女儿操心吗。

还真问出季节就在建福宫,待到再问宫内布局交通时,同正脸色刷地变白了:“大公子,你打听这些……到底要干什么?”

这才发现问得太唐突,当然同正不会说,这样的事情谁听了不会毛骨悚然呢。

“纳兰公子……万万使不得!”

同正明白了，纳兰性德要潜入紫禁城，这不白日做梦异想天开吗。他在大内当差近十年，哪里靠近过一步正殿与后宫？谁也闹不清，连总管太监也无暇通晓紫禁城！

心好乱，纳兰公子干吗又在这时雪上加霜呢。多少天来大内已然嚷嚷动，季节公然辱骂玄烨已被皇上幽闭在建福宫。此后什么再也不知道，纳兰公子怎么可能找到季节呢，进去也是火上浇油一同赴死欧。

惶惶中他几次要去明珠府，报知明珠劝住他儿子。可是几次出门又回来，刑部尚书怎么可能接见他这个包衣呢？见了他也不敢说，说不利落反会招来杀身大祸的。

……

纳兰性德却喜不自禁。大内宫院再多他识字，各宫各院不都有匾额，月朗星稀能看见，不信找不着建福宫。

刘旺再也没拦他。明珠大人待他好，纳兰性德与他情同手足是好兄弟，履艰蹈险心甘情愿，不能看着冬郎废下去。文才武略的冬郎将来要成大事业，即便冒死走一遭，也不能眼睁睁地看他废下去，冬郎真的要废啦。

哪能专待月朗星稀，那不自投罗网吗，要在夜色朦胧之际摸进去。

夜色朦胧。

纳兰性德跟刘旺轻轻翻出明府后花园，急匆匆向西南方向赶了来。不到半个时辰便赶到紫禁城。高高的角楼危耸，厚厚的城墙矗立，他俩悄寂无声地在筒子河边匍匐爬行，东华门、西华门、神武门、天安门，每座城门前都有一座御桥，御河就先过不去，谈何蹿房越脊入城去？

乘着夜色回了明珠府，刘旺没打退堂鼓，只能从天安门前汉白玉栏杆的御桥过，不然进不去紫禁城。

第二天晚上他俩带了绳索，套住桥栏悄无声息地悠到御河北，绕到东华门城根前，扒着墙缝上了城。伏在城头才有些怵，宫海如潮层层叠叠，到处阴森森黑漆漆，他们上哪里去寻找建福宫！

双双纵身下了城，既然来了就要找，不然冒死进宫干什么？

阴森凄清，凉风习习。每条街巷都有宫灯，灯光昏昏黄黄摇摇曳曳，甬道也变得起伏不定或明或暗的。上哪去找建福宫？凭着超人的功夫他们援墙越脊，摸索着翻过南三所、凝祺门、昌泽门、蹈和门、苍震门，发现了钟粹宫、景阳宫、永和宫，可这才几道宫墙几所宫院，建福宫在哪里呢。

此地到底是前宫还是后院，来过紫禁城的纳兰性德一点儿也辨不清。乾清官呢？那么大的外广场内广场，那么巍峨的三大殿后三宫，不是都在一条中轴线上吗？竟然杳无踪影根本看不见，太生太大了。值更太监的身影像幽灵一般在游移，他们的影子在幽黄的灯光下拖长了变大了缩小了压扁了浅谈了悠远了，在另一盏灯光下却又渐渐膨大了清晰了。悄无声息，变化的影子像鬼，他们谁也没有见过这样阴森恐怖的鬼影欤。

四名巡更太监再一次走过东二长街,藏在一只大铜缸后的纳兰性德突然害怕了,他的手心湿湿的,抚缸的双手滑腻腻:"旺哥,我……我们还是回去吧。"徒劳,在九千九百九十九间半的宫海中,他们上哪去找建福宫。

刘旺冲他点点头。回去吧,他是舍命陪冬郎进来的。只是为了披肝沥胆,只是为了情同手足才不顾一切的,本来他就觉得找不到季节,这不是寻常百姓家,是皇城。

往回走却不容易,哪里再见那苍震门、蹈和门,也再没越过钟粹宫、永和宫。他们跨越了钦昊门、玄穹门,上下迂回到一座名为景和轩的殿堂上。不知出路在哪里,更不见了最初越过的凝祺门。战战兢兢向前摸,不知怎么又绕到一座保泰门。就在越墙而过的一瞬间,一块琉璃瓦"哐"地一声掉下来——

啪!……

"什么人!"北面传来嘶哑低沉的喝唤。

两人一动不动贴在墙根前。远处传来脚步声,而且一步一步迫近了!

啪!——喵……

猫,一只猫突然踩下另一块瓦。

意外地解了围,又一声猫叫竟把迫近的脚步声止住了。又敛气屏声好半天,他俩才移步认准一个方向往外翻。反正已经迷路了,只能在宫海中循住一个死方向,这样才能到城墙。

终于翻到禁城下,攀援上城北侧,角楼的护军走过来,他俩隐在暗处好紧张。沓沓沓的脚步声临近了,刘旺始终死死抓住他。不能出闪失,别看纵身就能下城了,即使一人能对付几十个,皇苑被惊动那可了不得。

沓沓沓的声音终于过去了,两人纵身下城,沿着禁城向南走,终于又绕到天安门。从筒子河御桥悠过来,刘旺的膝盖磕破了。亏了没有碰出声,这最后一道关卡最悬了。

大汗淋漓,如释重负,死里逃生。

两人回到明府谁也睡不着,眼睁睁地一坐到天明,晨曦显露他们才睏,纳兰性德想赶紧回到自己院中却心中泛空,也歪在刘旺床上睡着了。

不知过了多久他才被人唤起来:"冬郎,你们昨天晚上去了哪,你怎能睡在这里呢!"

懵懵懂懂睁开眼,嗯,是额娘。

啪!一个重重的嘴巴抽在刘旺的左脸上:"野男人,你把冬郎勾到哪去了?"

"额娘,你干吗打他,"他一激灵站起来,"是我带他上了善扑营。"

"善扑营?"

"对,你打旺哥太不应该啦!"他咆哮,突然向额娘扬起一只拳头来。

……

16

荒唐之极愚蠢无过。后怕，想想就让人后怕，翻越宫墙夜潜龙邸，荒唐蠢笨才使他做出这种冒天下之大不韪的事情来。

白念了许多诗书。月上柳梢头，人约黄昏后。不与季节约好怎能与她相会呢？即便真能找到建福宫，能去敲门敲窗吗，她到底在哪一间屋下榻也不知道哇。

几身透汗出净，他的心才渐渐安静下来。热血，激情，思慕，至今仍在胸中回旋着，可是却忘了慎思慎行的古训，一意孤行万一败露，不更会牵连季节让她吃苦吗。

又长大了一岁，心理年龄。

愧疚又令心受煎熬。旺哥两肋插刀全是为了他，旺哥为给他弥平创痛慰藉心灵舍命陪君子。刘旺把膝头磕得露出白骨，伤愈之后腿上还落了一个亮亮的大疤。心中不落忍，旺哥全是为了他。

额娘还狠狠地抽了他一个大嘴巴，旺哥好冤，他默默地代人受过啾。

汉人不狡猾也不奸诈，刘旺就是一个好汉人。汉人跟满人有什么区别，汉人为什么地位卑下受欺侮？额娘不就因为刘旺是汉人，老骂他是奸诈油滑的南蛮子？果真如此女真人就都是北蛮子。北蛮子有什么强的呢？

宫海的冒险额娘的残暴刘旺的伤痛使他心潮涌动联想许多。永远地思念季节，一定要见到季节，可又不能再这般荒唐冲动愚蠢了。小不忍则乱大谋三思而后行当局者迷旁观者清，跳出身外看看自己，岂止荒唐幼稚，还很固执糊涂，怎能这般鲁莽糊涂呢。

冥思苦想多少天，倏忽之间眼前一亮，对，寒窗苦读赴考及第，金榜题名好去做官，做官就能跟阿玛一样成为廷臣不就能出入皇门了！

那样才能见到季节，那样就有了见到季节的希望！

一颗怦怦跃动的心，终于平复了，搏动得有力而且平稳。

阿玛把他送到国子监。他拜识了大名鼎鼎的国学大师徐乾学。

徐乾学满头华发，满腹经纶，是誉满京城的江南才子，经史子集诸家箴言被他诠释得细微透辟，儒学的博大精深一经他那吴侬软语的过滤便像潺潺溪流，弥漫浸润到纳兰性德的心田里。在编纂《通志堂经解》时，他惊叹徐乾学的藏书，感喟儒学卷帙的浩繁，慨叹宋元以来对儒术的研究阐释登峰造极，尤其那“存天理，灭人欲”的程朱理学把人牵引到一个纯礼而无欲的境界。可是他又常常生出悖论，做一个真正的儒家弟子可真难，七情六欲固人之本，灭其情欲人不就行尸走肉了？

《通志堂经解》共达一千七百九十二卷，书山，他在徐乾学的充栋书山中浏览翻拣，一时间竟那么地投入。学海中，他还写成自己的《渌水亭杂识》，编成包容历史、地理、天文、历算、佛学、音乐、文学，考证诸方面知识的笔记。静下心来的收获可真大，勤于积累什么都可以汇成知识，《渌水亭杂识》就是这么处处留心勤于动笔写成的：偶有管见，书之别简；或良朋莅止，传达异闻，客去辄录而藏焉。逾三四年,遂成卷。

几年来,“存天理,灭人欲”却令他别别扭扭不舒服,对满腹经纶的徐乾学也有种敬而远之的感觉。太严肃太神圣,简直有些道貌岸然了。还是那位南怀仁先生有意思,这位传教士带给他的是迥异的新鲜,眼花缭乱。

从比利时来的南怀仁时任钦天监,明珠与他过从甚密。南怀仁常到府上来。

第一次见他还挺害怕,那么高的鼻子那么深的眼窝,蓬勃茂密的胡子像一只大刺猬。可是这个大胡子风趣随和,一口官话说得比徐乾学还标准。

航海图、西洋钟、千里眼、显微镜、自行车、小提琴、八音盒,他送给明珠的每一件西洋器物都很奇特。光是自鸣钟就有四个,它们比沙漏、日晷都科学,它们滴滴嗒嗒地周而复始,无论天气好坏报时记点极准确。自然,沙漏和日晷相形见绌了。明珠府从前年就开始用西洋钟记时辰,习惯了,再也不用更夫与日晷。

那天,南怀仁来到府中又献上一架天球自鸣钟,好奇巧的东西,还附着《说略》呢——

> 本球除报时刻外,上有日月工体。日行常依黄道,月亦行黄道,而有南北纬度,小铁条两腰开处即南北纬度之界限也。月体光暗多丰,常常转动;以近远冲和于日乃尽朔望二弦之理,于以求日月相距每月各几何度,月之距南距北每日又几何度,法至便也。

日光月华是科学,光阴与日月运行有关系,月亮围着地球转,地球绕着太阳走,昼夜,四季皆因天体运行在变换。

从实物到学说,这一切都是簇新的。从小只听阿玛训育自己要恪守一个“勤”字,像农人那般日出而作日落而息,习惯了日出与日落,怎么太阳反倒成了中心不动呢?

迷惘,新奇,却又兴致勃勃。南怀仁每次不像徐乾学那般诲人不倦,滔滔不绝,只是让他观察让他看,实物最有说服力。

望远镜、显微镜使他重新认识了世界,不,是发现了世界。

用南怀仁送给他的高倍望远镜看月亮看星星,月亮星星的样子全变了——

哪有什么蟾桂,哪有什么月宫,月亮原来只是一个大圆球,也和我们住的地上一样有高山有深谷,明暗相间凸凹不平的。

再看星星就更奇,都说那白灿灿的银河是一片笼罩四野的天穹积气,根本不是,南怀仁告诉他,是星星,也运动。他眼见了,相信了,星星远才小,星星不是万古不动的。

真实的世界放大了的世界,世界原来是这样子,真让人新奇又惊喜。

日月星辰决定了历法。郭守敬的《授时历》、薛凤祚的《回回历》比照西洋历法都不准,西洋历法是按日月星辰的运转算出的,而大清还依天圆地方说,认为地球是方的。

可不是,处处都在教化大地是方的:

铜钱外沿是圆的,内孔是方的;

筷子一头是方的,一头是圆的;

天坛是圆的,地坛的祭台是方的;

地当然该是方的啦,最初他也不理解,地是圆的人不就全歪倒滑倒了,楼台殿阁怎能建在圆球上?

南怀仁并不跟他分辩,只把一只蚂蚁放在一个小小玻璃弹球上,它待不住,在陡陡的坡面上三动两动就滑下来。而后南怀仁又掏一个光滑无比的大玻璃球,足有拳头那么大,蚂蚁爬来爬去不再往下掉。他仍然不服气,蚂蚁太小了玻璃球太大了,当然它不会掉下来。

南怀仁不慌不忙点点头,说得对,正因为地球太大太大了,我们人类相对地球的体积又小得微不足道,所以人才待得稳稳当当的。

南怀仁还带他到建国门的古观象台看地动仪天象仪,他把几人高的纸制球体标出经纬让他看,每一片经纬都变成方寸,是平的,我们目力所及的地域是平的。

这比"存天理,灭人欲"的说教让他服气,"天理"不该是虚无缥缈的,应该也能用望远镜显微镜让人看得到,这才能让人服气呢。

在《渌水亭杂识》里,他欢喜地记下了自己对天文、历法的感观:

> 西人历法,实出郭守敬之上,中国未尝有也。
>
> 中国天官家俱言天河是积气。天主教人于万历年间至,始言气无千古不动者,以望远镜窥之,皆小星也。
>
> 西人风车借风力以转,可省人力,此器扬州自有之,而不及彼之便易也。

纳兰性德没想钻进天象历法研究科学,可南怀仁确实使他的眼界放开了。世界不是百家经典上说的那样子,至少脚下踩着的是个球,神州大地是圆的不是方的。

不过,心中始终惦念着中举及第,眼下只有做官才能进入紫禁城见季节。为能见到季节只能死读书,虽然玄烨皇帝在"八股取士"之外还兴"博学鸿词",可不会八股文章怎能金榜题名呢。

康熙十一年(1672 年),18 岁的他乡试顺天府,主考官为蔡启樽和徐乾学。徐乾学出的八股试题为:

> 卫公孙朝一章。修道之谓一句。后稷教民至人育。

在这场乡试中,共中举人一百二十六名,纳兰性德脱颖而出,高中第三。

终于当上了举人。这是踏上仕途的第一关。发榜之后的第三天,他兴冲冲到国子监拜谒徐乾学,想不到徐主考对他说:“纳兰公子,凭你的才智,位列榜首当之无愧。”

他连连称是,可是自己的长处不在八股文章,一百多人入榜他名列第三就不错了,徐主考看来是不满意。

“太傅过奖,不慧才智平庸,实则已然竭尽全力了。”

“不然,君才舞象勺,深道六艺,你只花了一半的气力。”徐乾学捻着花白的胡子神情好严肃。

他不服气,确实花了大工夫,绝不仅仅是一半力气。

“不可老轻信天主教会士佞语,天地君亲师,这才是万古不变的。”

原来是这么回事,西洋奇器与南怀仁,徐乾学素来不喜欢这位钦天监,尽管南怀仁是由玄烨钦命的。

“徐太傅,您不是一向倡导博采众长厚积薄发吗?”

“独有儒术方能顺天意治天下,不然你我苦心孤诣编纂《通志堂经解》做什么?”徐乾学从来不高声,但他胡须颤颤地不平静。

“学生明白了,乡试没使太傅满意,会试一定不负您的厚爱与栽培。”

徐乾学确实为他好,但南怀仁使他在另一个领域博学了充实了丰富了。怎么不能兼容并蓄呢?这一点,高深的徐乾学不如阿玛,阿玛专门结交汉人结交洋人,所以他才跟所有满族王公廷臣不一样。徐太傅独尊儒术,是不是失于偏颇了?

不过,为了准备会试,又只能一头扎进经史子集里,不是要做官要见季节吗。

想不到刚刚静下心来再读书,一天晚上阿玛把他叫到书房说:“冬郎,不日你将弱冠,春秋已盛该立业成婚了。”

成婚?刚刚把季节的事情放下,阿玛要他跟谁成婚?虽然忙于编纂经解、准备乡试,但几年来季节的影像从来没有逝去过:银铃般的笑声,羞赧的红晕,黑蓝黑蓝的眼睛。多少次,他不愿拿出季节的“眼睛”来看,可又常常在枕下亲吻,这是季节挑给他的那颗“眼睛”,这真是季节的眼睛……

再也没有了季节的消息,他苦读科考不就是要进紫禁城!心中有的只是季节,还要他跟谁去成婚呢。

平静不能被打破,心绪不能遭破坏,他急急地回答阿玛说:“孩儿一心攻读圣贤书,成婚的事情从来没想过。”

“冬郎你忘了,两年前你就提出要成婚,怎能说从来没想过?”

他的头一轰,真是的他忘了,是他亲口向阿玛提出要娶季节,怎么情急之中说从来没想过?不,是没想过,他从来没想过跟季节之外的女人成婚,就是没想过。

“冬郎,三年之前我就跟卢总督定下了你跟他女儿的婚事,现如今只待选择吉日良辰了。”阿玛轻轻松松地说,神情还不无得意的。

什么？卢总督，他格格，三年前卢总督到府上来赠他匕首原来是为这个！万也没想到，卢总督卢兴祖他讨厌那个山羊胡子的老头子！

抬头看看阿玛，倏忽觉得他苍老了。刚过四十的阿玛其实并不老，但他那深陷的眼窝常常令人感到深不可测，工于心计使他眼角现出几道鱼尾纹，工于心计使他本来吊起的双眉向下耷拉了。阿玛对儿子也常工于心计吗，阿玛怎能这么对待自己呢。

父母之命媒妁之言，从刚刚"学礼"时便受到这种训育。可是，阿玛既然早在三年之前就给他订下了婚事，前年自己说要娶季节的时候，阿玛干嘛说华诞之后再商议，根本没提卢兴祖的格格？恍然大悟，身为刑部尚书，户部的事情怎能不知，阿玛当然知道几日之内朝廷就要遴选秀女，他肯定知道户部的名册上有季节，要不他怎能安之若素地搪塞，说什么华诞之后再商议？愚弄，阿玛当时就在骗自己！

阿玛又好虚伪，哀求松月的那一幕太让人刻骨铭心了；只爱她一个，让她做侧福晋，他真的相信了阿玛只爱松月一个人，谁想第二天松月的眼睛就被剜下来，而阿玛也随声附和说松月是个偷主子东西的贱坯子，坏女人……

阿玛爱自己，他相信，但阿玛不该一次又一次地欺骗他。骗人的人很怯懦，阿玛在松月的事情上多虚伪多怯懦？怯懦同卑鄙孪生，后来在松月、阿勒什神秘失踪的问题上，阿玛不是又丑陋又卑鄙？

几年来没想那么多也没想那么深那么细，今天犹如拿起一支笔，情不自禁地勾勒起阿玛的嘴脸来。仅仅自己知道的这一点就足够了，他怎么摊上一个这样的阿玛呢，一个虚伪奸诈连儿子都要欺骗的阿玛。

"阿玛，孩儿我一生才真真的只爱一个人。"没有什么不好意思的，他不像阿玛那般口是心非轻诺寡信又虚伪又奸诈又怯懦。

"我知道，但你能跟皇上争宠吗？"阿玛竟然没动怒，好像知道他会说出这样的话。

"阿玛当初为什么欺骗我？"

"我没骗，全是为了你的前程。"阿玛依然不慌不忙很平静。

"我要不要卢兴祖的格格为妻又怎么样？"

"男大当婚女大当嫁，不孝有三无后为大，你既是星恳达尔罕的后人，那就必须遵从父母之命。"

阿玛一字一句撂下这几句话，迈步出厅去了院中，甩袖迈步都向他标示着一个意思，不容置疑不可变更，人选已定只是选择吉日良辰的事情了。

他又木木地忍受着额娘的涕泣劝慰，心木木的，额娘的残忍乖戾更令他恶心与厌恶。

——又违抗不得，别无选择。

并不想死，要会试要做官要见季节。人生是期冀是等待的一个过程，期冀着等待着，能不接受父母的成命吗。

没想到,他品尝到另外一种温馨,那是妻子卢氏带来的,真没想到。

柔情似水,难道女人都如水?

17

端庄秀丽的卢氏比他还大一岁。洞房之夜他许久没有为她掀盖头,厌厌地看着她静静地坐在床边,均匀的呼吸,丰腴的体态,安静得像一尊雕塑。不由得又生出一种破秘的新奇。卢兴祖那山羊胡那尖嘴猴腮都令人反胃,他的格格要是这样那他就真的要找阿玛额娘去吵闹,不般配,他纳兰性德风度翩翩一表人才,不能任他们这般糟践摆布哇!

比夜潜皇苑还紧张,终于哆嗦着双手举到了卢氏的面前。他拈起盖头下角轻轻撩,胳膊竟然木木地抬不起来了,使劲抬,把左手也一并举起来,胸颈已然感觉到她的鼻息,抖抖地向上,高抬,颤颤地一点儿一点儿向上举——呼,陡地把盖头扽开去,好光彩,一点儿也不像,完全不像卢兴祖的格格呢!

卢氏丰腴俊美,娇柔温顺,安稳得像一只小猫,一动没动,只是双腮微红,一动没动地垂着眼。

"你……怕不怕?"他始终悬着的一颗心终于放下来,不知为什么问了这么一句话。

她仍然没把端秀的脸庞抬起来:"奴婢心系夫君早已三年有余,身已归属纳兰世家,有什么艰难险阻也不怕。"

嗯,他一怔,多么忠贞多么沉静,想不到她说出这般深情的话。

"那你当初知道我长得什么样?"谁知女人的心思呢,反正他自己,最最关心的是她的容貌。

"阿玛说,夫君品学兼优仪表出众,今得相见,真是与众不同呢。"她这才抬头,含情脉脉又羞赧万般地瞥了他一眼。

一句话让人心中好暖好暖。容华绝世,韶颜稚齿,风流秀曼,冶容秀骨于她都不贴切,面前的卢氏温柔秀美,仪容娴婉好可人疼。

一夜风流,女人如水。

从来没感受过的温情脉脉,从来没体验过的悱恻缠绵,第二天清晨再看妻子,弯眉大眼秀丽端庄,手背上旋出两排浅浅的小坑,隐起圆滑娇媚无尽。他捧起她的手贴在自己的唇边,像是温馨的深潭在溺人,简直要把他溺死不成呢……

不是额娘、松月那般的亲吻、爱抚,而是温存恩爱娇媚顺良沉湎忘怀的相依相偎,热烈颠狂之后的忧伤病怨,关心体贴情意绵绵的陶陶温馨,滋味实在飘飘欲仙的……

常常,她在他的肘弯内像猫儿一样闭上眼,一动也不动,让他尽情地享受她的丰腴与柔顺。

每晚灯下苦读,她会悄无声息地为他披衣、温汤、执扇、熏香,绝不发出一点儿声音。困了她就会用双手捶捶他的肩,捏捏他的腿——始终陪伴着他,做绦子挑湘绣,只要他不睡她就永远有精神。

却又无话,只是深情地一睨一笑,一次也不打扰他。

他感激,甜甜的。

初冬从北苑习武归来,她会让他脱下皂靴把双脚伸到自己怀中为他焐热,冻僵的双脚不一会儿就暖和舒活了。温暖在丰腴肥嫩的双乳间,他好像徜徉在温泉里,如水的女人让他双脚舒活了周身舒活了心也舒活了,应该庆幸,他娶了一位好福晋。

徜徉在欢爱里,他情不自禁地抒写了几首《艳歌》,冬至的那天清晨,兴致勃勃地在妻子面前展开来:

其一

红烛迎人翠袖垂,
相逢常在二更时。
情深不向横陈尽,
见面销魂去后思。

其二

欢尽三更短梦休,
一宵才得半风流。
霜浓月落开帘去,
暗触玎玲碧玉钩。

其三

洛阳风格丽娟肌,
不见卢郎年少时。
无限深情为郎尽,
一身才易数篇诗。

好一个"相逢常在二更时",好一个"一宵才得半风流",卢氏羞得满面绯红,第一次轻佻地伏在他的肩头说:"什么文人才子,什么名门贵胄,你们男人啊,个个坏死了坏死了。"

他蓦地抱住妻子:"现在也能风流,现在也能风流嘛!"

"不,你松开,不然奴婢要喊了哟。"

妻怀孕了。

他常常伏在卢氏的脐腹谛听。

真的有了细微的心跳,是他与她灵肉的交合,星恳达尔罕的第九代子嗣就要临世,他要做阿玛,她要当额娘,万也想不到这么快,爱得突兀而且马上要结出果实,他期待着她也欣喜地期待着期待着期待着……

一天,他早早地去了国子监。她一针一线地为腹中的小生命做衣服。温顺娴淑的她是幸福的,多么风流倜傥的夫君,多么位显荣极的明府,她首先要谢的该是阿玛和公公。虽然父亲也官至两广总督的高位,但她家是汉人,更比不得公公明珠的地位与声威,但是阿玛与明珠早有交谊,公公明珠专好结交汉官,满汉不拘成婚了,自己终于成了纳兰性德的福晋。能不幸运吗?

享不尽的荣华富贵,更有夫君的恩爱体贴。天下的女儿家有几人终身遂意的?而她,如意且顺心。嫁到明家是她与纳兰家族的缘分。纳兰性德几次对她说,他志在疆场向往铁马金戈。她不惧,两情若是长久时,又岂在朝朝暮暮?

轻抚腹中的小生命,她常常陶醉在幸福中。不管将要生下的是男还是女,她都要细针密线地缝制几件最最好看的小衣裳,这是母亲为儿女呈上的第一件实实在在紧贴肌肤的东西瞅……

春寒料峭,一阵西风蓦地把窗子刮开,厚厚的一叠诗稿一下子被吹散开,呀,呼啦啦全飘到地上了。

放下手中的活计赶紧起来,撑着笨重的身子猫下腰。纳兰性德不爱八股文章与策问,常常陶醉在诗词里。这是多少诗呀词的纷纷扬扬撒了一地!应该像《渌水亭杂识》那般结成集,夫君的诗词又婉约又豪放独树一帜呢。

猫腰费力却又令人欣喜,遍地是词满纸是诗,性喜诗词的她既高兴又骄傲,诗情画意!跟纳兰性德的恩爱不全融浸在诗情画意之中了吗。

她用丰腴的双手捧起散落在条案下面的几页诗稿,吹吹土把它们摞在桌上一叠诗笺上,咦,眼前不是隽秀的工楷,而是流畅俊逸的行草,好落拓的墨迹——

减字木兰花

烛花摇影,冷透疏衾刚欲醒。待不思量,不许孤眠不断肠。茫茫碧落,天上人间情一诺。银河难通,稳耐风波愿始从。

她的心中不禁一紧,他这是跟谁?还有这“不断肠”“情一诺”的隐情?

手微颤,轻轻翻开这页的“隐情”。

又是一首《减字木兰花》:

晚妆欲罢,更把纤眉临镜画。谁待分明,和雨和烟两不胜。莫教星替,守取团圆终必遂。此夜红楼,天上人间一样愁。

天呐,和上一首竟然可以串接在一起,情深深意切切,他懊丧相爱是那么坎坷与艰难,前程又像月朦胧雾朦胧缥缥缈缈看不清楚,他渴望联栖双飞幸福长久,而得到的却是孤寂与独眠。多么苦楚多么难耐,可他要顶风破浪如牛郎织女一般跨银河冲霄汉，直守到缺月重圆，离人再聚，这离人到底是谁呢？

简直不敢往下看。

匆匆忙忙，她从锦带中捧出他写给自己的那三首《艳歌》，不见卢郎少年时，不见卢郎少年时，不见卢郎少年时！

他遗憾没见到稚齿时的自己，可他心目中的稚齿又是谁？是谁值得他写出这般披肝沥胆信誓旦旦的词句，令他如此梦绕魂牵？

不敢再看她还是翻开了下一页：

阮郎归

一生一代一双人，争教两处销魂。相思相望不相亲，天为谁春？桨向蓝桥易乞，药成碧海难奔。若容相访饮牛津，相对忘贫。

双腿一软，她一下倚在炕沿了。令人胆战心悸的情词！多么深挚多么激切多么无忌的呼喊！她读过骆宾王的诗："相怜相念倍相亲，一生一代一双人。"纳兰性德却反其意而用之，反诘苍天"他们"是一生一代天造地设的"一双人"，凭什么被活生生地隔开了，有情人难成眷属，那么"天为谁春"？

向苍天呼喊，向穹宇质询，是谁令他这般苦痛思慕，浩叹惆怅呢！

为了能与那个钟情女子成为佳侣，他竟然可以抛开一切"相对忘贫"，杜鹃啼血般的啼唤，怎能不令她震惊。

眼前红黑一片。

当晚纳兰性德从国子监回来，饭后他静静地摊开书卷又攻经史，她无言地在炭火前静静地缝衣。每天晚上都是如此，为了会试她从来都悄悄地，悄悄地。

夜近子时，他几次劝她先睡下，她不，既然双栖在一起，她珍惜光阴要尽可能地与他相伴相依。

拗不过，她身怀六甲不能这样。他爱怜地吹熄灯烛对她说："走，今天我陪你。"含情脉脉地。

炭火旺旺的，映得她的脸颊通红，她哪里有困意，侧过丰润的脸庞轻声问："奴婢跟你是天造地设的一对吗？"

"嗯……"他一怔，敦厚温婉的她从来没有问过这，即使颠鸾倒凤意惘痴迷时，她也不好意思说情话。

"你'嗯'什么呢？"

他见到炭火中辉映的她，脖颈更加丰腴粉嫩好细腻。

"一见而钟情，从揭开盖头的一瞬间，我就认定你是一个好妻子。"

"所以我……奴婢与你不是天造地设的。"

"你……这是什么意思？"他温情地握住她那旋起小坑儿的双手。

"夫君心目之中，还有另一个秀曼佳人，她才叫你刻骨铭心念念不忘呢。"说着话,她把双手轻轻抽回来,抚在自己膝头上。

怎么回事?他看看案头的诗稿,上面一半被人翻动过,并没防着妻子,但又确是一个疏忽,那里有许多他思念季节的诗作啵。

矢口否认对不起季节,季节跟他就是天造地设的一对。银铃般的笑声,细长眉下的眼睛,还有那水中的双足,红色的血脉紫色的筋络,两小无猜青梅竹马,季节是令他梦绕魂牵的。

可是,两情相依已被如潮的宫海阻隔,他盼望的只是将来再能见到她,别的奢望早已如烟飞灰灭了。眼下他不是一心爱恋着妻子,尤其他们又将要有后代子嗣,不愿在此时此刻勾沉旧情,自己真的也很喜爱卢氏啊。

怎么回答她?她不理解自己跟季节的那一段心迹。旧情难忘,可他在强制着削弱那一段记忆,生离是残酷的,谁品尝过体味过他与季节生离的万般滋味?

不该翻捯出痛苦一同咀嚼,卢氏干嘛自寻苦恼呢?真不愿意伤她的心,可是自己的良心又不能泯灭。自己不满阿玛的为人,不就是因为他的怯懦与虚伪?

“一切故旧都应该让它们过去,你何必非要把什么都知道得一清二楚呢?”

“把故旧都割断都焚毁,夫君说得很是在理,”她点点头,走到案边抽出那三笺词稿来,又缓缓走到他身边,偎依在他的怀抱里,“那就把这个也焚毁。”

他接过来心头一震,烧?这是多么激情切切的心声,尤其是那《阮郎归》。“一生一代一双人”“天为谁春”“相对忘贫”,这是季节被强禁宫中他痛不欲生的呼喊,看看词间皱皱巴巴的硬疤,那是双眼淌出的血,双眸滴出的泪,何必烧掉它,这《阮郎归》早已烂熟于心,但这墨迹泪迹是他心灵历程的一段轨迹,珍贵无比,他视若生命!

“不,烧不得,为什么要把它烧掉呢?”把那词笺接过来,又把它贴在胸前了。

“她是谁?令夫君这般驰魂荡魄痛彻心肺?”第一次卢氏皱起眉头来。

他又把她的一只手牵起来:“我不是跟你说了吗,我们何必再纠缠过去的故旧呢。”

“是夫君割不断,不是奴婢要纠缠。”她的笑好做作,不自然。

“你我恩爱又有什么割不断?”

“那就烧。”

她伸手拖过那词笺。

“不。”他腾地一下站起来。

她怨怒委屈地扬起头,看着他。

他凄惶愤懑地把她的目光迎住了。

惊异地发现,炉火的烘烤使她的眼角处泛起两洼黄白色的眼糊——第一次见到,真别扭,端秀娴婉的她倏忽之间褪了色,黏稠黄白的眼糊好埋汰。

18

没吵也没闹。

他却重又偷偷端详起那颗猫眼石。眼睛,那是季节的眼睛,他心中的星。

黑蓝黑蓝,黑得莹透,蓝得发娇。尤其是暗光下,它的瞳仁那么饱满,那么充盈、天真、无私、稚气、娇羞,它像碧潭一般晶莹剔透。别无二致,季节就是这样的眼睛,不,这就是季节的眼睛。

一尘不染,纯净无瑕,多么令人梦绕魂牵的一颗星,又贴近又悠远的星星。

卢氏的眼睛也不小,但那瞳孔和眼白的比例不相称,眼白怎么多了些,黑黑的眼仁相对变小了。正因为她的眼睛“开”得好大,所以瞳孔就没有了遮拦,在一片眼白中凝聚得好集中——毫无生气而且呆滞,甚至流溢出的怎么全是小气与偏狭?

从没这么细细地观察过妻子的眼睛,皆因时时端详枕边的“眼睛”才使他细致入微地看卢氏。仍然秀丽端庄,但她不经看,尤其是她的眼睛。那白多黑少的眼睛,那眼角沾上两片黄垢的眼睛怎么那样呢?

她终于发现了他的怪癖,发现他情有独钟那枕下的“眼睛”。这其间的奥秘是什么,这颗猫眼石中包藏着什么故事呢?

偷偷地,她拿出过那块猫眼石,美丽动人的一只眼睛。不喜欢,晶亮得发飘,透出轻浮与逸淫,纳兰性德怎么单单爱它呢?

真想把它藏匿起来或者摔得粉碎,却不敢,家教不允许她这么做,又妒忌,妒忌令她常常坐卧不安心神不定火烧火燎的。

再也柔媚不起来,丈夫原来不爱她。

越往后想越后怕,“眼睛”现在哪里呢?会不会做他的二福晋?想想婆婆好可怜,二福晋、三福晋、四福晋,将来纳兰性德也要续娶侧福晋,与公公明珠一样妻妾成群,那时的自己会是一种什么样子的处境。

倒是跟婆婆很和得来。婆婆待她像亲女儿。舍里氏告诉她,朝廷并不提倡满蒙王公妻妾成群的,只因男人都是见一个爱一个,法不责众约定俗成,上边也就睁一只眼闭一只眼不闻不问了。一切都要靠自己,婆婆多次爱怜地抚住她隆起的肚子说,只要能为纳兰家族多生子嗣,那就能把冬郎管束住,不要一个侧福晋。

她感激舍里氏对她的垂爱与训诲,婆婆给她壮了胆子打了气。丈夫就应该钟爱她一个人,不该朝三暮四做风流种。说不上心里冒出一股什么冲劲儿,那天她取出纳兰性德写的那些情词连同给自己的《艳歌》都交给了舍里氏。纳兰性德发现了,他突然狂怒,像一头狮子吼起来:“我的诗,我的词,你藏了还是烧掉了!”

“奴婢不喜欢见到它。”

“《艳歌》你可以烧,属于你的,爱烧你就全烧掉。”他控制不住地咆哮。

“没有烧,我全把它交给婆母了。”

天——,“相会常在二更时”“一宵只得半风流”。这些床第之语怎能让额娘知道,这是他们的隐私,这是他个人的隐私啊!

她亵渎、践踏的正是自己的一片真情。

心惊。心痛。

"我的《阮郎归》《减字木兰花》呢?"字字句句是出自心扉的纯情,那是献给季节的,更容不得她的亵渎与诋毁。

"也在婆母那里呢。"她有些害怕了,哪里见他这般恼怒过。

"还给我,你偏狭,你太不大度了……"他腾腾腾地跑出屋,一直奔到额娘处。舍里氏见他脸色铁青两眼发直,没有责备一声便把诗稿还给了他:

"是我要你福晋拿你几首诗词来看看,看你急成那样子。"

一句话没有说,他把那些词笺捧回来,心好冷,谈何大家闺秀,都够不上小家碧玉,偏狭俗鄙浅薄,妻子卢氏大福晋的端庄秀曼在心中轰毁了。

不是不爱见到那《艳歌》吗,他轻轻捻出三首绝句,信手扔在炭火中烧毁了。

卢氏这才突然悔悟自己的失策,她上来扒住他的肩膀说:"夫君,我糊涂……我喜欢,我喜欢你为奴婢所做的《艳歌》哟!"

他没有移动肩膀,纳兰家族的新人就要临世,让孩子安宁,让小小的生命健康吧……

第二年会试他考取了一甲第七名进士。刚巧玄烨皇帝要在金秋之际选拔武举,他这名文进士也可以在紫光阁一试武备,多好的机会,平生就好骑射,自己已经历练了十五个春秋啦。

北海、中海、南海,金秋的太液池波光粼粼。中海西岸迤北,与隔岸琉璃碧瓦的万善殿相峙,耸立着金碧辉煌的紫光阁。

重檐斗拱的紫光阁为上下层,它巍峨雍容,雄奇凝重,因在水光明澈的湖水中常能泛出紫光,故被明代皇帝定名为紫光阁。

浓荫环抱的紫光阁前有一片开阔的广场,玄烨皇帝于鳌拜被擒之后深感强化武备勤于弓矢要务更为突出,每年集正黄、镶黄、正白这上三旗侍卫大臣,在紫光阁广场上习武演练,还殿试武进士、武举人选拔军事人才。

今年,武备演练和选拔武举,玄烨特意要求兵部办得更盛大更隆重更热烈。近日来,吴三桂、耿精忠、王辅臣连连在南方闹事,政局不稳更要让大清臣民深明"以弓矢定天下"之要义,松懈不得。

今天,为了谕臣工武备的重要,玄烨还命人在紫光阁前悬诗一首:

抡材临别苑,射策对明廷。
举士百年久,干城百塞宁。
琱弓悬满月,羽箭速流星。
为问赳桓辈,能通黄石经。

虽然毫无文采可言，但臣工们都不敢懈怠，皇上这首御诗还要着碑石铭刻，就是要让大清臣民勤习武功，常备不懈。

纳兰性德第一次来到中海、南海。湖光旖旎园林雅静，皇上的别苑真是比净业湖畔又要美得多。殿前广场上，上三旗御林军林立，十个箭靶一字排开，先要比试射箭，他最不怵射箭了。

他是破例参加武举的文进士。演练骑射排在最后边。只见十几名武举人入场了，一个个虎背熊腰都很强健。

逐一比试马步箭。

每人十箭射十靶，只有一名武举把两箭射偏了。华盖之下的玄烨还算满意，这次武举们的箭矢功夫都不错。

接下来射布靶，原地射。

几名御林军从成武殿内抬出四张弓。好宽的弓背好粗的弓弦，最小的十二力弓，最大的十八力弓，真少见。

武举们有人含糊了，没想到射布靶要开这么大的弓。

前十名武举人都把十二力弓拉开了，后十名武举人有三人没拉开十二力弓。玄烨当即朱批淘汰，堂堂武举连十二力弓都拉不开，谈何“力拔山兮气盖世”，还要争做什么武进士，刚才马步射矢也是花架子。

不光剩下的十七名武举人紧张，连两江总督麻勒吉、云贵总督甘文焜、陕甘总督杜文松都在一旁站不安稳了。刚才淘汰的三人来自他们的省属，脸上好无光，皇上迁怒于臣就麻烦喽！更怕再刷掉自己的属下，举人们争气！

情况越来越糟。

只有三人拉开十四力弓，玄烨的脸色沉下来，各省督抚选送的什么武举人？先皇努尔哈赤当年“力能挽强，并用十二把长矢，臣下罕有不及者”，如今这些百里挑一千里挑一万里挑一拔上来的武举们连十四力弓都拉不开，实在是安不思危养尊处优疏于武备！

今年的武举人为什么选成这样子？皆因吴三桂、耿精忠等人在江南不断反叛离乱，闹得各省人心惶惶上下不安，不知大清江山能否长久，各省督抚谁也顾不上精选武举。夏末朝廷传旨十月二十日殿试武进士，各省匆忙拼凑些武把子，仓促忙乱间免不了滥竽充数了。

站在横侧的纳兰性德手好痒，这些武举人貌似强壮实则真够废物的。十四力弓算什么，他们还不如当年的搭什密，那些候补布库每天推举石锁就要上万次，人人能开十四力弓，哪像眼下这些人外强中干呢。

开到十六力弓的时候只剩下一名山东武举人，此人横宽横宽的襟褂都撑得鼓鼓的。十六力弓唯他一人轻松拉开，其他人都被淘汰了。此人不禁得意扬扬地神气起来，确实也因为身上热。他一掩扣袢把前襟敞开了。

玄烨看看只剩一人，又见此人力气虽大却矮胖横宽，心中说不出地别扭。各省督抚疏于武备才使今日的殿试丑态百出,真扫兴。本来,演练臂力一项,开到二十力弓还要推举超重石锁,今天眼见只剩一名山东武举,玄烨更无心再看什么文举人文进士的比试,待那人敞开胸后要开十八力弓时,他抬手招呼下面停住:“你能拉开两把十六力弓不能?”早烦了,他想把各省督抚痛斥一顿快快结束,今天一个武进士也不要,所辖督抚个个反省,罚俸。

想不到这山东武举巴不得在紫光阁前大显神通,皇上就在台阶上坐着,正好容他一个人抖抖机灵儿。他用浓重的山东口音回答玄烨:“皇上在上,别说两张了,四张十六力弓在下也能把它们拉开。”

文武百官吓了一跳,哪有这般不自量力在皇上面前邀功的,这不是逞能吗。

玄烨轻轻把鼻子一嗤,高声向下面的他喊道:“只开两张弓。”

山东武举拱拱双手领命,拿起第一张弓,又并住第二张弓,左手在前右手在后,猫腰撅身一推一撑,两张十六力弓都被他拉开了。

确实不简单,每年武举最高开到二十力弓那就是凤毛麟角了。今天这位武举拉开一对十六力弓,不容易,比拉二十力弓要难得多。

想不到玄烨并没笑,只把嘴角一撇说:“再加一张十六力弓。”

武举人在广场中间撇着八字脚晃了两步,提起一张弓,并住弓,最后把三张弓握在了一束。全场屏气敛声没有一点儿响动,只见他大吼一声:“开!”满脸涨红青筋暴起三张弓被他颤颤悠悠拉开了。

三张弓加在一起总共四十八力弓,此人臂力过人真不愧为一名壮士啊!

可是,玄烨的脸上阴云未开,皆因那么多废物武举扫了兴。谁敢带头叫一声“好”,只能一声不响提心吊胆地看动静。

果然玄烨发话了:“练一身蛮力气有什么用,你拉开这三张弓,射出三发好箭给朕看。”

在场的人谁不捏把汗。开大力弓试的就是人的臂力,鲜有用这等大弓射箭的,皇上不欣喜反而揶揄挑剔,情形真是不妙了。

山东武举人一听就把眉头锁紧了。如果铆足力气真能再加一张十六力弓,可是合在一处射箭怎么成,拼足力气开弓血脉贲张哪容瞄准,这一共是四十八力弓啊!

“皇上,奴才是江湖艺人,练的是气功,这气功嘛……意在发力呀。”

他战战兢兢正在解释,玄烨抬手把他止住了:“刻下你是应试的武举人,听朕吩咐上箭发矢,开弓,开弓!”

不容辩解,早有侍从扛过一束长箭来。

山东武举苦了脸。这哪射得准?本以为只剩自己一人更能博得皇上宠爱,想不到玄烨百般刁难脸色越沉越阴。又怕又怨,稍稍疏漏不但中不了武进士,反会招出大祸来,何苦来,何苦到紫光阁引火烧身来。

站在一旁的纳兰性德也好担心。三张十六力弓他自己也能一并拉开,可要并束射箭就难了。集束箭用的是普通弓一根弦,而三支箭引在三张十六力弓的粗弦上，怎么射？

他的心都绷得好紧，皇上不该这么做。

山东武举战战兢兢了。他看看那箭再瞅瞅那弓，仿佛全身的力气全然泄尽。漫说搭箭，弓都难说再拉开。可是，皇命在身他终于振作起来，又煞煞腰间宽宽的束带，三支箭搭上三张弓，运了半天气力声嘶力竭地大喊着："开开开——"

三张弓半开着，而且他没挺起身子来。

人人都替他急，他一张脸憋得由红变紫了，突然缓了口气双眼一闭又张口要吼——没出来声，只见他膀子一晃身子一歪，三张弓松开了，三支箭飞出来！

天，四周多少人正围着！

最左侧的那根弦最先松，在他软指的当口"嗖"地一声向紫光阁上方窜出去，幸好划破天际去了武成殿；而右侧晚撒的这两支箭的方向都冲了下，只见这两支长箭先是戳在地上蹦起来，然后飞旋着向广场中心玄烨端坐的北方旋过去，劈劈啪啪的扑扑剥剥，方砖墁地的广场被戳出一溜坑，每次碰撞都磕击出一团火花来。白云遮日的广场上，两支箭似两个火环，急溜溜穿过广场直奔紫光阁台阶上旋过去！

麻烦，麻烦！

全场被惊呆，人们都不知躲避也来不及护卫皇上，太突然太意外措手不及，谁料想殿试广场上飞旋起两个箭环，不，是火环。

刹那间，一道青光闪出去，只见一人箭步如飞赶上前，就在那两支箭环蹦蹦跳跳一前一后正要旋上紫光阁的石台阶，嗖，嗖，那人飞起两脚一挑再一挑，两支箭就着旋力冲力挑劲儿呼地一声上了天，悠起的箭矢腾空而起高过紫光阁一两倍，然后又飞旋着落下来。人们这才明白往后闪，可是两支箭好像被踢箭人吸附着，忽悠悠向他落下来。又只见那人先抬左脚后抬右足，像是踢毽子，轻巧稳当地把两支箭都用脚面托住了，然后左腿一勾右腿一甩，把抛起的箭双双揽在怀抱中。

叹为观止的绝技，人们抱着脑袋呆呆地看，简直不敢相信眼前的一切是真的，太绝太悬了。

此人就是纳兰性德，他捧着双箭往回走，把两支粗大的箭矢插在束壶中。

面如土色的山东武举扑通一声给他跪下了："大人救了皇上，我……我……"

他赶紧把对方搀起来，现在哪能谢他，皇上还不知要怎么处置呢。

全过程玄烨都看见了。他也吓得面如土色。两支箭也真邪，怎么飞旋着直奔紫光阁上穿过来？刚才想转身藏到御座后，谁知怎么的，双腿软软的竟然动不了窝。

飞身跃出的一个人更让他惊，千古绝技，这么半天他痴痴呆呆没有反应没有开口，就是仍不相信瞬间发生的一切是真的，不可思议啊。

——超人的功夫。

怨怒侍从护军竟无一人做出反应，嘁！

愤恨山东举人暗箭伤人，两支箭是怪了，缘何偏向他旋来，弑君，这是要弑君呐。

不知过了多久,广场上的秩序才又归于肃穆。人们看见纳兰性德和山东武举谁也不敢出声音,龙颜震怒雷霆万钧,今天殿试捅了大娄子。

玄烨终于变过脸色重新坐定了。一切都发生在一瞬间,他还在思索追忆着那一瞬间。那是谁?飞身跃出挑箭接箭,轻而易举从容不迫巧妙悠闲,叹为观止的精湛。飞身救驾力挽狂澜,比照身边的众人,他情不自禁地打了一个寒战。

传唤御前大臣得知此人是纳兰性德,他命太监把他传唤到自己的御座前。

“纳兰性德,今天你飞身救驾,令朕无比欢欣呐。”

“皇上临危,义不容辞是奴才的本分。”他看看皇上,一脸欣喜却没完全遮住刚才的惊吓。

“朕已得知,你是新科文进士,今天特意来殿试武举的。”

他点头:“谢谢皇上垂顾。”

“朕封你为一等侍卫,随侍朕的左右,时时听朕使唤。”

“谢隆恩。”他惊喜地挑挑双眉,想不到玄烨一举封他为一等侍卫,早就听说皇家侍卫也要一级一级地攫进,三级如九品,想不到一举能进紫禁城,想不到皇上这般青睐他。

没容他退下,那名山东武举早被人挟住双肩押到台阶上。玄烨压低两道短短的眉毛说:“你缘何开口就说能拉开四张十六力弓?”他对那人的海口记得好清楚。

“奴才罪该万死呀。”那人不慌了,他知道自己将要面临的是什么。

“口出狂言欺君罔上此为罪一,”玄烨脑门儿发热把皇冠摘下来,“包藏祸心图谋弑君罪为其二,来人呐。”

“奴才只想效力皇上,绝对没想,陷害大清国君。”他平静地解释,仍然不慌。

“斩,斩,斩。”玄烨呼地站起来,此人还辩解,更不值得宽恕了。

“皇上,”纳兰性德又跪下,“他要图谋弑君,刚才马步射箭的时候十箭还射不着皇上一箭吗?”

为必死的罪人辩解,玄烨怔住了。

在场的所有人更是一愣,刚受封赐他怎么就敢进谏直言呢。

“如果皇上让奴才我用一张十六力弓射箭,奴才也照样瞄不准。”他又趁着安静着补说。

这句话令玄烨好尴尬,这不是冲自己来的吗?连加赏的人都称射不了一支十六力弓上的箭,那么身为皇上的他让山东武举用三张弓一起射——岂不是荒唐之极吗?

“依你之言他并无弑君之意。”又恼不得,他只能压低眉毛耐下性子来。

“皇上,今日殿试武举只剩他一个人,他出类拔萃,其实当之无愧啊。”确实发自心底,参加殿试的武举们实在一般,但这山东武举是佼佼者,皇上也该嘉奖重用他。

“那你说应当怎么办?”玄烨惊异地看着他,奇怪自己反倒没了主意。

“奴才哪敢妄言狂语，还是皇上明裁。”不能再说，他已够玄烨震惊了。

“那好，朕封他为三等御前侍卫，与你一同效力乾清宫。”

满场皆惊。山东武举早已做好了死的准备，这突然的变故倒让他糊涂了。他动了半天嘴唇说不出话，还是纳兰性德在一旁杵杵他：“快磕头，谢皇上。”

……

私 情

1

每天清晨,溯源阁刚一开门,便会迎来不少顾客。这几年,随着社会生活的变幻,溯源阁也随之愈加异彩纷呈,古色古香。营业大厅的百宝格与博物柜上,从金钗玉佩,到银钵翠簪;自秦砖汉瓦至篆刻字画,更不必说那些陶铜器皿、漆品竹雕,摆得是琳琅满目、陆离斑驳。任谁踏进这家全市最大的文物商店,都会在这别开洞天的艺苑里叹为观止、肃然起敬。好一个溯源阁,名字取得妙!内中哪一件艺术品不都像炎黄古藤上的一滴琼浆、华夏虬枝上的一片碧叶,使你遐思万缕、溯本求源呢!

当然,买卖兼营的溯源阁接待最多的,还是那些高鼻碧眼的老外和衣冠楚楚的港商。虽然三年前他们便把"只许外宾入内"的牌子取下,但中国人破门而入的还是看的多、买的少。营业员自然也就对外宾别有一番青睐。这也难怪,人家老外就是"叶子活",一沓一沓的"大团结"真敢往柜台上拍,咱自个儿的同胞,有这样的气魄吗?

今天一早,一位步履矫健,两鬓花白的老人随着营业的铃声最先踱入店中。他内穿黑色西装,外着一件半敞的米色风衣,清癯的脸上戴一副琥珀变色镜,气宇不凡地环视了一遍营业大厅,然后从左侧开始,一个一个柜台,一件一件物品,仔细地端详起来。营业员们只是对他的"第一个"光临稍有印象,其后,随着外宾的到来,也就早把他置之脑后了。也是的,这种人他们见过不少,别看西装革履的神情伟岸,实则留连于此,不过是附庸风雅、饱饱眼福而已。

一个多小时过去了,这位老人才转了大厅的一半。他时而俯身近视,时而引颈侧瞻;时而微颔淡笑,时而轻吁婉叹。他忘了别人和自己,这众多的文物竟引他进入"物我两忘"的境界。"还自作多情呢,神经病!"身体颀长的04号姑娘伏在柜台后面,对身边满头卷发的小伙子挤挤眼。就在他俩咯咯轻笑的时候,那老人突然在第九只百宝格前一动不动地站住了。头沿着格子左侧缓缓上扬,慢慢抬起左手,摘下架在鼻梁上的眼镜,露出两只微陷而深邃的眼睛。足有三分钟,他的目光凝聚在一只白地蓝花的小瓷碗上。被他盯上的这只小碗,高、径均不足四寸,碗口微侈,下腹收敛。碗腹上画着一座山峰、一弯溪水、几株嫩竹和四个意态闲适的和尚。造型、画面,典雅清丽。不过,在这架百宝格上,摆的杯瓶壶盘,全是与它同类的"青花”瓷器，无一逊色。

正在老人凝神注目的时候，一个墩实的日本人也踱到他的身边。他举着一只放大镜，上下浏览了一番这架“青花”，刚要转身，却又情不自禁地愣了一下。他双眼凑近那只小碗，如同被它吸住，把放大镜缓缓移开。

四只眼睛一道，紧紧攫住了那只小碗。

瞬间，老人微一倾身，揭下碗上的标价签，转脸对营业员说：“同志，这只瓷碗我要了。”

“对不起”，那日本人操着流利的汉语猛地抓住他的手说：“先生，我出八百元，让给我吧？”

“它的标价只有六百元，我还没买下，怎能转手抬价呢！”他抚着对方的手，觉出他的双手在微微发颤。

“求求你，先生，”壮实的日本朋友慷慨地脱下一枚戒指，“先生贵姓？我们交个朋友！”

老人轻轻推开他的手，点头微笑，深表谢意。

“贵国‘青花’传世极多，我远渡重洋，来之不易。先生！”

他又是莞尔一笑：“这不有满架的‘青花’吗！”

“我就喜欢，这只……”日本人又捧过戒指。

这一切，全被刚才那男女两位营业员摄入了眼帘。有意思，好兴隆的买卖！两人偏偏看中一只瓷碗，这还是从未发生过的事呢！他们正品味着这桩怪事，那老人拨开围观的人群，走到他俩面前，掏出八十块钱，连同那张标价签递上去，说：“同志，这只小碗我要了，不过，钱不够，一小时之内，我保证把欠下的钱送来。”

什么？男女二人的面孔陡地拉长了。身上没钱，怎能撕下价签？这里又不是委托商店。哪里有“定下”的规矩！

“没钱你撕标签？我们是国营的买卖，一手交钱，一手交货！”漂亮姑娘的一双秀眼冷冷地睨着他。

“时间就是金钱，时间就是生命。一个钟头之后我们兴许调价呐，你更买不起喽！”卷发的小伙子嘲讽之中还夹着几分戏谑。

“先生，卖给我，我有钱！”看着这出人意料的变化，尾随在后的日本人刷地掏出一叠外汇，递到小伙子面前。

那老人微一扬眉，沉静地说：“请问你们经理是谁？我要求见他。”

“经理？”小伙子成心慢条斯理地点着外汇，“呣这儿没经理。”

“那谁在这里负责？”

“谁都负责，谁也都不负责。”

“你呢？”

“看什么事儿了。”

“文物的鉴定、辨析和标价呢？”

“您瞅，”他一指胸前“026”号营业员的小亮牌，“我吃的就是这碗饭！”

“你贵姓？”

他抿嘴一笑，挑挑眉毛，又一指那个小牌。

“好！026号营业员，”老人扬起粗亮的剑眉，意味深长地扫了他一眼，返身拨开人群取下那只小碗，轻轻往柜台一撂，“既然你吃的就是这碗饭，那么你若敢把它卖给任何人，我将以渎职罪、过失罪向法院起诉，追究你玩忽职守，致使珍贵文物流失的法律责任！”随着掷地有声的话音，他把八十块钱啪地甩在柜台上，倏地转身，以与他年龄大相径庭的矫健和飘逸，气宇轩昂地扬长而去。

留下的，是出奇的寂静与空气的凝结。神圣的威严产生了强烈的震慑作用，围观的人个个愣在那里，方才神气十足的一男一女更是惊得面面相觑，不知所措。他是谁？那风度、气质、脾气！乘着人们渐渐发出的耳语声，那小伙子端起瓷碗，臊眉搭眼地假装和姑娘嘀咕了几句，小心翼翼地把它捧到后面去了。

2

一小时后，一辆浅灰色“上海”轿车载着那位风度翩翩的老人果然莅临。相陪的，溯源阁的田经理认识，竟是文物局长杨宣林。那老人食言了，并没补足所欠现金，而是当着田经理的面，把写有封存的一张条子贴到那只碗上。经杨局长介绍，这老人是考古研究所的首席文物鉴赏家，名叫詹梅如。从即日起，暂来本店做短期顾问，享有对文物鉴别的终审权力。田经理听了，立刻要召集店内人员与他见面，詹梅如一抬手说：“大家早见我出尽没钱的洋相，还有什么可介绍的？晚上七点我再来，那段‘青花’公案要当日了结！”

说得也是，还介绍什么呢？一整天，大伙都纷纷议论这微服私访的詹顾问——“听说呀，杨局长和这老头是莫逆之交，铁哥们儿！”娃娃脸的于丽锦向来是消息灵通的。“人家是博士，我在《文物》上看过他写的文章！”标致的小谢，刚才还和安言气过詹老，这会儿也挑着大拇哥吹起了小喇叭。

晚上七点，结业的铃声刚响，詹梅如果然第三次登门了。田经理刚把大家集中在大厅，詹老便示意他立即取碗。两分钟后，他脱掉风衣，接过田经理递上的小碗，托在掌心说：“青花瓷器始于元朝，至清大盛。尤其是康熙、乾隆年间的青花更可谓千纹万华，纷然不可识胜。可是这只瓷碗，却和店内青花迥然不同，谁能识辨？”

人们呆呆地盯着这只小碗，有什么不同呢？从造型、胎质和图案来看，是件地地道道的乾隆青花。连半张着嘴的田经理，也讪讪地摸着下巴，寻不出半点差异。

“你们看，”詹老看大家面有难色，一指碗边的图案说，“明初的莲花瓣纹，画得极为规整，晚明的线条简洁明快，这清初的胎质，”他弹弹碗边，小碗发出舒远之声，“配以明末的绘画遗风，不足可证明它是清初之作吗？”

这毫末之爽实在难以察微，他怎么分析得那么透彻？人们的目光由猎奇转为敬佩。

“再则，根本的区别，”他把碗口直冲大家，“酱釉口沿的装饰，自明末流行，清初因承，康熙时少有，迄雍正就极罕见了。你们所见到的青花瓷器，哪一件上还有酱釉口沿的呢？”

人人嘘出一口长气，没见过，不，主要是不懂，当然就更没注意过，那么多青花中，唯有这只碗口上，有那么一抹淡淡的酱色——太绝了！简直是洞微察幽、匠心独运的鉴别！

“这种瓷器，我只在故宫见过三件。它，是我见到的第四件顺治青花！”蓦地，他那深邃的眼里冒出冷厉的寒光，“诸位的鉴赏造诣远不如那位日本人的眼力，这是渎职，这是犯罪！”他太激动了，颤着头、抖着手、花白的头发散乱了……

谁能说知识不是力量呢！这种力量实在不同一般，它饱藏着威严、强悍、宏肆的内涵，那外延也是无边的。蒙昧与浅薄在严肃的科学和无可辩驳的事实面前，如同乱军引胜——人人都心悦诚服地认输了。其实，叹服，也是一种心灵的满足与享受呢！

最尴尬的，是早上戏弄詹老的安言了。人散之后，他怯怯地走到詹老面前，“詹”了半天，舌头竟然不听使唤了。詹老一拍他的肩膀说：“知耻近乎勇。小伙子，只要你老老实实好好学，鹏程万里哟！”

安言愣了半天，猛地一扬满头卷发，虔诚地看看詹老，刷地鞠了一躬，跑了。从打此事过后，他不但虚心向詹老学习，好像还与詹老打出了交情。逢人必讲：“咱詹老师，神了，那份没治，要多邪有多邪！”

詹老天天光顾店内，只是倚收购柜台里侧一坐，不察购物有出入，一天也不会蹦出一句话来。三天两头，他带来一摞摞《金石论丛》《陶瓷考证》等文物典籍，指令人人阅读，并于每周二、四下班后开课释疑。届时还备文物辨析，不出一个月，一改店内疏懒涣散之风。别看他不掌人权、财权，可谁要学得不认真，他那双审视文物的眼睛把你一盯，能盯得你睡不着觉，喘不上气！

更让大伙吃惊的是，他刚来的那几天，不管谁要叫他一声詹师傅，他便不抬眼皮地对你说：“我讨厌这么叫我！师傅，叫老工人合适。我是考古博士、文物专家，叫我詹先生、詹老师！不情愿的，直呼其名——詹梅如同志！”

多怪癖的老头子！现在，社会上“同志”一词不正在退化，“师傅”作为一种尊称不正在风行吗？即便你到商店买盒烟，对售货员不以“师傅”相称，不是照样得遭人家的白眼！约定俗成，“师傅”比“同志”时髦，可詹老偏偏不喜欢这个称呼。一天晚上课后，小谢大着胆子让詹老比较一下“师傅”与“同志”的差别、含义。他愤愤地涨红了脖子：“把邓小平同志改称‘师傅’合适吗？叫杨振宁‘师傅’你听着顺耳吗？从五十年代的‘同志’，到八十年代的‘师傅’，这是人伦关系上的倒退！”

是让人遐想，是令人沉思，可是，我们怎么没想得那么多、那么远呢……

对，他不可能是詹师傅，他的才华、气质、为人、风度，就是地地道道的詹先生，名符其实的詹老师。

3

话还得说回来，詹梅如与杨宣林有什么关系，杨宣林为何把他搬到溯源阁做临时顾问，在此还须做几笔简单的交待。

三十五年前，詹、杨二人同是北大文学院考古专业的学生，一同参加过秘密的学生运动，解放后又同分在考古研究所工作。不幸的是，在一项北魏墓葬的挖掘中，领导非让苏联专家指导这项工作不可。詹梅如听后大为恼火：“我看还是中国人最熟悉自己的老祖宗！”——娄子捅下了，一九五七年他被定为一类右派遣送回河南老家。爱人离婚了，他带着三岁的孩子在种田之余，一头扎进随身带来的一箱文物书里，又利用二十个冬闲时间，领上儿子跋山涉水，考察了唐、宋几十个瓷窑旧址，写出了《越窑初探》《邢窑考》等学术论文四十篇，待他一九七八年被请回考古所的时候，虽已年逾“耳顺”，但鉴赏造诣已达到炉火纯青的程度了。

杨宣林虽与詹梅如有多年的同窗共事之交，可在湍急的政治旋涡中也屡屡湿鞋，常是泥菩萨过江，自身难保。自然，也就爱莫能助了。自从一九八一年他出任文物局长以来，不断推荐詹梅如的论文在国内学术会上宣讲。这些论文不仅在国内，而且，其中的《陶瓷史略》《金石指南》，在欧美都引起了强烈反响。怪不得杨宣林常对他讲：劫后余生，桑榆未晚哟！

一个当了文物局长，一个成了鉴赏专家，按说这两人混得不错了吧？非也。近来杨宣林属下的溯源阁竟三次上了日本的《朝日新闻》，嘲弄这家最大的文物商店真赝不分，将一枚珍贵的元代八思巴蒙文铜印当做满洲国印章卖给了一位瑞典人。其中的一篇文章还以“武运亨通”为题，戏谑田经理是位不谙文物的转业军人。尽管问题严重到出了国际笑话，可另选有专长的人才实非易事，“鉴别”岂是一日之功！店里原来的老师傅一退休，田经理立即名扬海外了。这种情况绝不能继续下去。难道溯源阁里就再找不出一个人来？杨宣林连日来冥思苦想，最后搬出了詹梅如，请他在尽快的时间里，培养物色一个独具慧眼的人，文物流失可怕，国际影响更干系重大哦……

一个月前，当杨宣林把詹梅如邀至家中，和盘托出此事时，詹梅如扬起眉毛，顿了一下说：“登报向社会招聘，不是最便当的捷径？”

“当然，不过——最好还是从溯源阁培养、物色，不然又会让外国人大作文章的哟！”杨宣林虽无詹梅如的白发多，可他松弛的下巴和肿大的泪囊，却更显老态。

詹梅如沉吟片刻，又向他询问人选的条件。

“最好要大专毕业，那里的小青年有六人在读电大数学专业，两人在上大专性质的党政干部训练班。”

砰！詹梅如把酒杯往桌上一墩，起身披上外衣：“最好，最好，最好你亲自出马，最好你自己物色！”

“唉呀，”杨宣林拽他坐下，“我是怕……一切随你，还不成？”

“老杨，我就烦你这个‘最好’。贝多芬有句名言：为了更美一些，就没有不可打破的法则。尽管你我都是大学毕业，可一切按学历取人我就反对。现今，多少人上电大，考业大，不就是为了那张文凭？我不信陈景润精通八大山人的画押，即便咱们这专攻文物的，不也有断代、类别之分？你若非让我领命，那么没有原则的原则，就是我物色人选的原则！”

杨宣林没再说出下一句“最好”，他心里也明白：鉴赏造诣的高下，是把好文物窗口的重要条件。至于文凭，他又何尝与老詹没有共鸣？需要的时候，也有些和过去的入党相似，半年，甚至三个月，就可以突击出那张纸来。不过，詹梅如不在其位，岂知自己的颇多难处……

正如詹梅如所说，文物鉴赏岂止是简单的估年断代？自从他在溯源阁充当顾问以来，那些青年人才惊愕地发现，在任何一件文物里，都不单纯只有考古学，还涉及了文学、美学、哲学，甚至光学、当代物理学！经詹老介绍，大家才了解到许多国家已经用能量色散的荧光技术鉴定文物的年代，可我们不少小青年，堂堂的文物工作者，还闹不清盛唐和中唐的先后顺序呢！

“年代久远的瓷器不含锌，而现代瓷器的含锌量极高，这是新旧瓷器在成分上的根本区别。”一天晚上，当詹老把“Zn”这个元素符号写在一块黑板上的时候，大家又拧起了眉头：天呐，怎么又蹦出了化学！？

可是，人们往往是在皱着眉头去聆听、去探索事物真谛的时候，心中才会漾出因猎奇而产生的兴趣、由追求而萌发的毅力。

溯源阁里的人们，正是在詹梅如旁征博引、画龙点睛的指导下，触类旁通地迈进了鉴赏天国的大门。他们仿佛从偏狭孤陋的小巷，跨入了炎黄艺术的桂殿兰宫，视野越来越开阔了。

4

遗憾的是，智者千虑，必有一失。田经理发现詹梅如也断错了一件重要文物，这东西也是件难得的珍品呢！

四十二岁的田肃是三年前兼任经理的。一九七六年转业到此，他只任支部书记。要论他的人品，那是众口皆碑的。脸上的酒窝与一双和善的笑眼两两相对，活脱脱一尊喜佛爷！成天店里店外地忙活，既没架子，更没半点儿邪的歪的。就连同志们的婚丧嫁娶，他也是关心备至、事必躬亲。鉴别文物与他过去的报务工作相去甚远，可他不耻下问，勤奋好学，业务逐渐熟悉。至于对詹老的到来，他没生半点醋意。人家是出类拔萃的鉴赏专家，到此顾问不是更能把好这个窗口吗！他心里确实是这么想的，也就一板一眼地跟詹老师学。不过，眼见上午由詹老拍板，安言把那件二龙戏珠玉雕定给了一个香港商人（定购文物，是詹老到此实行的），想不通，他无论如何也想不通。

这“无论如何”还要追溯到前天晚上，在清点封存文物时，田肃把一件玉雕捧到詹老面前。这是一件光绪年间的制品，主体是用一块整玉雕成的两条青龙。它们各长三寸，一只探爪欲扑、一只飞眸相戏，刀法细腻，堪称晚清一件佳作。更为珍贵的是在二龙中间的玉托中，镶嵌着一颗浑圆闪光的大珍珠。即使在故宫，这样的大珠亦实属罕见。

詹老当时只用眼睛一扫，便脱口赞道："好大的珍珠！真是珠联璧合，相得益彰之作。"

不料第三天，也就是现在，这玉雕由詹老做主，被安言定给了一个港商。这也太莫名其妙了，田肃得知此事，急火火地把安言拉到后面："唉呀，谁让你定出了那件玉雕？"

"詹老师！"

"那是国内少见的珍品！"

"别逗了，珍品逃不出詹老师的眼睛。"

"你哪儿知道，昨晚他还夸这件东西呢？"

"詹老师夸两句，就珍贵到不能卖啦？"

"你呀，这东西购进的时候，不还经过了你爸爸的眼睛？"

"我爸爸，我爸爸又怎么样？他八个脑袋也不顶詹老师那两只眼睛。"

怎么又扯出了安言的爸爸？原来他父亲安启盛解放前是玉器行的艺人，解放后一直在溯源阁工作。两年前安言接了父亲的班，所以他比别的青年多识不少东西，怪不得詹老来店的第一天，他有那么大的口气呢！可是，自从他和詹老打出交情，他五体投地地佩服詹老师的为人与学识，开口是"呣詹老师"，闭口是"呣詹老师"，引得大伙拿他开起了玩笑：安言呐，你眼里那詹老师，赛过小谢，胜过你爸爸喽！

其实小谢又何尝不敬佩詹老师！第一天她和安言一块气詹老，那是不识庐山真面目。自从詹老师讲课以来，这位亭亭玉立的姑娘一下子没了那俐嘴伶牙的锐气。她泛舟在《陶雅》《瓷辨》之中，步步紧跟实物辨析，一刻也不漏掉詹老的释疑。偶尔，她和安言在筒子河边小坐，安言要是答不出她连珠炮似的鉴赏质疑，想接吻——没门儿！

再说田肃被安言一口一个"詹老师"地噎回来，索性到前面去找詹老。詹老正在欣赏一幅刚刚购进的山水扇面，田肃轻声打断了他："詹老师，二龙戏珠玉雕定给了港商，安言说是您同意的。"

"嗯，是我让安言卖的。"詹老师轻轻抬起头。

"嗯，是不是您又发现了玉上有瑕？"

"一处未见。"他放下手中的扇面。

"那珠子，您不也说是——"

"一颗罕见的大珠。"

"那怎么……"田肃大惑不解地望着詹梅如。

“也好,反正东西明天才能取走,吃过午饭,我向大家解说。”

虽然田肃完全出于责任心,没有丝毫恶意,但这消息早已不胫而走。午饭刚过,大伙就都嘁喳着聚到后院的库房前。

安言为詹老师端着一杯茶水,请詹老在院中的一张琴桌旁坐下,然后哨哨哨地敲着饭盒开道,让人从库房里取出那件玉雕。

詹老欠身站起,把眼镜往上一推,架在眉骨上,说:“大家先看这对玉龙,造型虽好,做工尚显粗糙。尤其是龙须龙尾,为何打磨得这样光滑?”人们都不约而同地凑近细看。

“这是断裂后的加工!”

果然,人们这才注意到,玉龙的须尾突兀,与其腾飞的体态极不协调,恍然大悟之后,龙雕在人们的眼睛里,顿失栩栩如生之势。

詹老又介绍了光绪年间,已无咸丰以前玉雕之精工。单是“镂空”一技,便远不如前朝。故这玉雕虽非赝品,也绝不是奇珍。

“詹老师,您不说这颗珍珠,是极为罕见的吗?”田肃更关心的是那颗大珠。

詹老一笑,又把眼镜拉下:“此珠之大,堪称传世珍品,可是你们看,”他一指那珠,“它已度过上百个春秋,是一颗风烛残年的老年珠了!”

什么?老年珠?珍珠怎么还能分出老少?何况,古玩、文物不是越老越好吗!看着人们面面相觑的样子,他又接着说:“珍珠含有机质,和一切生物一样,有一定的寿命,年轻时光泽柔润,年老就会泛出黄光。这颗珠子虽有光彩,但早已不是银白雪亮之光了。”

又是一个新奇的发现!天天都见的东西,怎么一到詹老师眼里,就会蕴藉着那么多新鲜的奥秘呢!

尔后,他让大家依次用放大镜细看,指出它的内表已经出现了层次,再过一些年,它就会剥落、风干,最后化为一撮粉末。

“‘人老珠黄’一词,不正是由此衍生出来的吗?”灿灿的阳光下,他花白的头发一闪一闪。

“詹老师,珍珠寿命不长,可《采贝集》里怎么记载了那么多有案可稽的宝珠呢?”小谢眨着秀美的眼睛,情不自禁地发问。

“你问得好。我国自汉便有合浦采珠,宋又发明了人工养珠,明朝又把养珠移至淡水,可是,谁又见过清朝以前传下的任何一颗宝珠呢?”

还问什么呢?还有什么不清楚呢?只有田肃讪讪地搓着手说:“詹老师,耽误了您的……”

“什么也没误!你问得好,小谢问得好,不肯质疑,浑浑噩噩,人还活个什么?不就成了架造粪的机器!”人们笑了,詹老也朗朗地笑了。怎能不笑呢,他心里充满了慰藉,这些青年人、中年人不都是勤学好问、锐意进取的吗!

5

常言道:金无足赤,人无完人。詹老师对人在业务上的苛求,又失之于过严了。有时他在柜台内坐累了,还常到后院、前厅兜个圈子。只要发现有聊天或是织毛衣的,他便会轻轻走到你面前,从兜里摸出件东西,不是戒指就是耳环,用平和的口气让你说明它们的成色、价值。一旦你答不出,他就用双眼死死地盯住你,直到你困惑慌乱地避开他的目光,他才会猛一转身,不屑一顾地走了。领略这种"逼视",什么滋味?还不如痛痛快快地挨顿臭骂好呢!

一天上午十点多钟,大厅最西柜台的小顾,刚刚打发走几个荷兰人,谁知怎么那样高兴,咯吧咯吧地剥开了干桂圆。巧得很,就在这时,她眼前出现了那两只令人战栗的眼睛,呵!她轻嘘了一声,甩掉了手中的桂圆皮,惊慌失措地说:"什么事,詹老师……"

"你看,这印章是什么石头刻的?"他的声音极低,而目光却极冷厉。

小顾惶惶地看着柜台上这只圆形图章,愣了半天,才稍稍镇定下来。这枚印章黑地红纹,鲜而不媚。噢,她记起来了,这是名贵的鸡血石。她伸过手去掂掂,眼睛一眨说:"这是鸡血石!"

"购进要多少钱?"

"嗯——"她咬咬中指,"少说也要五百元。"

"售出呢?"

"七百五到八百元。"

詹老这次出人意料地点点头,随后将她叫出柜台,来到后院正房的石头台阶前,两人刚一站定,他倏地一扬手,啪地把这枚印章摔了个粉碎:"鸡血石,五百元,它是块二分钱不值的软化石!"

看着地上的石屑,小顾捂着双眼的指缝间,淌出了两串泪花……

也许有人会说,詹老这不成了刁顽的管家婆婆?——错。除了诲人鉴赏、督人学习,别的事他绝不染指。一次,田肃见詹老上楼去取东西,突然想起拖把全晾在阳台上,就请他顺便带下一把。不想詹老顿时脸色绯红:"我不是勤杂工,凡是顺便之事,即便是以逸代劳,你也不要找我!"在场的人先是一惊,而后却颇感他的话对。星星那么多,却纷然而又有致;地表那么复杂,经纬却如此分明。人们的工作若没有明确的分工,怎能会有委婉而铿锵的节奏!

是的,在溯源阁里,生活越来越井然有序了。要通过考试另选经理,谁又何尝不想一试呢!提起这件事,最关心的莫过于杨宣林了。上面要求尽快把基层班子调整完毕,可老杨一催到詹梅如头上,他就给你句"别急",用他的话说,物色鉴别文物的人才,不是任命菜站经理。可不是吗!报上呼吁了多少次,由于没有知识,有的冶炼厂熔化周代铜器,多少唐、宋字画被人当废纸卖掉、或付之一炬,这不简直是对炎黄文明的践踏、蹂躏!

不过，在老杨三天两头的催促下，詹梅如终于决定用当众考试、当场任命的办法遴选经理。他提出三个条件：一向社会开放，允许各方人士应聘候选；二是出题、阅卷他都不参加，只要最终的裁定权；三是经理为合同制，任内如出现鉴别差错，轻则赔金解雇，重则承担法律责任。老杨眼见当前日新月异的变化，觉得詹梅如的条件并无任何出格之处。不过是当了一阵顾问，活泛了一些。不出题、不阅卷，所为何来？——避嫌而已。这不是更好吗！

6

两星期后，经笔试初选，共有四人获得鉴别实物的复试权。优胜者也真为詹老争气，有三人是他的学生：田肃、安言和小谢。还有一个，是铸造厂一位叫吴之的青年。

秋风飒飒。下午六点，文物局大厅里已坐满了三百人。凡是与鉴别文物有关的人谁肯放过这大开眼界的机会！当杨宣林和詹梅如在正中长桌左右坐定时，人们静下来。果然，两位主考老师，又矮又驼的姜贤明和高鼻深目的徐永平与考生同时入场了。他们来到长桌前，对面而坐。徐老师宣布了考场纪律，决胜的战幕徐徐拉开。

长桌上那只多宝格打开了，随着一阵软纸声响，一个径长一尺的珐琅盘被轻放在桌上："谁能鉴别这只盘子的年代？"问话的是徐老师，那位驼背的小老头，从一坐下就闭上了眼睛。

考生不约而同地盯着这只盘子，又依次对它细摸慢捻。四周的观众也能见到这只盘子正中绘着一朵娇艳的牡丹，在盘边一道金边镶裹之下，显得格外富贵、锦绣。

熬了好多个通宵的安言抓抓蓬乱的头发，咽下一口唾沫，刷地站起来说："这是明代嘉靖珐琅盘，其掐丝的潦草、花朵和瑰葩都具有嘉靖特色，烧制在公元一五二二至一五六六年之间。"

"说它是宣德之作，又怎么不成呢？"

"宣德珐琅，还没有出现烧釉中的粉色。"他手指微颤着指向盘心。人们会意地点点头。

"要说他是景泰之作呢？"徐老师闪着两只又大又黑的眼睛，扬眉又问。

"我说，"小谢站起来，"景泰制品掐丝自如，工而不草，细而不潦，绝无嘉靖潦丝的渲泄之风。您会把它当成景泰之作吗？"她微含下颌垂下眼睑。

反诘主考老师，这是什么功夫！人们看看詹老，他静静地坐在那里，一动不动。而杨宣林呢，他在考生进场的刹那，先是一怔，而后坐在椅子上，始终用手紧紧地掐着上衣的第三个钮扣。现在，他放下手来，靠在松软的椅背上。

徐老师又从格内抽出一只大小相仿的盘子，直接递给田肃："请你鉴别它的朝代。"

田肃接盘时双手一颤，深深吸了口气，又小心地将它一转，恭恭敬敬地放在桌上，说："这只秋菊临风盘釉色富丽，花纹纤巧，仅凭上面的藕荷宝光，就可以说明它必是乾隆制品。"

这时，那位驼背的姜老师，才第一次抬抬眼皮，示意把盘底翻开。徐老师把两只盘子扣在桌子上，果然落款与三人辨析无误。

徐老师让吴之回答的问题，是概述明清珐琅的区别。但见这个小伙子年龄不过二十七八，宽额头，宽肩膀，洋溢着虎虎生气。他冲老师点点头，说："珐琅起源于明，至清发展到炉火纯青的水平。单是掐丝，就有细丝、粗丝、匀丝三种，都是明所不及的。其二是清代珐琅五彩斑斓、浮光跃金。三是清代制品或小巧、或宏肆。依此三项，明清珐琅顾盼可辨，触手即分。"

毫不逊色，他与前面三人可说是平分秋色。

詹梅如坐在那里，始终没有变换姿势，而靠在椅背上的杨宣林却又抬起两臂，把双肘架在桌上，他轻轻嘘出一口气，解开颈前的领扣。

四方砚台又出现在桌上，徐老师要求考生回答出这些砚台各由什么石料制成。

这次，稳重的田肃率先站了起来，他擦擦光脑门儿上浸出的细密汗珠说："端砚体秀而轻、质刚而柔，这四方砚台都有这个特点，所以它们全由端石制成。"他像个孩子，一字一句地回答。

这言简意赅的回答又紧紧攫住了大家的心。

"吴之，你以为哪方砚台最好？"徐老师突然叫起了吴之。

吴之一欠身，用粗糙的双手捧起一方砚台。他高高举起，尽量让人们看得清楚。只见这方砚台上有红、黄、白、紫等七颗石眼，排列如北斗七星，浑然天成。大家正在惊叹，吴之已开口说："石亦有眼，巧夺天工；红为丹砂、黄为象牙。或孤标而双映，或三五而横斜；像北斗之可贵，惟明莹而最佳。所以这方七星砚台，价值连城。"他信手把砚台送回原处。

"清砚雕工最精，怎么没有一刀刻痕？"徐老师接着轻声再问。

"它已完美到无艺可施的程度，何须再去画蛇添足呢！"

全场惊得没有一点儿声音，七星砚人们没见过，这样高深的辨析更令人折服……

寂静中，"嗤"的一声，杨宣林划着火柴，点上一支烟。他的右手刚才始终揪着胸前的第三个钮扣，现在，索性把它解开了。

"考场内禁止吸烟。"詹梅如轻唤一声，向杨宣林投来两道犀利的目光。杨宣林悬在半空的手一颤，讪讪地把烟掐灭了。这是怎么回事？人们一下子惊呆了。

徐老师及时圆场，他又向安言、小谢提出问题，马上岔开了这尴尬的局面。

……

这一轮比试，仍然难决高下。

人们的目光又情不自禁地投向詹梅如和杨宣林。詹梅如还是端端正正、不动声色地坐着。杨宣林左手抠着桌沿，右手还在搓摸着第三枚钮扣。杨局长的神情竟比应考者还要紧张，怪！奇怪……

突然，徐老师挥挥手，又把一只方瓷盒放到桌上。瓷盒盖上绘着一朵紫色蔷薇，四壁上竟绘有四幅圣经故事图。人们新奇地看着它，这是今天的工艺品，还是进口的外国货？

“请回答，这是什么瓷器？”驼背的姜老师费力地扬起头，拖长声音第一次发问。

静了足有一分钟，吴之刚一欠身，却被安言抢在前头：“它不是文物，”他逡巡着看了看姜老师，“它是——，当代的艺术瓷器！”这猛然的抬高嗓门儿，似乎表现他成竹在胸。

全场没有反应。杨宣林焦急地把目光移向小谢。

站起来的却是田肃，以夺魁者的目光扫了一眼吴之，说：“我看，这是外国进口的洋釉瓷……”他看着姜主考，口气像是商量和询问。

“不对！”吴之倏地站起来，虎虎有生气，“它既不是新瓷，更不是洋瓷，而是十八世纪远销世界的外销瓷！”

外销瓷？好陌生的名字！人们喊喊喳喳。詹梅如看看吴之，又垂下眼睑。杨宣林扭着衣扣的手慢慢抽下，紧紧抓住了右膝。

吴之详细地论述了这只瓷盒的断代，姜老师却闭眼摇头说：“既是外销，怎能出现在我们手中？”随着一个“中”字，他猛又睁开眼睛。

“这正是它极为珍贵的原因，鸦片战争之后，洋人把爱不释手的外销瓷又带回中国，这种倒流瓷器，便成为我国罕见的珍品。”他泰然自若地与主考对视着目光。

“瓷盒怎能上下开光呢？”徐老师紧跟着又问一句。

“乾隆洋彩，盒则锦地开光，瓶则黄地花朵，这正是我判定它为外销瓷的第六个原因！”不等老师再问，他竟向众人点点头，款款地坐下了。——确实，两位主考互相对视了一下，没再提出任何问题。

考场上静了片刻，才又发出了沸沸扬扬的声音，技高一筹的是吴之，谁能不这样认为呢！

两位主考的目光一起移向詹梅如，他微笑着郑重地点了点头。可是，就在这时，杨宣林率先站了起来，他半张着嘴，刚“哦”了一声，不料詹梅如却扬起左手，右手中指戳住左手的掌心——结束了。他要行使最终的裁决权力。

人们都看着詹梅如。他稳健地站起来，系好领带和扣子，满脸喜悦地走到四位考生面前，扶扶眼镜，环顾了一下大厅，说：“田肃、安言、谢丽燕是我的好学生，我准备再带他们三年，使他们成为博闻强志的鉴赏人才。至于吴之，”他走过去抚住他的肩膀说，“本名詹吴之，他，是我的……儿子！从八岁起，便跟我跋山涉水考察文物窑址，跟我学了二十年的鉴赏知识。他，做溯源阁的经理，是当之无愧、万无一失的！”

啊！

……

7

人流从大厅中涌出来，詹梅如让自己的儿子应聘，亲自裁定他做经理，理亏吗？徇私吗？不，都不。只不过——何必他自己非抢着宣布呢……初秋的夜空像蒙上了一层淡淡的薄纱，透过这层薄纱，人们寻觅着星星的眼睛。啊，隐隐约约、朦朦胧胧，看清了，终于看清了，或远或近，每颗星星都向人们闪动着愉悦的眼睛……

夜，好长的夜！杨宣林疲惫地躺在床上，怎么也合不上眼。这是詹梅如设下的圈套？不，一切都是光明磊落的。可自己，犹犹豫豫地怕什么呢？从当了文物局长的那一天起，"避嫌"也就应运而生。"避嫌""避嫌"，为了避嫌，当断不断的事情自己做了多少呢……一年前，当詹梅如推荐吴之的时候，他当即婉言谢绝了，这——不外乎自己是老詹的好友，吴之又是他的儿子。当时，自己是为他考虑的。可是呢，不是马上联想到自己吗……

"古人尚能外举不避仇，内举不避亲。我们怎么就不成呢？在裁定吴之的时候，我眼中的他，只是一个出类拔萃、独拔头筹的鉴赏天才，从没想到他——是我詹梅如的儿子！"

杨宣林的头嗡嗡响，他坐起来，点上一支烟，重重地吸了几口，又深深地吐出来。真是的，"外举不避仇"做起来倒容易，它的内涵既丰富又饱满：有开阔的胸襟、有无私的情怀；有故作的姿态，也有虚伪的收买……"内举不避亲"呢？难哟！它像一个受人凌辱的女妓，黑暗里，有多少人亲她、抚她、搂她、抱她，可是，一旦在光天化日之下，她却受尽了鄙夷、唾骂、鞭挞！——唯有詹梅如，敢于光明磊落地与她同在，敢于在大庭广众之下为她讴歌！

什么是不徇私情，什么是忘我的献身？做了四年文物局长的杨宣林仿佛在今夜，才悟出了它的一点儿真谛……

觅

1

把认领的文物全部装上卡车，爸爸像变了一个人。沉默，仿佛他心中的一切怨忿、惋惜、郁闷、懊恼，都闭锁在沉默——这一感情表达的方式之中，陶然早已感觉到了，怎能觉不出呢？爸爸是多么渴望找回自己毕生搜集、珍藏的文物！

可是……

好长时间以来，爸爸多次和查抄落实办公室联系，但事情并不如想象得那么顺利，爸爸把被抄去的一百六十四件文物清单多次拿去核对，对方总是给以颇吊胃口的回答：大部分东西仍然保存完好，一俟查找告一段落，马上物归原主。

昨天，当查抄办来了通知，让爸爸于今天上午去认领东西的时候，他兴奋得简直像个孩子，手舞足蹈地说："陶然，等把它们拉回来，咱们全按原来的样子摆，我一件一件地教你甄辨，让你这个学物理的，也长点儿鉴赏文物的细胞！"

可是，刚才他和爸爸来到封存查抄物资的仓库——就是那座旧天主教堂门口的时候，爸爸兴冲冲地一脚迈进去，立刻痴呆呆地愣住了。他摘下琥珀框架的花镜，缓缓地把整个大厅巡视了一遍，那些五光十色、华美贵重的东西使他那双深邃的眼睛暗淡无光。尽管他还没走到每一件东西面前细看，但直觉，使他嗅到自己毕生珍藏的文物已所剩无几，其中还有不少因磕碰、损坏而大大降低了它们自身的价值。

终于，他还是移动了那沉重的步子，在大厅中悻悻地转了一圈。包括道光年间的家具，总共认领下五十二件文物。尤其是陶然看见，当爸爸打开一只紫檀木砚台盒，一眼见到他最珍爱的那方"奔龙暖砚"被摔去了一个龙头的时候，一下子闭上了眼睛。他从盒中取出那方石砚，用手轻轻捻着、捋着、搓着，然后把它贴到脸上，又紧紧地搂扣到胸前……

十九年前，仅仅七岁的陶然尽管不懂得家里的家具、字画、瓷瓶是什么文物，即使是现在，他也认不出到底哪件东西是爸爸珍藏的，但这方砚台，他记得清清楚楚……

秋高气爽。口号声，马达声，吼叫声……三个二十多岁的年轻人带着十几个红卫兵呼啦一下闯进院门，爸爸愤愤地站在院中，眼巴巴地看着他们把瓷瓶、陶马、铜镜、家具一件件搬到院中，又砰砰嘭嘭地扔上汽车。爸爸紧紧地攥着衣角，几次想要张嘴，却只是咽了几口唾沫，一句话也没说出。但在院外汽车起动的刹那，他腾腾腾地跑到街上，瞪红了眼睛，大声吼道：“我，记住你们那些东西，都是我的，我的，我的！总有一天。你们得把它给我送回来！”

开车的司机是个三十来岁，脸色黑黄的汉子。他噌地从驾驶室跳出来，翻身上到车斗上。捧起一只绘有六对蝴蝶的瓷花瓶走到爸爸面前，揶揄地看了他半天，倏地一松手——砰！……

“闭上你的嘴，看见没有，现在，我就可以一件一件地全还给你！”爸爸浑身一阵抽动，一颤一颤地猫下腰去，捧起一捧五颜六色的瓷片，泪水在他的眼眶中萦回，他佝偻着身子，极慢极慢地站起来，刚要把手中的碎瓷向那家伙脸上掷去，但对方那双咄咄逼人、杀气凛凛的黑眼睛使他畏缩了、心悸了。正在这时车斗上的人又举起一只三彩陶马：“胡师傅，接住这个，再听声响儿，真脆！”

爸爸哗地把手中的瓷片甩到地上，托住那人的胳膊，说：“别，我不要了，还不成？千万，不要再摔……”

黑黄脸的汉子垂下眼睑，鄙夷地向爸爸一乜，蓦地看到他兜里鼓鼓囊囊地还揣着什么，信手伸进去一掏，原来是只小木盒。他把盒盖打开，一方四角雕龙的砚台在灿烂的阳光下熠熠发光：“好小子，还藏着这玩意儿，怎么不交?!”

扑通一声，爸爸竟给那人跪下了，他死死抱住对方的腿说：“同志，这是家父，我的爸爸最喜欢的一件东西。你们，把它给我留下吧……”

“扯臊！”司机抬腿一甩，爸爸一下倒在路边。陶然跑过去搂住爸爸的脖子，大声哭起来：“爸，爸，我怕，我怕，你千万，别再要了……”

爸爸跪在碎瓷片上的双膝被扎破了三个窟窿。多少年来，每当陶然看到爸爸腿上的疤时，那方砚台就在他的眼前晃动，晃动……

2

对于爸爸的沉默，陶然是理解的。可是，如果一件东西也认领不回来，家中被抄的一切都在浩劫时被毁坏，这笔账，又能找谁去算？更何况，这样的事，多了去啦！

看着爸爸压抑、惶惑的样子，陶然总想去劝一劝，正如他自己所说，这仅剩下的三分之一，不也能值上很多钱吗！

花了好几天工夫，陶然请来了同事帮忙，把紫檀木的架几、条案、镶螺钿的琴桌、立柜，经过精心的布局，摆在这所四合院的三间正房里。再把景泰蓝瓶、芙蓉花插、三彩骆驼错落有致地摆在上面，三面墙壁还挂起乾隆铁花、八大山人的《鸣禽图》、唐寅的《云起》扇面，那真是琳琅满目、古色古香的一个小型“珍宝馆”。谁见了不冲陶然挑大姆哥：“嘿，你们老爷子给你留下的这点儿家当。没了治喽！”陶然暗自得意，心想，要是茵茵见了，她又该作何感想呢？

可爸爸，既无雅兴观赏，自己也食了言。直到认领东西的前一天晚上，爸爸还对陶然说:“我和你爷爷当初收集那些文物的时候,全凭的是一双眼力,坑蒙拐骗的事情,一件也没干过!等明天把东西取来,我挨着件地给你讲讲它们的来历,可有意思哩!”

现在,东西不但认领回来,陶然还都一一把它们擦拭干净,摆放得舒舒展展。但爸爸却很少开口,甚至没有心思多看一眼。当然,可能最珍贵的文物失去了三分之二,那方石砚又摔掉了一个龙头,对一个集珍如命的人来讲,谁能体会得到他那颗淌血的心是什么滋味呢……

其实,爸爸更钟爱的是他,陶然。解放前,爸爸在北大文学院念书的时候,就受爷爷的影响,爱上了集珍、考古。爸爸常讲,只要有空儿,他就和爷爷到玻璃厂、青山居、鼓楼旧货市场转圈子。花不了几个钱,常能买到唐三彩、汉玉雕、战国铜器、名人字画。那是因为他俩有常人不可企及的慧眼。解放后,爸爸——陶伯潜,在文物考古界是鼎鼎大名的。他除著述了《金石大全》《哥窑初探》《磁州窑考》等书,自己收集珍品的雅兴不减。直到一九六六年,家中价值几十万元的文物被洗劫一空不算,他还成了文物界的反动权威,每月只发给生活费十五元。妈妈离开了这个家,陶然呢,只得被送到山西的姑姑家抚养。七零年,十二岁的陶然就进了平遥的一个采石场。在一次采石中,他小小的左手握不住铁钎,右手一下去,把左手中指的两个骨节砸得稀烂。三天之后,爸爸从北京赶了来,捧着他那个缺了两节的中指,一个劲儿地用嘴吸吮:“爸爸对不起你哟……”陶然觉出,一串串滚烫的泪水滴到自己的脸上、头上、颈上……

一个星期之后,爸爸把他带回了北京。为了给他买书、买本、交学费,爸爸每晚偷偷溜到一个建筑工地去当壮工。八点到十二点,报酬三角五分钱!就这样,爸爸和他相依为命,供他念下了初中。

前年春天,上面刚刚传出退赔抄家物资的决定。爸爸回来后立刻抓过陶然的手,摸着那突兀的中指说:“陶然,抄走我的文物要能找回来,你一定好好保护它,爸爸老了那是给你留下的一笔遗产噢!”

陶伯潜是老了。尤其是领回文物的这几天,他显得又老了许多。虽然他刚过花甲之年,可满头已是雪白的银发。脊背微隆,走起路来小腹却极不协调地又往前送。岁月,使他的身躯缩小了,扭曲了;岁月,使他的皮肤失去了光泽与弹性。

陶然看着他这几天的样子,实在憋不住了,吃过晚饭,把爸爸搀到这间小小的“珍宝馆”里,磨着他说:“爸,你不说让我长点儿文物鉴赏的细胞吗?我看条案上的大理石插屏,天然生成一帧大写意般的山水画,你讲讲,是哪位名家的作品?”

陶伯潜看看他,又瞄瞄那架红木为框的大理石插屏,眉宇间现出令人难以揣度的凄凉、惶惑,扶着琴桌站了半天,才淡淡地说:“以后,我哪天闲下来,再细细地给你辨析。”

闲下来?他不一直在家里撰写《佛教与青瓷装饰的联系》这篇论文吗!他对迫不及待而津津乐道的东西如此淡漠,奇怪,太奇怪了。

他看着他那鬓边的银发和泪囊肿胀的眼睑，大声说:"爸，这几天你是怎么啦？我们所里的沙工程师，他家在浩劫中被抄走了四十二根金条，直到今天，一根也没找到，人家怎么着？不比咱家更倒霉！"

"是呀，这样的家庭，肯定少不了……"他从摆放文物的正房踱出，这仅有的文物，在他眼中失去了点化灵犀的神韵，五彩斑斓的颜色，从认领回的那一天起，他竟然没有再面对面地赏析过一遍。

"爸爸，"陶然跟着他走出来，这样下去，好事不倒成了坏事，十九年都过去了，何必还让失去了的东西和记忆中的痛苦困扰自己呢！他把一只藤椅从西厢房搬出，让爸爸坐下，"知足者常乐兮！您常说自己是劫后余生，这些艺术精品被保存下来，不也同样是万幸了吗？"

老人翕动了两下嘴角，一言不发地闭上了眼睛。

"那方石砚尽管缺了一个龙头，但它毕竟又回到您的身边啊！"十九年前的那一幕，他印在了心里，认领会上爸爸刹那的失态，使他更了解他对这方砚台的钟爱。可是，忧郁、愤恼又能解决得了什么问题呢！

"不，你不要说了！……"他浑身一震，紧紧抓住藤椅的扶手。

陶然也随之一震，多少年来，自从妈妈离开这个家后，不管爸爸心绪多么不好，可从未对自己发过这么大的脾气。他讪讪地转过身，郁郁地退到自己房间里。

仲夏，灯光也会使周围的热度升高。陶然躺下了，陶伯潜躺下了。这寂静的小院中，只有蟋蟀的低唱，油蛉的轻吟，淡淡的月光下，地面撒满微微晃动的树影、花影……

突然，正屋的灯光亮了，它晃醒了刚刚入睡的陶然。他从床上坐起来，轻轻拉开窗帘，啊——爸爸，爸爸终于耐不住了，他在夜深人静的时候，去观赏那幸存下来的珍品，这是他毕生心血的凝聚啊！兴奋夹着好奇，使陶然悄悄溜出自己的房子，他轻轻走到正房窗下，看爸爸慢慢走到那只雕花立柜前面，打开柜门，小心翼翼地捧出那只紫檀木的盒子。尽管这方砚台掉了一个龙头，可爸爸最喜欢的还是它！不然，他怎么单单从柜里拿出了它呢！

灯光下，爸爸头上的银发丝丝闪光，他踯躅着抱住这只砚台盒，把它轻轻放到镶螺钿的花梨木八仙桌上，注目凝神，看了好半天，把盒盖轻轻捧起极为谨慎地把它放翻，光是看那盒盖，就盯了足有五分钟。然后，才把那方石砚从盒子里抠出来双手捧住，又像在认领会上一样，突然把它抱在自己的怀中……

爸爸告诉过他，这是一方松花石砚，色泽深绿，纹细如丝，细腻温润，坚硬质密。这次从认领会上取回，他背着父亲又从柜中拿出看了多次，只见那方砚台四角的龙头，个个探足昂首，伸颈张颌龙口雕刻既是装饰，又能做贮存清水之用。龙尾置于砚池，既怡然自得，又如倒海翻江。砚底还刻有十八个字，寿古而质润，色绿而声清，起墨益毫，故其宝也。

这样的东西竟被摔掉一个龙头，爸爸怎能不为之痛惋、遗憾！

好久，好久，爸爸才把那方砚台放下，双手平托盒盖，把它移近，又把它推远，浑身竟然不由自主地战栗起来，满头银发随着身体的瑟索而晃动。隐隐约约，在雪亮的日光灯下，他看见爸爸的脸色苍白，额头上沁出了细密的汗珠。

他哐当一声推门进去，托住了爸爸的胳膊："爸你不舒服？"

3

爸爸病了，正在撰写的论文中断了好几天。

茵茵前几天忙着电大的期末复习，一个多星期没到陶然家里来。直到今天考完最后一门空间解析她才知道陶伯伯生病的消息。待陶然带茵茵到爸爸的房间问候他的时候，老人已经好多了。他慈祥地看着茵茵，笑吟吟地说："没事，好多啦，你们去玩吧！"

每次，茵茵到陶然家里来玩，陶然不是和她到后海边上散步，就是把她引到自己房里喁喁私语，两颗青春的心循着一个频率跳动，有说不完的悄悄话！今天他却把茵茵径直领到布局一新的文物"陈列室"里。茵茵还没看过呢，应该让她大吃一惊。

茵茵确实目不暇接了。锃亮的紫檀木桌椅，千纹万华的景泰蓝瓶，引颈长啸的三彩骆驼，晶莹剔透的羊脂玉山子，这一切，她仅仅在故宫里见过。万也想不到，陶伯伯家当年被抄去了这么多好看的东西。她用手摸摸插屏上的大理石，好光哟！有山有云、有雾有霞，用鼻子闻闻那笑眯眯的大肚弥勒，好香哩！她托在手心上，问陶然说："什么东西做的，怎么这么香？"

"檀香木的，屋里放上它，永远是香喷喷的！"窗外，月光溶溶，陶然凑近茵茵，勾起她的小指。

茵茵冲他挤挤眼睛，把手抽回来，兴许，陶伯伯就在窗外呢！她指着墙上四扇硬木为框，用铁叶制成的挂屏说："这是什么？真好看。"

"爸爸过去说过，那叫铁花，是清代兴起的宫廷装饰。"对于文物，陶然在茵茵面前，像个十足的行家。

"什么叫铁花？"茵茵睁着秀美的大眼又问。

"爸爸过去说过，"为了使自己的立论可靠，陶然言必称"爸爸过去说过"，以此引经据典，"从前苏州有个铁匠，特别羡慕那些画家。可画家们看不起他，他一凑上去看他们画画，人家就说：'去去去，你懂什么，打你的铁去吧！'那铁匠一赌气，以铁为纸，以锤为笔，砸出了千姿百态的无数朵花。后来乾隆皇帝知道了，把他召进宫里制做铁花，从此，这门工艺诞生了。"

"真是这么回事？"茵茵探着挺拔的腰肢贴近墙边去看，四扇挂屏上是松、梅、竹、兰四种铁花。它们神态各异，舒展自如。尤其是凸出于框架的枝杈叶片，在白绢为衬的掩映下，有着极强的立体感、透视感。

"我真想，掐下一朵梅花！"茵茵被这精美的艺术陶醉，禁不住伸出手去。

“嘘——!”陶然一下拽住她的胳膊,“别动,这都是爸爸的宝贝,碰坏了,他会心疼死的!”

“瞧你说的,哪儿有那么严重!”茵茵的手被陶然抓住,娇嗔地转过身来。

“严重?当然有那么严重!这些东西,全是爸爸的命根子!”他牵着茵茵的手,把她拉近自己身边,然后又走到那只雕花柜前,信手拉开柜门,从最上一层取出那个紫檀木的砚台盒,递到茵茵手里:“拿好,仔细看着,爸爸的病,就是为了它。”

茵茵托着这只砚盒,定定地眨了半天眼睛,忽然像捧着一只烫碗,匆匆两步跨到八仙桌前,倏地将它放到桌上。

“你看,这是爸爸最喜欢的一件东西,可是……”他学着爸爸的样子,小心翼翼地把镶着五色玉石的盒子打开。

“啊!这是……”茵茵睁大眼睛,突然往后退了一步,心,突突突地一阵急跳。

“爸爸从前说过,这种松花石砚,全是宫廷御制,件件是传世砚台,把砚底翻转到上面,你看,还有‘康熙御铭’的年款呢。”

“我知道,你放下……”茵茵涨红了脸,她紧紧压住自己的胸口,想减缓自己急促的呼吸。

“茵茵,你,怎么了?”陶然赶紧放下石砚,焦急地看着神态异常的茵茵。

“不,没事儿……”茵茵脸上的红晕稍退,她掏出手绢擦擦自己的前额,慌乱地避开陶然那双深情而关切的眼睛,“陶然,我要回去,我突然感到,有些头晕……”没待陶然做出任何反应,她也没再到陶伯伯屋告辞一声,转身从屋里出来,急匆匆地跨出了院门。

陶然木木地愣在那里,这是怎么回事,茵茵到底怎么啦?……

4

万也想不到,陶伯伯家的那方石砚,竟伴着茵茵,度过了十八个春秋!使陶伯伯生病的原因,正是因为她摔掉了砚角上的一个龙头!

天!……

十九年前,六岁的茵茵晚上被妈妈从幼儿园接到家,刚好上初一的哥哥林洁从学校回来了。他手里抱着一只黑亮黑亮的小木盒,盒盖内外还嵌着五颜六色的小石头。哥哥打开盒盖,里面是一块长方形的深颜色石头。石头四角,四只张开大嘴的龙头可以装水,而且四只龙头在石头下还被孔洞沟通,从一个龙口灌水,从另三张龙口处可以流出来。当哥哥把这个小玩意儿放在脸盆内,让“龙”喝水的时候,茵茵高兴地拍着两只小手说:“真好玩,真好玩,哥哥给我!”

妈妈一把抓住哥哥的胳膊,问他这是从哪里拿来的。哥哥翻翻眼睛,噘着嘴告诉妈妈,学校的车棚里堆了好多好多瓶子、罐子、坛子、盒子,他看这方砚台的龙头能喝水,旁边恰巧还有一个极好看的小木盒正好能放它,就把它们一块儿拿到家里来。妈妈听完,瞪着眼睛让哥哥送回去,可哥哥说,这是红卫兵团总部的贺老师让他们拿的,别的瓶子、罐子都没用,可是这些石砚,可以让我们红卫兵研墨练字,写大字报。

妈妈没有再说话,这时,茵茵一把抢过了砚台:“我也要写大字报,我要大龙喝水玩!”

从此,这方砚台竟跟了茵茵十八年。上小学后,不管哪个同学到家来,她都要打开砚盒,从一只龙口中滴进水去,让人家看看怎样从另外三只龙口里把水吐出来。后来,她考上了育红中学,初一要开大字课,她兴致勃勃地把这方砚台带到学校,来到教室刚刚打开盒盖,那个最淘气的季伟一下就抄起了那方石砚:“快来看,快来看,这上边还有四条小龙呢!”

同学们呼地一下围过去,这个抢,那个夺,茵茵大声嚷道:“拿过来,这是我的东西!”随着话音,她伸手一薅——啪啦!光洁的石砚在汗湿的手上一滑,一只龙头摔掉了。

从此,她再也没有动过这方砚台,在写字台的抽屉里一放,整整又过了十年。前年,单位里传达了退还查抄物资的通知,茵茵立刻想到了这方砚台。可是,哥哥早已调到江西工作,自己实在不好意思把它交到查抄政策办公室去,再说,它也确实不是自己拿回家的啊!

对,她决定了谁也不告诉,悄悄把这件东西邮寄到查抄物资办公室,姓名和地址完全是虚构的。邮包寄出了,从良心上,她得到了一点儿宽慰,可是她又时时为此而负疚,它的主人到底是谁?见了它会有多么伤心哟……

万也想不到,主人就是陶伯伯,为了它,陶伯伯还生了病,——上帝!

茵茵的心里是苦的、酸的、涩的?她自己也说不清楚。这件事情要让陶伯伯知道了,那简直太可怕了。如果陶然知道了,又将会出现什么样的局面?她,是那么深情地爱着陶然!

穿过北海后街的一条小巷,突然刮起一阵习习的小风。茵茵的脚步慢下来,夏夜的云,是那么淡;夏夜的星,是那么稀。怎么办?要么把这件事终生埋葬在心灵的深处,要么——怎么办呢?

5

事情来得那么突然,爸爸决定,把刚刚认领回的文物统统交到文物局去——捐献。无论陶然怎么劝,陶伯潜都紧紧地闭住眼睛,一句也不听。这到底是怎么回事情!?

几天来,在计量所工作的陶然,竟连着在两项实验数据中算出了错误。他的心乱得像一团撕不开、扯不断的细麻。前两年,他从未考虑过什么查抄物资的退赔,更没考虑过爸爸的什么遗产,这一切,都是爸爸自己向他说的啊!再说,这是爸爸钟爱了一辈子的东西,盼了那么久才索回这仅有的一点点儿,可为什么爸爸又要献出呢?

当他把这个消息告诉茵茵的时候，茵茵惊恐地睁大了眼睛，好半天，才怯怯地问："是不是因为那只，被摔坏了的石砚？"

他沮丧地摇摇头，不知道，什么他也不知道。

"因为伤心，常常勾起他痛苦的回忆，所以索性，他就一件东西也不愿看见！"茵茵不是在问，而是迅速地演绎、推理。

"他……"无论如何，陶然也咂摸不出爸爸的心思。

"这其实，全应该赖我的……"茵茵用手捂住了眼睛。

"赖你，这与你有什么关系？"陶然抓住她的双手，轻轻从她脸上拿开，怜爱地看着她那两只哀伤、美丽的眼睛。

两串晶莹的泪花，洒溅到茵茵那藕荷色的连衣裙上。

爱情有母亲般的胸怀，她那么宽厚，那么温馨，她能弥合所有沟壑，使一切不幸泯灭……

陶然惊讶地听完茵茵抽咽着叙述那只石砚的厄运，不但没有暴怒与怨忿，反倒紧紧地抱着茵茵的头，让她贴近自己的胸口。怨谁呢？茵茵、她哥哥、红卫兵团的老师、还有那个黑黄脸的汽车司机？谁也怨不得。他们都受了浩劫的愚弄、"革命"的把玩，是这场运动的策划者，至今还使人们品尝着这丝丝缕缕的苦涩！

"陶然，你还爱我吗？她仰起忧伤的眼睛，看着他散乱的头发，双手揉搓着他那根畸形的伤指。

"茵茵，在我的生活中，我永远不会接受历史导演的悲剧，它不过，是跟我们开了一个小小的玩笑。"他猛地捧住茵茵的头，在她那轮廓清楚的嘴唇上，罩住一个长吻。纯真，使茵茵更新鲜、更美丽！

静静的什刹海内，满湖的荷叶连成一片，一朵朵含苞欲放的莲花，似笔直的令箭，像倒悬的朱笔，点缀在碧叶连成的绿毡中。晚风带着藕香，从这怡人的湖面拂过，四处弥散着她的芳馥……

很久，很久，这对恋人的臂膀松开了，四只手紧紧地握在一起。他们互相凝视着对方的眼睛。

"陶然，这件事情我还要和陶伯伯说，不然，良心会使我一天也不得安宁。"皎洁的月光下，茵茵像一尊圣洁的玉雕。

"那……很可能……"陶然又陷入了迷惘，很可能，爸爸会怨恨茵茵一辈子！他俩还怎么和爸爸一起生活？也可能，爸爸会谅解茵茵，就此放弃捐献文物。可是，可能吗？一旦茵茵和爸爸讲清，他要从此不让茵茵再登家门呢……

茵茵看着陶然那游移而惶惑的眼睛，轻轻站立起来。她娉娉婷婷，像一朵刚刚出水的芙蓉："我知道，你是爱我的，"她轻轻拉住陶然的胳膊，让他面对面地和自己站在一起，"我希望，我祈祷，陶伯伯也会像你一样，永远地爱我。"刹那间，她那好看的嘴角绷紧了，那么深沉，那么严峻。

"可……"迷惘，他仍然不知所措。

“走吧，”茵茵一挽他的胳膊，“明天晚上，我到你家去，把一切都和陶伯伯说清。”

6

一切——又是那样突然、意外。当陶然和茵茵匆匆跨进院门的时候，三间北方内空荡荡的，一件东西也没有了。

陶然三两步赶到爸爸书房，忽地推开了门：“爸爸，那些东西，都上了哪儿?”

陶伯潜坐在象牙白色的沙发式藤椅上，端起一只盖碗，用碗盖轻轻撇撇浮在上面的茶叶，他的脸色，比前几天好了许多：“昨天我就和单位联系，今天下午，文物局派了汽车，我把领回的一切，都让他们拉走了。”

“爸爸，你怎么……”毕竟，太突然了，震惊之余陶然还有些忿忿。爸爸多次捧着他的手指，说要给他留下领回的文物，那是一笔遗产，可是这突如其来的变化，是多么令人不可思议的啊!

“陶伯伯，您不愿再见到那些触发隐痛的文物，又统统把他们捐献给国家，这一切，都是因为我，摔坏了您的那方砚台!”茵茵再也抑制不住自己的感情，她单腿跪在陶伯伯身边，痛楚地埋下了头。

“什么，那只奔龙砚是你摔坏的?”陶伯潜正正身子放下茶碗，拉着茵茵的胳膊，让她站起来。老人眼中闪过一重深深的惋惜，但并没有陶然、茵茵想象中的震惊，愤怒。

“那还是，在十九年以前……”茵茵愧疚地、轻轻地述说了她经历的一切。陶伯潜始终倚靠在沙发上，静静地闭着眼睛，均匀地呼吸着，一动也没有动。

“陶伯伯，您，能原谅我吗……她抬起泪眼，瞥瞥北面那三间空荡荡的房子，这一切怎么挽回？怎么可能再挽回呢!

“茵茵，”陶伯潜睁开眼睛，花白的眉毛下，她第一次见到他眼神的凛冽，蓦地，她打了一个冷战。他弯弯嘴角，正视着她的眼睛，“你，没有错，历史能造就出英雄，也能使成千上万人变成盲人、玩偶、奴隶，何况你还是个孩子，并不知道那方石砚的价值。”

茵茵激动地扬起头：“陶伯伯……”她的眼里涌出泪花——哽咽。

“你把砚台寄回，孩子，你有颗金子一样的心噉……”他突然顿住了，然后拉开写字台的抽屉，捧出了那只砚台盒。

咦——！爸爸还是把这件最心爱的东西留在了身边！他俩屏住呼吸，惊得瞪圆眼睛。

一只颤抖的手把那只紫檀木的盒子打开了——空的！根本没有石砚，这到底是怎么一回事情!

“茵茵，你哥哥在学校的车棚里，挑走了我的石砚，又选了这只最好看的砚盒。它们本来不是一套的东西。”

天，这是怎么回事哟！

“可是，我看到自己的文物丢失了三分之二，就决定认领下这只嵌着七颗钻石的紫檀木砚盒——反正又不是我把它们配成了一套。”

啊！陶然、茵茵莫名惊诧地看着盒盖内嵌着的几颗亮晶晶的小石头，太普通了，它竟然是钻石！

“当时，我只从价值的天秤上去衡量、寻觅我丢失的文物！”他重重地捶着自己的脑门。

“爸爸，这七只钻石，要值多少钱？”陶然既惊异又困惑。

“八十万，八十万块钱！”

啊！——两双惊得一动不动的眼睛。

“浩劫中，凌辱、折磨、拷打、虐待我都挺了过来。我没说过一句违心的话，我，陶伯潜，还是我！可是今天，我，我不是我了哟……”他突然抽搐着嘴角，双手薅住满头的白发……

“爸爸，那您单把这砚盒留下，要怎么处理它？”陶然忧虑地看着爸爸激动而泛红的脸色，那是不正常的红色。

“明天，我把它送回查抄办公室，向人家交代这是我冒领的东西，价值八十万块钱！”他两眼充满盈盈的泪水，亮晶晶……

“爸爸！”

“陶伯伯！”

他们俯在爸爸腿前，双双仰视着他，每人紧紧抓住他的一只胳膊——爸爸寻找到自己，而他们呢，他们寻找到了什么？他们本来要寻找的又是什么呢？

……

海子风流(一)

永定门迤南30里,有几片波光潋滟的海子,元制冬春之交,天子亲幸南苑,纵鹰隼搏击为游豫之度,称这片水域曰飞放泊。明代永乐年间皇上增广其地,设海户一千六百,命海户们春蒐冬狩,自此,海子正式辟为天子游幸狩捕的皇家猎苑了。

多少年来,飞放泊也叫三海子。每个海子由一眼洌洌清泉汇成,因其四时不冻,自然周垣万木成林,水足草丰。密林、花草、湖泊,使皇苑成为万兽出没鹰雀群栖的万牲园。万牲之中独出瑰宝,那就是鹿角牛蹄马身驴尾的珍稀麋鹿——四不像。

正是因为这杂种"串秧"得蹊跷,大清国民哂戏其不伦不类,万没想到却被洋人们一个个贼上了。1865年,最先来到这里的,是法国神甫大卫。在成群的四不像面前,大卫先是目瞪口呆,而后两手栗栗颤颤地在胸前划了七八遍十字,才双手蒙面叫出声来:造物哇……上帝!

二三十年之间,四不像漂洋过海,纷纷来到欧洲,后来被英国贝福德十一世公爵集中到乌邦寺公园,为他个人所独有。1900年,八国联军祸害北京的时候,这不伦不类从此在大清国就绝迹了。

公元1986年,乌邦寺公园主人塔维斯托克侯爵返赠中国麋鹿二十只,回归故里的四不像当然与海子人两不相识,也难怪,一晃儿一百多年过去了。

不过,三海子的水土没变风水没变,一方水土出一方物,养一方人。四不像的故苑颇多奇人频出轶事,人们说这是受了畜生的牵扯,不然怎么那么让人哭笑不得呢。

串儿本来叫串秧儿,因为"秧"字拗口,海子人索性管他叫串儿。

串儿娘是日本投降那年把他怀上的。"七七事变"之后,日本人在南苑修了个飞机场,海子边上时不时地出没日本人。一开始,老百姓吓得够呛,那黑洞洞的枪口,明晃晃的刺刀,不定谁就赶上了。谁料,日本人传出话来,东方古都世界闻名,北平城里不放枪,皇家猎苑不放枪。这话只对了一半,海子边上三天两头响枪,鬼子们猎鹰射兔炸鱼。

1945年初夏,串儿娘刚满16岁。一天,她在玉米地里间苗热得难受,便悄悄来到海子边。葱绿色的苇子已经窜出二尺高,如屏似纱若帐,她挽起裤管,两脚轻轻蹚入水中,熨帖到了心窝窝。她长长地吸了口气,缓缓地低头猫腰,刚要脱去褂子擦擦身,突然两声青蛙叫,她以为谁来了,不由脸红心跳急抽身忙迈腿——啊!……脚下钻心的刺痛使她栽倒了,一颗锈钉扎进了脚心。汗珠从她的鼻梁上渗出来,血,血!眼前变得模糊,心也悸悸地恍惚。有人小心翼翼捧起她的脚,轻轻地吸吮她的脚心。那是一个矮墩墩的日本人,他满嘴是血,憨憨地安慰她:不要怕,脏血统统吸出来,我的送你回家去。

钻心地疼,她顾不得怕。

他是日本医官前井五郎。当时不但把她背回家,日后还天天给她疗伤换药缠纱布。伤脚痊愈的第二天,前井五郎又来了,趁着家中没人,他突然把她撩倒在炕席上。串儿娘又撕又扯又打,只是没有开口嚷。想不到,这个女人刚想吃酸杏的时候,日本天皇宣布投降,前井五郎再也不见了。

倒霉的是串儿,他是不折不扣的串秧儿。

串儿十好几了还没姓,他娘跟日本人干过那事还串出了他,谁不白眼他娘儿俩?

打小,串儿就皮实。大头短腿,虽然算不上畸形,身高确实比常人矮一截。人们踹他搡他揉搓他,他就蜷在地上作揖,用胳臂护住大脑袋。谁闷了,谁就截住他问:串儿,你是中国人操出来的吗?

不细(是)。他舌头略大,谁都爱听他说话。

那你是谁操出来的?

小一(日)北(本)。

这两句话,海子人百听不厌。上了中学之后,连教地理的冯老师都爱跟他开玩笑:"你跟别人就是不一样,手又干什么呢?"

"嘻嘻……挠挠……"串儿上课烦了,常常把手插进裤兜摩挲裆。冯老师一发现,老笑他跟真正的中国人不一样。

光阴荏苒。转眼串儿二十了。

闹闹哄哄谁也没料到,串儿鸟枪换炮了。

海子人纳闷儿,串儿也能成气候?

三天两头,串儿斜挎着一只绿书包进城,那是当时最最时兴的"军挎"。书包盖上绣一伟大领袖的头像,下面还有一行副统帅的手写红字:毛主席万岁。人家问他天天进城干什么,他的回答从来是"拉练",毛主席作了诗,红军不怕远征难,万水千山只等闲。

冬天,他把栽绒帽子的"耳朵"放下,上面别满伟大领袖的像章。夏天换上一顶绿军帽,只好把像章移满前胸及至肩膀。后来越攒越多,索性后襟、袖子上也挂得满满当当。由于重重叠叠出盔甲的铿锵,人们只要一听到哗啦哗啦的声响,准会呼啦一下子围上来:"看呐,串儿又有了新像章!"

串儿成了海子边上的像章专家。只要人们一围过来,他不摘帽子不错眼珠,信手指向衣帽的某一处,就能脱口而出:"这细(是)红太阳检阅东海舰队,那细(是)

伟大领袖接见红卫兵。他还会慢悠悠地蹲下,用短粗的手指一点帽子正中:这个有山有水的,细(是)毛主席视察大江南北。”海子人全被他震住。他的舌头还是大,把“主”说成“堵”,把“是”说成“细”,可是任何人不敢小视,串儿的像章在海子拔了头份,他辨识像章的功夫也是独一无二的。

串儿成了名副其实的像章专家。他攒的像章出自总参总政总后空政海政二炮以至一机部到七机部,什么夜光的烧瓷的合金的塑料的纯银的,海子人每天看得晕头转向扑朔迷离的。谁要跟他一打听,他开口闭口一句话:“三总部中南海,红总司里有的细(是)朋友!”

其实,这些像章都是他花钱买来的。东单、西单各有一个倒卖像章的黑市,串儿三天两头进城,早在那里混熟了。

串儿的家境不错。闹自然灾害的第二年,海子人饿得皮包骨,串儿却墩墩实实没见瘦。他在那年有了个爹,是城里一个修鞋的。后爹每月都有四五十元的进项,衣食绝不愁,这样的亦工亦农“跨社户”海子少有。不光钱花着活泛,串儿也长了脾气。不识像的再揉搓他,他也梗起了脖子:出身随我爹,他细(是)工人阶级我就细(是)红五类!所以轰轰烈烈的时候不少人真不敢轻易对他动手动脚了。

风光归风光,串儿照旧有糟心事。因为忒矮忒丑,找媳妇一直磕磕绊绊的。明眼人早就看出来,串儿稀里哗啦显摆什么?晃媳妇呗。

好景不长,伟大领袖下达了“还我飞机”的最新指示,像章不再时兴,串儿又少了气焰。海子人那话:老头的鸡巴——蔫了。

娘急爹急串儿最急。

恰在这个当口,三支两军的解放军又兴起了早请示晚汇报的活动。我们这些农村中学的教师要下到各队一块儿汇报,凡是去了四队的,更都熟悉了串儿,他又陡然风光了。

早请示同晚汇报相比,自然晚汇报更重要也更麻烦。早请示不过对伟大领袖和副统帅三敬祝走走过场就结了,而晚汇报它要你总结汇报一天的思想劳动生活和学习狠斗“私”字一闪念。开头几天,贫下中农还能对付两句,这个说我少锄了三锄草对不起伟大领袖毛主席,那个说敲钟的时候我懒得起是私字在做怪。一个礼拜之后麻烦了,大伙儿再也编不出新鲜,人人干坐着咽唾沫,被解放军逼得没辙不得不对付:

“伟大领袖,我没好好干活,我错了,我不对,我一万个对不起您老人家。”

“毛主席,我向您老人家低头认罪,干活有私心,我是一个混蛋王八蛋。”

还有人连这么一句也说不利落,索性说:“伟大领袖毛主席,我干活偷奸耍滑我实在不是玩意儿,我缺了八辈子的德,我操我妈!”

——完事大吉,千篇一律每天实在挤不出新东西。

在四队支农的解放军大李着大了急。这样的晚汇报怎么记录?三天两头,他喊哑了嗓子:“咱们是贫下中农,对毛主席最忠,成天是‘我错了’‘我混蛋’,你错在了哪儿？这种态度本身，就是对伟大领袖伟大统帅伟大导师伟大舵手我们最最敬爱的红太阳毛主席的最大不忠！”

我们几个臭老九还算走运，毕竟能卖上几句“改造”“交锋”“反省”“磨练”“深挖”之类，至少不敢说一句“我混蛋”“操我妈”就完事，可是下工之后老开会，贫下中农火烧火燎抓心挠肠实在坐不住，人人迫切的就是赶紧回家烧柴锅，熬得肠子早都成了针鼻儿啦！

串儿脱颖而出了。尽管他的舌头大，可是会“选材”，能把吃忆苦饭的时候多不爱吃却又尽量吃——终于还是偷偷扔掉了半个糠窝窝的私心汇报出来。最不济，他也能汇报出什么今天在高粱地里就着拉屎的机会成心多蹲了10分钟；昨天假装把脚崴了，一点儿一点儿蹭着走耗工夫。每天都有新内容，斗私批修花样翻新天天都有新故事。

让他这么一搅和，海子人一个个吭吭哧哧笨嘴拙腮都急了，你他妈每天云山雾罩出一番灵魂深处来，我们编不出来受多大罪？串儿你这杂种太他妈不是东西不是玩意儿啦！

讽刺讥笑打击谩骂都不怕，串儿的腰杆子反而越挺越直：从灵魂深处爆发革命怎么啦？忠于伟大领袖毛主席我错啦？钢铁长城天天表扬我，怕什么？

那天下工，四队社员挨个说了一遍“我干活不好对不起毛主席”“伟大领袖我错了”之后，大李腾楞一下跳起来：你们这是糊弄谁？糊弄我们心中最红最红的红太阳，谁都别忘了自己的身份，咱们是贫下中农啊！他急得把风纪扣都拽开了，何跃进，你们都听听人家何跃进的！

有了后爹，串儿随之有了姓名。只是除了解放军和老师，别人照旧管他叫串儿，习惯了。

串儿跟别人就是不一样，农村有几个近视的？惟独他戴着瓶子底儿厚的眼镜。也别说，上学时他就看《红楼梦》《水浒传》《三国演义》金陵十二钗正册副册水泊梁山一百单八将三顾茅庐六出祁山七擒孟获关张赵马黄五虎上将他如数家珍烂熟于心一口气全能背下来。听到大李叫，他轻咳一声抬起头，扶扶汗污的眼镜说：敬爱的伟大领袖毛主席，我无限衷心地向您老人家汇报，每天晚上，我都不让我爹和我妈在一个屋里睡觉，我爹细(是)工人阶级，我妈细(是)日本汉奸反革命，可细(是)……

大伙儿全抻长了脖子，今天的晚汇报，怎么又把他爹妈扯进来？

可细(是)……昨天夜里睁眼一看，我爹没影了，我下炕来到我妈那间屋门口，撩起门帘……我爹正跟我妈——

社员们哪敢乐？这是郑重其事地向毛主席他老人家汇报，不严肃能成反革命。可是，串儿怎么汇报起了这玩意儿，人人咬住嘴唇，笑不得。

你……接着说。大李的声音也比每天小了些。

本来我想……大喊一声把我爹吓出来，可细(是)，光顾了看，就忘了阶级斗争……所以,我对不起伟大领袖毛主席……

人们再也憋不住,串儿这是干吗呢?

大李的黑红脸膛憋紫了,还是扑哧一声笑出来,但他迅疾意识到失态,抬手一抚风纪扣大声说:贫下中农同志们,何跃进同志把最丑陋最见不得人的思想跟毛主席他老人家汇报,这是最大的忠,是无限热爱的具体表现,我们要学习他在灵魂深处爆发革命的大无畏精神,敢于把最肮脏最丑恶最见不得人的思想、行为暴露出来,人人都要争做何跃进同志这样完全彻底的无产阶级革命派!

那天散会贫下中农没再骂串儿,而是围起他来拍巴掌:串儿,地道,明天你接着再来一段儿热闹的!

接下来的几天,支农的大李一个劲地表扬串儿,说他的汇报刺刀见红是四队的骄傲是海子的骄傲他是全公社的样板。

串儿那叫精神,比全身披挂像章的时候还神气。两条短腿绷得倍儿直,内八字成心撇成外八字。每天的汇报更严肃更认真。第五天下工坐在地头,为了让他发挥样板作用,大李把他安排在了头一个:何跃进同志,你再带个好头。

伟大领袖毛主席……停顿。

伟大领袖……

说呀!贫下中农迫不及待。

伟大领袖毛主席,今天早上天还没亮,我就起来了,上大队……待了一会儿……

一句话,串儿脸红了,脑门上出汗,一反往日的沉稳。

上大队干什么?谁也不再出声,期待着串儿的灵魂深处。

我……我……他喃喃,厚嘴唇还有些哆嗦。

大李向他点头,深情地瞩目,鼓励,期许。

我……我对不起伟大领袖毛主席,我在大队猪圈的……猪,猪身上……趴了,一会儿……他半张着嘴吁气。

悄寂无声固化了时空。

我们几个学校来的老师正在纳闷儿,贫下中农轰地一下炸开了再也不顾及什么解放军不解放军晚汇报不晚汇报有人尥蹶儿有人鼓掌有人尖厉着呼啸有人前仰后合在地上。

大李愣怔半天神情也紧张起来,他慌慌张张打开语录站起身:贫下中农同志们,安静,安静,请打开毛主席语录第 214 页,我们需要紧张而有秩序的工作,热烈而镇定的情绪。今天的晚汇报到此为止,散会!

从来没有过的开心。多少人笑得喘不上气来。我们几人也明白了什么,串儿干的什么事,他怎么汇报出了这玩意儿!

听下面的社员说,海子过去发生过趴狗趴羊的腌臜事,可是上臭哄哄的猪圈里去趴老母猪,串儿开了海子的先河,他在史无前例中史无前例了。

当晚,大李把这件事汇报上去之后,支农的赵团长和公社头头商量决定,这件意想不到的事情实在太新生太突然太让人措手不及了最好的办法还是息事宁人以后再也不要让何跃进汇报生活问题作风问题了文化大革命的锋芒所向是思想是路线是教育是政治是阶级与阶级之间的斗争,但是不管怎么纠偏,一个意想不到的人物突然半路杀出来竟然把赵团长的战略部署打乱了。

就在串儿趴猪的第三天中午,大队饲养员盖三红头涨脸地晃悠到公社大院,进门就嚎啕大哭满地打滚:伟大领袖毛主席,串儿这杂种罪恶滔天呐……

他滚出一身酒气:别的猪他不趴,他趴的是最最忠于伟大领袖的花花呀,他强奸的是那头黑白花的忠字猪啊,盖三我拼了这条老命,也饶不了串儿这个王八羔子啊……他哭他喊他嚎他扯他撕他滚滚出浑身的抽搐颤抖痉挛与哆嗦。

赵团长和公社革委会主任想搀搀不起想拦拦不住,突然盖三的眼睛直了脸色青紫口吐白沫呼喊越来越断续气息越来越弱了,有人惊恐地尖叫起来:怎么回事!快,快,快……

迅雷不及掩耳,没容卫生院的大夫来,盖三为捍卫伟大的毛泽东思想和毛主席的革命路线舍生取义,他牺牲了!

公社大院水泄不通。

原来,三支两军的解放军在三忠于四无限的活动中不但带头唱忠字歌跳忠字舞读忠字书写忠字文作忠字诗还带得全国许多地方兴起了“忠字畜”活动就是把那些干活好下崽多的猪马牛羊的脑门上用烧红的烙铁烫出一个“忠”字或者是一颗红心荣膺“忠字畜”的牲畜是先锋畜光荣畜模范畜英雄畜喂食起居都要最好的照顾与服侍盖三管理的大队猪圈有一头黑白花的老母猪名叫花花花花发情最勤下崽最多是全公社最闻名最无私最有贡献的“忠字猪”去年在全县的忠字畜评比中名列第一所以后来在它的肩背屁股上又补烙了 4 颗“红心”和 2 个“忠”字加上脑门上的那个“忠”——串儿趴的偏偏就是载誉“三忠于四无限”的英雄妈妈花花!这是串儿自己交代的:盖三老给花花刷毛、洗澡、掏耳朵、清眼屎,大便完还给它擦屁股,白地黑花肉肉乎乎又好看又干净……

赵团长和公社革委会主任不知所措,请示上级,上边也没有遇到过这种阶级斗争的新动向最后只得在隆重追悼盖三的同时应广大革命群众的强烈要求批斗串儿!

海子咆哮了海子沸腾了。红旗,锣鼓,喇叭,声浪,怒涛。

贫下中农怒不可遏:何跃进,说,你为什么专门趴花花!

串儿满脸通红:因为它……干净……

群情更激愤:难道你不知道花花对伟大领袖毛主席最忠!

我几(知)道,可细(是)它的屁股最滑牛(溜)……

打倒何跃进!

打倒阶级敌人何跃进!

何跃进不投降就叫他灭亡！

打倒最恶毒最反动的反革命流氓坏分子何跃进！

……

串儿成了现行反革命外加流氓坏分子，和地富一样归入黑五类。

串儿也沤开了肥，和他那地主娘一块儿搅拌、挑担、晾晒人畜屎尿，成天滚爬在粪池里。海子人提起他，大多用鼻子出气：日本人操出来的东西，能有德行起色吗！

串儿老了，一下老了十几岁。

有人以为串儿从此“死”定了，万也想不到时光荏苒日月如梭突然之间红尘滚滚了伴着不是我不明白这世界变化快的摇滚打一眼错儿的工夫大伙儿一块儿叽里咕噜滚进了眼花缭乱的新时代。

1987 年，前井五郎在《朝日新闻》上看到乌邦寺公园的主人塔维斯托克侯爵归还中国 20 头麋鹿在三海子繁衍生息的消息之后，下定决心到南苑寻找串儿他娘——要多顺利有多顺利，刚巧串儿的后爹心梗猝死没两年，孤身一人的前井五郎在麋鹿园之西买了两栋别墅，从此在中国定居了。串儿再也不像过去那么傻，到底继承了多少财产只字不提。也是的，串儿那话：我亲爹结结实实硬朗着呐，谈何遗产由我继承？不过，他自己却出资 800 万注册了一家前井耐火玻璃厂技术统统是日本的而且买卖越干越红火产品已然行销到欧洲和美国。大奔出入的串儿不记仇，谁有困难帮助谁。虽然早有家室，追他的女人仍然络绎不绝前赴后继争先恐后的追求者崇拜者无不说他人好心好性子好即使有人提起花花的往事，串儿也从不回避只是淡淡一笑：“山(三)海子的潮流一直由我引领，谁没看过人与兽的带子跟光盘？电脑上那些玩意儿算什么？人家洋人五十年前早就轰轰聂(烈)聂(烈)如火如荼啦。”

串儿还成了县里的政协委员，可着海子边，谁也没他助学多扶贫多捐款多。别看岁数大了，他的影响力多少人也抵不过，想跟他竞争的实力不够，最主要的差在爱心上——没辙，想往里钻的好好表现去。

碧波荡漾的海子二十年前就干涸了。前井死后，串儿又办起了金海子洗浴中心，不是没有了泉眼没有了水吗，他钻井 300 米从地下抽。招的全是重庆辣妹跟洋妞儿，引领潮流他有什么错？串儿还像原来一样实话实说：得先让上边的泡够了爽透了，咱海子里儿的人自然也能洗涮个够滋润个够，赶紧扑腾，不然这辈子一眨眼就过去喽。

海子人也都想开了，串儿是挺好的啊不管过去和现在人家命好冲那大脑袋大耳朵就是一脸福相现在有钱了谁都别嫉妒多少年来他憨憨厚厚朴朴实实一句瞎话都没有更何况人家说的干的有啥不在理儿的呢。

海子风流(二)

永定门迤南三十里,有几片波光潋滟的海子,元制冬春之交,天子亲幸南苑,纵鹰隼搏击为游豫之度,称这片水域为飞放泊。明代永乐年间皇上增广其地,设海户一千六百,让海户们春蒐冬狩,自此,海子正式辟为天子游幸狩猎的皇家猎苑了。

多少年来,飞放泊也叫三海子。每个海子由一眼洌洌清泉汇成,因其四时不冻,自然周垣万木成林,水足草丰。密林、花草、湖泊,使皇苑成为万兽出没鹰鹤群栖的万牲园. 万牲之中独出瑰宝,那就是鹿角牛蹄马身驴尾的珍稀麋鹿——四不象。

正是因为这畜牲杂串得蹊跷,大清国民无一人能为其归类,洋人们一个个贼上了。1865 年,最先来到这里,是法国神父大卫。在成群的四不象前,大卫先是呆若木鸡,而后双股栗栗,颤颤地在胸前划了三遍十字,才双手蒙面叫出声来:“造物哇……上帝!”

二三十年之间,四不象漂洋过海,纷纷来到欧洲。后来都被英国贝福德十一世公爵集中到乌邦寺公园,为他个人所独有。1900 年,八国联军荡涤北京的时候,这不伦不类的畜牲从此在大清国绝迹了。

公元 1986 年,乌邦寺公园主人塔维斯托克候爵返赠麋鹿二十只,回归故里的四不象当然与海子人两不相识,也难怪,一晃儿一百年过去了。

不过,三海子的水土没变风水没变,一方水土出一方物,养一方人,四不象的故苑颇多奇人层出轶事。有人说这是受了畜牲的牵连,不然何能演绎出那么多令人哭笑不得的故事呢。

火神爷

海子边上常着火,今年是三队的麦秸垛着了,明年是六队的瓜棚烧了一个。有时候,三夏里会连着着上几场火。一次,五队的牲口棚起了火,四千斤料草糟践了不说,那匹最高最壮的大青骡子给烧死了。心疼死人,那是多稀罕人儿的一匹大青骡子哟!

连着两年,对地富们挨个儿跟踪,挨个儿拷问,根本摸不着头绪,没有一个承认的。最后,瓜棚的于老四一口咬定是“火神爷”放的火。海子人这才恍然大悟:对,就是双家的小狗子,地地道道的火神爷!

狗子那年六岁半，祖上四辈是贫农。他爹是海子的第一任村长，狗子一岁那年就因拦惊马成了烈士。狗子娘儿俩不但受到队里的照顾，每月还能上公社领十六块钱补助。那也不易，海子人谁不同情这孤儿寡母的？

打小，狗子就长得逗人爱，虎头虎脑墩墩实实，可就是有个坏毛病，专爱往灶火膛里撒尿——玩灭火。两三岁上，他无冬历夏转到哪家，瞅冷子双手一端，就冲人家灶膛里滋上泡尿，常常因为滋歪了，溅到人家锅台上、碗沿上。等长到四五岁上可就不那么顺当了。不管他走到哪家，大人孩子都提防上了他："狗子，你要再往灶火膛里滋尿，把你的'雀儿'割下来喂猫！"说话的还常把右手比做刀，左手伸过去做掏"雀儿"状，吓唬他。

他还是犟犟地端着要滋，又怕真的被割了"雀儿"，只好气哼哼地退出来。

人家的灶火不让他滋，他灭火的家伙没了用武之地，憋得慌，就学着自己点火了。只要手里摸到盒火柴，家里的语录本、院里的柴禾垛、房前房后的篱笆墙，他见着什么点什么。自然，他端起的家伙扑不灭，每回都是娘连滚带爬打熄的。天长日久街坊四邻不再管他叫狗子，索性叫他火神爷。

从打在自家院里放了第三把火，娘在他屁股上狠狠儿地掐："作，作，好好的日子你穷作，你要再作死，娘就不活啦！"

火神爷的屁股被掐紫了，再也不敢在家玩火。于是他常在场院、村里满世界玩满世界跑，只要瞅见没人就划根火柴滋泡尿，自然，滋不灭就酿成一场火。惹祸之后他就迅速逃跑了。

开始，人们还真没想到他身上，那轰轰烈烈的形势，那么错综复杂的斗争，只有阶级敌人才捣乱放火，人们哪会想到火神爷身上。可这回六队瓜棚着火，看瓜的于老四一口咬定，就是双家小狗子——火神爷！

"不是他把我脑袋拧下来，火神爷来着，我回家拿块饽饽的工夫，回来瓜棚就冒了烟。"

"你还是没见他亲手点，他爹是烈士，他干嘛要点火烧瓜棚？"六队支书不相信。

"干嘛？他闲的！"

"闲着就放火，这……这理说不过去嘛。世上是没有无缘无故的恨的。"

"我说了，不是他拧我脑袋还不成?!"

不少人信老四说的是真话，还有几人看见火神爷是上瓜地玩来着。

我也见过火神爷，操场上一开斗争会，火神爷跟着他娘就来了。脑瓜顶上一个小方辫，肚皮上的兜肚火红火红。不管他跟哪个孩子闹急了，常常肚皮一挺双手一端："你奶奶的，我滋，我滋！"

自从传出六队瓜棚的火是火神爷放的，海子中学的不少老师还不相信，我倒是倾向于——可能。

一天，被专政的海子中学校医黄大夫在操场厕所掏粪，我打个照面问他："黄大夫，听说连着着火的事了吧？"

他意味深长地笑笑:"外边的事里边全知道。"运动一开始,黄大夫就被揪出来,公社把所有五类分子都集中到一块儿,他已经许久没回家。

"有人说是双家的小狗子放的火。"

"哦,你也见过他?"他迟疑地把粪桶放下来。

"见过,我觉得他跟别的孩子——"平日里,火神爷的眼神是跟别的孩子不一样。

"他有病,从第一次见到他,我就觉得他有纵火癖。"黄大夫虽然是校医,可四乡都求他看病,许多人他都认得。

纵火癖?我只影影绰绰觉得火神爷眼神不对,可从没听过"纵火癖"这个词。

"是种先天性的玩火嗜好,精神病的一种表现,说白了,就是他有一根神经专对火焰感兴趣,见到火焰就亢奋。"

我真替火神爷和全公社揪心了。

"该上安定医院去看看,及时进行心理病理疗法,其实,这病一点儿不难治,不过,唉!……"他摇摇头,挑起粪桶离开了。

没过一个星期,八队刚刚收上来的两万斤干草又被烧了个干净。这次,是公社治保主任亲手把火神爷抓获的。几个壮汉把他拎到公社大院,重重地在屁股上扇了几巴掌,他哇哇大哭。

"说,是谁让你放的火?"

"点起……革妹(命)的聂(烈)火,呜呜呜……"他抽答得好委屈。

"打,掐他的屁股!"涌进来看热闹的谁听着不气?

"呸!革命的烈火不是你点的那种火,我问是谁让你放的火?"治保主任老安脑门儿上绽满青筋,上边三天两头克他,这是他的责任哦!

"革妹(命)的火种,火种代代转(传),你们大家都讲过的……呜呜呜……"他哭得更响了。

"你胡——吣!你给我滚到屋里去!"老安恨不能撕他的嘴,可火神爷是烈士的后人,更何况他还是个光屁股的小人儿,怎么办他呢?

"我不介,我回家……我找娘……"他倒在地上打滚儿。

这件事情之后,我特地进城上了趟首都图书馆。万幸的是许多书都封存了,唯有这数理化医一类的书还能借阅。我查阅了《精神病例四千态》,果然发现火神爷得的是纵火癖。这种病人不但爱放火玩火,还对有关"火"的一切语言、词汇、标志极敏感——怪不得他单把"革命烈火"记得那么清楚呢!

回来我迫不及待把这件事反映给军训营的吴营长,希望公社能及时把孩子送进城里去治疗,没料想,吴营长一听就汆了:"要不你们知识分子得接受再教育,没听说过那叫'病',照你这么说,阶级敌人下毒、杀人、搞反革命勾当全是因为有精神病?嘁!"

我无话,说什么?

受损失的是社员,最倒霉的是地富。虽然老安扇了火神爷儿巴掌,火神爷照样放火。嘴皮子上头可学乖了。他再也不讲"革命烈火"之类的话,而是每放把火就点出一个地富分子。说是他们指使他放的。

自然,人们一边斗争放火教唆犯,一边恨得火神爷牙根痒。这个小杂种,掉到河里淹死才好呢。

火神爷不仅没掉河淹死,还没灾没难,继续放火,而且满嘴是不着边际的狂话。十岁上那年,他在小学校和一个叫二宝的同学打架,骂人家二宝爹的脑袋是秃三角,像林彪,又说林彪的脑袋像蒋介石。这回——真捅了大娄子,学校把他开除了,公社给他家的十六块救济金也没了,谩骂副统帅,地地道道的反革命!

娘形影不离跟着他,这要再点上一把火,那就有了枪毙的罪过!

——时来运转。

没过多少日子,林彪又变成了卖国贼、大坏蛋。火神爷自然成了预言家式的小英雄。那天公社里给他娘儿俩补发津贴的时候,他娘泪珠子成串地落,火神爷胖嘟嘟的圆脸也黄瘦了许多。十好儿的娃了,扎在娘怀里大哭,把脚上的一只鞋都甩掉了……

十四岁,火神爷破例提前入伍了,好苗子。他从战士、排长,升到了副团长。后来把娘也接到了济南。乡亲们早把他纵火的事忘得干干净净,人人感到骄傲,人人觉着自豪,海子庄多少人参军,谁也没有火神爷有出息。尽管后来又升了师长的火神爷和海子人的联系不多了,可人们一提起他,都会由衷地赞道:"还是人家火神爷有出息,给咱海子人争了光,他当了师长,统带上万人的队伍呢!"

荤闷儿

每年,海子边最忙最累的日子是从六月十号到月底的二十天。割麦上场之后,跟着又要翻地插秧栽晚稻。人累得直不起腰,困得倒在秧池里能睡上一觉。每每在这当口,七队队长韩全利便抽出腰里的那本小红书,念一句"下定决心",然后喊声"一——二",带着大伙儿一块儿读。开头两年还真顶用,人们会激灵一下找回精气神儿。日子一长——疲了。"决心"无论怎么"下","不怕牺牲"的劲头儿就是打不起来。倒是老李宽的荤闷儿挺顶事,只要他给大伙儿出个闷儿,人们一阵大笑之后,男人在贼滑的田埂上挑秧不晃,女人插秧时腚就撅得老高,手快得像鸡啄米。后来,只要在节骨眼上需要铆劲,韩全利索性再也不掏红宝书,笑呵呵地央求老李宽:"宽叔,裉节上还得你来哟。"

李宽不那么好使唤,他仨月不出一个闷儿,出一个够人闹哄仨月的。每当全利求他,他常一咬烟袋一歪脑袋:"这会儿你叫我宽叔啦,上回那个呢,谁他娘的都不往正经里猜,全凭自个儿的坏水儿去胡思乱想。现在甭想让我再出新的!"

不用李宽开口,只要他梆梆地一敲烟袋锅,人们就叽叽喳喳来了精神。前些日子,他出了这么个闷儿:

一块板儿一根棍儿,

一撅屁股一使劲儿。

他话音刚落,人们便哄堂大笑。笑得浑身打颤,笑得鼻涕眼泪一起流。几个小年轻的扒到他耳边叽咕几句,他淡然地闭眼,摇头:“奶奶的臊!又他娘往那歪里猜?嘁!”

李宽的超人之处在于他能控制自己,别人叽叽嘎嘎前仰后合,他自始至终一本正经;别人敛气屏声洗耳恭听,他能把闷儿破得绘声绘色。尤其是他那黑白分明的大眼珠子一眨巴,连闷儿带他,统统都是无底洞。

五十出头的老李宽精高精瘦,浑身黑得像炭,手脚腿臂,无一处不长得细长细长,蹲在地头一蜷身,整个儿一只黑猩猩。割麦时他的大长胳膊一抡,长长的大手一掐,一镰下去眼前便空了一片。二十出头的壮小伙子赶不上他,人人追在他屁股后头大汗淋漓,可人人又都爱跟着他。

那些年常不上课,海子中学的老师们都下到各队劳动。我竟然也和社员们一样,干活再累也爱追着李宽,谁知怎么回事,在他身边干活,不知不觉时间就滑过去。

那一年立冬,海子里竟然结了薄冰。我们又跟着社员砍菜,装车。乍冷的天气人伸不出手,大白菜帮子上满是厚厚的霜冰。男人们砍菜还算好,女人择菜真是受了罪。七八级的大风里,要把每棵菜四五层帮子叶捋下来,冰菜叶把手指肚扎得生疼。没干多大工夫,女人们“哎哟”着都停下了。

砍菜的见女人们打了歇儿。一个个扔下手中的砍刀,也歇。

韩全利急了:“社员们,谁也不能肉着,匣子里头报了,明天还有大寒流,白菜在地里再冻一宿,那就全完啦!”

谁也不动窝,脚趾头肚生疼,手指头肚生疼,反正白菜也不是自己的。

好大功夫,老李宽一晃长胳膊站起来:“今年的天道冷得邪乎,这么着,老爷们择菜,老娘们儿砍菜,换过儿干,不然这菜就全他娘的冻实着啦!”他把烟锅子往地上一扔,两只黑白分明的大眼珠子瞪圆了。

女人们一听就乐了:“对,换个个儿,换个儿干!”

男人们全一愣,择菜是轻省,可今年冻得人下不去手,他们赶紧抄起砍菜刀,不愿换。

“对,宽叔的主意好,我定了,给择菜的多记三分工。”全利见男人不干,只得用上这一手。

“三分工顶屁用,九分钱才能买一两白薯酒,还是让宽叔给我们出个闷儿,鼓鼓劲儿!”嚷嚷的是银琐。

“对,不弄荤的不换个儿!”

李宽这回极痛快:“成,我出个闷儿谁要不起来,咱们大伙儿看他的瓜。”

“好咧,”坏小子们呼啦一下围上来,“宽叔,越荤越好,乐完了谁要不择菜,让他大头亲小头!”

老李宽捡起烟锅子梆梆两声,地头上没有一个出声的:

一个软一个硬,

一个掰着一个弄。

——真荤!女人们一个个红了脸,男人们乐得地上滚。

“干,一边揣摩一边干!”老李宽断喝一声,人们一抖激灵全起来了。

女人们咔咔地抡开了砍菜刀,男人们跪在地上择菜叶。叽叽嘎嘎,风小了不冷了,人人手动嘴动心里动。老李宽真嘎咕,能想得出这样的闷儿!

想不到,在那两天抢菜的日子里,他又说出一个令人脸红心跳的荤得不能再荤的闷儿。

一头短一头长,

一头有毛一头光,

左蹭右蹭流白汤。

明明这些闷儿荤透了,可它却着实给人提精神鼓了劲儿。

菜收之后回到学校的第二天,我刚起来去食堂买饭,公社的大喇叭就响起来:

海子庄公社的社员们,报告大家一个好消息,大队的全体贫下中农,在抓革命促生产的高潮中,以老三篇为根本,发扬了一不怕苦二不怕死的愚公移山精神,战胜严寒冰霜,圆满完成抢菜任务,到昨天晚上十点,他们把八十万斤大白菜运进城里,为工人阶级吃上大白菜做出了应有的贡献,这是毛泽东思想的伟大胜利……

吓我一跳,心中又凄怆又好笑,因为我清楚菜是怎么抢收上来的!

不过,腊月初却听说公社把李宽抓了起来。

我心里一“扔”:老李宽呀老李宽,吃亏就吃在那张嘴上,怎么就不——唉!

又到七队和社员下窖倒菜,再也没见老李宽。我问他现在关在哪儿,银琐说他被锁在公社武装部,天天挨棍子,听说一条腿已经被打折。

“折的不是一条,是两条。”一个社员叹了口气补充道。

一月底的一天上午,学校操场人山人海,全公社在这儿召开批斗大会,主要是批斗“坏分子”老李宽。

我慌慌地挤到台前去看,李宽比站成一排的“五类”都矮了一截。他歪在台上,背弯着,长长的两条胳膊撑着地。

在高唱《东方红》高呼“敬祝”之后,批斗正式开始了。公社副书记方大脑袋从全国的大好形势讲到海子庄的阶级斗争,又把阶级斗争的新动向具体到老李宽的身上:“社员们,老李宽是封资修的代言人,他常说下流闷儿,散布流氓淫秽思想,毒害广大贫下中农,妄图颠覆无产阶级专政,是可忍孰不可忍?”他把“淫秽”读成了“任每”。

大操场上很静,海子人谁不认识李宽?他是条黑牛皮筋般的汉子,就是爱说个嘎咕话,这也怪不得他,大伙儿不是爱追在他屁股后头强让他出闷儿吗?

“老李宽,你交代,一块板儿一根棍儿是什么?”方大脑袋成天在女人身上打主意,今天他穿着绿色军大衣,戴着灰色海军帽,慷慨激昂的样子让人肉麻得慌。

从没有过这么静的会场,人们见到,李宽黑瘦的小脑袋一直耷拉着。

“你再交代,一个掰着一个弄是什么? 说!”

李宽一动不动,他的小脑瓜很重,细长的脖子擎不住。

“敌人不投降就叫他灭亡——!”方大脑袋一挥手,带头喊起了口号。

“敌人不投降就叫他灭亡!”不管什么口号,不管冲谁去喊,只要有人打头,台下就会呼应——条件反射。

“大伙儿听着,还有更坏的,他说什么‘左蹭右蹭流白汤’。老李宽,这些闷儿你自己揭,让贫下中农听听,你是怎么从肚脐眼里往外冒的坏水!”

谁把这些闷儿汇报给的上边? 方大脑袋怎么都烂熟于心了? 怪!

“荤闷儿——素猜! 在海子庄连三岁小孩都清楚,只有你灵魂肮脏歪门邪道,你他妈才是从肚脐眼儿往外冒坏水!”冷不丁,李宽一梗脖子把小脑袋扬起来,横眉怒目的样子。一脸狰狞。

会场上的多少人都愣了,吓了一跳。

“你! 你敢……你敢骂人!”方大脑袋飞起一脚踢在他脸上,“今儿个你要不说清,甭想活着下这个台!”

李宽漆黑的脸上溅满从鼻孔中流出的血,他又歪着身子狠狠把眉毛挑起来:“我说又怎么样,我说的第一个闷儿是木铣,第二个是系扣子,第三个是牙刷!”

会场一下子炸了锅,有人还高声说:是这个理。方大脑袋噎住了,他的上嘴唇哆嗦了半天,尥着高儿地跳脚:“扯臊! 诡辩! 你说的都是一个操,操,操! ……”

记忆中,老李宽那是最后一次粗声大气地说话。他再也不能干活了,唯一的儿子把他轰出了家。不知哪位好心人给他做了一个小板车,二尺见方高不过四寸,他总坐在那辆板车上在海子庄用长臂撑着游荡,每每遇到熟人,便伸出满是疙疤的黑手,喑哑着嗓子求:“给块饽饽,给块饽饽……”

后来,“给块饽饽”的声音消失了,消失到哪儿谁也不知道。革命太红火,谁也顾不得。

杨二妹

着火喽! 着火喽!

随着喊声跑出宿舍,果然操场四边火光冲天,那是三队的场院。

在校的老师都急急地跑出校门,来到失火现场,哪里近得了身,隔着十来丈远,那滚滚的热浪就灼身,扑脸。

火光中,一个二十出头的姑娘手握皮管冲在前面。晶亮的水柱刚刚和腾起的火焰一接触,就化做烟散成雾。水的烟雾像一层桔红的纱,那姑娘在红纱中左冲右突,比所有男人都麻利。

“上，再接两个管子，快扬土，上，上！”她大喊着，尽管声音被火声压得几乎听不清。

一些社员上去了，他们惊慌地用水桶泼水，用铁锍扬土，手里没家伙的忙着把另一垛麦子移开——阻断火路。

我张惶地抱了几捆麦子，着火的那座麦垛火势渐小，远远地听到那个姑娘又在大喊：“别怕烫脚，把火星子踩灭，不然还会着起来！”

我这才敢往上冲，和许多人一块儿灭余火。

火灭了，我真服那个冲在前头的姑娘，事后才知道，她叫杨小霞，在家排行老二，大伙儿都叫她杨二妹。

几个月后，想不到杨二妹以贫宣队员的身份进校，担负起管理学校和改造知识分子的职责。可是她对教师却很尊敬，见面以“老师”相称又和蔼又真诚。二妹长得虽然不白，眉眼却生得不错，腰板也挺挺的，让人看着精神爽利。不管校内校外的劳动，她都抢在前头。我们都愿与她亲近，她这个贫下中农宣传队的队员，一点儿架子也没有。

她进校后，很快就相中了学校那三十六面铜鼓四十八把洋号。

海子中学从1955年就办起一个鼓乐队，这么多铜鼓洋号是方圆十乡八闾没有的，它是海子中学的骄傲。每到“五一”“十一”，或是什么重大活动，铜鼓一打洋号一吹，昔日的皇苑要多热闹有多热闹。自打文革运动一开始，震天的口号与锣鼓取代了铜鼓洋号，据说那洋玩意专壮资本主义的志气，灭无产阶级的威风，不能用。

一天，二妹随着管总务的老严到库房去拿扫帚，眼睛突然一亮——她瞥见了洋号！她是在羊坊中学姥姥家念的初中，那时听见海子中学的铜鼓洋号声心里就激动就痒痒，自己要在海子中学念书，无论如何要争当一名鼓号手，多帅气，好威风！否则就是一辈子的憾恨。

“严老师，快把这些铜鼓洋号搬出来！”

“你说的？成，成。”

铜鼓洋号全被折腾出来，万幸，全都完好无损。

一个星期之后，鼓乐队重新组建起来。杨二妹下到各班挑学生，请音乐关老师抓紧时间训练；她自己，则充当了指挥的角色。那份认真劲，真没的说的。

整整一个月，红卫兵团总部内外一片鼓号声。

一天，我从校革委会门前过，听见贫宣队长周庆泰正在批评杨二妹：

“小杨同志，这洋鼓洋号是四旧，咱是贫宣队员，哪能成天鼓捣那玩意儿，这影响多不好。”

“什么四旧？南边兵营里的解放军，起床熄灯吹的都是这种号，还有样板剧团不也在用大提琴小喇叭一类洋乐器吗？他们影响怎么就好?!”

“我问问你，毛主席派咱贫下中农到学校干嘛来了?”

“是大队让我来的，说我出身好又识字，毛主席哪认得我啊。”

“你心里得明白,组织上让咱忆苦思甜,清理阶级队伍,搞教育革命,改造好旧知识分子,你挑着担子呐!”

“我搞不了。成天大会套小会没完没了,老师不上课,学生不学习,学校干嘛呢?憋闷死了,我受不了!要不你让我回队干活去。”她声音颤颤的很委屈。

“你当那么简单,说来就来说走就走,阶级敌人马上就有说的啦!咱们是在抓阶级斗争,你不懂吗?”

“我管不了老师,人家都有很高的文化,对我也很好……”她竟呜呜地哭出声,“要不我今天就回队!”

“别介呀二妹!……”

听了二妹的这番话,我的心里倒静下来,她弄铜鼓洋号是能让人理解的,她心里又憋闷又无聊,可不得这么排遣宣泄?

杨二妹没走。鼓号声还是一天到晚闹得欢。这支鼓乐队比历届鼓乐队奏出的鼓号声都花哨响亮有气势。

铜鼓洋号走出了海子中学,杨二妹指挥着鼓乐队走街串巷。

咚、咚、咚,咚咚——咚咚。

嘀嘀嘀,哒哒哒,嘀嘀哒嘀哒——

……

只要这一色的绿军装、红袖章的鼓号队远远地一来,各村各队的人们都会跑到道边观看,惊羡、赞叹,百看百听都不厌。

杨二妹更是别具风采。不知她跟谁要了一枚红五星别在军帽上,宽宽的皮带把腰一束,前胸绷出了富有弹性的曲线。腿上扎了两条绑腿,腿肚裹得紧紧的。她威严地一会儿正着走,一会儿倒着走,右手不停地舞动着指挥棒,左手常常斜刺着上扬,发出变换套路的信号——一丝不苟,神采飞扬。

一九六九年八月十八日,是隆重纪念伟大领袖接见红卫兵三周年的日子。上边通知下来,全公社要在这一天开大会,为了助兴助威,海子中学的鼓乐队第一次正式派上用场,解放军和公社头头入场时,要他们吹打五分种,其间要变换六种花式!

连着两天,二妹带着同学进行了紧张的排练。原来,音乐关老师看二妹如此醉心鼓号活动,竟找来一本《铜鼓洋号一百二十八式》,把新打法,新套路教给二妹和同学。就拿打小鼓来说,两个鼓槌不单要击在鼓面上,还可以打在鼓帮上、鼓背上、鼓带上、鼓钉上、鼓弦上;两个鼓槌互击的时候还要做出许多花样,别说是听,就是看都会令人眼花缭乱。

这几天,二妹的眼中放出异样的光彩,尽管眼睑上泛出了黛色的晕圈。

八月十七日,是鼓乐队彩排。她早上七点就把同学召集到领操台下。今天,除了一色的绿军装之外,人人戴上一副崭新的白手套,穿上煞白的白球鞋,重新调整的队伍站成一个整齐的方阵。

簇新的装束，整齐的方阵把我们许多老师都吸引到操场上。杨二妹的绿军装内加了一件白衬衣，两条又粗又黑的"刷子"支棱着，充满了活力与朝气。

不一会儿，她的右手举起来，把又尖又亮的指挥棒横在头上，左手搭在另一端锋利的棒尖上，静静地过了七八秒钟，她突然左手伸着两指划了个弧，右手猛一抖腕，那锋利的指挥棒立起来，又猛举起，光闪闪地又向下一震——

咚、咚、咚——咚咚——咚咚

……

说实在的，我们这些老师正儿八经观赏杨二妹的鼓乐队这还是第一次。她指挥得真好，有风度有气势很帅气。每一位鼓号手的技艺也不失精湛，他们打出的鼓点时而细密紧凑，时而顿挫抑扬，加上清脆响亮起落有致的洋号声——神了，使人顿觉耳目一新。

我正观赏得出神，教体育的大刘碰碰我的胳膊说："你看，真逗。"

我顺着他指的方向望去，咦，一只肚囊鼓鼓的大山羊摇摇晃晃上了领操台，慢慢走到台中间，面向下面的鼓乐队和杨二妹定定地不动了。它俨然在台上成了一名检阅者。

没容我发笑，乐队的鼓点乱了，方阵中的一些人发出嗤嗤的笑声。杨二妹立刻觉出不对头，她把手中的指挥棒做了一个斜上停止的预备信号，然后猛地向下一收，那鼓声竟然噼里啪啦地停下来。

她的脸色通红，回身看看台上那只大肚山羊，把手中的指挥棒倒过来，上到台上碰了碰羊屁股："去，下去！"

轰……台下的同学们都笑了。

那只大肚山羊悠然自得地慢慢走到台边，然后一级一级往下走。因为大操场没围墙，附近社员的猪狗羊鸡常常进入操场来。不过像今天这只大山羊大模大样毫无顾忌地上到领操台"检阅"，实属罕见，新鲜。

杨二妹站在台上一转身，严肃地正正帽子："这有什么好笑的？谁要再不集中精力，我可要把谁叫到台上来亮亮相！"说完轻盈地从领操台上跳下来，重新把亮亮的指挥棒往左手一搭，没容右手往下震，台下的山羊直冲大伙儿又一扬脖：咩……

哈哈哈……

漫说是学生憋不住，我们这些围观的老师也笑了。真逗，今天这只羊怎么啦？

杨二妹猛地转过脸："不受干扰，看你们谁在笑，谁还笑！"她赶过去用指挥棒打了一下羊屁股："走，你走！"

山羊绕到主席台后去，她小跑着来到同学们面前："注意我，注意——"她再次举起亮亮的指挥棒，随着刺眼的亮光一闪，指挥棒瞬间震下来——

咚咚咚，咚咚，咚咚，咚咚——

想不到，她没有指挥几下，那只大肚山羊又从领操台后绕出来，左侧的同学一笑，右侧的同学马上意识到怎么回事，鼓点又乱了，有的同学还使劲向左面抻脖子。

杨二妹气坏了,她过去朝着羊屁股踢了一脚,那羊磕磕绊绊颠了两下,转过身来卧下,不走了。它似乎对铜鼓洋号的彩排产生了大兴趣。

“你们……谁要再走神儿,不集中精力好好练,我就把谁开除出红卫兵鼓乐队!”她的脸红一阵白一阵,又急又气。

四下里好寂静,谁也不敢再出声。她有弹性的胸脯好一阵急急地起落,脸上的红晕才变淡了均匀了。“好——”她面对着同学把黑细的眉毛压低,右手扬起把指挥棒横过头顶,左手缓缓地举起搭住棒尖,就在震下的刹那,“咩——”那只卧在地上的大山羊又悠然地一声长“咩”,哗……全操场的人都笑起来。

只见杨二妹忿忿地转身,一个箭步赶过去,收紧手中的指挥棒,猛地冲羊一戳——

咩、咩、咩……

血,殷红的羊血滋出来,从羊腹中拔出的指挥棒溅满鲜血。那羊“咩咩”地挣起身,向南迈出没几步,“哐当”一声重重地歪倒了。

二妹手握滴答淌血的指挥棒,愣愣地看了半天,猛地像烫了手,咣啷一声松开,她突然叉开双手:“羊,我刺死了山羊! ……”她的脸色煞白。

杨二妹一步一步踱到山羊旁边,紧紧捂住汩汩冒血的羊肚,喃喃地自言自语:“我……忘了,把……亮尖儿,倒……过来……”

那只大母山羊始终没有剧烈挣扎,它睁大黑褐色的眼睛躺在地上一抽一抽,两个后腿劈开了。不知哪个同学突然叫了一声:“它下小羊了,下小羊啦!”

杨二妹像被雷电猛地一击,一头栽在母羊身边的血泊里。

母羊因致命的一刺提前下羔了,但只生出第一只羊便把眼睛闭上了。还有一只,憋死在羊肚里。

二妹病了,发烧,说胡话,半月之后的眼神还愣愣的。打那之后,她再也没到海子中学来过,那些铜鼓洋号又被老严码放到仓库里。

后来,听人说杨二妹远嫁了,嫁到京西门头沟。男人是个四十多岁的矿工,还带着两个十好几的孩子。

前几年海子中学又恢复了鼓乐队,一听到鼓号齐鸣,我便凄惶地想起杨二妹,始终没有消息,二妹她怎样了——还好吗?

三驴子

三驴子叫黄庆云,因为他跑得像野驴般快,人们管他叫三驴子。

我结识三驴子,是在那年插秧季节。

不管田埂多滑,路多难走,我也愿意左摇右晃去挑秧把子,弯腰曲背在水田里插秧,我怕蚂蝗,怕极了。

那天雨后刚晴,我跟着社员一起挑秧把。田埂泥烂贼滑。每踩下一脚,都像走在钢丝上。社员们挑了十来趟,我刚把第三担秧把装上筐,掏出手绢擦擦汗,见一个担桶的孩子走过来。他个子不高,穿一条肥大的短裤,浑身上下晒成古铜色。挑着的两只桶各有六七十斤,他轻松自如不摇不晃。腰板挺得笔直,一手叉在腰上,一手托着一大摞碗。

他把挑子放在电井房前面,亮亮地招呼一声:“先打个歇儿,喝口水。”

男人女人们纷纷围过来喝水,抽烟。我奇怪,这崩豆似的孩子竟有队长般的权威。

是他找上我来:“你就是尹老师吧?”

“对,我姓尹。”比肩而站,他比我矮一头,身体却很结实。

“尹老师,我能参加海子中学的运动会吗?”他仰起脸来问我。

“你念小学?”这突如其来的问题令我摸不着头脑。

他低下了头。

“你多大了?”

“十三。”

十三岁,应该上初一,从他那窘态看,好似根本没在上学。这孩子为什么不上学,干嘛要参加海子中学的运动会?直到打歇儿之后我跟他一块儿挑秧才明白。

他说他家是上中农成分,父母都是土生土长的庄稼人。1960 年他父亲生浮肿病死后,母亲急得抽了十天风,尔后幻视幻听永远瘫在炕上了。从八岁起他就打草为生,小小的一个人一天能挣八分工,娘没死,他养着娘一天一天熬过来。壮劳力干不过他,全队的乡亲没有一个不服他。

我左摇右晃地随他挑了六趟秧,尽管他把我挑筐内的秧把匀去很多,我还是闪闪折折滑倒两次,浑身弄得湿淋淋,泥叽叽。

“尹老师,你干妇女的活儿得劲儿,插秧多好。”他见我实在狼狈,用挑筐把我拦下了。

“男劳力都挑秧,当然我……”我的脸上烧烧的。

“唉,老师没有摔打过!再说,插秧的人手也不够。”他说话的口气一点儿也不像十三岁的人。

“其实,其实……我也有点儿……怕蚂蝗。”

“哦,怕蚂蝗?”他的眼睛一亮,“那我陪你一块儿插。”

——这,他陪我又有什么用?蚂蝗又不是老虎,见人多就不敢扑上来!我吭吭哧哧还是不敢下水田,实在害怕那一伸一缩到处游动的鬼东西!

“尹老师,你甭怕,只要有我在你身边,一只蚂蝗都不会叮到你。”他硬是把我拉下了水田。

没辙,我只得泡在水田里。猫着腰在水中插秧,我诚惶诚恐如临大敌。眼睛不时地巡视着水中游动的活物,双腿不停地晃动,有时还腾楞一下抽出水面,胡乱在脚腕上拍打。这样反反复复多次,万幸,真的没有蚂蝗叮脚。我心里紧张也慢慢放松了一些。黄庆云没骗我,跟他在一块儿插秧,蚂蝗真的不叮呢。

他的秧插得飞快,不停地转到我身边帮着插,还把我插歪的插浅的拔出来重插。打歇儿的时候,我拉起他的胳膊说:“呆会儿我还跟你在一块儿,也怪了,今儿个真没蚂蝗叮我呢。”

他脆脆地应了一声,我俩一块儿上到渠坡坐下,恍然间,我见他两个脚踝上淌满了鲜血,每条腿上叮了好几条大蚂蝗!

“蚂蝗!”我惊叫着。

他小大人一样低低头,又神秘地冲我眨眨眼:“知道,知道。”

接下来,他先侧过右腿,狠狠地在叮满蚂蝗的踝骨上拍打,蚂蝗一条条掉下来,然后又拍左腿,左腿上的蚂蝗也都拍下来。其中一条大的竟有小指那么粗,钢笔那么长。

“你,你……你不说只要跟着你,就不会有蚂蝗吗?”我惊恐,这是怎么回事?

“我是说,跟着我不会有蚂蝗叮——你。”他平静地说,那神态确实不疼不痒,还不停甩手去抹不断渗出的血。

“那……是为什么?”

“蚂蝗会闻味儿,”他拣起一块玻璃碴儿,“你看,我划了两圈小口子,血腥味散出来,蚂蝗就会全追我。”

“你!干嘛要这样!”我发现了,蚂蝗全齐刷刷在他伤口处叮咬他!原来他一个劲儿在我周围蹚来蹚去,是为了把蚂蝗全引走,为了我,他划破腿让蚂蝗叮得他双腿流血哟!

“没事儿,人老在日头底下暴晒,放点儿血还好呐——败火。”他咯咯地笑,信手把所有蚂蝗敛到一块儿,然后捏到手心上。

“你……疼不?”我掏出手绢,擦他腿上那两圈血。

“不疼,凉嗖嗖的真败火。”他挡开我的手,下到渠里涮了涮腿,又捧着那些蚂蝗蹲到我面前。“尹老师,蚂蝗这东西碾不烂砸不死,只有一招能治它。”说着,他在地上拣起几根麦秸,先用一头顶住一只蚂蝗的吸盘,然后捏着它的身子紧紧地往麦秸上一捋,吸足了血的蚂蝗被翻了个过儿,腔子裸露在外面。

看着挂满血珠的蚂蝗腔,我心里说不出什么滋味,这都是刚从他腿上吸出的血啊!

他麻利地把一条条蚂蝗全用麦秸翻了腔,将它们一根根插在地上,这才搓搓小手说:“这样它们才彻底死了,它们贼皮,如果再把它们翻过来,它就会没事儿似地游跑了。”

我只是愣愣地看、听,然后把目光移到他的眼睛。他的瞳仁里虽有童稚,可更多的是苦难、深沉、智慧。一阵愧疚催得我头皮麻,我呐呐地说:“你腿上有伤,一会儿准有更多的蚂蝗来叮,你去挑秧,我不怕了,啊?”

“不怕——也得小心!”他脆脆地笑,古铜色的脸膛衬出一口白牙。我也憋不住笑起来。

有关三驴子的更详细的情况，是我下工回校向熟悉二队的赵老师打听的。赵老师告诉我，别看三驴子又小又瘦，却力气超人，九岁上就干壮劳力的活儿。每天早上，他还要绕着三海子跑一圈，少说也有十里地。又干活儿又跑步，他哪儿生出这么一身好气力？——高蛋白，三驴子吃的都是高蛋白。

海子公社跟大红门肉联厂挂了勾，三天两头拉来兔头兔肠子沤肥使。三驴子又要养娘又要干活，饿了就吃那恶臭无比的兔内脏。常常，他见到运肠子的车就抓几把，要不就到沤粪池边扒兔头，谁见着谁惊讶，他就那么生着吃。天生一副好肠胃，不但从不拉肚子，还生出超人的气力毅力耐力，不可思议。

我纳闷儿，人不是非洲草原上的秃鹰，怎能吃得下闻得了那恶臭无比的腐烂内脏？

秋季运动会前，我和体育组的几个老师商量，答应三驴子的要求，让他参加中长跑项目，意在实地看看他的成绩是多少。

三驴子按时来了，穿着一件红背心，一条白裤衩。我再仔仔细细打量他，发现他的个子虽矮，身材却极匀称，胳膊、小腿的肌肉紧绷绷，油亮浑圆有弹性。就连笑一笑，腮上鼓起的筋肉都透着瓷实。趁他做准备活动，我凑到他身边问："今儿早上吃的什么，饱了没有？"

"倍儿饱，十个兔头，五点钟我就等着拉下水的车。"不知他刷牙不刷，反正他的牙又洁白又光亮。

"那东西……能吃？"我始终觉得这件事不可思议。

"四岁时我娘三天没给我东西吃，我扒到沤粪池抓了一根兔肠子，好腥好臭，我呛得干哕，可是饿，饿啊……"他眼中闪出的光冷峻。

"那——后来呢？"

"饿急了就再也不嫌，离了它反倒想，"他轻轻窜了几窜，满脸又现出喜悦，"尹老师，吃了那东西心里热，浑身有使不完的力气！"

"是吗？……"

我的眼前金星闪闪。上百万年来，从猿到人的进化是随着社会的发展完成的，想不到人也能蜕化，一旦环境迫使人去适应的时候，这种蜕化也就完成了。

半个小时之后，我肯定兴奋得又满脸放光了。三驴子跑得好极了。他赤脚，越过了一个个身高体壮的初三学生。他的个子是小，但脚板轻巧又有弹性，反比所有参赛者跨出的步幅都大。1500 米他的成绩是 4 分 2 秒 63；3000 米他跑出了 8 分 40 秒 12，双双获得冠军，双双打破了海子中学的校纪录。

体育组的大刘乐得直蹦："把他报到市里，和成年人的市纪录差不多！"

歪打正着，正因为他吃了沤粪用的兔肠子，才有这么好的体力、速度、素质，我又为他庆幸开了。

冠军台上的三驴子捧着两个笔记本，他古铜色的脸庞涨得红紫，亮亮的眼中闪出少年放情的喜悦。这时，他哪是一个小大人，是孩子，真正该上初一的孩子！

第二年的春季运动会上，三驴子又来了，他跑出了更好的成绩：1500 米突破了 4 分钟大关；3000 米的成绩是 8 分 38 秒 24。

大刘把在八一体工队任田径教练的同学请到学校，让他亲眼看三驴子跑步。那个教练把三驴子留下，花了半天时间对他进行体能测试，还用皮尺把他浑身上下一通量，最后满意地冲大刘点点头，通过了，三驴子是个难得的中长跑人才。

大刘高兴，我高兴，三驴子更高兴。可是，八一体工队还是没能收下他，同来的那位政委得悉他是上中农出身之后，爱莫能助地摇摇头——上边有规定，只收贫下中农子弟做培养对象，三驴子家的成分稍微高了一点点儿。

三驴子哭了，那是孩子的哭。

打那之后，海子中学的运动会再也不见三驴子的身影。两年后的一天早上，全公社传出他失踪了的消息。人人心里吃惊，人人替他揪心。又过了半个多月，人们才从二队的沤粪池中捞出了他。尸体已经腐烂，和兔头兔肠子搅在一起，发出噎人的恶臭。

有人说，三驴子是因为娘死了，过得闷，也扎到沤粪池里自杀了；有人说，他是下大雨那天又到池边捞兔肠，失足滑下去淹死的，一丈多深的沤粪池比红军当年过的草地还厉害，任人掉下去也不可能爬上来。

谜，至今，三驴子的死因还是一个谜。可是一晃多少年，只要是在电视上看到田径比赛，我的眼前就会浮现出三驴子的身影，那个黑黝黝的健步如飞的孩子……

盖三

盖三在海子边戳得住，连公社、县里的干部都得敬他几分让他几分，他会气功会看病，是海子边上的神人。

就拿他的气功来说，硬功软功轻功重功样样全行。练起轻功来，他双手向上捧起几口气，纵身一跃就踩到一只空空的蛋壳上；改练硬气功，只要他脑门上的青筋一暴，大红眼珠子一努，伸出一个扇面似的巴掌，远远地向刚下的一只鸡蛋一运气——咔嚓，蛋壳裂了，黄灿灿的蛋黄亮晶晶的蛋清流出来。

这功夫不邪？让人服得没脾气。

人们敬畏他，不单是他有这般神功，还在他小有医道。推拿按摩不说，他肚里净是又玄又神的怪方子，常能药到病除。不管谁让蝎子、马蜂蜇了，他去了会在你的红肿处吹上口气，然后在地上写出“毡毬毯毽毪氇氆”，让你手握一把铁榔头照葫芦画瓢，只要把这七个字的最后一笔写完，保你立即止疼、红肿渐消。自然，必须有他先吹的那口气，没有那口气，任你再写多少带“毛”“占”“牟”的也是瞎掰。有人要是跑肚拉稀，他会摘片鲜杨树叶在瓦上焙干，研成粉状拌糖让你冲服下去——立竿见影，保你肚泻全无。

不过，小小不言的病他不爱治。逢他耷拉眼皮脸蛋子变黑的时候，轻易没人敢劳他大驾。只是哪家女人生孩子不痛快，他随请随到。什么早产难产倒头胎，他站在产婆面前一扬手，孩子大多能顺顺当当生下来。天长日久，不光是难产的人家找，哪家女人怀不上崽，哪家男人生儿育女的“物件”不好使，也都找上门来请他开药发功、“仙人指路”。

盖三专爱治这种病，由不得人们敬重之余也在背地议论。尤其是给女人看病的时候，他让在场的人都出屋，开方发功少则半个钟头多则四十分钟，谁知他鼓捣什么呐——蹊跷。

有些经他治过的女人两三个月后真的鼓起了肚皮，再往后胖丫头胖小子的真地一个个生出来。人们挨家打听当初盖三到底怎么给她们看的病，没有一个女人说别的——吃药呗，发功呗，按摩呗，谁都说这孩子实打实是自家的。

问不明水落石出，人们开始在这些“小杂种”身上找盖三——

瞧大柳生那丫头嘴叉子多大，活脱脱是盖三的坯子！

淑贵家的小喜子，多重多黑的头发眉毛，赶明儿比盖三那一脸连鬓胡子还厉害！

最像得数红敏家的冬子了，宽脑门短下巴，眼角还冲下耷拉着，瞒得过谁？不跟盖三一个模子刻出来一样吗！

人们只是这么开心解闷儿嚼舌头，不断在“小杂种”们身上找痕迹，其实谁都拿不出板上钉钉的证据——也确实只能背地里说说，这话要是传到盖三耳朵里他远远地朝你一运气，保你三天喘不上气，真的。

海子庄姓户的多姓果的多，同姓人结婚的多，世代相传，六指拐子罗锅呆傻的子孙们自然不少。盖三瞧不起这些娘胎里带来残疾的人，时不时冲这些人甩咧子：“赖谁？就赖你们爹妈，图那一眨眼的快活，让你们遭罪一辈子！”所以这样的人再结婚，生儿育女的物件出了毛病盖三向来不给瞧。为这，人们又有了舌头嚼：他有的是败火的地界儿，不下蛋的俏母鸡多着呐，呆傻痴瞎的他眼里不夹！

天佬、地佬是海子边上有名的一对。天佬细高瘦长，生下来浑身粉白粉白，白头发白睫毛眼睛总是细眯着，所以海子人称他是瞎天佬。地佬生下来隆鼻秀眼只有八寸，长到三尺上就再也不往上“拔节”，二十多了还是一个娃娃妞，乡里人心善，前二年撺掇着天佬地佬成了亲，相依为命，能有个照应。这二佬还真好，每天一块儿上工下工，出门进门。天佬身高一米八，不管走到哪，都要由地佬搀着胳膊领路。地佬一头秀发只齐到天佬的大腿根，男人们又禁不住瞎嘀咕：个头型号差得太悬，无论如何也配不上套，再说天佬还瞎了咕唧什么也看不见呢！他们队的二柱对此嗤之以鼻：“尽是瞎操心！不配套，那他俩结婚两年半，地佬就怀了六胎，可惜，挂不住，一个个地都流了。”求医吃药都没用，人们劝这两口子去找盖三。那天，地佬领着天佬扣开了盖三家的门，天佬眯着眼睛吭哧了半天才挤出这句话：“三叔，她一人来，臊得慌……您给她治治，只要能挂住个崽儿，三叔就是我们的亲爹亲爷亲祖宗哇……”

“三叔，老了……我们得有靠哇！”地佬一句话，泪花早已溢出来。颤颤地，两人都给盖三跪下了。

那天,我正好来盖三家联系给学校脱砖坯的事,见到这情景,慌慌地站起来要走,盖三却扬手,示意我别动。

我眼前,又高又白的天佬像根一曲三折的白绸带,地佬团团地像个洋娃娃。真是的,多可怜的一对,为了有个后,他们什么都顾不得了哟。

“天佬,她流了几个?”盖三一张嘴,就会喷出八分钱一两的白薯酒味儿。

“五……不,六……个。”天佬的白头发直颤,连隐约可见的头皮都胀红了。

“六个? 六个都挂不住,那毛病出在你身上。”盖三略带红丝的眼睛一抬,冷冷地瞥了天佬一眼。

“毛病……在我?”天佬抬起粉红粉红的脸,惊恐,惶惑。

“在你,”盖三果断地说,“你们俩回去,明天地佬一人下地,你在家里等我,起来,去吧。”

天佬地佬莫名其妙地站起身,满口答应却又疑疑惑惑地出去了。

盖三叹了一口气,摊开双手要跟我说什么,摇摇头又让我也出去了。我回过身来看看他,他说困了,脱坯的事就那么定,懒懒地躺在炕上,闭上了眼睛。

他为什么先是不让我走,后来想说什么又不说了,我琢磨了半天也没闹明白。只知从第二天起,他连着给天佬发了三天功,天佬的气色好多了身上胖了见人就说眼里有了影儿腿上有了劲儿,可是过了小一年,地佬并没挂住崽。

村里又有了议论:盖三把天佬治坏了!

不是没发好功,是他瞧不起人,成心让人家断子绝孙!

可不是嘛,盖三也太歹毒了,他自己打了一辈子光棍,干嘛也让别人断子绝孙!

事情越闹越大,后经解放军医疗队检查,果然天佬的生殖功能发生了障碍,尽管这并不影响他与地佬过正常的夫妻生活。

真相一经大白,天佬地佬哭做一团,是盖三绝了他们的后哟……

村里人不理解盖三为什么要那样做,背地里,人们咬牙切齿骂他。有人在他后墙山写了一句“断子绝孙穷盖三”,他的门前陡然冷清了。

到处是如避瘟疫的目光。盖三的火气大起来,一天到晚抱着酒瓶,喝完就摔空瓶,院前屋后到处都是碎玻璃碴儿。人们倒也解恨:活该! 没了败火的地界儿,就砸就摔,不定哪一天,让玻璃碴子扎死。

八月里的一天,大雨下了一整天,不见盖三露脸;第二天出工也没他的影儿;第三天队长去找他,他正趴在当院倒气儿呢。叫来人把他送到卫生院,三天之后他才把眼睁开,只是人傻了,说话不清楚,动作不利索,连周旁的人他也认不清。大夫说,他酒精中毒,脚心被玻璃扎后感染了并发症,躺在大雨里又中了风。他整个人痴痴呆呆地成了傻子。

谁也不再怕他,他痴痴呆呆再也不会发功。奇的是一个月后他又抖抖落落地下地干活了,虽然全身都较着劲,但能好到这份儿上看来跟他当初会气功懂偏方有一定关系。

盖三至今还活得硬朗，干活不惜力，见人只会“嘻嘻、嘻嘻”地笑，傻极了。

人们像把他忘了，只是见到长起来的双河、二臭、黑丑、小芬，心里暗暗骂上句“小杂种”的时候才想起盖三。后来这般联想也寡淡了，现如今的海子边，遍地风流呢。

到底盖三当初为什么使天佬地佬永远不能生，现在的海子人全都明白过来了。盖三真很先锋，还很前卫呢。

程老公

不知是谁先传出的这个信儿，程老公往菜窖里藏了东西。

程老公能藏什么？一间土坯房，秫秸围成的院子屁股大，七十多的人了没有一个亲的热的，他藏东西干嘛？

沸沸扬扬，人们混猜着他埋的东西：

“准是大元宝，当年他在紫禁城侍候过小皇上！”

“要不就是珍珠玛瑙，看猎苑的时候他也捞着过好东西！”

“甭瞎猜，他穷得连条囫囵裤子都没有，能藏出个啥来！”

不管怎么嚷嚷，反正越传越热闹。

海子人都认识程老公，可着全中国去搜寻，还有几个活着的太监？他那下巴光溜溜，没有睫毛的“鱼眼睛”总是红的，不管见了谁都呵呵呵地陪笑、曲腿、猫腰。他不属于黑五类，但日子不比黑五类好，一天只挣八分工，比男劳力少两分，比女劳力多一分，谁让他不男不女是个二尾子。

每次到九队干活，我们准能看见大伙儿跟他开心：

“程老公，请个安，当初怎么给小皇上请安呐？”

“老太太，把鼻子捏起来，学声猫！”

“打一滚儿，晚上不让你干活啦。”

他绵软得像一团棉花，乐乐呵呵地打滚、请安、学猫叫。

我见了不舒服，程老公那缩肩谄笑的样子让人难受，那些找乐儿的人也让我心中丝丝拉拉很别扭。

据说，程老公的祖籍在河北省武清县。宣统年间入宫当了太监，后来到三海子一带看皇苑。民国之后便在海子边上落户了。多少年来他一人过，干脏活累活不说，人们无时无刻不拿他取乐。你让他哭他真能哽咽悲声，让他笑他能捧腹不止，全因为他没了阳物，只是半个男人的缘故吧！

原来我也一直讨厌程老公，尤其厌恶他满脸堆起的笑容。难道没了阳物就喜欢受虐？可你毕竟是个人呐！有一阵我还恨他，他肉麻得恶心，那种受虐狂准是他这样！

不过，后来的一件事，却使我的这种认识改变了——

一天在队里干完活,我到三海子游了一会儿泳,不紧不慢正在换衣服,突然瞥见锅底般的黑云压上来。糟了,海子边上不着天下不着地啊!

刚跑上岸坡没多远,蚕豆大的雨点砸下来。四下里是绿油油的菜田,离村子和学校还有四里多地,我急了,没地方避雨。

雨势好急好猛,先是一阵令人喘不过气的大雨连片地泼下,接着来了雹子。我懵懵懂懂地跑,路边只有一丈高的小杨树,大个的雹子会把我砸死!慌乱中,我不知在何处躲避越来越大越来越密的雹子,只是拼命往前跑。天啊!雹子似万颗子弹射向我,我只顾着双手抱住头,意识到不能再直着身子跑了。刚一蜷身蹲下,一个黑影突然从路边闪出,一把将我拽下旁边的垄沟。接着,我的头上砰地被罩上了一个什么,一个尖细的声音大声喊:"向北顶,迎住雹子,蜷,蜷身子!"

我使劲抹了几把脸,才看清与我并排蹲着的人是程老公。他把背筐罩在我头上,自己用把大铁锨做盾牌支在脑袋上。叮叮当当,雹子砸在铁锨上,发出吓人的声响。我心中一颤,这怎么行?

"程……大爷!"我双手向上一托,把背筐摘下往他头上扣。

"你,要命,要你的命!"他猛地又把背筐按过来,那红红的鱼眼睛第一次这般阴冷,"你,不准动!"

我被慑人的雹子吓呆了,也被程老公那不容违抗的吼声镇住了。只得蜷缩在垄沟里,战栗地看着面前的恐怖。

足有二十分钟,脚下的雹子下了半尺厚,我的脚木了,麻了,僵了,直到一切都静下来,我简直站都站不起来了。

"还不快起来,双脚戳在雹子里,三伏里也照样能冻坏!"

"程大爷!……"

他拽起我,拎起背筐抓住铁锨:"上道,道上的雹子少!"

回到学校之后,大伙儿还真替我捏了把汗。待我把情况说明,人人倒抽了几口冷气:"要不是程老公,你的小命真没啦!"

我相信,是真的,我用背筐挡住的雹子有些比红枣还要大……

那双红红的鱼眼睛总在我眼前浮动,我心中暖暖的,也酸酸的。

事后三天我才知道,程老公举铁锨的右手食指中指骨折了两根,被雹子砸的。我匆匆赶到他家,他那两个指头紫紫地肿得像胡萝卜,他却又现出平日那般谄笑:"白不怎么的,尹老师还来,屋里脏……"

我凄惶,我爱看他的冷峻,爱听他的吼声,怎么被砸成这样反对我谄笑?

这次,海子边上传遍了他往菜窖里藏东西的消息,我又有些不安了。海子人不了解他——不,其实海子人很清楚他,只是没把他当"人",才又闹哄得沸沸扬扬。

程老公会藏什么?听人讲,前一阵抄五类分子家的时候,他先吓得不行,所以捎带着也抄了他的家。什么都没有,穷得连炕席都不铺,海子没人比他更穷了。

菜窖风波立刻又把大队干部惊动了。有人一直不放心，大内里呆过的太监，难说他不藏下点儿什么。四天之后，大队书记老莫把程老公堵在院里，让他带人下地窖，把藏起的东西交出来。

他失魂落魄，惊恐万状地求："什么都没藏，什么都没有哦……"

院里院外堆满了人。人人想看个热闹。人人想知道他到底藏了什么。

老莫严厉地对他说，他虽然不属于黑五类，但过去也为地主阶级的总代表出过力。藏了"四旧"要上缴，没藏这事就"吵"了，让他带人下菜窖。

他不下："莫书记，什么都没有，我能藏出个什么呢……"黄了脸，他吓得脸色黄黄的。

乡亲们催他："既然什么都没有，那你干嘛不下去？"

他终于下去了，拗不过，有四只胳膊扭着他。

我的心也咚咚跳，到底怎么回事，程老公藏了什么？

一筐筐刚填好的土从菜窖上扬出来，没有多大工夫，就堆集成一座小山。随着山的增高，人们猎奇的心气儿越盛，也怪了，他藏这么深干什么？

十一点，穿红背心的四黑子捧着一个满是土锈的匣子上来了："莫书记，挖到了，铁匣子！"

人们的目光一下聚到那只半锈的小铁匣子上。它大小薄厚跟一本小字典差不多。老莫接过铁匣一掂，目光令人极难揣摩，他抠哧了半天才把匣子打开，人们看不清，匣子里只是个黑黄的油纸包。

"莫书记，我求求您……千万别，千万别把它……"程老公连喘带哼地也扒出菜窖口，但马上被两侧的人架住，他往前扑："千万……还我呀……"

老莫拧着眉头拎起那团油纸，一层一层地打开，最后愣怔了半天突然像被蝎子蜇了一般松了手："这，这……是什么！"他抬脚一跺，冲地上狠狠啐了一口："你，你这个臭老公！"说完气冲冲地走了。

人们呼地一下围过来。那东西和风干的油纸一起被踩碎了，被风一吹全成了片片与末末……

程老公疯了似的冲进人群，蜷在地上乱抓乱捧："全完啦……我死无完身喽……"他像孩子一般号啕几声，接着便是抽噎。

当天晚上，程老公把一切都告诉了我。

宣统二年，他家里穷得揭不开锅，父亲亲手把他阉了送进大内。从此他再也不是一个"人"，成了万人唾弃的臭老公。多少年来，他保存着奶奶亲手用滚油给他煎过的阳物，就是为了死后落个全须全尾。阉人生前再受凌辱，死后安上阳物再装裹，总算到阴间又变成人，活着没别的，他就这一个想头！……

"您要不往菜窖里埋，把别人惊动了……"我心里说不上是酸，是涩。

"他们翻过两次了，我怕又翻到炕洞……其实也是怨我，唉，……"他已经不哭了，红眼睛也不怎么眨。

“程大爷,也是的,其实嘛——”我不知该怎么劝他,谁知阉人有这样的规矩?谁知他藏藏拽拽的原来是这个。

“死后六根不全,阴间也不会收我,我还有个什么盼头?……”鱼眼睛不惊恐,也没有了谄媚,更像鱼眼了,直直的,愣愣的。

第三天头上,程老公没了。一向拿他取笑的人们着了急,四下里寻找,八下里打听,会水的下到海子里摸,几十人细细地把海子底儿抄了个遍,没有。人人心里沉沉的,程老公这是上了哪儿?

谁也不知他上了哪儿。三驴子的死因是个谜,程老公去向也是个谜,至今人们也再没见过他。

我倒觉得程老公还活着,按照他的逻辑,既然“六根不全”的人阴间不要,那他不会去死,一定顽强地活着,兴许还活得不错吧。

小五丫

海子边上最好看的女人是小五丫。至今,我也没见过比小五丫更好看的女人。她白里透粉的脸庞弹指欲破,头发乌黑乌黑,眼睛修长晶亮,再衬上挺拔的腰身和咄咄逼人的两个奶子,简直把海子边的女人都气坏了,邪,这个狐媚子,她到底怎么长的呢?

天生丽质,本身就是一种资本一种价值。小五丫是地富子女,可她跟所有地富子女不一样——从不低三下四的。她那顾盼流莹的眼睛把男人们吸住了,把女人们镇住了,谁也怎么不了她。

说来,这还是文革运动刚开始的时候把她惯坏的。

记得那是三夏后的一个上午。公社把所有地富都押到校操场上,让地富子女每人手中握一把荆条,去斗争地富,考验子女,达到一箭双雕的效果。

子女们都抽开了自己的爹妈。真心也罢假意也罢,在那种形势下,不抽就会自身难保。唯独八队的小五丫不抽,她就是叉着手在大伙儿面前站着。造反兵团的刘全有气呼呼地冲到她面前:“不抽这个老妖婆,你就得代她挨鞭子!”

“我奶奶是地主,可她七十了,经不住!”小五丫粉白的脸色绯红。

“小五丫,你心疼谁,向着谁?”刘全有大声吼。

“我向着贫下中农,可我……”她翻起长长的眼睫毛,“可谁要敢碰我奶奶,我就跟谁豁!”

“嗯呵!豁?好!我们贫下中农先揍你!”刘全有一手夺过她的荆条,“来人,先给她一顿鞭子!”

那些日子,打死个人比宰只鸡还平常。不少地富和划不清界限的子女都被打死了,拖死了,吓死了。可这会儿听到刘全有的断喝,两边的“战士”谁也没伸手接荆条,谁也不想亲手鞭笞小五丫。他们一个个抻着脖子喘粗气,舍不得,小五丫的肉皮儿太嫩喽!

"你们,全他妈的愣着什么!"刘全有下不来台,扬手把荆条举起来,挥下去的时候却变了方向,一下抡到她奶奶的肩膀上——

呸!小五丫上去用头一顶,刘全有向后踉跄几步,一个仰壳摔倒了。

全乱了,那天的会场全乱了。小五丫就是不服软儿,刘全有起来之后往前扑,被旁边的人紧紧抱住了。

从那以后,小五丫比贫下中农还贫下中农,只要有人打她奶奶,她准把咄咄逼人的两个奶子一挺:"我看你们打哪个,先打我,打呀!"

谁下得去手,疼还疼不过来呢。

就连那些恨她的跛扈男人,只要面对面站在她面前,马上全都灭了锐气,也是的,打她怎么下手呢……

小五丫的那张嘴好厉害,你给她念"革命不是请客吃饭",她就说"要文斗不要武斗";你若说她站不稳立场划不清界限,她就说是猪是狗都得由人养活,难道我奶奶就该饿死打死不成?

听村里人说,小五丫的父母早死了,她爷爷原是皇庄的大海户,她的这个奶奶是第四房小老婆。现在族中只剩了她们祖孙俩,小五丫是奶奶一手拉巴起来的。

起初,我无论如何也理解不了小五丫怎能受到如此殊遇,在那摧枯拉朽的红色风暴中,竟然没人敢惹这样一个势单力薄的地富子女。后来我觉悟了:她美到了极致。至少在我的心目中,她美得像维纳斯,美得庄严美得神圣,美得使一切妄图施虐施暴的人望而却步了。

一件令我瞠目的事情又使我的看法转变了——

"尹老师,告诉您一个秘密!"刚离校的春生一天晚上找我来玩,开口先要告诉我个秘密。春生新近做了公社播音室的播音员,公社的小道消息多极了。

我扬眉,冲他笑笑。

"您知道小五丫不?"

"小五丫?这我怎能不知道。"

"别看她表面上横,其实呀,尽跟公社、大队掌权的干那勾当!"

"嗯?"我隐约明白了他指的什么,不过,终究令人不能相信。刹那,我又陷入了冥思,像小五丫这样的绝色女人,什么人不想得到她?别看多少地富子女娶不进嫁不出,而小五丫,却是多少人舍命也想得到的。

从春生嘴里获知,上个月公社革委会副主任方大脑袋说小五丫嗓音好,是"可以教育好的子女",所以不再让她下地干活,收到广播室练播音。

哦,记起来了,小五丫的嗓音是脆脆的,像银铃,其实这也不错,是该人尽其才嘛!

春生可不同意我这人尽其才的说法。他说多少嗓音好的去不了广播室,是方大脑袋疼她,怕她在日头底下把肉皮儿晒糙了。

琢磨半天我也觉得有道理,完全有可能像春生说的,方大脑袋醉翁之意不在酒,借机会占上了小五丫的便宜。

我不好说什么,春生点点桌子接着说:“尹老师,您还没转过磨来呐,不全怪方大头他们,小五丫压根儿就不正。”

这,我绝对没想过。

“不信,明天晚上我带您去‘贼’一回,我都‘贼’了他们好几次!”

去看?去跟踪?跟着春生干这事?我的指尖都有些发木了。窥探本身就不光彩,无论怎么解释这种行为都龌龊。可是去查证小五丫,我是抱着不可能的心态去尾随——这还卑鄙吗——以此为自己解脱吧!在那轰轰烈烈的日子里,也实在太百无聊赖了。

海子边上还有一道清凌凌的小河,夹岸是密匝匝的桃林,如纱的垂柳。当年的皇家猎苑,怎么能不美!小河蜿蜒向东,河面上静卧着一座珊瑚桥。小桥通体是用老树根搭成的,形状虬曲嶙峋苍劲朴拙,远远望去,就如雅室中安放的一方小盆景。桥下,水儿清清,映出树林、天际、飞鸟的倒影。漫坡的青草与清水相连,使这里成了“饮绿”的世界。海子边的风流事大多发生在珊瑚桥,这里寂静清幽,大自然在这里创造出一种梦幻般的氛围——反正,海子人一提珊瑚桥,便都会嘻嘻,哈哈,嘿嘿,呵呵,嘎嘎,咯咯……

晚上八点,晚霞抹得天际桔红,我和春生隐在一棵大槐树后埋伏。视野中,珊瑚桥是“饮绿”世界中的一件艺术品,小巧玲珑地安卧在如带的小河上。虫鸣蛙叫,使水色天光格外轻柔,使草坪密林格外静谧,真的,人们一旦进入这个世界,会醉会痴会迷的。

一刻钟之后,小五丫真的来了。她脱掉暗黄的外衣,里面竟是一件月白色的衬衫,领口敞开很大,雪白的前胸露出来。天,我浑身的血往头上涌,万绿丛中,她多么灿烂多么鲜艳,可她又变得多放荡!

她走得更近了,用一块桃红手绢擦着脸,神态从容得让人不相信这是她。突然,沿河坡的小路上来了一个骑车的,春生一捅我,我大睁双眼一看,可不是,正是方大脑袋!他急急慌慌骑车来,嘴里还在轻轻喊:“小五丫,真是的,又是他妈穷会没完……”

“人家等了老半天!”她眯起两只大眼,娇滴滴地嗔怨。

“穷开会,我实在拔不出腿哟!”他跳下车,一脸讪笑着朝她走过来。

“你净骗人,我知道,你心里还有五队的月兰,是不是?”她撅起鲜红的嘴唇,曲线分明的身子轻晃着。

我的心要跳出来,双手滑腻腻地搓裤子,全是汗。

“瞎说,一百个月兰,也不及你半个!”方大头突然把她抱起来,大步向东边的电井房子走过去。

“你松手,你慢点儿,你……”她用手捶,还甩脚,但那不是反抗——忧怨娇嗔绝对是另外一个人。

小五丫——怎么可能呢!

不管春生怎么拽我再往前凑,他说好看的还在后头呐,我移不动步,颓丧忿忿到了极点,什么他妈维纳斯,一切都是虚伪造作的!

事后,春生又让我到海子船房、九队瓜棚看热闹,我拒绝了,还看什么,当初的小五丫多么美好啊!

没有不透风的墙,小五丫与干部们的风流事很快在海子传开了。人们在下边骂,可更不敢得罪小五丫,她有了上边做仗恃,当然变得更泼了。

最吃香的是她奶奶。地富们沤粪、挑肥、脱砖坯,样样苦差事也轮不到她。地富们每晚的“夜战”老婆子也免了,岁数太大,一走三晃,这是大队“特批”的。

人们更骂,小五丫卖屁股,是她奶奶教的她。当年那老东西年轻的时候,就是打城里八大胡同跑到海子来的一个窑姐儿,勾引了大地主周钟玉,做了他第四房小老婆。当窑姐儿的地主婆子好得了?自然会教小五丫干这个。

不过,善有善报恶有恶报。第三年春上,小五丫她奶奶感冒并发肺炎,一礼拜不到就命归黄泉。不单贫下中农高兴,连劳改队的地富都痛快:活该,报应!

万没想到,小五丫的奶奶死后不到一个月,海子边上爆出一条空前的惊人消息:方大脑袋又上珊瑚桥,被小五丫一口把舌头咬下来!

太新奇了,堂堂的公社副主任从此再也不能开口说话。海子边炸了!

反复审讯多次调查使小五丫的双眼凹下去,脸色白了,不管谁审她,不管多少人围观,她翻来复去就是这么几句话:“我勾的就是走红的有权有势的,全是为了我奶奶,奶奶死了谁想再来占便宜,那我就把谁的舌头咬下来!”她乜看所有人,连解放军也不怕。

到底也没把她怎么样,那时乱乱哄哄地没“法”,人们反倒又觉小五丫不坏了。方大脑袋行得正,能被人家一口咬成哑巴?嘁!

不过,小五丫的性子又烈过了头。那年秋上,她竟然嫁给了串儿,连我都气不过,其实,她和一万个男人有过“那个”也没事儿,她是海子边多少人垂涎的一只水蜜桃,谁知她怎么想的呢。

确如徐半仙所说,串儿下巴大有后福,自从跟小五丫结了婚,他跟五类一块儿沤粪再也不藏脑袋,反却常常拍脯子:“当初还有人给我说外县的,全推了,我就看得上小五丫,别的闺女全不要!”

其实小五丫福更大。1982 年日本医官前井五郎来海子认回串儿,串儿已经带小五丫逛过四趟日本了。现如今他们已是海子的首富,双重国籍,还赚回一辆蓝鸟车。串儿当了县里的政协委员,人们见着小五丫,还争着管她叫夫人。

——只有小五丫称得上夫人,她是海子边名符其实的第一夫人——谁能说她福不大?

血　沁

1

北京的老爷们儿闲下来干什么？遛鸟、下棋、敲三家儿。不信您到遍布四城的街头绿地转转，下象棋的，老爷们儿多；敲三家儿的，老爷们儿多；提笼架鸟的，个儿的个儿的全是六七十岁的老爷们儿。宣武区西南的碧芳楼前更是如此。每天下午四五点钟，这里的街心花园就热闹起来。花园的东侧，是敲三家儿的地盘，“一根儿三”“一对瓢”的甩牌声此起彼落。西北，是一圈圈的棋摊，没东边热闹，偶尔“嘭”地一声“蹬车”，引出几声“臭”来，马上又恢复了安静。南边的一片小树林，那是莺啼鸟鸣的天地。密密实实的雪松枝上，挂着各式各样的鸟笼子。笼子的主人三三两两地坐在石凳上，与笼子保持一定的距离，或听或看或聊，很少有人粗声大气地说话。可不是嘛，遛鸟听的是鸟叫，人要是在这瞎喳喳，那还遛鸟干什么。

其实，这片绿地的四周，并没有拔地而起的高楼，只有一圈暗红色的矮楼。每天早晚有十几辆小轿车接人送人，无奈北京的小车都兴挂帘，老百姓难见坐车人的模样。冷不丁地瞄见两眼，也是挺胸叠肚的多，气宇轩昂的多，反正没有一个剃秃子的光膀子的，层次不同嘛！所以，别看区里的头头们守着这块绿地，他们却难得到花园中四处走走。即便有个区长、局长的走下楼来，也是到北边的紫荆丛里打上趟太极，练上会儿气功，东、西、南三面，人家根本不来。养“蜡嘴粉红”的万大头说得好：人家能跟咱们这伙子人起腻？别看解放前玩鸟的都是旗门里的阔主儿，现如今，咱们这号的全是他妈下九流！

下九流中有一个人挺邪行，他不养鸟，玩猫，这就是大梁巷的郑五爷。每天下午，郑五爷都到碧芳楼前“遛猫”。他走到哪儿，那猫尾随身后跟到哪儿。凡是第一次见到这猫的，保准一下愣在那儿——哎哟，怎么还有这么好看的猫，真叫绝！

郑五爷的猫，是一只纯种泰国猫。除了具有骨硬、肌健、耳长、尾细、体壮的特点之外，奇就奇在它的毛色上：四足、头顶、脊背、尾巴是鲜亮鲜亮的紫色；除了一个白鼻子，两颊、腹部和四腿又呈金黄。两只眼睛一只是蓝的，一只是灰的。加上头形的端正，足尾的修长，体态的健美，人人见了都觉得这是一只不亚于华南虎仔的名贵奇猫。那些白地黄背黄尾的“黄金贝”，白地黑脊的“乌云盖雪”，通身一色四脚唯白的“四蹄踏雪”，虽然也是猫中的上品，毕竟人们常能见到。物以稀为贵，卖冰棍的莫老歪说：“紫毛猫，就是乾隆爷养过一只，这种猫在中国早绝了种，郑五爷这只,是一个大鼻子送给他的。”

郑五爷也不否认,这不是那类“泼墨梨花”“枫林送晚”的俗猫,它是绝种的“紫气东来”!

说起猫来,它有毛色美、头形美、足尾美、体态美。而毛色之美又有奇特与正宗之分。奇美者,色红、色赭、色紫、色灰,这几种颜色的猫,有谁见着过几回?头两年,动物园的一个饲养员缠上了郑五爷,死乞白赖要他把这只猫卖给他们,并给他出过八百五十块钱的高价。郑五爷每回都一耷拉眼皮:“八百五?‘东来’跟了我六年,哪天不得在它身上扑腾一块来钱,光是食钱,你算算它值多少?”那个饲养员说出大天来,他就是两个字——不卖!

一点儿没吹。每天,郑五爷都要上自由市场给猫买上条鱼,回家做熟了喂它吃。一天,万大头又来遛鸟,顺手从网兜里扽出两条明太鱼向郑五爷递来:“郑五爷,今儿我买了十斤明太鱼,您也甭单给‘东来’买食了,我送您两条喂它。”郑五爷摸摸下巴说了声“谢谢”,扭脸带着“东来”走了。旁边的人一看这架势,立码儿哄开了万大头:“大头,别看你买十斤明太鱼解馋,人家那只‘紫气东来’,不吃这二块五一斤的玩意儿!”“呸,什么他妈二块五,三块七一斤,涨啦!”打那儿之后,万大头见着郑五爷,果然不那么热乎了。

每天下午四点多钟,郑五爷带着“东来”到林子里遛。他坐下来抽烟,那猫就在他脚旁边一蹲,跟他一块儿听鸟儿叫。夏天,草坪上要是有飞来的蜻蜓、蝴蝶,“东来”便一蹿一跳地追着玩。这时候,郑五爷耐心儿地看着猫跑、猫蹿、猫跳。“东来”要是玩腻了,他就从兜里摸出几个大海米,一粒一粒地送到它嘴里。

“神经病!”万大头净在背后糟践他,“再稀罕那猫,也没有喂海米的呀,吃饱了撑的!”

2

郑五爷稀罕“东来”,也在“东来”通人性。只要五爷一摆上饭菜吃喝,“东来”就绝不再叫唤一声,而是静静地在床上一坐,白鼻梁一腆,轻轻地把两只眼睛闭上。每顿饭,五爷要吃一个咸鸭蛋下酒,多一半蛋黄他舍不得吃,定会一摩挲“东来”的脑袋,把蛋黄塞到它嘴里。冬天的晚上,只要五爷的被子一抻开,“东来”就立码儿钻进去为他焐暖。主人心烦的时候,这猫比谁都清楚,不是上去舔他的手,就是爬到五爷的肩膀上,用毛茸茸的大头往他的脖子上一偎。得,郑五爷的脾气全没了,准得抱下它来说:“走,再带你上外头遛会子。”隔个仨俩月,外头的母猫一叫春,“东来”的那只蓝眼睛变紫了,灰眼睛变红了,蹲在门下的猫洞口冲五爷叫:喵,喵。每到这时候,郑五爷准得抱起它,捋捋它那紫亮紫亮的尾巴说:“你呀,一勾你,就呆不住啦,去吧!”被放到地上的“东来”回过头来再看看主人,才猛地一回身,哧溜一下子从洞口蹿出去。

雁雁也爱猫。每个星期,她都到师傅家给“东来”洗一次澡。“东来”一出门就带起一阵香味,那是雁雁给它洒的香水。

六年前,雁雁来到汲古斋,她和四个小青年都成了郑五爷的徒弟。不少外国人也来向郑师傅讨教,他对谁也不保守。一个常到店里来的挪威人要回国,他从大使馆抱来一只猫送给郑师傅。当时,“东来”还不到两个月,扑纸片、追皮球,别提有多顽皮。雁雁爱得一下搂到怀里,对郑五爷说:“郑师傅,您把这只猫……”郑五爷搓搓脑门说:“让这小东西跟我这孤老头子做伴吧,你喜欢,到我家去跟它玩。”郑五爷解放前就玩猫,现在老了老了,他没了依托,见了这只难得的“紫气东来”,就再也舍不得撒手了。

前年,六十八岁的郑五爷离开了汲古斋。不管上级公司如何挽留,他坚持不干了。已经做了那么多年,还“顾问”个什么劲儿呢!江山代有才人出,各领风骚数百年。缺了谁,汲古斋也得开下去,自己干嘛还老占着人家的位子?他下来了,再也不问店里的事,新经理许原,完全能挑起那架大梁。

雁雁每次到家里来,总是要跟“东来”玩上半天。她总爱一边给“东来”洗澡,一边念叨店里的事。什么收上两幅“八大山人”的字画啦,卖出去三十件光绪瓷器啦,日本人又迷上了碑文拓片啦,印度人又来买刻石经啦,反正店里的大事她都愿意跟郑五爷说说。郑五爷似听,又似心不在焉,从不打断她,更不操心多问一句。只是眯着两只细眼“嘿嘿”上两声,然后就夸开了他的“东来”。人老了,又成了一个鳏夫,他一门儿心思扑在了猫身上……

今天,雁雁又来了。她敲敲师傅的门,里边没有声儿,顺手一推,郑五爷呆呆地坐在八仙桌旁的藤椅上。她轻轻地叫:“郑师傅。”走过去,看他的脸色又青又黄。

好半天,郑五爷才抬起头,哆嗦了半天嘴唇,却什么也没说出来。

莫不是——雁雁进门的时候,已经下意识地注意到了,“东来”不在,莫不是“东来”它……“郑师傅,是不是‘东来’玩去了没回来?”她的心也悬起来。

“三天,三天……它没着家……”老人一下子老了十岁!平时,别看他七十的人了,走起道来腾腾腾地腰板笔直。尤其是他那两只细长有神的眼睛,像年轻人一般明亮灵活。他的脑子清楚得也像一个盛气不衰的中年人。可是,“东来”走失了三天,他下眼睑的泪囊鼓起来,泛着紫、透着黑,半白的头发蓬乱了,红润的脸色发黄了,发青了……

“郑师傅,您别急,没事儿,我们邻居那只黑狸猫,三天两头不回来呢。”雁雁也知道,“东来”从不在外边过整夜。听着郑五爷的话,她的心也“扔”地一下。上礼拜郑五爷还对她说,人家外国的猫、狗兴穿衣服,也该让“东来”穿上一件享受享受。这几天,雁雁买了好几色毛线,正在给“东来”织毛衣。她早琢磨好了,一要“东来”穿着漂亮,二要师傅大吃一惊!

“六年啦,它一天……没离开过我,这,你知道……”往日的矍铄在老人身上消失得无影无踪,他干咽着唾沫,凸起的喉结一动一动。

“郑师傅,这几天您吃的什么?”看着他凹陷的两颊,她突然想到,饭,饭!

“唉……”他闭着眼睛不言语。

雁雁推门出来，进到小厨房一看，什么菜都没有，火炉子冰冷冰冷，肯定，他三天没有吃饭，来不及生火了，她跑到外面，买回了一斤热气腾腾的包子，递到老人面前：“郑师傅，您怎能……快吃，啊？”她把一个包子递到他的嘴边。

“苦，我嘴里，苦哇……”郑五爷接过包子，“你帮我，去找找……”

“您先吃，先得吃饭呐！”

“吃，我吃……”郑五爷强把嘴张开，咬下一口包子。

“郑师傅，羊肉馅的包子就是香，我给您再沏上一杯茶喝。”见他吃了，雁雁的心才放下一些。

“水，对，我喝口水……”这么长时间了，他刚刚有了饥渴的感觉。

她把一杯从邻居那里沏来的茶水递给郑五爷，甜甜地笑着说：“郑师傅，许原上我们家里去过了，我爸爸妈妈都挺喜欢他，说他又聪明又懂事。”雁雁和许原交了两年的朋友，明年他们就要结婚了。

“啊，好，挺好呗……”郑五爷知道，雁雁抬出许原来跟他打岔，可他什么心思都没了，他就惦记他的“东来”哟！

入冬，天黑得早多了。五点半钟，屋里就要开灯。雁雁刚把灯拉开，猫洞的小布帘一动——“东来”喵地一声回来了。

“郑师傅，‘东来’，‘东来’！”她一把抱起“东来”，它浑身干干净净，只是白鼻子蹭黑了。紫亮紫亮的短毛，梳得光光溜溜。她掏出一块手绢，轻轻为它擦着鼻子，谁知怎么回事，雁雁的鼻子一酸，她先唰地掉下几滴眼泪，刚才她真以为，给“东来”的毛衣白织了呢……

屋里的灯光是暗红色，“东来”的蓝眼珠、灰眼珠中各有一条细细的黑线，它们是竖着的，紧紧地盯着郑五爷，瞄——喵——

好半天，雁雁才把“东来”放到桌上。“郑师傅！”她一抬头，只见老人已经歪在床边打起了呼噜，胡子拉碴的嘴半张着。

“东来”看看雁雁，也一下跳到床上，在郑五爷身上趴下，偎到他的臂弯中了。

五分钟不到，又响起了一重呼噜声。

雁雁轻手轻脚地退出来，临出门，她又抻开一条被子，横在老人和“东来”的身上。

3

隆冬。

今天，碧芳街前的绿地真热闹，别看冷，万大头让他的“蜡嘴粉红”打蛋子。这只鲜黄身子的小鸟真机灵，主人扔起一块骨头做的小蛋子，它能嗖地一下飞起来，用嘴把骨蛋子叼住。围着看的人不下三四十，万大头也不轰人家了，“蜡嘴粉红”为他出尽风头露尽了脸。

郑五爷也来了，离开那圈子人五六丈远坐着看。“东来”也看得入了神，看着看着，它也随万大头的骨蛋子往上一扔，一跳一蹿地尥蹦玩。郑五爷一看“东来”撒开了欢，马上把脑袋扭过来，看“东来”前爪一够后腿一蹬，噌地就是一道紫光腾起，那小黄雀有什么看头！随着那边一片惊叹声起，郑五爷一扭脸，“东来”哧溜一下跑进人堆上了树。郑五爷不知这猫上了哪，刚一站起身，只见万大头嗖地又抛起那个骨蛋子，扑楞，噌！人们一下子全呆了，“东来”从树枝上纵身一跃，一口先把那枚蛋子叼住了。大伙儿还没醒过闷儿来，随着这只矫健的猫儿落地，万大头那只“蜡嘴粉红”扑地一声掉在地上摔死了。原来，就在这只小鸟刚刚飞近那枚蛋子的时候，“东来”用爪子一挠，鸟儿的翅膀折了，摔在地上再也不能动。万大头气得大叫一声：“该死的臭杂种！”

人群也骚动开了：“多好的一只小鸟，让猫一爪子给祸害啦！”

“东来”全然不顾，颠颠地叼着那块骨蛋子来到郑五爷身边，蹿上他的膝盖一扬头，喵地一声把嘴里的东西吐到郑五爷的手里了。郑五爷一愣，刚才他还真没看清是怎么回事，这会儿心里全明白了。他点着它的鼻子说：“你呀，哪儿有你这么淘的！”

没容他起身，万大头早托着那只“蜡嘴粉红”过来了：“老郑，”他又急又气，也不管他叫什么“五爷”了，“有你这么养猫的没有？你赔我的鸟！”万大头的脑门又方又亮，这时候急红了。

“‘东来’跟它有什么关系！”他不抬眼皮，装傻。

“全是‘东来’给弄的！”

“它咬的？它吃了鸟？”

“它抓死了这只‘蜡嘴粉红’！”方大头脖子的青筋暴起来。

“新鲜！你那鸟儿不是见天见看着，见天见搁笼子里吗？”

“我说老头，你讲理不讲，你是真不知道还是假不知道？”

“赔，赔！”

刚才看鸟的人们觉着不公了，这老头子真不讲理，哪儿有这么护猫的！

“有你们的事儿没有？不就是赔钱吗！”郑五爷一看激起了公愤，一摸胸脯说，“万大头，多少钱你说！”

“多少钱，六张儿！”万大头心疼得手直哆嗦，他没说谎，前年，他买这只“蜡嘴粉红”的时候确实花了六十。

“六十？这么个破鸟儿值六十？别讹人啦？”

“郑五爷，人家万大头真没讹您，会叼蛋子的黄雀八十您也买不下来。”四五个遛鸟的都与他熟，凑过来替万大头说话。

“不能由他说了算！”郑五爷斜抱着猫，跟人家争竞着，手还不忘了捋“东来”。

“赔，赔人家钱！”围观的人都觉着万大头冤枉，多好的一只小鸟，楞让这只猫一爪子抓死了。

成了众矢之的的郑五爷当然不是滋味，他眨巴了半天眼睛，从兜里摸出四十块钱，啪地甩到万大头手里："姓万的，四十块钱打住了，你要还不干，咱们找地儿说理去！"他不心疼钱，只是觉得要服服贴贴拿出钱来，太栽。

"嘿，老头，人家是六十买的。"

"郑五爷，大头要的确实不多，谁叫咱们的'东来'——得，冲我的面子，添上二十结了。"

"'东来'怎么啦？它又不是成心的！"帮腔的一提猫，郑五爷倒恼了，"不要拉倒，咱们找地界儿讲理去。"

"老大爷，再给您二十，实在对不起您啦！"一个漂亮姑娘从人后挤进来，她把二十块钱放到万大头手里，转脸一搀郑五爷的胳膊，"郑师傅，这么冷的天连大衣都没穿，该着凉啦！"她是雁雁，又把"东来"揽到自己怀里。

"不行，不行，你甭管……"郑五爷嘴上这么说着，屁股却跟着抬起来，叨唠着和雁雁一块往外挤。

万大头知道郑五爷这个徒弟像亲闺女一样待他，人家又给了二十，也就不再言语。瞧热闹的人轰地一散，倒议论开了——

"没见过，瞧把那猫惯的，邪行！"

"老爷们儿这么护猫，比护犊子还厉害！"

"对不住哇——听说这猫天天跟老头子一块睡觉！嘁……"一个缺门牙的拐子挤挤眼一笑，几个老爷们全乐了，谁知道到底是怎么回事！

郑五爷随雁雁出来，马上掏出二十块钱塞给她："我不是舍不得钱，就是不能，让'东来'这么栽呀！"

雁雁笑了，露出两排晶亮的牙齿，人老了真逗，这'东来'有什么栽不栽的？她把钱又塞到他兜里说："这二十，我替您出了。"

"那可不成，这辈子我占过谁的便宜？"他掏出钱来又杵给她。

雁雁知道他的脾气，可在马路上这么塞来杵去多让人笑话，她噘着鲜鲜的嘴唇说："郑师傅，瞧您，不是'东来'捅的娄子吗？就算我替'东来'出。"

"嗯——行！"他乐了。可不是嘛，雁雁三天两头照顾他，自己这话多见外？他把钱重新揣进兜，摸摸"东来"的尾巴说，"你觉着它这两天是不是又沉了？"

她笑了，知道郑五爷也在成心和自己打岔。她用脸颊贴贴"东来"的头说："人家有的是钱，这几个月，我们发的奖金可多啦！"

"嗯，好，好！"

"许原他，特能干。他的英语已经能和外国人说一气了呢。"许原是雁雁心中的丘比特、阿波罗，只要一谈起汲古斋，她准会提起自己的许原。

"这小伙子好学，聪明！"郑五爷当然也了解这个自己带出的徒弟。

"上个月，我们一人就发了八十块钱奖金。"

"噢，不少。"他搭讪着，瞥瞥她怀里的"东来"。

"这个月呀，许原说上缴了四十万，我们发的奖金还要多！"雁雁亭亭玉立，比郑五爷还要猛一些。

“嗯,好!”他摸摸“东来”的头,伸过去的手没有完全抽回来,“啊,你刚才说,上缴了多少万来着?”

“四十万呀!”雁雁往上掂了掂“东来”。

“四十万?”他一下子站住了,两年了,他一次也不打听店里的事,今天的四十万,一下把他惊呆了。

“对,许原他把店里的买卖搞活啦。”她两只亮亮的杏眼中充溢着骄傲、幸福、快活。

“买卖什么赚了那么多钱?”郑五爷惊疑地看着雁雁的双眼。

“汉——玉!”她兴奋地看着郑五爷,“今天,难得您又打听店里的事情。”

“汉玉……”他细长的眼睛若有所思地眨了半天,又挑挑两道半白的眉毛。

“是喏! 许原说,汲古斋的路子算是趟开了。”

郑五爷长长地吁出一口气,抬头看了看灰蒙蒙的天,重新迈开了步子——比刚才慢多了。

4

下雪了,纷纷扬扬地下了一夜。雪片太厚了,太沉了,简直是铺天盖地般向下垂落。世界,被厚重的雪包裹了。雪毯真重啊,它们把树枝压弯了腰,不时,一坨子一坨子的白雪散落下来,扬起一团雪雾……

汲古斋里静极了,雪,使店铺出现了少有的萧条。

九点半钟,郑五爷来到了这里。真新鲜,郑师傅自从退了休,很少再登这个门的!

“郑师傅,早不来晚不来,这么大的雪天您怎么出来了? 多玄! 连咱这棒小伙子都摔跟头。”英俊高大的许原第一个发现了郑五爷,三两步赶过来,搀住了他的胳膊。

“郑师傅!”

“郑师傅您好!”

七八个青年人都拥过来,他们都是郑五爷的徒弟。有人抱起了他的猫,有人拉过一把凳子让他坐,今天真巧,大雪使宽敞的大厅内没来一个顾客。雁雁帮他脱掉大衣、帽子,掸去上面的雪,扶他在旺旺的火炉旁坐下了。

和大伙寒暄几句之后,郑五爷从口袋里摸出两件东西,一枚青金石扇坠,一个青玉扳指。这是怎么回事? 人们都有点儿奇怪。

“我想问问你们,这玉和其他石头的区别。”他用眼睛环视着众人。

咦,更神了,郑五爷在店里的时候,他确实三天两头教大家、考大家。这两年,他连上店里来都不来几趟,怎么又让人们辨析开了金石? 大伙愣了愣,还是七嘴八舌地说开了——

“玉质细腻,撞击有声。”

“玉色众多，晶莹剔透。”

在文物商店工作，哪能连这点常识都不知道？何况，郑五爷你早都把大伙教会了呀！

“照你们这么说，凡是质细、发声、剔透的石头都可称‘玉’喽？”他用细长的眼睛眯着众人。

这——，郑五爷这一反着问，还真把所有人给问住了。唯有许原，他见大伙都把目光移向自己，舔了舔嘴唇说：“玉，绝不与顽石类同。辨玉，要依首德而次符识之。玉有五德：润泽以温，仁；鳃理至外可以知中，义；其声舒畅远闻，智；不挠而折，勇；锐廉不拔，洁。”

真绝！还得说人家许原，从实践到理论，他比众人拔出一大节，不然怎么他成了汲古斋的经理呢！

“玉有君子之德，你答得不错。”

没等郑五爷把话说完，许原看看大伙儿，又冲郑五爷说：“美玉如人，知仁、守义、存智、兼勇、尚洁。其他顽石，都不具备玉的五德，所以都不为玉。”

美玉，有着人一般的美德，这真是一语双关的辨析！

最幸福的是雁雁，她的许原真棒哟！

郑五爷始终没有什么表情，“东来”早又跳到他的膝上，他捋着它的脊背又问：“符呢？你不说还要以符识玉吗？”

许原款款地搓了搓手：“符是玉的颜色，赤如鸡冠、黄若蒸栗、白同猪脂、黑似纯漆，要以德、符识玉，万无一失。”

“你答得好！”郑五爷又扫视了众人一眼，“你们，快站到柜台后头去！”

人们一边称赞着许原，一边纷纷散开了。权威，虽然郑五爷不干了，可他在汲古斋有不可动摇的权威，那是他炉火纯青的鉴赏造诣铸成的。

半人多高的火炉前只剩了两个人，一个坐着，一个站着。

“汉玉，是什么时候收上来的？”郑五爷的嗓音极低，没有抬起眼皮。

许原一下猫下了腰：“郑师傅，没……不是……”刹那间，他的舌头不利落了。

“卖给了谁？”他抚着猫的手不动了。

“当然是……外宾。”许原变得惶惶、惴惴。

“大清乾隆以前的珍贵文物，绝不允许出售，你怎么能卖汉玉？”声音小得只有对方一人能听到。

“郑师傅，您放心，我绝不会知法犯法的！”许原咬了咬牙，那两道黑直的眉毛紧绷着。

“既没收上汉玉，又没卖出汉玉，你从哪儿赚来四十万？”他把“东来”扔到地上，一下子站起来。

“郑师傅……”

他走了，后面跟着“东来”。柜台后的人们都挺奇怪，郑师傅这是怎么啦？难道他对许原的辨析生气啦?

……

5

雪住了,天色灰黄灰黄,云比刚才下过的雪还厚还重,它们如盖般低垂,和万物、人们的距离贴得好近好近。

视野中,空间凝聚了、浓缩了。雪后,人们感到压抑。

被踩成坚冰的路面窒息了交通,汲古斋一上午都没来几位顾客。下午三点,郑五爷又推门进来了。真想不到,他这是怎么了?

大伙又围上来,他却一扬手,示意人们不要动。大厅里好静,只有"东来"翘着尾巴"喵喵"地叫着。雁雁还是走过来,嗔怨地说:"您真是,这道儿我们都摔跤!"

他不理她,管自脱下大衣,把火盖挑开,用夹煤的铁夹夹住一块小玉片扎进火眼。

"郑师傅,您这是……"许原远远地看了半天,突然快步赶过来。

郑五爷用眼睛看了看他,示意让他往后退。

许原皱紧眉头,雁雁莫名其妙,众人更是摸不着头脑。

粉蓝色的火苗好长好长,它们一闪一闪,一跳一跳。

喵,喵,喵——,"东来"来到主人脚下,一声一声地叫。

郑五爷蹲下了,轻轻地捧捧"东来"的脸蛋儿,又用左手一把一把胡噜它的背毛。"东来"闭上了眼,享受着主人的爱抚……

突然,郑五爷以少有的敏捷站起来,他左手紧薅着"东来"的脊背,把它四脚用绳子系住了——喵,喵,"东来"撒娇似的在叫。

只有许原反应最快,他一手拽住了郑五爷的右手:"郑师傅,您……"

"松开,松开!"他眼中射出两道凛冽的寒光。许原的脑袋耷拉了,他不敢看他的眼睛!他的手松开了。

噌!郑五爷猛地从怀里抽出一把尖刀,半尺多长雪亮雪亮。在人们还不知怎么回事的时候,一刀冲"东来"的肚皮上刺去——扑!血滋出来,"东来"被捆住的爪子乱蹬,像婴儿一样惨叫。

"郑师傅,您干嘛,'东来''东来'……"雁雁急哭了、吓哭了,上去就去夺"东来"。郑五爷一甩左手,她雪白的羽绒服上,喷上了殷红的鲜血……

当啷!郑五爷把刀扔在地上,抬手抽出那把铁夹,夹子头烧红了,夹住的玉片也烧得通红。

"东来"的黄肚皮变得鲜红,它还在乱摇乱叫,所有人却又像被钉在原地,这突如其来的戕杀,使人人不知所措。只见郑五爷举起铁夹,照着"东来"划开的肚皮一捅——哧溜溜……

随着"东来"揪心的一声惨叫,一股血肉焦灼的腥味伴着腾起的蓝烟升起来,弥散开。

……

一切都终止了，消失了，汲古斋的大厅里静得可怕！不知道过了多长时间，腾起的烟雾完全散清了，郑五爷才“腾楞”一声，从猫腹中扽出那块玉片，他信手把僵直的“东来”扔在地上，掏出一块厚厚的毛巾手绢接住那块血肉粘连的玉片，然后用力一搓——一块隐现出紫红色斑纹的血沁“汉玉”呈现在人们面前。

——汉玉，是玉雕中最贵重的品类。真正的汉玉，传世之物极少，大多是从洛阳古墓中出土所得。作为殉葬之物置于棺内的汉玉，每每沾上尸身腐烂的血污，血肉粘合的汉玉历经两千年的风化，形成了暗红、淡紫色的血沁斑纹。血沁汉玉，具有独特的审美、鉴赏、文物价值。一块血沁汉玉，顶得过上百块近代的精美玉雕！

“许原，我这块血沁汉玉，你卖几万？”郑五爷脸色铁青，逼视着许原。

“郑师傅，我，您……”他的肩膀溜下来，第一次在众人面前这么窝囊、怯怯。

“值多少钱，你说！”

人们仍然不知所措，这到底——是怎么回事？

”郑师傅，我，我……”许原摇头。

“你从哪儿学的这玩意儿，嗯？”他近前一步，怒视着他。

“《古玩辨伪》中的‘制赝篇’上说，汉玉制赝，始自乾隆……将仿汉玉雕灼红，剖开活犬、活猫之腹、戳入……再将血沁之玉深埋，两月之后取出……”

天！人人瞪圆了眼睛。

“你！……”雁雁用双手捂住了脸。

“你辨析得多好，玉有君子之德，玉有五——德！”郑五爷左腮上的肉突突直跳，突然，他哈哈哈地笑起来。

没有人动，大厅中的空气凝结了。他缓缓地转过身，一步一步向门口走去，步子好沉，还有些蹒跚。

没有人动，他身后仍是一片岑寂、一片茫然，闪出一条越来越大的空间……

蓦地，他猛一回身——

啪！那块紫红色的“血沁”汉玉被重重地掷在地上，摔了个粉碎……。

死寂，窒息。

“郑师傅！”忽然，人们看他脸色煞白，手脚不住地打颤，忽啦一声围了上来。他推开众人，一下子扑到地上，抓住了那还有余温的死猫：“‘东来’……‘东来’……”

宽敞的大厅突然变得狭小了，巨大的回声来来去去地撞击、回荡——凄厉、刺耳、揪人心肺……

静下来，余音消尽了。老人的嘴角扭曲着冲下弯，抱着“东来”的身子一抽一抽，蜷做了一团……

走向春深

1

有人说,北京城最热闹的地方是西单、东单、王府井,非也。全聚德的烤鸭、张一元的茶叶、谦祥益的绸缎、内联升的鞋帽,吃喝穿戴样样拔尖儿,它们全在前门、大栅栏儿的街面上。老北京们买咸菜得去六必居,吃果脯得上聚参合,抓药非得跑乐松生开的同仁堂,买把剪子还非得是王麻子出的,这些享誉京城的老字号——哪个不在前门外？热闹,热闹的地界儿在这儿呐。

当然,西单、王府井有拔地而起的百货大楼、祥云大厦,但那雷蒙、蓝天、造寸、乔娜,让平头百姓却步,档次太高,小市民们怵得慌。

前门大街之南是天桥,北边接着西河沿、打磨厂,西边是有名的八大胡同,东边连着老舍先生笔下的龙须沟,当年哪座王府建在这儿？五行八作车船店脚云集之地,自然多的是下九流。

这些年,前门外焕然一新了。只是腰杆子不硬的还爱上这儿来。什么出口转内销、削价大处理、清仓大甩卖——便宜货多在这里卖。甭说外地人,左近老少不买东西也爱上这儿来——热闹。出行不外悦目,悦目不就是找个乐儿吗。

闹中取静的是鲜鱼口。别看与大栅栏只隔着一条前门人街,热闹劲儿显然差了一截,圪圪蹴蹴。按说这里的饭庄、鞋店也不少,就是很少有人来。倒儿爷们没辙,都弄个车子上前门,在这半死不活的胡同里眯着,不赔钱才怪呢!

独秀一枝,鲜鱼口内半里地,路南的梦琪时装店却在整个南城叫响了。那是一座上下六间的小白楼,真正卖时装的梦琪在楼上,只占了不到六十平方米。楼下,是综合修理门市部,修车、修鞋、修锁、修电器。楼上楼下的主人是一个,四十四岁的杜连增。高档时装把老外、歌星都招了来,楼下综合修理更是闲不住,杜连增那话:不分你我他,笑迎天下客。

京都人都爱干大事,什么都讲究不栽面儿。要不那修鞋、修伞、裁衣、锔碗的都让江浙老俵占了地盘。杜连增脑瓜活泛,赚钱不怕舍脸,腰杆子硬那才不栽面儿!

他富了,到底掖着多少,街坊四邻不知道。后院的冯大婶、孙大妈尽管在街道上挺积极,可从来不给他汇报。院里各家修鞋、修车的事老杜全包了。这样的好人哪找去？现如今在外头修彩电,甭管坏在哪儿,二十寸的开盖先交一百块。谁经得住这份儿宰？人家杜连增呢，三天两头追着屁股后头问，哪家的电器有毛病，立马给您拾掇上。“我给大爷大妈的东西都终生保修了啊！”您瞅瞅这人，没治啦。

顺子三天两头来。他那辆三轮不是轱辘龙了，就是车胎扎了。不管杜连增在不在，他进门就抻着脖子先嚷：“爷们儿，我可还等着出车呐，拉老外，老外等着咱黑呐！”

甭管多忙，修车的先得侍候他。也别说，顺子跟杜掌柜的多铁！关着多大的面子呐。

其实，杜连增比卞启顺大二十岁，因为父辈在一块儿学徒，他俩自然排成兄弟辈儿。顺子等着修车，嘴里还得叨唠着：“你们当我连增哥的伙计，闹着了，嘁！”

他这话不假，修理部雇着七个人，每人管吃管喝，工资都不下五百。顺子跟他们都熟，也不是老上这儿修车。隔三差五，万宝路、希尔顿的也撒一盒，抽，他的叶子也活着呢。

劳教出来四年整，顺子蹬了三年车。当时哪顾得上什么栽面儿，有口饭吃就得了。打小，他就看不进一本书，坐不住一节课。初一的班主任苏老师说他屁股上长了刺儿，从此同学们都管他叫刺儿屁股。还真应了这个雅号，顺子后来左一扭右一歪地蹬开了三轮，当初的同学都在背后开心说，正对顺子的路，他没长坐沙发坐椅子的屁股啊！

北京人把蹬三轮、拉平板的叫板儿爷，有调侃有轻蔑。但顺子当着板儿爷挺自在。一天到晚蹬着三轮满城转，最不济闹三张儿，好了一百都得冒出去。要是碰上几个老外，那可更是“喝了蜜”，几十美元一摞，那就白捡三四棵！吐鲁番餐厅、马克西姆饭店、大三元酒家，多好的馆子他都敢进。人活一辈子干嘛？吃喝玩乐！反正这辈子当了板儿爷。先闹他一副好下水！

素常，杜连增老劝他，趁着年轻力壮，手头还是得紧着点儿。差不离儿的学门手艺，那才是一辈子的铁饭碗。他听不进，板儿爷多滋润，每天几十万外地傻帽儿来北京，辨不清汽车牌子就得坐三轮。两站地给你绕大圈，他哪知道是原地打转呐。掏钱吧您呐。不认帐，他这一米八的大块儿捋胳膊绾袖子，坐车的哪个敢滋扭？

一次他拉着一男一女俩老外在北京四城兜风，俩老外居然没有目的地，告诉他大街小巷随便骑，他们举着摄像机咔咔咔地拍片子。小半天儿，他从安定门转到古楼，从古楼骑到右安门，再去左安门，东大桥，绕回北太平庄已经落了晚儿。累归累——赚啦！那金发碧眼的大洋妞冲他连说：“三扣儿！”笑咪咪地递给他一百美金，他接钱的手直哆嗦。妈爷子，合八棵！四个钟头挣八棵，这不成了神仙啦。他接过钱来也想回奉上两句“三扣儿”，俩老外早扭身扬手，打过一辆“的”来又走了。

那份子乐。还累什么？他骗腿上车，又从北太平庄蹬回来。临近鲜鱼口，咦！皮包！俩老外的一只皮包落在座上了。他下车拉开皮包一数，四千六百多美元，还有几张洋名片。他想尥蹶儿，发了，这回他可发起来啦！

急匆匆,他骑进口,撂下车子上了梦琪的二楼,到楼口把声音压得低低的:

“连增哥,我发了。俩老外,这回让我抄上啦!”

平日,顺子从不跟杜连增隔心,什么事瞒着他爸他姐,到梦琪必得兜出来。杜连增示意他轻声慢步,妻子梦芳正在接待试装的两个外国人。他用眼色把顺子引到西侧的隔间说:“漫说你没发,发了也不能嚷嚷得前门楼子那儿都能听到!”

“我这儿一劲儿憋着呐,”他纳闷儿,确实压着嗓门呐,“连增哥,不蒙你,我卞启顺时来运转啦!”

杜连增点头,淡笑。

他抻长脖子咬耳朵:“钱包,拉了俩老外,捡的!”

杜连增接过那皮包,打开看看又递给他:“哪捡的?”

“落我车上的!”他绘声绘色,连老外带摄像机,从头说。

杜连增听完点上一支烟,两只窝进去的黑眼珠子乜着他:“我全信,不是捡的吗? 这就叫你发啦?”

“那可不……没偷没抢,归我啦。”

“听我一句话,不义之财不可得,赶紧交公找失主。”

“交公? 我才不去交警察!”

顺子最恨警察又最怕警察。那年劳教把他抓起来,一进公安局就先被人家解了裤腰带。想挣蹦没门儿,你双手拎着裤子,人家手里还握着电棍呐。这些年在北京城当板儿爷,警察找个碴儿就罚你。没准谱儿,他说五块就五块,他想要十块就十块。你要敢滋扭一句——扣车扣牌,你哭死磕死没脾气。

“警察怎么了? 我又没让你非得交警察。”

“警察?”顺子也要过支烟来点上了,“别他妈装丫挺的了,这帮丫挺的最黑!”

“成,那我陪你找失主,不是有名片吗? 反正不能因为它,”杜连增瞄瞄那个包,“你又栽进去。”

没费多少周折,杜连增带他上了旅游局,找到了那两位来华旅游的瑞典人。俩老外一个劲称谢,掏出五百美元酬谢卞启顺。顺子遵照老杜的嘱咐连说几个“小意思”“应该的”“别客气”,坚持不要,人家只好记下他的姓名、地址,说日后一定到家拜访他。

回来之后他出车的心思都淡了,总盼着人家带着厚礼酬谢他。谁想仨月过去了,瑞典人没来,他心里要多别扭有多别扭,学半天雷锋瞎掰,那俩老外也忒不讲情义啦!

老杜和妻子梦芳常劝他:“办件好事积一份德,哪有总盼着人家酬谢的!”

他窝心,几个月来他憋屈,四千多美元白扔了,喂狗啦!

昨天中午刚过,修理部的门被撞开了,伙计们一看,近来一直丧气的顺子咧着大嘴岔子跑进来,手里举着张天蓝色的小卡片,脖子上的筋都涨起来:

“哥们儿,连增哥,名正言顺撞大运,这回我可真发了!”

人们不约而同地怔住，这是又抽什么疯，顺子发了什么了？

2

0784s3692，顺子在七百多万张奖券中得了特等奖，一万块钱奖金，确实真发了。

两个月前，他等不来老外的酬谢心烦，蹬起车来双腿没劲儿。一天从鲜鱼口奔花市，懒洋洋地没去北京站，却慢悠悠地到了王府井。心里正烦，街口的大喇叭还一个劲吵吵：

支援非洲碰手气儿，马上就要第二次开奖了，特等奖一万，一等奖五千，二等奖三千，三等奖……

扯淡！谁不知道怎么回事！不就是让老百姓捐钱吗？变着花样吊胃口，这猫儿腻他早看透啦！刚要掉过头来往东骑，一个拿电磁喇叭的小子爬到一辆黄河大客车的顶子上：

“快来瞧快来看，四等、五等的奖品在这儿呐，金狮牌自行车……”

顺子不由得又立住了，刚才懒得撩眼皮，只见那轿车顶上摆着三辆“金狮”，还有纯毛毯压力锅。再看车下那人，嘁嘁喳喳真不少。打了半天愣儿，他挠挠脑袋撂下车，这些日子身上懒，索性凑凑热闹去。

在人堆里没扎三分钟，他手心就开始犯痒痒。三两下拨开人群，掏出五块钱递过去：“五张。”一溜奖券递到他面前，他搓手心，啐唾沫，大喘气，然后闭眼伸手捻指——抽！跟着撕开一看，里面是一行小红字：谢谢你支援非洲。

白扔，一块钱白扔了。接下来他还是运气啐手闭眼，撕开抽出的那张奖券还是那句“谢谢你支援非洲”。心里那份儿气！可当着众人又恼不得。还运什么气啐什么手？噌噌，连扽三张挨着的，前两张又受了“两谢”，最后一张竟然是“好运气，再抽一次”。蹿到嗓子眼儿的火气又咽下去，总算最后一张没“谢谢”。他信手又抽一张——好手气，五元钱奖励？连抽五次！

“小伙子有你的，刚才抽了六张一分没花，好手气有福气，接着抽！”一张胖脸在他面前嘻嘻的。

“嘿嘿……嘻嘻……”顺子不好意思，不由得绾起了袖子。

谁知中了什么魔，脑瓜顶上的“金狮”、毛毯与他仅隔咫尺，他一个劲儿被谢，兜里的钱却一个劲儿地掏出去，最后捏着一把奖券退出来，四十五块钱在几分钟内统统支援了非洲。

“谢你妈逼！”挤出人群他才骂，信手把四十五张奖券全都扔在地上了，“绕来绕去全把老子的叶子绕进去！”

“哎哎哎，小伙子，别扔啊，第二次奖还没开呐！”一位工作人员猫腰替他捡起来，“别跟自个儿致气，大运还没撞上呐！”

他气囊囊抓过奖券，上马路蹬到车子上：“呸，非洲我操你妈，非洲的大老黑我操你妈!”打心眼儿里冒火,等着,呆会儿甭管是黑老外白老外,坐车我就宰,立马儿从你们身上宰回来!

万也想不到,今天第二次一开奖,特等奖让他撞上了。大运,大运让他撞来了!

窜上梦琪他见杜连增夫妇正和七八个主顾谈生意,转身哧溜又下来了。绕到后院没进家,一步跨进许振佳的屋子里:

“振佳哥,我中了特等奖,一万元!一万叶子到手啦!”

三十七岁的许振佳清秀苍白,遗憾的是左腿因伤致残,走起路来一晃一点,天生的一副好胚子糟践了。见顺子风风火火地进来,他先一蹙眉,不自然地又把两侧嘴角往上弯:

“是嘛?这么好的手气!”

“瞅见没有,我也成了万元户!”他云山雾罩地刮划抽奖、手气儿、灵气儿。

振佳静静地听完,歪着脑袋轻声问:“怎么打发它,玩轻骑还是逛丽都,这回倒是够你折腾阵子的。”

“我先请客,在地安门竹园餐厅,老外常去的地界儿。”他坐在沙发上敞怀,又起身抬手开开窗户,“够意思吧,撮!”

“瞧瞧把你烧的,你坐下,人生可以得意,要是一忘形,那可就乐极生悲啦。”别看振佳又瘦又瘸,可他左撇子,还是只通贯手,顺子掰腕子不是个儿,他服他。

顺子服振佳,更主要的是服他脑瓜灵,嘴皮子溜,有名的侃爷!人家能侃出乾隆皇上有多少后多少妃,世界上的蝴蝶有多少种多少类,非洲最南边的地名叫好望角。人家就凭着一个脑瓜儿一张嘴,“侃”邮票赚了四五万。顺子服的是振佳的这张嘴。

许振佳是成,在变压器厂当电工是副业,没事便倒“票”,几年工夫侃发了。

看顺子浑身热得受不住,振佳问他手里有了一万到底想要干什么。

“花呗!该吃吃该喝喝,再给我爸请个保姆,我省心,也让老爷子舒服舒服!”别看顺子胡吃海塞有今儿没明儿,孝敬老爷子却没的说。老爷子怎么瘫的?还不是因为他脑瓜子一热捅了一个大娄子!

六年前初中毕了业,他整天没事在前门大街闲溜达。那天刚从廊房头条出来,原先班里的几个同学正好跟他撞上了。

“刺儿屁,一人在那儿干嘛呐?”打头的罗群一扮鬼脸,后面的卢义、兴宝乐开了。

本来,上学时他们几个都不错,谁想罗群冷不丢冒出句“刺儿屁”,顺子心中躁躁的。最不爱听这外号,尤其把“刺儿屁股”的“股”字一省略,这“刺儿屁”更是扎耳朵。他眼角的余光还瞄到,路南两个十八九岁的大姑娘咯咯咯地直捂嘴。

无名火起。他眉毛一立双手把腰叉起来:“装什么丫挺的,臭靴子上大街散什么味儿!”针锋相对,他也寒碜寒碜罗群这个臭“靴子”,那俩姑娘还没过去,他盛气凌人不“掉份儿”。

罗群是信口开玩笑，没想到卞启顺翻脸了。立马儿，他脸一红也挂不住："瞧瞧你那德性，找不自在怎么着?"平日他不敢，今天仗着人多，仨呢。

"你才找不自在呢!"顺子伸手一推，罗群差点儿摔个大仰壳。卢义、兴宝刚去"靴子"家里撮了一顿，眼下哪能撒手不管？二人一左一右上来，你抱腰我抄腿，借着酒劲儿把他摔倒了，在中间揪头发的"靴子"最损，照着顺子后腰就是两脚。

"哎哟！……"一脚正中尾巴骨，他疼得眼泪冒出来，"我他妈……拼啦!"一个鲤鱼打挺儿，他噌从地上蹿起来。

"靴子"一帮撒腿便跑，他撩开大步往前追，迎面突然横出一个人来挡住他："站住，不许打架!"

"去你妈的!"他一搡把那人拱倒了，闪过身子又去追。

"流氓！截住！别动!"迎面又出来两个戴红箍的一左一右把他搂住了。

娄子大了。被他搡倒的那人也是城管队员，脑袋磕破缝了十三针——殴伤执法人员，案子结得痛快，劳教三年。

父亲、姐姐每月到良乡劳教所看他一次，再说什么都晚了，谁让他脑瓜子一热，一屁股蹲到屎上了!

三年，父亲老了十岁。

因为在劳教所不惜力气服从管教，他被提前两个月释放了。像只出笼的野兔，连长途汽车都没坐，一口气从良乡跑回家，进门就抓住了父亲的手：

"爸，我表现好，提前俩月释放啦!"

"啊？……"老爷子愣了半天，嘴角才开始抽动，巴着两只红眼没眨几下，一道长长的哈喇子从嘴角泄出来——麻烦到家！这突如其来的一惊一喜，老人家右脑多处栓塞，从此弹了"弦子"。

几年来，顺子折腾归折腾，不伺候好了老人居心何忍呐!

"顺子，给卞叔请保姆我一百个赞成，可要由着性儿地折腾，那可又要捅娄子。"打小儿，振佳就看不起顺子，瞎打胡捶没心眼儿，整个一个二百五。只是因为最近，他心里藏着一件秘密，才看着顺子不那么腻味了。

"那你让我怎么花?"

"干点儿事，"他拉开抽屉，拿出一摞邮票夹，"倒票。"

凭嘴侃？顺子半张着嘴愣住了。振佳侃票到了什么份儿！什么四联、小型张、猴票、单本票、首日封，他一听脑袋就要炸，比认字都不易，他不是这号材料嗷!

"当初我是怎么起来的？一套样板戏，李玉和、郭建光，积少成多越玩越熟，叶子哗哗就来啦。"

他指指当院的三轮车，不用动脑子，他的正差是板儿爷。

"倒票全是业余的，见缝插针，又当板儿爷又倒票，两不耽误啊。"

"其实……振佳哥，我慢慢儿学，今儿个你先别催我，嘻嘻……对了，我先办点儿事，几个哥们儿还等我呐。"

他溜了,他才不玩那东西,脑瓜仁儿疼。

晚上,他又急着上了梦琪的二楼,连增哥他们还不知道呢。

想不到梦琪上上下下都知道了,刚才他自己嚷嚷的。梦芳嫂把他截在楼口说:“别看你连增哥没言声,他比你还高兴呐。”

“我知道,跟振佳哥也说了,我请客,竹园餐厅撮一顿!”

杜连增眯细眼睛看着他:“撮不撮都无所谓,重新打鼓另开张,甭当你那板儿爷了,干点儿正事怎么样?”

他又摸开了后脑勺。有什么正事可干的?劳教刚回来哪儿都不要,急得他都想跳到护城河里去。后来当了板儿爷,一天到晚满自在。喝的是头曲,抽的是希尔顿,足矣,他愿意一辈子干这个。

“胡同北边那两间房闲着干嘛?那是寸金之地!”

他拧脖子,连增哥说得邪乎了,那叫房子?整个一漏勺!从没正眼瞄过它。

文化大革命之前,那二层小楼是个金鱼店,就有老公母俩在那卖金鱼。运动一来,金鱼也成了四旧,老头子吓死了,老太太也被打折了一条腿。那时候,顺子刚刚生下来,他娘心眼儿好,坐完月子一上街,看那老太太一人在门口爬着走,真叫惨,她给老人偷偷送过几回馒头。第二年春上,老太大咽气前托人写了个字据,按上手印交给了顺子娘。善有善报,老人死后把房子留给了雪中送炭的大恩人。当时,顺子他爸胆小怕事不敢要,几次要交房管局。房管局也往外推,修修补补太麻烦。一晃多少年过去了,房子归了顺子他爸。只是没人住没人修,残破得像棚子,顺子家根本修不起。忘了,没人提谁也不会想到它。

“什么都怕整治,修理粉刷油饰一新,那儿离前门大街有多近!有钱得花到正地儿上,得虑长!”杜连增早为他做了盘算,别看那房破,地势却再好不过,出口就是大栅栏,这么闲搁着不全糟践了!

顺子听懵了。

“连增哥,干嘛?我……我能拿它干嘛使!”

“冷饮店饺子馆,报刊杂志服装百货,什么你不能试着干?再不济生起火来卖茶水,也比你当板儿爷强得多。”

没想过,他是做买卖的材料吗?

“有效投资,你怎么就不能当经理,你怎么就不能坐下来干点正儿八经的事情呢!”

经理?他一听浑身汗毛孔都奓起来:“我也跟你似的做买卖当经理?”

“自个儿花钱开买卖,你不当经理让谁当?”杜连增成心吊胃口,不然这一万块钱几天就得让他折腾光。

好半天,顺子半张着嘴喘出了气,眼见他鼻尖还冒了汗:“这辈子我也当经理,成,真他妈的——邪啦!盖啦!”

3

夜间十二点,刚躺下的杜连增又坐起来。每天睡不了五个小时的觉,从来不困,浑身上下像上了发条。

四十出头的人,当然逃不过岁月的流逝。两鬓出现了丝丝白发,眼角也微微松弛、耷拉了。但是,高高的眉骨之下,他一双深陷的眼睛总是熠熠闪光。燃烧着什么,那双眼睛告诉你,有一团火在他心中炽热地燃烧着。

从睡觉的隔间出来,他缓步走到售货厅,把一盏落地灯拧开了。长长的灯罩似英国皇家卫队的高筒帽,把柔和淡雅的灯光聚拢在只剩一个脸盆大。哦!……多少个不眠的夜,他愿意一个人在这被灯光聚缩了的世界里漫步、遐思、徜徉。怎么走到的这一步!多少坎坷多少艰辛,今天是昨天一步一个脚印走出的,每个脚印上都有血有泪有汗呐……

八年前,他和梦芳带着两个孩子从宁夏回到了北京。户口倒是落上了,可没有工作没有住处,往后的日子怎么过?院里的老街坊过意不去,房子的主人无处安身,住户哪还待得安稳?卞大叔、振佳的母亲都主动腾房让他们住,他不干,刚回北京挤老街坊,这叫什么事情啊!尽管整座院子都是他家的,可以前他跟父亲只住了临街的三间,现在被一家中药厂当了库房,他要把这三间房子先要回来。

三天两头,他找有关的七八个单位去交涉。互相踢皮球,谁为他们这些“老插”卖力气。半年过去了,那堆药的仓库没人来一趟。急得他转磨,谁也不关心,可房子是他的,一家四口至今无处落脚啊!一天,他在窗外听到里边嘶嘶啦啦有动静。拿块湿布擦擦满是灰尘的玻璃,睁大双眼往里一看,好家伙!半尺长的耗子有十几个!把那白术、当归、党参、枸杞的麻包咬得百孔千疮,活脱全成了筛子底儿。地上,那红的、绿的、白的、黄的药材跟黑麻麻的耗子屎搅做一处,恰似天女散花,错落交杂斑斑驳驳。这叫什么事!他气得喘了好一阵,叼上支烟有了主意,不是谁都不管吗?成,打电话给公安局,索性就报警,中药厂仓库失盗啦出事啦!

还真灵,五分钟不到,呜哇呜哇的一辆警车开来了。他早肃立在门口等着投案呐。他跟警察说,报警的是他,用改锥钳子在几分钟前撬开药材仓库的也是他。莫名奇妙的刑警随他进屋,满地的药材、耗子屎竟让人下不去脚。豁出去了也得让他们看看,不是谁都不管吗?贪污和浪费可是极大的犯罪呀!

那位刑侦队长也拧起了眉毛,国家财产竟然糟踏成这样,简直也太——嘁!

略施小计,虽然他被狠狠地教育了三天,可一个礼拜之后药厂把房子退出来。初战告捷,有个窝就好办了。正巧事后没几天,知青办给他和梦芳都找了工作,一块儿上火柴厂糊洋火盒。他叹口气把两张通知书都撕了,那是残疾人福利工厂,他们是老高中,再惨也不至于干那个!

一赌气,梦芳学裁剪,他自己买把拐子一扛,走街串巷去修鞋。风吹日晒苦累不怵,在宁夏插队比这要苦一百倍。炙人的是亲友、同学、街坊那一双双意味深长的眼睛。揶揄、调侃、戏谑、嘲讽都无所谓，最可怕的是那同情、恻隐、惋惜的目光，险些使他打了退堂鼓。不过他最终还是挺住了，坚信自己不单单地在修鞋——是闯路！后来，他又学会了修车、修锁，一天能挣出四五十。

四年后，他把临街的三间房子一推，一座二层小楼盖起来。要超脱，修理部雇了七个人，他与梦芳潜心办起了时装店。标新立异独树一帜，用他自己的话说就是，楼上楼下两个世界：修理部便民利民为的是下里巴人，梦琪却要办成北京城首屈一指的阳春白雪。谁说曲高和寡？他要一件一件地走俏时装，一个一个地争取顾客，把识货的有钱的时髦的都招徕到梦琪，他有实力这样做！

不是吹，多少个日日夜夜，他和梦芳潜心研究开了裁剪艺术。什么法国、比利时、卢森堡、巴拿马，世界各地的新潮服装，他俩翻来覆去反复研究，博采众长以已为主，中西合璧的很多新款式诞生了。前儿年烤花呢、雪花呢正兴着，梦芳推出了第一件浅棕色小领插肩男大衣，比街面上的长大衣要短，比短大衣又长，轻盈潇洒飘逸得体。杜连增一咬牙，第二天一早就把这件衣服从二楼窗口挑出去：日本小插肩，标价七百元。

还真有人不嫌贵，半个钟头不到，一位风度翩翩的男士就把它买走了。梦芳那个乐！灰、紫、蓝、黑，她又大小各做了四件，全是刚一亮出就出手了。

跟北京所有的倒儿爷对着干，杜连增就不薄利多销，不做不卖一件低档衣服。他卖的是高价的款式、工艺与信誉。小小的梦琪从来没有“出口转内销”，更不闹“削价大处理”，招揽老外跟歌星的绝招就是一个字——贵！

一件接一件，巴拿马筒裙、地中海披肩、克罗地晨装、吉尔吉斯健美服、独领风骚的时装从梦琪接二连三飘出去飞出去。

一天，一个东方歌舞团的女演员来到梦琪——目不暇接，虽然只挂着七件连衣裙。她却觉得或雍容典雅，或俏丽飘逸，或返朴归真，或端庄华贵，迥异的风格款式各呈异彩，件件令人爱不释手呢！不知掂对了多半天，她终于点了点那件乍肩掐腰黑红两色的连衣裙：

“师傅，这件……”

“诺曼底吉普赛式连衣裙，”杜连增落落大方地一伸手，“黑红两色的配料，铁与火的融合；乍肩掐腰大宽摆象征着吉普赛人的性格：奔放，热烈。”

“您真会审美！”漂亮的女演员惊异地看着他，“它……多少钱？”

“街面上用这种法国面料做成的连衣裙卖二百四，小店标价四百八。”

嗯！还有标榜这个的？自我介绍比外面贵一倍！女士脸上泛起淡淡红潮，不由自主地吸了口气，更加惊异地看着面前这位彬彬有礼目光深邃的掌柜。

“小姐，这件连衣裙漫说在北京，全中国都是独一份儿！”

“嗯？”女演员的眼睛眯起来。

“您绝不单纯是买了件裙子，而是买了这种款式的专利。”

“嗯！买专利？”她更懵了。

“如果本店再用同一配色的料子再做一件相同款式的连衣裙——一旦被您发现，我依裙价翻番，赔偿您的专利损失九百六十元。”

“哦——！”她迷迷瞪瞪地听。半天，才眨着眼睛轻声问：“如果……要是别的服装店，也卖这种款式——”

“再翻番，再赔您一千九百二十块钱损失费！”他信手拿过纸和笔，“我们可以立字据。”

“哦……那好，我买下。”

一桩桩买卖做成了，凝聚着多少心血与汗水！他和梦芳独辟蹊径走出另一条路。勤劳、智慧还不够，要不断开拓融进艺术探索的创新与思维。制作、经营都如此，他要赚大钱，却又绝不只为钱，短期行为只能给自己背包袱添累赘。他为谁？为一家为孩子，为后半辈子有滋有味地活下去。

诚然，处处有周折时时遇麻烦，但他干着有奔头有心气。独树一帜也罢，沽名钓誉也罢。反正梦琪的名字叫响了。人生就是逆水行舟，当然要一步一个脚印往前走往上走。不退，在宁夏荒原中他都没退过。

整整一天，他都在为顺子操心，无论如何这是个机会，当板儿爷坑蒙拐骗不定哪天又会闹出事，万一再捅回娄子，卞叔那条老命就完了。多可怜，老人这辈子多不易，该让他乐呵几年松松心呐。

添上几千他情愿，帮顺子办起一项营生来。绞尽脑汁，他也拿不准。酒馆、饭铺还是百货店？真替顺子捏把汗，好好干他吃得下苦，万一要是胡反胡造，那屁股可就擦不完……

脚下的灯光温柔和谐，他点上支烟抽两口看着烟雾在柔柔的光影中漂移升腾，心中久久地难以平静。多少件事是在这子夜的柔光中决断的，今天为了顺子，还真费了自个儿的心思呢。

砰砰砰，楼下有轻轻的敲门声，这么晚了又是准？他轻手轻脚下了楼：“谁啊？”

“连增哥，是我。”

“唉！文锦，”他开门把她让进来：“这么晚了还没睡？”

文锦是顺子的姐姐，比顺子大了整十岁，在白炽的日光灯下，她那鹅蛋形的脸庞更显得血色不多。她不好意思地低头，轻轻地问：“梦芳嫂睡了吧？”

“找她有事？”

“嗯……其实，您也成，”她不安地托衣襟，“要不就明天——”

“干嘛明天，走，咱们从被窝里提拎她。”他知道，文锦心里装的事情太多了，都是吞下的咽下的，只要自己擎得住，轻易不给别人找麻烦。此刻这么晚了来敲门，看那表情也是惶惶的，有大事，她准遇到为难的事。

4

“梦芳嫂，连增哥，周良三天两头在路上截着骂，说法院判得不公，是因为我行了贿……”刚开口，文锦的眼泪就流下来。

“好妹妹，你别急，啊？”梦芳披着衣裳站起身，给她沏了杯浓茶端过来，“嘴角都起了泡，看你多大的心火。”

“还有许振佳，这些日子他……”她瘦瘦的双肩轻轻地抽动。

杜连增摇头，重重捏着太阳穴。真让人心疼，从小看着文锦长大，哪个女人比她的性子还柔？好人没好命，才三十多岁，她就经了多少磕碰啊！

文锦慢慢抬起头，微动的双肩让人窥见到她的胸中翻滚着一腔沸水。离了婚也不平静，生活对地怎么这样不公，她活得怎么这样苦这样累……

打小，父亲卞福棠就不待见她，隔三差五非打即骂，说她是个小杂种。自从有了弟弟小顺子，她的处境更难了。母亲生下顺子不到一年就死了，顺子是在她的背上长大的。本来，她清清秀秀身量也好，可过早的劳累、压抑使她瘦瘦的双肩没展开，脸色总是很苍白。

顺子出事的头三年，二表叔家的周良给她来了一封信，说他小时候六岁那年见到她，印象就是不可磨灭的，二十年来一直倾慕她。多少年来，二表叔一家人从来看不起她爸爸。二表叔是区里的什么干部，她们家是典型的小市民。奇怪，很少来往，表弟周良怎么突然给她写来这样让人脸红的信？谁想，父亲得知此事似着了魔，恨不能立刻跟二表叔家攀上亲。

她惶惶然不知听措，周良虽然家庭好，可他比自己小三岁，听人说他爱喝酒，以后的日子会好吗？

一天晚上，周良大包小包地又来了。父亲沏茶倒水忙活完，拢着顺子先睡了，打发他们到西屋聊聊去，真让人不好意思，她羞羞地把周良引到自己屋，困窘地不知说什么。万也想不到，周良海阔天空聊到十点，突然关灯把她抱住了。天呐，她想喊，太让人猝不及防了！可又哪敢，街坊四邻马上就会听到的！善良、柔弱，表弟的强悍使她惊惧得像一只小猫，连“喵”都不敢只能把一切都咽下了。

办事结婚匆匆忙忙，她也不知怎么嫁到的周家。生米成了熟饭之后她才知道，周良为什么突然之间找上了她？他所在的军工厂要调一些年轻人去西藏，单身的。他闪电式地成家，这桩事自然被他滑过了。没得一天安生，赌钱、酗酒、刷夜，真正了解周良之后，一切都难于补救了。生下女儿茜茜，她总算有了点希冀与依托，想不到孩子三个月上还没眼神——睁眼瞎，原来得了个盲孩子！

不尽的苦恼与酸楚，周良却翻脸无情像个疯子，他说致盲原因是近亲结婚，文锦勾引他上了当。

第一次听到这狂吠，她惊得喘不过气，勾引他？怎么会是自己勾引他?!

天哪……

这肮脏这丑恶这卑鄙这无耻能上哪评说？只能咽进肚，谁叫当初，谁叫自己……，怨什么都已经没用啦。

周良让她把孩子带走，离。她不，女人离了婚，就成了货真价实的“二锅头”，到哪儿人家都戳脊梁骨。

周良有办法,三天两头不回家,回来就带个二十二三的大姑娘,四口人一块儿吃饭,恶心她。

只有吞着一腔屈辱退出来,否则她就得精神分裂了。

如今,法院的财产判决他觉着不公,三天两头在路上截着她闹,说她是个女流氓女骗子。多少路人侧目,自个儿的脸都丢尽喽!能跟瘫父亲说,能告诉小顺子?他要再惹一次祸,那就不再是三五年的劳教了。

回到父亲身边一年,振佳又走到她的面前来。小时都在一个院,振佳给她的印象很不错。白白净净的脸庞,细声细语像个女孩儿。尤其是抗美援越当了英雄,回来虽然残了一条腿,可她佩服她崇敬。听他讲那些激动人心的战斗场景,还真让人难以入睡呢。

岁月如梭。她嫁给了周良,振佳也令人惊异地变了样,不好好上班,骂骂咧咧油腔滑调。有时她回来看父亲,最听不进他那尖酸刻薄的调侃:八十年代有八十年代的标准,不光我这德行的是残废,凡是不够一米七的男人全是残废,不到一米六五的是特等残废!

这话是刺儿她的,周良就是个矮子,时下她的处境有多难,再听这话是啥滋味儿!

想不到近来振佳大变了,常哄茜茜玩,给她买吃的,有时顺子回来得晚,还帮她侍候父亲呢。

后院里,刘妈张婶的闲话马上散出来:

醉翁之意不在酒,瘸子要认瘫丈人,弄他一个倒插门儿。

八十年代活雷锋,可别那么说人家呀。

最让她为难的是,昨天晚上振佳从门缝塞进来一封信——

文锦妹:

理解我吗?当初我骂周良是残废,完全是出于妒忌,完全是因为爱你啊。

从小,我就爱上了你。你像一株纯洁无瑕的白莲花,柔弱、洁白、清香、俏丽。记得我们在一起玩过家家吗?我当爸爸你当妈妈,两个泥捏的小人当娃娃。永远忘不了这一幕,多少次梦中,我真的当了爸爸,你真的当了妈妈……

阴错阳差。历史跟多少人开了玩笑,我残废了,觉得再也不配你,从出院的那天就决定独身一辈子。但是真正失去你,我又突然恨起来,要知道,妒忌嘲讽是因为爱。

万也想不到,你和周良又分手了。你知道吗?每天我都在注意你观察你,你比当年更纯情更孱弱更美丽!文锦妹,不要嫌弃我残废,我爱你我爱你我爱你！

我有五万元的存款，积蓄。今后你可以不上班，不工作，茜茜双目失明我愿和你共同关心她照顾她，她是你的一部分。我愿和你们同舟共济一辈子。

无论如何别拒绝，文锦，因为我爱你，因为我爱你！

振佳

万顷狂澜。本来，她纷乱的心境再也蓄不下惊涛，哪经得住振佳又插上一杠子？怎么回答振佳呢，只能来找梦芳嫂商量，自己的心再也擎不动搁不住了啊……

听她诉说完这一切，梦芳轻轻把她的膝头抚住了，睁着两只黑黑的眼睛看着她："文锦妹，你觉得振佳这人怎么样？"

"这个……"她怎么回答？这绝不是一个简单的"好""坏"便能概括的。一切都迷乱都矛盾，要不她怎么找到梦琪来。

"要说振佳对你的感情，发自内心没的说。小时候我也看出你们两个专爱在一块儿玩。可是嘛……"杜连增抠着腮，扬起眉毛看妻子，"你说呢？"

梦芳拿起文锦的手，轻轻扣在自己的掌心上，久久地凝思，看文锦。

橘黄色的吊灯下，梦芳丰腴、白皙，是那种青春常驻、甜得熟透了的果子般的美丽女人。头发出奇地黑亮、浓密，皮肤出奇地白嫩、细腻；饱满的印堂，不失弹性的双腮，浑圆的长颈像光洁无比的凝脂，又如白色玉石的雕塑，风姿绰约，楚楚动人。举手投足，她显得那么雍容恬静；干活做事，却又那么麻利灵巧。最让文锦感到亲切的是，她那两只好看的眼睛，泄流出的光总是那么平和、温柔、善良、纯净。美丽于她绝不过分，心里惯性使梦芳浑身上下焕发出超然的、芸芸女性难以企及的光彩熠熠。

"人的感情凭的是处，别伤振佳的心，他毕竟是个残疾。这几年他变了，那就要多处处，细品品，啊？"不用再问文锦喜欢不喜欢振佳了，看得出，她心中全是难处。是啊，她只能劝她沉住了气，婚姻就像脚上穿的一双鞋，不合适脚趾头多难受。可它又绝不是简单普通的一双鞋，脱下甩掉它之于女人——又是多么艰难与沉重！

"可振佳……要我马上回答她。"文锦为难，信的背面写着让她快快答复的一句话。

"跟他说找我来，"杜连增长长喷出一口烟，"前事不忘后事之师，甭为难，振佳这头我顶着。"他和妻子想到了一块儿。他们不会拆别人，但什么事又不能太急了。水到方能渠成，文锦这第二步迈得更得慎重啊。

"待会儿我回去……"她真为难，振佳找她怎么办？

杜连增把手中的烟蒂掐死了："我现在先找他去，你还有什么担心的！"

她这才稍稍松口气。可是跟随着连增哥一块儿下楼回院，她一颗心又咚咚咚地跳起来；谁知连增哥要跟他怎么说，可别，可别……明天一早怎么跟他在院里见面呐!

5

整整折腾了一个月,延达冷面馆一切准备就绪了。这些日子,顺子瘦了一圈。挑顶、粉刷、油漆、装修、垒灶就够他一呛,跑工商、税务、卫生、环保、城建、市政、办事处、派出所,差点儿没把他折腾出屎来,多少信多少章多少关多少坎儿,比他头几年弄个三轮车牌照难上一百倍!

一万块钱哪开得了张,想不到振佳慷慨解囊出了五千做本,杜连增的钱根本没用上。振佳说无论如何别用连增哥的钱,他自己光棍一条没累赘。

顺子感激不尽。振佳这是怎么了?对他真是雪中送炭呐。他要给振佳也印点儿名片,既然出了五千,那就当个副经理。振佳坚持不干,要是为这个,当初我就不借了。

顺子心里感激,铆劲儿,只要赚回钱,俩仨月就得把钱还回去。

其实,有些事也是他自个儿添乱。开个冷面馆印的哪门子名片!他不。这些年早就看着人们互赠名片眼热,什么劲头儿!主任、董事、经理,一张小小的纸片亮出,要多神气有多神气!自个儿呢,当板儿爷的能掏什么名片?掉份儿啊。

改换门庭扬眉吐气。他花五十块钱印了一百张“延达饭庄董事长兼总经理”的名片,不管沾边不沾边,见人就递上一张,那叫露脸,抬大了面儿!

开张的头一天,他把杜连增、许振佳,还有自己的几个铁哥们儿全请了来,要不叫这些人出谋划策出钱出力,延达能一个月就办起来?没门儿。喝,先请三老四少的好哥们儿喝一顿。

延达在鲜鱼口靠西,比梦琪离前门大街近一截。经过一个月的装修,俨然成了一处干净整洁的小面馆。敲定主意决定经营朝鲜冷面的是杜连增。百货服装得识货,顺子连的确良和人造棉都分不清,进货首先就得挨坑。开饭庄地方小,再说全聚德、老正兴、都一处都在不远的街口上,谁还上他这小地方吃炒菜?干脆,冬天涮肉夏天凉面,物美价廉操做简便,杜连增一锤定音让他干这个。

今天顺子把大伙儿请来,全是从都一处叫来的炒菜。真不易,好好热闹热闹,他先给杜连增满上一杯:

“这杯先敬你,没你连增哥,就没我今天的延达。”

“对,顺子可全仗您点拨了,开张您可也别大撒手,呣这帮人差远了。”

“您比呣大二十岁,跟呣老家儿差不多,是该先敬您,喝。”

顺子的几个小哥们儿谁不知道杜连增,远近闻名,人人对他由衷佩服。

杜连增一脸喜色站起来。“顺子是我眼见着长大的,脾气秉性我清楚,帮他是应当应份的。”他微敛笑容接着说,“做买卖靠的是心诚,勤快,谦和,往后的路还得顺子自己闯,来,祝你开张大吉万事如意,这杯酒应该先祝你!”多少日子没上外头吃过饭,今天他高兴,顺子不再打油飞,总算能立住脚跟干点儿事,卞叔也会放心多了啊!

“对,喝!开张大吉,万事如意!”大伙儿一块儿转向顺子。

顺子扬脖,一杯杜康干了,走到杜连增面前敬酒,又绕到振佳身边来:“振佳哥,这杯我得给你满,你得多喝呀!”

“嗳,我喝,祝你……发财!”

一杯酒搁下去,振佳的脸立马儿变得粉扑扑的了。接着他伸手又给自己满上一大杯,杜连增给他舀了一勺黄瓜拌海蜇,轻轻拍拍他的腿,示意他悠着。只有他心里最清楚,振佳是不宜多喝的。

是这么回事——

一个月来,要不叫帮助顺子张罗开张,许振佳一天也难打发。谁知怎么了,连倒邮票赚钱的兴致都没了,眼前除了文锦就是文锦,好像突然着了魔。

那天晚上,想不到连增哥来敲他的门,单刀直入问起信的事。又羞又窘,文锦怎么把这事给捅啦?杜连增那双眼飒亮得谁也躲闪不过,他只能拉下脸来照实说:

“连增哥,我要她,只要她不嫌弃我,我愿等她一辈子。”

“用你的五万块做资本,嗯?”

是这么一回事,把钱存到银行,一年利息就两千多,不让文锦工作了,他把文锦和茜茜养起,该让她们安安生生享福了。他冲杜连增点头,有钱就能缔造幸福,为自己为别人寻找快乐。

这话印在脸上,杜连增看得出他想什么:“这几年你有了钱,苦恼反而才更多。”

“这个……”也是啊,年复一年、日复一日,他越来越觉得活着没劲,人活着到底为什么?

“如今你腰缠万贯了,可文锦却信不过你了,为什么?你心里从没掂量过。”

“为什么,这个……”

那天晚上,连增哥跟他谈到二点多。句句实打实,有些话他听得进,自己确实为文锦想得太少了,不了解周良还在纠缠,更不知做个女人有多难。可是,自己肚里的委屈有多少,包括连增哥和文锦。谁能理解他,他这辈子倒霉到家喽……

十七岁那年上,他就来到烽烟弥漫的越南战场。怀着解放全人类的信念,他出生入死一往无前。每天都面临着死亡的危险。美国的B 52重型轰炸机常常能把一个山头削平,热带雨林的毒蜂蛇蝎又使多少战士负伤殒命。他不怵,因为是在解放全人类。

就在攻占波来古机场的深夜,一粒子弹击碎了他的左胫骨,从此一辈子成了残疾。回国、复员、鲜花、荣誉、骄傲,随着岁月的流逝,他这位英雄先是被人冷淡,而后成了一块笑料!

人们常用《高山下的花环》《山中那十九座坟茔》恶心他:“那都是瞎编,你亲身经历的那些事全都是鲜血凝成的!”

孤独、失落,历史捉弄他,现实捉弄他,他受不了这样的揶揄和戏谑!当初他错了,正因为他当了昔日的英雄,所以今天才遭到人们的耍弄。历史跟他开玩笑,同类干嘛也跟着挤兑他!想起当年的荣誉、奖章、鲜花、欢呼他就战栗。梦,这是一场噩梦啊。

多少次想自杀,又没有那样的勇气,死也不是容易的。身心都受到摧残与折磨,这是当初的牺牲、献身换来的。

从保卫科长、宣传干事,他一步一步出溜到当了电工。带着惶惶的“幻灭”,他瘸着条腿踉跄到小小的邮票世界里。五颜六色,异彩纷呈,陌生的刺激与麻醉。当个集邮收藏家,这梦是现实的瑰丽的!——破灭得好快,这新奇的世界里只有一个主旋律,只被一个上帝所主宰——大团结!什么艺术爱好追求收藏,没人不是为钱来,这里有致富的捷径!

很快他便成了行家,邮票本身绝不重要,不管绘上什么图案都是一张小纸片,人们“炒”出了这些纸片的价值,他也跟着“炒”,“炒”出了另一番天地与世界。

文锦回来了,他幽暗的心扉透出了光亮,该开拓一种新生活,人生的价值已经被他“炒”到了实实在在的新领域新高度,他财大气粗啦。

——又何尝不令人悲哀,自己是个残废!

——又何尝不令人振奋,五万元积蓄,这就是人生天平上的筹码、实力!

破釜沉舟,一封信写给了文锦,杜连增却找上门来摆开了“实的”。事情不像他想的那么简单。怎么办,他掂着人生的筹码发慌,难道它在连增哥和文锦眼中没分量?

度日如年,怎么更困惑?本以为自己腰杆梆硬梆硬的啊!

……

不知不觉,推杯换盏中听不进杜连增劝,振佳喝了一杯又一杯。他的眼前恍惚了,一切都在摇晃,一切都变成重影。

“振佳,你今儿这是怎么啦,你根本没有这个量儿。”杜连增终于把他的杯子抢过来。

“振佳哥,你是得悠着点儿!”连顺子也觉出不正常。

“我高……兴,我没……事。我——”他“哇”地一声全吐了,直愣着眼,弯弯嘴角,呜呜呜地哭起来。

“醉了,这哥们儿醉啦!”顺子的哥们儿傻瓜赶紧倒了杯茶,端到振佳面前来,“我的哥哥,喝口酽茶醒醒酒。”

”别喝茶,让他痛痛快快哭一顿,出身大汗就好了。”杜连增让振佳倚在自己的胳膊上,只有他知道,振佳为什么哭,因什么醉。

“振佳哥,你心里准有什么不痛快!”顺子从窗台抱起一捆二踢脚,“这是明天开张放的,干脆现在点,崩崩你心中窝住的晦气!”

“对,给这位大哥崩晦气!”傻瓜等人呼啦一下拥着顺子下了楼,上边只剩了杜连增和许振佳。

半分钟不到,外边就响起“叮哐”“噼啪”的鞭炮声。顺子抱下去的二踢脚有接力棒那么粗,杜连增动不了干着急,这么窄的胡同,这么密的电线,玄呐!再说车辆行人怎么过?这会儿正是上下班,不是放炮的时候啊!他后悔,只顾忙振佳,怎么就忘了拦他们。

正急着,外边鞭炮声住,顺子几人腾腾腾地上来了。

“振佳哥好点儿没有?哥儿几个那叫开心,把你的晦气全崩啦!”

“他好多了,你们快坐下,”杜连增让人们重又坐好,叫顺子帮自己把振佳架到靠墙的一把椅子上,“其实放挂鞭就完了,哪有你们这么折腾的!”

折腾?顺子摸着后脑勺还没纳过闷儿,楼下的一个伙计喘吁吁地跑上楼:“卞……经理,来……人啦,罚款,罚款的来啦!”

人人一愣,没开张罚的哪门子款?顺子把眉毛拧起来,这帮穿官衣儿的,闻着点儿腥味儿就来了,这不没碴儿找碴儿吗!罚什么?要罚你得说出个道道儿,得给我摆出一二三!

6

还没正式开张,综合治理的就罚了延达二百三。污染环境破坏卫生,影响交通噪音超标,确实把刚废弃的一截电线崩烂了一截——一二三四五六七,件件罚得有根据。没容顺子叉腰,杜连增掏出钱来交上去。犯过认罚,强词夺理只能自讨苦吃。

——小磕碰。虽然这事让人扫兴,可从延达开张的头一天起,买卖出人意料地红火。正如杜连增说的,天时地利全占了,加上物美价廉薄利多销,延达按老杜的筹谋赚了钱。朝鲜冷面集酸、辣、甜三味,再弄上瓶啤酒一盘凉菜,五块钱一顿饭拿下来,晕得呼,辣兮兮,松爽利口满痛快。最方便的是这冷面馆随到随吃没钟点儿。整整一个月,从早到晚延达的人不断。有几天还通了宵,红火得厉害。

顺子忙得回不了家,把父亲全推给姐姐和雇来的小保姆。不叫赚钱哪来这么大的战斗力?脏累先不提,当初以为经理一当就赌着赚钱了,哪知买煤买油买粮上税处处有关节,就连处理泔水都麻烦得出人意料。累心,没想到当经理这么累心呐!

比当板儿爷瘦了一圈,心累。

直到开张俩月了,一切才算刚就绪。喘口气儿,简直扒了一层皮。多少日子没上梦琪了?对,吹吹去。这才隔几步,可这么多日子竟没得空瞅瞅去。

特意上清香园洗了一个澡,他脱下油渍麻花的工作服,换了一身灰西装,一条金利来系到脖领上。下午二点多,他斯斯文文推开了综合修理部的玻璃门——

“顺子!对,卞经理来啦!”

“当了经理这么多日子不露,您这时间也太宝贵了啊!”

“大团结埋得拔不出腿,你们甭挑礼,什么事也得有个轻重缓急嘛!”

你一言我一语，人们炸了。

他拱手作揖，抽出胳肢窝下夹着的一条万宝路，挑开玻璃纸，一人扔给一盒，慢悠悠在一条矮凳上坐下，右腿搭到左腿上：

“哥儿几个别怪，做买卖可不是修锁修车，那玩意儿得经营，费脑子，我忙得脚丫子朝天呐！”他扽出支烟叼上……不，咬住，连抽烟的架势都变了。

“卞经理，一天多少流水，可别跟哥这帮人保密啊！”

“一壶醋钱，才八百多。”

才八百多！就算对半赚，顺子一天就弄四五棵，海啦！

“真的？”修电器的大庞细脖子抻得老长，“那玩意儿……”

“牛逼不是吹的，罗锅不是窝的，没影的事我能瞎说！”顺子没大吹，只不过把五六百的流水多说了一点点儿。

“那可不，人卞经理脑瓜儿灵，做买卖学问大着呐。”

“不是吹，搞经营就得有经营头脑，不单得懂数学，还得精通心理学、社会学、经济学，不然想赚钱，嘁！”

不约而同，大伙儿把手里的活儿都撂下了。士别三日当刮目，眼前这位是谁？才几天呐，顺子这家伙谈吐不凡啦！

旁人哪知道，振佳烦了就往延达跑，侃呗！文锦听不到他卖学问，兜给顺子也解心烦。老听，顺子也能人五人六抡一顿。

“不是吹，”这些日子顺子说话多了佐料，不管聊什么，开口把“不是吹”搁前边，“当初上小学上中学，这主儿门门儿功课都是前三名。不信问哥同学去，把初三班主任‘坐地炮’找来问，当时他说我要上高中上大学，是块研究生材料，还说我‘智’什么来着……”昨天刚听振佳侃过什么“智商”，谁想一着急给忘了。

“那你怎么没念高中？”大庞冲大伙儿一挤眼，问顺子的语气却极虔诚。

“早就看出了这步棋！大学生、研究生挣几张儿？趴着拉屎——没劲！”他眉飞色舞一扭头，哎——！墙角收款台换了个女的，怎么？那人拿本杂志挡着脸，好像一直在回避他。影子似乎——

“卞经理，接着侃呐！”大伙儿奇怪，他怎么突然犯愣打蔫了。

好半天，他起身朝前迈了两步，斜着眼瞄瞄柜台，蓦地转身，不自然地扬手：

“诸位，有空儿再聊，我还有事，回见了啊……”如同肇事者逃离现场，他一低脑袋钻出来。

惊出一身汗！那不是孟菲吗！她怎么上修理部当了收款的？万也想不到，做梦也不会想到哇！——真是孟菲。孟菲是他初中时的同学，也是令他痴迷过的唯一女人。虽然他不会用什么维纳斯、安琪儿的打比方，这女人有一阵子可把他想傻了迷疯了，真的。

其实，上学时他根本没注意过孟菲，又白又矮又瘦，坐在前排第一个。记得一次上地理，她忘了带书，老师叫起来一问，她一句话没说，嘤嘤嘤地哭起来。忘了哪篇课文里有个瘦小的女孩子叫细妹,爱哭,从此细妹的大号便给了孟菲。

就是这个不起眼的小细妹,后来可把顺子的魂都勾飞了。

劳教获释找不到工作,急得他口干舌燥鼻子流血。一天,他漫无目的地从鲜鱼口遛到大栅栏,在大观楼看了场《卡桑德拉大桥》,出门被对过北京曲剧团的小剧场大喇叭吸引住了:精彩的时装表演,高档时装,真人模特,美丽动人,风度翩翩,身材是百里挑一的!……

模特?好像听人说过,模特是最美最美的女人,比演员还漂亮,对啦,她们穿出衣服来,露着的地方可多啦……

虽然一张票两块钱,他一咬牙一跺脚,进去了。

进到里面刚坐下,台上的表演开始了。

是漂亮,个个女人亭亭玉立风姿绰约,没有一个寒碜的。他正不眨眼地盯着模特们的裙子、大腿,一个细眉大眼的模特出来了。她穿着一身鹅黄色的晚装,脸庞光润得像凝脂,一头如云的长发从肩头披下,与肤色形成鲜明的反差,超群的鲜丽!他半张着嘴抻脖,哦!轮廓鲜明的嘴唇,端正细挺的鼻梁,尤其是那双杏子眼黑得发蓝,蓝得让人酣醉!活力,弹性,她全身流溢着令人痴迷的魅力,尤其对于卞启顺——

影子,乱了,他努力搜索贮存的记忆。这个女人——怎么有点儿眼熟呢……

眼前模糊了,她是谁?她是谁?

散场后他溜出门,站在大观楼檐下看动静。足足憋了一个钟头,那些女士们才出来。有她,她就夹在人丛里!他胆颤心惊地跟在后面,探着身子听声音,耳熟,却拿不准。直到快出胡同口,一个女模特说了句"孟菲你几点找我去",他才一个冷战收住腿,是孟菲,就是那个细妹子!

简直不可思议,细妹多矮多瘦胸脯子没有比她再瘪的,几年工夫变成这样,岂止是吃惊,把他都镇住了,震懵啦!

三天两头磨着姐姐要钱,上小剧场,不见孟菲他受不了,亭亭玉立的孟菲把他迷疯了。

忍了俩礼拜,再也憋不住。一天看完时装表演,等孟菲像每天一样卸妆之后走出来,他跟着她出口,上汽车,在友谊医院那站又下来了。没等孟菲拐进邮局右侧的小胡同,他咬牙闭眼追过去:

"孟菲,你……不认识我了吗?"

她吓了一跳,转身退后一步,没用眼睛正视他:"你……"阳光下,长长的睫毛把下眼睑遮出两片暗暗的阴影。

"我,我是……小,不,是卞启顺!"他嘚嘚地牙直碰。

"卞启顺?"她两道黑细的眉毛耸了耸,"你不是——"

"我是折进去了,可……表现好,这不,提前解教啦。"

根本没听他后边的话,孟菲乜他一眼,轻飘飘地转身,进了胡同。

多大的刺激！

一辈子不想再见她。那淡淡的一乜，锥子一样扎心。

又抠不掉记忆中的她。好长时间失眠，后来还添了心慌的毛病，全是因为丢给自己一乜的孟菲。

后来当了板儿爷，他总算把这事撂下了。做那梦干嘛？不能接着犯傻，谁料，冤家路窄，一次又跟她遭遇啦——

一天上午刚蹬着三轮上了前门大街，后边一声呼唤惊出他一身汗：

"三轮儿，拉我们上趟王府井。"

多熟悉的声音，这不是——天！他一拽草帽使劲蹬，哪想身后两个女人一块儿喊："三轮儿等等，同志……我们有急事！"高跟鞋笃笃地响，她们在后边紧跑。

前门大街谁骑得成快车，什么时候都像在赶庙会。心慌意乱忙中出错，他拐把撞倒一个骑车的——

"哎哟！……"那是个五十出头的胖子，坐在地上直咧嘴。

人们呼啦一下围上来。

"这是什么地界儿，有你这么超的吗？"胖子歪着脑袋跟他嚷。

"这小子准有事儿，不然不会楞往人家身上撞！"

"对，把他带到交通岗。"

"别介，先看看车摔坏没有。"

七嘴八舌，要叫平时他早汆了，眼下他缩缩叽叽不抬头，老半天也不张嘴："我……实在，对不起……"

最难堪的是后边两个女的赶上来："喊你半天一个劲儿往前钻，放着买卖不拉，还不快带人家看看去！"

他把草帽拉到齐眉："唉，唉，老师傅我带您走。"

就在这时，一个多管闲事的哑着嗓子冲他喊："肉肉叽叽干嘛呐？把帽子戴好了，什么事见不得人？藏藏掖掖干什么！"

这人话音未落，一个坏小子伸手一挑，他的草帽被捅落在地上。

天呐，孟菲这才恍然大悟，怪不得他紧跑，怪不得出事呢！她和那位女伴耳语了二句，两人咯咯咯地挤出了人堆。

后来怎么带人家看的病，修的车，上警察那怎么挨的捋，他都晕头转向没了记忆。咯咯，咯咯，咯咯，孟菲那咯咯的笑声刻骨铭心一辈子。

三四年了，他再也没见孟菲。世界上怎么偏偏活着这么一个人？万也想不到，在梦琪楼下碰见了她。她不是女模特吗？怎么上了最不济的综合修理部？刚才一通神吹胡侃全都让她听见了，自个儿门门不及格的底子有谁比她更清楚？活现，怎么巧事全都让他赶上了！

不过，毕竟比上一次邂逅露脸得多。如今，他卞启顺是堂堂的延达董事长、总经理，今非昔比鸟枪换炮。模特、皇后、公主，那是你过去的孟菲，今天你是打杂儿的收款的，风光的还是我卞启顺！

一夜，他都没有睡着觉。对，又是谁说的来着？——天鹅肉属于不屈不挠的癞蛤蟆，没有攻不破的堡垒！

7

她确是孟菲，半个月前才来到梦琪的。

她也觉着奇怪，怎么老是碰见卞启顺，他是班上有名的刺儿屁股啊。

其实，没念完初中她就休了学，肋膜炎，把她两次考高中的机会都误了。痊愈之后她的身体却一天天地丰满了长开了。最初连自己都未察觉，从旁人的目光，艳羡中她才发现了自己变得那么美。美得出众，只要在街上一走，身边净是"回头客"。是那位时装表演团的负责人在大街上发现的她，说她有黄金分割的身材比例，是难得的一位活模特。

只是为了风光、好玩，谈不上献身追求艺术探索，她什么也不懂。反正什么衣服穿在她身上都漂亮，上台人们给她鼓掌，下台人们纷纷向她投来惊羡的目光——快乐，幸福，陶醉。一次演出十块钱，当时是笔可观的收入。没有文凭怕什么？生活向她铺开一条缤纷的路，人生不就是高兴吗，她应该享受青春、享受生活、享受幸福、享受快乐。

卞启顺那次去友谊医院门口叫住她，还真把她怔住了，这是那个当年的刺儿屁股。记得三年级教化学的何老师一走到后面就挤兑他："卞启顺同学，回家洗洗脚，那球鞋也得常刷刷，污染空气，环保局的来了可要对你进行罚款的！"至于男生为什么将"刺儿屁股"的"股"字省略不知内中另有什么深意，反正他坐在哪儿哪乱，走到哪儿都带着一股味儿。休学之后听同学讲，卞启顺被劳动教养了，从此这个人在她的记忆中消失了，再也没有想起过他。那次见面他倒是变了大样，可理他干什么，这个劳改犯，刺儿屁股！

要坐他的三轮车更是巧，谁想得到，后来他当开板儿爷啦。

她自己也走开了"背"字儿。谁知哪里刮来一股风，北京市第一个时装表演团连同一些舞场被取消了。没了工作四处奔走，一晃就是四五年。越来越觉得没意思，是有不少男人喜欢她追求她，可她毕竟才二十，毕竟得先有个工作啊。

一天到鲜鱼口内找同学，刚巧走到梦琪门前脚一崴，上帝！鞋后跟竟然崴掉了。好难堪，她满脸绯红地猫腰，捂脚，一个男人从修理部走出来：

"姑娘，鞋跟掉了到里边修，保证五分钟内给你换一个。"

那人是杜连增，热情地把她让到屋里，一个劲地端详她。她不好意思地低头，这人怎么——鞋修好了她交钱，杜连增上楼把梦芳叫下来，说请她上楼有点儿事。她迟疑，惴惴不安跟上去，哦！梦琪那琳琅满目的新潮服装把她惊呆了。连她这个当过模特的都傻了，中国最"潮"最"潮"的时装原来在这儿呐！

梦芳打听了她的年龄，知道她正在待业，笑吟吟地对她说："你要不嫌弃，上我们梦琪帮帮忙,我们正打算聘请一位试装模特,"她指指丈夫,"刚才他跑上来告诉我,一眼就把你相中啦!"

"真的!?……"这小小的空间确实不大,可那款式那和谐那高雅那新奇那华贵顷刻之间令她神驰令她折服令她陶醉,再看看男女主人的热忱与坦诚,她不由得红了脸,"我就怕自己……"

"另外,楼下修理部的会计也病了,两边帮忙,买卖是我一人的。"杜连增当面把"实底儿"兜给她。

"成,我干啦。"

她来了,需要了到楼上试装当模特,闲了在下边帮帮忙。

想不到,卞启顺竟跟这里有勾连!那天听他吹,她挡着脸儿直想笑,好不容易才忍住了。事后心里好纳闷儿,他不是在蹬三轮吗?怎么西服革履地又成了经理和董事?

打那以后,顺子三天两头到修理部,请完肯特撒美国腰果、日本泡泡糖,诸位伙计自然最明戏,他的主攻方向是收款台上的孟菲,那位楚楚动人的女模特。

始终,她就是不抬头,不跟他说一句话。虽然看不起他,但自己也够丢人的,今非昔比哟!顺子倒是三番五次托当初的同学给她传话:到延达当服务员,月薪八百,一天还管三顿饭。她能去吗?钱再多也不能当卞启顺的下人呐!

多想平平静静在梦琪干上一段,想不到又撞上这个卞启顺。明里暗里搅得她不安,她这辈子真是不顺!

一天晚上,修理部的帐结清后,她又上楼为几个比利时人试穿威尼斯筒裙,下班出门已经天黑了。骑上车进珠宝市,没蹬几下后面超过一辆车,猛一拐把将她拐倒——好疼!她撑着双手站起来,没开口那人反而把车一支,上来抓住她胳膊:

"干嘛呐你,会不会骑车!"

这!她气得立刻流出眼泪,这不成心欺侮人!流氓,是流氓成心捣乱的!她猛一甩手把胳膊抽出来:

"你……流氓!"

"什么?你骂人,还打人!"那个无赖上来又要抓。

"对,打丫挺的,违反交通规则还撒泼!"突然,四下又窜出三四个不三不四的二流子。他们叉腰晃膀,捋胳膊绾袖子地围上来,"小娘们儿你狷什么!"

她慌了,真碰上了流氓,而且不是一个!一个留板寸的小子刚要扽她的衣服,后面响起了炸雷一般的吼声:

"住手,流氓!看你们敢动!"

没容她反应过来,面前出现了一场恶斗。

她吓得缩在一边打颤,只见那伙流氓一人解下一条大皮带,围着一个人抽;中间那个见义勇为的手里举着一把铁锹,骂骂咧咧又挡又抡:"我豁啦!我拍死你们!……"

黑暗中她一惊,那是卞启顺!

就在这时,那个留板寸的上来一挡抡来的铁锹,挥手一拳出去,重重地打在卞启顺的鼻子上。

“卞启顺,你……”她不顾一切冲上去,血,他的鼻子被打破了!

“你躲开,我拼了,拍死他们丫挺的!”他将她一推,抡起铁锹又打,那几个流氓见他玩命,掉过头去全跑了。

“你,快!……”她掏出手绢帮他擦,他已满脸鼻血了。

“走你的,我没事!”卞启顺把锹一扔,双手捂脸往回跑。

“嘿——,快,上医院……”她追了几步停下了,这到底是怎么回事啊!

第二天晚上,她大大方方到延达来看卞启顺。

“你的鼻子好了吗?昨天流的血好多。”

“没事儿,这帮流氓真可恨!”不单鼻子出了血,顺子眼圈都青了。

“你没事儿啦?我脑袋上摔了个大包,胳膊肘也破了。”

“哦……”

“昨天我喊你上医院,是让你带我看病去!脑震荡,现在脑袋还嗡嗡呐!”

“是……吗——?”

“你自己也伤得不是地儿,鼻梁子打折怎么办?眼睛要是瞎了呢!”

“我……这是……”本来就心虚,这会儿更慌了。

“走,现在你带我上协和,看急诊!”她突然捂嘴笑起来,“啊——咯咯咯……”笑弯了腰,流出了泪。

正因为顺子的表演太拙劣,孟菲才来到延达的。这个月虽然还剩三天,顺子大喜过望要照付工资八百元。她不要,不单是为钱而来的。

今天早上,她把卞启顺昨天——不只是昨天,把老早就跟他是同学,和后来的邂逅遭逢跟杜连增和梦芳都说了 。梦芳嫂也咯咯地笑出了眼泪:

“难得顺子这一片苦心,他愿意让你去你就去试试,亏他想得出来,别人传出的我还真不相信呢。”

顺子也怪可爱的,拙劣得天真。

杜连增踱了几步也语重心长地对她说:“顺子毛毛躁躁不安稳,你去了他许踏实些,还能少捅点儿娄子呢。”

“我……”她向杜连增夫妇叙说这些事,完全是出于信任,虽然没有接触多久,直觉告诉她面前的两个人可靠、可信,谁想他们却诚恳地让她去帮延达,她可没有这个意思啊!

“我说他近来三天两头往楼下跑是为什么!你要不去,他那饭馆都未准开得下去,”梦芳捏起她肩上的一根头发,轻轻吹在地上,“去吧,遇到什么我们再商量,做个女人难,只是要自珍自爱自尊自重啊。”

“唉,我知道,你们放心啊。”才几天,便难分难舍,她黑蓝的眼里盈着泪花,似要远行。

晚上她真的来了。谁知这里向她展开的是一条什么路？虽然迈进延达门口的时候她的心情还算镇定，可卞启顺惊喜地拍出八百块钱，要做她这三天的工资的时候，她情不自禁地心中一沉——又怎能让人踏得下心！

8

送走梦琪的最后一个顾客，夜幕早已遮得黑黑的。杜连增顾不上吃饭，匆匆下楼来到后院。抓空儿看看卞叔，十天半月见不到面，他总觉着不放心。

推开门，卞福棠正坐在床上喝水。顺子雇来的小保姆赶紧放下水杯，拉过一把椅子请他坐。卞福棠愣愣地看了半天，才咧着冲左歪的厚嘴唇，半斜着眼睛说：

"叫我呐……是连增吧？你老惦记……着……"瘫了四年，炕上拉尿，本来灰黑的脸色变得棕黄棕黄。

"卞叔，忒忙，要不早就来看您啦。"杜连增把一网兜苹果放在桌上，握着他的一只手，"这些日子还熨贴？"

"好哇，好……这不，有了小凤，顺子和文锦腾出了手。拖累人，不如死了好……"卞福棠本来就矮小的身子在炕上缩成一团。脸上的褶子叠成一层层褶皱。生理上的衰老早已超过实际年龄，任何人都能一眼看出：饱经沧桑了一辈子！

杜连增让小凤洗了两个苹果，拿过刀子削起来："甭老念叨死，您才多大岁数，素常啊，多吃蔬菜多吃水果，现在兴增加维生素，尤其是您这样的病人。"

"没少吃，瞧瞧顺子瞎买的这些东西。"他只能动一只手，指着满屋堆放的点心、水果、罐头。

杜连增知道，顺子为老爷子花钱不心疼，卞福棠怎么瘫的？做儿子的心里最清楚，顺子还算有良心。

"这样的儿子没白养，您老就该知足，什么是造化，这就是造化！"他把苹果削成小片，一片一片送到老人嘴里去。

"还说呢，要没你三天两头调教，他不定又……捅出多少娄子来。"卞福棠偏瘫了，脑子却还没糊涂，什么话都能说清楚。

"那还不是应该的，要不叫您，也没我的今天呐。"他之所以常来，对顺子、文锦视如自己的亲弟、亲妹，内中有颇深的渊源呢——

四十多年前，这座大院全是方姓人家的。谁不知道，北京城有名的昌泰酒店是在这个院里扬的名。

当时，连增的父亲杜全章与卞福棠同是方掌柜的伙计——大徒弟，二徒弟。杜全章三十不到，卞福棠二十出头。多少年来，方掌柜丧妻之后没有续弦，膝下只有一个独女叫月花，就是后来杜连增的生母。昌泰的买卖不错，大徒弟杜全章精明干练，二徒弟卞福棠忠厚老实。方掌柜的待人谦和又会调教，两个徒弟把昌泰的生意捧得红红的。谁想到，日本人投降的那一年，方掌柜的尿了血。先是脚后是腿，俩月工夫胸脯子以下全肿了。老头子知道自己不行了，两件大事却撂不下：一是女儿月花待字闺中年已十八；二是昌泰给谁，他只有一个月花，旁的亲人一个没有哇！为此事方掌柜的越急病越重，掂量来掂量去，万全之策只有招门纳婿，让杜全章把昌泰的大梁挑起来。这份产业让他赙受，十年八年败不了家，凭着全章的秉性，他也不会错待月花。

方掌柜是个脆性子，加之眼看自己手背上都一按一个坑，心里怎能不着急，男怕穿靴女怕戴帽啊！主意拿定的第四天，他将大徒弟杜全章叫到自己的床前，开门见山把心里的打算托给他，不想杜全章怔了足有一分钟，扑通一声给他跪下了：

“掌柜的待我恩重如山，可徒弟我……从小家境贫苦，不过是个臭苦力，实难担此责任，掌柜的还是……另择贤人吧！”

他浑身打战，不可能的事情降临到头上，令他感受到的只是惊怕。

“这么说，你是有些——”

“不不不，只是徒弟自惭形秽……”

“做人，靠的是良心，只要你待月花好，这条就最可贵。”

“当然，掌柜的知道徒弟的为人。”他的耳朵嗡嗡的。

“做事，凭的是动脑、勤奋，这是你帮我啊，谁让我……没寿数！”方掌柜的嘴角抽动扑簌簌地滚出了泪，接着左脚轻轻一摇要掀被，“拿便盆，我要……”

“掌柜的！……”杜全章泪涟涟地赶紧用便盆给掌柜的接尿，半盆血让人心直跳！他放下便盆擦擦眼，“您老人家……放心吧。”

第二天，一个外人也没请，杜全章和月花在广济寺住持德本法师的主持下，双双给方掌柜磕头，二人又双双对拜，当天晚上在北屋圆房做了夫妻。

一个星期之后，方掌柜圆寂了。生前，老爷子是位在家居士，两口子请来一百多位僧众吹打唪经做道场，整个鲜鱼口热闹了半条街。“五七”之后，昌泰又红红火火开了业，只是掌柜的换了杜全章。

卞福棠只别扭了几天，心里也就过去了。一来师兄比他大上十来岁，人家又确实精明强干是块材料；二来师兄待他不错，像亲兄弟一样关照他，这样也就知足了。虽然自己还当伙计，可工钱比别人翻出两倍，这还有什么可说的！

方掌柜的有眼力，杜全章实非一个等闲之辈。昌泰批发上百种酒，他本人滴酒不沾，只凭着闻、看，各种酒的度数、香型、原料、产地、比例、窖期，没有一项他不摸底。

一次，通县的一家酒厂送来二十桶通州老窖，酒车刚在门口停下，杜全章在屋内隔着帘子对送货的伙计说：

“别卸车，回去告诉你们掌柜的，这酒我不要了，拉回去！”

来人一听就傻了，拉回去？通县离这儿几十里地，拉回去怎么交代呀！他急得在帘子外头作揖。谁知这是怎么啦。

“实话跟我说，这酒窖了多少天？”杜全章把他叫到屋里。

“杜掌柜，九九八十一，九九八十一，统共……一百六十二——天呐。”

“嗯，你这人说话不虚，可这酒只窖了一百五十三天，我没断错吧？”

啊！这……

“拉回去,不单是为了昌泰,更为不砸通州老窖的牌子!”

送酒的这位头皮一直麻麻的。酒没打盖,院儿也没进,这是什么鼻子?送来的二十桶酒确实少窖了九天,可面前的这位掌柜的成了精成了神啦!

不管怎么求,杜全章坚持让他把酒拉回去。别说减价了,白送都不要。那话说出来噎人却又在理,昌泰卖的是信誉,酒厂更得重信誉,“生意兴隆通四海,财源茂盛达三江”靠的就是信誉!没办法,酒厂掌柜的从通州赶了来。杜全章请他到丰泽园吃的水晶肘,两句话就把他说服了:

“关掌柜,这二十桶酒值重,还是老窖的牌子值重?您要周转缺钱,这车酒钱我可以白送,东西你必须拉回去重窖。砸家传的名酿,对不起天地良心,也对不起列祖列宗啊!”说着,他把四十块大洋拍出来。

“杜掌柜,听君一席话,胜读十年书,关某人我服啦!”

从丰泽园出来,关掌柜让伙计把那二十桶老窖拉到广渠门护城河,连桶带酒全摁了。

岂只关掌柜服,多少酒厂店铺都服,杜全章做买卖,厉害!

可是人生里,悲哀和快乐总是手牵着手地一起走。

月花生下杜连增半年,先是咳嗽后又咳血,脸色一天比一天黄,身子一天比一天瘦,在连增不到两岁的时候,这个有福没寿的女人便死于痨病。

一直到解放后的公私合营,小连增一直由一个熊县的姑娘带着,她是卞福棠荐来的表妹。当初,卞福棠有他的打算,把这个叫桂芹的十八岁大姑娘带进城,日后和她结为夫妻也算成了家。人家杜全章的儿子都多大了,他还光棍一条呐。

谁想,四十来岁的老杜不地道,借着桂芹带连增的机会,一天晚上悄悄招呼桂芹到他屋里说有事,待这大姑娘进去之后他闩门,灭灯,揽腰把桂芹抱倒在床上……

连着半个月,卞福棠觉出不对劲儿,掌握了确凿的证据后,他把桂芹叫到胡同口:

“那老东西能当你爹!你……难道就这么眼皮子浅,没出息!”

桂芹吓得低头,抹泪。

“你干嘛不喊?”

她捂脸:“他……咬住我的……舌头呐……”

“呸!亏你说得出口,你要跟了他,我回熊县告诉你爹,让全村都知道你卖身子,你早不是姑娘啦!”

她浑身打颤,那她还怎么活,还怎么见那些父老乡亲呐!

“福棠哥,你千万,千万呐……”

半年之后,卞福棠借着杜全章这个资本家正“作”的时候,拽着桂芹到区里登记结婚,把院里两间南房也占了。

恼人的是,桂芹是带着“身子”过门儿的。入洞房的第一夜,他一摸她的小肚子,竟然像个小坟包。那份儿恨!这是杜全章的种儿,他不要,他要把那坟包削平喽。

乡下女人再皮实,也经不住卞福棠可着性解着恨地搓弄,折腾。

一个不足月的女婴临盆了,后来他瞅见就别扭,张口闭口骂她——文锦,是野杂种。

他自己也遭了报应。不管他再如何在女人身上“耕耘”,就是“播”不牢种。桂芹怀上一个流一个,直到一九六六年,桂芹竟流了七个!像熬干了的灯油芯,四十不到的女人成了一把骨头。

就在那一年夏天,全北京突然人声鼎沸,标语横飞,而桂芹的肚子鼓起来终于没有瘪下去。天呐,挂住啦挂住啦!多少年的苦心经营,他总算有了盼儿有盼儿啦。已经驼背的卞福棠老泪纵横战战兢兢,他厌恶外边震天的锣鼓响,别他妈穷敲喽!震得慌,可别把女人肚里的性命震掉喽……

小生命平安出世,是顺子。他的根。

就在顺子出世之后的第七天,院子里头热闹了。一队红卫兵进到院里来揭瓦,把杜全章住的屋顶全刨了。接下来,老杜被五花大绑捆到居委会,那里召集起大会批斗他。

“说,你是怎么发的家!”

“交代你怎么剥削的!”

老杜花白的头发早被剪得坑坑洼洼,他垂着脑袋,哈喇子从嘴角淌下来。多少天的惊吓批斗踢打早使一双亮亮的眼睛没了神,呆了,他两眼直直地不会说话。

“打死这个资本家!”

“打!打!”

吼声阵阵。

突然,居委会的石主任一眼瞥见缩在后边的卞福棠:“老卞,他的事你最摸底,还不快站出来揭揭他!”

他愣住了。确实,他妒忌老杜承受了昌泰,憎恨此人先睡了他的女人,可眼见老杜此刻耷拉着脖子流口水,瘦骨嶙峋的脊梁像被一把牛刀刚剔过,他的鼻子又酸了。要说在钱财上人情上,老杜这人还真讲义气给面子。虽然自己早就跟他翻了脸,可他不计前嫌,自己缺什么人家送什么,尤其是教育杜连增,没对他看出一点儿忌恨,一口一个“大叔”叫得亲亲热热。一般人哪做得出这事情?大度。再说,当年小连增也确实需要个当妈的,谁不当上不知道,也难怪杜全章生出那份儿心……不易,他这辈子也够难的啦!

瞬间,他脑袋嗡嗡地又疼又乱。

“老卞,你可是工人阶级,连资本家的秃疮疙疤儿都不敢揭,那感情立场上哪儿啦?”两个副主任撇着小脚上来问。

“他,他……当初,对我们工人阶级……特……别,别……”

——嘭!没容他说完这句话,一个义愤填膺的红卫兵抡起手中的镐头,猛地挥手砸下去,亮亮的镐尖正好戳在杜全章的脖子上。如同劈倒一捆枯柴,只见他轻轻一晃,一声不响倒下了。

“打,他装死!”

“消灭资本家，铲除黑五类！”

红卫兵和居委会的主任们一拥而上，踢、踩、踹，有人还抡起大板儿带。

卞福棠趁着乱劲跑回家，吓得浑身直哆嗦。第二天早上才听院里人们说，老杜脊梁骨被踩断三截，后来被红卫兵抬上一辆三轮车，没容断气就拉到火葬场，逼着火化工给烧了。

他偷偷抹了几把泪，太惨喽，当时自个儿要痛痛快快说上句“他不赖，待我们下人特别好。”兴许还不至于这样呢。想想老杜这辈子，拉扯起连增来多不易，死时都没跟儿子见一面，没咽气就钻了火葬场的大烟囱，这一切也太让人——天呐！……

杜全章被打被拉走的工夫，连增正在学校集中军训呐。第三天晚上回来听说了一切，他蒙在被子里哭了一宿，多少年同父亲相依为命，自己再也没有一个亲人喽！爸爸再坏也不至于活着就给烧了哇……

没过多少天，他就上山下乡了。临走前，他特为来到顺子家：“卞叔，我听街坊说了，那天斗我爸，您没说他一句坏话，我爸在九泉之下也要感激您，我走到哪儿也不会把您老人家给忘了！”满脸泪花。

连增还听说，自己是应届的老高三，学校还找到街道了解他能否和反动父亲划清界限，卞福棠被找去没说一句不利他的话，能不感激吗？要不上山下乡背的包袱更重了。

杜连增走后一年，桂芹也离开了人世。卞福棠这才觉得对不起女人，更对不起杜连增、杜全章，他们哪个不好？皆因自己气量小，心眼儿小！

弹指一挥间，杜连增从宁夏迁回来。几经周折要回前边的门脸房，竟然重新析产，把院里的房产分给了各位老街坊。如今哪找这样的人去？和杜全章一样，为人仗义大度谦让。

杜连增对卞福棠一家格外关照。恩人，如今他就该为卞叔分心为顺子操心。卞叔这辈子不容易，这辈子没松一天心呐！

“卞叔，顺子的买卖挺红火，比蹬车的时候稳当多啦。”

“撑船掌舵的都是你，连增啊，你可千万多费心。”

“您放心，树大自然直，这一阵他越来越出息。”

卞福棠撑着胳膊要翻身，杜连增上去帮他翻过来。老头子巴着红眼睛想了半天，说：“倒也是这么回事，南屋的振佳也大变了，三天两头过来看我。”

杜连增点头，振佳也真下了大工夫，人这辈子呀，真是的。

“有时还帮小凤给我端屎端尿，叫人心里不落忍呐！”

“他那人本来就不错，也是没赶上机遇，前一阵子总不顺。”

“连增哥，梦琪多忙你又跑了来！”爷儿俩正唠着，文锦推门进来了，手里托着一块山楂糕，“我爸想吃开胃的，跑到珠市口才买回来。”

“卞叔，您这多大的福气啊！”他冲文锦点头，在卞叔面前挑起一个大拇指。

卞福棠呆滞的目光中闪出一丝苦涩与愧疚。他强笑着点头，小时候对不起文锦，现在用上了人家，全怪自己小肚子鸡肠……

他愣愣地犯呆。

不是吗，自己倒是有了亲骨血顺子，可正是这条根把他的心操碎了，没有顺子他能瘫在床上？至今，文锦和连增不知道他们两人是兄妹，院里的老街坊都是大跃进之后陆陆续续搬来的，世界上知道此事的只剩了他一个，对不起这对兄妹，可又怎能向他俩揭开这个谜，舍不下老脸开不了口啊。

杜连增看他又有些打蔫儿，站起身来要走，嘱咐文锦喂他些山楂糕，老人家也该歇着了。

卞福棠没拦他，知道他忙，他只是支着胳膊要起。

“爸，您别动，我把连增哥送出去，”文锦把他送出门，陪他走到修理部的大门口，“连增哥，振佳和日本人侃价的事你知道不？”

日本人，侃价？他费心想的事情太多了，哪里装得下这么多。前些天是有一个日本人找了来，说想跟后院南屋的主人见见面。反正房子析产已经送给了老街坊，他让楼下伙计把那日本人领到后院脑子里边就再没想起过。此刻文锦说什么“侃价”，他还真连一点儿影子不知道，难道振佳不住了，要卖房？

“侃什么价？是和外国人弄邮票，还是他不住了要卖房？”

“不是，那个日本人说要刨地，振佳屋里埋着日本人的东西！”

他不由得侧过身子，看着文锦那淡淡的细眉，那修长的大眼，还有这样的事？当初根本没听父亲说过呀！

那屋里埋着什么呢？

9

日本人投降的前一年，驻北平日军总部翻译官谷田永雄曾在昌泰后院南屋住过一年。因为谷田会中文，肩负着了解北平民间情报的任务，所以他相中了鲜鱼口这闹中取静的地方。方掌柜哪敢不答应，谷田一句话，后院南房腾给了他。

当时，谷田永雄的儿子谷田太郎正在南苑机场当机械师，三天两头到鲜鱼口看父亲。谁料不到一年，谷田永雄突发脑溢血亡命，谷田太郎来不及把父亲的遗体运回国，“八一五”日本人投降了。谷田太郎匆匆忙忙掩埋了父亲的尸体，随着大队人马缴械，挑着白旗被遣返回日本国。

正是那一年，杜全章当上了昌泰的掌柜。

一晃多少年过去，一位年过花甲的日本人来到当年的昌泰，找方掌柜，早没了。找院子的主人杜连增，杜连增让伙计把他领到后院，他根本不知有什么事，父亲从没向他提过，况且杜全章确实也不知道这里曾有过什么事。

那天，谷田太郎感慨万端地来到后院，去南屋的老槐树下立了半天，哀伤肃穆地对老屋老树行了礼，正式和房子的主人见了面。

一口流利的汉语，一段令人叹惋、晦气的回忆，他向许振佳母子详细介绍了四十多年前的事情之后，压低声音告诉他们，亏了老屋没有拆，这屋子正下方有他当年埋下的东西！

——不可思议！许振佳如听天书，惊讶的程度不亚于天外来客。待他从对方严肃认真焦灼希冀的目光中确信这一切都是真的之后，先是激动得两耳发烧，继而安详得像一泓秋水，喘气从来没有这么匀溜过。

“我们中国人的住房条件比不上贵国，空间狭小得让人窒息，谷田先生若要刨地，我和母亲睡到哪里？何况，”他指指家具，“总不能堆到院里吧？”

谷田太郎告诉他，时间绝不会超过两天，由他雇人包管一切，叨扰的酬金是五千元人民币。

振佳淡笑，日本人想得也太简单，你求到我门上来你给价，没有那么便宜的事，这事且得抻着呐。

“先生，我再赠送一台东芝彩电，一部松下牌子的录像机。”

他懒懒地抬眼皮：“本人不喜欢日本货，多少东洋彩电看着看着就爆炸，”他指指写字台上的牡丹，“比贵国电器好得多。”

“那我赠送先生一万元人民币，这房子下面的东西，是我终生渴望得到的，我想了大半生，大半生啊。”碰到许振佳，谷田急得宽宽的脑门儿上渗出茸茸的细汗珠。

他不答，只是慵困地乜对方。

“许先生，父亲当年的遗物，在当时的环境下我不可能带回日本，那是父亲最最珍爱的宝贝，许先生！”

谷田的脸都急成了粉色。许振佳心里反而更凉快。这位日本人千里迢迢寻遗物，往返机票吃喝住宿就是多大开销？最会算计的就是小日本儿，经济核算全世界谁也比不了，得宰他。东洋的肥肉送到嘴边，不宰对不起自己这条残腿啊！

还不敢声张，谷田太郎三天两头上门，振佳拿出侃邮票的功夫，吊着胃口地周旋。街坊四邻惊动了，唯有杜连增不清楚，难得到后院来，来一趟也是去卞家。

这些天，蔫头耷脑的振佳又打起了精神，常去卞叔那里，帮完忙顺便转到文锦屋，没别的，开口便是关于谷田太郎：

“文锦，我也越琢磨越蹊跷，你说他当初到底藏了什么？”

揣摩奥秘使文锦缩短了与他的距离，谁知谷田藏了什么。反正——秘密能使人探奇、愉悦，突然搀和上这件事，确实冲淡了他们的郁郁与烦恼。

“我哪知道埋了什么，你也真够难为人家的。”她比振佳还奇怪，这事万万想不到哇。

“反正这遗物嘛——”他想到了百宝匣、自鸣钟，当初那翻译官既然是个中国通，当然就该是文物一类的东西了。

谷田只说此物于他弥足珍贵，可就是不告诉振佳是什么，这事越琢磨越邪了。

“其实，你也别太苛刻，看样子谷田真着急。”文锦一天天觉出来，振佳对她真好，女人这辈子靠什么？不就得靠男人。振佳不就是个又有本事又有知识的男人吗。尽管没决心跟他好，但是近乎了，不生分。

“不单是为了我，其实……不单是为了我自己啊！”出了谷田这件事，对文锦的进攻他更有信心了。

“那人家连增哥呢，房子白送给了我们几家老街坊，你都不跟他透个信儿，要是真有了好处哇……”文锦想得更远，其实这房子，全是杜家的，哪能振佳一人做主呢。

“受人滴水之恩，当以涌泉相报，甭管落下来多少，我和连增哥半儿劈还不成！”振佳这话也是发自内心的，本来嘛！

和振佳渐多的接触中，文锦在邮票的王国里大开了眼界。古今中外形态各异，色彩斑斓光怪陆离。她当然见过纪念邮票，什么人啦山啦树啦鸟啦，可振佳搜集到的邮票成千上万、分门别类，她瞠目结舌扑朔迷离了。世界上还有那么长那么细的邮票？三角的、菱形的、椭圆的、无齿的、镂空的、连环的、套接的，甭说是看，听都没有听说过。振佳能从那令人眼花缭乱的邮票中编织出许许多多的传说，演绎出美丽动人的故事。想不到邮票里藏着那么多知识与奥妙，真有趣！什么是首日封，什么是绝版票，匈牙利邮票为什么不值钱，伊丽莎白女王的邮票为什么会有十二种颜色，还有世界上最值钱的邮票在梵帝冈，而梵帝冈本国从来没有发行过一枚邮票——她晕了！

不知不觉，她越来越佩服振佳。因为有知识，他才用邮票赚了钱。当今社会凭的不就是本事？何况她近来特为到国家办的集邮公司看了看，那里也跟自由买卖的邮票市场差不多，卖高价。振佳不偷不抢能赚钱，比起顺子要可靠得多。

那天她到梦琪去，把自己的想法告诉了杜连增。他笑吟吟地讲，小时候他也攒邮票，东华门集邮公司也常去。那是通过交换充实自己的收藏，绝不像今天这样买卖侃价欺骗敲诈。说到激动处，他竟忿忿地红了脸：

“这是对艺术的亵渎，是对传统的收藏爱好的玷污！”

她还解释什么？连增哥说振佳是个好人，这辈子是够倒霉的，可他眼下的路走得不对，不管赚了多少钱，他心中缺乏一根支柱，这样下去长不了。

她更困惑。她活着也没什么支柱。梦芳、连增他们又有什么支柱？为了赚钱，他们不也在不分日夜地玩命，如今社会上最牢靠的支柱不就是钱吗？

顺子近来倒是看出振佳的动向，也明白她心里正在嘀咕，给她做开了工作——

“姐，人家振佳待你多好，这样的人，打着灯笼都难找！”

第一次听这话，她的脸腾地红了，顺子开导开了她，真让人不好意思呢。

“你瞅大街上那些人，倒是人五人六全须全尾，全是他妈衣裳架子，振佳哥虽然瘸，人家肚子里有货，腰里掖着五六万，这样的北京城有几个？”

她无话。

“义气，延达除了连增哥，第二个有恩的就是人振佳。你还拿着什么劲儿，咱爸也越来越待见振佳了。”

“顺子！……”

“街坊四邻笑话他侍候咱爸，人家忍了吞了咽了，现在世面上讲奉献讲牺牲，这种精神哪找去？嘁！”

“你别说了！”

“我偏说。你还拖累个瞎茜茜，这辈子靠谁？还得找个好男人。别看人家是‘半导体’。人家要上外头把五万块钱的底儿一亮，大姑娘吃蜜似的踪上来！”

顺子自己也得意，素常一句有理有据的话讲不出，这回开导姐姐尽是连珠妙语，至少滔滔不绝是真的。

她心动了。是呵,女人这辈子靠什么?不就是靠个能戳得住的男人吗。振佳对她一百一,要让顺子来分析,她这落日黄花又有拖累,比振佳的条件差多啦。

优柔寡断的文锦在振佳眼中更显出独到的病态美抑郁美。苍白的鹅蛋形的脸庞上,一双秀秀的眼睛那么修长,淡淡的眉毛那么纤细,一看就让人怜爱让人陶醉。管他街坊有什么非议。他越来越爱她,尽管连增哥那次跟他长谈要他清醒慎重,要他为文锦想一想。

一天晚上,他悄悄在文锦的门前咳嗽了一声,文锦的门开了。他走进去,伴着心脏的一阵狂跳刚想上去吻文锦,文锦惊惧地指茜茜:

"别,孩子刚睡……"

"我,让我……"他轻轻地躬身,竟然给她跪下了,"文锦!……"

她浑身哆嗦着拉他的手,他抚着她的双腿埋下了头。感觉得到,他的眼泪浸湿了她的单裤,一只细瘦的手把炽热绵绵地传给她。第二个男人,振佳是世界上第二个——触摸到她身体的男人!不,她突然站起身,生活不允许她第二次轻率,最后一道堤防绝不能再次被轻轻易易地冲毁——代价,瞬间的闪失正使自己付出了多么惨痛的代价!自珍自爱自尊自重,梦芳嫂就爱跟女人嘱咐这句话。突然,她的耳朵嗡嗡地响,不,这一步再也不能迈错,再也不能迈错哟……

谷田太郎耗不过,已经返回日本了。说好了,日后再来和振佳讲条件。连增夫妇忙得不可开交,什么事都顾不得。文锦不放心,上礼拜振佳把单位的工作也辞了。这么下去成吗?这事还得让连增哥帮助裁断呐。

憋不住,她把振佳与谷田的事详详细细兜给了连增,不说心里不踏实。

杜连增两道黑眉毛蹙起来。这段蹊跷他真没顾上。谷田当年在屋里埋了什么?这件事情该不该通过公家?谷田为什么来去匆匆那么着急?瞬间,他的脑子也乱了。不过,返身进院又到文锦屋里坐下,他心里又慢慢踏实了。操那份儿心干嘛?只是振佳别抱多大希望就得了。笃信人生这条理:非分之财是祸根,只有凭双手创造的东西才是实在的。振佳不是顺子,应该能转这盘磨。

"文锦呐,哪天跟振佳说,老老实实做人,踏踏实实干事,将来那个叫谷田的再来了,我帮他应付这件事。"

"我也一直提拎心,谁知是好是坏,要不把这件事急着告诉你。"

"唉,顺子那儿你也得常看着,毕竟年轻有时自个儿把不住。"

"三天两头我过去,有孟菲在那儿,他近来倒算是安稳了。"

杜连增把头点了点。他更不放心的是顺子。顺子城府太浅了,现在的年轻人专兴"潮",潮来潮去准出事。别看刚才当着卞叔一个劲儿夸顺子,其实他最让人提拎心。没脑子没知识,冒股傻气就得出事。

不出杜连增所料,谷田刚走没几天,顺子果然出了事!

10

延达的买卖足赚,又有孟菲和他在一块儿,顺子这一阵什么心气儿!

孟菲岂止迷人,她浑身焕发出一股令他颠倒折服的魅力。那天的一场混战谋划演练了多少次,他拍出五棵来打点几个成人之美的哥们儿——白搭,孟菲一眼就识破了。为此,他还落了个“伤鼻子”,干燥一点儿就流血,多大的代价,损失,全是为了爱,谁知孟菲怎么就那么迷人呢。

别看成天在延达这小小的空间转,他心里比过去还抓挠。只可远观不可亵玩,这么熬着什么滋味儿!

老想凑到孟菲身边去亲热,可她身上有股“气”,近不得。有时他竟然想到气功上,孟菲会练气功是怎么着?为什么她不卑不亢地一看他,他全身上下就僵僵地不自在,就迈不开步,想入非非的心思就全飞了?

男女之间的事多神秘多快活,电影电视中那拥抱接吻的镜头多刺激。夜深人静时,他想着想着不自觉地就进入了角色,能不入戏吗?都二十好几啦。

延达的买卖连轴转,一天到晚把他累个贼死。人变得像机器,干,转——赚,钱就这么赚来了。一天也离不开,方方面面里里外外都找他这个掌柜的。也别说,大梁由他挑着呐。

买了辆铃木,真想得空带着孟菲到天坛、北海、陶然亭去转转。俩人在河边,树荫底下那么一坐,要是黑天就更好了,Kiss,听傻瓜他们讲,抱着啃叫 Kiss,要是能把孟菲 Kiss 了,自个儿这辈子没白活!

对他,孟菲始终不远不近公事公办。上班来下班走,要加晚班也可以,必须得有一个女伙计在一起,就是不跟他单独在一块儿。至于做买卖,她千方百计出主意,什么海蜇黄瓜、芥茉粉皮、腐竹芹菜,这些好销实惠的下酒菜,不但是她出的点子,她还亲手做亲手卖,为延达盈了不少利,赚了不少钱。

仅仅因为她的存在,不少男士就专爱上延达来。楚楚动人的女模特做招待,吃着喝着刺激着,那什么劲儿?再者,方方面面的管理人员一到,孟菲上去比顺子强一百倍。两个深深的酒窝一旋,该多罚的罚少,该少罚的算了,省了顺子多少麻烦!

她没要顺子一月给的八百,五百就行了,已经比别的伙计多了一百块。一次,顺子为了讨好她,信手从柜台内抓出一大把钱要给她,她脸一红声音都变了:

“上梁不正下梁歪,你还能分秒不离在柜台上老盯着?连掌柜的都随便抓钱,底下的不就全乱了?”

就这一回,当着孟菲的面,他这掌柜的再也不敢随便抓钱了。

——Kiss,他现在一门心思想 Kiss,可是,见着孟菲自己那“火”劲儿就全没啦。

机会来了,就在前些日子。

一个哥们儿弄来两张根雕票,在地坛里边的玫瑰园。抓耳挠腮好费心,他铆足了劲凑到她跟前:

“昨天傻瓜给我两张根雕艺术展览票,不知道你……”

“想不到傻瓜还会弄这票,你知道根雕是怎么回事吗?”

“就是那个……雕刻呀,什么玉石、象牙,还有在那漆盒子上边刻东西!”

“啊呵呵呵……”她笑着说,“那还叫什么根雕?你连根雕都不知道!”

甭管怎么说,孟菲出乎意料地答应了他的邀请,俩人一块儿上了地坛。

看着那些巧夺天工的根雕，孟菲赞叹不已，指点着说什么“因势象形”“因形生义”“缘义出新”，他支支唔唔似懂非懂，不是讲究花前月下吗，这里尽点子老根枯枝，他不是那种雅人，更没这种雅兴致。

看完展览走上坛西的林荫路，他又说不上什么滋味了。快活激动，心里又咚咚咚地好紧张，怎么又有点儿害怕呀！

人极少，没有走出多远，他便指指左侧那一片矮树林：

“看展览比——”他差点儿说出“蹬车”两个字，赶紧一抻脖子拐弯，“比开买卖捞面条还他妈累，去那儿歇会儿？”那里有一条空长凳。

孟菲扬了扬眉，又轻轻皱一下，两腿一前一后站住了。

“坐那歇会儿怕什么？”他管自一个人往前走，坐下把烟又掏出来。

孟菲好一阵犹豫，才轻轻走过去，坐在椅子另一端，中间隔着隆起的椅栏。

说来也怪，赚外地进京的怯老乡，多少都敢宰他们；在外边起哄打架寻开心，他从来没有怵过阵。可是一到孟菲身边，他就像霜打的茄子，浑身上下都蔫了，嘴唇发木舌头发直，缩缩叽叽连个头儿都矮下五公分。从骑摩托带她出来到看展览，现如今又在这僻静无人的地界坐下，本来那进入多少回角色的事该干他一家伙了吧，动不了劲儿。心老跳，洋火半天划不着，手心滑腻腻的都湿了，自个儿这是怎么啦！

这里好静，听不到一丝风声，只有远处松林中时而传来几声百灵叫。蓝天下的白云薄薄地淡淡地像纱，高高地静静地慢慢飘动。世界静止了凝固了，他听见了自己的心跳，也觉出了孟菲的呼吸声。

大口地吸烟，掏出手绢擦汗。

“快走吧，咱们来去就得半天儿，店里的事你放心？”她也受不住这静谧这寂寞。

“啊？对，走走，走……”见她站起来，他突然一下拉住她的手，“再坐一会儿，啊？”心狂跳，要从半张的嘴里蹦出来。

“你！……”她抽手，却被拽过来坐下了。谁知怎么回事，她与他坐在了椅子的一侧，中间不再隔椅栏。

她也觉出了自己的心跳，怎么自己和顺子坐在一块儿了，而且离得好近啊！

突然，他搂住了她的脖子，扳过脸来一口罩住了她的嘴，她只是微微地扭了扭身，便把眼睛闭住了。

梦，梦一样的吻，长吻。

在“梦”中，他闻到了她的发香肤香和口腔肺腑呼出的气息，虽然没有香水那样强烈，但绝对令他销魂陶醉。真想把她身上所有的气味浓缩为一种固体，变成一种能吃能尝能咽能嚼的东西统统吞到肚子里……

在“梦”中，手不由自主地伸向她的胸扣，梦寐以求，平时隔着衣服一见她那结实颤动的乳峰都会神驰心悸，此刻那神秘的东西就在他的眼前，天，他要——

“人来了！”她突然一手抓住他的腕子，缩身把头扭开了。

“不，不……”他反手，又把她的手腕抓住了。

“你松开，要是再这样，我就喊人了。”她站起来恢复了常态，尽管胸膛还是一起一伏的。

面前，两只黑蓝的眼睛像一潭秋水，晶莹、沉静、庄严、神圣，他只得讪讪地跟着起身，毫无办法。

……

那次的吻是个瑰丽的梦。后来，他几次又约她出来，想进一步像哥们儿传授的样子去做，对她进行“地毯式”轰炸。不可能，她再也不跟他出来了。孟菲真不好对付，不是说女人被吻过一回，你就可以步步为营，层层深入吗？可在孟菲这里行不通，她不是一般的女人哟。

走火入魔，吻过一次孟菲，他更加坐卧不安食不甘味了。

就在杜连增看望卞福棠的第三天，顺子抽空回家了。自从开了延达，他经常住在店里，反正雇了小凤，侍候老爷子省大了心。今天抽空来看看，想不到父亲已经睡着了。他到姐姐那屋去，姐姐也哄着茜茜早睡了。

又回来，安徽姑娘小凤还没睡。

“夜里我爸起几次夜？”他小声问，翘腿咬起支烟伺。

“两三次。”不到二十的小凤白白胖胖像个胖娃娃，她够辛苦的，日夜都得陪着下不了床的卞大爷。

“你们家有几口人呐？”他轻轻地吹烟，不经意地看她的腿。

“除了爸妈，还有爷爷奶奶两个弟弟两个妹。”她一说话就低头，两只白白嫩嫩的手夹在胖胖的腿缝。

他眼里闪出一丝小凤没有觉察出的光亮，信手从兜里捻出二张“大团结”。“小凤啊，你侍候咱老爷子也不易。”

小凤吃惊，不好意思：“不是已经……”主人对她满大方，管饭每月一百五。

“拿着，这是奖金。”他站起来走过去，那钱在她面前一晃，刚好触到小凤右胸那鼓鼓的玩意儿上。手像过了电，“大团结”传递的。

“俺其实……”小凤的脸红红的，伸手把钱接过来。

手还有点麻，他也不知刚才通过“大团结”触电是成心还是无意。他又盯得小凤低头，自己竖着耳朵听听门外，又瞟瞟睡着了的老爷子，把声音压得低低的：

“走，我带你上街遛遛去，喝过咖啡吗？看过立体电影吗？”

小凤怯怯地顿了顿，刚要说怕病人叫，他一拽她的袖口出来了。

自从和孟菲接了那次吻，他的那种需要更强烈。却又实在让人扫兴，孟菲就是不再出去，他怎么转磨尥蹦都没用。不管有多爱，只要一到孟菲面前，他就失魂落魄了。眼下，小凤那紧绷的裤子、鲜嫩的嘴唇使他顷刻之间乱了心意，虽然一点儿也不喜欢，可眼下全身还回荡着与孟菲 Kiss 的冲动，谁让孟菲把他的心火越憋越大，再这样他就憋死啦！

鬼使神差，他带着小凤出鲜鱼口，来到廊房三条往东的小胡同。在一处漆黑的角落里，他突然把小凤抱住了……

小凤那丫头真听话，像只大胖猫，一动不动贴在他身上，听凭他初试梦寐已久的“地毯式”轰炸。

不知过了多半天，一道刺目的手电光突然晃得他俩睁不开眼：“干嘛呢？

别动!”

“啊,我们……”没等他说出“搞对象”三个字,小凤早吓得哧溜一下钻跑了。几个城管联防队员并不追,堵他一个就行了:

“你们俩人什么关系?”

小凤一跑,顺子手足无措了。怎么答什么关系,小凤是他家的保姆啊。怎么办?跑,冲!

“站住,别动!”

“截住,别让他跑了!”

倒霉。他若从容镇定处乱不惊,其实小凤跑了也没什么,即便是“轰炸”一下,他们也都是两厢情愿的啊!谁料弄巧成拙,顺子当晚被押到派出所,第二天中午才被城管联防的“护送”回鲜鱼口。

梦琪、延达和整个院子都轰动了,小凤还怎么在他家里呆!卞福棠气得浑身打颤,说话一下又结巴了许多。小凤侍候得他多好,找个合适的人多不容易哟。

孟菲气得流下了眼泪,那次上地坛她心太软,要知道他这样,那回绝不能在小树林跟他坐在一起呀。

她恨,她恨,尽管从没想过跟顺子将来如何。可她还是恨,恨!

11

孟菲没走,杜连增把她劝住了。

金无足赤人无完人,杜连增对她讲,什么事不能求全责备,年轻人不可能那么稳。再说顺子又没跟小凤怎么样。想开了,谁没有个闪失出错的时候呢。

可是,静下来思谋还是不舒服,自己虽然不会委身于顺子,可是忌妒是女人的天性,即使在轻蔑、不屑中都搀杂着这成分,是心理是生理?两个方面都有吧。

最初几天,她看都不看他一眼,他也不好意思上楼,怕她的目光,眼睛。直到半个月后挨了坑,孟菲才跟他说话,数落他。

那天早上刚开门,来了一位管事的。顺子一见立马上烟,这位穿官衣儿的不接,他的心里犯开了嘀咕。

在顺子的眼里,凡是戴大壳帽穿官衣儿的都是“爷”。劳教那阵子,他见着警察就哆嗦,“滋扭”挨电棍,那帮“爷”们鲁着呐。现如今,绿的蓝的黄的白的不说,又添了浅灰铁灰银灰天蓝和古铜色,一会儿是工商警察,一会儿是税务警察,一会儿又蹦出什么市容警察和卫生警察,五颜六色花里胡哨,弄不清也侍候不过来呀。

今天来的这位爷,个头儿比他还猛,宽脑门儿,两只眼睛分得远远地不够团结。“爷”用眼睛白白顺子,将大壳帽取下,双手一拢长头发,让他把切肉的案子抬出来。

他乖乖地答应,几步进入灶间,扛起那块案板出来了,恭恭敬敬地放在那人面前的桌子上,白参参地满干净。

大高个儿瞥瞥案子又瞅瞅他,没容开口,顺子又把希尔顿敬上来:

“师傅……不,同志,您先抽棵,坐下,您坐下呀。”

那人不抬眼皮,轻轻用手捋案板:“把熟肉案子再拿来。”声音不高,却不容置疑。

“嗳,是咪,”他颠颠几步跑进去,又抱出一块门板大的菜案子,放在另外一张桌子上,“您瞅瞅,刚刷的。”

那人俯身用鼻子闻闻,伸出右手小拇指的长指甲一挑,一丝生肉红鲜鲜地粘在他的指甲上:

“这是什么,怎么回事?”

“同志,师傅……大哥,”就差管这位“爷”叫“首长”了,刚才进去还用抹布胡捋来着,怎么上边还粘着生肉渣儿?

“怎么着,你是先关张整顿一个礼拜的卫生,还是老老实实认罚?”

“同志,这全是……那伙计是新来的,这小子他……嘻嘻……”

“那好,你停业搞卫生,就手也再教给教给他。”

“别介……呀,我认罚。”哪能停业?一天赚三百,停一礼拜几千就没啦!

嗤,一张二百块钱的罚款收据撕下来,信手放在桌子上。

哪有这么黑的,这小子也太毒啦!他陪着笑脸掏钱:“大哥,我挣俩钱儿也不易,您这也太那个——”

“看起来你还是想歇,成!”那人把收据又拿起来。

“别别别……我认罚我认罚。”他知道爷们的脾气,你甭滋扭,老老实实百依百顺没亏吃。

交钱,他咽口唾沫没再说话。

半个钟头之后,楼上的孟菲下来了,多少天没理他,今天竟先跟他说了话:

“刚才怎么回事?”

他赶紧凑上来:“谁知哪儿一个王八蛋,小菜儿,早让我打发了。”真高兴,孟菲主动跟他说了话。

“罚款收据呢?”

“这不,丫挺的信手撕两棵。”他递收据。

孟菲反正看,黑细的眉毛扬起来:“这戳子不对,是画的,金额怎能小写呢?”

啊!他抓过来看,可不是!刚才那小子是骗子!

……

下午三点多,中午的忙劲儿刚过,一个穿身铁灰的矮个子又来了。顺子窝着一口气,懒洋洋地没动地儿。真的假的一块儿搀和,闹得人晕头转向啊。

“谁是经理?”来人进门管自坐下,掏出自己的烟点上了。

“我就是——”

小个子用眼一乜:“把你执照拿过来。”

他那份儿气,查了多少回执照了,又不是流动商贩借来借去,成心找碴儿,这帮丫挺的闲疯啦!

气归气,他噘噘丧丧地进去拿,双手把执照捧出来。

人家根本不接,走到门口拍拍音箱:“延达干的什么买卖?”

“冷面馆啊。”

“我瞅不是，是舞厅卡拉 OK 和酒吧。你知道这玩意儿噪音超标多少了吗?”那人倒背手，“听过噪音指数这词儿吗?”

什么指数，他怔怔地。

来人从兜里掏出一个亮亮的铁棒，接着又摸出一块类似怀表的东西，在他面前轻轻一晃，慢条斯理地说：

“懂吗，你成天呜哩哇啦乱放音乐，超过噪音标准——五十五分贝!”

他咽了口唾沫差点儿噎着，音乐怎么是噪音，什么叫五十五分贝，这不是成心吗，别他妈的唬人了!

恰在这时，一只红头绿豆蝇不知从哪儿钻进来，不怕人，专门围着那个穿官衣儿的嗡嗡嗡地绕着飞。

“噪音不懂? 这苍蝇你横是熟悉吧! 食品卫生法你也不知道?”

他抻着脖子干瞪眼，恨不能吭哧一口把眼前这小子给吞了。就在他刚要变脸的工夫，许振佳从外边进来了：

“顺子，怎么让人家站着，快，快给这位同志沏茶，”他歪着身子满脸堆笑，“这位同志您贵姓?”

那人瞄瞄振佳，鼻子轻轻一哼：“干嘛，你是片警，查户口?”

“不不不，师傅，我比他大几岁，怕他年轻，干什么事不周到，这不……”中午，他就来了，上午被坑的事他全知道。顺子太嫩，当时就把他数落了一顿。中午睡了一觉，起来又赶过来，不放心。还真赶上了，又来了一位穿官衣儿的，顺子这架势还行? 得耐下性儿来虚与周旋，要是得罪了真“爷爷”，比上当挨坑麻烦多少倍。

“卞启顺，”那人根本不再答理许振佳，摆手又叫卞启顺，“噪音超标罚款三百元，苍蝇乱飞罚款一百元，交钱!”

“什么? 信口开河又二百，先拿出你的工作证来，我先查查你是不是骗子!”一天的火气，顺子再也忍不下去，他不能让人这么搓弄啊!

“嗳，卞启顺，哪有你这么犯浑的!”振佳上来就搡了他一膀子，“人家是国家干部，你有什么权力查人家的工作证! 换了我也得狠罚你，首先你这态度先……”

没等他的话说完，孟菲从上面赶下来：“同志，您喝茶，甭跟他这样的一般见识!”她回过身来瞪顺子，“哪有你这么不尊重人家劳动的!”

“你是他什么人?”

“我——是在这儿帮忙的，他是不像话，”她指指那音箱，“说了多少回不听，这么大的噪音，本来就污染环境嘛!”

那人看着孟菲，大脑袋微微地一点：“嗯，听口气你可不像是在这儿帮忙，倒像是个主事儿的，成!”他把帽子摘下来，“那我找你要钱，承认污染了环境好，你明白。”

孟菲的脸绯红了，这人怎么——

“不交，你丫挺先拿工作证!”谁知顺子一见孟菲也来解围，反而逞能般上手一抡，把那人手中的帽子打在地上，“你丫挺是假雷子!”

“好，这顶帽子你打得好，”那人处乱不惊，“国徽，国徽你都给打歪了，成咪。”

他一笑,扭脸疾步出门了。

不单顺子没想到,振佳、孟菲也傻了,你这家伙干的什么事,打人也别打帽子打国徽呀!

果然不大工夫,小个子带来一帮人,工商、税务、市容、公安、整治、街道,方方面面的人都来了。还算好,因其态度极为老实,一口一个“犯了罪”“我错了”,公安局的没抓他,只是罚款五千停业整顿。

一巴掌扔出五千去事小,关张整顿哪受得了?开一天张就是多大赚儿!耗你一个月你就元气顿伤!

顺子蔫了。振佳也替顺子撮火,三天两头撺掇他:

“早先听我的多好,倒邮票不操心不上税,哪个衙门的坏小子也搗嗤不出油水,干脆关张,我仨月保准把你带出来。”

还真有点儿动心了。可是自个儿行吗?他没振佳那脑瓜哟!再说,延达一关孟菲上哪儿,这饭馆一半是为她开的!为了她也得把延达开下去!

12

来找连增哥,大主意还得由他拿。

别看梦琪才有几十平米的营业大厅,但它的布局陈设不同于任何一家服装店。高雅、别致、华贵,那是另一重天地;那氛围那色调那风格,使任何一位步入梦琪时装店的人,都情不自禁地提高了自己的档次。

豆绿色的墙壁,牙黄色的天花板,配上紫红色的地毯,冬暖夏凉。雪白色的吸顶灯下,是一个特制的环状椭圆玻璃柜,亮闪闪的宝石蓝,打磨成晶莹剔透的六十四面体,熠熠生辉地把各式时装从四面八方放射到你的面前。踩在松软的地毯上,在这蓝、黄、绿、紫的和谐色调里,你会轻悠悠,飘飘然,目不暇接如梦如幻。

看着梦琪这卓尔不群的布局,顺子恍如第一次见到,没有红绿艳美的吊灯,没有大金大银的装饰,没有迷迷瞪瞪的通俗音乐——静,这里不管来多少人,给他的感觉永远是宁静的,置身这样的环境里,你的步子不得不变轻。连那群穿官衣儿的王八蛋都震住了,谁也没上这儿捣过乱——想想这事他又烦,不就因为自己有过前科,那他们就解着恨地挤兑?我操他们姥姥!

知道他今天要来,杜连增特为提前下了班。哥儿俩一块儿喝点儿,他也有不少话正要嘱咐他。

“连增哥,您说撮火不撮火,那天上午一个骗子坑了我二百,下午一个穿官衣儿的勾来一帮人,罚我五千还不算,买卖无限期整顿关张,写了八次检查还通不过,这不成心砸我饭碗吗!”刚在饭桌前坐下,顺子就抖落那一肚子委屈。

“你呀,胜败乃兵家常事,做买卖也如两军对峙,哪有你总赢总顺的?喝,你先喝盅老窖尝尝。”

他懒懒地举杯,什么老窖新窖的,眼下什么兴致都没了。扬脖刚撂下,杜连增又举起酒瓶子,溜溜给他满上了。

“连增哥,您说卫生局、工商局、税务局,连环卫局的都披了一身皮,花里胡哨各种色儿，他们穿上官衣儿就变成祖宗，想摊派摊派，想罚款罚款，他们丫挺比咱干个体的黑多啦！”心里没别的，就是恨那些管他的。

杜连增看看他，心里也有许多话。真快啊，这些年顺子变化可真大。除了嘴唇厚点儿，那鼻子眼儿的都长开了。要是不斜楞脖子摘歪膀子，这一米八的个头儿穿上身西服还挺帅。可惜的是，他心里的东西太少喽。

“错了不是，那叫国家机器。咱们国家十多亿人，要是没有这些国家机器，不就整个乱套啦！”杜连增虽然有了白发和皱纹，但他印堂饱满脸色红黑，一切睿智深蕴在两只眼睛里，不大，闪闪放光，黑亮深邃。

“机器？我操他姥姥个机器！多少穿制服的我认的，晦班就去了好几个，当初他们比我坏得多，要多痞有多痞，这会儿披上张皮成了机器，别他妈的装孙子啦！”他喝酒上脸，连眼珠子都红了。

“又来了不是！来，你嫂子新学的可乐鸡，”他夹起一条鸡腿放到他碟里，“差劲儿的也有，毕竟那是个别的。”

“个别的？没有一个不黑的！”

“什么黑不黑，人家是为国家。国家也得用钱，修马路、办学校、装煤气、播电视，国家跟咱老百姓要了一分钱？”

“甭扯那个，咱就说说这捐这税，怎么个收法怎么个罚法全没准谱啊。就凭上嘴皮子一碰下嘴皮子，由着性儿地罚人宰人黑人。成，他们黑我我黑买主，看谁黑得过谁，看谁宰得过谁！”他咬牙。

杜连增知道，顺子常往啤酒里兑凉水；凉面、涮肉的分量都不给够。为这，他几次嘱咐他不能这么干，得虑长啊。

“跟你说了多少回，吃主儿能让你黑一回黑两回，还能让你黑上一辈子？做买卖凭良心靠信誉，甭管别人怎么样，自个儿的道走正了，脚正不怕鞋歪啊。”

“我没你那么大涵养。佛，我没少拜；头，我没少磕，到头来怎么样？他们照样死乞白赖挤兑我。”

杜连增摇头：“我问你，税务的制服是银灰还是铁灰，工商帽子上的帽徽到底是什么，市容的呢？市容警察冬天穿什么夏天穿什么，你不能跟民航局、列车员的制服闹混了，这，是其一；”——滋儿，他闭眼咂了一口酒，“当然，邮局的你一眼就能认出来，可什么是公安警察，什么是卫生警察这你也得分得清。交通警察、武装警察什么打扮你还不门儿清！”

卞启顺哪闹得清！反正全是大壳帽警察服，见着这些人又怵又恨又撮火，没脾气，谁有心思给这帮丫挺归类辨颜色！

“其二，工商、税务、市容、街道、派出所、城管都有哪些人管延达？”

他不知道，多啦。三天两头地换，更没心思记它！

“一天到晚换，遛他们丫挺牲口呐。”

“换也不能一天换一个。你这当掌柜的心里要不装这个数，那不——”他又给顺子满上，“你呀！”

“那天上午来个骗子我知道？下午那孙子又是真的，我心里还有什么数，全他妈把我折腾糊涂了。”

“这就是我要说的其三了——留心。说归齐还是一句话,管咱们的都是国家机器的组成部分,人家辛辛苦苦保护咱们,咱们得跟人家一条心呐。”

“一条心,他们就知道肥自己!”

“瞎扯,真的来了抢的骗的,还得找公安局的帮你逮。咱要跟政府坐在一条板凳上,谁还跟你找麻烦?”他点烟,吸进一口,舒舒服服往外喷,“还没醒过闷儿来呐?”

他醒不过闷儿,可又明白点儿什么。

这样的话,杜连增推心置腹跟他谈过多少次。可自己怎能跟人家比?耐不住性儿,没有连增哥那记性、本事、脾气。不过,他打心眼儿里佩服那为人,谦和大度聪明绝顶。头些年人家从宁夏回来,随着中药厂仓库腾房,全院的产权也一并办到手。十几户人家由同情变为羡慕,由羡慕变为妒忌,小市民的劣根——气人有笑人无。可杜连增没让一家人腾房,反而给他熟悉的几家老街坊析了产,房子白送;新街坊也不收房租,整个一条街都轰动了,北京城哪有这样的房产主?

要说梦琪和下边的修理部,别说受罚挨剋的麻烦没有,奖状反而接二连三往里迎。什么“文明经商”“模范个体”“卫生先进”“绿化标兵”,有头有脸的事一件也少不了梦琪。连着几年了,老杜是“致富不忘国家”的典型。前些日子,顺子还听了他在全区个体户表彰大会上的发言,什么买卖公平童叟无欺,热情诚实礼貌待客,全是为“四化”增砖添瓦的时髦话。就他所知,每次社会上募捐,杜连增都三百五百地响应,连居委会修房也找他赞助,他乐乐呵呵从不回绝。也是的,就这好脾气好人缘别人跟他找碴儿也拉不下脸来啊。

话又说回来,没有赚儿做的哪门子买卖?梦琪的买卖越做越红火。老杜有多少钱谁知道?顺子服气,就是跟人家比不了,把十个他这样的绑到一块儿,也顶不了杜连增一个。

在卞启顺的眼睛里,四十出头的杜连增和他眼见的所有“个体”都不同。人家是老高中,物理、化学、数学、文学全懂,最厉害的是他那双眼,能把一切看个底儿吊,那叫什么来着?对,——心理学!

自个儿跟人家怎么比,差着十万八千里。

不过还是那句话,穿官衣儿的那帮“爷”孙子透了,看人下菜碟儿!

两个多月前,延达的下水道不通了。找房管局房管局不管,找环卫局环卫局不理碴儿,怎么办?只好找来俩民工自己刨自己通,没想到刚在门口一动土市容市政的就来了,说扬的满世界土,影响市容影响交通。他磕头进贡打点走这拨儿,一会儿城建的又来了,让他把刚修好的下水道再刨开,检查。怎么碴儿?他们说延达门口有一条光绪年间的下水道,看看碰着没有。文物局还要跟地质局一块儿,汇总水文、地质、文物、历史——研究编纂地方志,鲜鱼口还是一条重点保护街道呢。

妈爷子,他受得了吗?通通下水道招出多少婆婆来,没辙,打点呗!

“就说那天的事,人家是国家的工作人员,哪能要人家掏证件,倒了个儿喽,首当其冲,咱得服管呐。”见他皱着眉头打蔫儿,杜连增又给他夹了只烤虾,“吃,别愣着。”

“冒充的骗子不是刚刚坑了我?”

“听说那天人家罚你,振佳、孟菲也一块儿在旁边数落你来着?”

“是呀,孟菲一个劲儿给那小子赔不是,还给丫挺又上烟又倒茶。”

杜连增又咂一口酒,慢条斯理点上烟:“遇到这样的事,你愣头愣脑能不出面就不出面,大多男人罚女人要轻一些,人之常情——唉,脑瓜子木的厉害!”

“人家进门就找我这经理啊。”

“你跟孟菲事先合计好,男的来了她接待,女的来了你出面,不信你去试两回,这样办事少麻烦。”

顺子抽烟,凝神,眨眼,对!是那么个理儿,中学物理课他别的什么都忘了,就记住了一个磁场效应,那里边说“同性相斥,异性相吸”。细细咂摸这人情世故,还真跟那磁场差不离儿呢。

……

从梦琪出来之前,杜连增把振佳让他走的另一条路给堵了:有钱攒点儿邮票可以,以倒腾那玩意儿为营生准砸锅,再说你没长振佳那脑瓜儿,办你的延达去。

杜连增还把检查的内容逐条帮他分析认识,逐字逐句帮他措辞。他服气了,只有这条路,延达赚了多少钱!遇到这么点儿小磕碰就撤?听连增哥的。

张倒是又开了,谁想没过多少日子他又乱了心意。刺激,原来人生竟然这么刺激。

13

俩月了,他结识了一个哥们儿——文栖,高干的儿子,绝不是他们这号的下九流。

自从认识了文栖,他还真有点儿看不上傻瓜这帮哥们儿了。倒儿爷、板儿爷、侃爷,吐粘痰骂大街擤鼻涕,是让人看着别扭。看人家文栖多有教养,文文静静彬彬有礼,从没听人家嘴里窜出过一个“丫挺”“他妈的”。

星期五晚上,文栖把他邀出门,门口停着一辆桑塔纳,不是出租车。真高兴,文栖答应带他上家去,部长家,这回开眼开大啦!

上了车,十分钟便到了东单。过了大华电影院,东拐西绕穿了好多胡同,最后在一处僻静的红门前停下了。他的心直扑腾,部长私邸,进去还真有点儿怵得慌。

平时,他见着坐汽车的就长气,全拿车帘遮着玻璃,不外都是肥头大耳的那德行,全他妈酒囊饭袋,有几个是凭真本事!可要真见汽车一停,里面的人气宇轩昂挺胸叠肚一出来,他一步不敢往前凑——条件反射。为这他问过振佳,怎么一真见人家当官儿的,自个儿就一点儿脾气都没了?振佳告诉他,这是几千年的封建意识造成的,中国人大多恨官又怕官,大文豪鲁迅就曾把这种国民心态分析得入木三分淋漓尽致。细想想还真是这么回事。每次被召到工商局、税务局、卫生局开会,不单他一个,所有倒儿爷们甭管在下边骂得多花,见着那些局长、科长的们没有一人敢出大气——不由得,人人都是不由得。

不过，顺子窝了心也自有撒气的地界儿。抄起弹弓夜里崩碎几个路灯，把公共厕所水管子笼头拆下来放一宿。头些天关张，他还到宣武公园踹断几个水磨石的椅子腿，不这么着心里憋，毁点儿什么才痛快。

今天随文栖来到部长的小院，他这小民意识又来了，连脖子都不由得缩起来。还有警卫呢，看看院里的假山松柏鱼池，跟个小公园差不离儿。没心思赏景，心里一个劲儿嘀咕，一会儿见了文栖的爸妈，部长和夫人，是叫部长，首长，还是叫大爷大妈呢？

——多余，文部长和夫人根本没在家。

来到第三重小院的西屋，他怦怦乱跳的一颗心终于静下来。一个人没有，文栖说他父母参加宴会还没回来，眼下就他一个人。

开眼，他可算在文部长家里开了眼。

文栖用红茶蛋糕款待他。蛋糕是热的，刚从烤炉里取出来。茶碗也非同一般，矮矮的扁扁的，底下有盘上边有盖。文栖让他用茶，他好半天不敢伸手，不知该不该连碗下的盘子一块儿端起来。直到对方端盘，并用碗盖轻轻撇着浮在上面的茶叶，他才也学着端起来。

坐在宽敞的客厅里，他觉得自己矮了一截。书柜顶天立地，里面齐刷刷摆的全是书，硬皮的。脚下踩的不是地毯，是光溜溜的打蜡地板，木纹的。家具凝重俭朴，大沙发、大藤椅、大写字台、大茶几、大书柜，一看就不是那小家子摆当的。

他明白了，部长家里不豪华，这是另外一个世界，形容不出，是他这种小市民想像不出难以理解的。

文栖用汽车把他接到家，原来是找他有事情。他说为了赞助儿童福利基金会搞事业，有几十箱希尔顿托他卖出去。

他满包满揽，不就是借个照吗？都拉到延达去，两三天就能批出去。

“那就谢谢你了，我去国防科委脱不开身，反正一切都拜托了。”文栖文文静静，说话从没大声过。

“这话不就又见外？要不叫你把执照给我送回来，延达早就关张啦。”

文栖人正，就是不像他们这帮倒儿爷，要不叫人家送皮包，营业执照丢了还赚谁的钱？一切就都麻烦了。

文栖于他，绝不亚于救命恩人——呐！

——两个多月前，工商局税务局又召集他们这帮倒儿爷开会。除了统一核对营业执照加盖新章，还是惯常的那通敲打：公平买卖，文明经商，按时上税，遵纪守法。耳朵都磨出茧子，没辙，照样得老老实实听“喝儿”。两个钟头之后，他和几个哥们儿骑上摩托上了宣武门。每次被召到一块儿开会，几个要好的哥们儿正好凑在一堆儿撮一顿。吃，喝，抽，骂，侃，一醉方休才痛快。北京最有名的烤肉不是在宣武门吗？成，今儿他们烤肉宛聚齐儿啦。

仨钟头，他跟傻瓜、地出溜儿，太平儿人骂着咧子甩出三百六，一人九张儿，西凤喝了烤肉吃了，云山雾罩浑吃海塞胡骂溜丢真痛快。谁也没醉，四个人红头涨脸地出来了。

万也想不到，四辆摩托刚刚骑到菜市口，顺子拐把在马路牙子上停下来，皮包，刚才拎着的皮包不见了。

什么时候丢的？四个人全傻眼了，谁也没理会他那个皮包啊。

立马儿，他出了一脑门子汗，刚才凑钱还有呐，这么会儿工夫——哪去啦？

"刚才你放在左手的一只椅子上！"地出溜儿想起烤肉宛。

天呐，可不是！是随手放在另一只椅子上，忘了，忘了！

三分钟，他们四人一块儿赶回烤肉宛。晚了，服务员说不知道。

完喽！……包里的三千多块钱无所谓，刚验完执照盖完章，营业执照一丢就全完喽……刚才开会还说呢，有人成心说丢了照，实则是倒卖、转借，逮着谁谁兜着，是犯罪！

连摩托都骑不回去了，傻瓜雇了辆出租，哥儿几个把他架回延达。

那天，正好文锦过来帮着理账，她急得眼圈都红了："就知道喝。这不全是你糟的……"当初跑执照，她托了厂子的四个人，光指着顺子，猴年马月他也办不成。谁不知道，有人弄照不费吹灰之力，而顺子这样有前科的板儿爷，那是抽筋扒皮的事情哟！

他没法跟姐姐梗脖子，确是赖他自己呀。

下午便发开了烧，几个钟头没说话，嘴角上红红地起了泡。

姐姐不放心，早早把茜茜哄着了，晚上又匆匆赶过来。平时帮不上什么忙，顺子急病了她怎么放得下心。

刚给顺子冲了碗感冒冲剂，外边有人在敲门。她连说几声"不营业""下班了"，外边好像没听见。走过去开门，门口站着一个二十五六的年轻人，白净端正斯文，手里捧着一个黑皮包，轻轻问：

"请问，卞启顺同志在这儿吗？"

文锦的眼睛亮起来，这正是顺子丢的那只皮包，人家给送回来啦。

"是，他在，请进！"她惊喜地把来人让进屋，那人轻轻把皮包放在桌子上，声音依然柔柔地：

"中午在烤肉宛用餐，捡到这只黑皮包，打开看到里边的执照和名片，按着地址一下就找到了。"

顺子从折叠床上腾楞一下蹿起来，这不是在做梦吧，天！

"点点里边的东西，啊？"那人淡淡地笑，端端正正坐下了。

他伸手抓过皮包，哗地拉开拉锁，抽出那张执照，半张着嘴哆嗦了半天，一把拽住了对方的胳膊：

"哥们儿，兄弟我今天……"他刚要下跪，人家一把将他托住了。

"没必要，你再看看包里，别的东西少不少，啊？"

他信手抽出三捆票子，一分也不少，成捆的票子从来没数过。简直令人难以置信，如今还有这样的人？

这人救了他的大驾，他感激钦敬得热泪盈眶。当下，他把那三千块钱推到对方面前，无论如何要酬谢意思一下。想不到那人把钱又轻轻推过来，说：

"如果是为钱,我何必给你送回来。"

此人就是文栖。小顺子一百个感激、崇敬、佩服,杜连增说过什么"君子""君子"的话,文栖这样的不正是!

那天文栖走后,姐姐那份儿感慨:"你瞅瞅送包来的这个年轻人,言谈举止就是不一样,一看就讲文明有知识有教养,你呀,多接触点儿这样的就好了。"

他自己也服气。文栖不痞,不匪,眼神那么安详那么善良,对人多实诚,没有半点儿虚的。掉过头来想想自己,当初捡了老外的钱包,连增哥逼着自己送回去,至今还觉着赔本,至今还因那俩瑞典人没来登门致谢耿耿于怀,跟人家文栖怎么比!也别说,人家文栖什么家庭什么条件,咱这不开眼的小市民就是跟人没法比。

自从结识了文栖,他也确实觉出自己这帮哥们儿是俗气。傻瓜吃饭吧唧嘴,地出溜到处擤鼻涕,太平开口就是"操",当初还真没理会,现在越听越别扭。文栖比振佳又拔出一截,嘴里出来的都是"取向""内涵""氛围""心态""定式",这些文词傻瓜那帮说得出口?他们就知道"打的""Kiss""点T"!

小汽车又直接把他送回来。帮助销烟的事定了,没的说,为文栖这样的朋友帮忙——死磕!

最令他销魂的是"带子",前些日子买了一台录像机,就是没什么好看的。听说那"毛片儿"最刺激,可他们这帮小市民下九流哪找去!今天舍脸跟文栖一说,他借他一盘好看的,而且千叮万嘱,要从"科学""生理""艺术"的角度去理解,还绝对不能传出去。他满口答应。

半夜在延达楼上一放,他竟把红红的烟头戳到嘴唇上——叼倒了!老天爷,毛片原来演这个!老天爷呀老天爷,原来人人都爱干这个,女的,女的也爱干这个。

14

自从小凤和顺子闹出事来走了,许振佳和文锦的关系反倒跃进了一大步。振佳巴不得小凤走,他那话,现在当保姆的哪有一个正经人?成心勾男主人出乱子。

他愿意搭把手侍候卞叔。反正铁饭碗也扔了,照顾卞叔他还解闷儿。有钱难买乐意,他帮了卞叔帮了文锦帮了顺子。长了街坊也就不再议论,明晰的事老说还有什么意思呢。

文锦也实在活得累。在塑料厂当着质量检验员,瘫父亲盲茜茜不算,弟弟还一天到晚捅娄子。再加上那个周良,两年多了他还没结没完地捣乱。

她把周良最近的情况告诉了振佳,除了连增夫妇,有话可不得说给振佳。

"他闹半天不就为彩电、冰箱、洗衣机?哪天让他全拉走,我们有五六万块钱想买什么买什么。"

她感激振佳,比周良待她强上一百倍。一点儿也不觉他瘸,反而觉得他失去的比常人多得多,对他更应同情些。当初他奉献过追求过,也是为了事业啊。不公平,历史对振佳是不公。只是为他担着一样心,干嘛非把工作给辞了,一辈子夹着提包倒邮票,万一呢,万一呢……

多少年了,至今还为顺子操心。有几人能跟连增哥比,人家吃过苦创过业,有追求有头脑有实力，顺子是无头懵，振佳又太牢骚满腹玩世不恭了。女人这辈子靠的就是撑得了家主得了事的男人，振佳行吗，他确实一心一意爱自己。可他干嘛老是那么慷慨激昂愤世嫉俗呢。

她彷徨，她矛盾。

振佳说完那话真的付诸行动了。他以她的名义给周良写了一封信，不是法院判的不公吗？来车，把那几件东西全拉走，他见着还挺恶心呢。

他心里，有着宏伟的蓝图和希冀。

谷田太郎半年内来了四封信，恳请他母子腾房，允许他取出地下的遗物！价码已增加到人民币二万五千元。

他反而越来越沉得住气。日本人是厨房里的抹布，油透了。这几年把废弃产品，淘汰电视生产线倾销到中国，这不拿中国人开涮？这回，他要日本人在他面前当当孙子，也让他们当当热锅上的蚂蚁，转转腰子。

杜连增得知这些细节后几次对他说，这件事最好通过公家。谷田要取遗物，难说不跟政治、历史、财产有关系，“私了”不是上策。不过，老杜不好插言太多，房子既然已经送人，免得人家往别处想——这超脱这大度，振佳的体会颇深，他是明白人。

可是，遗物事振佳钻了牛角尖。生死有命富贵在天，当年抗美援越致残如果是命，成人笑柄的“命”，如今蹦出一个谷田太郎来就该是“天”。命运不该总是对他不公，多少年来他被捉弄得多苦哇。

在这件事上，顺子跟他想到一块儿。多少回，他为他庆幸：“振佳哥，一屁股蹲屎上了，往死了宰这个小日本儿，抬不到十万八万，不能让他动一铲子啊。”

他真有些陶陶然了。连手里的五万块钱都觉得无所谓，脚下踩着的，不是金银首饰，就是珠宝钻翠啊！谷田想要，大大地点 T 吧您呐。

天乍冷，谷田太郎又来到北京，谈判是开门见山的——

“许先生，我已经反复说明了多少次，这件遗物于我弥足珍贵，而对您，是没有一分一厘价值的。”

“那您明说是什么，有什么事情不能亮在桌面上。”

“这个嘛……”谷田一谈到具体东西便吞吞吐吐面有难色，“无法告诉您，所以我愿与您私下解决，它涉及到——”

他就想知道它涉及到什么。从谷田焦灼不安的眼神里，他早已察觉到内中有不可告人的秘密。即使是抛开此物的价值不计，对方要为它不惜代价是真的。

谷田近于乞求，不断在谈判的天平上增加筹码：“上次信中谈到付您人民币二万五千元，如今我决定另外出资，请您再到香港旅游一周怎么样？”

他淡淡地笑，虽然年龄差了三十岁，但他沉稳老练，居高临下地俯视对手，看这位当年的战犯，今天横滨的巨富多可怜！

“三万元人民币，先生！”

他只是听。

“三万五千元。”

他闭目，轻轻把眼皮又撩开：“谷田先生，我并不是要你这几个钱，难道就你们日本人富？他信手拉开抽屉把五万块钱亮出来：“这只是我个人财产的一部分。”

谷田那粉红色的厚手来来去去抚弄着一块大手绢：“那您到底要……”绞尽脑汁，他为此事已经添了不少白头发。

“我要你告诉我是什么。然后再——”

“不，在它重见天日之前，我绝不能说出是什么，除非……”他情不自禁看看脚下光光溜溜的洋灰地。

强烈的好奇探奇使振佳踮踮脚，是啊，脚心手心痒痒了半年多，他何尝不想自己动手挖出来看看是什么。

多少次，顺子给他出了好几回主意。还愣着什么，日本人肯出两万，那东西就值十万。刨，借把锹来自己先把它刨出来。

文锦无论如何不同意。漫说是刨地，就是打个呵欠各屋都能听得到，自己叮当五四折腾算什么？不是谷田太郎不断抬价儿吗，让他找人动锹去。

振佳每天盯着光溜坚硬的地面想入非非。这地是文革房子充公后房管所抹的洋灰。原来那砖地什么样，怎么一点儿也不记得了？是不宜自己动手，倒不是因为地太硬，而是他比顺子想得深。任其自然，谷田一个劲儿来信，自个儿何必沉不住气，反正在脚下踩着呐。

这次谷田来，后几次谈判把他约到了丽都。他见了世面，更主要的是双方都觉这样好，更隐秘。谷田愿意“私了”，他又何尝不乐意。价钱从三万五涨到四万，他还是没有答应对方的条件。报复命运报复社会报复阔得流油的日本人，怎能轻易放过这从天而降的大肥肉！

这种心理是常人难有的。倒邮票，要一张一版地争，一角二角地赚。这几年，他瘸着腿风里来雨里去，就是凭着一张嘴，倒来倒去倒出五万块钱。周旋、机会、心力、智慧，他深谙，这些东西本身就是价值就是金钱。如今碰上了谷田，就像碰到一个急等钱用抛售“猴票”的，绝不能轻易放过。人生的契机就在于此，他要处乱不惊地踩实，把脚下这二十平方米的水泥地踩住喽！

最后一次在丽都，他竟然撇开了正题，扯到另外一件事情上——

“谷田先生，我想也请你帮帮我的忙，怎么样？”

“尽管说，只要我能办到。”谷田疲惫了。此事的往返周折不仅使他添了白发，头顶光亮的面积也漫延了许多。尽管满口答应，心中积怨却越来越多。

“帮我换点儿美元可以吗？”

“嗯……当然可以。”谷田微一皱眉，马上脆脆地答应了。

“当然我要按官价。”

谷田沉重地举起右手，托住自己重重的头：“我可以比贵国官价更便宜地换给你，一比三，怎么样？”

三块钱！黑市的比价是一比八，这条路一通多畅达！倒汇比倒票又要活泛高级多少倍，太妙了，慢慢儿抻着谷田，让他一笔一笔换美元。

“谷田先生，那次您已经看了，我有五万人民币在手头。”

“不过……”脸色红润的谷田眼中闪过一重痛苦而又不可捉摸的表情，“我手中的美元不多了，下次我再来的时候才成。”他决定回去，横滨来了急电。

“明天我送钱来，您可以把钱带上。”他放心，对方不敢也不可能欺骗他。

“不不不，这钱于我也没用，下次我来贵国时，我们再当面点清。”

谷田颓丧地送他出了丽都，他脚步绵绵好舒服。遗物，美元，文锦，未来编织出朦胧美丽的梦。冬日的阳光暖洋洋，使他身上乏乏的懒懒的。也该时来运转了，他失去的东西太多太多喽。

瘸着个腿还挤什么公共汽车？——打“的”，自己怎么就不能打“的”！坐在一辆淡蓝色的达特桑里，他怡然地闭眼，又缓缓地睁开，该对文锦采取行动了。瞧瞧人家顺子，他亲口说的，Kiss 都没劲了，他跟孟菲都“那个”啦！

顺子没吹，千真万确，——真的。

15

此事之于孟菲，那真是梦，简直是一场梦！

自从那个叫文栖的来了几次延达，卞启顺倒是文明多了。不但开始时不时地用手绢，嘴里还抽冷子冒出几个“走俏”“双向”“超前”之类的词儿。一天，他跟孟菲谈开了“层次”，孟菲还真被他闹懵了。层次说的是人——就跟商品的档次大同小异呗！想不到顺子给她刮划晕了，说这“层次”里头有什么内涵，包含着文化程度、品德修养、风度气质、社会地位、审美趣味……

就这“审美趣味”四个字，她还真头一次听说过。倒也好，顺子嘴里多些这词儿，痞劲野劲遮多了呢。

打心眼儿里乐意他多跟文栖来往，顺子亟须提高，他的“层次”是太低喽！

后来情况又有了变化。部长的儿子，那么高层次的文栖让顺子帮着倒烟，不对劲儿。顺子打消了她的疑虑：文栖是为儿童福利基金会、残疾人协会集资呐，干的是大事业。人家绝不是倒儿爷，上文栖家瞅瞅去，光警卫班就有十几人，怀疑人家，这不糟践人！

顺子去过他们家，把一切说得真真切切，孟菲又不得不服气。也是的，文栖给她的印象好极了，彬彬有礼沉稳大方，目光中没有一点儿猥琐，不含半点儿龌龊，说实在的，她还真有点儿——叫她怎么说……

——不可能，不管她多么动人，她清楚地认识到“层次”的涵义。不是一个层次，文栖跟她见到的所有男人不一样，对她礼貌客气是一回事，可心里，人家从来没有想别的。

顺子，倒是对她一门儿心思地“铁”，她知道。

一天晚上忙劲儿刚过，顺子走到她身边悄悄地说：“待会儿下班你留会儿，给你看点儿好东西。”

“好东西不瞒人，现在你就拿出来。”对顺子的印象是好多了。人处长了怎么能没感情。但是真下决心跟他好，不甘心。光有钱有什么用？难道这辈子窝在鲜鱼口当一辈子老板娘，一个开饭馆的？不，顺子不是连增哥，自己也比不了梦芳嫂。

“就是不能现在看，九点之后你留下，”他侧着身子倚着柜台，“过这村没这店，错过机会你再也没这份儿眼福啦。”

“到底是什么，你说嘛。”她新鲜，顺子的神色很神秘。

“文栖给的，”他把身子又直起来，“要不就算啦，你也别勉强。”他把烟头掐死，懒洋洋地上楼，步子懒洋洋：沓，沓，沓……

在争强好胜上，女人绝对比不上男人；论起猎奇，她们那种强烈的欲望要超过异性多少倍，孟菲也是如此。

卞启顺神秘得无所谓，根本没像平常那样死乞白赖的，奇怪，什么好东西那么神秘？另一点吸引她的是文栖，文栖送来的，到底是什么东西呢？

每天，延达要营业到十一二点，今天顺子早撒出风来要提前收。

临下班她告诉他，回家一趟再来，愿意看看那件好东西。

初冬的九点，天色透黑透黑。她真的又赶回延达，顺子早把伙计打发走了，只有他一人在等她。

一进门，她又有些后悔了，卞启顺绕到身后把大门插上了。

她两道黑细的眉毛立刻蹙起来，一双圆圆的杏子眼闪亮，叉起双臂让他开门，否则她就要喊了。

“瞧瞧把你吓的，我是让你看录像，文栖送给的，人家部长家看的，咱这一般的小市民见不着。”

录像？部长家看的！高干家看的是什么录像？文栖这样的人成天欣赏什么？她的心一动，不由得又紧张起来。也听说过社会上要查禁一些录像，那东西坏极了坏透了，不是有人看了那种东西犯了罪？文栖给的什么录像，真让人拿不定主意啊。

“要多刺激有多刺激，可人家文栖说了，这是科学，是艺术。”

她的心怦怦直跳，文栖这录像怎么个刺激法儿？这几年，她和社会上许多青年人一样，凡是听到哪部电影“刺激”得不让演，只能在内部偶而“参考”一下，她就非想去参考参考，其实什么也没有，只是因为上边禁演才“刺激”起人们的逆反心理。不过，她是不反感刺激的，人活着没有刺激，那有什么意思呢。

真让人不安，可战战兢兢，鬼鬼祟祟本身就是一种刺激。反正她没坚持让小顺子把闩上的门打开，而是惴惴地跟他上楼，蹑手蹑脚关灯，把窗帘也摸黑拉严了。一切准备就绪，顺子从二楼天花板上取下一个方盒子，拿出一盘带子放进录像机，说不上是短暂还是漫长，电视屏幕上的黑白花点突然消失，她从未见过，想象不出的画面映出来——

天！……

她羞得一下捂住了眼，可又马上叉开指缝惊恐地看贪婪地看，人生、男女、男男女女竟然都这样！

坐不住了，全身心都饥渴着需要着，血管内有一股强烈奔涌的液体在流动，那不是血，是火山喷发出的滚滚岩浆，烧得她全身发烫，双颧通红，这饥饿这需要这岩浆这烈火把理智羞涩融化得无影无踪。不由得，她伸开两手，扭扭身子，她需要她需要她需要！……

失去了自控，是她先抓住了卞启顺的胳膊，后来他们双双抱紧了，抱住了，她也要狂热要痴迷要享受要刺激，人生最大的快乐就是刺激！

世界不存在了，只有几个人，屏幕中的男女，还有她和卞启顺。她到了另外一个世界，什么都顾不得了。人生和无限的空间无限的时间相比，短暂得不能再短暂。前些天她还看了一本《飞碟探索》，那上边讲有许多我们看到的极亮极亮的星星，实际上早已毁灭，只是因为距离遥远，光波还在无限的天宇中运行着传递着，所以这些星星还在闪闪烁烁眨眼睛。另一篇文章还谈到了宇宙中的大黑洞，那黑洞都是能量极大的巨恒星，比太阳的质量、体积、热度要大多少万倍，它们不停地吸啊吸，要把许多大大小小的天体吸进去……太阳，太阳行将毁灭的时候是否也要变成一个大黑洞？谁知地球什么时候就会被它吸进去？面对浩瀚的天穹，人生不就那么回事，连眨眼都不及，只是一尘一瞬呐……

小顺子今晚好从容，本来嘛，是孟菲先拽住他的胳膊的。女人呐，女人比男人的需要还强烈还迫切。从文栖给他的录像中，他把女人的一切都了解了。

一盘四百元，文栖卖给他八盘原版录像带。他刺激得多少夜没睡着觉。别他妈人五人六道貌岸然装蒜了，只要那地界有男女，夜里都得干这事！

跟文栖呆长了，他文明了许多，也把人类的“文明”全看破。人跟动物有什么区别，全是他妈那点子事儿！外国人活得多自在，想跟谁好就跟谁好，想怎么鼓捣就怎么鼓捣，当个中国人真不自在，最起码不能随心所欲啊。

文栖真是高层次。第一回看录像他都傻了，多少夜失眠像遭了霜打——敢情文栖小子这么坏！赶情部长家里也放这个！谁料，文栖自有另一番见地：人体艺术，现在街上卖的人体摄影与这有什么区别？只是没有加动作。让你欣赏的是人体美，谁让你光看那动作！再说，中国几千年的封建把人都禁锢傻了，少见多怪酸文假醋。当代文明的标志之一就是讲究性文化性和谐性技巧性艺术，凡是没文化的才说它黄——是洪水猛兽呐。

顺子又被侃晕了，管它是文化是艺术，反正看着刺激过瘾就得了。

绝对谨慎，他长了心眼儿。文栖嘱咐他，传出去要惹大乱子。这句话他死死记住了。傻瓜、太平跟他那么“铁”，一天到晚侃“荤”的，这事他不露。文栖那话，公安局哪有一个懂文化讲艺术的，要是让他们知道了，抓你抄你就麻烦了。

让孟菲看，这是他苦心孤诣破釜沉舟决定的。他爱她，强烈地需要她，迫不及待想跟她干录像里的那事情。不过，他不像外国人那么乱，和孟菲做了那事就要爱她一辈子，养她一辈子。只要孟菲跟了他，他绝不再爱世界上的第二个女人。多少次，他对着镜子起誓。

此刻，他显得比孟菲清醒得多，下定决心让她先看录像这步棋走得太绝啦。真像预料的那样，孟菲紧紧抓住了他的胳膊。从在前门小剧场看时装表演几年了？终于如愿以偿啦。二十好几了，第一次品尝到女人的滋味，疯狂、满足、陶醉，他小顺子六六顺，这辈子没白活，值了，赚了，够了！

黑夜对疯狂痴迷中的他俩是吝啬的。东方刚刚泛青的时候，孟菲从“梦幻”之中苏醒过来。天,已经过了一夜!自己没回家,怎么跟家里人交代?

从那张窄窄的折叠床上坐起来,她突然把又来搂她的小顺子猛一搡:“流氓,不要脸,你坏你坏你坏!……”两行眼泪流过鼻翼,扑簌簌垂落到她胸前,完啦,她再也不是昨天的孟菲,再也不是个姑娘喽……

不明不白地成了卞启顺的人,这辈子没想到,又怎么能够甘心!

——北京第一个时装模特团解散的时候,她真的着了急。怎么办?工作,哪儿都人满为患,上哪儿去找合适的工作?

姐姐倒是给她出了个好主意:凭着你这身条这模样,考文工团、电影学院去,别说方舒了,潘虹、刘晓庆也不如你长得美!

她真去了。北影、战友文工团、北京歌舞团、青年艺术剧院,每次报名、初试都挺顺利,接待她的人都很热情,遗憾的是最终没有一个地方选中她。使她难堪的是,哪儿都说她身材、相貌均属上乘,只是差在气质上。还不如因为自己丑,人家一眼相不中就算了。气质不行,不就是因为自己生在福长街,这一带是过去的旧天桥吗!她恨死了天桥、金鱼池,恨死了八大胡同和东晓市。环境就是熏陶人,瞧瞧那些高等院校、科学院全都集中在海淀;东城、西城住的尽是中央一级的领导人,而自己,谁让父母是工人,谁让自己初中没毕业就病了,谁让自己单单生在崇文、宣武这块地界儿呢……

还算有心计。牢骚、遗憾、怨恨全没用,她蔫溜溜上了一个高中补习班。为了这气质,她踏踏实实可好学了一阵子。

——却没能坚持下来。家庭、社会耳濡目染,接触的同学、朋友、同事、邻居、亲戚有谁不是忙忙碌碌为了吃喝活着?生活给她最有力最简明的答案只有一个:钱。连克己奉公,一辈子老老实实的父亲都一反常态:这世道变啦,厂里、公司里、局里的哪个头头不是向钱看?如今咱这样的吃不开,物价蔫不出溜往上折跟头,不向钱看这日子过不下去哟!

她失眠了。也是的,追求了半天“气质”能当饭吃?穿得破破烂烂还谈什么气质?那东西虚无缥缈噢。

小顺子发了,每月给她八百块。这是实实在在的东西,尽管那么看不起他,她还是来了,没钱就是蹩手蹩脚的。

顺子跟她越来越亲,钱的诱惑是有力的。当年的板儿爷骑上了摩托,什么比这更有说服力?可是,放弃了“气质”的追求她也不甘委身于卞启顺。不管他有多少钱,跟这种人走在一起站在一起终归让人看不起。

生活就是这样矛盾,人生就是这样矛盾,思想就是这样矛盾,取舍又是这样矛盾。苦恼的人生中,她就佩服一个女人,梦芳嫂。别看四十岁的人了,秀外慧中风韵犹存。尽管她干着个体,可却有常人难得的气质。和她谈起缝纫裁剪,梦芳嫂不是只讲赚多少钱,绝不是那种光会掰扯家长里短的俗女人。自己当了好一阵时装模特,从没理会克罗地亚式大披肩、塞尔维亚半斜裙的出处是哪里,梦芳嫂全门儿清,她不但知道这是南斯拉夫的两个加盟共和国,还能把那两个地区的风土人情、人文地貌说出个一二三。看到一个人的身材好,她能说出好的原因,是近乎黄金分割的比例，而那黄金分割律，又是古希腊哲学家毕达哥拉斯发现的。前门大街、大栅栏摆着那么多油画、雕像，她不但个个叫得上名字，还能津津乐道地讲：宙斯是万神之主，阿波罗是太阳神，而那普罗米修斯是因盗取圣火殉难的。故事，从她嘴里流出的全是历史、文化、艺术。

一次，她非拽着梦芳嫂帮她挑鞋去。路上见到一幅巴尔扎克的雕塑画，梦芳嫂竟给她说起了罗丹的雕塑与丹纳的《艺术哲学》。

“梦芳嫂，你怎么知道得那么多？”

“我们这拨人光靠吃老本不够用，搞时装需要的知识可多了，学呗，抽空我就抓挠着学，各种门类的艺术都是触类旁通的。”

“可是我怎么就……”她怎么连高中补习都坚持不下来呢？

“你有你的长处，别说什么布鲁斯、迪斯科的我不行，现在又流行的那叫什么恰恰、踢踏、太空步我就更不通啦。”

她奇怪，梦芳嫂和连增掌柜在宁夏呆了那么多年，过去的知识记得那么牢，现今新潮的东西，信息又反应得那么快，他们在下边读了多少书哇！就拿那《五角丛书》来说，他们真是一辑不落地读，一套不缺地买。

梦芳嫂还能喝酒，开始她不理解，后来她佩服，那也是一种超脱，那也是一种气质。

记得一天从延达下班，她顺便到梦琪看看。正好赶上杜连增一家吃饭，梦芳嫂一把将她拉住：“赶上了，陪我喝两盅。”

喝两盅？她吓了一跳。梦芳嫂在街上一站，能把东方歌舞团的演员比下去，美丽温柔恬静动人，她怎能说出这样的话？喝两盅，这话由她嘴里说出来，听着要多别扭有多别扭啊。

如今世面上是讲“潮”。芭蕾舞团、北影的女演员常在街上叼细支摩尔，喝美国“三星”，可没有论“盅”喝白酒的啊！这也太——

扭扭捏捏坐下，杜连增给她倒了一杯雷司令，半天她才抿一小口，不好喝，不甜，酸的。

梦芳嫂咯咯一笑，端起一杯四特喝了一大口，挤挤眼睛对她说：“怀着冬冬的时候，一天正背着粪筐下工，路过供销社闻着一股清香的白酒味儿，一个老汉盘腿坐在台阶上喝，左手还抓着一个黄瓜把儿，那叫香！当时那白薯酒在宁夏四分钱一两，馋得我脚趾头直挠鞋底儿，谁知道那日子里，咯咯咯……”她一笑，露出的牙齿洁白，透亮，更美。

“打那儿，中下了喝酒的病，回家闹着让我给上供销社打一两。”杜连增把话茬儿接过来。

孟菲扑哧一声笑出来，听人家念叨过，女人坐月子，想吃什么的都有，非想喝酒的没听过，这不变成个男人啦。

“自打觉着白酒好，别的什么酒都没味道，劲儿不够，你说新鲜不新鲜。”

是——嘛？可是——不，梦芳嫂是个甜甜蜜蜜的好女人。待丈夫待孩子，她是一个不折不扣的贤妻良母。一谈起宁夏谈起过去，她那双漂亮的眼睛会把你带到好远好远，会使你看到黄河滩头的土坯房、荆棘丛、柿子树，会使你看到那金色的塬，会和你一道咀嚼品味人生许多的快乐、叹惋、哀怨、苦涩……那都是画，都是歌。

梦芳嫂和那些叼细支摩尔的不一样，真正需要的不多，她们有的是空虚无聊，有的是玩漂拿派，梦芳嫂是坦坦荡荡地真喝，那是真正的酣畅真正的喜爱。看她一天到晚地带着几个人研究、裁剪、设计、制作，人家那酒喝出了味道，创造出了价值，释放出了唤美叹美的能量，这是一种何等潇洒的风度和气质啊！

而自己，什么都没追求到，浑浑噩噩地活着可到底为什么？

……

一夜之间，她不属于自己了。上午，她勉强撑着招待顾客，腿发软心里空，眼前浮现的还是录像中的那些画面。甭管外国人多开放，可处女的贞操对一个自命不凡的中国姑娘多重要，自己毕竟不是外国人呐！

回想昨晚的一切，她的鼻子酸酸的。真想痛痛快快哭一场——宣泄，宣泄，宣泄出心中的一切惊惧、苦恼、怨忿，——太阳怎么还是那么光光亮亮的，它为什么还不爆炸还不爆炸呢！

多少次，卞启顺又在她的跟前晃，真想抄起一瓶临邛砸到他的脑袋上，恨死了他，是这个板儿爷把自己给毁啦！

暮色一降临，她的思绪又变了。一切都那么缥缈那么朦胧，现实的世界在暮霭中一点儿一点儿隐去，人生、未来、希望、贞操、名誉，一切又都从她心里游移得无影无踪。人，不就是那么回事？活着到底为什么？理不清，本来她就不知道。不过，夜幕的降临使心中的压抑、忿懑、羞辱、怨恨、忧虑统统得到了缓解，心灵的世界在夜幕中呈现了一段空白，这空白使她远离了尘世。身不由己，只要顺子一挽留，她还是愿意到楼上去。那是别有洞天的世界，在那驰魂荡魄的冥冥之中，她会麻木会忘记，人生不就是欢娱享乐陶醉刺激！

几十天，卞启顺又给她看了二十多盘录像带。一个比一个花样翻新，一个比一个刺激带劲儿，直到春节后的一天早上，她才想起来问问他：

"唉，一盘带子多少钱？"

"四百呀。"

"成天看这个，我真有些……"只要晨曦一出现，她便激灵一下回到活生生的世界里，无时无刻不承受着一种罪恶感、龌龊感的威压、震慑、折磨。

"除了你知我知，亲爹亲妈都不能告诉！"他在她的大腿上轻轻捏了一把——放肆多了，她属于了他。

在现实的世界里，她觉得自己缩小了。她再也不敢替顺子在那些工商、市容、税务们的面前周旋了。相反，不管遇到什么人的目光，顾客、警察，甚至学生、孩子，她都觉得目光夹着鄙夷、揶揄、调侃、轻蔑。

忐忑不安，每一天于她都是煎熬。

文栖还来延达，又用顺子的执照倒出几十箱肯特、希尔顿、万宝路。她避开了他的目光。尽管她跟卞启顺说过多少次，千万别告诉文栖她也看过录像，可文栖的目光使她明白他早什么都知道了，尽管顺子不承认。

她也看清了文栖是什么东西。一箱希尔顿能赚二三百，四五十箱就是上万块，他用延达的照赚了多少钱，一次就是上万块！他是大倒儿爷，比顺子这样的贼多了油多了。部长的儿子能这样？她又常常茫茫然。有些事想来真蹊跷，她不相信文栖在烤肉宛偷了顺子的钱包又成心给他送回来，那种人干不出这种事。有谁像顺子，在她面前导演出“别车”“铁锹大战”这样的蹩脚戏？一切都是巧合，巧合出一个文部长的儿子，巧合出的希尔顿、录像带，自己和顺子干了那种事，也是同学的巧合人生的巧合命运的巧合，不是吗？

本能的颠狂最初的冲动只是源头的瀑布和湍流狭处的惊涛，终究不会永远那样一泻千里。柳芽刚刚甩出新绿，她浑身突然一激灵——糟啦，两个多月了，她怎么还没“倒霉”啊！

16

顺子和孟菲的“那事”，店里没过几天就知道了。不过伙计们哪个敢议论，卞启顺是腰缠万贯的掌柜的，谁声张这事不是找着把饭碗砸了吗！

文锦也发现了，心里好一阵扑腾。顺子有前科，同一件事出在他身上，那分量、性质说变就变呐。

还是在春节前后，她发现了内中的蹊跷——

自从小凤出事走后，断断续续又找了两个保姆，哪个也没干长。晚上侍候父亲的任务，常常落在文锦一人身上。她不怨，延达常常营业到半夜，顺子回家怎能睡好，第二天他还怎么张罗？常常，她把茜茜哄睡了，一人过来陪爸爸。生活就是如此，看着爸爸那木然痴呆的神色，她一阵阵地鼻子发酸。不容易，苦命哈哈一辈子，爸爸没享一天福就瘫了……

旧历二十七上，延达就歇了业，非得过了初十才上座。奇怪的是顺子仍不回来睡，晚上扎在延达不出来。跟他说他满答满应，可左等右等就是不回来。

怪，弟弟身上是有毛病，还不少，可对爸爸那是没的说。近来这是怎么啦？莫不是——她的心又揪起来。

大年初一到初三，她硬逼着顺子回来住，大过年的爸爸身边怎么着也得有人呐。顺子没辙，抓耳挠腮地陪了三宿，初四晚上又走了。绝不是怕受累，是怕他又出事，这迹象怎能让人放心呐。

初六晚上十一点，她披着大衣赶到路北的延达来。轻轻敲门，好半天里边没动静。她大声咳嗽，不敢把别人惊动了。足有十分钟，顺子总算呵欠连天地开了门。

一眼便看出破绽，他没睡，懒腰伸得都不对。她破门而入，进去就要上楼。顺子赶紧拉住她：

“不能上去，一开灯就曝光了，上边正洗相片呐！”

“我正要给茜茜洗几张，甭开灯，我看看你洗的相片去。”一听就是瞎编，别看洗相片不难，可顺子是洗那东西的材料吗。

不管顺子怎么拦，她腾腾腾上去了。哪有什么相片，她拉开灯后一看，电视机、录像机都关着，折叠床上是空的，被角一多半拖到地上。她用眼睛的余光发现了，冰柜后一件藕荷色的羽绒服支出一个袖口来——那是孟菲的，她熟悉。

万也想不到，孟菲住到了这里，是她跟顺子睡到这窄窄的一张床上了！

像做了件无脸见人的事，她先脸红心跳地跑下楼，怪不得顺子不回去，想不到他俩已经到了这份儿上！

……

心照不宣，文锦和孟菲再在延达相见，谁都会迅速避开对方的目光。女人毕竟是女人，他们互相说什么，怎么说？

只是怕出事。顺子找上孟菲当然再好不过了，可是，跟孟菲怎么说，就是跟弟弟，她也不好意思开口哇。

惶惶之中，倒催化了她与振佳的关系。和平安逸不愁吃喝，相敬如宾你恩我爱，这几样振佳都能使她满意满足。周良也不纠缠了，振佳重新买了东芝彩电、夏普冰箱，五一办事，她已答应了振佳。

振佳为她设计了瑰丽的前景，连邮票都不用倒了——倒汇，来钱的路子宽宽的。即使文锦也不工作了，五万块钱的利息也够他们三口人吃喝了。

一天晚上振佳又找她了。多少天了，除了固守着最后一道防线，她听凭他的吻抱、抚摸。谁料，振佳苦苦哀求她，让她今夜住到他屋里，他母亲这几天正回老家办事情。她不答应，怎么可能呢，不在这里陪茜茜，就要到隔壁侍候父亲，不能重蹈覆辙，只要没领结婚证，这次再不能先失身。

"看你这人……"振佳喃喃地搂着她，"连孟菲都跟顺子在一起住过啦。"

她惊奇地睁大修长的眼睛，蹙起两道淡淡的细眉，这事她没好意思告诉他，他竟然已经知道了！

"顺子亲口告诉我的。"他羡慕顺子。自己三十好几了还是一块铁，而顺子已经变成一块钢，忘了哪本书上说的，男人是一块铁，经过了女人才算是一块钢。

"真的？"她的脸羞得绯红，像姑娘。

"还看过那种录像，要多刺激有多刺激。"

录像？她一下从他怀里挣脱了，对，还忘了这件事——那天在延达楼上看见了安好了的录像机。厂子里出过这样的事，几个青工在一块儿看录像，被抓住后送进了公安局。这事若轮到顺子头上，还会严重多少倍！

"这也是他告诉你的？"

"这个嘛……"一天晚上，顺子悄悄约他同看了。他本想跟文锦谈谈那画面，见她这般紧张马上把要出口的话又拐了弯，"当然我劝了他半天，看那东西太危险。"

文锦默默低下头，再也没说一句话。延达的买卖多不易，顺子又要闹事了。更不好问录像的事，要不让连增哥出来劝劝他，这样下去乱子马上就来了。

没容她把顺子的事情说与连增，振佳这头先出了麻烦——

那是第二天一大早，有他的传呼电话。原来是谷田太郎昨天晚上又从日本飞到北京来。

真高兴，他回家把五万元人民币装在一个棕色挎包里，出门就奔了丰泽园。

谷田已在门口恭候了，他预定了一个单间雅座，直接把振佳迎到里面去。当然，他关心的是遗物，刚坐下就和对方讲正事。

"许先生，我再给您增加一千元人民币。"

他哂笑，日本人太抠门儿了，一千块钱于他们算什么，竟然说得出口来。

"再加五百元，一共是四万一千五百元。"谷田谈到这件事，便紧张，激动，叉在一起的手微颤着。

他更觉可笑，便直接进入正题："谷田先生，今天我来赴约，可不完全是为那事。"

"我想……还是想先和许先生……因为家父的事情嘛——"

"您先把钱给我换了，我们中国不安全。"确实，身边这个挎包让他不踏实，明抢豪夺的事不是没有啊。

"如果您要……"谷田痛苦地摇摇头，"那好，上次您说有五万元——"

他点头，强调对方答应的比价是1∶3。

谷田点头："我清楚。我们日本人很少轻诺寡信的时候。"他先让对方把钱拿出来放在桌上，然后一叠一叠清点。

约摸一刻钟，谷田把五万块钱装进自己的提包，才把两捆美钞掏出来。振佳一张一张地数，竟然是两万，他的手心直热：

"不应当是一万六千——"

"算你给了我六万元人民币，条件还是刚才讲的，许先生应该理解本人此行——"谷田急的是他自己的事。

"那好，明天，明天我们还在这里，细谈那件事情。"

他顾不得谷田什么心情，顾不得对方遗憾地摊开双手，抓起皮包先走了。两万美元，黑市价少说也是1∶7。他再也不是五万人民币的拥有者，而是十四万，十四万！

当天晚上把这两万美元让文锦看过之后，他信手拈着几张来到梦琪，要文锦买上几件好时装。用美元买时装，要让连增哥看看他对文锦有多爱，不是他信不过吗，如今他的实力绝不亚于梦琪啦。

眼花缭乱，他辨不出文锦穿上什么时装好看，应当把她叫来，刚才跟她说了半天，她不好意思非不来，真是的。

"振佳，今天你可是有点儿……"杜连增想说他有些反常，活到嘴边又收住了。

"连增哥，咱也充充洋，今天我给文锦花美元。"憋不住，他从兜里掏出二百美元来。

"行啊你振佳！"杜连增马上想到了，这美元连着谷田。

"唉，"刚要说谷田，他的话口又变了，"倒邮票的哥们儿给换的。"

换的？杜连增盯上他的美元："换的我可得看看。"

他把美元递过去，杜连增先用手指弹了弹，再捻出一张放在手上掂一掂，举到乳白色的吸顶灯下一照，轻轻地吁出一口气来：

"你这是跟谁换的！"

他半张着嘴怔住了，难道——出了什么麻烦?!

杜连增皱着眉头从柜台内拿出一张十元的美钞，平展展地放在柜台上，然后拿根细细的长针沿着背面的纹络一挑，一根极细的金线被挑出来：

“你捻捻，真正的美元每张都能挑出这种线。”

他直眼，懵了。

杜连增又把两种美元一块儿举到灯下一照，一张有明显的暗花，另一张却空空的透透的。

“连增哥……”他的一条腿本来就吃不住劲，眼下软得要跪下。

“纸的密度、厚度、柔韧度、质量、图案都不对，这几张票子是假钞。”他把几张钱一捻，“掂你也能觉出不对头哇。”

天！他跌跌撞撞下楼，又跌跌撞撞把两万美元抱上来，没有一张是真的，谷田原来是骗子！

真的失去了重心，他咕咚一声跌坐在地毯上。万也想不到，苦心经营的一切都完了，好几年，好几年的时间呐……

谷田为什么要骗他，他是打着遗物的幌子骗钱的！骗子呀……无论如何要把谷田追回来！

……

连着三天。他到各大宾馆去查询，无人知道谷田的下落。心血筑成的象牙塔顷刻之间轰毁了，他要炸！眼睁睁活生生，谷田眼睁睁活生生地骗了他！

就在他抄起一把镐头要敲开脚下的水泥地的时候，文锦紧紧抓住了他的胳膊：

“不会有任何好东西，也许根本就是一个子虚乌有的大骗局。到底怎么办还得跟连增哥商量去，再也不能脑袋发热，一错再错喽……”

他痴痴呆呆听了文锦的话。可杜连增和梦芳冥思苦想也解不开这个谜。前些天向卞福棠打听，老人家还记得，说谷田父子确曾在后院住过。那么，谷田多少次找振佳也不该是骗局不像是圈套，而最后反以坑走振佳五万块钱而逃之夭夭，这事让人百思不得其解啊。

不过，杜连增对他千叮咛万嘱咐，临事则迷是人生的大忌，切切要处乱不惊，再等等，一切都会水落石出的！

17

杜连增天没亮就起来了，一夜都没睡踏实。

昨天晚上，他等着梦芳裁完一条巴拿马斜裙之后一块儿躺下的。多少年来，他们很少分开睡。谁知道呢，就是离不开——和谐默契，宽慰依托，只有夜深人静的时候，他们才容出工夫安安静静地交流。在宁夏的时候不就这样，那是多难多苦的日子！

夏天他们去挖渠，每人一天两方土。汗水在女生的衬衣上天天画出一圈一圈的“地图”，下工哪有力气再去洗。第二天早晨穿上，总是硬硬的挺挺的，像用米汤刚浆过。连着几天下来，梦芳的身上起了皮炎、湿疹，怎么办？成了家也是知青，照样得天天完成定额改造世界观。

晚上，他为她擦洗敷药，白天光着膀子代她去出工。管知青的公社副书记最恨他，水葱似的梦芳让这黑不溜秋的小子把过去，他窝心，正思谋着给自家小子搭勾搭勾呢。好，过去的让它过去，眼下不是疼你的女人吗？能顶替，一个人挖五方土，当推土机使唤。

杜连增咬牙，五方土没吓住他。每天他都埋在渠坑，一锹、二锹、三锹……除了喝水吃干粮，楞是没人见他上厕所。日光下，他像一尊油亮黑红的泥塑，不停地猫腰、抡锹、挥臂、扬土……

烈日汗渍，把他的后背腌破了又结痂，开裂之后翻出红肉。人人见了心疼，害怕。可他没咧过一回嘴，一口白牙在黑脸上烁烁闪光，为女人着想为回北京而奋斗，不苦不累不疼不怕！

就在水渠完成的前一天，他一锹踩下"啊"地一声栽倒了。人们围上来一看，他右脚踝骨冒出一个鸡蛋般的大血泡。真吓人，好大！他躺在地上右腿直抽，脸扎在地上和了泥。大队的赤脚医生赶了来，不敢下手，崴了不至于肿出这样的大血泡啊！知青们把他用马车拉到银川的大医院，那位外科大夫一看，连片子都没让照，长长地叹了一口气，说："人又不是牲口，哪有这么用的，他骨折啦！"

骨折？他没摔没碰没轧呀！知青们一惊，他们亲眼看他身子一歪倒下的。

"疲劳性骨折，干活过力啦。"

疲劳性骨折！粉碎性、断裂性、撕脱性、凹陷性，谁听说过疲劳也能使人骨折呢？送他来的知青都流了泪。

换了梦芳照顾他，她是妻子又是母亲，奉献给他的是温暖、体贴、亲吻、温存。

多少个患难与共的日日夜夜，他俩谁也离不开谁，双双在对方的心田里播下了种，生下了根。苦累不但没有把他俩压垮，反而塑造了他与她，使他们形影不愿相离了。

……

前些天，英国克利夫兰时装公司董事长豪森来到梦琪签合同，邀请杜连增今年夏天到英国埃富顿时装中心去访问，他欣然应允，只是提出要伉俪同行。豪森禁不住伸出大拇指：

"想不到贵国如今也这样尊重女权，杜先生看来也笃信'女士优先'这一西方人的习惯喽！"

他淡淡一笑，根本扯不到那上边，只是愿意让梦芳一块儿去，永远不让她离开自己的身边。

昨天晚上，他和梦芳都没睡好。顺子、孟菲、文锦、振佳，得为他们每一个人操心。也怪了，虽然不沾亲不带故，但这些人三天两头有麻烦——也成了他俩的麻烦，撕不清扯还乱，生活可不是一团麻，总有解不开的死疙瘩吗。

"顺子和孟菲更让人担心，那天我瞄见孟菲一眼，她好像……"

"我也觉出不对劲儿，最近她怎么不来了？"他觉出怪，却不知梦芳指的是什么。

"她脸色不对，像怀了孕。"

嗯！他支起身子，实在想不到的事情啊。

“其实她也看见我了，可马上侧过脸去闪开了。”那天梦芳从延达过，隔着玻璃发现了孟菲的变化。

“跟谁？小顺子！”他披上衣服拽出支烟点上了。

“过春节你给卞叔拜年，卞叔不还骂了半天小顺子，说他年根子底下不回家。”

哦，想起来了，脑子里的事太多，当时他没往心里去——变化，孝顺的顺子不回家，这里的变化是蹊跷。可是，他万也想不到跟孟菲有什么牵扯，不可能，孟菲不可能跟顺子做出那样的事情啊。

“修理部的大李也嚷嚷过，说顺子跟孟菲早睡了觉。”

孟菲要真怀孕了怎么办？人家给不给登记？这样的事出在顺子身上平添麻烦。你说这事有多巧，振佳、孟菲一块儿出事，都跟卞家有牵连，要是卞叔知道了，不得急出个好歹来。

一夜，他都没合眼。

今天早上起来，他忙着做了全家的早饭，又用吸尘器打扫地毯。别吵醒梦芳，让她再睡会儿。梦琪虽然越干越红火，可他们付出的代价有多大，是不分日夜的辛劳、汗水、心血换来的。主要是梦芳，至少她是梦琪的一半，也是他的一半。

想不到，梦芳也悄悄起来了，跟他说夜里做了好几个噩梦。惊得她不放心，她今天上午要到延达找孟菲，要把一切问清楚。

他点头，他也不放心，这对谁都是一件大事情。

七点半不到，孩子们刚出门上学，孟菲出人意料地自己来了。她进门叫了声“梦芳嫂”，便紧紧把下唇咬住了。

“快坐下，我正要到延达看你去，老不见了真想你。”梦芳亲亲地拉起她的手——没错儿，更看清楚了——凭着过来人的天性与直觉。

孟菲轻轻摇头，眼泪唰唰落下来。

“走，咱们姐儿俩上里屋聊聊去，”她把丈夫支开，“你还不张落下边的伙计卸门板。”

坐到裁剪衣服的隔间里，半天，孟菲才把又长又密的睫毛撩起来，好沉，粘在上面的泪珠好沉呐。

“千万别告诉杜大哥，啊？”

“傻丫头，你当女人的事情什么都能跟男人说。”打心眼儿里心疼她，一个多好的姑娘啊。

“跟小顺子，两个多月了，至今我都没有……”丢死人了，怎么说得出口哇。可是，再也不能耽搁了，卞启顺不管不顾照样在她身上瞎折腾，跟他一说就是去领结婚证，只有把这一切舍下脸向梦芳嫂托出来……

……

好长好长时间，梦芳都没说话。她看看孟菲，目光又被缕缕霞光引了去。女人，生活，命运，思绪飘悠起来，好轻好轻好轻，好远好远好远呐——

十几年前，银川西郊塬上公社的知青点上只有她一个女生，另外二十四个全是男的。二十四比一，二十四条汉子都急了。他们说最好回到原始社会去群居，他们向往朴素的共产主义社会，这是杜连增后来告诉她的。

惶惑，孤独，失落，寂寞，知青点上原来有八个女生，一个个都走了，有的嫁到银川市，有的被郊区厂子招了工。招工没有她的份儿，小业主出身，成分太高了。能不想个人的事情吗，但她不愿嫁到银川去，最终还想回北京，只能在这二十四条汉子里面去筛选。

个头，模样，杜连增都不出众，可他的一身筋肉是出类拔萃的。夏天男生在场院上摔跤，他不高的个子却身量匀称，胸大肌下有八块见棱见角的腹肌，论健美谁也比不过他。常常两三个人摔不过他一个，灵巧、聪敏、顽强，像根拽不断的牛皮筋。他身上永远有股使不完的劲儿。他很怪，就爱光着膀子在毒辣辣的太阳下暴晒，说这比热水澡舒服多少倍。她爱看他晒太阳，那是男子汉的筋肉，肤色，脊梁，令人着迷的古铜色。

冬天，白薯干不够吃，他敢穿着一条短裤下到冰水里去摸鱼，其他二十三条汉子只能站在岸边啧啧叫好，拍手称奇，没人有杜连增的骨头与魄力。

她选中了他，却迟迟没有向他敞开自己的心扉，不好意思。

一天，公社要集中“可以教育好的子女”开会，大队让她和杜连增一块儿去。往返六十里，回来的时候已经下午了。

一望无边的塬上好静，太阳火辣辣地喷火，高粱、谷子、棒子都蔫蔫地晒塌了腰。真静啊，四下里没有一丝风，走多远没有一棵树，连蝉鸣鸟叫都听不到。

谁知怎么回事，大伙儿凑在一块儿的时候，嘻嘻哈哈聊得可欢了，哪好意思谈自己的事。这会儿机会来了，她的心却突突跳，从来没有过这么不自在。

一前一后，他们没有并排走。他远远地走在前面，时不时地问她快了慢了。她却怕他看见自己，穿着人造棉的月白汗衫，前胸上凸起的两片溻得透透的，自己都看见里边了！今天好怕羞，在众多汉子面前她从来没有这样过。

“哎——打个歇儿不?”像是吟唱信天游，他在远处回身，用手遮成“喇叭”，声音传得好悠远。

“唉——，我就在这儿歇一会儿——”她也实在走不动了，转身闪进棒子地，解开衣扣散散汗。透过密密的棒子叶，她见他在两片棒子地中间的土埂上躺下了。真怪，这人怎么就是不怕晒?

心儿怦怦地跳，她侧过身来向西望，咦！远远坡下有人牵过两匹马，好高大！种马，那是状似小象一般的大种马！再看不远的一块坪上，有两匹壮实的骒马进了槽，那是比双杠要宽的圆木架。奇怪，这是干什么，好像听人念叨过——她的心越跳越快了。

天，下面的一切使她惊呆了——

强壮的种马被牵到骒马的身子后，让它到骒马尾下闻了闻，突然，它长嘶一声叫起来:咴咴咴咴……

腾踏而起，种马高高扬起前蹄，忽地一声扑到骒马身上去……

她的脸像被火烧，她的心脏狂跳着，生命、万物、繁衍、本能，全身的血液沸腾了……

她颤颤地哆嗦了半天，把捂脸的双手放下来，喘吁吁地往前跑："哎——"不知为什么喊，不知为什么跑，不知要跑到哪里去。

杜连增早已起身恭候着她，稳稳当当把她接住了吻住了抱住了……

事后他告诉她，男同学没事就到这里看配马，今天他成心带她绕到这儿，成心在这儿打歇儿，知道她一受启发刺激他俩的事就大功告成啦。

——原来如此！坏死了坏死了坏死了！她捶打着他古铜色的前胸，又一头扎进他的怀抱里。

第二天他们双双到大队登记，第三天便宣布结婚了。

多少年了，她从来没有后悔过。身心的融和使他们于千辛万苦中品尝着爱情汁液的甘美。真正的爱情能焕发出青春勇气力量智慧，他们就是"爱"着履艰蹈险，"爱"着越过了无数的沟壑与坎坷。谁说婚姻是爱情的坟墓？她和杜连增的结合使他们的人性得到完善，使生活变得益发地美好与灿烂……

……

她把目光收回来，深情地看着孟菲的脸："现在你们年轻人都兴什么性开放，孟菲，我问你，你只是随便'开放'一下，还是笃定要跟卞启顺一辈子？"

"梦芳嫂……我，我不知道，我什么全都不知道……"她呐呐，两个多月了，昼夜的交替使她不断变幻着人格面具，白天的她是孟菲；晚上的她是另一个自己。常常，她觉得灵魂、心态不属于她，早已远远飞出她的躯壳、肉体。

"不知道？那你就跟他结婚呗！"

"不，不……"她噙着泪花摇头，"绝不会，我绝不会跟他结婚……"

梦芳用眼睛问，为什么？

"不喜欢，我看不上他！"她咬牙。双腮紧绷绷地扭曲了，她恨自己，恨死了勾引她的卞启顺！

"既然把话说到这儿，就别怪我褒贬顺子了，啊？"她掏出块手绢塞到她手里，"打早我就跟老杜说，顺子让你上延达，就是要在你身上打主意。当初你主动找我们商量，我们哪好不让你去？"当时，也确实还有另一重意思，兴许孟菲去了顺子能够安稳点儿。

"当时全怪我糊涂……"

"真格的，你要跟了卞启顺，这一辈子就糟践了。"

"我也觉着他太坏。"

"他不坏，讲义气快性子孝敬他爹，顺子的优点很突出。可他又是个'无头懵'，他不知活着为什么，不信你当面问问他，他准嬉皮嬉皮一句话：大把地划拉钱，先闹他一副好下水。"

她点点头。

"不信你再问问他，闹副好下水又怎么样？他答不上来。找一个醉生梦死的男人过日子，岂止没有幸福没有爱，罪孽，麻烦会跟你一辈子！"

"梦芳嫂，我也是……"她浑身发冷，这话说得她从胸口往外冒凉气。可不是吗，自己就犹犹豫豫难以自拔，就是预感到痛苦、憾恨、不幸、苦恼、麻烦会缠她一辈子。

“人活着得有个盼儿，有个奔头。”她从她手中拿过手绢，点点她垂在腮上的泪花，又把她的手扣在自己手心里。

“其实，连我也不知道……”

确实，孟菲也不知自己活着为了谁，自己为什么要活着。上学的时候，不管哪个班主任都是一口一个“为人民服务”，一口一个“共产主义宏伟事业”，可是，到底谁是“人民”，“共产主义”到底是怎么回事，哪个老师也没讲清楚。到了社会上之后，她的脑子更乱了。模特、待业、延达，谁不是为钱而奋斗？多少张嘴说得漂漂亮亮，多少张嘴讲得冠冕堂皇，什么“理想”“境界”“献身”“价值”，要不她老晕头转向——一切都似是而非，一切又都似非而是，只有那一张张的“大团结”是实实在在的。乱了，她的脑子全乱了。有时看卞启顺热血直肠是好人，围着自己献殷勤也怪可怜的；有时又觉他“土”得厉害“痞”得邪性真讨厌；有时觉得钱嘛当然是越多越好；有时又为陀思妥耶夫斯基笔下的白痴叫绝。是啊，钱多了有什么用，烧，烧，烧，统统烧了才痛快……

怪不得常上火，吃饭常咬腮帮子。矛盾，连上下牙的配合都常常不默契，何况是心的世界，何况是新陈代谢，新陈代谢本身不就在永远不断地矛盾着？

听中学同学梁英讲，人活着就得有信仰，有信仰活着才有力量。为了寻找信仰，前年她找上小英子还真上了趟宣武门天主教堂。一进去她就怔住了：跪着的站着的人满满当当一大厅。男女老少哪儿的都有。做弥撒做祈祷，闭着双眼唱圣歌，向圣母玛丽亚划十字，隔着花格板向神甫做忏悔，一切都使她感到神秘新奇，身临其境也油然生出一重庄严一重神圣。可是，从教堂一出来，灿灿的阳光下缤纷的世界多彩多姿，人的心气儿全变了。她和小英子一人买了一串糖葫芦，咔嚓咔嚓又甜又脆。什么上帝什么圣母什么神甫什么忏悔，全是瞎掰。信半天耶稣，见着好吃的照样馋，划半天十字没钱也买不了“海飞丝”“威娜宝”——有什么用？还是有钱最实惠！

“梦芳嫂，你和连增哥有什么追求，你们这辈子信仰什么？”她迫不及待想问，这个问题伴着青春的烦恼困扰着她，已经不是四年五年了。

“甭那么严肃地谈什么信仰，我还真没认真想过呐，咯咯咯！”她摊开修长白皙的两只手，“用它们赚钱，带孩子，我们这代人耽误了，让冬冬、盼盼上大学，能留学还想让他们见见更大的世面呢。”

谁不是这么想的？孟菲很失望，自己的父母不也是这么说。

看她微微蹙起眉，梦芳长长舒出一口气：“没完呐，我的话只说了一半。”

她马上眨了眨眼，是啊，她愿意听她说听她讲，梦芳嫂人品出众，她的话里尽是与众不同的东西。

“我和老杜还想着，在北京搞一个综合修理开发公司。在各区各县全设点儿，让修理服务业贴近千家万户，让一千多万人生活着的北京城处处有方便，时时有温暖。”

哦……她展了展黑细的眉毛。

"再有嘛,把梦琪改成新潮服装设计中心,不断推出新色调新款式的新潮时装,让中国人变得个性鲜明色彩缤纷。"她情不自禁地看看窗外,"时装文化,时装美学我们多陌生,老杜和我正想涉足其中呢。"

哦!——她把眼睛睁得老大。

"将来如果有可能,我们在全国拉起一个联合企业,设计、剪裁、制作、经销一体化,英国有个克利夫兰,法国有个皮尔·卡丹,中国怎么就不能有个杜连增时装集团、梦芳联合托拉斯?"她咯咯地笑,"光让外国时装打入中国?我和老杜夏天就到英国去。打入英国法国西欧北美,赵翼那句话说得多好:江山代有才人出,各领风骚数百年呐!"

"追求,梦芳嫂,你们的追求太激动人心啦!"她被激动着震动着,双手情不自禁地搓膝盖。

"谈不上什么追求,人活着就得干点儿事,稀里糊涂混日子,没点儿奔头有什么意思!"

二十年来,孟菲第一次听到这么朴朴实实的思想教育,第一次悟出了一些人生的真谛。梦芳嫂笑盈盈地说,说得那么轻松,朴素,自然。她跟丈夫干得那么带劲儿,眼下是挣钱带孩子吃饭,将来要办公司办中心办企业,让修理服务业贴近北京市民的千家万户,要在全中国掀起一个又一个时装新潮,让中国人的个性鲜明起来色彩缤纷起来——多么了不起的雄心与气魄——真伟大!

什么叫伟大——她第一次明白。

梦芳嫂也真够仗义的,她托人联系了一个医院,亲自陪她做了人工流产——用的是她,梦芳嫂的名字。

手术的时候真疼哟,可她咬紧牙关一动不动,应该再疼点儿,谁让自己忘了梦芳嫂常说的那句话。女人应该自尊自重自珍自爱呢!

18

延达门口乱了套。

不少烟贩子找回来,这次从顺子这儿批走的希尔顿是假的,外包装跟真的一样,打开一看是白支自制的!

"卞启顺,有你这么坑人的吗,你小子也他妈太黑啦!"

"兔子还不吃窝边草呐,宰咱们哥们儿,今儿跟你丫挺磕啦。"

他懵了。文栖前几天又撂下四十箱烟,顺子知道转手就出去,先点出两万给了他,谁想批出去一看是假烟,文栖不会坑他啊。

他双手作揖息事宁人:

"诸位哥们儿爷们儿,这事我也蒙在鼓里,跑得了和尚跑不了庙,容个工夫我把货主找回来,一张儿也不会让大伙吃亏!"

吃惊之余他没太慌,去过文栖家,事情马上会明白,文栖也是一个受骗的,他横也不知道到底是怎么回事呢。

人们骂骂咧咧散了,也是的,有延达这家买卖钉着呐,卞启顺跑不了。

当晚，他骑上摩托上了东单，谁知是着急还是忘，那天晚上黑咕隆咚拐了七八个弯，桑塔纳上还拉着帘，就来过那么一回，怎么认不准胡同找不着门了呢。

壮着胆向一家有汽车房的大红门走过去，没到门口就让站岗的拦住了。人家要他出示证件，问他到这儿来找谁。他抻着脖子一会儿说找“文部长”，一会儿又说找“文栖”。人家立刻提高了警惕，问他的姓名、住址、单位。另一个警卫用两只犀利的眼睛上上下下打量他，然后轻轻地说：

“文部长？什么部的文部长？你进来，我们可以细谈谈。”

“不不不……”他一边摆手一边退，谈什么？谁知这个门口对不对。

匆匆骑上摩托，脑瓜子像是过电影：文栖为什么只是晚上带他来过一次，那天他家怎么没见一个别人，他的父亲叫“文”什么，连增哥就多次提醒过他：别老文部长文部长的到处刮划，我怎么没听说过文部长，中央各大部哪个部长他姓“文”？

天，文栖兴许是骗子！顶多也是哪位大官那儿子的铁哥们儿！当初自己要上他的单位国防科委玩玩去，他一推再推说保密单位不能进。对了，单位的电话家里的电话他都不告诉自己，这里是有问题哟！

在这些干净冷僻的胡同里，甭说是滋扭、乍翅儿，连咳嗽他都不敢大声。垂头丧气从东单回到延达，他举起一瓶啤酒“炸”在地上，什么文部长，什么赞助儿童福利基金会，全是文栖这小子胡编的！突然，他看看窗外捧住了头，文栖文栖，那小子根本不叫文栖，他的名字肯定也是胡诌的！

——心中还燃着另一把火，孟菲突然不见了。延达没有孟菲，他的精神、心气全没了。她为什么不辞而别？和文栖不相上下，哪有这么薄情寡义的！她是他的，她的身子已经给了自己啊！炸了，他要炸，恨不能点上一把火，把延达统统都烧掉！

还是摸到梦琪来，如此巨大的打击与挫折，他简直擎受不住了。

“连增哥，我还活个什么劲儿，真想一头撞死去！”

“顺子，你才遇到多少磕碰儿，二十多岁的人想死，嘁！”杜连增让他坐下，顺手沏上一杯酽茶，“瞅瞅你这火多大。”

“连增哥，上当，受骗，挨宰，吃亏，我没一天痛快过，完喽，这回可把我坑到家喽！”他抓起一支烟，狠狠用牙咬住了。

看着小顺子浮肿的双眼，杜连增确实为他捏一把汗。也是的，像匹脱缰的野马，怎么能不常绊倒，怎么能不磕得头破血流！个体户的起步、经营、发展多难，梦琪也面临着各种税各种捐，沟沟坎坎的事多啦。但他自己向来主动，这就是兵书上说的有备无患。他不但按时纳税，捐款也从未落空。修长城，他捐了八百；支援非洲灾民，他捐了一千不说，还在王府井对着麦克风让人家录了音。这不又该捐亚运了吗，没的说，应该的。这一切，有些是为公，有些也是为自己。雁过留声，人过也得留名啊。退一步说也是为自己蹚道，什么路不是靠人蹚开的，舍不得出血行吗！

从小小的综合修理部开张起，他就事事走在个体户前头。不管是什么局什么所的头头，谁不知他大名鼎鼎的杜连增，拥护政府遵纪守法，麻烦自然不会找到自己头上来。

在这个复杂的世界上，唯一可以全部敞开心扉的是妻子。他给她勾画出一幅美妙的蓝图,办企业,建中心,开公司,要让全中国的人都美起来、“潮”起来,他们不能白活一辈子。要创建中国的——克利夫兰;要兴办中国的——皮尔·卡丹!

像所有做丈夫的一样,在妻子面前他也有隐私。他已经入了工商联,上面还征询了他的意见,下一届区政协要推举他做委员。别看这不是什么官,更没有任何权,但于他有利、方便,甚至能够保护他的合法利益不受侵犯。四十刚出头,后面的路长着呢。他想让当年的同学、老师、宁夏当时整他的公社头头都知道,他杜连增今非昔比,出人头地喽!

相形之下的顺子,真是可怜可恨可叹,怎么说他好呢。

“当年我和你嫂子,没工作没饭吃没住处,都从来没有服过软儿,你有什么可完的?”他听后院街坊嚷嚷了,顺子倒烟坑了别人自己也是一个上当的。

“人人都是势利眼,”他大口吸烟,又把话题扯到孟菲身上来,“看我不行了,孟菲也蔫不唧地溜跑啦。”

他故作惊诧,问孟菲怎么会溜了。

“这两天……她没上这儿来找嫂子?”他知道孟菲最信服梦芳,本是想到这里打听孟菲下落的。

“小一个礼拜没见她,掌柜的丢了伙计,怎么倒来问别人?”从感情上,他们不愿拆顺子,君子成人之美嘛。从道义上,他和妻子看法一致:孟菲跟了顺子准倒霉——缔造他人的幸福,他们义不容辞责无旁贷啊。

“连增哥,你还跟我开心呐,烦死了,我要炸,要炸!”他双手扯住垂肩的长发,“人活着到底是为什么,干什么!……”

“喂,大掌柜,快,快去吧,警……警察上了延达!”突然,饭馆的伙计小胡上气不接下气地上了梦琪。

“什么警察?”卞启顺激灵一下站起来,“快说呀!”

“穿着……好像是工商的,不,税务的……”小胡慌慌张张跑出了汗,“他们让我找你回去,立刻回延达!”

“你别慌,我陪你一道儿去看看。”杜连增看他脸色一会儿白一会儿黄,怕他勒不住又要吃大亏。

意想不到的是警察来的突然撤得也快,走了,他们回去一个警察也没了。卞启顺径直上楼,抬头看看天花板上的检查口,半张着厚嘴唇呆住了:

“刚才……他们……”

“卞掌柜,您在天花板上放的那俩方盒子,全让他们拿走啦。”收款的小白吓得刀条脸煞白,伙计们一个也没想到检查口内有东西,怎么人家一眼就把那地方贼住啦。是不是钱?卞掌柜藏的钱全被抄走啦!

天呐,只有卞启顺知道,这是天大的麻烦!

——刚才来那俩警察,一个是工商,一个是税务的。卞启顺不如实申报流水、收入,不按时上缴税款,人家当然要查他的帐罚他的款。就在他们等卞启顺的时候,那个胖胖的警察一抬头,发现天花板检查口有好几个油手印,当即,两人挪桌子摞椅子,把天花板内的东西取下来。

“卞启顺回来让他到局里去!”那俩人一人抱着一个方盒子下楼了。

杜连增见他吓得面如土色,把他叫到里边问:“把钱都藏到那里了?”

“唉,要是钱就好喽!……”他摇了摇头,连对文栖和孟菲的火气都没了。

“到底怎么回事?”

他直着双眼摇头。

“我知道了,才能帮你拿主意呀!”杜连增急了,他怎么变木了变傻了!

“连增哥,你别逼我喽,别逼喽……”顺子的脑袋一下耷拉了,告诉杜连增有什么用,这回谁也救不了他喽!

杜连增又慌又纳闷儿,急死人了,这回顺子到底惹了什么事!?

19

夜幕刚垂下,挨坑的烟贩子们又纷纷堵上了门,杜连增安抚他们,稍候几天一定赔偿损失,顺子破了产他兜着!梦琪给。老杜的为人谁不知道,大伙儿只得骂骂咧咧先回去。

顺子一直痴痴呆呆不言语,文锦急得撂下孩子、病人跑过来。杜连增一跟她谈经过,她的心“扔”地一下悬起来,抄去的准是录像带,这回的娄子捅大了!杜连增当然还蒙在鼓里,顺子怎能把这事告诉他,她都是从振佳那里知道他把那东西藏在检查口内了。

“到底怎么回事,你也别太着急了。”从文锦的神态上,杜连增觉出她似乎知道什么底细。

她的心碎了,比谁都难,茜茜、爸爸、弟弟、振佳,没一个让她省心的。振佳被坑的事还没闹清。顺子又被骗、挨抄,——生活于她多残酷,接踵而至的麻烦她一个女人怎么受得住哪里擎得住!

“连增哥,可能……等我再细细问问他,”她和连增哥一块儿把顺子叫到灶间,“到底怎么回事,你说呀!”

他不理她,告诉她有什么用?姐姐遇事只会哭。

“不说我也知道,抄走了录像带,我们厂子出过这种事。”

啊!没想到姐姐一语道破,他把脑袋扬起来:“怎么处理的?后来他们……”

“我先问你到底是不是这件事?”

他点头:“啊……他们后来怎么了?”

“顺子,这事——”杜连增全都明白了,“主动,你只能争取主动。”

文锦回来了,顺子不去自首,只能听天由命了。顾不过来了,盲茜茜等着她,瘫在床上的老父亲也眼巴巴地等着她!

刚进院门,她竟然听到了“吭”“吭”的刨地声,是振佳那屋,他最终还是采取了行动!

院里的街坊半掩着屋门往外看,谁都想看看他到底能刨出什么宝贝来。多长时间了,谷田太郎的事闹哄得居委会都知道了。

情不自禁,她径直冲进振佳屋,气急败坏地嚷:“你,谁让你!……”再也说不下去，她鼻子酸酸地满脸是泪，怎么遇上了这么个人，什么事都让她这苦命人赶上了。

这些天，振佳出出进进像一头困兽，他甚至在小市上买了一把三棱刮刀，说只要见了谷田就先捅他一刀子。骗子，战犯，如果有枪非把他的脑浆子打出来。好几回，杜连增、文锦帮他分析判断思索回忆，劝他静下心来才能把头绪理清楚。可他什么都听不进，比下启顺变得还狂躁。杜连增对他分析得最透：自以为老于世故看破红尘，其实城府太浅临事则迷。五万块钱是他营建起来的精神支柱，一旦轰毁他便完完全全崩溃了。

文锦面对这样的现实怎么办？振佳已经跳进了火坑，她是跟着进去还是弃之不管？真是让她进退两难哟……

看着文锦冲进来，振佳扬起头来乜斜她："谷田这小子……"他喘歇歇直不起腰，"他要我的命，他要我的命……"

顺着他手指的方向，文锦疑疑惑惑看床，上面摊开着一封信，她两步过去拿起来，呵，谷田的，那是谷田——的信！

尊敬的许振佳先生：

您好。

当您收到此信的时候，我已经飞返横滨一周了。想象得出，您正像一只犹斗的困兽，整日整夜地暴跳、叹息、辗转、咆哮吧！

几十年来，我一直深深地怀念着父亲，尽管他参与了对中国人民的野蛮屠杀，那是裕仁天皇、东条英机的罪恶。至少父亲和我全家，当时都慷慨从戎，是为着"大东亚的共荣"，怀着满腔抱负踏上奔赴贵国征程的。

事实上，被某种狂热鼓噪着愚弄着的大和民族成了日本统治阶级的工具，不管历史或前进或倒退，人民永远是权力颠峰者脚下的牺牲品。回首往事，我憎恨天皇，憎恨东条英机，中日两国人民为战争策动者的疯狂付出了多么惨重巨大的代价！

是侵华战争使我的一家失散了，至今也寻不到我的母亲和弟弟，也许弟弟早已阵亡，也许母亲早已改嫁，不管怎么样，侵略，战争毁了我的家……

1945 年 8 月，日本国宣布投降了。我一家四口的唯一一张合影瓷像被镶嵌在父亲的马刀柄上。这把军刀我没有把它作为上缴军械交出去，它是父亲的遗物，有全家的烧瓷像在上面。临近回国的前七天，我偷偷把它深埋在屋子下。当时满屋墁的方砖地，没出声音没露马脚谁也不知道。

自从田中角荣首相、周恩来总理恢复重建了日中邦交以来，我一直想取回父亲的遗物——终究条件不成熟，日本兵残害华人的罪恶太深重。这两年，贵国真正改革开放了，我才下定决心回来寻找它。多少年了，我渴望见到瓷像上的父亲、母亲和弟弟！

当然，这件事毕竟又声张不得，那是一把真正沾满了中国人民鲜血的屠刀，重见天日之后，它的位置该在贵国北京的军事博物馆，那里陈列着不少日本战犯的武器。冥思苦想多年，我决定同阁下私下解决这件事。

这件东西于我弥足珍贵，是无价之宝，但它于您一文不值。如果说还有一些文物价值的话，皆因它是侵略的佐证——国家历史、政治才需要它。

想不到，您如此刁钻、阴险、狡猾、贪婪，不断与本人虚与委蛇讨价还价。确如您心中清楚的，我几次到贵国的开支远远超出所答应付您的酬金——问题的症结就在于此，这是您绝对无法理解的。我们大和民族就是这样自立于世界民族之林的：努力追求的付出是一回事，事物本身的价值是另一回事，二者永远混淆不得。

在同您的周旋中，我付出的太多了——在心力上。这损失是无法弥补的。年近古稀之人在心理上如此受伤害受折磨，这代价就是“生命”。所以我决定报复您。日本民族最讲尊严最通人性，您玷污了我的尊严摧残了我的人性，是您迫使我采取这种手段制裁您——当代日本人追求心理平衡，想您能够谅解吧？

后果我已预料到，您会挖出家父的遗物，将我一家的瓷像抠出，砸碎，——不遗憾。我付出的心血心力对得起母亲、弟弟，更能告慰父亲的在天之灵了。吃亏的是您，用贵国的一句成语来说，那就是贪得无厌，咎由自取吧！

……

谷田太郎

天，原来是这么回事！

看着“谷田太郎”的落款，文锦好半天才把目光又转向振佳：“自作自受，这可不是咎由自取吗！”

“对，我就是要把瓷像砸碎，砸碎！”

20

夜里，远远开来一辆救护车，卞启顺会吓得缩成一团，直到呜哇呜哇的声音又远远地逝去，突突乱跳的一颗心还久久平静不下来。——二十盘录像带抄走了，等待他的是手铐、电棍，其他什么都化为乌有了……

他后悔，还不是因为钱烧得胡折腾！这回再进去可就不是二年三年的事，重打的是“二进宫”呀！

连着三天，延达照样开张，他缩在灶间不出来，让小胡、小白几个伙计在外头忙活看动静，他连太阳都怕见，心烦刺眼。

人生里，所有的等待都是一种煎熬，即使是幸福的期待。何况他，恨不能开来一辆警车就是逮他，手铐子一戴走了，判定了多少年心里也彻底踏实了。

第四天上午，税务、工商、市容、整治的都来了。里面确有小胡说的那俩人。这几天，延达之所以撑着开张，是他心里还存着万分之一的侥幸——万一那俩抄带子的是冒牌的，把那二十盘带子“顺”走了，窝心归窝心，一场灭顶之灾也算脱过了。

这一线希望也随着来人彻底破灭了。这几个人他认的，没有一个假“雷子”。

抄带子的大高个姓勾，他意味深长地乜了小顺子一眼，接着几个人查卫生、查进货、查账本、查支票，然后罚他做假账、偷漏税。

他抻着脖子“听喝儿”。奇怪的是，那抄带子的俩人并没提到天花板上的方盒子，只是临走的时候，姓勾的大个子严厉地对他说：

“卞启顺，不单偷税漏税缺斤短两，你干的坏事多着呢！老老实实的，忘了你那前科儿啦？还想二进宫是怎么着？”

“是咪，不是……我是……知道。”对方每句话都扎他的心，他语无伦次不知应该说什么。

点头哈腰把几人送走，他的心里更乱了。勾同志这几句话什么意思？摸不着头脑。是不是人家把录像带转到了派出所、公安局，等着公安的来处理？不然那家伙干嘛一个劲儿地点“前科儿”，说自己干的坏事多着呢。这“多”的意思到底指的是什么？他让自己“老老实实”的，是不暗示他赶紧到公安局自首去？言外之意就是坦白从宽抗拒从严呐！

坐下起来起来坐下，一支接一支地抽，一刻也离不开烟雾的麻醉。自首去？姐姐这么说，连增哥也这主意，可是，赃物抄走赃证握在人家手里，自己再去叫什么自首？晚了，完了。

变了一个人。除了去厕所，他整整一个礼拜没下楼。怎么还不抓走他，抓走就会踏实啦。这样一天到晚提拎心，受不了，心脏常咕咚咕咚间歇几下，父亲就有间歇的毛病，他也尝到了这滋味儿，憋死了。几次想从楼上往下跳，心里又慌慌地缩回来。活着不容易，敢情死也这么难呐！……

心灵煎熬的空白里，文栖和孟菲常又出来纷扰他。恨死了文栖，谁知这丫挺是哪儿的！也恨孟菲，她太无情无义了，可是——还是想见她，她去了哪儿，她不是怀孕了吗？

……

春寒料峭，春夜深沉。

“八成事情能过去，也得叫顺子着着急，吓吓他，哪能这么胡来，要没这一出儿，他兴许闹出更大的乱子来。”

“我也觉着纳闷儿，按说那东西抄走了，要马上转到公安局，这样的事情谁也难替他说话。”文锦把带子的事情告诉杜连增后，他觉得问题严重了，这比偷税漏税厉害多少倍。

夜里一点了，他和梦芳刚躺下。

“但愿这关顺子能闯过,再折进去可就要了卞叔老命喽。”白天,梦芳看了一趟卞福棠,最可怜的是老人呐。

杜连增又坐起来点烟,问梦芳是不是孟菲也看了那东西,不然怎么会轻轻易易跟顺子睡了觉。

梦芳不知道,孟菲哪好意思跟她说看的什么录像。奇怪的是,顺子哪弄来的这东西,没点儿路子找不到。

“前一阵,他不还上咱们这瞎刵划,说什么交上了文部长的儿子,还有那烟,都是那叫文栖的弄的呗。”

“部长的儿子跟他搭勾!”梦芳长长地叹了口气,“糊涂。”

“他吹归吹,可那叫文栖的确实比小顺子见的世面大。”

“身在福中不知福,多好的延达,一年就让他败啦。”

“有福他也不会享,再说他也没有福,”杜连增侧过身来看着妻子的眼睛,“小顺子人是人个儿是个儿,冷眼瞅着还过得去,可你注意过他那俩耳朵了没有?”

她眨眨眼睛摇摇头。

“跟卞叔的一模一样。”

卞叔的?她当然更没在意卞叔耳朵什么样。

“耳轮浅浅的,平平板板一个薄片,耳垂是秃的,一点儿都没有。”

“瞧你说的那么详细,多会儿又信开了相面!”她可不信这一套。在宁夏的时候,一个算命的说她“人中”又长又清楚,五十之后准能发起来。实际上四十不到他们的日子就大变了,看相的纯粹是瞎掰。

“真的,我早就注意过,要不我一直心疼这爷儿俩。”

“那文锦呢?”

“文锦那耳朵就不那样。”

突然,一阵刺耳的马达声响后,楼下有人大声喊:“卞启顺,卞启顺,谁是卞启顺的家属啊!”

出事了!人家来抓卞启顺!

匆匆忙忙,他俩急急火火穿上衣服,腾腾下楼赶到后院,街坊四邻都惊动出来了。一个交通警察告诉文锦,卞启顺酒醉驾车,在建国门便道上撞死一名妇女,他自己也多处骨折,正在协和医院抢救呢。

文锦没像往常那样扑簌簌地落泪,预料到了,早就预料到更大的麻烦在后头。她木木地站在那里,好像没听明白警察通知家属是让她先到医院去。

“同志,她有孩子有病人,我们……能不能代她去?”梦芳的声音先颤了。

交通警同意了,杜连增和梦芳刚刚出门上了那辆交通警车,卞福棠那嘶哑的声音便从他们身后传来:

“顺子,我的顺子他怎么啦……”

悲凉凄惋瘆人,这声音划破了冷寂的春夜,传得好远好远……

……

此刻,顺子确实没有脱离危险。

——下午，他再也承受不住等待拘捕的煎熬，拧开两瓶大曲，灌，只有晕了才能没了痛苦，酩酊大醉，他哇哇地吐，吐了一阵睡了。

夜里十一点，一阵夜风把他吹醒，心里烧起了火，又躁又热他想吼想嚎想跳想摔想叫，咚咚咚，他渴得一气喝下两瓶啤酒。谁料，火更大，心里的火苗子要从七窍喷出来。再也憋不住了，要出去，他要跳到护城河里洗个澡。

出去了，驾着那辆铃木，风驰电掣，终于在建国门上了便道。一名下中班的妇女被撞破肝脾当场死亡，他也连人带车重重地甩在电线杆子上……”

杜连增、梦芳赶到协和医院，小顺子已经脱离了危险，颅骨的凹陷被支起来，锁骨、胫骨、鼻骨几处已经固定复位了。

天明了，顺子才醒。他认出了床边坐着的人，好久好久眼睛才动了动，又慢慢地轻轻地闭上了。

“小顺子，顺子！……”

他不动，不应。静静地，他闭住的跟缝中溢出两行泪，无声地滚落到长长的鬓角和两片薄而无轮的耳朵上。

杜连增掏出手绢在他腮边轻轻点了点，忧郁地看看天亮前赶来的文锦，他们的目光焦灼地交织在一处了。是呵，卞大叔怎么办？她怎么办？顺子怎么办？振佳怎么办？这一切像突然推近的镜头，第一次令杜连增都有些彷徨了。

21

孟菲回来了。

梦芳带她做完人工流产，她回了一趟昌平的姥姥家。离开闹市的一切喧嚣，她需要静一静，养一养，想一想。半个月来，她好几次走上村外的土坡，让料峭的春风吹吹，该醒了，她该彻底醒来结束这场梦。

两个礼拜之后的今天，她做出了最后的决定：不干了，辞掉延达的活儿，跟梦芳嫂学裁剪学缝纫，她要像连增哥夫妇那样，实实在在学手艺，实实在在干点儿事。让中国人都美起来。当初，她还苦心追求过什么“气质”，多可笑，“气质”是追求出来的吗？

清晨，她从德胜门坐5路汽车来到前门，顾不上回家，径直来到鲜鱼口。她要向卞启顺说清，从此和他一刀两断，井水不犯河水。不料走到延达门口，“叉”字形的两张封条已经把延达给封了。

怎么回事，两个星期没来就发生了这变化！她急匆匆地跑起来。恨不能一步迈到梦琪去。

梦芳把她迎住了，向她讲述了前前后后这一切。她的双手情不自禁微颤着，紧紧咬住嘴唇不吭声。在这突如其来的变故前，自己怎么向梦芳嫂开口呢？本来，她就下定决心回到梦琪来，踏踏实实跟着梦芳嫂学本事，干事业，谁想延达恰恰在昨天下午被封了。

“梦芳嫂！……”

“先去看看卞启顺，他手术做完已经脱离危险了，在协和医院外科，405号病房。”

“梦芳嫂，我……”

“我知道，去看看病中的卞启顺，那是另外一件事，啊？”她抚住她微颤的双肩，一股暖流在她全身涌动。

咬住嘴唇，她点了点头。

“完了事回家说一声，从今以后你就到梦琪来，啊？”

突然，她捂住脸，两串晶莹的泪花从她修长的指缝滚出来。

天阴了，下起毛毛雨。

她先回的家，把这几年攒下的八千块钱拿出来。不管卞启顺的结局怎么样，还是应当把这些钱送给他，他受了伤，闹不好还要落残疾。过去自己也走错了路，自己在顺子身上也有责任呐。

毛毛雨大起来，她没有撑开伞，也没有匆匆忙忙挤汽车，在春雨中浇一浇，该让这清凉的春雨把自己从里到外洗干净……

临近协和医院的大门，她的心突然又紧张起来。自己见到他说什么，天呐，步子怎么突然沉重起来。她停下来，刚要低头，转身——不，一切都真正地结束了，应该尽快结束它。

她理了理浇湿的鬓发，从容地登上了浅灰色的大理石台阶，步子坚决且快。

22

杜连增出钱雇了一个小保姆，把她领到卞叔屋里来。这些天他天天到，再三再四让卞福棠放心，养老送终他包了，从今后他就是个干儿子。

卞福棠哭喊多日不嚷了。干瘪的双眼失去了最后的一点儿光彩。他见着杜连增就摇头，闭眼，愣愣地推开他的手。心里全明白，但他多次张嘴只是咽唾沫，怎么说，实在对不住连增这个孩子哟！

“卞叔，打今儿往后小玲子侍候您，一切花销有我这个干儿子，什么您都想开喽！”不含半点儿虚的。当初知道卞叔曾与父亲结过怨，时过境迁，时光把一切都中和了，但他时刻铭记的是那件事：卞叔在父亲危难时没说一句坏话，没有落井下石，这一点比金子还可贵，他要报恩一辈子！

“我，我……”卞福棠承受着人生最最苦涩的折磨。撇开自己的老境残躯，撇开顺子不管，他对不起杜全章，对不起文锦娘，对不起文锦，最最对不起的是杜连增这孩子！……

几十年了，深埋在心中的隐秘被人间的真情拱动了，撑他的心裂他的肺，能不把一切掏出来吗，至今还不揭这个谜——罪过！带到阴间阎王也不会饶他哟……

“卞叔，开心，现在什么都甭想。”

“连增，”他突然伸出能动的右手，使劲拍着自己的脑门儿，“我对不起你……罪过，罪过哟……”

“不，顺子的事赖他自己，”他上去抓住他的手，“别跟自己过不去。”

“不是，不是哟……”他的眼睛直直地瞪圆了，“文锦娘本来能当你的好继母，是我……乘人之危……把她抢……过来……”

嗯？他浑身一激灵，卞叔扯的这都是什么！

“文锦她……是你的妹，是你同父异母的……妹子哟……”

“卞叔，您这是——”他长长地吁气，浑身冷叽叽地退步。

“是真的，全是真的哟……”

天——呐！

……

多少年了他没流过泪。对，上一次是在父亲死后，从那之后再也没有落过泪。多少次，他的鼻子也酸过，就是没有落过泪，男人不该常落泪。

今天，他再也抑制不住了。谁想得到，文锦竟是自己的妹妹！多残酷，生活导演出了真情、纯美，但它导演出更多的是酸楚苦涩与眼泪。这些年，他和梦芳编织出崭新的生活，生活也回赠给他们成功的陶醉与快乐。街坊四邻的悲欢毕竟是他人的，谁想自己和文锦通着血脉，他为她分担的苦涩太少了，不，根本没有分担，自己只不过是个深怀恻隐的同情者……

不仅是顺子、孟菲、文锦、振佳要重新开始，他不也是如此吗。肩上的担子好重，修理公司，设计中心的宏伟规划都没使他打怵、疲惫——残缺的生活，属于他的酸甜苦辣的全部负荷，还没有被自己完全挑起。哦，生活，何尝不是路漫漫其修远兮！

……

他给卞福棠买了一辆手轮车，和文锦一块儿把老人架到车上推出来。多少年了，老人六七年不见阳光更会缺钙，他该出来晒一晒。

院门口立着一架人字梯，他和文锦推着老人走到旁边停下了。他抬手抚住一根横木，晃了晃，眼睛看着文锦说：

“男女、家庭就像它，互相依托互相支撑，看看戳在地上的支点，是坚坚实实的四个。”

文锦深情地点头，明白哥哥说的是什么。哥哥嫂子不正像这稳稳的人字梯，把梦琪顶天立地撑起来！而自己，在茫茫的人生中寻找的全是墙、墙壁——摇摇欲坠的断壁残垣当然擎不住自己这面单梯！赖谁？首先没有摆正自己的角度、位置，相向的倾斜才会有牢固的支点，单纯的依赖当然是摇摇欲坠的倾斜！

到哪里去寻找生活的榜样和力量，哥嫂身上的东西就取之不尽用之不竭啊！

振佳也在梦琪下面的修理部当了电工。还要哥哥怎样呢，他没有抛弃任何人，重新让每个人寻找到自己的位置。生活对每个人都是全新的，谁都无权不重新开始，谁都无权回避她，谁都无权不全力以赴建设她构筑她。

昨天只给她留下悔恨，没有遗憾与叹惋。

旭日初升的鲜鱼口亮亮的，杜连增欠身轻轻问病人：“卞叔，六七年没上前门大街了，今天带您逛逛去。”

他点头，又摇头，动动嘴唇没言语，心中的五味无法用语言来表达。

梦芳也从后面跟上来。晨光中，他们默默无声地向前走，脚下踩着霞光，都市的喧嚣在他们耳畔回响着。是呵,未来充满着瑰丽充满着诱惑,可生活的浆果都是那么五味俱全,酸甜苦辣咸……

品味着五味前行,拥抱着拂面的微风前行,因为前面有春深似海的诱惑;品尝着五味徜徉,领略着料峭的春寒彳亍——因为他们活着,因为生活本身就是这样残酷!

后　记

几十年来写小说，我真的不知道自己写的是什么，更不知道自己的语言有什么特点，还有什么写作风格之类。只是前两年去良乡上课，素不相识的刘贤俊老师在班车上谈起我的小说，并提到他非常尊崇的当代语言学前辈大家邢福义先生对王朔和我在语言运用方面的研究与评价。我找到 2012 年 8 月 27 日的《光明日报》，新奇地览看邢福义先生撰写的《俚俗化北味说法“一 + 名”》的文章，着实有些意外。该文以王朔与我的小说中的一系列语句为例，从语言学角度深论“一 + 名”的运用及特点，并谈到“王朔、魏润身这些作家，对语言的发展是有所贡献的”。

惊讶之余我惭愧且迷惘——首先本人只是一个再平平不过的作者，再则我从来也没有琢磨过自己的小说语言有什么特点、属于什么流派及风格。惶惶中更觉小说在创作中的构思不仅受到幻觉的支配，同样驱动的是语言运用的无意识——这正是当局者迷旁观者清的明证吧。

《素琴无弦》与《自残》两书共选小说 23 篇，除了《埋葬沧桑》，其余 22 篇均发表在《十月》《当代》《长城》《芙蓉》《清明》等刊物上，其中《风骨》《顶戴钩沉》《素琴无弦》《私情》《北疆怨》《铲案》分别被《小说月报》《小说选刊》《中篇小说选刊》《作品与争鸣》《作家文摘》转载或连载。

短篇小说《私情》被收入人民文学出版社出版的《1985 年度中国短篇小说选》。

短篇小说《顶戴钩沉》被选入人民文学出版社出版的《1994 年度中国短篇小说选》。

短篇小说《风骨》由中国作家协会主编，被长江文艺出版社选入《1996 年度中国小说精选》。

中篇小说《铲案》被文化艺术出版社收入以《铲案》为总书名的“当代反腐题材小说选”。

本次出版的两部小说集得到了北京市专项项目“科研基地建设——科技创新平台——世界非物质文化遗产（老北京话）保护”的资助。项目负责人周建设教授作为语言学家，虽然原籍不是北京，但是对北京话的研究独具远见与魄力。他邀集包括冯蒸、于润琦、朱和中等专家学者一起布置方案，研讨课题，并每周派人到弥松颐先生家摄制“北京话详解词典”教学片。周教授作为首都师范大学“北京话研究中心”的负责人，始终身体力行，严格要求。本人两部小说正式出版之前，他仔细审看了样书，并提出改进意见。我历见了他的严谨用心与治学精神，在此向他及课题组所有参与对拙作出版付出心血的同志深表谢忱！

魏润身

2014 年 12 月